U0783572

本书为国家社科基金重大项目“《歌德全集》翻译”（批准号 14ZDB090）的阶段性成果

—— 卫茂平 主编 ——

歌德全集

JOHANN WOLFGANG GOETHE SÄMTLICHE WERKE. BRIEFE, TAGEBÜCHER UND GESPRÄCHE

书信、日记及谈话（1805-1811）
拿破仑时期 I

◆ 33 ◆

陈新力 译

上海外语教育出版社
外教社 SHANGHAI FOREIGN LANGUAGE EDUCATION PRESS

图书在版编目(CIP)数据

歌德全集. 第33卷, 书信、日记及谈话 : 拿破仑时期Ⅰ : 1805-1811 / 卫茂平主编 ; 陈新力译. -- 上海 : 上海外语教育出版社, 2024

ISBN 978-7-5446-8063-9

Ⅰ. ①歌… Ⅱ. ①卫… ②陈… Ⅲ. ①歌德(Goethe, Johann Wolfgang Von 1749-1832)—全集 Ⅳ. ①I516.14

中国国家版本馆CIP数据核字(2024)第052035号

出版发行: 上海外语教育出版社
(上海外国语大学内) 邮编: 200083
电　　话: 021-65425300 (总机)
电子邮箱: bookinfo@sflep.com.cn
网　　址: http://www.sflep.com
项目负责: 陈　懋
责任编辑: 王乐飞
特约编辑: 齐快鸽
封面设计: 周蓉蓉

印　　刷: 上海中华商务联合印刷有限公司
开　　本: 890×1240　1/32　印张 34.125　字数 823 千字
版　　次: 2024年12月第1版　2024年12月第1次印刷

书　　号: ISBN 978-7-5446-8063-9
定　　价: 138.00元

汉译《歌德全集》主编序言

卫茂平

歌德(Johann Wolfgang Goethe,1749—1832)是德国文学史、思想史及精神史之俊才,也是欧洲乃至世界文坛巨擘。他还是自然科学研究者、文艺理论家和国务活动家,并对此留文遗墨,显名于世。

德国产生过众多文化伟人,但歌德显然是德国面对世界的第一骄傲,一如莎士比亚于英国。他在本土受到厚待,在中国亦同。撇开李凤苞(1834—1887)《使德日记》中提及"果次"(歌德)不论,首先以著作对他示出无比热情的,该是晚清名人辜鸿铭。他1898年由上海别发洋行出版的《论语》英译(*The Discourses and Sayings of Confucius*),副标题即是《引用歌德和其他西方作家的话注释的一种新的特别翻译》(*A New Special Translation, Illustrated with Quotations from Goethe and Other Writers*),颇有以德国歌德注中国孔子之势。另外,他1901年的《尊王篇》和1905年的《春秋大义》,同样频引歌德。到了1914年1月,中国第一部汉译德国诗歌选集、应时(应溥泉)的《德诗汉译》由浙江印刷公司印出,收有歌德叙事谣曲《鬼王》。同年6月,上海文明书局推出《马君武诗稿》,含歌德译作两篇:《少年维特之烦恼》选段《阿明临海岸哭女诗》和《威廉·迈斯特的学习年代》中的《米丽容歌》。此后,影响更大的是郭沫若所译《少年维特之烦恼》(上海泰东图书局1922年版)。此书首版后不仅重印数十次,而且引出众多重译,比如有黄鲁不(上海创造社1928年版)、罗牧(上海北新书局1931年版)、傅绍光(上海世界书局1931年版)、达观生(上海世界书局1932年版)、钱天佑(上海启明书局1936年版)、杨逸声(上海大通图书社1938年版)等译本。紧随其后的是郭沫若译《浮士德》第一部(上海创造社1928年版)。它带出周学普《浮士德》汉译全本(上海商务印书馆1935年版)。郭沫若的全译本随后跟进(群益出版社 1947 年版)。总之,在从 20 世纪初至 1949 年的五十年间,不少歌德代表作被译为汉语,比如《史推拉》(1925)、《克拉维歌》(1926)、《哀格蒙特》(1929)、《铁手骑士葛兹》(1935)、《诗与真》(1936)以及《赫尔曼和窦绿苔》(1937)。据本人粗略统计,其中至少有中长篇小说及自传四部、剧本七部、诗歌上百首、诗集三部,另有一些短篇故事和童话。

新中国成立之后,尤其是 20 世纪 80 年代初以来,歌德作品汉译风光无限,很难在此细述。以《浮士德》为例。这部大作之重译在 20 世纪下半叶至少有五部,它们分别是董问樵(复旦大学出版社 1982 年版)、钱春绮(上海译文出版社 1989 年版)、樊修章(译林出版社 1993 年版)、绿原(人民文学出版社 1994 年版)、杨武能(安徽文艺出版社 1998 年版)的译本。进入 21 世纪,《浮士德》重译势头未减,仅本人所收就有陆钰明(长江文艺出版社 2012 年版)、潘子立(天津人民出版社 2013 年版)、马晓路(安徽师范大学出版社 2013 年版)和曹玉桀(北京联合出版公司 2015 年版)的同名译本。

而《少年维特之(的)烦恼》,自 20 世纪 80 年代初以来,复译愈炽。翻检个人所藏,已见有不同译本约二十种,译者分别为侯浚吉、杨武能、胡其鼎、黄甲年和马惠建、劳人、丁锡鹏、韩耀成、仲健和郑信、江雄、王凡、梁定祥、张佩芬、冀湘、成皇、贺松柏和李钥、徐帮学、王荫祺和杨悦等。拙译《青年维特之烦恼》(北岳文艺出版社 1996 年版)属异名同书。

1999 年,当德国学界隆重纪念歌德二百五十周年诞辰之时,我国歌德汉译出版,达其大盛。京沪等地共有三部歌德文集,不约而同,联袂而出。它们分别是:人民文学出版社的 10 卷本《歌德文集》、上海译文出版社的 6 卷本《歌德文集》以及河北教育出版社的 14 卷本《歌德文集》。

人民文学出版社的《歌德文集》，第1卷收《浮士德》，第2卷收《维廉·麦斯特的学习时代》，第3卷收《维廉·麦斯特的漫游时代》，第4卷和第5卷收《诗与真》(上、下)，第6卷收《少年维特的烦恼》与《亲和力》，第7卷收《铁手葛茨·封·贝利欣根》等剧作四部，第8卷收诗歌两百余首，第9卷收叙述诗(内含《叙事谣曲》《赫尔曼和多罗泰》与《莱涅克狐》等三部)，第10卷含歌德“论文学艺术”的相关论述约六十篇。

上海译文出版社的《歌德文集》，为该出版社已出单行本之汇集，书名分别是《浮士德》《威廉·麦斯特》《少年维特的烦恼——歌德中短篇小说选》《歌德诗集》《亲合力》《歌德戏剧三种》(含《克拉维戈》《丝苔拉》和《哀格蒙特》)。

河北教育出版社的《歌德文集》，分为第1卷《诗歌》，第2卷《诗剧》(收《浮士德》)，第3卷《长诗》(含《列那狐》《赫尔曼和多罗苔》)，第4卷《小说》(收《少年维特的烦恼》与《亲和力》)，第5卷《小说》(收《威廉·迈斯特学习年代》)，第6卷《小说》(收《威康·迈斯特漫游年代》)，第7卷《戏剧》(收《情人的脾气》《铁手葛兹·封·贝利欣根》《克拉维戈》和《丝苔拉》等包括残篇在内的十二个剧本)，第8卷《戏剧》(收《埃格蒙特》《伊菲格尼》《托尔夸托·塔索》与《私生女》等剧本)，第9卷与第10卷同为《自传》(分别收《诗与真》的上下两部)，第11卷为《游记》(收《意大利游记》)，第12卷题为《文论》(下分“艺术评论篇”“文学评论篇”“铭言与反思”，收文近六十篇)，第13卷与第14卷同为《书信》，共收歌德书信数百封。

三地三套文集，如约而至，争奇斗艳，在我国歌德汉译史上，可谓赫赫可碑。但细细查检，仍见如下现实：重译居多，新译殊乏。纵观歌德全部作品，其大量的日记、书信和各类文牍，直至今天，依旧少有汉译；遑论其有些作品的原始版本或者异文；而对其自然科学领域著述的译介,依然乏善可陈。这种局部的复译不断和整体的残缺不全,既造成我们歌德阅读、理解与研究方面的巨大障碍,也有碍中国作为善于吸收世界优秀文明成果的文化大国地位。

其实早在近百年前,田汉、宗白华、郭沫若合著《三叶集》(亚东图书馆 1920 年版)已提建议:“我们似乎可以多于纠集些同志来,组织个‘歌德研究会’,先把他所有的一切名著杰作……和盘翻译介绍出来……”遗憾的是,此愿至今未成现实。笔者曾在这三套“歌德文集”出版前后,援引上文,难抑感叹:“我们何时能够克服商业主义带来的浮躁,走出浪费人力物力的反复重译的怪圈,向中国读书界奉上一部中国的‘歌德全集’,让读者一窥歌德作品的全貌,并了却 80 年前文坛巨擘们的夙愿?”①

此愿不孤。之后十年,偶见同调类似表述:“最近在中国可以确定一种清晰趋势,总是聚焦于诸如《维特》和《浮士德》这样为数不多的作品,而它们早已为人熟知。难道我们不该终于思考一下,是否有必要去关注一下其他的、在中国一直还不为众人所知的歌德作品吗?与含有 143 卷的原文歌德全集相比,即使那至今规模最大的 14 卷汉语歌德文集,也仅是掉上一块烫石的一滴水珠。究竟还需要几代中国人,来完成这个巨大的使命?”②由此可见,歌德全集的汉译,越来越成为中德文学及文化交流过程中的学术召唤,并成为改革开放时代中国日耳曼学研究的具体要求。汉译《歌德全集》,若隐若现,有呼之欲出之势。

---

① 卫茂平:《歌德译介在中国——为纪念歌德二百五十年诞辰而作》。载:《文汇读书周报》1999 年 10 月 2 号。

② 顾正祥编著:《歌德汉译与研究总目》(1878—2008),中央编译出版社 2009 年版,第 XIX 页。原文为德语,由笔者译出。

完成这个使命,先得选定翻译蓝本。歌德十分珍视己作,身前就关注全集编纂。首部13卷的《歌德全集》1806年至1810年出版。① 第二部20卷的《歌德全集》,1815年至1819年刊行。② 他在晚年投入大量精力,从官方争取到当时未获广泛认知的作家版权,于迟暮之年,推出《歌德全集——完整的作者最后审定版》40卷。③ 歌德身后,前秘书爱克曼和挚友里默尔,承其未竟,编就《歌德遗著》20卷,作为上及"作者最后审定版"的41至60卷,同由歌德"御用"的科塔出版社出齐。④

规模更大的歌德全集,即所谓魏玛版《歌德全集》,由伯劳出版社1887年至1919年发行。⑤ 它分四个部分:一、作品集55卷(63册);二、自然科学文集13卷(14册);三、日记15卷(16册);四、书信50卷(按每年1卷编成,所以卷帙浩繁)。凡133卷(143册)。

其实,歌德的各类著作包括书信等众多文字,即使在上及魏玛版全集中,也非全备无缺。另外,随着歌德作品发掘和研究的深入,新有成果,不断现身。所以,魏玛版之后,到了20世纪,歌德作品集或全集的出版,依旧代起不迭。主要有三:

---

① Goethes Werke, 13 Bde., Tübingen: J.G. Cotta, 1806-1810.

② Goethes Werke, 20 Bde., Stuttgart und Tübingen: J.G. Cotta, 1815-1819.

③ Goethes Werke. Vollständige Ausgabe letzter Hand, 40 Bde., Stuttgart und Tübingen: J.G. Cotta, 1827-1830.

④ Goethes Werke. Vollständige Ausgabe letzter Hand, Bde. 41-60, hg. v. Johann Peter Eckermann und Friedrich Wilhelm Riemer, Stuttgart und Tübingen: J.G. Cotta, 1832-1842.

⑤ Goethes Werke, 4 Abteilungen, 133 Bde., Weimar: Verlag Hermann Böhlau, 1887-1919.

一是汉堡版《歌德文集》,[①]按作品体裁分类编排,辑有歌德的主要作品,未录歌德日记、书信和文牍等,计 14 卷,是歌德作品选集,每卷均有评述。自 1964 年出齐后,历经多次修订,较新的有 1981 年慕尼黑版。

二是慕尼黑版《歌德全集》,[②]按作家创作年代的时间顺序编制,实际也是辑录歌德主体作品的文集,兼收部分书信,每卷均有评注。共计 21 卷(33 册),1985 年至 1998 年刊印。

三是法兰克福版《歌德全集》40 卷(44 册)。正文 39 卷 1985 年至 1999 年排印。[③] 它显然与歌德亲自主持的最后一部全集形成呼应,同为"40 卷",但在辑录规模和笺注水准上,远非昔日全集可比。

法兰克福版《歌德全集》,被誉为 20 世纪(目录卷出版于 21 世纪)最完善的歌德版本,亦即代表目前歌德全集编制的最高水平。它既是德国日耳曼学人及出版界匠心经营、与时俱进的成果,也是歌德全集出版史上承前启后的新碑,并有以下亮点:

第一,它对歌德文字收录相当完整,囊括了歌德不同体裁的文学作品,以及美学、哲学、自然科学等方面的文字,还有书信、日记、自传、游记、谈话录和翻译作品以及从政期间所产生的相关公文,集成正文,几近 3 万页,规模可谓庞大,内容更臻完备。

第二,作品或文本按体裁划分,同时又按照编年体编排,并收录

① Johann Wolfgang Goethe: Werke. Hamburger Ausgabe in 14 Bde., Hamburg, 1948 - 1964.

② Johann Wolfgang Goethe: Sämtliche Werke nach Epochen seines Schaffens. Müncher Ausgabe. München und Wien, 1985 - 1998.

③ Johann Wolfgang Goethe: Sämtliche Werke. 40 Bde., Frankfurt /Main: Deutscher Klassiker Verlag, 1985 - 1999. 第 40 卷即目录卷 2013 年改在柏林问世: Das Register zum Gesamtwerk von Johann Wolfgang Goethe, Berlin: Deutscher Klassiker Verlag, 2013.

重要作品的初版或异版，以此进一步全面呈现歌德的创作思想与生命历程。

第三，邀请德国文学研究专家五十余人，倾力二十余年，对歌德的各类文字，进行详尽评述与注解，提供众多辨证。仅笺注规模就达两万多页，实为歌德研究集大成者。

第四，它有目录卷上、下两册，置于卷末，以约1555页的篇幅，提供本《全集》所涉人名(包括写信人和收信人以及谈话对象的人名)、地名、作品名(包括诗歌题目及无题诗歌首行)的完整索引，给出其在本《全集》中的卷数和页码，所涉条目数逾百万，可为查检全集各种内容提供便利。

由此可见，将它选为本翻译项目的底本，既能最终推出一部汉语版《歌德全集》，让汉语读者有机会目睹歌德作为诗人、文学家、国务活动家和自然科学研究者的全貌，也可打造兼具学术性的评注版《歌德全集》汉译本，让我们的歌德研究同时跨上一个台阶。

2006年初，笔者有幸获得这套法兰克福版《歌德全集》(德国博世基金会赠，2005年12月10日由德寄出)。本该更早启动译事，了却已有心愿。只因歌德作品卷帙浩繁，规模庞大，内容复杂，涉及面广。兹事体大，让人踌躇。直到2014年，一则躬逢昌达的学术环境，二则得到同仁领导的大力托举，才鼓勇气，正式提出翻译歌德全集的建议。它当年就被国家社会科学基金重大项目(第二批)招标选题库采纳，显然获得学界同人高度认可。

最初想法，是仅做翻译。但考虑到国家社会科学基金重大项目通常涉及研究，所以起先提交的题目，含歌德翻译研究内容:“《歌德全集》翻译与歌德作品汉译研究”。有兄弟院校同行，见此招标，参与竞争。后经有关方面协调平衡，此题被分为“歌德翻译”和“歌德研究”两个独立项目，并在2014年11月同获立项。我们回到原点，专事翻译；竞标同行也有斩获，专事研究。结果可说各得其所，皆大欢喜。

本项目由本人作为首席专家，在上海外国语大学、北京大学和北京外国语大学多位同仁的热情帮助下，尤其在上外党委书记姜锋博士等党政领导的大力支持下，于2014年8月24日填表申请，2014年11月5日由“全国哲学社会科学规划办公室”作为“2014年国家社科基金重大项目(第二批)”批准立项。最终题目改为：“《歌德全集》翻译”。项目批准号14ZDB090。

这部汉译《歌德全集》，将法兰克福版《歌德全集》作为蓝本，最终分为五个子课题：

一、歌德诗歌与格言(共4卷：卷1、卷2、卷3、卷13)。负责人：王炳钧。

二、歌德戏剧与叙事作品及翻译(共9卷：卷4、卷5、卷6、卷7、卷8、卷9、卷10、卷11、卷12)。负责人：谷裕。

三、歌德自传、游记、谈话录与文牍(共7卷：卷14、卷15－1/15－2、卷16、卷17、卷26、卷27、卷39)。负责人：李昌珂。

四、歌德书信、日记及谈话(共11卷：卷28、卷29、卷30、卷31、卷32、卷33、卷34、卷35、卷36、卷37、卷38)。负责人：卫茂平(兼)。

五、歌德美学与自然科学作品(共8卷：卷18、卷19、卷20、卷21、卷22、卷23－1/23－2、卷24、卷25)。负责人：谢建文。

另加索引卷(卷40－1/40－2：人名、地名、作品名)。负责人：卫茂平(兼)。

统计分析表明：法兰克福版《歌德全集》正文达29 972页，汉译可能将达20 000千字。与此同时，全集由德国相关领域的权威专家对每一卷进行详尽严谨的注解与评述,共达 21 790 页,汉字约有 13 000 千字。这部分内容,不会被逐字逐句地译成汉语,而会被作为译本注释和作品解读时的重要参考资料,得以使用。加上译文之外的这些添加内容,这部汉语版歌德全集,其总字数可能达到 30 000 千字左右。

截至目前,共有一百多位国内外日耳曼学人参与翻译,另有多位各领域的学者、专家等协助工作。整个项目组人员分别来自京、沪等地和德国的约四十家国内外大学与科研机构。而各位译者,大多是中国的德语教师,其中不乏年逾八旬的前辈名宿,也有三十上下的青年学子。至少在我国德语圈内,可谓老少咸集,群贤毕至。在时代飚进、人趋实惠的当下,有众多同道集聚一起,为这样一项理想主义色彩浓厚的事业出力,作为主持者,倍感信念之力、同道厚爱。每每思之,感喟无穷。谨借此序,深致谢意!

德汉两种语言,在语法、词汇、句法以及对事物的称谓和命名上,差异巨大。两个民族的文化道统,更是有别。加上歌德的文字距今久远,译者之路,榛莽密布,崎岖难行。虽歌德作品汉译非生荒之地,其主作大多已有汉译。但是,相对原语的唯一、永恒和不可改变性,翻译本质上只是某时某刻的选择性结果,都是暂时的,不具终极意义。对研究者来说,旧译本可能更有魅力,因为它蕴含这一代人的审美趣味和文学眼光。而对一般读者来讲,也许符合此时此刻语言发展的译语最为合适。遑论研究新见时常问世,甄别旧译,融合新知,成为必须。而对本项目而言,它其实还面对大量在汉语语境内尚处尘封湮没状态的歌德文字。也就是说,我们所做,绝非集丛拾残、辑佚补缺之事,而常为开启新篇、起例发凡之举。这让译事更加步履维艰。所以本全集的翻译,舛误不当之处,或许难免。也会有个别古奥之词，因目前无法移译，而不得不留存原文，以请明教，开启柴塞。还望读者见谅。

该项目的一大困难，在于逾百名译者之间人名、地名、作品名、标题以及诗歌标题的译文统一。外语中同一读音常可对应不同汉字，而歌德作品及作品人物等的已有译名，往往各不相同。因此，译事第一步是翻译法兰克福版《歌德全集》索引卷（包含全集中所有人名、地名、作品名以及诗歌标题或诗歌首行的索引），以此为基础，确保本全集中各种译名尽量做到统一、规范。这里既有“萧规曹随”的做法，比如“Goethe”依旧是“歌德”；也有“不循旧习”的例子，比如“Lotte”不再是旧译“绿蒂”而是“洛特”。

我们计划，用五至十年时间完成这部《歌德全集》的翻译和出版工作。全力支持该项目实施的上海外语教育出版社，已在2016年8月19日上海书展上首发法兰克福版《歌德全集》德文影印版，为本全集助力开道。

德谚有言：Aller Anfang ist schwer。汉语是：万事开头难。目前各卷译作逐渐竣事，将陆续推出。这意味着汉译《歌德全集》的实现，不再杳渺。“开头”之难，即将成为过去。

另有德谚云：Ende gut, alles gut。汉译为：结果好，一切好。就此而言，开端远非全部，结果决定一切。如此说来，“革命尚未成功，同志仍须努力”。

2019年4月于上海外国语大学

约翰·沃尔夫冈·歌德
Johann Wolfgang Goethe

拿破仑时期

1805 年 5 月 10 日至 1816 年 6 月 5 日
书信、日记及谈话

第一部分

自席勒逝世至 1811 年

Napoleonische Zeit
Briefe，Tagebücher und Gespräche
10. Mai 1805—6. Juni 1816

Teil I：
Von Schillers Tod bis 1811

目 录

魏玛/耶拿

1807 年 9 月 11 日至 1808 年 5 月 11 日

1808 年

魏玛/耶拿

1810 年 10 月 2 日至 1811 年 5 月 11 日

1811 年

1805 年

魏　玛

1805 年 5 月 10 日至 7 月 2 日

1. E. 格纳斯特(1862) 9

1805年5月中旬

〈A. 格纳斯特：[1]〉我们极其悲恸，但没有人敢把他〈席勒〉逝世的消息告诉歌德[2]，而且，没有他取消下一场演出的命令，我们都不知道该怎么办。最终亚格曼[3]站出来，直截了当地告诉公爵说，在这种心情下她无法演喜剧。这样，人们才按照公爵的指示于5月10日〈11日〉星期六关闭舞台。第二天没有再贴出剧院海报，而是一则总理府告示：

“魏玛，1805年5月10日

兹因备受尊敬的、为德国戏剧做出重大贡献的枢密官席勒先生逝世，值此悲痛时刻，应所有国人，特别是公国宫廷剧院全体演职人员请求，经公爵恩准明日演出暂停。”〈……〉

之后不久，因有急事需要我去他那里，我忐忑不安地上了路。他表情严肃地接待我，只字未提席勒的去世。我得到他的吩咐准备离开时，他喊道：“还有一件事！告诉那个起草我朋友讣告的人，他原本不该发这个告示的！席勒去世了，不需要为取消一场演出而向观众道歉。”

---

① 安东·格纳斯特(Anton Genast，1765—1831)是歌德在剧院事务方面最亲密的同事和伙伴。他的儿子爱德华·格纳斯特(Franz Eduard Genast，1797—1866)在歌德的保荐下开始演员生涯。在他的回忆录中，他将父亲早年的回忆整理成《父亲的讲述》流传下来。在前言中他写道：“在此将我父亲口头或书面讲述的事情忠实地记录下来，并以自述的方式来引用”。不过这段文字的真实性值得怀疑，里面记载的一些事件存在讹误。

② 根据小福斯(见后注)5月22/26日的信和费贝尔(Johann Michael Christoph Färber，1778—1844)的信，歌德至少在5月10日早晨就已经得到了席勒的死讯。

③ 亚格曼，即亨丽埃特·卡洛琳·弗里德里克·封·海根多夫(Henriette Karoline Friederike von Heygendorf，geb. Jagemann，1777—1848)，娘家姓亚格曼，魏玛宫廷剧院当红女演员，卡尔·奥古斯特公爵的情妇。

10 2. J.H. 福斯[1](小)致 C.W.F. 佐尔格 (1805 年 5 月 22 日至 5 月 26 日)

1805 年 5 月 18 日　星期六

歌德对我和里默尔比以往更真挚。我们俩现在也总保持有一人在他身边。前面八天,我们完全不谈席勒。然而到了 5 月 18 日,我与歌德在公园里散步时,他情绪悲痛,我从未见过他那么激动的样子。他一一数叨着席勒的死和我父亲的离去,他整个心都碎了。他心情沉重地述说着,他的话[2]透入我骨髓。那一刻,哪怕让我拥有百万家财也抵不上我想要说出一句安慰的话,说我父亲还在这里。我痛苦地哭了,歌德也哭了。我们就这样默默地走回家,我抓着他的手,紧紧地握着它,跟他进了花园,然后默默地与他告别。晚上,武尔皮乌斯[3]来看我,告诉我说他在房间里心情久久不能平复。他还说,"福斯会跟他父亲去海德堡,而里默尔早晚也会被人带走,然后只就剩我一个人了。"〈……〉

---

① 小福斯(Johann Heinrich Voß, 1779—1822),德国中世纪研究学者,语文学者,1804 年初在歌德的推举下进入魏玛高级中学任教。歌德对这位狂热地崇拜他的年轻人给予了父亲般的关怀,让他住进家中。小福斯在写给朋友的大量信件中,讲述了与歌德的交往。他最终于 1806 年底也去了海德堡大学任古典语文教授。

其父老福斯(Johann Heinrich Voß, 1751—1826)是著名的《荷马史诗》的德译者,1802 至 1805 年期间在耶拿逗留,1805 年 7 月迁至海德堡,在海德堡大学担任无授课任务的教授。歌德与他保持着友好的关系,是他的《荷马史诗》译本的崇拜者,尤其喜欢他的六音步诗行的田园诗《露易丝》。歌德的史诗《赫尔曼与多萝西娅》即按照这种六音步诗行写成。

② 1806 年 8 月 12 日小福斯在写给尼迈尔(Chr. Niemeyer)的信中这样描述道,他(指歌德)用洪钟般的声音说:"席勒的逝去我不得不承受,因为这是命运给我的安排,但他搬去海德堡却不能归咎于命运,这全是人力所为。"

③ 克里斯蒂安娜·武尔皮乌斯(Christiane Vulpius, 1765—1816),歌德的生活伴侣,1806 年 10 月 19 日才与歌德正式结婚。参见第 86 封信及第 89 号日记。

3. 歌德致科塔[①]

1805年6月1日　星期六

尊敬的科塔先生，

您询问是否应当在德国剧院为席勒立一块纪念碑，目前我能说的只是，人们已经以各种方式给我提出这个要求了。我认为，艺术，当它与痛苦结合在一起时，只有当它是为了减轻痛苦，将痛苦消弭在更高的感情慰藉之中时，才应当去唤起痛苦。从这个意义上说，我宁愿展示那些留给我们的东西，而不是去展现已经失去的东西。

我已制订好计划[②]，希望接下来能付诸行动；我还不能确定时 11
间。如果我能创作一件对这个任务来说并非毫无意义的作品，那我
也倾向于把它交给其他剧院，并很乐意把手稿和总谱交给您。希望
不久我可以多聊一些，我听说您已经顺利到家了。

魏玛，1805年6月1日　　　　歌德

---

① 约翰·弗里德里希·科塔(Johann Friedrich Cotta，1764—1832)，德国著名出版商，歌德著作的最重要的出版发行人。科塔5月15日给歌德的信中，考虑给席勒家庭进行义演，这种义演也的确在若干个舞台上演，但不是用歌德的作品，他的计划也没有得到执行(参见本信的注释)。

② 歌德曾经提交了一份题为《席勒的葬礼》的清唱剧草稿，请策尔特为它谱曲(见歌德致策尔特的信)。后续几封信中又多次提及此事。随后，他打算把席勒的《大钟歌》的场景再现出来，也请策尔特为此谱曲(见第14封信及注释)。歌德为《大钟歌》写的跋是他当时为死者写的唯一一首礼赞诗。1805年11月18日他在给策尔特的信中写道："11月9日，我们打算在这一天在剧院缅怀席勒，但俄国皇帝陛下不得不将就着跟我们一起看《华伦斯坦的营地》。一旦您把作品寄给我们，错过的东西还能补救回来。"第二年歌德给F.A.沃尔夫写道(写于1月5日，信中暗示了两人1805年夏在劳赫施泰特的会面)："我在劳赫施泰特的漂亮的打算当然已经陷入停滞，对此，那位搞作曲的朋友应当负最大的责任。《大钟歌》在我这里(魏玛)还没有上演过一次，更不要说我们谈的那个东西了。也许，对劳赫施泰特来说，它已经达到了目的，因为，这样一位朋友人们要不止一次地去纪念，这是合情合理的。"其实歌德对他的剧本自己也是有责任的，他不稳定的健康状况阻碍了他完成这项工作。1805年9月5日他在给沃尔夫的信中也提到了创作受阻的事情。歌德后来在1826年写了一首《席勒的遗骨》作为纪念献给他的朋友。

4. 歌德致策尔特[1]

1805年6月1日　星期六

自从我上次给您写完信后，就没有过上几天好日子。我觉得我会死掉，现在却失去了一位朋友，我生命的另一半[2]。本来我应该开启一种新的生活方式，但这在我有生之年已经行不通了。我现在只能眼睁睁看着日子一天天流逝，做一点儿眼前的事，而不去想它会有什么结果。

人们总是想从失去的东西或不幸中再找点儿快乐出来，因此，我们剧院方面和其他人都迫切地恳请我在舞台上搞些活动来纪念逝者。对此，我也不想多说什么，只想说我并不反对。我现在只想问您是否愿意帮忙，而且主要是您是否愿意把我从第27期《音乐报》[3]得知的您的赞美诗《人活着并经受考验》分享给我，再为几篇风格比较明快的诗篇谱曲，或找几支已经谱好的曲子转给我去配上合适的歌词，曲子的风格我会告诉您的。我知道了您的进一步想法后，会告诉您后面要做的事情。

您那一组关于乐团组织安排的精彩短文目前还压在我这里[4]，
12 这主要是因为它们包含着对我们自身现状的一种讽刺。现在赖夏特

[1] 卡尔·弗里德里希·策尔特(Carl Friedrich Zelter，1758—1832)，作曲家，生于德国柏林。1822年创建皇家圣乐研究院。策尔特是歌德的好朋友兼音乐咨询顾问，一生为歌德写的歌词谱写过大量的歌曲。策尔特上一次写信给歌德的时间是1805年1月29日。期间歌德多次犯重病，最后一次则是在席勒病危之时。他饱受呼吸道感染和肾绞痛的痛苦，这成为后来折磨他的主要病痛。

[2] 这里借用了贺拉斯的《歌集》(Carmina) I，3，8，诗人称他的同事维尔吉"animae dimidium meae"(我生命的一半)。

[3] 指在柏林出版，由赖夏特(J.F. Reichardt)发行的音乐报。

[4] 策尔特应歌德的请求在1803年7月15日至8月7日期间用信寄给歌德一组文章。它们最终在《耶拿文学汇报》第66—75期的学者专栏上发表。策尔特在这组文章里简短地介绍了乐团的空间、组成以及乐团指挥所必备的素养等。

想把它给音乐报。我找出来看了一遍,觉得无法将它从我们文学报的学者专栏中抽掉,总的说来,它放在那里看起来非常合适。我们这里有些情况已经改变,人们终于可以指责那些被人放任自流的东西。

哈勒的枢密顾问沃尔夫目前在这里。我多么期望今年能见到您。您是否有可能7月底来劳赫施泰特,在这儿帮助准备并实施前面提到的那项工作呢?请您考虑一下,只要告诉我是否有可能就行。费用问题我们届时会考虑的。

您的西班牙鼻烟还有存货吗?这期间我又幸运地收到了一批正宗货。我怎么给您寄过去?

祝您安好,亟复为盼。

魏玛,1805年6月1日　　　　G.

5. 歌德致卡洛琳·封·沃尔措根[①]

1805年6月12日　星期三

我尚未能鼓起勇气去拜访您。就像大病之后的人不愿意照镜子一样,不去看望那个与我们一起承受同样巨大损失的人也是人之常情[②]。请收下此信笺对您和令妹最衷心的问候。谨此,复字为盼。

1805年6月12日　　歌德

① 这是现存的歌德写给席勒的妻姐卡洛琳的第一封信。卡洛琳·封·沃尔措根(Caroline von Wolzogen, 1763—1847)是席勒夫人夏洛特·封·席勒(Charlotte von Schiller, 1766—1826)的姐姐。歌德主要是在魏玛文学社团的圈子内与卡洛琳始终保持着虽不密切但很友好的往来。偶尔有一些比较活跃的交往则是因为卡洛琳的文学创作。其在90年代匿名发表的小说《阿格尼丝·封·莉莲》一开始被人认为是歌德的作品(如F.施莱格尔就这样以为,参见1797年5月16日席勒给歌德的信)。后来她在写《席勒传记》(Schillers Leben, verfaßt aus Erinnerungen der Familie, seinen eigenen Briefen und den Nachrichten seines Freundes Körner)时与歌德有许多交流。此外,在歌德亲自主持出版他与席勒的通信工作中,她还是重要的谈判伙伴。

② 歌德在此处讲"人之常情",主要是表达他的歉意。席勒去世一个月后,歌德才再次见到这两位夫人。1805年9月20日夏洛特在给科塔的信中写道:"我见过他几次,他现在看着我时已能控制自己的情绪了。我真为他感到难过,我没有去看他,是因为他还不能像正常的时候那样控制自己的情绪。"

6. 歌德致策尔特 13

1805年6月19日　星期三

我索要的音乐[1]您很快就寄过来了,在此向您表示最衷心的感谢。如果一切顺利,我想尽早听到它们。此外,我相信您这次做的不是小修补[2],而是从整体上进行了一些裁剪。可惜我从未有幸在身边拥有一位有才干的音乐家可以一起合作。因此,在面对这种情况时,我总是不得不用那些马马虎虎、东拼西凑的东西来将就。此刻,我眼前又浮现出这种情形。

不过您应该很快就能至少先了解我的纲要[3]部分,向我透露您的想法。无论是创作思路还是作品本身都只有我们私下里知道,直到作品完成,可以放心地上演。

我在翻译《拉摩的侄儿》并给它做注时[4],常常会想起您,希望与您哪怕只交谈几个小时也好。我更多地是通过思考而不是通过享受来认识音乐的,也就是说只是泛泛地了解。我很高兴这本书对您是一份很好的消遣。这部对话小说也的确是一部真正的大师之作。

至于《威廉·迈斯特》[5]和其他一些东西,我还欠着您的人情。随信寄去一盒西班牙鼻烟,希望寄到时它还能保持完好。

---

① 策尔特于6月8日、11日把乐谱寄给了歌德,在附信中他详细解释了如何演奏它们。除了歌德索要的赞美诗外,他还寄去了为纪念席勒而谱的安魂曲的开始部分,并在他的小合唱队里演奏这部曲子。

② 策尔特在上面提到的那封信里写道:“……我想做一点特别的事情,这对您来说也不会很困难,只要有可能的话,我就会把曲子寄给你。”

③ 参见第3封信的注释。

④ 歌德为他翻译的狄德罗的对话体小说《拉摩的侄儿》做了注释。这部作品当时才刚刚发行。

⑤ 策尔特从柏林的出版商翁格尔的遗孀那里为歌德弄来了一本《威廉·迈斯特的学习年代》。翁格尔是这部小说的出版商。

伊夫兰[1]完全有权把观众同病相怜的情感用于自己的目的。如果德国人在现实上没有被感动，那他们在理念上也很难被感动。要是他能把这一系列演出进行下去，并最终把它们变成义演，给死者的孩子们带来可观的善款的话，那他就应当受到表扬。

这里说说法兰克福的荒唐事[2]。人们在报纸上这样写道：他死时
并不富有，留下四个孩子并为可爱的观众参加他的葬礼提供免费入场
14 券！牧师僧侣们都知道利用圣徒的葬礼来为活人谋取好处。对逝者深
深的感情是属于朋友们的优先权。那些平时只知道崇拜金钱的法兰克
福的先生们，如果他们把同情实际上印成钞票可能会更好，因为，私下
里说，他们从来没有给那些还在世却寒酸无比的优秀作家付过一页的
稿酬，而是一直等到只花 12 格罗申[3]去买印刷好的作品。原谅我扯
远了。如果我还想就这个话题发表意见的话，我还有更多要说的。

哈勒的枢密顾问沃尔夫在我这里待了十四天。这位非常能干的人的到来使我在各个方面都振作起精神。我每天都在等着雅各比。我为什么不能希望也在今年见到您呢？

祝您安好，请尽早给我回复，不要让我等得太久。谁知道哪一天人就会突然停下来进入永生呢？

魏玛，1805 年 6 月 19 日　　　　G.

---

① 奥古斯特·威廉·伊夫兰（August Wilhelm Iffland, 1759—1814），1796—1811 年期间在柏林任国家剧院的总监。歌德于 1796 年就认识了伊夫兰，当时他在魏玛剧院客串演出。策尔特在信中提到柏林国家剧院为纪念席勒而上演席勒的戏剧一事。

② 指 1805 年 6 月 10 日法兰克福的一份报纸上的一则报导。它写道："这个东西的尊严需要免费的入场券"。

③ 格罗申，旧时德国、法国的银币单位，也是德奥以前最小的硬币单位。这里是谑称极少量的钱。

7. 雅各比[①]致策尔特(1805年7月3日)

1805年6月22日　星期六至7月2日　星期二

〈……〉6月22日我到达魏玛[②]。歌德前一天又犯病了，不过这
次病情较轻，二十四小时后他就又能出门了。他见到我十分高兴，报
怨说我让他等了很久。他说，之前哈勒的沃尔夫还在他这里，把行程
推迟了五天，天天指望我会过来。而我告诉他们最早18号，也许要
20号才到。他这样快活地说话迷惑了我，让我一开始以为我们的朋
友病得不那么严重，但实际上他病得很厉害。很快我就发现他疲倦
了，不停地变换着姿势想让自己休息一下。这一天，这种情况交替出 15
现好几次。晚上9点半，他已经筋疲力尽，很明显想上床休息。之后
的几天里我发现他总是这样，一会儿打起精神，一会儿又很疲惫。最
明显的是跟我在耶拿度过的那两天，他的健康状况非常糟糕。之后
他又变得生气勃勃，我们在魏玛度过的最后两天，他几乎又回到了原
来歌德的样子。他每天都反复地说，他想和他的奥古斯特一起去慕
尼黑看我，并在我那里待一段时间。最后他把时间都定了下来，确定
先要做的一切；计划做得非常详细，足以证明他的计划是非常严肃
的。在年内他就将准备好旅行。他或许还想从巴伐利亚再去一趟意
大利，这次只是去玩儿。他心里一直惦记着先弄懂我的哲学，然后在

① 弗里德里希·海因里希·雅各比(Friedrich Heinrich Jacobi，1745—1819)，德国哲学家。歌德与信奉基督教的雅各比早在1774年就建立了友谊，但两人也一直龃龉不断。这一点从两人很少有当面接触，只是有不太规律的、但偶尔也会是比较密集的通信中反映出来。他们青年时代开始的热烈的友谊，如歌德在他的自传《诗与真》中所描述的那样，使他们在很长一段时间超越了世界观的分歧。但这种分歧也经常导致两人之间产生严重的危机，常年互不理睬，并最终完全陷于沉默。无论如何，雅各比是歌德在去魏玛之前唯一一个狂飙突进时期的朋友，他与歌德的友谊历久而弥新。此信中提到的会面是两个朋友之间的最后一次见面。歌德一开始为《日记与年鉴》准备的报告，详细地阐明了他们之间的关系，它后来在爱克曼收集的《传记细节》中发表。

② 雅各比当时从奥伊廷旅行去慕尼黑就任科学院院长一职，在那里逗留到7月1日。

此基础上把他的哲学至少也处理得和谐一些。我顺着他的意思，对一切可能的事都表示同意，只是和谐不那么容易达成。亲爱的策尔特，我们见面的第一时间就提到了您。歌德问我在柏林的情况，在那里见到过什么人。我说了您的名字，的确，那一刻我也没有想起其他人。歌德对此有说不出的高兴，我了解到他是有多么喜欢您尊敬您。后来，我们究竟有多少次提起您，我已经说不清了。他也不为没有给您写信而道歉，而是欲盖弥彰地撒谎说：这个家伙，这个远在天边的大人物从他眼前消失了，他也没有什么"对远方的影响"①，这些扯淡要比它们本身更有意思，我倒是希望他多撒些这种扯淡的谎。〈……〉

①"对远方的影响"(Actio in distans)，这是一个17、18世纪自然科学从浪漫主义自然哲学中重新拾起的一个术语，歌德经常使用它。亦见诗歌《对远方的影响》。

8. F. 科彭[1]致 J. 斯密特(1805 年 8 月 6 日) 16

1805 年 6 月 22 日　星期六至 7 月 2 日　星期二

这几天我收到雅各比的一封信。他正在去慕尼黑的路上。〈……〉在魏玛他几乎又见到了老样子的歌德。歌德非常反对那些新潮美学家[2]。他直截了当地提到谢林的那些追随者[3],说他们都很优秀,没什么好反对的,他自己已经认识到了这一点。

---

① 弗里德里希·科彭(Friedrich Koppen, 1775—1858),德国哲学家和神学家,当时在不来梅做传教士,雅各比的朋友,谢林的公开反对者(《谢林的学说或绝对虚无哲学的全部》,1803)。

② 指 F. 施莱格尔和他的浪漫派。

③ 指斯特芬斯等人。然而,歌德在很长一段时间里认为自己与谢林的观点高度一致。

9. 雅各比致歌德[①](1815年11月)

1805年6月22日 星期六至7月2日 星期二

〈……〉你反复告诉我，最后一次是在魏玛的时候，你再次说，你我之间存在的巨大的、根本的差异在于我是一个基督徒，而你是个异教徒[②]。在此，也许我应当或必须再次引用这句话，即"真正的尤利安式的仇恨[③](你这样称呼它)是有背于基督教和真正意义上的基督徒的"。你在1792年把这种仇恨一起带到了彭佩尔福特[④]，反复而强烈地展示出来。在那里仇恨已经消减了许多，以致到最后你几乎要像耶稣使徒故事[⑤]中的司库大臣那样说：让我接受洗礼吧！你承认某种基督信仰是最高的人性(说你打算一回到家，稍事休息，就要把整个《圣经》重读一遍)。相较于那个让你痛恨、我也不喜欢的基督教，我更倾向你的异教徒信仰；而相较于你自己的异教徒信仰，你还是倾向〈被你称之为〉我的你无法据有的基督教信仰。

---

① 雅各比是在与歌德上一次争论后起草了这封信，却没有寄给他。

② 歌德常常把自己描述成最后一个异教徒，同见第220封歌德致雅各比的信。他的反对者也给他这样一个称谓。参见1805年7月13日多罗特娅·施莱格尔致卡洛琳·保卢斯的信中关于歌德的温克尔曼："你对这个萨克森-魏玛的异教徒怎么看?"。

③ 罗马皇帝尤利安努斯试图将不久前由康士坦丁一世引入到罗马帝国的基督教再次驱逐出去，因此，他获得了一个外号叫叛教者尤利安。

④ 1792年普奥联军在对革命的法兰西进攻失利，在撤回的途中，歌德在彭佩尔福特的雅各比处住了很长时间。参见歌德在《远征法兰西》中的详细描述中的真实资料。

⑤ 参见《圣经》新约"使徒故事"(第8章第36节)。

10. F. 施莱格尔[①]致他的哥哥(1805 年 9 月 8 日) 17

1805 年 7 月 2 日 星期二前

关于歌德,你完全想错了。这个小老儿针对我们搞了一个真正的阴谋,凡是新学派的东西他都和沃尔夫、福斯这帮家伙一起大声反对。

---

① 奥古斯特·威廉·封·施莱格尔(August Wilhelm von Schlegel, 1767—1845)和卡尔·威廉·弗里德里希·封·施莱格尔(Karl Wilhelm Friedrich von Schlegel, 1772—1829),兄弟二人是德国早期浪漫主义的奠基人,耶拿浪漫派的代表。哥哥 A. W. 施莱格尔是一位学者,著名的翻译家,他翻译了 17 部莎士比亚的戏剧作品、西班牙戏剧家卡尔德隆的作品及但丁、彼特拉克、塔索等人的作品。弟弟 F. 施莱格尔是早期浪漫派重要的理论家,著有《希腊文学研究》和《希腊人及罗马人的诗歌史》等论文。在浪漫派的文艺刊物《雅典娜神庙》上发表过许多"断片"(Fragment)。这些"断片"成为德国浪漫主义的纲领或理论基石。主要文学作品有长篇小说《路清德》和悲剧《阿尔拉柯斯》。

这封信是对当时谈话所发表的意见的反应(针对雅各比? 参见第 8 封信及注释)。F. 施莱格尔也许通过第三人了解到这个谈话的内容,因此会有第 11 封信的出现。也许可以想象的是,当时住在科隆的 F. 施莱格尔于 9 月初在《耶拿文学汇报》上已经看到了 W. K. F.("魏玛艺术之友")愤怒的声明(可参见导读,原文第 750 页),但在科佩的 A. W. 施莱格尔也许把它忽略了。当时 F·施莱格尔与歌德之间明显的神经过敏与早期二人之间的关系形成鲜明的对比。18 世纪 90 年代时,施莱格尔兄弟已经作为聪明而充满激情的歌德的评论者,特别是因对他古典时期的作品的认可而出名。他们在耶拿时期,作为所谓早期浪漫派的中心,与歌德有紧密的来往。歌德不顾席勒的反对对他们非常称赞。当二人 1801 年离开耶拿后,歌德还将他们的戏剧《伊翁》和《阿拉尔柯斯》搬上魏玛舞台,并在他的"魏玛宫廷剧院"(1802)的文章中花了很长的篇幅对 A. W. 施莱格尔的《伊翁》表示赞许。后双方逐渐疏远,竞争激烈并最终反目,参见导读,原文第 749 至 751 页。

11. A. W. 施莱格尔致 F. 德·拉莫特-富凯 (1806 年 3 月 12 日)

1805 年 7 月 2 日 星期二前

有人告诉我们说歌德在谈话中直言不讳地反对新学派,这完全合乎情理①。他怎么不把这话印出来去反对新学派呢?

① 亦见第 10 封信及注释。与 F. 施莱格尔相比,这封信的语言比较克制,反映了 A.W. 施莱格尔对歌德的温和的态度。1803 至 1804 年,他还在帮助《耶拿文学汇报》的建设,1805 年,在充满火药味的关于美学问题的争论中,他甚至还表现出富有理性的理解姿态。他为《耶拿文学汇报》的学者专栏写了一篇"来自罗马的艺术与文学的报告"的文章,于 1805 年初寄给枢密顾问歌德先生,这篇文章在 1805 年 10 月 23 日和 28 日的两期报纸上发表,署名为 A. W.S.(在出版的作品集中,标题为"写给歌德的关于生活在罗马的艺术家作品的一封信")。在信中,他一方面继续让雕塑作为一种古典的理想,另一方面却让绘画去为基督教义及其流传下来的东西进行宣传,以此试图进行一种调和。没有可靠证据证明歌德读过这封信,但文章发表的地点和直接寄给歌德的地址则基本上可以肯定他是读过的。后来,A. W. 施莱格尔依然与歌德经常保持联系,直到 1828 至 1829 年左右歌德与席勒的书信往来发表后,两人关系彻底变坏。

劳赫施泰特/哈勒/宁堡

1805 年 7 月 2 日至 9 月 5 日

12. F. 施莱尔马赫[1]致亨丽埃特·赫尔茨（1805年8月23日）

1805年7月21日 星期日

关于歌德，除了给你讲的那些东西外，我的确再没有什么可说的。敏娜·沃尔夫走过去告诉他说我在这里。当时正躺在床上看书的他说，哟，这可是贵客呀，我得马上过去。他很快就走过来，像对待老熟人那样接待了我，我把他也当成老熟人，因为两人熟络起来很快。我还没有来得及跟他说我最想说的话，他当时满脑子都是加尔[2]和席勒。

---

① 弗里德里希·丹尼尔·恩斯特·施莱尔马赫（Friedrich Daniel Ernst Schleiermacher，1768—1834），德国哲学家、神学家和古典语言学家。此时他在哈勒大学任神学教授。根据歌德1799年9月23日及9月26日的日记，他与席勒谈论了施莱尔马赫的《关于宗教的谈话》，并于1803年秋根据A. W. 施莱格尔的推荐邀请他一起参与新创刊的《耶拿文学汇报》的工作。他偶尔也对施莱尔马赫的评论文章发表一些正面的看法（1804年12月12日和1805年1月2日致艾希施泰特）。

② 弗兰茨·约瑟夫·加尔（Franz Joseph Gall，1758—1828），德国解剖学家和神经生理学家，颅相学的创始人。关于歌德对加尔的讲座的痴迷，参见第16封信的注释。

13. 歌德致 J. H. 迈尔[1] 18

1805 年 7 月 22 日　星期一

承蒙照料诸多事务,在此表示衷心感谢并祝一切顺利。

随信将增刊[2]寄回,我觉得它写得非常好,您可以看到,我只加强了一处的语气。现在是应该表明如何看待这些愚蠢行为的时候了[3]。因为与这些人和气相处是不会有什么结果的,他们只会更无耻地变本加厉。

也许还能给沃尔夫的增订[4]找到地方,虽然他没有要求我们这

① 约翰·海因里希·迈尔(Johann Heinrich Meyer, 1759—1832),歌德一生最亲密的朋友,艺术工作方面的顶头上司。他知识渊博,一直倾心于温克尔曼古典理想。他的半官方艺术专家的职位要感谢歌德的建议,1807 年他承担了魏玛美术学校的领导职务,职责范围也扩大。该美术学校隶属于歌德负责的学院,至此,两位朋友在公务上也彼此相关了。迈尔在撰写他的著作《希腊人的造型艺术史》(1824 至 1825 年出版)和《艺术史》的过程中,歌德给予了极大的关注。迈尔没有出版他的《艺术史》,它也长时间被人遗忘,直到 1974 年才由霍尔茨豪尔(Helmut Holtzhauer)和施利希廷(Reiner Schlichting)出版。

② 这里是指《耶拿文学汇报》第三季度的特别增刊,即迈尔的评论文章:"论波利格诺托斯在德尔斐众神议事厅右侧的绘画,暨关于 F. 里彭豪森和 J. 里彭豪森起草的轮廓及其解释"。

③ 同见导读,原文第 750 页。年轻的里彭豪森兄弟一开始在 1803 年把波利格诺托斯绘画的复制图寄出,去参加"魏玛有奖竞赛活动",歌德对此感到十分震惊,并激励他写了关于波利格诺托斯的文章。一年后两人皈依天主教并成为浪漫派的狂热追随者。他们把这种狂热也表现在印刷出版的著作里,把基督教艺术优先放在希腊艺术之前。他们这种在宗教上和美学上的改变令歌德吃惊痛心。兄弟二人正是由于歌德的公开认可才脱颖而出,而现在恰恰是他们成为了第一批接受施莱格尔的浪漫主义理论的艺术家。歌德在为魏玛艺术博览会写的未发表的悼词"1805 最后的艺术博览会"中写道:"波利格诺托斯的众神议事厅和其他古代艺术作品只给我们留下了一些描述,但它们被人经过深思熟虑和各种检验后尽可能地按原样恢复了出来。这里人们失去了里彭豪森兄弟的早期参与,他们优秀的天赋与其他东西一起转向了圣徒传说和中世纪。"歌德对这种思想改变的切肤之痛也表现在他的日记中,他在《1806 年日记与年鉴》中也提到了此事。

④ F. A. 沃尔夫在他的文章中讨论了有争议的波利格诺托斯的生活年代。

么做，他把波利格诺托斯①又向菲迪亚斯靠近了一些，这些怀疑因此也变得有趣起来。总体说来，我想在这里再次强调，那些只认书面历史资料的人更倾向于去怀疑而不是去确定。②

现在我们要想想如何将那只钟敲响③，接着要去着手《格茨·封·贝利欣根》，我希望不久之后又能跟您在一起。我的病情有一些变化，是否能够痊愈，我还不知道。

内附的《哥廷根学者报》请您寄回给内廷参事艾希施泰特先生并多多致意。您可以看到里面的评论不温不火，但总体上与我们的观点是一致的。但凡我有一点儿时间和心情，我就会把新天主教艺术家的事情彻底讲清楚。这期间我们还可以让它成熟，等候是否能偶尔听到一些有旧异教徒思想倾向的人的想法。

奥古斯特给我写信说，那些期待已久的勋章④终于寄到了。他把几个比较重要的勋章都详细地描述了一番。

您在罗尔巴赫收到这个邮包时，请代我向令亲致意。邮差在回
19 程时还会询问您是否有东西要寄给我，我很希望能看到那个印版的印刷件。

顺致，夏安。

劳赫施泰特，1805 年 7 月 22 日　　　　G.

---

① 波利格诺托斯(Polygnotus)，公元前 5 世纪古希腊壁画家，早期古典风格的大师之一。波利格诺托斯主要在雅典工作，为许多公共建筑创作壁画。他最著名的作品是在德尔斐的众神议事厅中的湿壁画。

② 在《1806 年日记与年鉴》中，歌德详细介绍了语文学家沃尔夫与他本人和迈尔的艺术理论与美学工作之间的区别。

③ 歌德希望将席勒的《大钟歌》搬上舞台。参见第 3 封信的注释及第 6 封信。

④ 指从罗马寄来的一批意大利的铜制勋章，供歌德收藏。

14. 歌德致策尔特[1]

劳赫施泰特,1805 年 8 月 4 日 〈星期日〉

直到今天我才敢不揣冒昧地,也许是怀着最卑微的希望,说将要在这里见到您[2]。在我们承受着巨大悲痛的时刻,我们的相见不仅仅是因为死亡,而且也还是因为生命从我们最敬爱的人身上离去,生死与共给予我们最好的激励。

为了让这封信马上寄出,我不得不从悲伤中挣脱出来,向您提一个请求:我打算把席勒的《大钟歌》改编成剧本,想请您助我一臂之力。请您先通读这首诗,然后找一段比较匹配这首诗的描述某位工匠师傅的交响曲[3]寄给我。我想在师傅[4]朗诵第五节诗中间,在"诵一句虔诚的祷文"这句话之后,以下面这段话为歌词,配上一小段合唱:

我们所做的一切,仰赖着
您的恩典　主啊,在我们身边

接着,师傅朗诵后面四行,直到"喷出火红的巨浪"这一句,然后

---

① 策尔特并没有收到歌德的这封信。8 月 12 日歌德写信给迈尔说,策尔特还会"给演出的安排带来几个部分"。8 月 27 日的《汇报》提到了"策尔特谱写的非常漂亮的结束曲",这句话被《时尚与奢侈品期刊》的 9 月刊简化为"一段(据说是由策尔特谱曲的)简短的哀乐"。对 1806 年 5 月 10 日在魏玛的演出,布克哈德记录下了"合唱",但却没有提到作曲家的名字。策尔特回到柏林后,开始为《大钟歌》谱写管弦乐曲(见致歌德,1805 年 8 月 25 日,1806 年 1 月 12 日和 1806 年 3 月 11 日)。但只有《汇报》明确记录了他谱的曲子在劳赫施泰特(和魏玛)真正上演。由于时间已经模糊不清,解释者把当时报纸的报道联系到了 1805 年 8 月 19 日在劳赫施泰特的第二次演出。但在策尔特的遗物、作品目录和剧院节目单等物品里都没能给出两次演出的直接证据。

② 策尔特于 8 月 9 日,即上演席勒的《大钟歌》的头一天到达,歌德为此写了收场白的部分并请求策尔特为它谱曲。

③ 此处不是指现代意义上的交响曲,而是指序曲或器乐部分为声乐或演员演奏的引子或过渡乐章。

④ 这里的师傅是指《大钟歌》中铸造大钟的工匠师傅。

反复合唱,或如果您愿意,也可以继续演奏音乐。

合唱的结束部分我希望听到这样的歌词:

我呼唤生命,我悲悼亡灵,我要击碎雷霆!

请用赋格的形式,使它尽可能模仿钟声的样子,并根据情况在**我悲悼亡灵**这句上消失。

如果您对此有更好的想法,劳驾您把它谱出来并把总谱给我直接寄到魏玛,我很快就会到那里①。

如果您的这份礼物能在 19 日或 20 日到我这里,那时机就再恰好不过了,因为我打算在魏玛着手推介这出剧。

之后,我希望把另一首诗或至少是它的提纲寄过去,以便 11 月 10 日在我们朋友的诞辰纪念日演出。余话再叙。

G.

---

① 歌德后来改变计划,直到 9 月初才回到魏玛。《大钟歌》直到 1806 年 5 月 10 日才在魏玛首次上演。

15. 里默尔

1805年8月6日? 星期二

1805年8月16日

〈歌德:〉“造物主显然不希望我们身体的力量保持在自然状态下那种程度,它希望我们变得更柔弱,但又不因此而受到损害;因为它在人类社会中、在共同生活中、在理智的力量中为我们准备了一种优势,一种能超越一切最野性动物的优势。精神的某种作用无非是让一个更柔弱的机体胜出。”

16. 歌德致卡尔·奥古斯特公爵(亲笔)

1805年8月9日 星期五至8月10日 星期六

尊敬的殿下,

承蒙殿下恩宠,收到此信时,臣的病情已经比上次去信时有所好转。臣遵照施塔克[1]的建议做沐浴,按照赖尔[2]的建议喝埃格尔矿泉水,这些对臣来说都很有好处。较之先前的状况,臣要好好表扬目前的身体状况,但愿臣没有用虚假的希望再次蒙蔽自己和关心臣的人。

21 臣发现赖尔是一位非常重要的人士。他观察臣的病情十四天,除了开过一张按他自己的说法是用于镇痛的处方外,再没有开过任何其他处方。他完全不去关注臣的病痛,而只是说这一切不需要太多的治疗就会自愈。这对臣来说应该很有安慰作用。

这期间臣虽然身体极为不适,但还是从头到尾听完了加尔的讲座[3],臣非常享受并受到鼓舞。也许殿下现在也亲自见到了他,听他的讲座,发表评论并表示赞赏。

返回之前臣还想结识第三位重要人士。臣打算继续旅行,一方面臣对新的东西很感兴趣,另一方面也是想看看继续前行会有什么收获。臣要到黑尔姆施泰去结识那位神奇的拜莱斯,看看他的收藏品。臣听到过许多关于他本人和他的收藏的故事,让人由不得想去

---

① 约翰·克里斯蒂安·施塔克(大)(Johann Christian Stark, d Ä,1755—1811),歌德长时间以来在他那里接受治疗。

② 约翰·克里斯蒂安·赖尔(Johann Christian Reil, 1759—1813),他的治疗方法在当时引起轰动。歌德在《1805年日记与年鉴》中对此给予褒扬之词,在为1814年哈勒剧院开张而做的试演中馈赠给他一首纪念诗。

③ 这位毁誉参半、声名狼藉的颅相学家在一次讲座之旅中让听众们了解了他的颅相学。当时这门学说饱受争议,并被皇帝下令禁止。歌德从劳赫施塔特前往哈勒去听他的讲座。歌德在《1805年日记与年鉴》中记录下了他极大的兴趣和赞赏,在1805年8月5日给N. 迈尔的信中他写道:"他理应得到每个思考者的认识与倾听,因为他的讲座除了给人以丰富的知识外,还给人以最惬意的消遣。"

亲自见识和检验这两样东西。也许枢密顾问沃尔夫会陪同臣，这绝对会大大提高我们旅行赏景的乐趣。

每年收获季节前，物价都会上涨而不是下降，而我们的戏剧艺术让这些人花掉的钱比预期的还要多。最让人吃惊的是他们顶风冒雨地来看戏。昨天有几百人从哈勒或更远的地方走路过来看《奥尔良的姑娘》。他们来时的衣服还没有干，回去时就又被淋得透湿。

这种天气会推迟收获且使收成难保，这让人感到不安。但今年的光景看上去还是相当不错的，富饶的平原上硕果累累。

臣还必须提一下我们明天要上演的一出特别的剧目，席勒的《大 22
钟歌》。它讲述的是铸造这口大钟的故事。剧中伴唱的诗歌已经分发给剧团成员，每个人都要求按照自己的角色来表演。臣希望借此机会能在这里见到哈勒的枢密顾问沃尔夫。他为普鲁士而留下①来对臣也是一件幸事。期待每年都有一段时间可以见到他，从他的学识和品格中汲取营养、振奋精神。

写这封信时，柏林的策尔特向臣走了过来。能见到这位知识渊博的人士并与他在一起待上几天令人非常高兴。即使世上所有的本事都失传了，人们也可以通过他将之再找回来。

借这位宝贵的音乐大师在此处之际，臣祝愿新发现的年轻天才博伊纳伯格好运。由于将音乐知识传播给大众去享受是很困难的，因此，如果能有一些人作为示范悄悄地学习成才，那是很令人高兴的。

臣也希望由基尔姆斯起头的，与那位自称是男低音②的人的洽

---

① 哈勒属于普鲁士。F.A. 沃尔夫前不久拒绝了被召见去慕尼黑的要求。

② 指施特罗迈尔。卡尔·奥古斯特公爵在1805 年 7 月 27 日的信中写道："他是一个糟糕的演员，但可以成为一名伟大的歌手。"

谈能取得良好的进展。有一副好嗓音是上天赐予的大礼，而一些必要的舞台动作人们应当可以教会他的。

谨此，恭祝殿下贵体安康，在魏玛心情愉快。殿下及夫人慈仁体恤，对臣垂念有加。臣虽不能像在还童泉里沐浴过的人那样返老还童，但希望不久又能活力满满地出现在殿下面前。

劳赫施泰特，1805 年 8 月 10 日　　　　歌德

17. a. F. 魏策[1](日记) 23

1805年8月21日　星期三

主人竟然敢与歌德辩论。他说,因为他是康德哲学的信徒,崇拜绝对命令,所以他认为真正的伟大也必须是一种道德上的伟大。相反歌德认为,伟大本身并不是一种特质,它存在于某种印象之中;伟大通过将人或事按照一定的法则展现给我们而普遍化,但这个人或事却不可能一次性地将自身全部的内在和外在转向所有人。即使在最耀眼的形象中,某些颜色和色调也会因位置和表现形式而占主导,从而决定了印象。有一种伟大是魔鬼般的或甚至是恶魔般的伟大。前者令人觉得,无形力量的影响通过表现和行动似乎变得有形可见,而我们不必总是想到作为道德最完美本质的上帝;而后者那里,行动似乎在一个超越所有法则的领域里起作用。因此,所有的东西,包括道德上最反常的东西,就其伟大的印象来说,只要我们能够找到,就都有其可以展示的一面。

---

① 这篇日记的作者当时是宁堡的贵族郡长 C.E. 封•哈根的孩子们的家庭教师。歌德在这一天与 F.A. 沃尔夫,神学家亨克及奥古斯特一起拜访了这位绰号为"豪爽汉"的哈根。在 1841 年由魏策的儿子出版的《一个新教传教士的回顾》(Rückblick eines evangelischen Predigers)一书中详细描述他们的各种消遣与谐谑,是对歌德在《1805 年日记与年鉴》中描述的补充。此处的文字来自魏策的日记,有两个版本,第一版有多处修改,第二版显然经过了精心润饰。两个版本的间隔不详。17. b. 即是经过润饰的第二版。

b. F. 魏策(17A的修改本)

封·哈根先生竟然敢与歌德辨论。作为康德哲学的信徒,他认为,一个人,一个自身表现出能够履行绝对命令,同时又具有最完美道德品质的人,是美所表现的最高对象,因为真正的伟大同时也必须始终是一种道德上的伟大。歌德对此表示反对。他说:完美的道德上的伟大并不存在于人类的某个个体身上,它只是被想象出来的,是无处寻觅的。正因为如此,对它的描述也超出了美在其中展现自身的兴趣,而这种兴趣从来没有不被感性世界所染指。

24 您可以想象一下,这样一种表现,充满着光亮却没有阴影,打动不了人。有一种伟大是魔鬼般的或甚至是恶魔般的伟大。如果总是将伟大想象成一种自身存在的东西,而不是将它理解为一种施加给我们的印象,这是不公平的。这种印象没有必要在同一人或同一事上反复出现,它只是在特定的环境和特定的条件下重复,这也就是为什么它甚至在最光怪陆离、变幻多端、相互交融的颜色与色调中也能表现出来的原因。康德的绝对命令以人的自治与专制为前提,在这种条件下几乎产生不了激情,更不要说占据上风了。但现在我们看到一种无形的、无法抗拒的力量控制着人并为人规定方向;而人们的倾向和行为常常在一个超越所有法则的领域里恣意存在。所有的东西,包括道德上最反常的东西,都可以展现其貌似伟大的一面。

18. 歌德致卡尔·奥古斯特公爵(亲笔)

1805年8月28日　星期三

殿下,

愿此信在生日当天[①]能有幸问候您,臣因为病后需在劳赫施泰特疗养而不能听候您的吩咐。祝您贵体安康,万事如意。

臣外出旅行[②]十二天回到哈勒后收到殿下尊贵的来信[③],十分欣喜。臣与枢密顾问沃尔夫在旅行期间经历了不少有趣的事。殿下对臣仁慈关爱,肯定获悉臣的健康状况,臣的体力已经能够积极应付一些工作要求了。

在马格德堡,臣主要忙于大教堂和它的文物,特别是那些厄尔士
的文物,其中有三件15世纪的作品,一来它们很有意义,二来它们都 25
是杰出之作。这座城市及其周边同样是令人愉悦的地方。

在黑尔姆施泰,几天来我们的注意力都被梅林—拜莱斯所吸引。他让人想起哥廷根的凯斯特纳和耶拿的比特纳。七十五岁的他还保持着一身的活力,将极大的热情放在他全部的收藏品上,这些藏品像一个巴洛克式的魔环围绕着他。无论新的还是旧的,艺术的或是自然的,珍贵的或不值钱的,有用的和无用的,都绝对会引起他的收藏兴趣。一些是为了保存并让自己开心,而另一些,也会出现这样的情况,只是让它们落满灰尘,腐烂生锈。当然,在这么长的时间里他收集了无法估量的物品。在他收藏的画中,有一幅丢勒的画像[④],是大师自己在二十二岁时画的。在这幅画中,大师的所有品质看上去都是那么青春、单纯,充满活力。这是我看到的其中一幅最令人感兴趣的画,几乎没有破损,完全没有修复的痕迹。

钱币中他收藏有精美的希腊钱币,特别是银币。他还有一批丰

---

① 指9月3日公爵的生日,这封信则是歌德在自己的生日当天写的。
② 歌德在《1805年日记与年鉴》里对这次旅行有详细的描述。
③ 指公爵8月13日对歌德上一封信(第16封信)的回复。
④ 实际上这也是一幅创作于1493年的自画像的复制品,原作藏于卢浮宫。

富的、直到近代都几乎是整套的罗马皇帝金币，也有许多现代的银币和金币，有些很罕见，样子很奇怪。利伯屈恩的解剖显微切片[①]保存得很好；沃康松的机器[②]只剩下一只鸭子，脖子和头还能转动，翅膀几乎不能运动，鸭子在啄食。不过其技艺已呈现出来。

在自然博物标本中，有一些还可以用来装饰耶拿的小陈列室。

此外，我们还遇到了一批真正的、做学术研究的学者[③]，整体上他们的内心状态比人们希望看到的要好很多。只是这个享受丰厚资助，配备齐全的机构，由于一些复杂的原因，发挥的作用并不特别尽如人意。

26 在去哈尔伯施塔特的路上，我们拜访了一位叫封·哈根的郡长，殿下也许对他并不陌生。他用丰盛的饭菜，精美的葡萄酒给我们证明了他“豪爽汉”的绰号绝对名副其实。

在哈尔伯施塔特我们远远地见到了不伦瑞克公爵，舒伦堡部长和哈登贝格部长，看望了格莱姆遗留下的卧在床榻上的妹妹[④]，在他的遗物中翻来找去，思考德国文学过去的岁月，然后再去寻找自由。

我们就这样到达了罗斯特拉珀山，爬上施图芬山，去巴伦施泰特，阿舍斯莱本，经过肯嫩再到哈勒，在那里加尔博士的名字还在回响。关于他的成就希望不久臣能与殿下口头汇报。纸已用完，提醒臣该结束了，就此搁笔，恭致问候。

劳赫施泰特，1805 年 8 月 28 日　　　　歌德

---

① 指柏林的医生利伯屈恩收藏的超过四百件的解剖显微切片，这使他成为伦敦皇家学会的会员。这些切片非常有名。1756 年利伯屈恩死后，它们为拜莱斯拥有。

② 指法国机械师雅克·沃康松发明的自动艺术机器，其中有吹笛子的人。

③ 指在黑尔姆施泰大学的一批学者，1809 年被取消。

④ 其实是格莱姆的侄女，被人称作“Gleminde”。参见《1805 年日记与年鉴》。

请允许臣另附信纸再补充几件事。

从黑尔姆施泰出发,我们旅行去哈尔布克,在那里受到年轻的费尔特海姆伯爵的热情接待,欣赏了他祖上留下的一些不知名的树种。殿下应该知道那个漂亮的园子,现在孙辈们在打理它。

我们看见田间地头到处堆放着果实,土壤的品质不同,结出的果实也不一样。只是这变幻无常的天气令人担心。人们利用每个出太阳的机会抢收成熟的果实。

亚格曼小姐在柏林肯定会受到欢迎。她在这里的三场演出也激起了观众的相当热情,而此前这边的观众由于一些原因都是比较保守的。

再次恭致问候。

G.

27 19. 歌德致 F. A. 沃尔夫①

1805 年 8 月 30 日　星期五

非常感谢寄来的《普洛丁》②。可惜,他所坚持的理想的统一,实际上还是落入了千篇一律的老调,我已经深受这种老调之害了。

我本来打算要自己努力工作的,所以一本书都没有带。然而我发现,天才还需等待时日,所以,请求您给我寄几本消遣类的书,特别是旅游和生活方面的书。若您能把新近提到的那本希腊语法一起寄来,可就帮了我一个大忙。您寄给我的东西越是五花八门就越好,这

---

① 弗里德里希·奥古斯特·沃尔夫(Friedrich August Wolf, 1759—1824),德国著名的古典语文学者。歌德于 1795 年在耶拿结识沃尔夫,这一年沃尔夫的《荷马引论》(Prolegomena ad Homerum)一书出版。书中他提出的观点认为,《伊利亚特》和《奥德赛》并不是由荷马独自一人完成的一部完整的作品,而是由后代亚历山大时期的学者将不同的独立的诗歌汇集编撰而成的作品。歌德一开始对此表示怀疑,但随后就认同这种观点。沃尔夫的观点使他不再犹豫自己去创作一部叙事诗(参见 1796 年 12 月 26 日致沃尔夫的信)。沃尔夫作为该领域的知名代表成为了魏玛古典时期一位备受欢迎的同盟者,并在他为具有纲领性的文集《温克尔曼和他的世纪》所做的贡献中达到顶峰(参见导读,原文第 737 页)。沃尔夫编写了"温克尔曼的学习年代"一章。1802 至 1807 年间,他与歌德的通信最为密集,期间也有相对较多的私人会晤。1805 年两人的友谊达到顶峰。歌德在他的《1805 年日记与年鉴》中为两人在该年夏天的聚会写下了很长的一段文字,描述了两人之间最根本的实质性的争论。种种迹象表明,这种争论在谈话过程中是充满激情的,但在书信中却没有提及。此外,后来歌德的批判性的表述也证明了沃尔夫的人格给他造成令人吃惊的印象,可参见歌德 1814 年 6 月 9 日至 J. H. 迈尔的信(第 806 封信)。歌德常在策尔特那里抱怨沃尔夫的自相矛盾的思想。1822 年 8 月 8 日他写信给策尔特道:"这个世界上我不能缺少他,像他这样的人也不会再有了。"

② 歌德于 8 月 29 日向沃尔夫索要了一本希腊原文版的《普洛丁》。他根据拉丁文译文翻译了核心的一段。9 月 1 日他把译稿寄给策尔特,但没有直接提《普洛丁》:"我偶然弄到了一本古代的书,〈……〉是古代的神秘主义者的那一段。"同样的表述见《颜色学》导言。其中有一句诗句因《普洛丁》有感而发:"如果眼睛不是像太阳那样。"歌德在同一天也把这句诗写进一份宾客题词留念簿。

样我可以看到各种不同的内容。每天十六个小时的时间真是长得可怕。

勋章之事①下次再谈。

劳赫施泰特,1805年8月30日 G.

① 沃尔夫根据歌德的要求为那些勋章提供了一些“历史数据”。

20. A. 欧伦施莱厄[1](1850)

1805年8月28日 星期三至9月5日 星期四

一天早上，我们去拜访歌德，他在劳赫施泰特停留几天。他英俊而有力的脸庞让我感到高兴并肃然起敬，棕色的眼睛使我精神为之一振，从这双眼睛里我仿佛同时看到了维特的真情，格茨的善良，浮士德的深沉，伊菲革涅亚的高贵和莱涅克狐的黠慧。他知道我的阿拉丁的一些内容。威廉敏娜·沃尔夫，一位伟大的语文学家的女儿，从已经过世的预算顾问吉尔鲁那里学习了丹麦语，当时他还在哈勒。她为歌德翻译了诺雷丁的第一段独白。“如果我想快速了解一位诗人的话”，他对我说：“我就读会他的一段独白，独白立刻会揭示他的思想。”他赞扬了诺雷丁的主题，阿拉丁想把他当作一个碰运气的青
28 年让他蒙着眼睛去撞大运。我多么希望能与这位伟人交谈更长一些时间啊，可惜出于礼节，我们不得不中断谈话。他邀请我去魏玛拜访他。

我们走出房门站在外面时，斯特芬斯的心情和我的完全不一样。我对初次见到歌德就被他称赞是一名诗人而感到吃惊，而斯特芬斯则因为他没有邀请我们吃中饭而气恼，而我们是专程为了看他而来到劳赫施泰特的。〈……〉幸运的是他邀请我去魏玛拜访他，这让我感到欣慰，而这种客套并没有让斯特芬斯产生好感。此外，歌德的性格特征中有一点很奇怪，即，几个月之后，当我有幸与他暂短会晤[2]，恭维他时，他向我承认，他当时很想请我们吃午饭，可他自己也不知道为什么没有这样做。〈……〉

---

① 亚当·戈特洛布·欧伦施莱厄(Adam Gottlob Oehlenschläger, 1779—1850)，丹麦剧作家，诗人，丹麦浪漫主义文学的奠基人。欧伦施莱厄由朋友斯特芬斯引荐给歌德。

② 指欧伦施莱厄1806年春在魏玛和耶拿逗留的期间(见第43封信)。

21. 歌德致 F. A. 沃尔夫(亲笔)

1805 年 9 月 5 日　星期四

有好几次我在外面延宕太久，最后被紧急召唤回家。这一次也是如此。我家的小掌柜[①]过来了，带着那些消息和任务，要我抓紧时间必须在明天晚上赶到家。虽然离去的步伐夺走了我与您相见的快乐，但也免除了我告别的痛苦：在享受了这么长时间的亲近睦邻之后，这种告别对我来说要比想象中的更加敏感。您对我的这许多恩情我难以忘怀，您给予一个病人，一个需要康复之人的宽容我感激不尽。如果这些还不是友谊与倾慕的证明的话，那在哪里还能找到它们呢？

请代我向矿监赖尔先生多多致意，衷心感谢他对我的精心照料， 29
并请求他继续给予我书面的建议[②]。我后面有空的时候会告诉他我的身体状况。

那个也许装着之前提到的头骨的小盒子已经收到。盒子把头骨保护得非常好，所以我还没有打开它，到了魏玛我会先睹为快。很遗憾我不能亲自向赠与者致谢！您可以代我表达心意，向这家尊贵的人家表示我最衷心的致意。

寄来的书我已经包好放在剧院对面的里希特家，可以让一个朋友把它们取走。《鲁肯斯和魏腾巴赫生平》[③]令我很开心，更让我高兴的是我觉得大多数时间都是在读您的作品。但林克先生我不太喜欢，他看上去完全胜任不了这项工作。

---

① 指克里斯蒂安娜·武尔皮乌斯。里默尔也用这个称呼。

② 沃尔夫在 9 月 10 日的回信中称，“风湿”是赖尔三个诊断中导致歌德“痛苦痉挛”的其中一个病因。

③ 作者是荷兰人，一位当时非常有名的古代语文学者。这是他为自己的老师鲁肯斯用拉丁语写的传记。

此外，我也很喜欢罗伯特松的高超技能，费尔特海姆[1]渊博的业余爱好；精神上也愿意随伦普里尔神游摩洛哥，但感谢上帝我的肉体还在劳赫施泰特。摩洛哥对我来说不是最好的，我也不敢再次尝试去荒漠里。我写作的纲要已经构思得比较详尽，但付诸实施的源泉却没有打开。然后我去阅读，满怀希望地在阅读中上下求索。沐浴和木棰的敲击也开始了，我不知道该去拜哪路神仙，特别是他们已经开始击打我的墙了，这让我虽然对良好的收获感到高兴，但却非常不舒服。我多么嫉妒那些会抽烟的人，他们对这种情况还有东西抵挡一番。在这种情况下，如果有人来拜访我，我说他要是能早来几个小时或待得更长一些该多好这样的话，那根本算不上是一种恭维。斯特芬斯先生和他的朋友来看望了我一下。从外表上看，年轻诗人令我相当满意。他不去魏玛吗？请您安排他来吧，他应当受到热情的接待，让我了解他的诗和丹麦的诗歌。他答应要给我一份的。如果他没有亲自把诗带来的话，这些诗篇就会长时间放在我那里而无人问津。他离我们如此近，一定能在我们这里找到一些日后在遥远的北方很乐意回忆起的东西。

这里我还在跟我家的小掌柜商量是否应该赶快奔您那里去一趟。但我们的体力和家畜[2]的脚力让我们很不情愿地放弃了这个打算。我们二人向您和可爱的小敏娜致以最衷心的问候，希望尽快收到您的回信，下次再告诉您我们的情况。

劳赫施泰特，1805 年 9 月 5 日　　　　歌德

---

① 指奥古斯特·费迪南德·封·费尔特海姆伯爵的《关于历史、古董、矿物学及相关内容的论文集》(Sammlung einiger Aufsätze historischen, antiquarischen, mineralogischen und ähnlichen Inhalts, 1800)。歌德在 80 年代就认识了这位地质学家和矿监，并刚刚拜访过他的儿子及其收藏的宝物。参见《1805 年日记与年鉴》。

② 歌德在 1799 年购置了马车及马匹。

请允许我再附上一句跟经济相关的话。

可爱的小敏娜垫付的20帝国塔勒14格罗申我会马上从魏玛寄过去,同时还有一些给理发师的钱。

我记录的我们旅行的账目虽然不是太精确,但可以看作是两清了。

我想起来还剩下一些其他的东西,但主要还是想起了您的情谊,我真心希望能延续这份情谊。

G.

魏玛/耶拿

1805 年 9 月 6 日至 1806 年 6 月 29 日

31 22. 歌德致艾希施泰特[1]

1805 年 11 月 16 日　星期六

尊敬的阁下，

喜剧剧本[2]已寄回，请查收，在此向您表示感谢。虽然它不乏幽默，但却与我们戏剧的一条基本原则相冲突。它提到了加尔博士，而且涉及到他的为人品性和他的工作。我随时都会把活人的名字从剧本里删去，把顺便提及他们的地方改掉，因为我不认为人们有权在剧院里提及那些有名的人士，那些还都健在的人，无论是好是坏。戏剧应当营造一种轻松愉快的美学气氛，而这种气氛却会被那些现实之物破坏掉。

您报纸上的一些文章我很用心地看了。米勒的关于拉古萨作品

---

① 海因里希·卡尔·亚伯拉罕·艾希施泰特(Heinrich Karl Abraham Eichstädt，1772—1848)，魏玛宫廷内廷参事，《耶拿文学汇报》主编。歌德与艾希施泰特的大量通信几乎全部是关于《耶拿文学汇报》的内容。这份报纸创办于 1803 年秋，作为《文学汇报》竞争对手，两人为此投入了巨大的精力。《文学汇报》之前一直在耶拿，此后不久很快又被迁往哈勒。地点的变更与发生在耶拿大学的危机有直接关系。1799 年费希特遭解聘这一骇人听闻的事件虽然不能说是导致危机的直接原因，但可以被视为是危机的开始。起决定因素的是经济关系和由此引出的教授团体的激烈争论。经院式的，特别是编外的和只能领取酬金的教授们收入微薄甚至是少得可怜，而大牌学术权威则可以在外界获得声誉和高额的报酬，能支付更高薪水的大学当然也更愿意接受他们。修辞学教授克里斯蒂安·戈特弗里德·许茨(Christian Gottfried Schütz)虽然不是他那个领域的领袖人物，但却是可以炫耀的《文学汇报》的共同出版人。普鲁士根据许茨的呼吁将该报迁移到哈勒，以提升那里大学的声望。歌德新创办这份报纸可以理解为是在维护魏玛和耶拿作为德国的思想中心的声望。艾希施泰特作为《文学汇报》的共同编辑，接过了许茨的位置，被选为这个继承报刊的主编。在他的领导下，该报纸很快把其竞争对手比下去。可参见第 346 和第 427 封信。

② 剧名及作者不详。相同的内容已经在 J.J. 维勒默的一部戏剧《颅相学家》中上演，参见歌德 1803 年 1 月 24 日写给他的信，及在《1803 年日记与年鉴》中记录的略有修改的内容。

的评论[①]非常有意思,给我留下了很好的印象。

劳驾您可以告诉我是谁写了这些哲学史的评论吗[②]? 如果是莱因霍尔德写的,那他应当为此受到表扬。

关于《男童的神奇号角》[③],我也许很快会给您寄去一份宣传小册,还有施莱格尔的《罗马》[④],尽管对后面这个作品说一些既符合事实又不让作者气馁的话是一件很困难的事,而且我们也不愿让作者感到气馁。

恭致问候。

魏玛,1805 年 11 月 16 日　　　　　　　　歌德

---

① 作者 F.M. 阿彭迪尼,J. 封·米勒为其写评论。

② 所有发表在《耶拿文学汇报》上的评论都是匿名的或用作者的简称,只有艾希施泰特知道作者的身份,但行家一般不难猜出作者是谁。有时出于一些原因歌德也会被告知评论者的身份。此处指的是迪特里希·蒂德曼(Dietrich Tiedemann, 1748—1803)的《思辨哲学的精神》;约翰·戈特利布·格哈德·布勒(Buhle, Johann Gottlieb Gerhard 1763—1821)的《哲学史教程》和威廉·戈特利布·滕内曼(Wilhelm Gottlieb Tennemann, 1761—1819)的《哲学史》。评论者是 J.A.H. 乌尔里希。

③ 歌德为阿尼姆和布伦塔诺出版的民歌集《男童的神奇号角》(第一部分,献给歌德)而写的评论于 1806 年 1 月 21 日和 22 日分别发表在第 18 和 19 期《耶拿文学汇报》上。

④ 指 1805 年出版的 A.W. 施莱格尔的悲歌《罗马》。这里提到的宣传小册最后并没有刊发。

32 23. 歌德致科塔

1805年11月25日 星期一

寄来的印刷样品总体上是可读的,可以接受的,尽管看起来没有我们在北方常见的那么时髦、有趣。我打算完全交由您来操办,您可以通过使用新字体或其他方式让印刷品看上去更美观。

最让我放心不下的是印刷错误。寄回的那页纸上已经发现了几个错误。我得承认,谢林的第一期新杂志[①]让我很犯怵。那些让书走了样的印刷错误会极大地误导读者,他们没有校对过他的书,也不想被勘误而弄得兴趣全无。

而且,在南德地区您也不是唯一一位为此不胜烦扰的人。柏林一家文科中学书店印刷的巴托尔迪游记最后有三页勘误表,简直可以说,这个勇敢的旅行者因校对失误遭受的罪比他在土耳其、希腊和阿尔巴尼亚人那里遭受的罪的总和还要多。

即使是订正书页也不是一个好办法。这些书页常常会印在另一页纸上,特别是在打开精装本时,那些贴进去的书页总显得十分扎眼。因此,我不得不再次恳请您,为了保证我们这边没有任何纰漏,请把修订稿交给一位细心的人,这个人在校对时当然不能随心所欲地添加内容,加注标点。

也许把报纸放在您那儿是正确的。自从这份汇报在乌尔姆刊印以来,它变得好读多了。之前一些陌生的名字、技术术语及相似的表达大多都会印错,现在这些伯蒂格式[②]的笑话都消失了。

33 请原谅我把这些烦琐小事想得太多了,但还有什么能比这些东西更让我操心的呢?您从我们印刷《威廉·迈斯特》这本书的细心程度上就可以看出,我们是在严肃认真地去提供一些干净整洁的东西。请您尽可能不要让我有那种痛苦的感觉。

---

① 指《医学作为科学的年鉴》。该书的第一部1805年在科塔的出版社出版。
② 卡尔·奥古斯特·伯蒂格(Carl August Böttiger, 1760—1835)笔下的笑话。

第1卷在12月初也可交稿了。不过我还想把它放在我这儿,因为有些地方间或可以插入一首小诗之类的东西。的确,这份东西我一开始就处理得不够仔细。

《浮士德》①我想或许没有木刻画②或人物雕像也是可以的,要做一些在意义和风格上都能与诗匹配的东西实在是太难了。铜版画和诗歌一般来说都是在滑稽地相互模仿。我想还是让魔法师自己走出困境吧。

〈亲笔〉另外,多瑙河③边的一大怪事,是我们图林根地区驻满了士兵。事态的不可预测性让人们的心悬于恐惧与希望之间④,每个人都希望能熬过这一时刻。有空也给我谈谈您的看法,我对您的看法还是比较相信的。

祝您生活愉快。

耶拿,1805年11月25日　　　　　　　　　　歌德

---

① 在作品集(1808)的第8卷中首次出版了最终样式的《浮士德》I。在书名《浮士德——一部悲剧》之后跟着副标题《悲剧的第一部分》。

② 科塔在11月12日的信中提到此事,显然,歌德在1805年9月28日信中的"木刻艺术风格"的表述被误解了。

③ 拿破仑的军队在10月20日接管了由奥地利占领的乌尔姆。科塔在10月18日和11月12日的信中隐隐约约地提到了尤其是对符滕堡来说已经绝望的政治和军事形势。

④ 当时,普鲁士对拿破仑的态度尚不明确。它调动了军队,却于12月15日在有争议的美泉宫(奥地利皇宫)协议上首先与法国结盟,而卡尔·奥古斯特早在这一年秋天就向普鲁士提供军事支援与拿破仑作战。参见福格特1805年10月12日至歌德的信。普鲁士的军队也于新年之际进驻到歌德的所在。1806年1月5日歌德写信给F.A.沃尔夫说:"可爱的普鲁士人虽不是我们最欢迎的客人,因为这个冬天即使他们没来,我们的日子也已经过得十分艰难。不过我们应当感到欣慰,因为我们听说在王国中连教堂和祭台都没有幸免。因此,我们有理由表扬冬季驻扎在我们这里的奥维斯特团。人们试图从两方面都尽可能地将各种不便降低到最小。"关于政治的局势与氛围,亦可参见《1806年日记与年鉴》的开头部分。

24. 阿尼姆致布伦塔诺①(1805年12月16日)

1805年12月15日　星期日至12月16日　星期一

我要感谢歌德给我留宿,他对我很好,非常地好。他问候你,感谢我们的民歌集,觉得这个集子很有意义。相比魏玛的很多文集,他更称赞这个集子,也许还会亲自在《耶拿文学汇报》上为此写几句话。他每天都请我吃午饭,谈到了几乎每一首歌,他为施奈德的庆祝晚会给你捎去许多祝福的话。鱼的告诫,错配郎,施陶芬贝格,普罗科普的故事,两只夜莺,林登施密特,奈德哈德和他的小和尚都是他最喜
34 欢的。他告诉我说,王子和公主们应该饶有兴趣地读过这些故事的。我感觉像是有一位美丽的女王用手指划过我的头发,拍打着我的颈子。他希望我们的歌集也能扩大到外国的抒情叙事歌谣,包括埃达的神圣的歌谣,和其他古法兰西的、英国的、苏格兰的和西班牙的等等。

---

① 路德维希·约阿希姆·冯·阿尼姆(Ludwig Joachim von Arnim,1781—1831),德国作家,诗人,民俗学家,德国浪漫派的重要代表。贝蒂娜·封·阿尼姆,本姓布伦塔诺(Bettina von Arnim, geb. Brentano, 1785—1859),阿尼姆的妻子,德国浪漫主义时期杰出的女作家。歌德于1801年7月在哥廷根认识了阿尼姆,当时他还是学习自然科学的学生。这次,阿尼姆是第一次在魏玛拜访歌德。

25. 歌德致福格特[①]

1805年12月21日星期六

既然人都要照顾他的下属,特别是在这样糟糕的季节里,所以我想冒昧地问阁下是否能够开恩给我们在图书馆工作的图书管理员每人打赏一点儿新年小钱。这个也可以算作合理的一般性的乞讨[②]吧。如有必要,在下可为此呈文至公国警察总署[③],并一起放入周报中。

魏玛,1805年12月21日　　G.

---

① 克里斯蒂安·戈特洛布·封·福格特(Chritian Gottlob von Voigt,1743—1819),歌德在魏玛宫廷的同事,福格特出身于魏玛的一个官员世家,经过长期的职涯发展,最终成为公国最高政府机关枢密院中最重要的成员。歌德与他在80年代共同领导伊尔默瑙的矿山事务委员会时建立了密切的联系。两人在共事过程中建立了牢固的信任,结下了深厚的友谊。福格特不仅仅是一名优秀的管理者,也是一位受过良好教育的人文学者,除了工作之外,他还做一些其他方面的研究。他与歌德尤其在收藏钱币方面有共同的爱好,福格特是这方面的专家。

② 这里或许是在影射普鲁士的驻扎。

③ 魏玛公国警察机构的设置,以公国警察总署为最高机构,各城市设诸侯警察委员会,亦称治安警察署,再下设警察局,区县一级设警察所。自1809年起,设立州警察署,负责全州警察事务。

26. 歌德致福格特

1805年12月24日　星期二

请允许我用一份礼物来答谢您的这份友好的礼物，它简直可以列入我最喜欢的一系列物品之中。我的礼物您也不会陌生，请您在明亮的烛光下把它呈献给夫人。曾经有一段时间，我们在地下寻找在任何其他地方都找不到的东西①。但回忆起那段时光，令人愉快，即使地面上的日子杂乱无章。经历过这一切人情世故，人们依然能深刻地感受到那真正美好的、历久弥新的友谊。

魏玛，1805年12月24日　　　　歌德

---

① 指两人从1784年开始的在伊尔默瑙的矿山事务委员会的工作，两人一直共事到世纪末，直到这家企业败落。

27. 歌德致艾希施泰特 35

1805年12月31日　星期二

阁下,

请原谅我这么长时间没有给您写信。白日苦短加剧了我的病痛,自上次见到您之后,我就很少有过好日子。

那份增刊页①做了些改动,随后寄去并表示感谢。请您再次修改。第2页就不必再寄过来,希望不要耽搁。

针对《拉摩的侄儿》,哈勒的先生们露出了他们的真本性②。我不知道对他们的局限性或者恶意是否应该表现得更加吃惊。相比之下,您12月份的报纸看上去是多么漂亮啊!

至于R拒绝对侄儿的评论,我不感到吃惊。E是否理解或是忽略了问题③,也许这并不重要,但他是否知道把想法转变成严肃而正式的评论并为其充实内容,我还不敢确定。我不会反对尝试一下。啊!席勒说过的关于这部作品和我的创作的话为什么不在纸上。这是我们讨论过的其中最后的一份材料。

在一个如此珍贵的朋友去世后,我过着半死半活的日子,觉得自己比实际上更虚弱,因此,还请阁下不要对随信附去的那页纸④感到吃惊。我不希望有人因我的文字陷于窘境,评论家的名单请勿落入陌生人手中。

我将尽快给《神奇号角》写几句话寄过去。虽然在去年我对其他一些东西都三缄其口,但请不要怀疑我对您的报纸的热切关注,对它无论在思想上还是格调上依然保持如此优秀与纯净,我由衷地感到

① 指《耶拿文学汇报》1月第一期的特刊,刊登了歌德以“艺术之友联合会的名义”署名的文章“1805年第七届魏玛艺术博览会”。

②《耶拿文学汇报》的竞争对手,哈勒的《文学汇报》于12月14日在第326期上刊登了大量关于《拉摩的侄儿》的评论。亦参见第22封信。

③ R是指J.F. Rochlitz,E是指H. von Einsiedel。

④ 附件中所说的包裹显然有《耶拿文学汇报》使用的作者与其简称的对照表。

高兴。

致以最良好的祝愿。

1805 年最后一天

歌德

36 **〈附件〉**

在我的文件中有一个带封印的包裹，上面写着：

交内廷参事艾希施泰特先生

耶拿

收到此包裹后，请立即交由我的继承人寄给上述提到的先生。

魏玛，1805 年 12 月 31 日　　　　歌德

28. 歌德致 B. H. 德·弗罗贝维尔(亲笔草稿)

1805 或 1806 年

先生,我于 1805 年 5 月 26 日收到了您的书①。我给您写这封信,希望您能收到它。

我写完维特之后到现在已经有三十多年了,我们两人相距也有 70 多个纬度②之远,但时空却不能将我们分开。

在读您的作品时,我仿佛听到了我年青时代的一位同伴,一位犯了我同样错误的同件,但幸运的是,这是一些让人有更多理由去夸耀自己而不是感到后悔的错误。我在维特之后活了下来,您也在您的 S③ 之后活了下来。可以肯定的是您也没有因此而变成一个更坏的公民,因为您是一位充满热情的人,虽然也许是不逢时宜。如果只有伟大的东西才能使我们变得高尚,才能将我们置身于自我之外,那么灵魂将不会得到升华。我们也应当是给渺小的东西赋予价值的人。

希望您生活愉快,完成您所认定的使命。如果您什么时候回到欧洲,请告知我,只要我还存在于我所处的地球的表面,我将永远是您这样……一个人的朋友。

---

① 早在 1809 或 1810 年,从因戈尔施塔特寄来一个包裹,上面用法语写着:"呈《青年维特的痛苦》的作者",里面附着一份用法语模仿维特的作品。包裹是从毛里求斯寄往因戈尔施塔特的,显然在那里被拒收。最后,要不是有一位邮差想起了作者的姓名,而另一位记得作者的住址,给晕头转向的送信人指明了街道,这个包裹差点儿就被原路退回。这是歌德在他的作品上经历的唯一一次有趣的事情,他把这件趣事分享给邻居听,把这个像一盘大杂烩一样盖满各种邮戳的信封装裱到镜框里,在客厅中挂了一段时间,以应对好奇者的反复问询。

② 毛里求斯当时称为"Ile de France",位于南纬 20 度,而魏玛则位于北纬 51 度,两地相距 70 多个纬度。

③ 歌德没有提及作者的姓名,但多次提到 Sidner 这个标题,它毫无疑问与此信中的 S 是一致的,完整的标题是: Sydner ou les Dangers de l'imagination. Paris(impriméá l'Ile de France)。

1806 年

29. 歌德致J. 封·米勒[1](亲笔) 37

1806年1月1日　星期三

尊敬的先生，您在过去的一年里用您的瑞士历史、您的《熙德》[2]、您的报告和评论，给予我如此多恩惠，而我却一直对您保持沉默。我失去了太多，常常是浑浑噩噩，饱受各种病痛的折磨。现在，就让这新年快乐的早晨把我对您的永恒忠诚，把我对您所做的全部成就的密切关注，带着我最热情的祝福送给您。您对我健康和工作的殷切关怀我谨铭记在心。

---

① 约翰内斯·封·米勒(Johannes von Müller，1752—1809)是当时著名的瑞士历史学家。歌德于1782年3月在米勒访问魏玛时认识了他，之后两人有过两次短暂的会面。1804年1月底到2月初，米勒在魏玛停留了较长的时间。当时歌德正忙于创办《耶拿文学汇报》(参见第22封信的注释)。米勒是他第一个邀请来合作的人(见1803年9月4日的信)。米勒实际上也以修昔底德的署名提供稿件，但同时并没有放弃他对旧的《文学汇报》的影响。1806年，歌德在写完这封新年问候信不久，就为在《目前生活在柏林的学者的画像及其自传》一书中发表的米勒自传随笔写评论，为现代传记制订了一些基本原则。几年后他在写自己的传记《诗与真》时也应用了这些原则。

② 指《瑞士联邦史》第1—4部分(1805/1806年，其中第1—3部分为新版)以及《熙德》。它是由J.G.封·赫尔德传唱的西班牙抒情叙事长诗，米勒为其写了历史导言部分。

30. 里默尔

1806年1月11日　星期六

〈歌德:〉即使科塔这样聪明勤奋,他还是心平气和地安于他的平庸。不过,他守着G〈歌德〉,H〈荷尔德林〉和S〈席勒〉这几个火药桶却做不出喷火的鬼怪和火箭来,这让他有些气馁。

31. 亨丽埃特·封·克内贝尔致哥哥卡尔·路德维希[①]（1806年1月27日）

1806年1月16日　星期四至1月22日　星期三

能给你讲述一些新近歌德与维兰德之间的争论，我觉得是一种真正的享受。我是因为被人打断才极不情愿地退出来的〈……〉争论始于前不久他送给公爵太夫人的蒂施拜因的绘画[②]。歌德在对这些 38
画的称赞中，谈到了许多关于艺术的天赋与训练，说这些是完全值得尊敬和赞扬的，即使对那个曾在亚历山大大帝面前将小米粒投过针眼儿的人也应如此。维兰德就这么静静地听了很长时间。一开始大家都还彬彬有礼，直到谈到小米粒的故事时，他终于爆发。他觉得这种技艺荒谬而愚蠢，他要让人好好惩罚这个家伙，谁让他在这种事情上无休止地花了那么多时间。歌德说，英国人所表现出的优秀技艺，都是通过这种耐心和坚持得来的，倘若亚历山大作为一国之君对这个人如此鄙视，那是完全不对的；他应该对周围的人说："瞧，这个人以极大的耐心和不懈的训练成就了这样一种技巧。你们难道不能更聪明一些，达到他这种成就吗？"等等。

我更想给你讲讲上周三歌德的最后一次讲座[③]，它的确让我感到特别开心。我仿佛看到与他一起站到一个更高的台阶上，这是一

---

① 卡尔·路德维希·封·克内贝尔(Karl Ludwig von Knebel, 1744—1834)，德国诗人，翻译家。他最早将歌德引荐给卡尔·奥古斯特公爵。他翻译了古罗马诗人普罗佩提乌斯的诗歌和卢克莱修的哲理长诗，激发了歌德对这些人的学习与研究。

② 约翰·海因里希·威廉·蒂施拜因(Johann Heinrich Wilhelm Tischbein, 1751—1829)，德国画家，出生于蒂施拜因艺术家族。他最著名的绘画是那张"歌德在罗马坎帕尼亚"(Goethe in Roman Campagna)。

③ 指歌德社交圈的周三聚会，他自己更愿意称之为"周三的消遣"。从1805年10月/11月开始，歌德每周三上午都会在家中举办关于自然科学的讲座，1807年底开始，这个讲座主要为魏玛社交圈的宫廷贵妇们讲文学方面的主题。它作为一项经常性的活动至少一直持续到1809年。参见第355封信及《1809年日记与年鉴》。

种非常舒服的感觉。的确，人性中最美的部分在他身上重新焕发出来。他谈到人对内对自己及对外对事物的关系，声音是如此地醇厚、老成、柔和，我还从来没有听到过这样的讲话。我多么希望他把这些话记录下来。我觉得仅仅这一点就可以使他获得一个不凡人物的荣誉。我自己也因为这些将我们与天地维系起来的千丝万缕的联系而感到愉快和骄傲。〈……〉

32. J. H. 福斯(小)致 B. R. 阿贝肯 39
(1806 年 1 月 30 日)

1806 年 1 月底

歌德的身体状况不像他这个年龄的人。他的肾脏功能也许已经紊乱,每日尿血,还常有尿潴留,他病得很厉害。我认为他会活到很老,但绝不会再健康起来。上帝只是给他保留了开朗的性格。最近他说:“亲爱的上帝要是能送给我一副那些在奥斯特利茨①阵亡的俄罗斯人的健康腰子该多好啊!”〈……〉

---

① 指 1805 年 12 月 2 日发生在奥斯特利茨的战役,因参战方为法兰西帝国皇帝拿破仑·波拿巴、俄罗斯帝国沙皇亚历山大一世、神圣罗马帝国皇帝弗朗茨二世,又称三皇之战。战役以拿破仑战胜俄奥联军而结束。

33. 歌德日记

1806年1月27日 星期一至2月10日 星期一

〈亲笔〉

1月27日

长时间散步。在封·沃尔措根夫人处。席勒的文学遗著。下午准备伽伐尼电流实验[1]。迈尔教授。晚上与里默尔读卢克莱修的第2卷[2]。

1月28日

伏打电池,整个实验准备完毕。将电池重新解开。

〈……〉

1月31日

女士们。伽伐尼电流实验讲座。中午有趣的对话,尤其是关于奥古斯特上学的事情。下午与封·克莱斯特中士告别。与里默尔谈论萨尔马修斯提及的一些事。埃及人,特别是亚历山大的居民。

40 〈抄录〉

2月1日

奥维斯团开拔。整理伽伐尼实验的仪器。耶拿的坎内博士。与亨克尔伯爵夫人散步。柏林的康斯坦丁大诸侯等等。发信。耶拿内廷参事艾希施泰特。封·亨德里希少校。轻步兵进驻。黑林上尉在营地。勒皮特的儿子在剧院跳舞。

〈……〉

---

① 为周三的讲座准备的实验,其主要目的是让人们看到所谓的伽伐尼电流现象。

②《颜色学史》中关于“卢克莱修”一章的内容主要来自封·克内贝尔翻译编撰的卢克莱修的哲理长诗《物性论》第2卷中730—841诗行的内容。

2月3日

糟糕的一夜,失败的一天

2月4日

莎士比亚的《约翰王》[1]。施莱格尔的翻译。

〈……〉

2月7日

讲座。伽伐尼电流实验结束。博尔克团进驻。C.封·布德利茨基。晚上与里默尔在一起。

2月8日

与里默尔写长信。阿尼姆团进驻。瓜尔蒂耶上尉。晚上鲸鱼的自然史。

2月9日

封·瓜尔蒂耶开拔。准备自然的颜色。《论介质》[2]。迈尔教授关

---

① 1806年4月7日在魏玛宫廷剧院演出。而埃申堡(J. J. Eschenburg)翻译的版本早在1792年就已经在魏玛演出过。

② "混沌介质"在歌德的《颜色学》中起着非常重要的角色。这个概念在"教学部分"被引入。

于普林尼的艺术史[1]。

2月10日

与里默尔读箴言诗。在宫廷任职的德热纳。皮尔西团开进，某某上尉[2]进驻。卖掉马匹[3]。晚上迈尔来访。汉诺威评论。

---

① 指老普林尼的《自然史》的第34—37卷书，其中包含了艺术家史，绘画及绘画技法史等。盖乌斯·普林尼·塞孔都斯(Gaius Plinius Secundus，公元23—79年，世称老普林尼)，古代罗马百科全书式作家，著有37卷《自然史》。公元79年，维苏威火山爆发。老普林尼乘船赶往火山活动地区，了解火山爆发的情况并救助灾民，因火山喷出的含硫气体中毒而死亡。J.H. 迈尔根据普林尼的著作，在《颜色学史》中写了希腊画家色调的假定史一章。参见第190篇日记中的注解。

② 原文中上尉后面空白的部分应当有名字，歌德在听写时没有给出具体名字。

③ 歌德因身体原因而不得不把马车和马匹卖掉。法尔克曾经给J.v. 米勒写信道："歌德每月都会痔疮发作。发病时疼痛难忍，令他大喊大叫，连门卫都能听得见。他把马车和马匹都卖掉了，只走路，就像图林根当地人所说的那样，走路会更好。走路对身体健康也有好处。"

34. 歌德致科塔 41

1806年2月24日　星期一

最尊敬的科塔先生,我作品集的第1卷将随今天出发的邮车寄给您。这本书的前半部是手稿,后半部以翁格尔出版的短诗集[1]为基础。里面有全部内容的目录,因此不会弄乱或搞错。尽管如此,您打开包裹时请留意不要将各个部分弄乱。

手写部分的诗歌按它们排放的位置确定先后顺序,印刷的诗歌之间会插入一些手稿里的诗歌,它们既可以按目录也可以按印刷小册子所附的备注插进去。

每首诗都要新起一页是理所当然的。但如果一些短小且前后直接关联的诗歌需要特别处理,请仔细斟酌后再这样做。

翁格尔的版本在这里基本上可以作为范本。

此外,请让人把我的名字印成Goethe,而不是Göthe[2]。

如果您还需要几个月的时间来保证印刷准确和工整的话,只要您觉得这样做更合适,我就没有反对意见,这件事完全听您安排。第一批交货的第4卷几周内也应该可以完成,但我要把它先放在我这里,您需要时再给您。现在能够告诉您的是它将包含《浮士德》,也是四卷中最薄的一卷,而第3卷则是最厚的。在这样的卷本系列中,如果能把相关的内容放在一起固然最好,当然也不大可能分配得那么准确。

女士日历[3]的事我会考虑。也许我可以像去年一样再弄些这样 42
的东西放在开头。但这要靠好运气,因为手头现有的东西都不合适。

---

① 1792—1800年由柏林翁格尔出版的7卷本《歌德新作品》的第7卷,是歌德授权出版的作品的第2版。

② Göthe这一拼写方式在相当长一段时间内非常流行,歌德发表的文章中也这样拼写。这里提到的新拼写方式也只是在前面提到的第7卷中使用。

③ 即"女士袖珍书"。科塔一起坚持让歌德为他的年鉴和日历写文章,但歌德经常会推脱掉,这次也是如此。1805年歌德写了一篇"席勒大钟歌后序"。

您应该能想到,这期间我对您是日思夜想。不知您是否有可能在去参展时或从会展回来时[①],在我这里停留几个小时,我们安安静静地把一些事情好好谈谈。

这个冬天我还是没有逃过病痛的困扰,不过比去年要好多了。

《颜色学》已经有6个印张付印,3印张第一部分,3印张第二部分。我很清楚一年之内我不可能把这本书印齐。我这里先讲明了,免得到了复活节再来说。

所需的插图我会逐一去找。它们的印样以及整本书的布告您在复活节后第三个星期日应当可以看到。

〈亲笔〉如果您不嫌讨厌的话,我想请您帮我找几期我缺漏的汇报,我想让人把一些有趣的版面装订到一起。

戈申[②]先生什么东西都没有给我带来,它本来应该是第一部的作品。如果我没有弄错的话,他一定是觉得我给他出了一个不好回答的问题。

好了,祝您生活愉快,答应我向您遇到的所有人转达我最真诚的问候。

魏玛,1806年2月24日　　　　歌德

---

① 科塔参加莱比锡复活节展会,4月25日和5月初到了歌德那里。

② 格奥尔格·约阿希姆·戈申(Georg Joachim Göschen, 1752—1828),莱比锡出版商。戈申组织出版了第一套授权版歌德作品集(8卷本,1787—1790)。由于合同条款的原因,这给新出版商带来了一些困难,不过科塔很轻易地解决了。这里指的是戈申没有经他同意就翻印这版作品集一事。

〈抄录附件①〉

请允许我在这封信里再附上一个特别的请求。一段时间以来，
我收集了一些所谓的手迹，我是希望得到并拥有一些古代和当代名
人的亲笔手迹。出于值得称赞的教育目的，我想通过这样一些实物
让我的孩子比其他年轻人更关注古代和当代的名人。 43

因此，我想特别劳驾您帮我搞一本宾客题词留念簿，无论是装订的或是单页的，那种在机构里经常能找到的类似的东西。请在斯图加特或在施瓦本找一些令人尊敬的先生，以我的名义恳请他们题几句好听的话，签上他们的名字。一般来说，旅行者都会带着这类留念簿四处游走，那为什么人们不能从远方来索要这些书呢？

此外，如果您能以合适的价钱弄来一些旧的留念簿、信件以及以前的学者或名人其他可作为纪念的手迹，那就是帮了我一个大忙。卡尔公爵手迹的信笺也是应该要搞到的东西。

见谅！ G.

---

① 自1805年起，歌德开始收集名人手迹，他向许多与他通信的人索要墨迹。1811年，他让人印刷了一份他藏品的目录，把它放在信里并索要新的墨迹。参见第583封信及注释。

35. 歌德致策尔特

魏玛,1806年3月5日　〈星期三〉

我亲爱的好朋友,很长时间没有听到您的消息了。我其实也很清楚,您和我们其他人一样过得很好。每个人都有自己的一摊儿事情要做,因此很少能顾及外面的东西。这段时间我也在忙自己的事情,希望我在做的和准备做的事情能给您带去一些快乐,即使不是马上,但也不会太晚。您肯定也在忙着做自己喜欢的事或在培养人,只可惜我没那么容易从中找到我喜欢的部分。

这段时间我常常有去柏林拜访您的冲动,只是事务缠身,让我在这
44 里动弹不得,当然我也不知道如何去做一个令人高兴的决定。不过我还是迫切需要听到您的消息,并且还要更清楚地了解您的状态,也让您知道我的情况。所以我有一个想法,把我儿子送到您那里①,让他给您带去我衷心的问候,趁他还年少,在世俗的东西还能给他留下有趣的印象的时候,去记录这个大城市的景色,把这些鲜活的景象带回来让我也享受一番。

尽管他现在已经是一个成熟而懂得节制的年轻人,但我还不想放任他完全独自一人去趟这种城市的漩涡。我的问题是,您是否能为他在您附近弄到一个寓所,先帮他置办一些必需品。我给您汇去一笔款,这样他也不必把所需要的钱都带在身上。其他的也不用多说了,您就酌情而定吧。主要问题是,不知此事是否会给您添麻烦。我会把写给柏林的其他朋友的信和明信片交给他,他们之间应该能建立联系的。但最重要的是我必须知道他待在一个安全的地方。他可以在复活节前一周到达,待在那里不会超过十四天或三周。万分感谢并请尽快回复。

G.

---

① 这次拜访因歌德几次提出有困难而再三推迟,最后完全放弃。海伦(v. d. Hellen)曾猜测说,歌德当时在努力给这个年轻人冠上自己的名字,以便让他在陌生的城市里能以自己儿子的身份出现,但没有成功。这种猜测并不符合事实,因为奥古斯特在1801年就已经被认定为合法婚生儿子。参见歌德1801年4月初给卡尔·奥古斯特公爵的信。

36. 歌德日记(亲笔)

1806年3月5日　星期三

继续第二组颜色的折光度实验[①]。在图册里找东西。开始画几幅木版画。苏埃托的奥古斯都[②]。唐·卡洛斯[③]。为奥古斯特之事给柏林策尔特先生写信。

---

① 为《颜色学》"教学部分"第11章拟稿。
② 苏埃托关于奥古斯都皇帝传记的读物,《凯撒们的生平》。
③ 该剧在魏玛宫廷剧院上演。

45　37. 歌德致阿尼姆[1]

1806年3月9日　星期天

谈起伦敦皇家学会秘书，著名的奥尔登堡[2]，人们说他是这样子处理那些数不清的信件的：他手里先握好笔，把信纸铺在面前，才会打开一封信。如果我也能学他这个好榜样的话，就能够回复那些关系比较密切的好朋友们，绝不会让他们因我犹豫不决而听不到我的消息。的确，在没有准备回信前，谁也不会一下子就把信从头到尾读一遍。

不过这一次我想立即对您的亲切来信和寄来的好东西表示感谢。我很高兴能通过您的介绍看到这座大城市，为那些令人赞叹的图片成功展出而真心快乐。也许您还可以给我讲讲去梅克伦堡旅行的事情，它对我来说完全是个**陌生的地方**，那里应该还有一些正直而重要的人物吧。

我也许会在复活节时把我的奥古斯特送到柏林去。很可惜他不能与您相见。随信附上几张留言页，应该很适合您的新题词留念簿。

铁铸件已经收入奖章柜，狮子头则放在通往餐厅的旧门边，很引人注目。希望您在这里再次欣赏到它。

各种化学试验和其他研究给我为那个旧盘子的颜色现象[3]提供

---

① 这是歌德对阿尼姆1806年2月从柏林寄给他的信的回复。在这封长信中，阿尼姆回忆了1805年12月在魏玛第一次拜访歌德的情形，并详细地描绘了柏林，描绘了一些艺术藏品，还谈到了一些与普鲁士政治和军事相关的事情。阿尼姆在信中还对歌德（当然是匿名）为《男童的神奇号角》做的评论表示感谢。歌德在信中附的一张留言页上有一句拉丁语，“Consiliis hominum pax non reparatur in orbe”（“凡人的决定不可能恢复世界和平”），也许意在赞同阿尼姆关于普鲁士政治的批评看法。这句话令阿尼姆印象极为深刻，他将这句话放在了他的第一期《隐居者报》的后面。

② 歌德对奥尔登堡的了解来源于托马斯·斯普拉特（Thomas Sprat，1634/36—1713）的《皇家学会史》（1702）。1805年，歌德为写《颜色学史》阅读了这本书并在“牛顿与学会的关系”一章中提到奥尔登堡。亦见第531封信。

③ 阿尼姆在信中提到了这个颜色实验。他拜访歌德期间，歌德给他演示了这个实验。

了更多的例子,不过,什么都比不上这种现象在这个盘子上表现得如此漂亮、纯净。

您的《神奇号角》给我们带来了真正而持续的快乐,理所当然,我
们不仅要向原创者,而且还向全世界证明这一点,尤其是当人们在这
个没有多少快乐的世界里出于无知或偏见还在回避这种原本可以很 46
容易获得的充分享受的时候。今天就写到这里,祝您万事如意,并代
我们向大家问好。

魏玛,1806年3月9日　　　　　　　　　　歌德

38. 歌德日记(亲笔)

1806 年 3 月 25 日星期二

与里默尔谈《浮士德》。为明天准备灰色和彩色的图片。包裹。马基雅维利的《君主论》[①]。

---

① 歌德拥有海牙(Den Haag)1726 年版的拉丁文 4 卷本马基雅维利的著作及一些 17 世纪出版的单行本。他在这一时段的日记中多次提到马基雅维利。在《君主论》一书中,马基雅维利宣扬"国家利益至上的原则"是一切政治活动的最高原则。面对拿破仑在当时这一时期的权力膨胀及战争扩张,歌德阅读这本非常有争议的著作也许绝非偶然。这段时间他还阅读了苏埃托的奥古斯都皇帝传记及埃斯库罗斯的两部战争剧《七雄攻忒拜》和《波斯人》,也可以佐证。

39. 歌德致策尔特(亲笔)

1806年3月26日　星期三

我通知您奥古斯特的行程将要推迟的信还没有发出,您的信就
到了,带来意想不到的悲痛消息①,让我完全不知所措。我正无比向
往着柏林,已计划好要去那条新的钱币街淘古董,并打算通过我的孩
子去更多地了解您的品格和您的环境,就像他去年给我带回母亲的
画像那样②。但恰恰就在这时,您却遭受了巨大的悲痛,我完完全全
地感同身受。我想象着您独自一人被一大堆家务拖累着,被一些繁
重的事务包围着,推人及己,我又设身处地地想象着自己会如何面对
如此可怕的事情。我想派人过去,可惜却有一些无法逾越的困难,否
则我会马上让他准备好启程,因为一个好友来到身边也许会让您感
到慰藉,有益于让您克服悲痛。如果能有一个人代表我伴陪在您身
边,带去我的慰问和衷心的关怀,对我来说也是一种宽慰。可是这一
点也做不到,因为各种事情正好在这时都碰到一起,我自己是事务缠 47
身,摆脱不得。就此搁笔!亟复为盼。

魏玛,1806年3月26日　　　　G.

① 策尔特写信告诉歌德自己的妻子不幸死于难产,孩子生下来已死掉。
② 奥古斯特1805年4月在法兰克福看望了他的祖母。

40. 歌德致菲利普·哈克特[1]

魏玛,1806年4月4日 〈星期五〉

最尊贵的哈克特先生,收到您的来信大约已有一年,只是当时通知寄给我的奖章至今还未收到。当然,我本应早告诉您此事的。也许,我的疏忽只能以这样的方式才能得到宽恕:即从那个地方给我和其他人寄来的东西虽然最后还是会出人意料地顺利到达,但却要让人久盼不至。那个包裹也是这样让我日复一日地盼望着,直到您亲切的来信[2]终于把我从昏昏欲睡中唤醒,要我马上给您一个回复。

对一个多年来默默写作的作家来说,当一部作品终见天日之时,一份伟大而令人愉悦的回报就是激起远方朋友对他的思念,赢得明智之人的赞赏,这个作品就是为了他们而写成的。您欣然接受我们的温克尔曼[3]及附在里面的东西,又愿意表达您友好的观点,令我们感到非常高兴。我这里说"我们",是因为苏黎世的迈尔也为这部著作写了非常重要的部分。您也许还记得他,他也有幸与您往来并受到您的教诲。他向您表示最衷心的问候,常常与我一起回忆过去那些好时光。

您在所列举的艺术史[4]中能够找到一些与您的想法和信念相一致的东西,这也许不足为奇,因为作者在某种意义上的确有许多东西
48 都要归功于您。如果一个人做出了许多贡献,但最后却没有在其他什么地方被人发现的话,那倒是很奇怪的。

---

[1] 雅各布·菲利普·哈克特(Jakob Philipp Hackert, 1737—1807),德国著名风景画家。1787年,歌德来到罗马,请这位宫廷御用的风景画大师做自己的绘画老师,两人成为亲密的朋友。亦参见歌德的《意大利游记》及短文"菲利普·哈克特的两幅风景画"(1804)。这是寄给哈克特的为数不多保留下来的最重要的一封信。

[2] 指3月4日哈克特从佛罗伦萨寄的来信。歌德后来将它印在《菲利普·哈克特传记》的后记中。

[3] 指《温克尔曼和他的世纪》一书。

[4] 迈尔在《温克尔曼和他的世纪》一书中写的"18世纪艺术史纲要"。

您在来信中的谆谆教诲,并指出艺术中重要部分的一些问题,令我受益良多。请允许我能够或多或少地使用它们。

不过,在这里我又想起另一件事情。您对自己的生活和艺术看得非常清楚,像您这样罕见的人物,不仅在著作中,而且在行动中将天赋、信念和理论观点留给后世,况且创作对您来说也和其他艺术家一样是件快乐的事情,因此我想**请您写一部自传**[①]**,或简或详完全由您来定,把它交给我**。一方面,回顾自己的生活,在脑海中再现自己的人生时,我们是在第二次享受人生;另一方面,我们在记录生活的同时,又为自己准备了一个与他人共同分享的新生活。一个天生禀赋卓越的人,通过不断地勤奋努力,在各个方面创造了自己的命运,他的故事该是多么富有教育意义,是多么令人鼓舞啊!这一点我无需赘述。

请您将我的真诚希望放在心上,让我尽早知道您可以满足这种愿望,哪怕您只给我寄来一小部分,我也会好好保存。对您尊贵的兄弟的逝世,我们与您一起真心感到惋惜。他的逝世也应当直接成为您从事这项工作的理由,您同时也是在为他这样一位与您一起生活过的正直的人贡献一座纪念碑。

席勒逝世后,我生命中出现了巨大的空缺,我更喜欢沉浸于对过去的怀念,有时会在某种程度上强烈地感觉到,把那些将要永远逝去的东西保存在记忆中是怎样一种责任。

请让我把目光从这些愿景转回到目前这件事情上来,我为您做 49

① 在1806年5月27日的回信中,哈克特答应歌德由他来加工他的传记,并在遗嘱中确定了下来。1807年6月7日,歌德收到他的传记稿件的同时,也收到了哈克特的死讯。关于遗作出版一事争论了很长时间,但最终得到了解决。1811年《菲利普·哈克特传记》出版。

出这个决定[1]，即将大自然优选出的最美的东西组合成一个理想的整体而感到高兴。而且您也一直在做这件事，一件真正的作品，哪怕在普通人看来不过是一幅肖像，经过一位技艺精湛的艺术家的大脑和巧手那一刻，就被提升到了一个更高的境界。还有一些想说的话，就放到下一封信中再写吧，但愿它不会像这封信那样耽搁那么长的时间。当然，我的病犯得越来越频繁，让我没有勇气去与外界联系。也许您可以告诉我那些奖章是以何种方式寄出的。如果我没有弄错的话，是通过一位您未告知名字的旅行者。

恭致问候，垂念为盼。

歌德

〈亲笔：〉戈尔[2]先生还住在我们这里，他很满意，但这个冬天被足痛风折磨得很厉害。埃米莉小姐也还在他身边，还没有结婚。他们俩向您致以最衷心的问候。

---

① 哈克特在信中详细描述了一种画法，受到歌德的“温克尔曼”的鼓舞，他开始尝试这种画法。

② 查尔斯·戈尔爵士(Sir Charles Gore，1729—1807)，一位富有且酷爱旅行的英国商人，作家，画家，哈克特的朋友，自1791年起与女儿爱米丽住在魏玛。在《菲利普·哈克特传记》后记中，歌德有一章专门写他。

41. 歌德致艾希施泰特

1806年4月19日　星期六

阁下，

这封信主要是对您寄来的东西表示感谢，并给您汇报我休息了一小段时间后的情况。

首先我想说，之前的那些评论[1]我觉得很满意。哈勒大学神学系成立协会的努力受到了相当的尊重。至于针对科策比的评论，让人惊讶的是像评论员这样聪明的大脑怎么能长时间处理如此卑鄙下流的东西，同时还能保持那么好的心态，因为这种卑鄙就是要败坏卑
微的、没有多少权利的人对那么一点至少看上去还是好的和值得人 50
注意的东西的兴致，只能引起人们的厌恶，评论家用快乐的心态证明了自己的优越，更应当值得表扬。

对费希特讲座的评论看来同样出自一个有修养的优秀大脑。不过人们应当可以说，要不是这位非凡之人的学识与品格让人有权对他提出更高要求的话，那么评论员对费希特是太过严苛了。

很遗憾我们的朋友雅各比[2]把印刷海泽书信的事看得如此悲观。他的文学经验应当对他和对我们都给出了同样的告诫，即这种声明根本不会有任何结果。相信每个人只有在看到了被起诉的第2卷时才会焦虑，至少我是这样的。第1卷我是带着极大的兴趣读完的，说它字字如金，并不过分。请您以我的名义对米勒的精彩说明表

---

① 指在《耶拿文学汇报》上匿名发表的三篇评论，第一篇是对由哈勒大学神学系出版的《著名神学家研究成果概览》(1805)的评论；第二篇是谢林对科策比的《小小说，中短篇小说，轶事杂文》(1805)的评论；第三篇是后来成为耶拿大学历史教授的海里因希·卢登对费希特《关于学者的本质及其在自由领域的表现》的评论。

② 克特是"格莱姆家书合集"的管理者。针对克特出版的《格莱姆、海泽和J.v.米勒的书信集》，雅各比在《耶拿文学汇报》(1806年4月14日，第34期)的学者专栏上发表了一份声明，因为在这些书信中，也有海泽致雅各比的信，而后者早就反对出版这些信件。

示感谢,克特也让人把该说明一起印到前言里。

我前几年从作者那里收到的奥尔蒂斯的信札[1],还附了一封热情洋溢的信,这封信应该还能在我的文件里找到,它也许可以解释为什么我装订好寄来的样本只有128页,能看出,这部小说还没有结束。当时我就很想翻译一些信件,现在又重新开始这项工作,因为科塔先生希望我为女士日历弄些东西。为了编辑这个小册子我需要这本书,它正好可以为我效劳。

随信附上一篇关于里彭豪森作品的评论[2]及关于布斯勒的装饰的评论。那个铜版很快就会寄回并表示感谢。

关于耶尼施作品的评论我真的不知道该说些什么。阁下想用它做什么就请自便吧。

51 如果有什么令我欣慰的东西,那就是您很快会收到关于希勒的评论,一篇是关于《一个美丽灵魂的独白》(翁格尔出版社,1806年),另一篇是关于《威廉·杜蒙》。我已经把它们想好并起草好了,至于发表与否就听天由命吧!

余事再聊!恭致敬意。

魏玛,1806年4月19日　　　　歌德

---

① 乌戈·福斯科洛(Ugo Foscolo, 1778—1827)用书信体小说形式写的维特续集《雅各布·奥尔蒂斯的遗书》(Ultime Lettere di Jacopo Ortis 1798)。歌德提到的想翻译几封信并没有实现。

② 指两篇署名W.K.F.的评论,发表于第106和153期,均出自J.H.迈尔之手。里彭豪森的作品指《圣·杰诺韦瓦的生与死》(Leben und Tod der hl. Genoveva. In 14 Platten von den Gebrüdern Rieppenhausen. Mit Vorrede und beigefügter Erklärung)(1806),根据蒂克的同名悲剧创作。

42. 歌德致艾希施泰特

1806年4月29日 星期二

阁下，

我把这封非常有趣的信寄回并表示感谢，期间寄给我的文章也已收到。在寄给阁下的信中，那位朋友①以一个政治家和社交名流的身份出现，他也完全有理由以这种身份出现，因为，他的责任是为了某一时刻，为了某一方(从而避免提及党派)去行动、去写作，并且希望那些与他有某种联系的人也有类似的行动和写作方式。但文学家，尤其是像您一样作为一个文学机构的主管，却完全是另外一回事：他可以在有人活动的地方保持安静，在别人紧迫的时候耐心等待，忍受那些别人无法忍受的东西。按照我的观点，他甚至应当允许那些反对党说话，在这里只扮演一个睿智的议长的角色，就像英国议会那样，其作用只是在讲演者情绪激动时让他恢复平静。关于这个意见就先讲这么多，您肯定会给出友好而精辟的回复的。

如果我没有记错的话，您之前的一封信中曾提及过一位懂建筑的人并想把他带来。这封信现在不在我手里。我随时欢迎您和他到我这里来看看，只要告知我到达的日子就行。

如果我还欠着什么，还请您原谅。希望我能够把欠的债慢慢补 52
回来。

魏玛，1806年4月29日　　　　歌德

---

① 应当是指弗里德里希·封·延茨(Friedrich von Gentz, 1764—1832)，当时享誉德国内外的政论作家，激进的爱国者，拿破仑的反对者。歌德于1801年经由威廉·封·洪堡的介绍认识延茨，并在1803—1804年间邀请他为新创办的《耶拿文学汇报》一起工作。福格特在1804年9月6日和J.v. 米勒1806年5月6日给艾希施泰特的信中都提到了他。当时歌德对在《耶拿文学汇报》上刊印延茨的一篇反法文章表示反对。

43. A. 欧伦施莱厄[1](1839)

1806年4月29日　星期二

歌德〈在4月25日〉非常亲切地接待了我，随后的三个半月里，我几乎每天都在这位大师的身边度过〈……〉，我经常在他那里吃饭，用德语给他即兴朗诵我的整部《阿拉丁》和《哈孔伯爵》。我很愧疚在里面用了许多丹麦词，但他并不全部拒绝它们。他觉得这两种相近的语言同根同源，可以像亲姊妹一样相互馈赠，相得益彰。“嗯，这个很漂亮！”我在朗诵时他偶尔会说这么一句。“您用德语这样说吗？”我问他。“不，我们不这样说，但您这样表达也可以。”——“我应该用另一个词吗？”——“不，请不要这样做。”——歌德问一位在柏林认识我、来到魏玛的人：“您知道欧伦施莱厄吗？”——“不知道”，那人答道，“说真的，我不喜欢听结结巴巴的德语。”——“而我”，歌德的语气令人印象深刻：“非常喜欢看到德语在一种富有诗意的情感中产生！”

---

① 这段描述摘自欧伦施莱厄的自传。歌德1806年6月2日在给策尔特的信中写道：“我们这里也来了一位得体的充满希望的年轻人，来自哥本哈根的欧伦施莱厄博士，您也许在柏林见过他。他有着无可估量的诗歌天赋，他正在试着学习我们的语言，因此，也能给我们德国人带来一些赏心悦目的作品。”歌德打算在魏玛上演悲剧《哈孔伯爵》，但由于一些政治事件的发生而放弃。参见《1806年日记与年鉴》。

44. 歌德日记(亲笔)

1806年4月23日　星期三至4月29日　星期二

4月23日

讲座　荧光色　费尔诺　关于温克尔曼的备忘录[1]。丹茨译本《七雄攻忒拜》[2]。

4月25日 53

最后一次整理《浮士德》准备付印。在殿下处。延茨的来信和亚当·米勒的讲座。欧伦施莱厄博士。费希特的包裹[3]。封·克内贝尔，科塔，与里默尔一起聊米勒的讲座。

4月26日

往耶拿寄东西　在枢密顾问福格特处　与封·亨德里希少校、欧伦施莱厄博士一起用餐　费希特的讲座　费尔诺教授。《费加罗的婚礼》[4]

4月27日

写信。给科塔先生的信，莱比锡钱的事情。给延茨骑士的信　德累斯顿。为寄送邮包之事复信。里特尔的《作为艺术的物理》。用餐后封·克内贝尔　晚上埃斯库罗斯的《波斯人》。

---

① 费尔诺准备重新出版温克尔曼的文章。

② 埃斯库罗斯的《七雄攻忒拜》。

③ 费希特“关于学者的本质”的讲座稿。据此，第二天日记中提到的费希特的讲座不可能是这篇文章的讲座，除非收到的是其他的讲座稿。歌德曾向策尔特打听费希特当时在柏林举办的讲座。

④ 莫扎特的歌剧，在魏玛宫廷剧院上演。

4 月 28 日

《恋人的脾气》

4 月 29 日

早晨与里默尔谈论《恋人的脾气》。在卡洛琳公主处　与欧伦施莱厄博士用餐　朗读他的悲剧

45. J. H. 迈尔

1806年5月10日　星期六

当四份日报、伦格[①]的铜版线条画寄到时,歌德看到了它实用、表现力独特,艺术家多才多艺、技法熟练,之后,他说道:你,加利利人,终于赢了[②]。

---

① 菲利普·奥托·伦格(Philipp Otto Runge, 1777—1810),德国浪漫派最著名的画家之一,可惜英年早逝。因他对颜色的研究和对艺术的热爱,与歌德结识并成为好朋友。歌德将他的颜色研究的文章放在自己的《颜色学》中并署上了作者的名字。参见第66封信及注释。

② 据说这是罗马皇帝叛教者尤利安临死前的最后一句话,由神学家德奥多里图斯主教流传下来。尤利安是个异教徒,当政期间极力遏制基督教的势力,努力恢复异教的统治地位,因此被称为“叛教者”。这句话表达了基督教对这位背叛宗教的皇帝的胜利。

54 46. 歌德日记(亲笔)

1806年5月5日星期一至5月10日星期六

5月5日

《颜色学》概论。晴天，长时间散步。与奥斯本先生[1]欣赏纳尔逊的平面图及其他图纸。

5月6日

梅林根[2]的年市。

5月7日

讲座。棱镜下真实的颜色。居利希的颜色书　黄颜色　迈尔教授

5月9日

颜色之感性的道德影响[3]《大钟歌》的样本　伦格的四幅线条画

5月10日

早晨在太子处　赫尔德的《熙德》。继续给植物注射颜色　与迈尔谈论伦格的线条画。介绍《大钟歌》。

---

① 约翰·奥斯本，英国学者，法学博士，曾在德国做过几年科学研究。歌德在1807年4月3日给罗赫利茨的信中这样描写他："奥斯本骑士，一个上了年纪的英国人，博学而风趣，性格非常好。他是伦敦皇家学会的成员。"

② 魏玛附近的一个小村子。

③ 歌德《颜色学》"教学部分"中第六部分和最后一部分的标题。

47. 歌德致伦格

魏玛,1806年6月2日　〈星期一〉

最尊贵的伦格[①]先生,我一刻也不能耽搁,必须马上对您寄来的
画页表示感谢,它们给我带来了莫大的享受。虽然我并不指望艺术
会完全遵循着您所开辟的道路前进,但当我看到一个有天赋的人能
按照他自己的特点发展并取得令人惊叹的成就时,我是非常高兴的。
我们不敢说完全理解您那些含义深刻的绘画,但愿意徜徉其中,沉浸 55
在您优雅的、充满神秘感的世界里。那样我们才会特别欣赏那些重
要的、精确而细腻的表达。请您有空时告诉我这些画是否由您亲自
雕刻到铜版上的[②],从一模一样的印稿来看,我们猜想是这样的。请
您再告诉我,您是否能给我一两件仅勾画了轮廓,上了些许颜色,但
还没有全部着色画稿?这也许能给我们机会对颜色及其含义交换意
见。哪怕您对此只是简单地说几句,都会让我很高兴了。还有一个
愿望:剪花朵和花环对您来说是轻而易举的事情[③],还请您方便时给
我送一件这样的作品,也让我们因您的多才多艺感到乐趣。最后,我
想求您送我一张您的剪影[④],希望今后我也能对您这诸多的好意有
一些令您高兴的回馈。

歌德

---

① 歌德之前就已经认识伦格,一是他参加过1801年的有奖征文活动,二是两人在1803年11月有过短暂的会面。种种迹象表明,当时两人建立起了联系,这才使得伦格能将他的日报及1806年4月26日的一封附信寄过来,尽管这份日报非常鲜明地表现出他与歌德的古典主义的教条是背离的。

② 伦格回信中否认是他雕刻的。

③ 伦格在1801年8月23日的第一封中提到了他的剪纸技艺,或许他与歌德会面时还给过样品。1806年9月17日的信中,他寄了几幅剪出的花朵。

④ 歌德对伦格的剪影印象特别深刻,叔本华夫人在给儿子的信中曾提到,他(歌德)说他从来没有见过那样的剪影。

48. 歌德致福格特

耶拿,1806年6月17日 〈星期二〉

阁下,

首先对您寄来的书表示感谢,这本书完全值得我的感谢,因为这位全能的先生①让人把他关于艺术史的读书笔记印刷出来,它们一部分是按照时间顺序,一部分则是按他自己理解的顺序编排的。即使一个很在行的学者也可以很好地利用它做一个学术报告。

这些归属于我们的东西保存得很好。伦茨像从前那样把它们接收编列,整理目录,编写序号,重新排放。陈列室变得越来越完善,越来越引人注目。今后,它还会得到资助,配备一些柜子和书架。

56 在动物陈列室里,迪尔鲍姆把玻璃瓶都装满了,他对整个标本的保存处理相当轻柔细心。人们或许还没有意识到,这样一个陈列室保管员的称号意味着什么,他需要具备什么样的知识。

内廷参事富克斯还在努力把解剖学博物馆的大块空间填满,至少看上去如此②。在这方面他还是令人相当满意的。

图书馆的情况武尔皮乌斯会来介绍的。

植物园里我也种满了东西,把它们打理得很好。少许植物还需要再扶持一下的,我会安排去做。

相反,我们正在退步的耶拿再次面临着新的重大损失。这件事我最近已经提及一二。内廷参事福格特③虽然看上去把今年夏天实验物理学的学生拢到了一起,但他现在发现那些报名者中没几个交

① 卡尔·奥古斯特·伯蒂格是德国考古学家,魏玛和耶拿文艺圈的常客。

② 解剖学家洛德1803年从耶拿调到哈勒,带走了他私人收藏的标本。人们做了一套新的标本。

③ 指的是数学家和物理学家约翰·海因里希·福格特(Johann Heinrich Voigt, 1751—1823),与担任部长的那位福格特没有亲属关系。歌德想方设法为耶拿从他那里弄到了一套实验仪器。

费的学员①,这门课很可能要亏本。同时,哈勒那边给他开出了价
码。我早就知道哈勒给赖尔准备了一大套医疗器械,也就是说愿意
马上为他在什么地方购买主要仪器。由于回复内廷参事福格特的申
请也许还要过一段时间,我担心他会同意这笔买卖并把剩余的仪器
卖往匈牙利他之前的一个学生那里,这个人已经多次给他开价了。
现在,虽然我知道对所有这些我们都应保持冷静,因为要阻止这件事
并不取决于我们,但由此产生的损失却是如此之大,且无法弥补,以
至于不顾这些损失而去维持其他博物馆及其机构看上去简直是一桩
蠢事。因此我想提一个建议,至少在以后出现这种极端情况时我们 57
不至于一筹莫展。说这个情况很极端是因为我发现背后的那个女人
在丈夫去世后,更愿意得到适当的一笔现钱,而不是一大堆破烂
物件。

由此我想到了每年用于偿还比特纳图书馆资金的那笔钱②。那笔钱还在预算里,我之前就已经表示,希望将来用它支付保存耶拿那一息尚存的星火所需要的开销。两到三年内,付给比特纳继承人的钱就会偿清,我相信可以与内廷参事福格特签署一份公平的协议,即为他的那批仪器批准一笔资金,并且在比特纳的钱偿还完毕之后,也以这种方式逐步给福格特或他的继承人付钱。他做了一份详细目录,保留终身使用权,这些东西不会不使用的:因为这些人是他挑选的最好的学生,在他死后,一定会从现在大量涌现的年轻物理学家中出现一位能够继续操作这些仪器的人。

---

① 未缴费的学员大多来自农村。这些人如果能提供“贫困证明”,即可免去学费。对此可参见《耶拿大学校史》(Geschichte der Universität Jena, Jena 1958)。由于耶拿的生活相对于其他大学城市来说比较便宜,因此,当地学生人数的比例就特别高。

② 比特纳图书馆 1783 年被卡尔·奥古斯特收购。

我把解剖陈列室只是看作隶属科学院的那一类，一开始我还经常诅咒它，现在来看它却是不错的东西。我既不能在现在也不能在将来那个建议很受欢迎的时候，让人后悔没有做出任何努力和监管。如果阁下对这一建议抱有一定的希望的话，我会单独起草一份备忘录，在我启程前先把这件事推动起来。哈勒的那帮人对采购仪器之事非常积极，他们既有钱又不怀好意。

致以最衷心的问候，期待星期五令郎的到来。但愿您也能亲自来一趟！

G.

49. 歌德致J.F. 布卢门巴赫[1] 58

耶拿,1806年6月20日 〈星期五〉

在我没有回复阁下上一封来信并对随信寄来的令人高兴的东西[2]表示感谢之前,我是不会去卡尔斯巴德温泉的。难得您还时不时想着我那虔诚的收藏:所谓虔诚也许就是努力保持并重温对名人的纪念,哪怕是信封和签名我也愿意收集。请您分给我一些英国和法国名人的类似之物,古代德国的我也喜欢。同时代的人或刚去世不久的人的东西我有许多。回来后,我也许会让人印一份我的藏品的简要索引,以鼓励那些外面的朋友为我热心地收集。请原谅我与您谈这些事情,本来可以谈一些更有趣的话题的。这段时间我在积极研究物理和自然史的某些部分,但我还无法谈论一些特别的东西。迪梅里的《分析动物学》是一部很法国式的、但对我来说却相当有用的书,一旦谙悉它的风格文体就会发现,里面包含许多新知识,也提供了一个清晰的概况。

祝您万事如意,并衷心地问候您亲爱的家人。

歌德

① 约翰·弗里德里希·布卢门巴赫(Johann Friedrich Blumenbach, 1752—1840)德国医学家、生理学家、人类学家。歌德在18世纪80年代就已经结识这位德高望众的自然学者,两人虽然很少见面,但一直保持密切的关系,通信的内容涉及自然科学的许多方面,其中最重要的是布卢门巴赫的比较解剖学,以及关于矿物学和地质学方面的内容。

② 歌德在1806年4月4日给布卢门巴赫的信中请他收集一些名人手迹。布卢门巴赫在4月7日回信中寄给他几幅手迹,其中有萨洛蒙·格斯纳和阿尔布雷希特·封·哈勒的手迹。

59 50. 歌德致黑格尔(亲笔)

1806 年 6 月 27 日星期五

我亲爱的博士先生,请您把这封信当作一种证明,证明我还在默默地为您做事①。而且我希望还能告诉您更多的消息:即使在那种情况下,我们还是为未来争取到了一些条件,哪怕只是刚刚开始。

祝您生活愉快,希望再见到您时身体健康,万事如意。

耶拿,1806 年 6 月 27 日　　　　歌德

---

① 黑格尔当时还是耶拿大学的一名不领薪水的编外讲师,在歌德等人的推荐下,他被任命为正式教授,福格特为他争取到每月 100 帝国塔勒的薪俸。

去卡尔斯巴德旅行

1806 年 6 月 29 日至 8 月 8 日

51. 歌德致克里斯蒂安娜·武尔皮乌斯

卡尔斯巴德，1806年7月3日 〈星期四〉

我打算直接往劳赫施泰特①给你寄信，我觉得这信要比经魏玛更早到你手里。见到这封信你就可以知道我们已经安抵卡尔斯巴德。6月29日星期天我们抵达施莱茨。30日到阿什，晚上9点钟我们冒雨走了一刻钟才到大门口，去一个谷仓里看《瑙姆堡前的胡斯信徒》②的演出。7月1日到埃格尔，在那里我们稍作休整并看了与华伦斯坦相关的东西。2号，也就是昨天晚上才到达这里。道路有时非常吓人，天也时不时会下起大雨。最后，我们还是在这里舒舒服服地住下来了，感觉很好。我觉得路上的剧烈颠簸已经起到一半的疗养功效了。

这个地方跟以前一样非常漂亮。自我上次离开它之后③，小城
60 整理得越发漂亮，铺设了特别舒服的步行道，我们在上面好好享受了一番。唯一遗憾的是大家没有都聚在这里。我们一起在客房里吃饭，服务很周到。这里的饭菜要比其他地方好。现金价位很高，因为纸币一直在贬值④。头像银币⑤以往只换20克罗伊茨⑥，现在可以换到32克罗伊茨。尽管物价上涨，但人们基本上并不比以前付更多的钱。这里还没开始演戏，要到7月6号星期天才会有。不多说了，祝你快乐，万事如意。把你收信的日期记下来，这样就知道信在路上走了多长时间。我们问大家好。最衷心地祝福你。

G.

---

① 克里斯蒂安娜正在劳赫施泰特疗养、看戏。

② 科策比的戏剧。

③ 歌德上一次来卡尔斯巴德还是1795年的事情。

④ 奥地利在奥斯特利茨对拿破仑战败，是导致纸币大幅贬值的主要原因。

⑤ 一种上面铸有领主头像的银币，有各种不同的币制，价值在4至6格罗申之间。

⑥ 原文Kreuzer，即十字币，一种曾经流行于德国，奥地利和匈牙利的辅币。

52. 歌德日记

1806年7月5日　星期六

在碳酸泉,在米勒[1]先生处。散步。餐后去索尔姆斯侯爵夫人处,去克莱斯特中将处。音乐会开始前在草坪上散步。犹太人巴鲁赫(来自俄罗斯的波兰)带着他那些珠光宝气的女人们。厄尔岑公爵。威勒一家。

普特加廷侯爵说,假如他是上帝并能预见席勒会写出《强盗》那部戏剧的话,他就不会去创造这个世界了。

伯蒂格在德累斯顿的一个俱乐部谈作家及其价值,而且在反复念叨作家二字,一个幽默的客人对站在柜台后面记帐的服务生喊了好几遍:喂!服务生压根儿就没听见,最后他大声地喊道:"喂,作家!再来杯葡萄酒!"

廷彭的疗养法:晚上也喝矿泉水。

一个年轻人要把一枝勿忘我结成晶体,而且是在二十四小时之内。

---

① 指约瑟夫·米勒,徽章雕刻家、宝石匠、矿石收藏家和经销商。歌德曾多次提到他,一次是在1806年在《耶拿文学汇报》上发表的随笔"致地质学的朋友们",另一次是在《1806年日记与年鉴》中更详细地介绍了他。

61 53. 歌德致克里斯蒂安娜·武尔皮乌斯

卡尔斯巴德,1806年7月7日 〈星期一〉

因为我只有好消息要说,所以今天写第二封信。我3号的信应该收到了吧。矿泉水的疗效很好,我想可以继续喝下去。自从喝矿泉水之后,我再没有喝一滴药水,消化也开始变好。我要继续这样喝矿泉水,看结果到底会怎么样。此外,这里安排的活动比在家里要多得多。5点钟起床,无论天气如何都要去温泉,散步,爬山,自己穿戴,拜访,去客人那里,平时社交等。做这些事风雨无阻,反而还觉得很惬意。我遇到了一些老相识,也结识了许多新朋友。明天我们要换到一个比现在更好的驻地①。这儿的舞会不太热闹。五十来位女士穿着白色连衣裙坐在那里,大约只有十个人跳舞。此外,在这么漂亮的地方野餐和郊游,令人非常惬意。祝你开心,一周后再写信。生活愉快,爱我。这几天我也会给奥古斯特写信。

G.

封·亨德里希先生和里默尔先生向你致以最衷心地问候。

---

① 即歌德后来常常光顾的三莫伦旅店(Drei Mohren)。

54. 歌德日记

1806年7月8日　星期二至7月27日　星期日

7月8日

在碳酸泉。之后在新泉，与殿下[1]及罗伊斯侯爵夫人散步，还有
封·齐贝特先生。早餐后拜访罗伊斯侯爵。他给我念了一段奇怪的文 62
字，摘自一部从10月3日至移交乌尔姆[2]那段时间的日记。与他走林荫大道。卢博米尔斯基侯爵和波托茨基伯爵。下午与宝石匠米勒经过城堡泉、花园泉、新泉去欣赏各种岩石。突遇大雨。晚上去邮局，卢博米尔斯基在那里举办宴会。9点钟返回。结识戈洛夫伯爵。卢博米尔斯卡侯爵夫人[3]，多尔戈鲁基侯爵夫人。

〈亲笔〉约瑟夫·安东·舍恩鲍尔(医学博士，佩斯高等学校自然史及治疗专业正式教授)，可以正确地确定矿物及其成分的新分析方法。矿物学自学自练手册。第一部分。维也纳卡尔·绍姆堡公司1805。

〈……〉

〈抄录〉

7月12日

在碳酸泉。在新泉。黑森的卡尔侯爵。布罗伊纳伯爵。7日从劳赫施泰特寄来的信。在威勒一家处。与古利特在一起。餐后廷彭。他收养的乞童的故事。一早在米勒处，看几个被他密藏的矿物。其他漂亮的标本。把整套归列整齐的岩石矿物标本补齐。贝特曼女士抵达。散步到埃格尔泉，经特拉比茨和绞架山回家。晚上廷彭。驴子的辩解。

---

① 指索尔姆斯侯爵夫人。

② 1805年10月奥地利被拿破仑打败的见证地。

③ 歌德第一次来卡尔斯巴德时就认识了卢博米尔斯卡侯爵夫人。

7月13日

在碳酸泉，新泉。与沃格特谈论时局。市民道德被称赞。给罗马皇帝的矿物。矿督封·古特施米特。席梅尔曼伯爵夫人。昨天去过的地方的草图。宝石匠米勒与我们一起用餐。下午。拜访黑森的卡尔王子。与温泽尔曼夫人散步。根据想象画了几张风景主题的草图。

〈……〉

63 **7月15日**

在碳酸泉，新泉。泡温泉。绘画热武斯基伯爵带来留念册。厄尔岑朗诵。用餐后绘画。晚上头一次看喜剧《编织针》与《死去的侄儿》[1]。与温泽尔曼夫人散步去驿站。

廷彭的仆人，廷彭许诺他守夜人的职位，好让这个家伙认识钟点。也许是他庄园上的一个蓝色盲患者，为此我们要给他提供彩色文件。

7月16日

在碳酸泉。下雨的早晨。在新泉。之后与罗伊斯侯爵在草坪上，谈论最新的政局。与汉堡的沃格特男爵[2]在一起，他讲述在弗洛特贝克的经营设施以及在汉堡的贫民院。目前贫民院中收养了3 300名儿童，这些儿童根据等级或多或少得到一些资助，每年总

---

① 科策比的两部喜剧。

② 卡斯帕·封·沃格特帝国男爵（Kaspar Reichsfreiherr von Voght，1752—1839），生于德国汉堡，商业巨头和社会改革家，他最大的成就之一是改革了汉堡的福利保障体系。歌德很早就认识这位致力于慈善事业的商人。亦参见第58封信。

花费40到50 000塔勒不等。有一百八十个主管，汉堡被分成六十个区，每个区三个主管，一个由二十人组成的委员会作为上级主管。弗洛特贝克的经营最奇特的是，当地没有牲畜存栏，他让人用船将畜肥从汉堡船运过来，并且还承担了阿尔托纳城市的清洁工作。

波拿巴在维也纳的声明是针对许多人的，而不仅仅是针对齐岑多夫·封·武姆布伯爵，封·利涅侯爵收集到这份声明，还附有说明。

纳雷什侯爵夫人带着她的随从。纳雷什侯爵是她的表兄弟。另一位年轻女士长得像玛丽亚·帕夫洛夫娜公主①。在雷佩尔伯爵处，欣赏铜版画。在黑森侯爵处与卡洛维兹部长、雷佩尔伯爵、侍从官廷彭等人一起用餐。晚上在驿站与温泽尔曼夫人吃饭。

〈……〉

7月18日 64

在碳酸泉。在新泉，与罗伊斯侯爵谈论政局，特别是关于黑森侯爵的观点。画画。用餐后与米勒乘车去哈默尔，从那里爬山，参观风化的花岗岩构成的耕地，在那里可以找到孪生水晶。然后继续向上爬，直到埃尔伯根县的第240号标柱，它立在一块玄武岩上，玄武岩大多为明显的五棱或六棱柱体。回到哈默尔，然后再乘车回卡尔斯巴德，平整过的耕地景色非常漂亮。可以清楚地看到坐落在那里的恩格尔豪斯，不远处是格拉斯山，也是玄武岩的。此外，还有许多山

---

① 玛丽亚·帕夫洛夫娜（Мария Павловна，1786—1859），俄国沙皇保罗一世的女儿，生于圣彼得堡，1804年嫁给萨克森-魏玛-爱森纳赫的卡尔·腓特烈大公，又称萨克森-魏玛-爱森纳赫的玛丽亚大公夫人。

和朝泰普拉谷地倾斜的山坡。

〈……〉

7月20日

在碳酸泉，新泉。与罗伊斯侯爵谈论当前的政治形势。与黑森侯爵谈论史前史和人类的进程。与沃格特谈论更高一级的观点并从中引出具体的观点。在林荫道上被引荐给纳雷什侯爵夫人。雨天。在殿下处进餐。半玩笑半当真地谈论矿物学和各种科学的话题。与雷佩尔伯爵及沃格特散步。继续热烈地谈论这些话题。拜访陆军元帅封·卡尔克施泰因夫人。短小的林荫散步道。贝特曼夫人的信。

〈……〉

7月22日

在碳酸泉，新泉，与沃格特男爵一起；封·斯特鲁韦介绍他的夫人。跟黑森侯爵谈一些事。餐后与米勒去恩格尔豪斯。路上看到石英石，然而不是露出地表的，而是堆在一起的。布拉格街道上铺设着
65 漂亮的来自格拉斯山的玄武岩。从恩格尔豪斯向上行驶，从花岗岩过渡到带黑电气石、闪长石和分离的石英的花岗岩和斑状花岗岩。漂亮的景色。亚麻纺织工人作旅行向导。响岩。废墟。画了一些东西。远眺波希米亚地区，这里的风景别具一格，既不是高山，也不是平原，也不是谷地，而是所有这些同时都无关紧要地展现出来。恩格尔豪斯的山崖因此显得特别引人注目。乘车回家。为了看花岗岩，有一段路步行，在花岗岩里面可以找到滑石和一种滑石的晶体。在一个名叫燕麦的客栈上方的峡谷里。

7月23日

在碳酸泉,新泉。泡温泉。在封·斯特鲁韦先生处,欣赏他的矿石。非常漂亮的铬。紫碧硒,柱石。戈特哈特的水晶,里面封有石棉。来自波托西的分层交织的银①。大量的锡矿石,呈巢状结晶,来自施拉根瓦尔德。中午在家。用餐后与做打磨石头生意的犹太人在一起。彩石价格大幅上涨。几件轻巧精美的古典艺术作品。晚上把恩格尔豪斯标记出来。封·廷彭来访。封·廷彭的笑话。元旦那天出猩红热,只是为了不去购置宫廷制服。为什么不建议他做高级厨师长?如果他做国王,那么他的体重增长会成为臣仆们每年的笑料。晚上与封·恩德男爵散步。

〈……〉

7月25日

早上5点乘车出行,朝埃格尔方向经富尔特至韦尔蒂茨、达尔维茨、霍赫多夫和莱骚。这些地方出产各种石头。经莱骚去施拉肯维特的路上大多是贫瘠的黏土、玉髓、石英中的植物、黏土状菱铁矿中的植物,从前一个动物的化石。在霍赫多夫附近的碎石中有奇特的 66
石英脉石到类角砾岩的过渡,这种角砾岩变成细颗粒,呈黏土状。在莱骚和霍赫多夫之间是奇特的假火山的产物。矿区到处散落着瓷器—碧玉。也许是经过火而改变的石英脉石或花岗岩还在山崖上,其中有许多已经用车运到路上了。上面较高的地方是坑道井口,平时硬煤都是从这里运出来的,还有棒状的石英和两头尖尖的水晶。从那里往达尔维茨进入瓷器厂,它使用附近大山崖上与石英伴生的长石和附近一些其他种类的黏土。12点左右返回。中午在席梅尔

① 一种羽状或网格状的银矿石。

曼伯爵夫人处，与罗伊斯侯爵、他的团的上校和少校及沃格特男爵在一起。用餐后雷佩尔伯爵来访。晚上在家，整理带回来的矿石。在封•廷彭处晚饭时，他绘声绘色充满激情地讲述他的人民起义的组织计划①。

7 月 26 日

早上没有喝任何东西。开始包装石头。与罗伊斯侯爵和雷佩尔伯爵散步片刻，由于下雨湿滑又回到家中。饭后封•恩德先生。《哈孔伯爵》②。4 点钟时去剧院。上演《花斑马》。晚上封•廷彭在家。询问项链上的绿石。22 日从劳赫施泰特来的一封信。

7 月 27 日

一早在碳酸泉。与黑森侯爵在一起，谈论他的《哈勒金的诞生》③的象征意义，在哑剧中如何表现从一只蛋里诞生出来的过程。
67 他对这个角色的正确看法。此外，对罪之谜充满不祥预感的特别猜想，这种猜想会出现在天主教的修道院，特别是意大利的修道院里。巴伐利亚齐尔恩多夫的新教首席长老、罗马教皇也在我这里，谈起法国人的驻扎，但主要还是讲他们如何从巴黎派人出来授课，主要是对下级军官进行教育。他找出一个大厅或类似的房间，坐在桌子旁边。士兵们围在他身旁站着，然后他按照某种特定的形式讲课，按顺序考核，给人们解答教理。这门由巴黎领导的课程要在整个军队里保持一致，既涉及高级策略和一般策略，又涉及思想意识和举止行为。

① 根据《1806 年日记与年鉴》，这是一次“爱国的”，即针对拿破仑的起义。

② 歌德计划把欧伦施莱厄的戏剧《哈孔伯爵》搬上舞台，但当时还没有成型。

③ 在《学习年代》第四部第 18 章中提到了这个童话剧的一个叫塞洛斯的儿童角色。

封·布勒西希克夫人和封·莱韦措夫人[1](潘多拉)。散步,与罗伊斯侯爵谈论政局。关于奥地利的国债。为三篇完全独立的章节不幸被混在一起作备注。1. 国债。2. 收支赤字。3. 将纸币视为现行货币或辅币。封·斯特鲁韦先生来访。关于矿物学的各种话题。也谈到那块绿石头,被认定是绿玉髓。中午在沃格特男爵处与封·廷彭一起在萨克森旅店用餐。掘宝人的故事。黑色小松鼠。魔鬼拿着涂有松油燃烧着的扫帚,巫师骑着它从月桂塔勒[2]地区中逃离出来。用餐后往驿站方向散步。

---

① 阿玛利·封·莱韦措(Amalie von Levetzow, 1788—1868),歌德的"最后之恋"、乌尔丽克·封·莱韦措的母亲,当时阿玛利只有十九岁。歌德于1807—1808年间写成的"潘多拉片断"的构思与阿玛利有一定的关系,这也反映在她给歌德的信中,她"回忆起他的潘多拉的续集,他完全有权利把它写下去。"7月31日歌德在日记中写道:"潘多拉的逃离"。

② 德语 Laubtaler 或 Lorbeertaler,即月桂塔勒或法国币,是法语 ècus aus lauriers 的德语叫法,于1726至1790年间发行,主要通行于当时的德意志神圣罗马帝国区域。

55. 歌德致克里斯蒂安娜·武尔皮乌斯

卡尔斯巴德，1806 年 7 月 28 日　星期一

你 22 号亲切的来信前天已到达，路上只用了四天。我今天写倒
68 数第二封信，一周后也许再写最后一封信，希望我们的马车能顺利抵达。最近一段时间我的身体相当不错，只希望我可以适应这里的环境，能待更长的时间，过上两周既不用喝矿泉水也不用洗温泉浴的日子，遂了我的天性；不过还是要待在疗养温泉的附近，免得出现什么病痛。当然病痛明年或许再来，但愿我们能熬过去。我觉得重要的还是要运动，如果我在接下来的八周里能这样坚持下去的话，身体也许会完全恢复。我很高兴你能做些让自己高兴的事情，期待我们见面时你能给我讲很多东西。这里总体上一切都比以往更呆板，尽管我个人没有什么可抱怨的，因为是否要把熟人和社交圈子扩得更大一些，这都只取决于我。昨天我们意外地遇见了封·布勒西希克夫人和她的女儿，他们从埃格尔泉那边过来，那里的情形不容乐观，因为奥地利人和波兰人成了对立的两派，既不接受萨克森人也不接受普鲁士人。封·莱韦措夫人比以前更迷人更讨人喜欢。我跟她散步一个小时，几乎无法离开她，她那么彬彬有礼，十分健谈，能聊很多东西。

这里每天都有很多前来疗养的客人抵达。名单上的数字已经达到七百人。这几天纸币贬值得很厉害，一杜卡特值 8 古尔登 30 克罗伊茨，银币也相应地上涨。现在又稍许上涨了一点。卡尔斯巴德当地居民还在不顾一切地全力购物，不管什么，只要是摆出来的商品就全部收入囊中，他们几乎担心到了绝望的边缘。结果会是什么样子
69 谁也说不清楚。前天我还去看了喜剧，但也许不会再去看了。即使那些还算有一些身材和嗓音的演员也表现得滑稽可笑，矫揉造作，油腔滑调，我几乎可以说，在整部戏中我没有听到一句对味儿的。女演员们都太令人厌恶。其中只有一个可以称赞的，演面包师的角色，但也演得太过火，举止与其他人一样毫无味道。不过这个演员如果能有比较好的环境的话，也许一开始还能被带上正道。我看的这出戏

名叫《花斑马》①,由福格尔改编。代我问候格纳斯特和贝克尔先生,让他们打听一下这部戏的剧本是否印刷了,想办法尽快弄一本过来。我们可以给它配上好演员,让它在我们那里成为一场非常有趣的演出。此外,我没做多少事,温泉疗养和这里的生活比较散漫,让人无法真正静下心来做事。其他情况总体上都跟我在上一封信中写的一样。在我从耶拿寄信来之前,你只要待在劳赫施泰特就行,因为只有到那儿之后我才知道是否能去或是否想去劳赫施泰特。代我衷心地问候枢密顾问沃尔夫和小敏娜,枢密顾问洛德先生和夫人,所有平时挂念我的人以及剧院的人员,特别是那些与你比较亲近的人。最后,祝你早饭、中饭、跳舞和演戏都很快乐。

G.

①《花斑马或葡萄牙的密谋》(Pinto oder die Verschwörung in Portugal),由威廉·福格尔编剧,1807 年 10 月在魏玛上演。

56. 乌尔丽克·封·莱韦措(1868 年至 1887 年之间?)

1806 年 7 月底

我母亲还很年轻时在卡尔斯巴德认识了歌德或者说重新遇见了
他,她经常讲起歌德曾经让她非常难堪:歌德在卡尔斯巴德与她散
70 步时问她更喜欢谁的诗歌,他的还是席勒的?母亲回答说:“我并不
总能读懂两个人的诗,但席勒的诗我内心感受得到。”歌德对她的回
答并不介意,对她还是很友好,经常与她聊天。

57. 歌德日记

1806年8月1日 星期五至8月3日 星期日

8月1日

既没有喝矿泉水也没有泡温泉。去新泉。与封·沃格特聊天。关于自然王国与自由王国更高级的观点。中午在黑森侯爵处。在场的人还有封·席勒县督,沃格特男爵和其他人。用餐后去布勒家参观,傍晚时分沃格特。继续之前的谈话。之后封·斯特鲁韦,带来一份完美的莱骚和霍赫多夫山脉的剖面图。关于哈孔的一些构想。按时上床。从劳赫施泰特和魏玛的来信。

8月2日

几封信。包装矿石,整理文件及其他事情。准备启程。罗伊斯侯爵来访。离去前的混乱。晚上散步因雨未成。晚上没有吃饭,而是按照廷彭的疗养方案喝矿泉水。之后,发明了兼顾明暗面的速写方法。

年轻的热武斯基伯爵亲自询问维特小说的真相,让人想起了悲歌的变体"你们想问谁就问谁吧",并想重新找来看看。

8月3日

既没有喝矿泉水也没有泡温泉。忙着打包。亲自去几个地方告别。矿务委员会顾问封·赫尔德①。与他谈论地质学的各种话题。 71
留他一起用餐并继续谈话。谈论蓝色颜料工坊、钱币及其他装置的事情。用餐前矿监维尔纳②先生。他介绍了碳酸泉及这里其他矿泉

---

① 指赫尔德的儿子奥古斯特·封·赫尔德,歌德的教子。歌德激发了他学习矿山事务的兴趣,1804年起他在弗莱堡任矿监。

② 亚伯拉罕·戈特洛布·维尔纳(Abraham Gottlob Werner,1749—1817),德国地质学家,地质学创始人,德国弗莱贝格矿业学院的矿物学教授,那个时代最著名的矿物学家之一。他提出了著名的水成论,即岩石特别是玄武岩的形成过程中水的沉积作用,歌德也倾向于这种观点。1789年9月,两人第一次见面就因为有共同的科学兴趣而建立了良好的私人关系。

的形成。他以石煤矿层为基础，让人以奇特的方式来运作它①。用餐后与米勒一起爬城堡山，看了许多泉。各种碳酸泉及其他泉喷发的信息。回顾过去时光，一部分是历史的，一部分是假设的。封·沃格特男爵先生来访。然后我们在金冠旅店拜访赫尔德一家，在草坪上遇到维尔纳，与之告别。之后忙于打包并准备启程。给殿下写信寄往特普利茨，给武尔皮乌斯小姐写信寄往劳赫施泰特。

① 这里指的是地下热火燃烧的方式。歌德曾多次提到，他对温泉形成的理解与维尔纳在这一点上的差异。

58. 歌德致卡尔·奥古斯特公爵

1806年8月4日　星期一

臣几次尝试去特普利茨[①]问候殿下,不过觉得最好还是直接去魏玛,我们将在这几日启程。臣身体迄今为止尚可,尽管病症还未完全消失,但已无须再忍受病痛的发作,因此臣有理由感到十分满意。自上次以来,臣又结识一些有趣的人,更多是一些有教养的人。如果整体上将他们都品评一遍的话,则汉堡的沃格特也许是最优秀的。这位富裕的帝国城市中略显粗俗的市民外表之下,是深谙世事,对善良、正义和慈善的坚定意志以及不知疲倦的工作态度。同时,他的精神世界真正是高贵的,他的文学修养很高。人们可以很容易与他谈论任何事情,因为所有东西在他那里都很容易得到回应。黑森侯爵 72
告诉臣关于东方的一些展望[②],也透露了不少目前世界局势的洪流和变革最终将何去何从的消息。关于这些神秘的东西臣将为殿下口头陈述。

当我们这边谈论着如此严肃的话题,另一边索尔姆斯和纳雷什金[③]这两个漂亮女人对那些神秘主义者产生了某种几乎可以认为是奇怪的影响。索尔姆斯侯爵夫人已经离开,跟我们一起来疗养的人也渐渐离去。波兰人和犹太人现在完全占了多数。疗养已经过半,每个人对结识新朋友都兴趣索然。最后这几天,臣在碳酸泉和新泉的感觉完全像是在一个陌生的国度。

雷佩尔伯爵带来的一个铜版画册令人感到意外惊奇,里面保存

---

① 特普利茨是位于距卡尔斯巴德以北约100公里的温泉小镇,卡尔·奥古斯特在那里疗养。

② 或许是指关于《史前史和人类的进程》(Urgeschichte und Gang der Menschheit)的谈话。

③ 玛丽亚·安东诺夫娜·纳雷什金(Maria Antonowna Naryschkina, 1779—1854),波兰贵族,俄国沙皇亚历山大一世的情妇。歌德在给封·施泰因夫人的信中写道:"一位漂亮的侯爵夫人,纳雷什金,可以证明亚历山大一世的品味真的不错。"

着他一路上收获的古董。普桑①的七张圣画臣几乎从未见过,还有一大批伦勃朗的画也令臣大饱眼福。另外,矿物学在这些岩崖上大显身手,我们从所有的山上敲下了足够多的石头。经由老宝石匠和矿石经销商米勒的细心处理,人们对那些直接附着在花岗岩上的过渡岩②有了更加清楚的了解,其中,碳酸泉原本就是从过渡岩上获得能量的,这也引发人们提出一些重要的地质学的观点。此外,臣对那些温泉现象的早期自然属性及其形态,以及它早期环境的状态要比以往更加清楚。当然,现在由于一些设施和建筑,这一切部分发生了变化,部分被遮盖住了。封·斯特鲁韦的一位兄弟在我们这里待了很
73 长时间,他是一位充满热情的矿物学家,作为参与者非常受欢迎。他具有维尔纳的学生在描述这种自然物时表现出的高度精确性,知识渊博,勤奋努力;他身姿骄健,也比我们更能爬山。我们当然去了恩格尔豪斯,臣站在那块依然顽强屹立的岩石上,想起了过去的时光③。走了这么多的路,收获了这一系列漂亮的矿石,它们都将归入耶拿的陈列室。也许在特普利茨也有一位行家和非常热爱自然的朋友,他同样能从那里往耶拿寄一箱子矿石,这样我们两人收集的矿石就能汇集在一起,让我们至少在地质学意义上拥有一段"波希米亚地块"。

承蒙殿下垂爱,览阅此信,并敬献臣对殿下永远的忠诚。

卡尔斯巴德,8月4日晨启程前　　　　歌德谨上

---

① 尼古拉斯·普桑(Nicolas Poussin,1594—1665),17世纪法国巴洛克时期重要画家,法国古典主义绘画的奠基人。

② 这是歌德地质学假说中一个重要的概念,与岩石在"原始海"中以某种特定顺序沉积的设想相关联,维尔纳也采用了歌德的这个概念。

③ 1786年歌德与公爵同在卡尔斯巴德,公爵离开后几天,歌德不辞而别去了意大利。为此,歌德给公爵赋告别诗一首"以恩格尔豪斯农妇们的名义"写的诗"是真的吗"。

59. 歌德日记

1806年8月4日　星期一至8月7日　星期四

8月4日

早上5点从卡尔斯巴德出发,天空阴云密布。我们避开茨沃塔,因为餐饮费用太贵,在玛丽亚-库尔姆①休息,在那里走马观花地看了有神奇画像的小教堂,教堂,大厅和回廊。那里还有一个修道院院长和三个修士会成员,他们是红星十字勋章(军事勋章)的元老。仓促而草率修筑的道路。路十分狭窄,在最窄处看不到路的界线。他们把农夫拉来做劳役,农夫们对此怨声载道,因为他们十二年来一直为修筑这条路纳税。晚上6点到达埃格尔。吹归营号时非常好听的音乐。乐队指挥和首席双簧管演奏师是一个叫拉德克的人。

8月5日 74

早上7点过后马车出发,接温泽尔曼女士。我们去那个叫胡斯的刽子手处,他收藏有一套漂亮的钱币,而且它们涵盖了所有现代欧洲帝国和省份。里面也有品相很好的古代钱币,尽管数量较少。他先是把这些钱币按国家划分,然后按年代排列。钱币保存维护得非常干净。此外,他花了许多精力誊写与埃格尔和埃格尔家族有关的文件。他还拥有其他许多中世纪的物品,特别是武器。在各种器皿中,其中有一件约15英寸高、雕刻得非常干净的水晶珐琅器皿超凡出众,上有浮雕人像,涂着各色釉彩。几件烧制得很好的陶器,是他从一个罗马教士那里得到的。尤其是其中还有一件一英寸高的悲剧面具,看上去像朱庇特。一堆其他稀奇古怪的东西,还有一些矿石。温泽尔曼女士从弗兰岑斯巴德过来,在我们这里吃中饭,饭后我们带她去了市政大厅和老城堡。晚上她又回去。

---

① 一个朝圣地。

8月6日

早6点左右从埃格尔出发。阴霾的天气。经弗兰岑斯巴德等地驶往阿什，一个我们觉得很脏的地方，与第一次来时一样，旅馆条件非常差，我们中午就停在马路上，因为邮差去乡下了。牧师带着许多孩子和双胞胎。海关小吏对政治的好奇。突如其来的雨。黑色的马路上铺着砾石页岩碎块。晚上7点到达霍夫。收到莱茵联盟的宣告和被保护国的消息①。沉思及讨论。美好的晚餐。下周六开舞会的消息，以表示对陶森步兵团的尊重，该团经霍夫等地开往汉诺威②。
75 在阿什我们看到一个女贩，六只小梨卖1个克罗伊茨。她把这些梨和其他一些干鲜水果、蔬菜及菜园里的其他果蔬和大麦糁子等诸如此类的东西从班贝格拉上来。我们从卡尔斯巴德起就几乎见不到一棵果树，由此可见这个地区的海拔和寒冷的气候。在霍夫时我们被告知他们的水果蔬菜，特别是花椰菜，都是通过邮政驿车从纽伦堡运过来的，这也是为什么它们在旅馆里都有规规矩矩的计数。

8月7日

约6点钟在喝过美味的咖啡后从霍夫出发。大理石采石场就在城市前面，范围非常大。根据质地不同，石头或用于建筑，或烧制石灰。大块的石头也用来做柱子和其他建筑构造材料。其中不少石头

① 1806年7月12日和16日，莱茵联盟条约在巴黎签署。德意志南部和西部十六个邦国宣布接受拿破仑的庇护统治，同时退出德意志神圣罗马帝国。德意志神圣罗马帝国由此解体。8月6日，皇帝弗朗茨二世退位并宣布自己为奥地利皇帝。

② 1803年，拿破仑军队占领了与英国结盟的汉诺威王国。在美泉宫协议（1805年12月15日/1806年1月3日）拿破仑将这一地区许诺给普鲁士，作为法国吞并安斯巴赫的补偿。拿破仑与英国关于归还汉诺威的秘密谈判被曝光，为此，普鲁士在8月9日发起战争总动员。

被运往拜罗伊特,在那里专门用来加工成台面。我看到建筑石材从
大块的岩石上炸出来。从一侧看是漂亮的风景画。从封·普洛茨先
生的泽特维茨农庄经过,非常漂亮的建筑和设施。阴晴不定的天气,
跟好坏不一的马路一样,然而,从普鲁士萨克森或罗伊斯河地区开
始,那些地方充分利用了较硬的泥质板岩以及捣碎的石英岩,道路的
状况好很多。仆佣和车夫在驾驶座位上争吵,这让我们比对罗马帝
国的分裂还更加激动。在格费尔给马匹喂草料。连一个鸡蛋都找不
到。中午到施莱茨,在太阳旅店享用了美食和好葡萄酒。对面的乡
村别墅上有许多徽章,表明它有非常广阔的采邑封地。一出城就是
很差的路,而且这一站的路糟糕透顶。日落后到达波德尔维茨。之 76
前漂亮的彩虹,在西边奇特的光芒四射,五彩斑斓的样子。一位善良
的人给我们指了一条从波德尔维茨到珀斯内克的烂路。瘦小活泼的
年轻乞丐,从泰尔米尼地方过来,把我们带到通往那个小城的小路。
晚上在珀斯内克宿营,在金狮旅馆,一家布置得很舒服的旅馆。在施
莱茨和布赫(在波德尔维茨前面)之间,我们在山隘处见到了一些奇
特的、根系水平生长的树木。

60. 里默尔

1806年8月8日 星期五

1806年8月8日,从珀斯内克到卡拉的路上,歌德和我为拿破仑想出了一堆新头衔①。我们拿主观的王子取乐,在拿破仑的行动与方法中重新发现费希特的学说。歌德在他的日记中记录下了这些。

“我们拿破仑,有上帝做靠山,世界的先知,法兰西的皇帝,德国的庇护者,经验宇宙的制定者和评判者,等等。”

---

① 拿破仑是法国皇帝,意大利国王,莱茵联盟建立后,又加了一个头衔:莱茵联盟的庇护邦主。

耶拿/魏玛

1806 年 8 月 8 日至 1807 年 5 月 24 日

61. 歌德致耶拿诸侯警察委员会(草稿)

1806年8月8日　星期五

耶拿诸侯警察委员会致力于更好地管理仆役事务,并为公众做了许多好事。我在此地逗留,因遇事而不得不救助于您,相信您会愿意接待我。

我的仆佣N.N.根斯勒在我处已有一段时日,并还有一段时间的
77 雇佣期。虽然他对我尚能遵守职责,也令我基本满意,但从一开始他就对我家人及家中常客极为粗鲁,他倔强执拗,粗野暴躁,甚至当着我的面也是如此。因为这些事而给他的斥责也不过起几分钟的作用,总体上是毫无效果。这些都让我十分烦恼,只能慢慢习惯并希望他有所改变,这才留着他。

现在,他那放任的性格在我去卡尔斯巴德旅行之际变本加厉。他不仅轻视与我同行之人,对此封•亨德里希少校还会给出详细的记录,而且在回来的路上对车夫极尽恶毒与狡诈。最终两人在车夫驾驶坐位上发生激烈争吵,并不顾主人的劝阻拳脚相向。据我所知,嫌疑人根斯勒率先动手并无视警告和威胁,几近疯狂地一直吵到耶拿这是他惯常的作派。

这件事情令我愤怒,刚做完的疗养也全部付诸东流,而且在这个节骨眼上,我不得不对他采取失礼的惩罚性措施以求自保:我别无他法,只能在到达耶拿后,让军队把这个家伙抓起来。在这件事之后,我不能再保留他做我的仆人。

由于在处理此人的过程中还会有一些令人气恼的争吵,在此我恳请诸侯警察委员会审理此事,差人将属于这个有多重嫌疑的根斯勒的东西及其应得的东西取走。不过我有一个前提,作为雇主,我没有义务赔偿这样一个无用而危险的家伙剩余的服务期。

78 最后恳请在此案完全结束之前将嫌疑人根斯勒看管起来,以保护我和家人不受他最近几近疯狂的行为的威胁。

此外,按规定此案有必要移交魏玛公国警察总署,在此恳请本地诸侯警察委员会酌情处理为盼。

谨上,不赘。

62. 歌德致 J. F. 布卢门巴赫

耶拿,1806 年 8 月 15 日 〈星期五〉

我多么想立刻给您寄一件有趣的小包裹来表明我在神圣的①、有治愈功效的卡尔斯巴德温泉边是多么真切地挂念您。卡尔斯巴德的泉水之好,超出了我的预期。不过由于那个笨重的装石头的箱子只能慢慢挪腾过来,因此也许还需要一些时间才能把带给您的东西寄过去,希望其中至少有一些是新的东西。米勒是一位上了年纪的宝石雕刻匠,我们虽然相识,但并不真正了解,也很难懂他。通过他的努力,我们对这个有温泉涌出的过渡山脉较几年前又有进一步的认识,我也敲遍了这座山上的石头。我为这里的博物馆弄到了一整套大块的矿石,即使我无法考虑均匀地分给自己和朋友,我还是有大量的储备,至少能够把最重要的矿石分给朋友。有完全穿透了硬煤
79 的棒状的石英,以及黑色的类似于烟黄晶的晶体,从同一岩石上带下来一块不小的、直到最近才引起人们注意的长石晶体。箱子运到后,首先会为您分出一小箱子。麻烦的是,其中一种矿石,一种如火焰般美丽的粗粒石榴石,包裹在煤炭中,我只弄到了一块。我还多么想讲一讲我们可爱的朋友——自然科学的向前发展和落伍掉队。我也看到了一些技术上令人高兴的东西,例如:一个陶土厂,它需要的所有的材料都能在自己的辖区内找到,最多也只是花几个小时的车程就可以把所需的材料运过来。只要它用好这些优势,就能烧制出很好的瓷器。

在信纸边附上我最好的祝福并衷心问候您的家人。

歌德

① 德语原文是 heilig,神圣的意思,此词在歌德当时的年代即有多重含义,这里歌德幽默地取了它"有治愈功效的"(即 geheiligt, heilkräftig)含义。

63. H. 卢登[1](1847)

1806年8月19日　星期二

歌德热情友好地接待了我，称赞我准时，很开心地回忆起昨晚的事。然后他走向窗子。“今天天气很好”，他说，“天空有些云，但很暖和。我们去花园吧。”我们上上下下、来来回回地溜达着，时不时坐下来。他先问我最近几年待过的城市，如哥廷根和柏林。关于哥廷根我们没有聊多少，他对那里的机构和设施都很清楚[2]，学者中他似乎只对布卢门巴赫感兴趣，而我对布卢门巴赫知道甚少。谈论更多的是柏林。他问起那里的人情事物，这我大多都能回答上来：因为我与当时生活在柏林的最重要人物，军队的除外，或有联系，或有接触。 80
歌德看上去对我关于事务的看法和我对人物的评价没有任何不满意的地方。他静静地听我说，偶尔能听到他嗯嗯的赞许，表现出肯定的样子，或解释或认同。当时我习惯于把我说出的观点、看法或评论用《浮士德》中一两个漂亮的句子来加强语气，这种习惯直到现在还没有完全改掉。但我必须说，这里指的是老版的《浮士德》，那个还没有写成悲剧的片断版[3]。我不知道在1806年是否已经出现了新的补充版本，我只知道1790年莱比锡戈申出版的《歌德文集》第7卷中看到的那个《浮士德》。当我几次引用这一版的《浮士德》之后，歌德打断

---

① 这是一段最长的与歌德对话的再现。虽然这里的表达肯定与真实的谈话不完全一致，但人们没有理由去怀疑它的内容和谈话的过程。这里提到的两个话题，即《浮士德》和历史，对歌德来说都是最真实的。5月初，歌德刚刚将他的《浮士德》第一部交给科塔，放到作品集里做第一次印刷，他对1790年出版的片断被收录进去有强烈的兴趣，这一点是完全可信的。关于历史，卢登关于歌德对即将上任的耶拿大学教授的猜测也是可信的，如果没有歌德的亲自过问，这件事也许根本不可能做成。事实上，他自己正承担着编写《颜色学》历史部分的任务，而且这是在科学史的一个新领域里，他要将它们编进历史的普遍进程中。

② 歌德1801年夏天曾在哥廷根逗留。

③ 即还没有包含“天上的序幕”的《浮士德，片断》。

了谈话，说道：

“看来《浮士德》您读得很熟。这部奇特的诗对您的吸引力如此强烈吗?”

阁下，我觉得我能把《浮士德》从头到尾背诵下来，只是魔女的丹房中那段精彩的情节有点儿让我混乱。

“您是在哪里是怎样把它背熟的? 当然也许是在柏林吧，因为在哥廷根人们对浮士德的交易不太感兴趣。”

阁下，哥廷根还不至于那么庸俗。我的确在哥廷根时就对《浮士德》很感兴趣。〈……〉我在哥廷根时，从 1799 年开始，耶拿的几个学生来到这边的大学。一部分人已经是成熟的大小伙子了，有几个是费希特的听众，许多人听过谢林和施莱格尔。当时耶拿的哲学和美学活动对所有人都有影响，而魏玛的戏剧只有当他们钱袋空空时才会错过一二。这些年轻人中有许多与我交了朋友〈……〉。他们反对
81 我对《浮士德》中一些细节的观点，我对《浮士德》给出的理解是字面上的。他们认为人应当首先将自己提升到精神观照的高度，细节正是从中产生的。而在这种精神的观照中，人们认识且必须认识到，这个称为《浮士德》的片断只是一部更宏大、更崇高的神的悲剧中的一个片断。一旦它得以完成，整个世界历史的精神将在这部悲剧中展现出来，它将是一幅涵盖了过去、现在和将来的人类生活的真实写照。在浮士德身上，人类被理想化了，他就是人类群体的代表。他在片断中一出现，就被无穷的或者绝对的东西撕裂开来，不仅如此，他还被这种撕裂的不幸的感觉浸透着。在他内心深处，重新结合的渴望觉醒了。由于这种渴望，他对知识的饥渴尤为突出。他在知识的海洋中向着各个方向阔步前进，“用充满热情的努力彻底地”学习了各种科学知识。但他不能认识到这种无穷，因为无穷不是用来被认识的，而是用来被观照和体验的。正因为如此，他对所学的一切知识

都产生怀疑，他视自己的知识为无物。他陷入了绝望，试图在肉欲的满足中麻痹这种绝望，但却绝没有放弃对这种无穷的追求。他就这样迷失了路途，就这样在梅菲斯特这个邪恶化身的劝说、误导和帮助下走向道德败坏和犯罪。这个片断结束时，浮士德还徘徊在这条迷途之上，还认为这是一条正确道路。“他因渴望而跌跌撞撞地走向享乐，又在享乐中备受渴望的煎熬”。但“同伴已令他厌恶，而他却无法离开这同伴”。他感觉到，这个同伴“在他本人面前冷酷而无耻地贬低他”。这是他不久将要回归真理，回到无穷之中的一个证明，而他 82
之后也将不再尝试去认识这种无穷，而只是去观照它，体验它，通过对这种无穷的体验或者在这种无穷之中获得极乐。这就是人类的进程，世界历史的精神。我的朋友们就是用这样的或类似的语句，或者我觉得能表达类似意思的句子，讲述着他们耶拿的智慧，这样的语句我后来在柏林也应当经常听到。

“您听过施莱格尔的讲座吗？①”

没有，阁下。我只旁听过几次。其实我在柏林只是费希特的听众，而且也只是去听学术报告，不去听为普通听众做的讲演。

“您看上去并不太喜欢施莱格尔，或者您自己就是一个反对者？”

绝对不是。我对施莱格尔在德国文学上的贡献充满崇高的敬意，我本人也非常感谢他，因为我从他那里学到了一些知识，而且我还要进一步说明，我常常受到他的极大鼓舞而去学习去思考。但他的讲座我无法参加，因为时间安排很不方便。另外，我也不需要去听，因为我朋友科尔劳施笔记做得很勤也很容易懂，总能让我得到有关讲座的忠实汇报。最后，我也承认我更愿意读施莱格尔写的

① 指A.W. 施莱格尔1804—1808年间举办的“关于优美的文学与艺术的讲座”。

东西，而不是听他讲些什么。他这个人令我有些反感。另外，有些本该在柏林听到，但却在哥廷根听到的话，我根本没有想到是施莱格尔的。

“但您不仅听到了，而且还辩论了。”

只是在哥廷根与我的年轻朋友们。〈……〉进行这类辩论时，我
83 们也经常会回到《浮士德》，我会从武器库里时而拿出这种火炮，时而拿出那种火炮，去攻击朋友们的防御工事。

“这相当好。我几乎无法相信人们在哥廷根会以这种方式进行辩论。您的其他辩论也许会让我们扯得太远，但我对您针对您朋友关于《浮士德》的观点所说的东西非常好奇，想知道一些主要的内容。您用炮火把敌人成功赶出阵地了吗？”

没有，阁下，但我有时会让他在营地里感到不安。〈……〉我的朋友们承认，《浮士德》的作者也许根本就没有这样的想法，或者有完全不同的想法。但他们认为他还是违背了自己的认识和意愿，将这个想法作为作品的基础并将其贯穿于整个创作之中。也就是说，他们把创作的力量或者诗人的灵魂看作是一种独立的、自由发挥的力量，这种力量需要通常被称为诗人的人来创作，并且是按照他这样创作的方式来创作。他们认为，创作发自于所谓的诗人，就像泉水发自于岩石一样。古代神学家想象存在着一种灵感，神圣的精灵仿佛引导着神圣的作家之手，只写他们必须写的东西，一字不多，一字不少。如同古人的想象一样，他们也把诗人的灵魂想象成是一种神奇的力量，它寄居那个人身体里或攫住那个人，只把他当作一种工具使用，以此用一种证明自己的方式来向世界证明自己。节奏、格律、韵脚，所有这一切都不是诗人的创作，而是诗人的灵魂在起作用，人无法抗拒这种灵魂，它想怎样应对就怎样应对。

“真的吗？哎，这倒很迷人。”

我的相反观点是,例如,虽然上帝,按照老的说法,神奇地分发他 84
的馈赠,给朋友们在睡梦中很多东西,但无论我如何尊敬诗人,我只
能接受一个灵魂,虽然它在诗人身上的表现方式与雕塑家、演说家和
史学家不一样,但灵魂还是同一个灵魂。此外诗人也许恰恰是将他
们最优秀的作品当成习作,具体说来就是,写《浮士德》的诗人是为了
《格茨》,为了《伊菲革涅亚》,为了《塔索》而练习。几乎所有的创作都
与个人经历或者流传下来的东西有关,诗人的学习或经历与其他人
完全一样。有些诗人会把创作构思酝酿数年,这些构思一开始只是
一般性的想法,然后逐渐变得清晰,自我变化,在完成之前问或得到
好批评的朋友们的提示和教诲。他们对表现本身也做了不少修改,
以净化材料,改善形式:这一点各种不同的版本就可以给出证明。
许多诗人都乞求文艺女神的帮助,许多人都报怨语言给他们造成的
障碍,显然,诗人也有自己的手工作坊,他在创作中也同样会感到分
娩的阵痛,如其他凡人所经历的一样——

“您说得很对。”

——这些相反的观点以前却被当作是非哲学的、没有诗意的和
平庸的而被拒绝。为了让我完全相信这种东西是虚无的,他们讲述
过下面的轶事:阁下您曾经参与过一个热烈的讨论。您坐在一张桌
子旁边,右手臂搭在上面。在讨论过程中您抓过一支铅笔和一张纸,
这两个动作都是机械自动的,因为您完全没有朝那里看。您开始画
东西,眼睛移开,滔滔不绝地继续着谈话。最后的结果是您画了一张 85
漂亮的风景画,您自己也感到很神奇,因为您根本不知道手里握着一
支铅笔,更不知道您在画画。因此,您身上的这种创作力或创造力只
是把您的手作为工具来使用,因为这种创作的力量必须表现出来,而
且在此时此刻也无法表现其他的东西。

“是这样子的吗?”

第二个例子，我的朋友们认为，浮士德是或许应当是人类的代表，梅菲斯特则是邪恶的化身。这两点我都不认可。我认为，浮士德应当成为什么或者在整个悲剧完成时他将要成为什么，应当听其自然。但在片断中，他显然不是人类的代表，而是一个个体。除了他之外还出现了其他人，如忠实的瓦格纳、勇敢的小伙子、弗若施、卜然德、思贝尔和同伙、贪欲的女人玛尔特和可爱的格蕾琴，所有这些人都属于人类，可以这样说，在他们身上承载着人的一部分，即使是很小的一部分。如果人们把浮士德称为人类的代表，就像是一个帝国或一个民族的代表的使者，或者像某个伯爵领地、某个城市或某个村镇在英国下议院的代表，那我担心他可能无法出示他的全权委托书。此外，存在于人类生活中的邪恶，在这里却作为一个人，一个忠实的仆人跑到人类代表的身边，诸如此类的事情，这未免有些太奇怪了吧。

“所有这些都是值得一听的，但您要表达的或已表达出来的都是否定的，是无以为继的。为反驳别人关于《浮士德》的观点，您一遍又
86 一遍地阅读《浮士德》，毫无疑问对这部神奇的诗歌作品形成了自己的观点，它能够经受得住您提出的那些理由的质疑。难道您不想在我们结束交谈之前，分享一下您阅读《浮士德》后对它的看法吗？”

阁下，我也尝试过寻找诗人在创作时所要表现的理念，并从这些理念出发去解释作品的细节。有那么一刻，或者几个小时或几天，我甚至相信了这种理念的正确性。但正如人们常说的，它总是在我的手中化为乌有，我的信念消失了。因此，正如我早就放弃了争论一样，我也放弃了各种冥思苦想。我为我们拥有的而感到高兴，对呈现在我们面前的照样取之，让别人去探究那个也许无法探究的东西吧。

“这怎么可能呢？”

我阅读每一个场景，经常带着新的兴趣去打开这本书。然而，这

位知识渊博的博士的自虐,发生在一个五十四岁的男人身上却显得有些异乎寻常。

“为什么您认为他正好是五十四岁?”

五十四岁左右吧。浮士德喝了巫师的魔水之后身体年轻了三十岁,而且也许是他贪图某些享受,而不愿以一个稚气未脱的少年的形象出现,于是我想五十四岁大约比较合适。

“瞧,我把您给打断了,请您接着讲吧。”

博士的自虐引起了我的同情,让我为这个人担心。他睿智的学说令我喝彩,他对更深知识的追求受到我的尊重,他在林中的祈祷深
深透入了我的胸膛,他与格蕾琴关于宗教的对话活生生地说进了我 87
的心里。在所有这些事件中,我接受了他所表现出来的那个样子。在这些事件中,我没有把他与那个在魔女的丹房中忙碌的汉斯,那个跟梅菲斯特打交道的粗鄙的伙计,或者那个奸诈的引诱玛加蕾塔的骗子等同起来。我用同样的方式去理解其他的人物,一如他们所表现出来的样子,去接受他们所说的每一句话在语言中最简单的含义。

“是的。这样,这些甲骨卜辞、多愁善感、调皮捣蛋、淘气无赖、肮脏龌龊的东西就有了趣味,但它是一种狭隘浅见、七零八碎的趣味。而浮士德拥有的是一种更高级的趣味,它是诗人赋予了灵魂的思想①,这种思想把作品中一个个细节串联成了一件完整的作品,对细节来说这种思想就是法则,它赋予细节以意义。”

对此诗人当然可以有最好的解释。

“诗人全部的辉煌可能会随着这解释而逝去。然而,诗人不应当是自己的诠释者,不能将自己的创作细细地拆分成日常散文,如果这

---

① 歌德1827年在与艾克曼的对话中的表述几乎与这里的表述完全相反。

样他就不再是诗人了。诗人把他的创作呈现给世界,至于他想拿他的创作做些什么,那是读者、美学家和批评家需要研究的事。”

阁下,我对所有这些都很愿意认同,但是我还是觉得,读者或批评家不可能从其他地方,而只有从完整的作品中才能得出完整的创作思想。

“但我们还是能从躯干中认出赫拉克勒斯。”

阁下,仅此而已吧。我们可以从那块雕刻精美的巨石上认出它
应该是一个巨大雕像的躯干,可惜我没有见过这巨石。我们可以这
样心照不宣地说:从这个雕像上我们看到了赫拉克勒斯[1],因为否则
我们就不知道该把它归放到哪里。但如果某个魔术师能够再造这个
88 雕像,把它与那个躯干天衣无缝地拼在一起,也许还是会证明温克尔
曼甚至也搞错了:那个躯干并不属于坐着的、把头支在手上、两眼朝
天的赫拉克勒斯。我是说有这种可能。

“我可以说它不是躯干而是一只狮子的爪子吗?”

如果一只斩断了的爪子摆在我们面前,也即是一只狮子的片断,我们肯定能认出来它是一只狮子的爪子,只是那只被斩断了爪子的狮子恐怕我们永远无法再认出来。〈……〉我认为,从片断中构造出一个完整的《浮士德》,或者在片断中发现一种既可以解释现有场景又可以解释尚且缺乏完整性的作品的思想,显然是不可能的。

“尽管如此,人们还是普遍地找到了一个核心点,细节从这个核心点出发,相互补充着发展起来,并能够继续发展。伟大的学者和睿

① 席勒1794年11月29日给歌德的信中提到他的《浮士德》片断,他写道:“我得向您承认,我从这部作品里读到的,在我看来,就是赫拉克勒斯的躯干。”这里指的是温克尔曼在《古代艺术史》中描述的那件保存在梵蒂冈的古代雕塑作品。

智的头脑①在寻求这个核心时都不会觉得这是无足轻重的。”

这证明了每一种情况对这个核心都有普遍的需求。

“但这种需求究竟产生了什么呢？毫无疑问就是片断自己。看上去能满足您的细节，并没有满足别人，但他们也没有把那本书扔掉，而是紧紧地抓住这本书，或者说是把它再次重新拿到手里。也就是说这本书里应该还是有一些东西贯穿着这书的始终，它指向了核心，指向了在所有一切中都会出现的思想。”

阁下，我并没有直接说或至少我不应该说这种细节会让我满足。我只是想说，我对存在的东西感到满意，我放弃了去做更深入的研究，因为我的尝试会失败，而且我觉得别人的这种尝试也会失败。然
后我也承认，这种持续不断地寻找《浮士德》的核心或基本思想的新 89
的尝试，也不应当像承蒙阁下您所解释的那样来简单地解释。

“如果不是从诗的细节的角度来解释，那么您究竟打算怎样来解释这种尝试呢？这种诗的细节的角度在各处都指向一种必要的关联，也即指向一个核心，指向一个基本思想。”

这也许可以用不止一种方法来解释。如果阁下允许我引用也许是对解释《浮士德》的普遍热情发挥了作用的一段话，那么我斗胆用《浮士德》中的话说出来，即使它是巫师与魔鬼的话：

一生十
二走开
三成双
财富来
九归一

① 这里是指席勒和谢林。谢林在耶拿开设的关于“艺术哲学”的讲座里讨论了《浮士德》片断。

十空白

“这是哪儿来的巫师口诀啊？您想说明什么呢？”

换句话说：

——彻头彻尾的矛盾

对聪明人和笨蛋都一样神秘。

这种矛盾越神秘，一个矛盾向另一个矛盾靠近得越紧迫，仿佛它们要相互补充或要相互化解，那么我想，这种想把它弄清楚的要求，如果允许我这样粗俗地表达的话，就会变得越强烈和越普遍。

“一般来说，这种评论中总有一些真实的东西。但如果应用到特殊的情况下，那么您似乎并没有将人们对《浮士德》的极大关注归功
90 于作品本身，归功于诗的力量，而是《浮士德》背后某种神秘的东西。读者没有被那些呈示给他们的东西所吸引，而是被吸引着去寻找一些他们永远不可能找到的东西。”

阁下，我并不是这个意思。我说的是我自己，我自己对所呈示出来的东西由衷地感到高兴。我本来可以补充一句，自从我决定去欣赏那些细节，完全彻底地放弃寻求基本思想、寻求核心点这些败坏我兴致的尝试后，我才对《浮士德》真正感到高兴。但也正是这种诗的力量，这种令人心潮澎湃的力量，激发起人的理智去苦苦思索，去揣测每一个字里行间中更深层的含义，否则他就会不知道如何去解释这种印象，因为理智本身并不是诗意的。如果矛盾是在朴素的散文或韵文中呈现给他的话，那他想都不想就会把矛盾当成一种非理性的东西而丢到一边。

“也就是说又是矛盾？能否劳驾您把这种或那种矛盾进一步描述一下，您比较反感的，或您觉得是如此神秘的，以至于聪明人和傻瓜都觉得需要给出一个解决办法？”

〈……〉

〈卢登谈及他感受到的荒谬，其中，浮士德在将自己的一生贡献给了对真正知识的探索后，却在年迈时沉溺于声色肉欲。此外，还有浮士德对自己意图的庄严宣誓和他与卑鄙的交易之间的矛盾，这个交易最终不过是为了勾引一个姑娘，这根本不需要与魔鬼的约定。〉

“您所说的并不意味着什么。在诗中没有矛盾。矛盾只存在于
现实世界中，而不是在诗的世界中。诗人所创作的，是怎样被创作出 91
来就应该被怎样接受。他怎样创造出他的世界，他的世界就是怎样。诗的灵魂所创造的，必须用诗的心境来感受。冰冷的分析只会破坏诗歌，不会带来真实。这样做只会留下一地毫无用处的碎片，只会让人心烦。”

正因为如此，我才扔掉了所有的牢骚，纯粹地接受如其所表现的那些情节，接受如其所说的每一句话。

“但您还总是只接受一个具体的场景，格言，句子，却不想知道整体。”

因为诗人并不想给我们完整的东西，我们得到的只是碎片。

“但正因为它是碎片，它们才必须属于一个完整体，从整体上进行诗的理解。”

我承认，为此需要更强烈的对诗的敏感性，对此我并不敢自夸。如果诗人愿意把诗的全部都展示出来的话，那我肯定愿意尝试从整体上去接受它，去认识诗人在创作时以之为出发点的思想。只是，我这么熟悉和喜爱的片断如果在整体中丢失的话，那我会很痛心的。

“这些碎片怎么会从产生它们的整体中丢失呢？它们还会在整体中作为有机的部分出现，并获得其真正的意义。”

阁下的这番话像是在证明，整体真的已经存在了。如果它能很快显现，那我将会无比高兴。随着它的显现，一切争论都将结束。

“它已经存在，还没有全部写出来[1]，但已经在写了。怎么？您沉默了？您这么不信任地看着我？”

92 我怎么敢不相信阁下您说的话呢？我只是感到很惊讶，必须羞愧地承认我的错误和缺点。

“怎么会呢？——请您坦白地说说吧。”

阁下如此赏脸，饶有兴致地听我说了那么长时间，我自己都对自己斗胆说的那些东西感到害臊。因此我还是愿意真诚地坦白，我的确经常这么宣称，因为我就是这样认为的：这个所谓的片断绝不是一个完整的整体，它不是像用来做检验的、从整体上取下的一部分碎片，也不是以整体的思想创作出来的；它甚至不是一部戏剧作品，一部将某种思想、理念打磨修饰后完整呈现出来以供人观看的作品，即使人们称它为悲剧或别的什么也无济于事。没有哪一部戏剧作品容许揉进这样的碎片，使之成为整体的有机部分对整体进行补充而呈现出来。尽管也许在开始、结尾和中间部分还可以插入许多场景，这些场景毫无疑问可以证明是来自于同一个高级的诗人的灵魂，现在这部《浮士德》的诗人的灵魂就引起了我们的兴趣。这些场景同样也可以用浮士德、梅菲斯特、格蕾琴、瓦格纳的名字与现在这部片断联系在一起，给我们展现熟悉的人物形象。但它们毕竟还只是片断的情节相互连接在一起，绝不可能产生一个整体，一个自内而外有机形成并呈现出来的整体。支撑我这种观点的就是之前我说过的那些话，而且我觉得这种观点也是相当牢固地建立在这些理由之上。但阁下刚刚赏光说了那些话之后，我就必须承认我错了。但如果我承认只有当完整的《浮士德》出现后才能完全治愈我的错误，您也一定

① 实际上，《浮士德》第二部分直到歌德的生命最后几年才完成，至死都还没有交付印刷。

会原谅我的。

“您看到但不愿意相信，这并不能怪您。但您是怎样理解《浮士 93
德》的产生呢？如果我对您理解正确的话，那您曾经认为，现在还是这样认为，诗人在开始创作时根本不知道他想要什么，他只是在碰运气，在漫无目的地创作，只是把浮士德的名字像一根线一样拿着，把一个个珠子串在一起，防止它们到处散落。”

我只有简明扼要地给阁下说一下反复地阅读《浮士德》后我对这一点的看法。诗人知道关于浮士德的传说，或者还有一个木偶戏。也许在很早之前，他就翻阅了有关魔法、炼金术和其他神秘科学的书籍。后来去莱比锡上学，在奥尔巴赫地下室看到了那张古画，听说画的是浮士德骑在一只桶上离开地下室地的情景。基于对浮士德的了解，这幅画令他感到兴奋。这时也许有一群疯疯癫癫学生来到奥尔巴赫地下室聚会，诗人目睹了这一切，了解到了每一桩事。因此他想开一个玩笑，把这群学生与浮士德在地下室的出现联系在一起，把这场景半玩笑半真实地表现出来。奥尔巴赫地下室的场景我觉得是最先写出来的。它如此清新，如此年轻，充满活力，毫无顾忌，我甚至要肯定它是诗人在莱比锡的大学生时代写作创作出来的。地下室那一场之后创作出来的第二场，我觉得是在学生和梅菲斯特之间的一场。这一场景也同样是如此清新，充满活力和真实，它只能是在直接观察了大学的生活和活动后出现的，一如当时的情形，现在在这里或那里也依然如此。如果离开大学哪怕只有几年的时间，人们都几乎不会
想起大学的逻辑课和学生们无休止地抄写追随者的簿子。与学生的 94
对话不可能是浮士德做的，只有梅菲斯特才能讲出如此讥讽科学的话。因此，为了能让学生与梅菲斯特在一起，就需要有一个魔鬼和浮士德的场景出现在那个对话之前。这一场景从时间顺序上来看我觉得应该是创作的第三场。就这样，其余的部分也逐渐产生了，或者生

活中的某些事件刺激了诗人或令诗人思考。比如某个被人引诱的姑娘给了他创作可爱的、无辜的、不幸的玛加蕾塔的动因，虽然她自己也说到她难看而粗糙的手，但如果可以信赖博士的品味的话，我会认为她是漂亮的。但就是这个博士，在饮下了巫师的魔水之后，他身上激起了情欲，他上蹿下跳，而梅菲斯特鄙视的话：

这杯酒一下肚，你眼中的
每个妇人都会变成海伦，

把他吓得缩了回去。为了让这个老书呆子变成一个会献殷勤的男人，让他能与玛加蕾塔幸福地结婚，就需要有魔女的丹房。为了诱骗玛加蕾塔上圈套，就必须把女邻居玛尔特拉进来。最后，在所有的内容中我觉得浮士德开场的那段独白是最后写成的。那个汉斯·吕德里希应该受到尊重，应该给他一封进入世界的推荐信，以便也让他进入到正派人的圈子里。

“等等，这也只是一种观点，一种备受争议的观点，也许是已经被否定了的。它可以让我们进行新的谈话或继续目前的谈话。只是我们这次还是到此为止吧，在整个悲剧完成之前，不再讨论这个话题了。”

我就是这样在谈话后的几天里把歌德与我的谈话记录了下来，
95 这里只是把一些东西，特别是具体的名字忽略掉，把某些句子简化了些许。这会儿对话稍稍停顿了一下，我更坚定地看着他的面容，觉得他的表情好像不再像之前那么和蔼了。虽然我在谈话过程中也偶尔注意到他睁大了眼睛，眼珠子来回转动，但它们在前几天晚上的热烈气氛中也是如此，因此，我既没有注意到眼珠的转动，也没有注意到他的声音变得短促而高昂。现在，他的表情让我想起了什么，这一发现给我心里带来了一丝不安。当他停顿了一会儿重新开始讲话时，他的表情再次表现得极其和蔼，但是这里面还夹杂着一种神情，这种神情我现在也不晓得如何称呼,当时也不知道如何说明。于是我又集中精力,决定不再让自己惊讶,对所有东西都谦逊地顺从,无论如何都要在自己选择的,或者更确切地说是自己都不知道如何闯入的道路上前行。谈话开始后不久,我觉得他好像在有意地逗弄我,试探我是否在马鞍上坐稳了,坐得有多稳。这种感觉来自于他的问题和反驳中使用的措辞,而这种反驳偶尔会让我感到有些难受,我,一个年轻人,也许可以说,正在为我的新的工作而欢欣鼓舞,我未来的学术活动中有伟大的事业在等待着我。歌德开始说:

“是的,我们聊了很长时间。可我们还完全没有谈到我想跟您谈的事情,您自己的打算,您从事的活动。怎么,您打算教历史吗?想当一名历史学家?或者已经是一名历史学家?”

当然,我是打算去教历史。能否得到关注或激发人们的兴趣,则
是另外一回事。而且,如果我说自己是一名历史学家,那这是一个不
可原谅的非分要求,但我并不否认,我热切希望有一天能够获得很高 96
的声望。我肯定不缺乏勤奋与努力,成败与否则掌握在上帝的手中。

“您教历史怎么会不成呢?您有纯净悦耳的声音和良好的举止,您很会讲故事,而讲故事是很容易的。有谁会不喜欢好听的故事呢?小孩子喜欢让人讲故事,老人也同样有这种兴趣爱好。您为什么要拒绝历史学家的崇高声望呢?每个研究历史的人都是历史学家。”

阁下,您的话对一个决定将一生奉献给历史、历史研究、历史教学以及展示历史的人来说并不太鼓舞人心。

“为什么不呢?我想我原本该对这个神圣的三位一体投去热切的目光了呢。”

讲老少咸宜的故事,也就是讲一些奇闻轶事,应该是很容易的,尽管如此,善于讲好故事的人并不多。而讲述那些在民族和国家生活中的伟大而复杂的事件,还是常常会遇到一些无法克服的困难。

至少我不知道有多少能够清晰而形象地演绎历史素材，知道如何激发并保持听众强烈兴趣的伟大的历史老师。而且，仅仅描述或讲述历史事件并不是教授历史的主要任务，更重要的是要通过这种讲述让人们认识历史事件的意义及重要性。至于对历史的研究，由于这一领域不可度量，这种研究肯定是所有研究中最困难的。

97 “您也许是先有这种观点的人，因为您从事的历史研究是最多的。如果梅菲斯特在场，那他将激情地朗诵下面的双行押韵诗：

我的日子已经是这样
每个人都要跌跌撞撞
如果你去问他们大家
重要的事情他已完成

沉重的担子重上加重
需要你一人前来担承
他人挑担在喘息叹气
于你看来是轻之又轻。”①

说这种格言完全不对是不大可能的。例如，也许每个哲学家都认为自己的思想是最正确的，甚至他自己的体系是唯一正确的，因为这两样东西他都花了很大的力气才找到，而外来的思想则很容易从书本上读到。关于历史我这里还是赞同那个善良的瓦格纳的观点，人们已经很难找到通往源泉的方法，即使人们知道，他们想要到达的源泉数量并不算少。

“当然人们也做了许多准备工作，做了很多事情。大多数的源泉

① 原注：这段诗也许不全对，尽管我经常会回忆起它来。只是韵脚我应该押得很正确，意思肯定也差不多。

都早已被仔细研究过;能够获得清流的源泉已经枯竭,剩下的只有混水。”

但是也有可能是研究者有时把水搅混了,如果能让水澄清,人们也许会有新的发现。也许还有一些源泉没有被仔细研究过或者还没有枯竭。

“但就算您现在能澄清并彻底研究所有的源泉,您能发现什么 98
呢?除了那个早已被发现的大真相外不会有任何东西,而证明这一点并不需要费尽周折。这个真相就是,在各个时代的所有国家中,生活都是很悲惨的。人们永远在恐惧和悲叹之中,他们相互折磨,使对方痛苦,他们要把自己和别人的那点儿可怜的日子搞得一团糟,他们既不在意也不享受这世界的美好和这美好的世界呈示给他们的生活的甘甜。生活只对少数人来说是舒服的和愉快的。大多数人在过了一段时间的日子后,也许更愿意摆脱它,而不是愿意重新开始。如果说他们过去或现在对生活还有一些依赖的话,那它一如既往地是对死亡的恐惧。生活就是这样,它过去就是这样,将来也许还是这样。这就是人的命。我们还需要什么证明吗。”

我看着歌德,他表情十分凝重,尽管如此,我还是半微笑着回答道:

我无法相信这是阁下自己的观点。我觉得梅菲斯特多次说过这样的话。(歌德微微一笑)。就算有许多人在古代和现代都是这样生活着,但也不能因此说这样的生活就是人的命,况且人的命也并不是人类的命运。

“人类?这是个抽象概念。自古以来就只有人,今后也只有人。”

我想,这个词描述的是人的精神,它是怎样在人的整个生活中演化和展现出来的。因此,这个抽象概念必须是从人的生活中抽象出来。这种本质和精神在单个的人的生活中是无法认知的,因为它并

不是一目了然的。它只有在各个民族的生活中，在人的社会关系中
99 才可以被认知。谁认识了一个民族的精神，一如它在这个民族的生
活中所表现出的那样，他就认识了属于这个民族的所有人的生活本
质。所有民族精神的总和就是人类。

“生活伴随着民族，就像生活伴随着人一样。民族是由人组成的，它们也像人一样走进生活，过着同样神奇的生活，只是要更长久一些，也同样会死亡，或者惨死，或者因衰老而死。人的全部的痛苦与烦恼同样也是民族的痛苦与烦恼。”

但是，正如人会给后人留下东西一样，民族也会给后来的民族留下不会与之消亡的东西。

“它们会留下东西？当然，梅菲斯特也许会用他的方式说：

民族死去后留下的
是苍白的投影
你也许能看到它，
但要抓住它
则是日夜徒劳

也许他这个爱开玩笑的人还会好心地警告补充道：

那个总是抓影子的人，
永远只能抓到空气；
那个总在堆影子的人，
最终看到浓浓的黑夜包围了自己。”

一个民族投下的影子，也许会开花或者是凋谢，会倒退，不会向前。影子会投向之前的民族，而不是我们这些后世的子孙，或者我们单纯地、自愿地站到影子里来。一个民族，如果它消亡时不是什么都没有留下的话，那它留给我们的就是它生命的灵魂。我们只有努力地尊重这份遗产，用好它，而不是只满足于拥有这份财产。我们必须

去学习民族的历史,去应用它所展现的东西,因为一个民族的历史就是这个民族的生活。

“一个民族的历史,民族的生活?这个想法很大胆。相对于一个 100
民族的生活,即使是最详细的历史,它保留下来的东西能有多少?而且,在这少量保留下来的东西里面,有多少是真实的呢?在真实的里面,有多少是毫无疑问的呢?难道不更应该说,所有的东西,无论是最伟大的还是最渺小的,都是不确定的吗?因此,浮士德的话看来是值得肯定的:

那过去的时光,对我们来说,
会是那七印封严的书卷吗?”

的确是的,阁下,在这一点上诗人是完全正确的,但如果他再加上一句话,说七个封印中只有一个是不可打开的,那他就错了。

“它们也许是可以打开的,但缺少炸开它们的工具。”

我倒相信我们并不缺少这个工具。我们甚至可以对每一件历史作品,对每一个流传下来的东西都施加三倍的杠杆:其一,对所描述的时代之前的那个时代的认识;其二,对之后的那个时代的认识,就像是那个时代的产物;最后是事实,这种事实一部分是通过单纯的存在,一部分通过它的特点、对它的看法、理解和表现来承载流传下来的东西。每个杠杆的支点是人的本性,砝码是研究者自己的精神。

“您的说法让我想起您之前说过的话,您被蒂鲍特争取过去做数学研究。这门科学您研究得多吗?”

前后有几年,看时间和情况,还相当多吧。我自己甚至写过一部数学方面的书,我打算不久就让它去闯荡世界,像远游不归的浪子一样。

“让我更惊奇是的您放弃了这个包含着所有确定性和真理的各
门科学之首的数学,只是为了去尝试那一步三摇的历史的道路,去执 101

着于一种即使加了三倍的杠杆也无法让任何东西见天日的工作。约翰内斯•米勒对您的这种转变一定起了决定性作用。”

约翰内斯•米勒当然给了我巨大的影响，他让我更快地做出了决定。但即使没有他我也会决定选择历史。我有幸给阁下您说过，历史是我的初恋，而初恋刻骨铭心。我的个人情况不允许我比如通过观察天象奇观来令自己赏心悦目，精神振奋，哪怕是在地球上我为自己的理论知识得到重要的应用而感到高兴也不行。我不得不承认，在持续与数字、字母和图形打交道的过程中，我遇到了梅菲斯特在给学生讲神似性时所预言的那种情形：所有这些真理和确定性的东西都让我真心感到害怕。

“历史的各种不确定性是否会比数学的真实带给您更多满足感?”

当然。历史能同时让精神和心灵，让理智和心绪得到慰藉，同时它能强烈地激发人的想象，驱动着人们像进行思考一样进行创作。我不明白为什么历史的真实相对于数学的真实而言就不那么真实了呢?

“当然是一样的。只不过问题的关键是去揭示真理。如果人们能像展现数学的真实那样展现历史的真实，差异就会消失。只要人们无法去展示它，差异就会一直存在，这种差异不在于两者之间哪个是真正真实的东西，而在于两者中其中一个是展现为真实的东西，而另一个是被认为是真实的东西。”

真正的历史也是真正的真实。

102 “但并不是所有作为历史呈现给我们的事件都真正发生过，真正发生过的事件，并不一定是按照其呈现给我们的样子而发生的，那些发生的，只是的确发生过的一切中很小的一部分。——您应该知道，为什么沃尔特•雷利勋爵不继续写他的历史研究，而是将手稿付之一炬吧?”

噢,是的,阁下。听传闻所说他是这样做的——

“他自己这么说的。”

这我倒不知道。必须承认我还没有读过沃尔特勋爵的任何东西。他把手稿付之一炬,是因为他曾是一个事件的目击者,而其他不同目击者讲述的与他亲眼看到的完全不一样。

“这对我们其他人来说或许也同样如此,以前的情形也不会有什么两样。”

只是,让我感到惊奇的是,沃尔特勋爵应该需要一种特殊的经历,去发现不同的人对事物的理解是不同的。古话说:就像两个人做同一件事,它肯定也同样适合于观察、讲述和行动。这句话应当能够教给他这个伟大的真理,而且通过阅读各种不同历史学家对同一事件的描述应该也能证实这一点。我的意思是说,要么他压根儿就不该开始写他的书,要么他就应当把他的书继续写下去。

“沃尔特勋爵肯定早就知道我们大家都知道的东西,只是他走了懒散松懈的老路。现在,当他亲眼目睹了发生在他家门前的事件,又听到了各种不相符的和不真实的叙述时,他脑海里突然闯进了这个念头,即历史中不会有真相,于是他就在这样的坏心绪下立刻做出决定,不再为获得和传播骗人的东西做帮凶,不再为同时代的人描绘一幅错误的、欺骗性的过去世界的图画。”

但我觉得,他对历史的真相还是有过美妙的想法。因为不言 103
而喻,历史学家对过去发生的事件所知晓的不只能是流传给我们的东西。只要他负责任地研究,诚实地再现,那么我认为那就不是欺骗。

“但欺骗还是存在的。他不是谎言的始作甬者,而是传播者;他不是窃贼,而是窝赃者。谎言只能归咎于你们所谓的源头作者。”

如果作者是诚实、负责任地记下他的所见所闻或他所知道的，那他就不算是说谎和欺骗。他们不可能给出比自己所拥有的更多的东西。

“但谎言还是存在的，它只是再次被抛回，抛回到事件本身，我们得到的永远是一个不真实的、被扭曲的、倾斜的和错误的过去世界的图像。也许，与其带着这种错误的、无用的、混乱的观点到处传播，倒不如根本不要关心过去。前者只会将我们引入歧途，使我们错误地理解我们生活的这个世界，黑白颠倒，对它施加错误的影响。”

如果真是这样的话，那将非常糟糕，但这也就是人的命，我们将不得不去承受它。但现实却不是这样的。叙述中的偏差绝不应当立刻被标记为一种错误的陈述；大多数情况下它们是由于一个人对某一事件的理解不同于他人而已。有些差异也存在于文字之中。谬误的出现也可能来自于超出源头及其关联之外的东西，因为引起人注意的既不是源头，也不是相关联的东西，谬误是从一般的记录、谣言和揣测中推断出来的。有时人的感知也会因为见证者的立场而出错：这个人认为是黑色的，另一个人觉得是蓝色的，而第三个人则觉
104 得是绿色的。但关于事实本身，那些首先引起我们兴趣的东西，那些造成或决定了后来的事件并对它们有最重要意义的东西，不同的证人之间一般都不会有偏差。拿破仑的战报所包含的内容应当与奥地利和俄罗斯的报告完全不同，不同队伍中军官与士兵讲述的事情应当也与战报或报告有所不同：但那些决定性的事实——而且因为它们是决定性的，所以它们是属于历史的——那些事实，即 1805 年 12 月 2 日，法德与俄奥之间在奥斯特利茨发生了一场战役，法国人赢得了胜利，俄国人向西里西亚撤退，弗兰茨皇帝之后在法国人的驻地与拿破仑进行了谈判，然后先是实现停火，接着在普雷斯堡达成和平协议，关于这些事实，所有的新闻都是一致的，都与和平的条件一样是

毫无疑问的。因此,我同样愿意相信,即使是雷利房前发生的事件,其他目击者与他本人以及目击者之间在许多方面也都是一致的:地点、时间、党派(如果有党派的话)、出发点和结果等,这些毫无疑问都是以同样的方式陈述的。虽然我绝不会宣称,一个事件,例如奥斯特利茨战役这个事件中出现的其余现象可能没有意义,因此人们就可以满足于对同一事件的不同陈述,但不可否认的是那些事实都提供了一个稳定的线索。在一个事件的乃至历史的某个特殊情境中,它们是骨头,是身体的骨骼。那些确定的事实发生在或出现在一些其余现象中,而对后者的不同陈述,历史学家首先必须批判性地追溯其真正的价值。他必须把这些不同的陈述相互比较并将其与事实进行 105
对比,必须根据自己对这些国家的情况与自然的认识,对各民族之间地位的了解,对其早期和近代历史与国家内部状况以及对所论述的那些人的特点和思想的理解去检验这些不同的陈述。只有这样,那些不确定性才会消失,那些他认为是与骨骼相匹配的神经、纤维、肌肉、骨髓和皮肤之类的东西才会作为真相显露出来,才能用创造性的灵魂和艺术家之手把它作为一个鲜活的肉体展示在那里。

“这当然是一个伟大的手术,但历史学家在经历了这番艰苦的工作之后所认定为真相的东西,只不过是对他而言而已,它只是一种主观的真相,而不是那种无可争辩的客观的真相。”

费希特曾经用下面的话回答皮拉图斯什么是真相的问题:真相就是那些必须按着它被推想的方式来推想且无论如何不可能被推想成其他样子的东西。

“也就是说,是费希特的或者是我的真相,即每个人都有他自己的真相。但数学的真理对大家来说都是同一个真理。”

费希特用数学的例子来解释他的句子。2 乘以 2 等于 4,因为一旦人们知道什么是 2,什么是 4,人们就不可能把它推想成其他的样子。他说，当人们第一次给他演示，4 个单位就是 4，它不能被分开来，只能合成一体来想的时候，他忍不住要笑，因为他认为这是理所当然的，而且也不可能被想象成其他的样子。因此，所有不可能被想象成其他样子的东西，只要它被普遍接受，就必须被普遍地认为是真相。

“关键就在这里。不同之处在于，数学可以强制每个人去承认所有直角都是相同的，而您在历史问题上绝不可能强迫我变成您的观点。”

106 不会的，但我还是相信，我能够让每个还没有下定决心不被说服的人去相信真相。这在我看来是一种优点。数学家强迫别人去接受他的叫做定理的真理，他让思想屈服于某种特定的宿命论，在这种宿命论中人没有做决定的自由。历史学家给思想以自由，他面向整个的人，面向理智，面向心和情感，只求得到自由的信服。

“人的确不需要与自己的基本原则产生矛盾，把对事物过程的思考想的与流传下来的信息或者与某个历史学家给我们展示的或能够展示的信息不一样。如果是这样的话，那就应当允许指责历史的谬误，把它们流传下来的东西看作是错误的。”

毫无疑问，即使是最有学问、最诚实、最明察秋毫和最睿智的历史学家也有可能陷入谬误之中，甚至他不得不陷入谬误，因为他必须承担普罗大众命运中他的那一部分。但这并不是一种不幸。〈……〉已经发生的事件不会因为历史学家的疏忽而不存在。〈……〉那种流传下来的东西，虽然被某位历史学家错误地解释或错误地应用，并不因此而毁坏，它们还是会毫发无损地一直存在于世上。也就是说，另一个历史学家还可以重新加工处理历史，去纠正之前那个历史学家的错误。如果他自己也陷入新的错误，那会有第三个人加入进来，去批评前两个人，建立起他认为他所知道的真相。生活就是以这种方式走进了历史研究,走进了历史著述。这种流传和加工的数量越多,偏差越大,思想得到锻炼和尝试的机会就越多。反之,流传下来的东西,如果看上去都像沃尔特•雷利想要的那样,让所有证人不仅在主 107
要事实上,而且在其他所有方面以及事实所发生的表现上都完全一致,那它只会给历史研究和历史著述带来死亡,哪怕它的证明既完整又一致。如此一来,我们将完全满足于唯一一个流传下来的东西,让充满热情的科学堕落成无聊的记忆的杂碎,变成一堆令人窒息的姓名、数字和记录。一个从尸体上取下的石膏模肯定与逝者面部的结构最为相似,但它只是一个毫无生气的假面具,绝不可能呈现一幅这个人鲜活有力地站在那里的图像。我更想拥有一尊艺术家用自由思想和自由之手创作的雕像,在雕像中放入这个人的性格、他的灵魂、他的意志、乃至他的全部生活和生命,哪怕按照假面具的忠实记录他缺少一个小小的乳头我也无所谓。在历史记述中,我也不会要那个赤裸裸的、僵死的但忠实于现实的东西,我会要一个充满生气、色泽饱满的世界,它要将这些无可争辩的事实毫无删减、毫不走样地呈现出来,要写得充满诗情,要用艺术家之手加工出来。

“您要让历史学家成为艺术家?”

阁下,由于我自己还没有对历史有所贡献,因此我也许可以说出我的观点,因为我并不是为了自己的利益在说话。我真心认为,如果没有真正的创造力,那么历史就不可能有尊严地写出来;如果缺少创造力或者诗的力量,就没有人能成为最完美意义上的历史学家。因为历史学家需要把一个过去的世界放在眼前,在这个过去的世界里发生了他打算呈现的事件,而他只有在观照这个世界的过程中才能呈现事件并在完整和真实的意义上呈现该事件。但这个世界并不因 108
为需要观照而呈现给他,他需要去创造这个世界,从而能够去观照这个世界。

“即使承认这一点，但历史学家和诗人之间还是有巨大的差异。诗人可以自由地、按照自己的想法去创造他的世界，因此他可以把这个世界完整而圆满地放在那里；而历史学家则是受到约束的，因为他在创造自己的世界时，必须把历史带给我们的所有碎片拼合在一起，因此他绝不可能提供一个圆满的世界，那些尝试、收集、修补和粘合的努力的痕迹总是能看到。”

历史学家的任务越大，他的工作就越困难，一部成功的历史著作就越应当收获更多的感谢、荣誉和价值，而不太成功的作品也应得到宽容与爱惜。另外也不能忽视，诗人只是在努力呈示自己的思想，只能达到他的才智所能达到的深度与广度，而历史学家则是在呈现上帝的思想，一如它在人的生活中所呈现的那样。

“说到底，历史学家在您看来要高于诗人了？”

是，也不是，阁下。我完全不能接受人们常常用来放置思想的阶梯，我更希望相信思想的轨迹不是上下叠加在一起的，而是并行向前的。无论如何我都认为，每一个为历史努力贡献的人，不需要嫉妒任何人的位置。

“如果我现在要从您关于历史研究和历史著述的观点中得出结论的话，那么，借用席勒的话说就是，话语虽长，意思很精，看来浮士德是对的：

人们所说的时代的精神，
其实就是大师们自己的精神，
时代映照在精神的里面。”

我完全赞同这一段经典的箴言。如果大师们给我们以精神，这
109 也是他们自己的精神，如果大师们把这个精神里的时代镜像指给我们看，我想我们就应该在一定程度上感到满足了。

“但现在还有一个问题。您打算拿您的历史，拿所有这些历史的

真相、谬误、创作等做什么呢？您研究和努力的最终目标是什么呢？”

阁下，这是一个大问题，说来话长。简而言之，我实际上并不知道如何回答更好，只能用浮士德的话来回答：

赋予全人类的一切
我要在内心中认识。

“享受，您是说享受。”

请您原谅，不过我还是想用认识这个词，用认识产生的享受来满足自己。获得的认识我想通过学说或文字来传播。此外，也许我无须赘述，我所说的当然只是我的愿望和意志，只有极少数人能实现它。但胸有大志，其喜可矣。

“当然，当然。我们今后已经有许多谈话的材料了。天色已经不早了，我们必须到此为止了。”

我打算起身告辞，大约又说了下面的话：我无法表达我是带着怎样的心情与阁下告别。昨晚我心中充满了最热切的喜悦，今天早上我带着这种喜悦走进您的家门。在谈话过程中，喜悦的心情被笼罩上一丝挥之不去的阴影，现在我该离开阁下了，这阴影又开始令我烦恼了。

“怎么会？亲爱的朋友？是什么阴影？”

〈……〉我担心今天说了我不该说的话。但我一说起话来就啰里 110
啰嗦，我自己也不知道是怎么回事。我也许觉得自己不应该走进来，但既然进来了，就不知道再走出去。说得不对的地方，阁下肯定不会介意，但我还是要由衷地、心悦诚服地请求，如有什么不得体或不合礼数之处，还望阁下海涵。

“噢，亲爱的教授先生，请您对此完全放心。我们是私下里的谈话，既严肃又风趣，我不觉得我们俩需要指责对方什么，或相互之间有什么见怪的。我们的谈话令我很感兴趣也很享受，否则就不会聊那么长时间了。在您身上我看到了一个希望看得更明白、不愿意让自己被空洞的言词所迷惑、不愿意被幻象所误导的年轻人。您努力追求真相，又不疏远诗，甚至能容忍它迷惑性的形象，这很好，值得称赞。您是在一条很好的正确的道路上从事着科学活动，请您继续徜徉在历史中，勇敢地回望过去的年代，而不要被现在的纷乱所干扰。您要全力以赴地研究民族的年鉴；要负责地、诚实地、心无旁骛地著述，传播您通过研究而认为是真正的东西。您所展示的东西，要不拘泥于现成的形式，尤其要放弃各种锤打与扭曲的做法，这让人联想起约翰内斯·米勒，他不过也是塔西陀[1]的模仿者而已。不要沉溺于时代的乏味，要摒弃那些习惯于在所谓的文献资料中宣布的早熟的智慧。落笔要简单明了，不要羞于诗的痕迹，要让简洁的文笔如行云流
111 水一般，它会令人信服，令人高度赞赏的。如果您能经得起同时代人的指摘，那您会令后代人满意。无论如何我希望您在耶拿的职务对您和大学都有好处。好吧（他把手伸给我），祝您生活愉快。希望很快能再见到您。”

我刚走了大约十五、六步，歌德就从后面喊道：“卢登教授！”我赶紧转过身去，听候他的吩咐。他说：“我请您来魏玛看我，可是忘了补充一句，请您不要住旅馆，而是直接乘马车到我家门口。我这儿会一直为您留着一套居室，无论您在魏玛能够或愿意待多久，您总能有落脚之处。好吧，再次祝您生活愉快。”

① 普布里乌斯·克奈里乌斯·塔西陀（Publius Cornelius Tacitus，约公元55—公元120年），是古罗马历史学家，著有《日耳曼尼亚志》、《罗马史》、《罗马编年史》等，在罗马史学上有着崇高的地位。

64. 歌德日记

1806年8月19日　星期二至8月20日　星期三

8月19日

喝埃格尔矿泉水。往魏玛寄东西及其他〈……〉。卢登教授来访。对我的文章第四部分做一些修订。大约中午时分泽贝克博士来访。关于颜色的不同加热特性的实验。在封·亨德里希少校处用餐。普鲁士在爱尔福特的要塞[1]。回忆蓝色盲症患者[2],迈宁根的封·比布拉,里特尔和封·廷彭的学生。晚上与封·克内贝尔少校散步,然后在他那里用晚餐。谈论土豆对健康的损害。"菲得洛斯关于大管家提比略的轶事,他可不那么便宜地卖他的耳光"。晚上朗普里狄斯的卡拉卡拉及盖塔皇帝的传记[3]。他讲述的一个民间迷信:"信奉月亮男神[4]的民族,可以统治他们的女人;信奉月亮女神的民族,则会被女人所统治。"

8月20日 112

没有喝矿泉水。绘画。又将第4卷全部审核一遍并寄出。以及附记在书页边上的信。给施内特的证据。海利根施泰特博士,为了补偿巴奇[5]之事。黑格尔博士,泽贝克博士在光学实验暗室。关于有色光线发热力的实验。在封·亨德里希少校处用餐。从黑森来的封·格里斯海姆上尉夫人。她传奇般一生的经历。"超越社会地位的

---

① 普鲁士8月9日发出军事动员令并将其军队集中在图林根地区。

② 歌德为他的《颜色学》"教学部分"记录下关于色盲的内容。

③ 塞普蒂米乌斯·卡拉卡拉(Caracalla Septimius, 186—217),与弟弟盖塔(Geta Septimius, 189—211)为罗马共治皇帝,卡拉卡拉杀死了弟弟盖塔及其的支持者来巩固自己的皇位。

④ Luna为拉丁文,意为月亮。原文中使用了一个臆造出的阳性名词Lunus来表示阳性的月亮。此处即译为月亮男神。

⑤ 耶拿植物学家巴奇1802年去逝后留下了一批收藏的生物学样本,歌德得到了这些东西,将它们作为公国的收藏品。

婚姻”。饭后把素描画贴上。埃利乌斯·朗普里狄斯。安东尼的名字正在成为皇帝的名字①,就像拿破仑和其他的名字一样。矿石的外部特征,特别是颜色。

① 安东尼·庇护(也作安敦尼·庇护,Antoninus Pius, 86—161),罗马帝国五位贤帝之一,其养子或贴身随从也使用安东尼的名字。拿破仑借鉴了所谓的罗马皇帝嗣子继位的做法,在加冕后实行皇位世袭制度并通过收养方式来指定继承人。

65. 歌德致威廉·封·洪堡[①]

耶拿,1806年8月22日 〈星期五〉

在去卡尔斯巴德之前我这里有些忙乱,直到我出发并最终到达温泉才消停下来。我下定决心要从那里给您写信。但光是喝矿泉水和由此带来的放松以及与那么多新结识的人和多年未见面的、各种有趣的朋友们一起消遣,让我在那里日复一日地徜徉,直到现在我又回到故地耶拿和那熟悉的修道院般的宫廷房间里,看着收集到的一些东西,任思绪自由地回顾往事,这才想起我还有重大责任要给您写几句话。

首先,我想谈谈我的身体健康,我可以告诉您它已经大有改善。我在整个疗养期间及之后再没有犯病,甚至没有出现过一点儿症状。人们告诉我的这种矿泉水的疗效得到了证实,当然我之前也已了解
到了这些。只要我按规定饮食,保证生活规律,这个冬天就有望能很 113
开心地度过,来年春天再更有规律地疗养更长的时间。

其次,非常感谢您那首优美的诗歌[②],它把那座壮丽的城市和一位尊贵的朋友呈现在我们面前。您把早年的印象和您在罗马生活的收获以这种方式完美地结合起来。我们青年时代第一次眺望那些遥远的重要之物时,还是把目光投向了罗马,能在那里逗留对一个受过教育的人来说是对人生的补足。将希腊放在罗马来呈现的想法也是很有意义的,就像希腊曾经以各种方式被并入这个世界女王一样。

---

① 威廉·封·洪堡(Wilhelm von Humboldt,1767—1835),亚历山大·封·洪堡的哥哥,柏林洪堡大学的创始人,伟大的教育改革家、语言学家及外交官。威廉·封·洪堡也是魏玛古典主义全盛时期的代表之一,歌德志同道合的挚友,两人的友谊一直持续到歌德逝世。由于洪堡长期驻外或外出旅行,他们的通信也不是很频繁,直到晚年才逐渐增多,但歌德一直将洪堡作为自己精神上的知己。本信是席勒逝世后他第一次非常开诚与详细地讨论那些萦绕在他思想中的哲学问题。

② 洪堡在4月12日寄给歌德一首名为“罗马”的长诗,洪堡将其称之为挽歌,表达了罗马是希腊文化的传承者的中心思想。

如果我再年轻一些，兴趣再多一点儿，我会从这个角度再写一部罗马的挽歌。一方面我从心底里对您的绝妙想法和精彩论述表示赞赏，另一方面我又为自己没有在合适的时间里想到这些而感到气馁。因此，无论从何种意义上都请接受我们的感谢，无论是鼓励我们去认识罗马，还是点燃您去那里做一次旅行的愿望。

我很长时间没有听到令弟的消息了，他特别答应给我和所有热爱自然的朋友们的书还没有出版。在空话套话的火焰威胁着要将我们烧成灰烬的时候，我多么想再读到一些特别的东西啊。希望您还能像往常一样收到《耶拿文学汇报》[①]，从中了解一些有趣的事情。这几天又有一本书寄到我这里，我必须谈谈这本书[②]，尽管我只是翻阅了一下，还没有通读它。这本书的名字叫《哲学的自然科学基本特征》，是斯特芬斯为他的讲座而写的。我要真的像评论员一样说，它只有 204 页，大 8 号字体。您早前就认识这位杰出的人物，这本书也
114 是很有益的，但是我必须承认阅读时我不得不摇头。他走在自然哲学的道路上，我认为这很好很有意义，只是我不明白为什么这么最高级的思想却要表现出一副滑稽可笑的样子。令人高兴的是，它给人们指明的那个目标是值得追求的，即所有分歧都被消除，被割裂的东西不再被看作是分开的，一切都来源于同一样东西，都应当在同一样东西中被理解。但要用到它、应当满足这种要求时，那些大师们看上

① 歌德这里将话题引到《耶拿文学汇报》，主要是要谈斯特芬斯的书，后者曾经在报上发表过关于谢林的自然哲学的文章以及针对自然哲学的敌人的论战。

② 对斯特芬斯这本书的研究以及它给歌德留下的印象，歌德除了在书信中提及外，在 8 月中旬至 9 月初的日记中所有记载并写进了《1806 年日记与年鉴》中，他还给作者本人写信(参见第 74 封信)，与黑格尔也谈论了此事。他以此书为由，对浪漫派自然哲学某些特定的性质进行批判，尽管他自己对它还是深感同情的。

去却像是基督徒,他们为了让我们死后得到生命,在我们死亡之前将生命变成死亡。我相信这些巨大的矛盾都可以通过行动、艺术和爱来消除;科学上如何能做到这一点,我暂时不做评论。这些大师们却直截了当地用恳切的话语向我们保证说,上帝的和平确实降临到他们中间,那里没有白天黑夜,他们在那里能将绝对的和相对的,必要的和自由的,过去的、现在的和将来的,无限的、有限的和永恒的如此完美地统一起来,以至于他们听不到任何细微的不和谐的声音。这就是为什么我们最终可以称赞他们,即使不是神圣的,也还是有福的。

就我目前对这本书的了解,斯特芬斯先前处理过的那一部分①在这里展现得非常简洁紧凑,干净整齐,结果令人高兴。丰富的内容从这些章节中扑面而来。然而,由于它讲述的是整个自然科学的基本特征,因此,那些穷尽了他经验的地方就变得晦涩而有歧义,常常令人不知所云。这种内容到头来如果不是空洞无物的话,那我就大错特错了。此外,他在那些地方都很谨慎,未来也许能像预言家那样说,他的预言包含了一切。

一般性的段落,特别是开头的部分,写得相当精彩,有施莱尔马 115
赫②的特点,除非我完全搞错了。但进入正文后,古怪的语言就出现了,我们就像受惩罚一般无法回避它。当然,事情的本质在于,为了让语言文字探究到自然的深处,就不得不去攫取那些已经为其他科学和探索所使用的、探究到深处的符号。这样就产生了一种象征性的语言符号,对此我绝对没有指责的意思,但它本身既神奇又有些危险。数学的表达形式,无论是纯数学的还是应用数学的,天文学的、宇宙学的、地

① 歌德也许是指斯特芬斯的"地球内在的自然史的文章"(1801),他将此文献给歌德。

② 斯特芬斯自己在导言部分提到了施莱尔马赫的范例。

质学的、物理的、化学的、自然史的、道德的、宗教的和神秘主义的表达形式，所有这些东西都被混做一团揉进了形而上学的语言中，并常常被赋予褒奖或夸大的含义，但外表依然粗俗无比。现在危险出现了，这种语言与其他语言都有共同之处。我很清楚，人们会给一件东西罩上一个外壳，然后又常常把外壳当作这件东西来处理，这种颠来倒去的错误并不总是能避免掉。但在这里提到的更高级更复杂的人造语言里，现在后果已经很糟糕：人们不是用事物本身，而是使用表示近似含义的符号①，把所表达的外在的关系当成内在的关系，把比喻当成描述，从而迷失在这条路上。于是，北与南，东与西，氧和氢等就像无所不能的王牌和标兵②一样成了某个神奇概念的屏障，令人退避三舍。我再说一遍，我对使用这种象征性的语言完全没有敌意，相反，我也经常觉得有必要应用它，但这帮大师们极大地超出了我的认知范围，把恰恰是人们非常喜欢保留的东西舍弃掉，这让人很不舒服。

116 关于这些事情，文学报也许还会发表进一步的说明。我还不得不提一件令人痛心的事情，也就是理想化的观点在也许充满世俗激情的社会里会怎样打碎一只漂亮的容器。化名为蒂安的封·君特罗德③小

① 此处可参考歌德的《颜色学》（教学部分，第 5 章）关于语言与术语的最后思考。斯特芬斯的书可能激发了歌德写这一章的想法。

② 王牌（Scherwenzel），指扑克牌中的王牌，可以顶替任何一张花色的牌。标兵（Flügelmänner），原指队伍中站在第一位的个子最高的士兵，歌德时代的作家常常把它作为一种比喻。

③ 卡洛琳·封·君特罗德（Karoline von Günderode，笔名：Tian，1780—1806），德国诗人，布伦塔诺的朋友，1806 年 7 月 6 日自杀身亡。此事在当时的文学圈子里引发讨论，歌德也从阿尼姆的信中了解到一些细节。虽然他并不认识君特罗德本人，但他研究了这个令人伤心的事件并深受感动，把她称作是“维特第二”。后来歌德在《诗与真》第 13 卷中对自杀进行分析时，认为时代的思潮也要为此负责。

姐自戕身亡,您肯定认识她,不久前她还给过我们几首美妙的戏剧形式的小诗①。您可以想象得出这件事会引起很多的议论。

此外,祖国德国的命运吸引着每位读者的关注。米勒、延茨、阿恩特等人在一些阅读量很大的文章里徒劳地呼唤古老的爱国主义。伊夫兰把路德博士的形象搬上了舞台②,人们发现就在皇帝和选帝侯们大摆排场、在柏林为这一幕而感动的时候,神圣罗马帝国消亡了。尊敬的朋友,我在报纸上看到您被委派到新登基的那不勒斯国王③那里。祝您工作顺利并向您和夫人致意,为了我们持久的友谊。我在北方用散乱的形而上学给您消遣,也希望您能从南方让我听到一些平坦的大自然的风光和令人愉悦的艺术。祝您万事如意,并代我向夫人致以最诚致的敬意。

G.

---

① 君特罗德以蒂安(Tian)的笔名发表的一首诗歌片断。歌德知道她的作品,并饶有兴趣地把它们推荐给艾希施泰特,封·施泰因夫人和赫维希。

② 1806 年 6 月,伊夫兰把维尔纳(Zacharias Werner)的剧本《马丁·路德或力的庄严》在柏林搬上舞台,并亲自饰演主角。该剧目在当时引起了极大的轰动。

③ 那不勒斯国王当时是拿破仑的哥哥约瑟夫·波拿巴。洪堡的任命因普鲁士与法国爆发战争而受阻。

66. 歌德致伦格

耶拿,1806年8月22日　星期五

您7月3日的来信我从卡尔斯巴德一回来就马上回复,这封信
令我非常高兴。只有当人们把目的地和指明方向的指针结合在一起
117 时,才有可能安全地驶达这些地方,艺术也是如此。心灵为每一个人
选择了方向,但只有他自己才知道要去哪里,要用什么方法去调整他
的航向。我也很高兴地看到,您对颜色的看法与我的观点完全一致。
您文章中的许多地方几乎都能在我的论文中找到对应的文字,还有
一些相当于注释。我希望您能允许我使用若干段落[①],因为对一些
我与您都很确信的内容,我不知道如何表达更好。我将以更大的兴
趣和勇气继续编辑我的文章,因为从您身上我看到了一位在自己的
道路上深入钻研这种美妙现象的艺术家。今天就不多说了,以免信
被耽搁。希望您继续保持身体健康,工作快乐。时不时让我听到您
的消息,我的著作出版时,我们相互再做进一步的交流。

歌德

① 歌德将伦格的信略做删减后署上作者的名字附在了《颜色学》"教学部分"的后面"补充"一章里。

67. 歌德日记

1806年8月22日　星期五

喝埃格尔矿泉水。**给封·洪堡的信**,寄往罗马(我的身体状况,感谢他的诗歌,关于斯特芬斯和他的新作)。再看一遍伦格的信及其关于颜色的文章,给他回信,寄往沃尔加斯特。**给封·乌斯拉尔的信**,寄往雷堡,关于金匠之事。博物馆的调整,通过调整将海洋类展品移进一间房子。为此做的其他准备。封·克内贝尔上校跟他儿子过来,提及还在等待中的矿石,为其展示卡尔斯巴德的一套矿石。晚上读图林根编年史,其中非常准确地记录了天空中坠落的一块陨石。

在美因河畔法兰克福的拿破仑节日①上,皇帝的名字最后在焰火表演中被烟雾笼罩而看不见了,大家认为这是一种预兆。

① 指拿破仑的生日庆典,歌德母亲在8月19日的信中给他简单描述了节日的盛况,但并没有提到这个预兆之事。

118 68. 歌德致福格特

耶拿,1806年8月23日　星期六

阁下的来信令人高兴,我收到它时刚好把要随信寄给泽贝克博士的包裹包好,他要去魏玛。您可以看到,我们长久以来通过博物馆拥有完整目录的愿望终于实现了。幸运的是,伦茨虽然性格有些古怪,但他能通过理性和坚持被引上正路。他的工作无可指摘。只不过他总是不停奔波,因为他要追随弗赖堡的那位备受尊敬的顾问①,从另一面来看这也不错,这让他至少不会缺少最新的东西。我们原谅他的犹豫不决,同时必须指出,四年来他在一刻不停地忙于博物馆的事情,寄给我们的石头就像冰雹一般源源不断。为了在接下来的半年时间里把这些涌入进来的矿石整理妥当,我已经整理完成了一个断层,您会为此喝彩的。长久以来我们第一次在毫无生气的自然里有了整齐和宁静。我们把它们摆好放进小盒子,仿佛是为了永久收藏,而生机勃勃的自然在时间的长河里则是那样狂野和躁动。阁下能给我一些关于外部局势的提示②,对此我表示最衷心的感谢,因为在巨大的情绪波动中保持平衡绝非易事。殿下到达时请代我向他致意。

歌德

① 指亚伯拉罕·戈特洛布·维尔纳,德国地质学家。矿物学家伦茨是维尔纳的地质理论的追随者。

② 福格特在当天给歌德的信中介绍了普法局势,他认为暂时不必担心法国入侵,对普鲁士与法国可能发生的战争,人们还持怀疑的态度。

69. 歌德日记 119

1806年8月25日　星期一至8月27日　星期三

8月25日

早晨朝瑞典堡垒方向散步。绘画。晚回家。自然历史博物馆及其新的布置。维尔纳的地球成因学。封·克内贝尔少校及泽贝克。光学实验,主要与视觉异常颜色相关。逐一看了萨克森的那一套矿石。晚上去克内贝尔处。绘画。福格特博士和卢登教授过来。给全体法国基督徒的新教理问答手册。在那里用餐。讲述尼伯龙根[①]的内容。

C　reatus
A　d
N　ullum
O　fficium
N　isi
I　n
C　uram
V　entris
S　ui

(不是为了工作而是为了满足腹欲而生)

(摘自意大利维斯迈尔的笔记中的一页废页,第210页)

“我的最好情人
与我同住地窖
身着灰色小裙

---

① 歌德对《尼伯龙根之歌》的兴趣这一段时间因弗里德里希·海因里希·封·德·哈根(Friedrich Heinrich von der Hagen)发表的“尼伯龙根之歌范例及全书内容节选”一文而被唤起。

芳名麝香红酒"西蒙·达赫①
致沃尔夫，寄往哈勒。
〈……〉

8月27日

一早在植物园里。与舍尔福尔讨论病理学的案例。《埃尔佩诺尔》的开始部分。黑格尔教授，后来克内贝尔，谈论卡尔斯巴德的矿物和地质。矿物陈列室。在泽贝克处的光学实验暗室里。用餐后，
119 《颜色学》第二部分的第4印张。哥本哈根的福斯博士，带着一点粗鲁的福斯式的作派。晚上客人：封·克内贝尔少校，封·亨德里希，内廷参事福格特，福格特博士，戈特林教授。内廷参事福格特作为俱乐部专员费尽口舌地给店主解释，往一个捏扁的量具里装东西是不可取的，要老老实实地按治安规定做生意，最后他形象地给店主比划道，杂货商在往纸袋子里装烟草或咖啡之前，先要把纸袋子吹起来。狡诈地把一大堆木柴放在倾斜的地板上②。客人更愿意坐圆桌还是长桌？此外，反射光的结论，在蓝色吊灯上得到证实！

① 应该是约翰·菲沙尔特(Johann Baptist Friedrich Fischart，1546—1590)，在他的《东拼西凑的历史》一书中的一段小诗。
② 这里指奸商耍滑的手法，把木柴放到有斜坡的地板上，显得木柴很多。

70. 歌德致夏洛特·封·席勒

1806年8月29日　星期五

敬爱的朋友,您的信给我在耶拿的孤独中一份惊喜。我这里当然不像您那里一样,有漂亮的山峰和森林围绕[1],但您也许知道,只要走上几百步就会发现这是一个非常惬意的地方。我和朋友们在卡尔斯巴德都过得很好,我现在觉得自己比疗养前好了许多。我们还想好好享受这秋高气爽的天气,以便能更好地应对冬天,因此我想尽可能多地待在户外,如果幸运的话,我们会在10月1日星期三[2]第一次碰面。那时您应该回到魏玛了。我希望大家都身体健康,可以不间断地继续我们的旅程。这一次我想与您去高山峡谷和陆地海洋旅行。由于之前我们一直在谈动的话题[3],所以,换到静的主题[4]也是合情合理的。这些话题都非常有趣,它可以把一些令人开心和有教育意义的内容联系起来。

我现在才发现自己像是生活在射鸟节[5]的两个靶子之间,一边 121
是魏玛,一边是鲁多尔施塔特。但我也不能说我特别喜欢跟这些人掺和在一起。

迈尔博士对不能见到您而感到非常遗憾。他受过良好的教育,把他年轻漂亮、与众不同的小女人带在身边,关于她我有许多可以讲的东西。

我已经很久没有听到您姐夫的消息了,不过我还是希望他进一

---

① 夏洛特此时在鲁多尔施塔特。

② 歌德每周三在自己家定期举办的沙龙,谈论文学、艺术、自然科学的话题。参见第38页注释。

③ 之前谈论的话题是光学,磁学,电学,原子论和物力论等。

④ 实际上歌德并没有举办地质学的讲座。但他的"地球的形成"(Bildung der Erde)的大纲与草稿也许是为这一目的而写的。

⑤ 原文为 Vogelschießen,即射鸟的意思,是魏玛当地的一个民间节日,以木制或陶制的鸟为靶子。

步痊愈了[1]。代我多多问候您可爱的小家伙们，让我们健康快乐地再次见面。

耶拿，1806 年 8 月 29 日　　　　　　　　　　　　　　　歌德

---

① 夏洛特的姐夫，威廉·封·沃尔措根(Wilhelm von Wolzogen)6 月份摔断了大腿。

71. 里默尔

1806年8月31日　星期日

〈歌德〉"就像珊瑚虫吞食诱饵一样,因为它是透明的,所以人们能看到这个诱饵,近代的理想主义者也是透明的,人们看着他们肚子里的脏东西向下走,又排泄出来,就像一只鸭子。但上帝并不想让我们变得透明。可怜的蒂安①也是那么透明的。"

① 即封·君特罗德小组,参见第65封信的注释。

72. 歌德致 F. A. 沃尔夫

耶拿,1806 年 8 月 31 日 〈星期日〉

由于通信往来常常会停顿很长时间,所以,对您 8 月 28 日的宝贵来信,我想趁着在耶拿的清闲赶紧回复几句。如果不是因为您鄙视的那部戏剧让我不得不在这几天赶回魏玛的话,我在这儿还会待很长时间。尊贵的朋友,您也许可以来回多跑几趟去鼓励这
122 些好人,他们现在个个儿都是垂头丧气的样子,觉得自己也许比实际上摩登得太多,因为这位伟大的古代文化研究者不想跟他们有任何关系。

虽然我在这狐狸洞①里很少有人打扰,但还是有一些新奇的书籍成为不速之客;这其中斯特芬斯先生脱颖而出,他就像小小星辰中的天狼星,散发出彗星般的光芒。当然,他的书如雷贯耳,我之前坐在觉悟之门②背后就偷听过几页。或许他坐在那个三条腿的讲台上会多一些清醒,或许人们更愿意原谅他本人的个性,而不让这种个性潜入他的书中,或许这类神圣的声音压根儿就没有在排字工的手下凝固,但这本书,即使在前言抹了一圈儿蜜糖,其内容却让我们紧紧扼住了其他门外汉。但愿上帝保佑,读完它后会舒服一些。也许就像温泉疗养一样,病后调理的疗养才是最好的,也就是说,也许只有当人们把病完全从身体排出之后才会重新获得健康。

除此之外,我想聊聊收集到的各种小玩意儿。我的这堆玩意儿,虽然可以在信中像传递福音那样描述它们的外部特征,但您对它们并不感兴趣,而这种艺术形象可惜又无法用文字来传达。我得到了

---

①《莱涅克狐的故事》中莱涅克狐的房子。

② 1805 年夏,歌德在哈勒偶尔"在裱糊的门背后"(《1805 年日记与年鉴》)听过斯特芬斯和沃尔夫的讲座。

一枚漂亮的当代人铸的阿里奥斯托的徽章[1]。它造型漂亮、自由、快乐。但如果不把他与暴君放在一起对比的话，人们看不出他是多么温柔或甚至可以说是多么怯弱。这枚徽章在我的小盒子里恰好放在一枚图密善硬币的旁边，两张面孔相互看着，真像跨越了几个世纪的鸿沟。

衷心感谢您好意为我家人所做的一切[2]。如果冬天之前的时间
不紧张的话，我一定会来看您的。可我知道整个 9 月我都不得消停。 123
有些已经结束的东西还有些善后事宜要做，还一些东西需要整理。祝您和可爱的小敏娜以及周围邻居们身体健康。但愿这种军事调动所做的暗示能给我们带来一定的安全。目前北方的政局至少看上去是稳固的，没有被拖到南方的火山熔岩[3]中。祝您万事如意。

G.

① 可参见法兰克福版《歌德全集》该卷插图 2，阿里奥斯托头像的徽章，是福格特送给歌德的生日礼物。阿里奥斯托(L. Ludovico Ariosto，1474—1533)，意大利文艺复兴时期著名诗人，代表作《疯狂的罗兰》。图密善(Titus Flavius Domitianus，51—96)，罗马皇帝，独裁暴君。

② 克里斯蒂安娜和奥古斯特夏天在劳赫施塔特逗留，沃尔夫热情地接待了他们。

③ 莱茵联盟加入法国后，德国南部的许多地方边境线发生变化，许多小国不仅面积增加，地位也从公国上升为大公国(如巴登)或甚至是王国(如符腾堡)。

73. 歌德日记

1806年9月1日 星期一至9月27日 星期六

9月1日

约8点从耶拿启程。途中贺拉斯的《诗艺》。突如其来的雨天。晚上看喜剧。《明娜·封·巴尔赫姆》①。用餐后翻看意大利素描图册，回想起各种事情。

9月2日

整理各种东西。修改我的文章。郡长②从维也纳过来。晚上维兰德翻译的《书札》。一整天都在整理布置东西。在餐桌上谈论法国新近暗示天主教必须普及③。

9月3日

在殿下的罗马别馆④庆祝公爵生日，一直到10点。与教会监理会高级成员君特待在那里。几个耶拿来的学生。几位演员。餐后去封·施泰因夫人和枢密顾问福格特先生处。

〈……〉

124 **9月8日**

没有喝水。散步。10点钟去展览会⑤，各诸侯夫人全部到场。中午独自一人。用餐后整理一些地质学的东西。晚上与迈尔教授去

---

① 剧作家莱辛的喜剧。

② 原文中“郡长”后有空格，郡长的名字歌德未填入。

③ 拿破仑并无此意，相反，他引入了普遍的宗教信仰自由。此处歌德所谓的暗示不可得知。

④ 德语 Römisches Haus，俗称罗马小屋，建于魏玛伊尔姆河畔公园里的一座古典主义代表性的别墅，是卡尔·奥古斯特公爵的夏宫，1791—1792年在歌德的监督下建成。

⑤ 魏玛画院一年一度的展览。

希斯宫。

9月9日

早晨喝埃格尔矿泉水。内廷参事基尔姆斯谈剧院之事。《格茨·封·贝利欣根》。视觉异常颜色实验。去蒂弗特①。傍晚时分太子及太子妃过来。8点后乘车进来。谈论伊夫兰的《路德博士》和这段时间来的其他事情,谈了许多东西。

〈……〉

9月12日

喝埃格尔矿泉水。在殿下的罗马别馆。与殿下穿过田地至药材草地。把各种东西整理好。格里马尔迪《光线》。

〈……〉

〈亲笔〉

9月19日

在枢密顾问福格特处,关于时局之事。徽章。

9月20日

科塔②的关于植物生长的自然观察等等。此外,他的陈列室。与迈尔·普林尼教授讨论颜色与绘画。

---

① 奥古斯特公爵的母亲,阿玛利亚公爵夫人的小宫殿在蒂弗特。

② 指的是海因里希·科塔,不是出版商科塔。

9月21日

与太子殿下散步。乐队长希默尔和路德维希·蒂克[1]。前者的精彩演奏。晚上迈尔教授。

〈……〉

125 **9月24日**

将一些东西发寄出去。中午在下罗斯拉殿下大营[2]中。晚上在宫殿。音乐会。希默尔演奏等等。

9月25日

中午在蒂弗特。希默尔演奏音乐。封·伦特部长。

9月26日

早上与武尔皮乌斯去耶拿。把从卡尔斯巴德寄来的一箱矿石打开。中午与鲁多夫的几个官员在封·亨德里希先生处。在路上与枢密顾问沃尔夫发生争执。晚上在弗罗曼家。

9月27日

枢密顾问沃尔夫，讨论考古学等许多事情。9点钟他启程去瑙姆堡。伦茨从卡尔斯巴德寄来的一套矿石。

---

① 约翰·路德维希·蒂克(Johann Ludwig Tieck，1773—1853)，德国浪漫主义作家。当时蒂克在罗马逗留两年后回国，在魏玛拜访了歌德。1799年，蒂克在耶拿时，两人就已相识，但私交平平，书信往来也较少。

② 普鲁士日益紧张地准备对法国的战争。作为普鲁士将军的卡尔·奥古斯特公爵被任命为大部队先遣师团的指挥官。下罗斯拉，离魏玛不远的一个小村庄。

74. 歌德致 H. 斯特芬斯(草稿)

1806 年 9 月或 10 月初

在从卡尔斯巴德回来的途中,书商给我寄来的第一批书中有一本是您的基本原理①。我充满希望和信任把它收下来,但我得承认读过它后我的心情非常糟糕。至于这种心情因为您的书还是因为我的身体状况所致,我想还是让时间来回答吧。如果不是因为您好心寄来的书和您值得信赖的来信让我觉得有责任与您坦诚相对,我是不会这么直截了当地向您做如此奇特的表白的。

这是我真诚的坦白!一开始,当我看着万分灵动的大自然在世界四地交汇的十字路口动个不停时,我感到非常痛苦;我刚刚考察回来,对万物自然进行了部分地但是自由地考察。当然,现在这种感觉已经减轻了许多。我已经在意念中把那些装模作样的教条从这部著 126
作中剥离开来,把它当成一位睿智之人半真半假的戏谑。从这点来看,它就是异常珍贵的了。

现在这本书看上去就是用这种方式越来越讨我的欢心,它体面的形式和有价值的内容令我不得不进行严肃的思考。我们可以等等,看通过对您个人观点的研究,我在多大程度上能让自己的观点逐渐附合到您的观点之上。

这种矛盾对我来说非但不利,而且是更为有利的。我很愿意承认,您的天资在什么时候会取得胜利,怎样取得胜利。

此外,请您相信,我对您所钟爱和从事的一切都真心而热情地关注着。谢谢您的挂念并向您致意。

---

① 斯特芬斯的《哲学的自然科学基本特征》,斯特芬斯将书寄给歌德,并附了一封信。人们并不知道他对歌德回信的直接反应。斯特芬斯后来在回忆录中写道:“人们可以从他自己的表达中看出我的观点如何令他感兴趣,如何被我时而吸引,时而拒斥的。”歌德在《1806 年日记与年鉴》中写道:“斯特芬斯的《哲学的自然科学基本特征》有很多令人思考的地方,人们通常无法赞同他,却又不得不赞同他。”

75. 歌德日记(亲笔)

1806年10月1日 星期三至10月3日 星期五

10月1日

给学者专栏做卡尔斯巴德带来的一套矿石的目录①。黑格尔关于哲学的对象。驻地变更②。在封•亨德里希先生处。第一批云雀③。封•廷彭。魏玛寄来的东西。《埃尔佩诺尔》,科塔的植物学观察。

〈……〉

10月3日

拜访路易斯王子,封•格拉伯中将,封•马索上校,封•布卢门施泰因上尉。在霍恩洛厄侯爵处宴会。在封•克内贝尔少校处与泽贝克及黑格尔在一起。

---

① "给地质学的朋友们",1806年10月6日发表在《耶拿文学汇报》学者专栏上。

② 歌德为普鲁士军队的指挥官霍恩洛厄侯爵让出他在耶拿宫廷的房子。

③ 歌德在《1806年日记与年鉴》中为这一主题做了如下一段笔记:"一方面人们对普鲁士军队及其战斗力表示出巨大的信任,另一方面,我耳边又时不时听到警告说要将贵重物品及重要文件藏好,这很令我吃惊。而我,放弃了一切的希望,就像刚刚喂完第一批云雀后喊道:瞧吧,天塌下来后,许多鸟就会被俘获。"

76. J. H. 迈尔 127

1806 年 10 月 6 日　星期一之前

预　感①

10 月 14 日之前的一段时间,他〈歌德〉在耶拿沿沟渠向上散步,思考着他的机构,它们面临的危险和可能的后果。他望着城市的房子,仿佛觉得火焰在屋顶上闪烁跳动,就像放在户外的炭盆,能够看到它上方空气抖动的样子。这种现象他在一个小时里好像看到了好几次。他反复把目光投向那些房屋,毫不隐瞒这是他从耶拿去魏玛②的原因,而他在现场毫无疑问也是他的房子免遭抢劫的原因。本来他还想在耶拿待更长一段时间,为他的《埃尔佩诺尔》准备付梓做校对。

---

① 原文为 Ahndung(惩罚),从文章的内容来看,当为 Ahnung(预感)之意。此或因正字法的变化所致。

② 歌德 10 月 6 日一早从耶拿赶回魏玛。

77. 法尔克

1806年10月10日　星期五

在10月14日不幸发生之前的一段时间，大家都非常兴奋，什么都不想，只想着战歌。一天晚上，维兰德在阿玛利亚公爵夫人[1]那里说："为什么只有我们的朋友歌德还这样安静？"歌德说："我也写了一首战歌！"人们请他朗诵这首战歌。他站起身来，朗诵道："我把我的事业建立在虚无之上！"为此，维兰德在两年后还生他的气。

---

① 安娜·阿玛利亚公爵夫人(Anna Amalia, Herzogin von Sachsen-Weimar-Eisenach 1739—1807)，布伦瑞克—沃尔芬比特尔公主，奥古斯特公爵的母亲。十七岁时嫁给萨克森-魏玛-爱森纳赫公爵恩斯特·奥古斯特二世。儿子出生后不久后公爵即去世，她亲自摄政，管理公国，创建了阿玛利亚公爵夫人图书馆，把魏玛打造成为当时德意志的文化中心。1775年还政于儿子卡尔·奥古斯特。

78. 夏洛特·封·施泰因致她的儿子弗里茨(1806 年 10 月 12 日)

1806 年 10 月 6 日　星期一至 10 月 11 日　星期六之间

我的头今天被各种噪声、恐惧和希望弄得昏昏沉沉,我身边大多数人比我还要感到恐惧。歌德说,法国人早已征服了世界,不再需要 128
波拿巴了。他说语言、难民区、流亡者、侍从、厨师、商人等等,所有这一切都要仰赖于他们的民族,我们被卖掉了,被出卖了。

79. 歌德日记

1806年10月10日 星期五至10月14日 星期二

〈亲笔〉

10月10日

有关萨尔堡战役[①]更确切的消息。部队向左移动。大批部队从城市和这片地区穿过。在公爵母亲处用餐。在街道上来回转悠。晚上独自一人。

——

周五早上9点,在萨尔费尔德与鲁多尔施塔特之间遭遇[②]。路易斯王子阵亡。

10月11日

拜访朋友们。国王与王后[③] 10点钟过来。长公主离开。

10月12日

在卢切西尼和霍格维茨处。凯森战役

10月13日

我与封·亨德里希先生去看兵营地。国王与王后离开。卫兵离开。包头巾[④]

10月14日

〈抄录〉一早连续炮击耶拿,之后克乔战役。普鲁士人溃退。晚

① 10月9日在施莱茨附近,普鲁士与法军首次遭遇,普军损失惨重。

② 这一仗普军大败。

③ 指普鲁士的国王和王后。

④《包头巾或爱报怨的姑娘》(Fanchon, das Leiermädchen),是德国剧作家封·科策比(August Friedrich Ferdinand Kotzebue, 1761—1819)的三幕歌唱剧。

上 5 点炮弹飞来穿过屋顶。6 点半时轻装兵进入。7 点大火,抢劫,可怕的一夜①。我们的房子由于坚固和幸运才得以保全。努瓦桑少尉。

① 里默尔作为目击者见证了那一晚发生的事情。当时歌德家中涌进了许多法国士兵来找睡觉的地方,还有一些寻求保护的邻居。后来有两个抢劫的士兵闯了进来,嚷嚷着要吃的和葡萄酒。他们把歌德逼进房间,威胁他的生命。武尔皮乌斯朝着一个跟着逃进来的人大喊救命,这个人把歌德从那两个穷凶极恶的人手中救下来,把他们赶了出去,并把房门锁好栓紧。洛德在给胡费兰的信中也描述了类似的情形:"歌德也遭到了抢劫。两个残暴的家伙拿刺刀顶着他闯进来。要不是武尔皮乌斯飞身扑向他,并把几个银烛台给了他们救下了歌德的话,他很可能就会被杀死或被刺伤了。"

129 80. 歌德致福格特(亲笔)

1806年10月15日　星期三

阁下在此诸多痛苦之际仍试图禁止法尔克继续发行《圣殿与地狱》杂志[1]，如有违反即刻收监。痛苦已经够多，这样一桩蠢行会令人更加痛苦。过去之事就既往不咎吧！

G.

---

① 法尔克1806年初创办了拥护普鲁士的爱国杂志，遭到禁止。歌德写信后，法尔克当天就收到了由福格特签署的解除禁令的公文。

81. 歌德日记

1806年10月15日 星期三

拉纳元帅和维克多将军在驻地。因皇帝驾到去宫廷①。回家。处理房子和家人的保障事宜。

① 当时公爵府中只有露易丝公爵夫人一人,歌德在这几天里没有见到皇帝。

82. 歌德致 J. H. 迈尔(亲笔)

1806 年 10 月 15 日　星期三或 10 月 16 日　星期四

尊贵的朋友,请告诉我如何为您效劳①。外套、坎肩、衬衣等我会随后寄去。也许您需要一些粮食?

G.

---

① 迈尔在耶拿战役后的洗劫中损失惨重。

83. 歌德致福格特[①](亲笔)

1806年10月16日 星期四

在这可怕的时刻,我的老毛病又犯了[②]。请原谅我无法出席。我几乎不知道这个便条是否能寄走。

G.

---

① 福格特收到这张便笺后在上面写道:"1806年10月16日收讫,作为枢密院的成员,当时我正准备与枢密顾问沃尔措根去拿破仑国王皇帝那里。"拿破仑从15日晚到17日上午住在魏玛宫廷。蒂姆勒认为,这张便笺证明,作为枢密院一员的歌德也应当出席会面。

② 可能是指歌德的肾绞痛犯了。也许还有其他原因让歌德不想参加这次会面,如蒂姆勒认为歌德担心家人和财产,达尔(H. Dahl)认为可能有"更深层"的原因:"歌德在拿破仑面前无法为公爵辩护,他自己对公爵投身普鲁士军队不无干系。"

130 84. J. H. 福斯(小)致 L. 封·泽肯多夫 (1806 年 12 月 6 日)

1806 年 10 月 15 日 星期三至 10 月 16 日 星期四(?)

歌德是我在忧伤的日子里最真心同情的对象,我曾看到他痛哭流涕地喊道:“谁想把我的房子和院子拿走就拿走吧,让我走得远远的!”〈……〉

85. 歌德日记

1806年10月16日 星期四

拉纳离开。随后奥热罗元帅。这期间担心到极点。努力安排卫兵岗哨等事,最后房子里满是客人。与元帅进餐。许多熟人。一些军方人员积极参与。指挥官登泽尔[①]到达。

① 登泽尔做了一段时间的法军驻魏玛城市指挥官。歌德在《1807年日记与年鉴》中提到,登泽尔曾在耶拿学习神学,"因为他熟悉当地情况而被委任这个职务"。一张10月17日的便笺这样写道:"皇帝陛下之总指挥兹此恭请枢密顾问歌德先生万安。魏玛城市指挥官遵照拉纳元帅指示及伟大的歌德先生之意愿,竭尽全力照顾歌德先生及其家财。G.F.登泽尔谨上。"

86. 歌德致 W. Ch. 君特(亲笔)

1806年10月17日　星期五

在这些日日夜夜里,我之前的一个想法已经成熟。我打算正式娶我年轻的女朋友为妻。① 她很令我喜欢,并且与我度过了考验人生的时刻。

请告诉我,尊敬的神父,我应当怎样着手,以便在星期日或之前尽早完成结婚仪式。有哪些步骤要做?您能亲自主持仪式吗?希望仪式能在城市教堂的圣器室举行。

如果信使能见到您,请马上给他回复。

拜托!

歌德

① 君特是魏玛的枢机主教和宫廷牧师,婚礼于10月19日在宫廷教堂里静静地举行,奥古斯特和里默尔为见证人。自1788年夏起,克里斯蒂安娜·武尔皮乌斯就作为歌德的生活伴侣住在他家里,为他生了五个孩子,只有奥古斯特长大成人。歌德恰恰在战乱之时将已经存在这么多年的、但并不被魏玛社交圈认可的同居状态合法化,引起了好事者特别是贵妇们的争议。"歌德那丑闻一样的婚礼让每个人都感到愤怒。人们马上给我们写信说,耶拿的炮声像是他婚礼上的歌曲,魏玛那七间被烧毁的房子就是他婚礼上的火炬!居然选了这么一个人!一切都很和谐,只是没有缪斯在场。"夏洛特·封·席梅尔曼这样给席勒的遗孀写道。席勒夫人非常尖锐,但又不无站在歌德的角度回复道:"这的确是让人没有料到的一步,一种突如其来的恐惧恐怕是其中的原因。"

87. 歌德日记 131

1806年10月17日　星期五

奥热罗元帅离开。皇帝离开。为宿营之事拜访迪皮伊营长。中午在登泽尔宿营的劳恩家用餐。维兰德也在其中。之后去宫廷,正在派遣人去各个方向寻找公爵和太子。与轻骑兵军官的秘密谈话。

88. 歌德致耶拿的朋友

1806年10月18日　星期六

我们还未听到耶拿朋友们的任何消息，为他们万分担忧。在此请下列提到的朋友只要在纸条上写一句话，好让我们放心。至于我自己，我们非常幸运地渡过了这许多的恐惧与困苦，我的家没有遭受损失，也没有丢失任何东西。公爵夫人目前安好，她的作为令人敬佩[1]。昨天我与维兰德在城市指挥官处用餐，这位善良的老人也幸运地渡过了难关。宫廷没有遭到破坏。这一切我们都要感谢领主夫人。其他就没什么补充的了。

教区委员会成员格里斯巴赫先生
格拉本上的舍尔福尔教授先生
同上地点的弗罗曼先生
宫廷枢密官富克斯先生
封·亨德里希先生家中的常客
住在菲舍尔家中的封·廷彭先生
住在教堂边的内廷参事艾希施泰特先生
住在市场里的枢密顾问施塔克先生
住在约翰尼斯巷的矿监伦茨先生
住在同上地点的泽贝克博士
住在新城门的封·克内贝尔少校
在老菲希特博登街的黑格尔教授

132 此外，如果通过这位邮差还能得到各位官员先生、市长及其他熟

① 公爵夫人是拿破仑进入魏玛后公爵府中唯一一位在场的代表。她沉着冷静而又勇敢地面对这位皇帝，令他对她的反应感到吃惊。博亚诺夫斯基(Eleonore von Bojanowski)在《萨克森-魏玛大公夫人露易丝及她与同时代人的关系》(Luoise Großherzogin von Sachsen-Weimar und ihre Beziehungen zu den Zeitgenossen)一书中有详细的描述。

人的笔信或口信,我将非常高兴。值此悲痛时刻,我对大家表示最真挚的同情。

魏玛,1806 年 10 月 18 日　　　　J.W.v. 歌德

89. 歌德日记

1806年10月18日 星期六至10月19日 星期日

10月18日

德农[①]到达。在劳恩家用餐。施梅陶将军的葬礼[②]。与德农在公爵夫人处。在家。晚上很晚去宫廷。德农晚上启程去爱尔福特。

10月19日

婚礼。德农从爱尔福特返回。派邮差去耶拿。齐克斯在城堡内庭和圣母门前画画。晚上与德农在宫廷至8点。

---

① 多米尼克·维旺·德·德农男爵(Dominique Vivant Baron de Denon, 1747—1825),法国艺术家、作家、外交家、考古学家,拿破仑亲自任命的卢浮宫博物馆第一任馆长。

② 弗里德里希·威廉·卡尔·封·施梅陶伯爵(Friedrich Wilhelm Karl Graf von Schmettau, 1742—1806)普鲁士中将,在耶拿和奥尔施泰特战役中负伤,死于夏洛特·封·施泰因夫人家中。1806年10月18日葬于魏玛雅各布墓地。

90. 歌德致N. 迈尔[①](亲笔)

魏玛,1806年10月20日　〈星期一〉

我们还活着！我们的房子没有遭抢劫焚毁,奇迹般地保存下来。摄政的公爵夫人与我们一起度过了最恐怖的时刻。感谢她让我们对未来的平安心存几分希望,感谢她现在保全了宫殿。皇帝于1806年10月15日驾到。

G.

奇怪的是,这些不幸的日子竟然有最灿烂的阳光陪伴和照耀。[②]

为了用喜庆气氛驱散这些日子以来的悲伤,我和我的小女友于 133
昨天20日,即三一节之后的星期天,决定正式进入神圣的婚姻状态。在此我还恳请您给我们寄来一些黄油和其他可运输的粮食。局势平静下来后,我会详细回复您的亲切的来信。

---

① 尼古劳斯·迈尔(Nicolaus Meyer),医生,1798—1800年在耶拿学习时就与歌德家人交往,一直是他家的朋友,与克里斯蒂安娜和她的哥哥之间的通信往来甚至比跟歌德的还要勤。1807年,歌德成为迈尔第一个儿子的教父。迈尔是歌德的狂热的崇拜者,他以对文学艺术的兴趣和活动与所崇拜的对象保持着密切联系,并经常给歌德家送去葡萄酒和其他各种美味食品。

② 歌德同一天的几封信都写了同样的这几句话,表达他劫后余生的感慨。

91. 歌德致科塔

魏玛,1806年10月20日 〈星期一〉

我们还活着!我们的房子没有遭抢劫焚毁,奇迹般地保存下来。摄政的公爵夫人与我们一起度过了最恐怖的时刻。感谢她让我们对未来的平安心存几分希望,感谢她现在保全了宫殿。皇帝于1806年10月15日驾到。

G.

奇怪的是,这些不幸的日子竟然有最灿烂的阳光陪伴和照耀。

——

在这恐怖的时刻,我最担心的是我的文稿,这种担心不是没有道理的,因为其他房屋遭劫时,尤其是文件之类的东西被扔得乱七八糟,散乱不堪,看来他们猜想中间会夹着现金或值钱的东西。一旦局势平静下来,您会收到用于第一批出版的《埃尔佩诺尔》的片断。

您是否收到8月19日的邮包?里面有《同谋犯》《兄妹》《穆罕默德》和《坦克雷德》。其他人的通信会很快告诉您我们的整体情况是多么糟糕。

92. 歌德致 J. H. 迈尔 134

1806 年 10 月 20 日　星期一

亲爱的教授,如果有可能,请您今天或明天一早去枢密官维兰德处,给他画一张戴着无边圆帽的侧影,大概约为 1 个月桂塔勒①的大小。德农要用,目的是按着它刻一个徽章②。我们的征服者至少还在乎几个人,这是件好事,他们想整体上搞点平衡。

G.

① 参见 7 月 27 日日记中的注释。

② 根据《耶拿文学汇报》的学者专栏,德农的徽章匠将歌德和维兰德的徽章(模具)做了出来,但却从未冲压出过他们的徽章。

93. 歌德日记

1806年10月20日　星期一

与德农在一起直到他启程。给他展示徽章①。他让齐克斯给我画侧影。从耶拿来的邮差，格策也从那里过来。当天在宫廷。晚上在叔本华夫人②处。给科塔先生写信寄往蒂宾根。给枢密官布卢门巴赫写信寄往哥廷根。给迈尔博士写信寄往不来梅，给拉曼先生写信寄往爱尔福特。

---

① 这里显然是指歌德1803年开始收集的徽章。

② 约翰娜·叔本华(Johanna Schopenhauer，1766—1838)，哲学家亚瑟·叔本华(Arthur Schopenhauer)的母亲，作家。叔本华夫人此时刚刚在魏玛安顿下来，她把家按法国沙龙的样式布置起来，这里很快就成了魏玛社交圈子聚集的地方。歌德是她的热心的拜访者。这一天歌德将克里斯蒂安娜带到她那里，让她第一次以歌德夫人的名义在社交场合亮相。约翰娜在给儿子的信中这样描述这次拜访："他没有把她介绍给别人，而是把她本人带到了我这里。作为一个外乡人，一个从大城市来的人，他相信我会以应有的方式接纳她。实际上，她感到非常窘迫，但我很快就让她度过了这段尴尬。以我的地位、声望和我在这儿短时间内就受到的喜爱，我能让她的社交生活变得很轻松。歌德希望这样而且也相信我。"

94. 歌德致福格特(亲笔)

1806年10月? 20日 星期一或10月21日 星期二

阁下一句安慰的话对备受困顿的人①来说是莫大的安慰。考虑到过去几天耶拿的无政府状态,我将从那里返回。每个人都把自己封闭起来,憎恨一切,相互迫害,相互阻挠。在此不幸时刻,误解和敌意的后果已显露无遗。不过,我们还是要尽可能地做好安抚,就像现在这样维持一种几乎无法维持的状态。

G.

① 或许是指矿监J.G. 伦茨,由于士兵的入侵和抢掠,他损失惨重,不得不在20日向歌德发出绝望的求救。

135 95. 歌德致J.G.伦茨

1806年10月21日 星期二

亲爱的矿监，我多想让您把腾空陈列室的遭遇①再给我详细地讲讲啊，这样也许之后还可以采取一些补救措施。现在我不得不把它完全托付给您，由您来进行布置。D. 福克斯先生旁边还有一些房间没被占用。但我离您这么远，根本不知道该给您什么建议。至于您自己，您也没有理由这么害怕。我要在几份报纸上向矿物学会②的成员呼吁，让他们来帮助您，肯定会有人帮助您的。请给那些您认识的富裕的成员写信，特别是给匈牙利人和锡本比尔根人写信，就写耶拿的局势，尤其是您自己的情况，要像个男子汉而不是垂头丧气一副被打败的样子，您肯定会得到援助的。请尽可能保住陈列室。风暴过去后，一切将很快归位。

我先暂时寄去10塔勒以供近日之需。您很快还会听到我的消息。请鼓起勇气，振作精神。大家都知道您在这个世界上是个很活跃的人，有众多的人际关系，因此，没有理由表现得像其他百姓那样懦弱。我现在和将来都会一直关心您的。

魏玛，1806年10月21日　　　　G.

---

① 伦茨管理的矿物陈列室原来也要像耶拿宫廷的其他房间一样被法国军队征用当作战地医院，但最后还是被阻止了。

② 矿物学会1798年由伦茨创立，自1803年起成为公国内享有特权、有学术地位的团体。伦茨任会长，歌德任理事会主席。

96. 歌德致D.V.德农(草稿)

1806年10月21日　星期二

致德农先生,寄往瑙姆堡

尊贵的朋友①,您在此期间,我光顾着因为再次见到您而感到高
兴,却忘了我周围的不幸,这让我感到非常自责。您刚一离开,那些 136
压制耶拿大学的恶劣行径又重新出现,几位备受尊敬的成员②请求我把他们托付给您来保护。他们去瑙姆堡,急切希望能被引荐给马雷先生阁下,相信即使没有这封信,如果直接去找您,您也会这样做的。希望他们能在瑙姆堡见到您。我向您保证,为了他们,也为了自己,我将竭尽所能,全力以赴。我这里说为了我自己,是因为耶拿的机构也是我的一部分心血,我最担心的是看着自己三十年的辛苦付诸东流。您肯定会同意人们在放弃之前会竭尽所能地拯救自己和他人。

---

① 歌德与德农在威尼斯时相互认识。歌德在给克内贝尔的信中说,他的老朋友德农的存在就像是暴雨过后的彩虹一般。关于德农,参见第89号日记的注释。

② 艾希施塔特以耶拿教授的名义给歌德写信求救,他与法国讲师亨利一起去瑙姆堡,但在那里“既没有见到德农又没有见到马雷,只能返回耶拿”。

97. 歌德致克内贝尔

1806年10月21日　星期二至10月22日　星期三

刚刚为你汲出了四分之一桶的酒①，就放在那里，你可以让人来取走。差个稳妥一点儿的人带上一辆小推车过来，把给我的信让他捎上。也许几个人一起走会更好一些。不过路上总体来说是安全的。告诉我这一趟你还需要些什么。如果能寄的话，我会非常乐意寄给你。

我从爱尔福特拉曼那里订购的葡萄酒会送过来。无论如何我还能有他的消息。我也想给你弄些葡萄酒，下一封信里告诉我需要多少。

舍尔福尔和泽贝克他们的损失②令我非常难过，但发生沉船事故时还能指望什么呢！但愿他们在外地能平平安安！也许我们这里恢复之后，他们还愿意过来。

关于公爵的母亲、太子、公主和令妹③，直到朗根萨尔察我们一直都还有他们的消息。他们没有遭遇不幸。我们没有公爵的任何消息，也没有伯恩哈德王子的消息④。你们一定要挺住。人只是在一
137 开始的时候会感觉到痛苦。痊愈和健康的时刻终将到来。

关于我们的科学机构，我随后会给你写信，请你留意这些东西。

我与我亲爱的小女人已于昨日结婚，你们会感到高兴的。我们结婚戒指上的日期是10月14日。

---

① 在20日的信中，克内贝尔给歌德描述了自己的情况，并请歌德给他弄些葡萄酒，因为法国人进驻时，把他的酒都喝光了。

② 克内贝尔的信中提到了他们的损失情况，舍尔福尔在回复歌德的通告（第88封信）时，也描述了自己绝望的情形。他不得不接收一个受伤的法国上校并作为医生陪伴他。

③ 她们一行人在耶拿战役开始时就逃离了魏玛。

④ 奥古斯特公爵作为普鲁士军队的将军，被困在撤退的部队中，直到1807年1月底才得以回到魏玛。年轻的伯恩哈德王子根据霍恩洛厄侯爵的命令参加了耶拿的战斗。

摄政的公爵夫人在坚守岗位。

德农,所有皇家博物馆的馆长,在我这里住了两天。我与他在威尼斯就相识,再次见到他非常高兴。

祝安好,顺致问候,并常写信。

寄给令妹的信我让人放在我这里。

前面的内容已经封好,你昨天让我期待的亲切来信就到了。我只想补充一句:问候福格特博士。一旦我们的好朋友舍尔福尔[①]真正启程了就写信告诉我,我会告诉你关于植物园的一些想法。

祝你和家人安好。

1806年10月22日 G.

① 歌德打算让年轻的福格特(Friedrich Siegmund Voigt)接替离开的舍尔福尔。

98. 歌德致克内贝尔

魏玛,1806年10月24日 〈星期五〉

感谢你详尽的来信,并祝贺你离开军队从事教育事业[①]。好了,说些紧要的吧。我附上一封给布卢门巴赫的信[②],内容是我们将在这里恭候领主们的到来。他们一来,你就会知道的。

我昨天就交待胡贝尔小姐[③]把我所有的白葡萄酒都运给你。还有一桶红酒你也不需要等太长时间,因为到爱尔福特[④]的联络已经恢复得相当好了。

这几天诸侯委员会将**正式**委任福格特博士接收植物园,如果在新的局势下这个职位还存在的话,保证他在舍尔福尔最终辞职[⑤]后得到这个职位,虽然舍尔福尔现在还没有辞职。

有无数的普鲁士战俘被带过,除此之外,我们这里非常平静。

每个人在第一眼看到这种情形时都不得不强忍着,尽可能让自己恢复理智,这对大家也有所帮助。现在人们又可以开始为自己为他人做一些事情。对你告诉我的那些勤奋而努力的人,我感到很高兴。腐朽的耶拿宪法将在这次事件中土崩瓦解,这是早就可以预料到的。普罗大众不可能更悲惨了。我知道对我来说最紧迫的事是把那几个机构作为一个垂死躯体上的健康部分保留下来。祝你安好,让我们还是时不时做些最紧要的工作吧。

〈亲笔〉如果黑格尔需要钱,就给他10个左右帝国塔勒吧,我从你这里收到了20帝国塔勒。给胡贝尔的那部分我也没有意见。

---

① 克内贝尔少校是军人,他给法国人慌称自己是一名教授。

② 布卢门巴赫从哥廷根寄来的信中透露,公爵一家逃到了那里。克内贝尔的妹妹亨丽埃特作为宫廷侍臣陪伴着她们。

③ 胡贝尔小姐是封·亨德里希少校的女管家,歌德将葡萄酒存放在他家的地窖里供他在耶拿时饮用。这些酒也面临着被法国人征用的危险。

④ 给歌德供葡萄酒的酒商拉曼在爱尔福特。

⑤ 舍尔福尔曾在信中说将应召去海德堡。

99. 歌德致克内贝尔

1806年10月29日 星期三

胡贝尔小姐以真正的阿玛宗女战士[①]的勇气竭尽全力维持着封·亨德里希的家务。她把这封信带过去,我在信中向你表达我最衷心的问候,同时我可以说,我们也开始逐步恢复起来。胡贝尔小姐的任务是把我在维尔茨堡剩余的东西寄给你,如果你还想要从封·亨德里希家中抢救出来的存货,同样也可以把它们记在我的帐上送给你,这件事当然不能公开地谈论。请拜访一下这位善良的、在各个方面 139
都值得尊敬的人,给她提一些好建议。她待在城堡里当然是非常孤单的,她向你流露出来的善意,你要利用起来。

现在,淹没我们的大洪水已经退去,没有什么比从上[②]到下所有人都团聚在一起更令人期待,只是现在还缺少一点儿能够突破阻碍的动力[③],否则,几天之内一切就都将会恢复原样。具体事宜只要假以时日就会重新回到轨道上来。

请原谅我没有回复你的那几个问题。我们从根本上来说还处于支离破碎的状态。唯一令我感到高兴的是你们那边又在积极地开始恢复和建设。

关于公爵母亲及其随从人员的情况,我还无法给你确切的消息。看来,爱森纳赫的人很希望把她留下来作为守护神,因此,这加剧了人们的担心与犹豫。封·巴本海姆把高级林务官封·施泰因派到了爱森纳赫,这样,如果公爵夫人[④]回不到魏玛,他至少可以把少夫人[⑤]接

---

① 古希腊神话中的一个民族,全部由英勇的女战士构成。《荷马史诗》中有阿玛宗女王彭忒西勒娅率领十二名女战士支援特洛伊,最后被阿喀留斯杀死的故事。

② 歌德这里指的是公爵一家人。

③ 指公爵等人还下落不明。

④ 这里应当是指公爵的母亲阿玛利亚公爵夫人。

⑤ 指太子妃。

回来。过几天我再给你更进一步的消息。

封·肯纳里茨那里我们没有什么消息可给你。一旦有消息，我会让你知道的。我在尽可能地继续做我的工作，希望几天之内能将几印张的《颜色学》手稿寄出去。

恳请福格特博士有空时看看我的手稿。我会尽快把它印刷出来，这样才不会让毕生的心血命悬于一本手稿之上。他打算做的注释本来就是要放到后面才印刷的，我为《形态学》写的引言可以等以后再印刷装订。

140 祝你一切安好，垂念为盼，尽早给我回信。

魏玛，1806年10月29日　　G.

100. 歌德致谢林

魏玛,1806年10月31日 〈星期五〉

收到您如此亲切的来信,我就在自责没有把那些纸稿寄出去,它们从16号起就放在我的案头,其中一页是应该寄往慕尼黑的。过去发生的事情,本来是可以预料的,然而,我们却高傲地不惜以这样的代价留名青史。现在,我得赶紧衷心地感谢您对我的真诚关切,向您报告关于我、我的家人和与我间接相关的事情的好消息。因为我对那些日子有所预感,所以对这些骇人的危急事件都做了准备。七十二小时的危险与困境我们可以毫不夸张地讲述出来。身心的付出,钱财的破费,人们也还能看得开,因为毕竟有那么多东西,包括最珍贵的东西都保存了下来。我的健康状况几乎没有什么起伏变化,从卡尔斯巴德回来后身体一直都很健康,比我期望的还好。耶拿遭受的损失比魏玛要大,好朋友舍尔福尔损失惨重,弗罗曼一家和其他朋友们都幸运地逃过一劫。我在耶拿和魏玛直接管辖的科学与艺术机构损失较小。每个人都在努力恢复。大学课堂将在11月3日复课。如果巨大的战争风暴不再次袭来的话,那么您很快会听到,这里的生命和活动还没有消亡。衷心问候雅各比一家、您的家人和所有挂念我的人。

G.

141 101. 歌德致 F. A. 沃尔夫

魏玛,1806年11月3日 〈星期一〉

我最尊贵的朋友,您从莱比锡寄来的信让我们感到非常高兴,它让我几乎无法抑制的思念平复下来。我们想象着在您的身边,在好朋友洛德[1]那里,在贝格山上[2],甚至是在赖因斯山[3]的山顶上,但我们的想象力总是在一种尴尬的境况中,无法得出清晰的印象。因此,在这场洪水过去之后,我们站在半干土地上向您问候,让我们把传统的友谊和信任的纽带维系得更牢固。我们在眩晕中度过了最初的时日,以至于我们几乎是在危险已经过去之后才意识到它的存在。我在家先是接待了维克多将军,然后是拉纳和奥热罗两位元帅及其副官和随从。一晚上要为四十个人准备床铺,我们的桌布都被当成床单铺上。这些意味着什么,您应该很容易想象出来。在这种情况下,我们的家也因此得以保存下来,虽然我们把一些东西捐赠分配了出去,但我们也许只能说是遭受些损失但不是重创。今天就写这么多吧,衷心地问候小敏娜,还有贝格尔[4],感谢他的小报。我的小女人,奥古斯特和里默尔也衷心地问候您。随附的信件请尽快寄往柏林,并将这份神秘的小报送给当局。祝您万事如意,盼望您的进一步消息。

吉比辛施泰因的情况怎样?有谁的家在那里吗?

---

① 她的先生,哈勒的解剖学教授,10月17日在法国人接管哈勒之时正在波兰,之后再也没有回来。

② 共济会"三剑"分会的据点在耶格贝格山上,上面还聚集了哈勒最重要的协会,贝格协会的分支机构。贝格山在歌德的书信中时有提到,他和克里斯蒂安娜及奥古斯特在附近的劳赫施塔特逗留时,多次去贝格山那里做客。

③ 赖因斯在吉比辛施泰因葡萄种植园建了一个花园,后来这座山就按他的名字命名为赖因斯贝格。

④ 克里斯蒂安·戈特利布·贝格尔(Christian Gottlieb Berger, 1787—1813),在哈勒学习法律,与沃尔夫熟识。1805年旅行去魏玛,认识了歌德。1813年,他响应普皇的号召,加入志愿兵,在大格尔申战役中与法军作战,不幸头部中弹阵亡,年仅二十六岁。

102. J. H. 迈尔 142

1806年11月初

歌德把法国人比作一撮毛发，它们绑在狐狸尾巴上拉过洞穴和沟壑，被捋顺，最后自己还很吃惊自己是怎么穿过来的。

103. 歌德日记

1806年11月4日 星期二至11月9日 星期日

11月2日

化学颜色。整理一些东西。君士坦丁堡的历史①。晚上在公爵母亲处,年轻的侯爵罗伊斯也去了那里。下午与迈尔浏览了胡梅尔对路德的赞扬的文章及其他关于路德生平及性格的文章。

〈……〉

11月9日

〈亲笔〉为王子出行②事宜投票。给德农写信。关于军税的消息。封•克内贝尔及其儿子的比较解剖学。福格特博士从耶拿过来用餐。克劳斯顾问的葬礼。在亚格曼小姐处。基尔迈尔的讲话。

---

① 比里尼(Jean Lévesque de Burigny, 1692—1785)的《君士坦丁堡帝国革命史》(Histoire des Révolutions de l'Empire de Constantinople)。

② 决定是否同意太子卡尔•弗里德里希去柏林见拿破仑之事。歌德投了赞同票。

104. 里默尔

1806 年 11 月 10 日　星期一

〈歌德：〉“有其主必有其仆，这句话现在比任何时候都更加贴切，人们终于明白这些混账士兵是从哪里出来的。”

“有人说得非常好，拿破仑在他房间里，就像一只被关在笼子里的狮子或老虎，不安地踱来踱去，来回打转。”

143 105. 里默尔

1806年11月18日　星期二

〈歌德：〉“自由思想和对祖国的热爱这些人们认为可以从古人那里汲取的东西，在大多数人眼中变成了一张假面具。所有那些能从一个民族、从它的年轻人、它相对于其他民族的地位以及它的文化中产生出来的东西，在我们这里都只是一种拙劣的模仿。我们的生活没有把我们与其他民族区分开来，反倒把我们融入了更大的交往之中。我们作为公民的存在不再是过去那种样子，一方面，我们生活得更加自由，更加无拘无束，不像古人那样受到片面的约束，而另一方面，国家没有对我们提出要求，去努力报效它，去维护它的父权。我们的文化以及基督教自身的整个发展就是在引导我们去分享，去共同拥有，去顺从谦恭，去迎合所有社会道德，甚至牺牲情感，牺牲人们在原始的自然状态下所拥有的一切权利。反抗上司，执拗而倔强地与征服者对立是幼稚的、愚蠢乏味的，这样做仅仅是因为我们身体里还蕴藏着希腊人和拉丁人的精神，而他却很少知道或根本不懂这些东西。这就是教授的自负，就像诸如手艺人的自负和农民的自负一样。自负会让人变得可笑，同时也会伤害这些人。”

106. 里默尔

1806年11月18日 星期二

〈歌德:〉“现在倔强和沮丧都没有用,我们需要机敏狡猾。我们勉强自己做的事情并不能给我们带来荣誉(胜利宣布了那些不可能再改变的东西,而拿我们的能力来自欺欺人的事也不会再发生)。在软弱无能的情况下继续反抗更是无济于事,这种反抗在被战胜之前 144
也许还有用。这样做不会有任何结果,却会使我们的内心更加痛苦,会取消我们苟延残喘的机会。比我强大的人就是比我强大,哪怕我还能例举出二十个比他更强大的人。但如果仅仅是因为不能容忍另外一个人在自己之上而去反抗他,则是幼稚与自私的矛盾想法,这会导致他走向毁灭。在赞扬某一个东西的时候,他马上会让另一个东西凌驾在它之上,去抵毁它;在指责某一个东西的时候,他马上会走下几级台阶,以表明还有许多东西在它之下,为它开脱,去抬高它。”

107. 歌德致福格特(亲笔)

1806年11月19日 星期三或11月20日 星期四

衷心感谢您在我孤独的时刻用亲切的话语使我开心,并告诉我公爵父子要去会见那个万能的人①,这个消息还算相当不错吧。

但愿您无比尊贵的身体在这严峻的日子里依然保持强健。至于我自己,我的健康状况几乎无法等到和平的到来,更经受不了战争。我脑子里在盘算着希望能为这个时代说些什么,或者能给我些什么忠告。

那些钱币②按我的意思大多都是献给您的,我为您把它们保存着留给更好的日子。恰恰是这种纯粹的爱好才是生命之烛中最有营养的油液。

劳驾您代我向路政监察格策表示问候。他做的事肯定会给您留下了好印象,也许还能找到一个理由让他做得更好。

G.

① 奥古斯特公爵及太子将去柏林会见拿破仑,关于萨克森-魏玛未来的事情。这次会见没有举行,因为拿破仑不久就去了华沙和波森。

② 歌德在11月9日给福格特送去了大量的钱币供他挑选。

108. 歌德致 F. A. 沃尔夫 145

魏玛,1806 年 11 月 28 日 〈星期五〉

尊敬的朋友,我为什么没有在收到您的亲切来信①之时,就立刻专注于您的事情,告诉您一些可以令您感到慰藉的想法和感受呢?这些想法和感受在我观察您的天性时涌入我的脑海中。我应该可以像瑞典的通鬼神者②一样,请求允许搭上主人的感官工具的车并通过它来看世界。当您站在成百上千的人面前,发现自己的内心和身边有那么多的财富,它们不仅仅是精神上的和气质上的,而且还有一些完全属于您自己的伟大的开创性的工作,在这一时刻,您是多么幸福!如果我能以某种神奇的方式进入到您的自我之中,我将会琢磨去估算他的财富,去觉察他的力量,然后立刻去从事某种文学活动,哪怕只是开始的一段时间也行。您有这种举重若轻的能力去分享自己的思想,无论是以口头形式或是以文字形式。第一种形式目前理所应当地对您吸引力更大,因为与听众互动要比面对沉闷的纸张更能让人进入一种充满睿智的氛围。同时,好的讲座常常也是一种快活的即兴发挥,因为嘴巴要比羽毛笔更加与众不同。但也有另一种观点,即文字分享的最大作用在于它比口头分享更广泛更持久,而且,与对听众所说的东西相比,读者更难于按照自己的模式把文字的东西改头换面。

我最尊贵的朋友,您现在也许只是暂时不被允许使用其中一种分享方式,您为什么不马上去利用另一种分享方式呢?在这一方面您同样是一个伟大的天才,拥有几乎同样丰富的材料。的确,而且我

① 11 月 14 日沃尔夫写信告诉歌德,法国人接管哈勒之后,哈勒大学的基金被没收,教授们拿不到工资。“这使少数人陷入了比我还惨的境地”,他考虑让一些项目转到他处,除慕尼黑、柏林和俄罗斯外,也想转到耶拿,并请求歌德的意见。

② 歌德常常拿这种著名的通灵者的精神体验作为一种比喻,即把个人有限的知识通过其他人的来扩展。

146 也明白,您不得不去改变自己的生活方式和工作方式。但有什么不是被改变了的呢?只有那些随着世界的旋转也改变自己角度的人才是幸运的。新的观点出现了,我们生活在新的环境中,因此,也许很自然我们应当让自己至少在一定程度上去适应新的环境。之前您只是习惯于出书,对那些准备交付印刷的著作提出最严苛的要求。现在您下定决心去写文章吧,它们不像其他的文章,而像是更大部头的著作。您为什么不能从事您的考古学工作,把它作为一种总结性的纲要出版呢?之后,您还是可以把它当作纲要继续加工整理,几年后重新改写出版。期间它会产生影响,会减轻后续的工作。您可以同时做好几件事,这样您就不缺少动力,您可以在最终定稿之前就让人开始印刷。现在和将来的人们可以有幸看到这种不幸变成了一桩幸事。因为每当您一字千金的声音逐渐消失在教室的墙壁之间时,我都会感到沮丧。您可以以这种方式独自度过冬天,这是目前可以做的最好的事情。人们所到之处,看到的是一片荒芜和混乱。大众的不幸实际上只会分裂成无数个单独的童话,不断地重复这些童话只会用令人厌恶和惶恐的画面填满我们的想象力并最终侵害原本成熟的情感。再过半年我们就可以清楚地看到哪些恢复了,哪些失去了,人们是否还能留在原地,或者必须去流浪,而后者人们肯定只有在极端紧急的情况下才会去做。大地到处都在摇动,风暴中无论在船队的哪条船上,大家都一样。

147 重要的事就先说这么多,也许已经太多了。我当然只是按照我的想法来说的,这种思维方式我也许可以传递给您,但却不能分享给您。我自己也是按照这个理论行事。《颜色学》的著作印得相当快。《形态学》的纲要①我也想尽快交付印刷,我还想把梦想要做的关于

① 歌德计划将他的形态学论文("植物形态学",未交付印刷的比较解剖学论文)出一部合集。这个计划一开始没有实现,直到1817年才出版《形态学》一卷。

有机体的构造和变形的研究至少是部分地付诸文字。从蒂宾根过来的校样我也看到,我的美学著作的第一批书会很快交。因此,我们必须期待着好日子,利用现在的时光做力所能及的事情。

祝您万事如意,我热切地希望不久能再见到您,有更多的时间跟您待在一起,而不是像上次那样在大洪水之前。

G.

109. 歌德致福格特

魏玛,1806年12月3日 〈星期三〉

尽管我非常清楚地知道,人们现在对科学和艺术并不十分尊重,但我还是应该在附件中满足您的要求,从不同的角度或简或详地讨论各种不同的问题。借此机会请允许我做一个说明。显而易见,法国皇帝陛下对德国的教学和著书的活动并不满意。当人们在游行时给他们介绍莱比锡学术委员会成员时,这些至高无上的君主说,德国的学术机构[①]太多了,少数几个大学就能搞定这些课程。这件事多亏了行政长官米勒[②]虚与委蛇,找机会谈判为耶拿争取了一些好处[③]。

G.

---

① 当时大学都通称为学术机构。

② 弗里德里希·米勒(Friedrich Müller),后来的封·米勒总理。耶拿战役后,奥古斯特公爵长时间不在位的情况下,他作为代表魏玛的利益的使者被派到拿破仑身边,一直跟着他到柏林,波森和华沙。参见他的《1806到1813年战争时期回忆录》(1851)。波森当时位于普鲁士南部,现在属于波兰。

③ 虽然在10月24日就已贴出告示,很快可以回复讲座,但直到11月24日贝尔捷(Berthier)在柏林签发保护令后才算得到正式的书面确认,保护令保证了耶拿大学继续办学的资格。显然对此歌德当时还一无所知。

110. 里默尔 148

1806年12月8日 星期一

〈歌德：〉"法国人对内需要表现得有道德、诚实、正直、安分守己等等，对外却被迫扮演着强盗、无赖和杀人犯的角色。在我们的道德意识中，我们德国人之前在表达上更为自由和不受约束，而现在我们必须在无拘无束的习俗环境中努力学习一种合乎礼仪的语言风格。"某一次与歌德散步，大致记述下的他说的话。

111. 歌德致科塔

1806年12月9日　星期二

尊贵的科塔先生，随信附上的目录，其内容比昨天12月8日寄给您的更详细。至此第二批稿件和第三批的一部分都到了您手里，其余的现在也在整理中。邮包寄到之后劳驾您告知一下。前四卷的清样一批批地寄到我这里。我快速浏览一番后，只碰到了唯一一处印刷错误，但这就还需要做一个勘误表。我还会让人继续校核，然后告诉您变更的地方。

这段时间以来我们这里相当安静，因为军用道路不经过处在旁边位置的魏玛。尽管如此，我们这里还总是有部队驻扎，有时还会把人驱散开来，令人很不舒服。因此，我不知道是否应该给您的日报或女士日历收集一些令人开心的东西。

《颜色学》还是一件困难的工作，我犹豫了很长时间后才下了最后的决心来做它，但即使是做了充分的准备，还是会有新的要求提出来。

您好心地主动提出我可以预支一些钱款，这让我大为感动，我得
149 承认在最艰难的时刻我想起了您的友谊，在困苦之中我希望得到您的帮助。目前我和家人在这边的情况还算可以，我想我还能维持一段时间，尽管在这种情况下，您也许也能知道，部队驻扎、军税、军队征用、补助金等已经把地窖、土地和钱袋都掏得空空如也。您在南部德国[①]对这些事情的了解已经达到博士水平了，而我们还只是小儿科。

此外，这个冬天我有幸身体还算健康，至少没有受到病痛的袭扰让我倒下无法活动。

祝您生活愉快，代我向您家人致意，让我尽快听到您的消息。

魏玛，1806年12月9日　　　　歌德

① 南部德国在1805年就见证了法国与奥地利的战争。

112. 歌德致克内贝尔

1806年12月13日　星期六

白日苦短,忙碌着各种事情,一天很快就过去了,尤其是《颜色学》要趁热打铁。用于实际教学的大纲手稿已经全部寄出,目前在做第1卷[1]的争论的部分。做这件事是一种很好的消遣,甚至可以令情绪激烈地波动。

晚上我已经习惯于去参加社交活动,这样我希望能开心地度过后面的六周。

伯恩哈德王子[2]和欣岑斯特恩先生的到来,你会知道的。公爵的马车和一些轻骑兵也已经到达。公爵还滞留在柏林,我们的情势与整个德国的局势一样还很棘手,充满不确定性。不过今后看起来也没有什么值得可怕的,我估计,圣诞季的薪水和退休金不会拖后。 150
请原谅我寥寥数笔。如果有哪个问题偶尔没有回复,就再问一遍吧,我现在是丢三落四的。祝你生活愉快,我们大家衷心地问候你们。

魏玛,1806年12月13日　　　　G.

---

① 《颜色学》完整版第一次印刷时,第1卷包含"教学部分""争论部分",第2卷包含"历史部分"。

② 年仅十四岁的王子自己主动要求参加了战斗。亦参见第97封信。

113. 歌德致 F.S. 福格特[1]

魏玛,1806 年 12 月 20 日 〈星期六〉

如果您能按您在信中的建议回复穆尼耶[2]先生,先把它当作一件私事来处理,只给他有关耶拿植物群的消息,而把其余的保留下来的话,诸侯委员会将会乐见其成。

您在展示原型[3]时,如果先把所有书籍放在一边,而只展示其自然属性,则肯定能有所突破。我欣赏您把颞骨与肩胛骨进行比较的想法。颅底肯定也会很快讲到,我也特别建议展示小筛骨、鼻甲、犁骨等,这些骨头的原型可以神奇地展现出来,这种原型不是靠眼睛看见的,只能靠心来体会。

祝您生活愉快,向克内贝尔少校夫妇致意,希望很快能听到您的消息。

歌德

---

① 作为 F.S. 福格特的保护人,歌德安排他接替舍尔福尔的工作,后者在耶拿战役中被洗劫一空并离开耶拿。福格特 1807 年正式接替舍尔福尔成为耶拿大学植物学教授并任耶拿植物园园长。亦参见第 97 封信。

② 克劳德·菲利普·爱德华·穆尼耶(Claude Philippe Edouard Mounier, 1784—1843),一个移民的后代,在魏玛长大成人,此时在法国占领军内任职。他被要求做一份萨克森-魏玛植物群,特别是耶拿植物园植物群的目录,作为巴黎植物园和"女皇植物园"的补充。

③ 原文为 Typus,这是歌德骨骼学研究中的一个核心概念。他在"比较解剖学导论的第一初稿"中对此有过讨论,它是一种普遍的造型,可能是所有动物都会有的构造。这种想象中的骨骼,即这种原型(歌德只讨论了哺乳动物)是用来认识各种不同形体动物的统一构造原理的一种方法,并可以用它来描述构造的差异。

114. 里默尔

1806年12月22日　星期一

歌德说,“他常常会有一种绘画的渴望①,有时还很强烈。他对
此有过思考,因为这并不是他的天赋。如果这是一种天赋,他也下定
决心去做并能使自己的渴望得到满足,那这种天赋究竟是什么?现 151
在他发现,这种每个人都会有的渴望在他身上已经消失在其中了。”

① 歌德后来在自传中写道,他在意大利时就终于发现,他的天赋在于诗歌创作,而不在造型艺术。“我长时间在罗马呆着的好处就是我最终放弃了对造型艺术的练习。”(《意大利游记》,1788)

115. a. 歌德致科塔(初稿)

1806年12月24日 星期三

希望我12月8日的信已经顺利寄达,我给您写这封信,可惜这是第一次带着不舒服的感觉给您写信。

我对之前容忍过一些不舒服的事情感到自责。这封信是带着对我们良好关系的最深厚的感情,而且也恰恰是为了这种关系来写的,因为,如果继续放任那种行为,我们的关系肯定会受到拖累。

虽然时间非常紧迫,但人们几乎还是可以发现,《坦率者报》[①]**在主的怀抱里**长眠于极乐世界之后,那个反对魏玛的恶魔很快就转移到了乌尔姆[②],它们非但不对我们的不幸表示同情,反而在那里散播各种胡说八道的东西。

我没有那么高贵,我的家庭事务[③]也不值得在报纸上发一篇文章。但如果对此要说些什么的话,那我觉得我的祖国有负于我,它没有严肃地接纳我走过的脚步:我过去和现在都过着非常严肃的生活。我对这份报纸保持沉默,因为这类东西对我来说不过是浮云而已。

报上说,公爵母亲不在魏玛期间拿破仑拜访了她,报上还讲到一件根本不可能发生在摄政的公爵夫人身上的荒谬事情,说她为死去的路易斯公子戴了花环,我看到人们要求撤回这篇卑鄙的文章。现在我在第352期中发现一封魏玛的来信,里面有一个报纸编辑根本不负责任的附注,它出自一封作者没有同意交付印刷的信。

---

① 1803在柏林发行的一份娱乐和消息小报,一开始由科策比,然后是由默克尔(与伯蒂格一起合作)出版,明确针对歌德和浪漫派。普鲁士解体后,这份爱国的《坦率者报》不得不调整自己的形象。1808年4月由其他人出版的《坦率者》杂志,除了名字相同外,与原报纸没有任何关系。

② 进到了科塔的《汇报》里。

③《汇报》刊登了一条非常不得体的关于歌德婚礼的简讯。消息来源人是伯蒂格。歌德在后面提到的关于Ch. A. 武尔皮乌斯和法尔克的报导也出自他手。

您在乌尔姆的报纸究竟是哪位编辑收到了不是用来发表的信，152
这些信只是让他大约知道这个世界发生了什么。他怎么没有一丁点儿的意识、感觉和品味去了解这封信中到底哪些内容可以刊登，到底应当怎样去刊登呢?

报纸中对待武尔皮乌斯和法尔克的卑鄙方式，最后虽然还没有完全脱离普通报纸的腔调，但已经完全表明它会要变成什么样子。一个人如何应对他们遭遇的不幸难道应当成为报纸的对象吗？现在难道是把一个被洗劫一空的人作为作者①去抨击的时候吗？我的好朋友，难道我们想要挑起对诅咒里纳尔多·里纳尔第尼的行为的批评吗?我刚刚所说的那些话，那些让书商们最赚钱的文章要放到哪里呢？法尔克爱怎么做就怎么做，作为一个完全独立的人，他决定在法国当局做翻译，对城市和国家都大有好处，在真正懂行的人那里获得了荣誉。那些最恶毒的流言蜚语，在我们魏玛声誉良好的社交圈是会被拒绝的，因此，当它们从乌尔姆报纸的聚光镜下扔回给我们时实在是令人恶心。糟心的事太多了，又无法用别的事替代，令我们很痛苦，如果我们是因为自己卑鄙而罪有应得的话，那就太糟糕了。我们首先只关注对个人的影响。我恳请您从新年开始不要再给我寄送这份报纸，因为，如果我收到您好意寄来的东西，而它却会伤害和冒犯我和我周围的人，这会令我非常厌恶。第二，从中也可以得出，我和我周围的人完全不可能以任何一种方式关注您的新报纸，因为，它并不谈论处于或陷入普遍困境的魏玛。如果这种情形现在像在其他类似报纸上那样继续发展，让这种恶意广泛传播，让那些应当受到特别
保护的东西在大众中被丑化，之后再为被冒犯被伤害的人腾出一小 153

① 上面提到的文章也包括了对 Ch. A. 武尔皮乌斯的成功的小说《里纳尔多·里纳尔蒂尼》(Rinaldo Rinaldini)的诽谤，这部小说没有在科塔处出版。

块地方，免费出一栏，让这些流言蜚语和毫无意义的东西最终把一个发行年度毁坏掉；如果是那样的话，我将不得不放弃让我如此喜欢的东西，如果我知道您的晨报还在。如果您刊登胡贝尔在信中说过的关于我的话，那这一切是有益的，因为这会使他和我成为历史，这些过去的现象和感受对剩下的人来说是有教育意义和令人高兴的。

如果您的编辑忘记了不应当在一个政治性报纸里刊登私人新闻，然后想再通过原本应该自重，不去搬弄是非的政治性报纸〈去传播〉，而一旦它们刊登了这些消息，一旦它们认为有权利传播这些消息，那么人们就不得不说，德国内部受到的腐朽侵蚀要远比外部的暴力严重得多，对于外部暴力人们至少还能看清楚它想要做什么，它能够做什么。

我对自己感到很沮丧，倒不是因为我现在才把它说出来，而是因为我没有更早地提醒您。

人们非常清楚，和平就像静止的水会生出小寄生虫来，但如果这些害虫出现在战争中，那才令人真正厌恶。

我必须赶快把这封信折好寄出，因为也许到明天我就会有所顾虑，就会对这种冒犯像对待其他东西一样保持沉默。但我太珍惜我们之间的关系了，如果我不把它从心里说出来的话，它就会像癌症一样造成损害。我会找您算账的，这也许不是您的过错。如果您跟其他人一道尝试着把德国仅存的一点星火弄得暗淡无光，昏昏欲灭，而这星火曾经护佑过您的朋友和同志，护佑过赫尔德、席勒和我，如果
154 您就像以前情场上的对手那样，或像现在这样，不顾我们的请求，要让我们遭致不幸的话，那我会找您算账的。我们之间法律上的义务还将保留，但是我最看重的情谊将很快消亡，我是说很快，因为情谊不会一点点地消亡，而是立刻消亡。

我这把年纪了，很清楚这件事情的后果。您爱做什么就做什么

吧。我也不会要求您出版的报纸比别的报纸更得体,更懂得尊重,更知道观察。让这些话传到您那里吧,也许在更平静的时刻,在我心绪更宁静时,我会用另一种表达方式。但愿它能为我最为关心的我们之间良好关系起到最好的作用。

b. 歌德致科塔[①](亲笔)

魏玛,1806 年 12 月 25 日 〈星期四〉

最尊贵的科塔先生,昨天我口述了一封长信给您,但我还是把信扣下未发,因为这样详尽地说一件令人不快的事情是不好的。这里我只想简单写几句话提醒您:一段时间以来,您的一份汇报对魏玛、对它的局势、它的诸侯以及它的私人群体处理得极不恰当、极不得体。对此第 352 期就是一个证明。如果您把我们之间的共同合作看作是重要的,还想完全享受我们之间这种关系的好处,那么请您结束那些有失体面的啰嗦,这些废话会迅速破坏我们之间的相互信任。不要再这样做了!

G.

① 科塔在 1807 年 1 月 9 日给歌德回复了一封表示悔过的信,歌德 23 日回信以示和解。

116. 约翰娜·叔本华致她儿子(1807年1月5日) 155

1806年12月25日　星期四

〈在叔本华夫人处喝茶聚会,形成了几个小组〉歌德来回地走动,一会儿到我跟迈尔工作的桌边,一会儿又参与到另一个谈话中。人们突然产生了一个念头,我也不知道是怎么会产生的,用鬼怪故事去吓唬胆小的巴尔杜阿。歌德正好站在我后面。他一下子表情严肃起来,握了握我的手提醒我注意,然后径直走到巴尔杜阿面前,开始讲一个我听过的最冒险的故事,很明显这是他现编出来的,但他眉飞色舞的表情,他被自己杜撰的故事所吸引的样子,简直无法形容。他说有一个大脑袋,整夜都从房顶往下看,表情丰富又怪异。人们想象着看到了眼睛,看到了嘴巴,它们这样不停地动着。一旦人们往那儿看了一眼,就会老想往那儿看。然后,它伸出一条长长的舌头,越来越长,耳朵也在动,去追那舌头,但却追不上。一句话,他讲得棒极了,简直无法形容。这个故事必须要听他当面讲,特别是要看着他。他创作的时候,大约看上去也是这样的。

117. 歌德致策尔特

1806年12月26日　星期五

我尊敬的朋友,万分感谢您终于打破了这令人痛苦的沉默。10
月14日以来,我天天都在想着您,就在刚才,在写这封信的时候,我
的书桌上还放着一封写给您的已经盖了封印的信,但我没有勇气把
156 它寄给您,因为我们之间该说些什么好呢?12月12日,我悄悄地为
您庆祝生日,也许今后我们也只能这样悄悄地庆祝这些静好的日子。

这些危险的日子我至少没有遭受太大的损失就过来了。我不需要去操心公共事物的事情,这些都有更出色的人在打理,因此我可以待在我的小屋里想我的心事。

在最糟糕的时刻,我们不得不为所有的东西担惊受怕,最令我痛苦的是害怕我的文稿都会丢失。从那时起,只要有可能,我就把它们全都送去印刷。《颜色学》的进度大大提前了。还有,我对有机自然的一些想法和念头也都逐步编辑整理出来,我想用这种方法尽我所能去拯救我的精神上的存在,因为谁也不知道接下来的日子会是会么样的。

我的著作在科塔那里已经是清样。我希望第1卷中的几首歌由您来谱曲,让我们感觉并看到我们还是以前的样子。恭喜您把您的音乐宝贝毫发无损地找了回来。至于您像其他人那样纠缠在政府机构里,就像施密特先生告诉我的那样,我感到很遗憾。当然在现在这个阶段,我们如何做事,这并不能由我们来选择。好精神永远不会离开您,但愿好信心也不会错过您!请让我经常听到您的消息,我也会做同样的事情。衷心祝您生活愉快。

魏玛,1806年12月26日　　　　歌德

118. 歌德致萨尔托里乌斯[1] 157

魏玛,1806年12月26日　〈星期五〉

当我回忆起我邀请您又取消邀请的那个时刻,我们当时所处的那种摇摆不定的状态还历历在目,那种预感最终融解在悲伤的现实中。过去几乎没有给我们留下什么,除了我们彼此拥有的这种信念,因此,想着志趣相投和心怀善意的人,依然是最好的安慰。看到您给我寄来的这些有趣的书目[2]时我微微地笑了。您教给我们有关国家财富的基本原理,真的,我们马上就又用到这些基本原理,用到ABC。有人能给我们指出源头,这的确是件好事,因为我们漂亮而宽阔的池塘和湖泊都已经流尽,变得干涸。在好日子里请想念着我!您知道这些危险的日子我没有遭受太大的损失就过来了。我所有的财产中最担心的是我的文稿,作为作者您肯定能理解这一点。只要有可能,我就把它们印刷出来,使多年的成果不致付诸东流。祝您生活愉快,劳驾您问候好心的朋友们。

歌德

---

① 格奥尔格·弗里德里希·萨尔托里乌斯(Georg Friedrich Sartorius, 1765—1828),德国历史学家,经济学家,哥廷根大学教授,亚当·斯密的《国富论》的翻译者和传播者。歌德1801年在哥廷根逗留期间,与萨尔托里乌斯建立了友谊,这份友谊一直保持到萨尔托里乌斯去世。两人的私人关系密切,歌德是他的二儿子,后来成为地质学家的沃尔夫冈·萨尔托里乌斯的教父。萨尔托里乌斯是《耶拿文学汇报》的专业评论员,著名的哥廷根大学图书馆的技术主管,歌德可以从他那里弄到非常难找的关于颜色学的著作。萨尔托里乌斯虽然对颜色学并不在行,但却是歌德新创的颜色理论的一个知己。

② 萨尔托里乌斯的书,《亚当·斯密的国家财富和国有经济的基本原理》(Von den Elementen des Nationalreichtums und von der Staatswirtschaft nach Adam Smith),《关于国家财富和国有经济基本原理的论文》(Abhandlungen, die Elemente des Nationalreichtums und die Staatswirtschaft betreffend)。

119. 歌德日记(亲笔)

1806年12月26日 星期五至12月27日 星期六

12月26日

与维也纳来的施密特一起用餐。第一部戏剧[①]《继承人》

12月27日

《颜色学》之争论的部分。光学实验XI。米勒博士。普鲁士王子奥古斯特。在演出中宣布了和平。回家。夜曲。

① 耶拿战役后剧院重新开放上演的第一部剧。

120. 歌德致卡尔·奥古斯特公爵(亲笔) 158

1806年12月25日 星期四至12月29日? 星期一

殿下，

臣早就希望在灾难过去后向殿下大声说一句令人高兴的话了，但直到今天小骑士①沃尔夫斯冈才愿意出生。他看上去非常健康、勇敢，他也会很乖，因为在那恐怖的日子里，他与母亲一起坚持了下来。

既然人们常常会回忆起那些恐怖的日子，那么，想一想好日子并把某些时刻放在一起进行对比是件开心的事。这令臣想起十七年前的今天，小儿奥古斯特出生带给臣的兴奋。他有个很好的人生开端，而臣则期待殿下来自远方②的允诺，在最不确定的时刻，通过法律的纽带，给他一个父亲和母亲③，这是他早就应该得到的。当所有的纽带都松开后，人们就会回到家庭的关系。的确，人们现在只愿意向内看。

当我们向外看时，我们就只在寻找您，希望您不久重新回到我们中间，做我们的主心骨，只有从这一时刻开始我们才能规划重建④的日子。您也许听到了一些我们的遭遇，您会发现，灾难的痕迹要比您在远方想象的要小。例如，除了您特别喜欢的卡片收藏遭受很大损失外，可以说臣照看下的殿下的财产几乎毫发未损。

---

① 奥古斯特公爵和情妇卡洛琳·亚格曼生的儿子，或许也隐指亚格曼住的陶匠市场边的骑士之家。

② 奥古斯特公爵滞留在柏林，耶拿战役结束后，他失踪了一段时间，直到1807年1月29日才回到魏玛。

③ 歌德与克里斯蒂安娜非婚同居，生子奥古斯特，属于私生子，夫妇二人没有法律意义上的父母名分。歌德在此请求公爵给予他儿子正式的名分。歌德直到1806年10月19日才与克里斯蒂安娜正式在教堂里举行婚礼。亦参见第86封信。

④ 1806年12月15日在波森签署了和平协议，萨克森-魏玛加入莱茵联盟，它作为公国的国家主权才得到保证。

然而，只要您在我们中间，我们在您身边，所有这些就都是可以克服的。对此没有谁比如此长久并终身依附于您的人更能感受到一种内在的愉悦。

魏玛，1806 年 12 月 25 日　　　　歌德

159　能治愈心情的写作的坚冰被打破了，臣可以继续开心地补充一些内容，尽管臣越来越觉得自己已经无法亲自提笔。

臣看到了那个人们期待已久的新生儿，他发育得非常好，皮肤颜色红润，身体健康。祝愿他，当他有朝一日认识世界时，会觉得这个世界比我们现在看到的更有趣！臣已经太老，无法再带他，但也许臣对他还有点儿用。母亲的几个房间①也重新收拾得整整齐齐，体面而舒适，这要感谢木匠们的手艺，他们把那些毁坏的木头重新用到装修中来。所有这些手艺人都很幸运！那些毁坏的东西没有丢失，他们可以随便叫一个匠人重新修复好。

请允许臣继续写下去吧！如果臣口述这封信符合礼节的话，会写得更好一些。我们现在目睹了一个生命的开始，它激起了人们特别的希望。只要这爱维系着希望，信念也就肯定会存在，事情也就搞定了，哪怕我们相信所有东西都会消亡。

臣见过奥古斯特王子②一面，是在一个对我们两人都非常尴尬的情形下见面的。他在此处为施梅陶伯爵预订了一座纪念碑。臣与他的这份虔诚一样，很愿意弄些合适的东西，决心把这件事做得即充

① 亚格曼的房子在劫掠中损失严重。

② 普鲁士王子，普鲁士国王弗里德里希·威廉三世的叔叔，当时还是法国人俘虏的奥古斯特王子在宣布和平协议的当天拜访了歌德。和平协议意味着与法国的正式结盟，同时退出之前的普鲁士联盟。

满敬意又富有品味。

如果不去看那些损失,那么,我们有理由对保存下来的东西倍感高兴。图书馆奇迹般地保存了下来。他们无法强行打开大门,便把栅栏锯成两半,把国家档案馆发行部的门打开,发现了对他们来说没用的文件和档案,这才拯救了下面的楼层。

他们把发行部房间撬开,偷走了一些小东西。他们爬上图书馆
的所有楼层,只拿走了几件绿色画布。东西都没有损坏,乍一看我们 160
觉得仿佛什么都没有发生。也许我们要感谢邓策尔。

臣差点忘记说,在那恐怖的几天里,陈列室的钱币被人带着逃到了阿尔施泰特。打听它的人很多。现在它们可以回家了,但愿它们能在原地迎接殿下。

好朋友克劳斯在这场遭遇中也受了伤。我们尝试着把那个毫无疑问是魏玛活动中心的机构①完好地保存下来。迈尔表现出了他在教学方面的老道,学生数量每周都在增加。他们都希望忘记这场灾祸,并为今后做些事情。人们为此花了一番心血,没有让生活变得漫无目的。

我们把著名大厅里的那些碍事的雕像搬到了图书馆,它们在那里可以装饰环境,取悦读者,甚至对临摹的人来说也很有用处。这里面的其他一些机构您回来之后肯定会喜欢,它们主要是针对必要的生活,是针对现在的、今后的或其他的令人高兴的生活。

臣尚无法决定是否去耶拿,正如臣给您写了几封像今天这样的信但又撕掉了一样。事情的反转对一个人来说还太近,人们所说的一切还不够充分或不被允许,因此人们宁愿保持沉默或收回言论,而不是去讨论这些东西。

---

① 指魏玛画院,克劳斯为院长,迈尔是他的继任者。

矿物陈列室没有被挪动过。少量东西被偷。比特纳图书馆没有遭受损失，只是在中间层建了一个野战医院，现在还在那里。对此我们现在反倒是可以很高兴，因为之前每一天都会遇到新的军税，经常是稀奇古怪的税，我们不仅要忍受它，而且还缴双倍的。

植物园没有遭受到太大的破坏，房屋毁坏得更多一些，损失最多
161 的是我们的好朋友，可以说是非常优秀的舍尔福尔，他遭到多次洗劫，被抢得精光，和一个信任他的受伤的官员走掉了，不知去向。

关于剧院这个最重要的机构，臣还想说一下它的情况。但关于它所能说的跟关于世界所能说的一样：当严重的危机过去后，所有的激情，包括最卑鄙的激愤，就变成正当的了。留下来的是一堆永远不可恢复的整体，直到局势允许它继续存在或解散为止。

但所有这些对您来说肯定都是微不足道的，您最关心的首先是您的兵员份额，由于这个已无法履行，您才会关心其他的和较大的事情。然而，臣还是为自己没有把之前写的信寄出去而感到自责。当然，写那些信时要比写这封信的心情还要激动和充满担心。这对您来说虽然也许更痛苦，但也更令人振奋。好了，过去的就已经过去了，臣只须当心不要再像之前那样把写好的东西都塞到鼓风炉里。

臣在想还有什么令人开心的事情要给您说，那就是虽然最要好的朋友极度报怨，但依然令臣高兴的是公园的损失为零，观景楼大道没有遭到破坏，施特恩宫[1]没有被损坏，树木没有被砍下来。您十四天后到达时，也许这里就能恢复，会有更漂亮的植物呢。

您只要命令人把罗马别馆准备好迎接您就行，不费吹灰之力就可以将灾祸的痕迹抹掉。

——

① 魏玛公园最古老的一部分，歌德的花园房也在那里。

如果给您写的这些信没有销毁的话,那臣现在就会把它们全部
寄出去,它会是一本记录了我们的痛苦与回忆的有趣的日记。臣得 162
赶快把这些信纸编号并盖上封印,免得再起犹豫。

臣刚刚把上面的信及其他草拟的信写好,就又在孤独中得到消息说我们无法像希望的那样很快见到您,相反,您还要离开我们更远。这令臣陷入了小小的难堪。难堪虽小,但它总还是一种难堪,因为,臣要等您深入了解我们现在的情形后,才能在更晚的时候向您坦露愿望。

请原谅臣谈及个人及我们的处境。没有人在往前走,相反,每个人都在倒退,臣也受到各方面的攻讦。臣母在法兰克福的财产因为时局而缩水,而臣的烦恼在于,臣虽然没有受到劫掠,但最终为了公平起见,还是要拿东西送人,这是必然的结果。当好朋友海因来敲臣的门时,要不是臣身边有思念的爱人,臣对此不能更闷闷不乐了。

还是直接告诉您吧!臣要说的目前操心的事不是别的,就是那
所房子①,即您为臣未雨绸缪送的礼物。当令人担忧的情况出现时,
臣因为缺少最后一样东西而无法拥有它。当时也顾虑过这个东西是
否能归到臣的名下,但这种顾虑已随着时间的推移消失了。每个人
都认为臣是房产的拥有者。在那幸福的(现在几乎可以说是在极乐
的)年代里,臣心安理得地住在里面,对您的礼物表现出足够的尊重,
臣没有将其用来过舒服的日子,而是将其布置得便于传播艺术与科
学。现在,臣却要因此而要承担沉重的战争负担,而我们只需要给枢 163

① 在弗劳恩普兰广场(Frauenplan)的一幢房屋,虽然已经送给歌德,但他并不是拥有者。奥古斯特公爵满足了歌德的请求,把送给他的东西归到他的名下。

密顾问福格特一句话，就可以在当下把这件事平静地处理好。因为战争税，此事被提了起来，臣也愿意承担这种税负。臣的请求就是请您把已经送臣的东西给臣，对此臣百倍感激，万分感谢。如果这份确定给臣的财产能在我们脚下得到落实，而不是像前些天那样在我们头上摇摇欲坠，这对臣和家人将是值得庆祝的。

臣不喜欢，因为有足够的、令人悲伤的理由而这样忧郁地结束此信。

因此臣愿意说，卡尔斯巴德的疗养令人很受用，今年冬天没有生大病。但从10月14日起臣却备受折磨，还有一些私人的事情，就不便再说了。但愿上天能给我们大家以时日，让它能进入我们的视角。

在看的过程中臣突然想到一件事，臣不无动情地回想起您上一次狩猎时问臣《颜色学》之事。臣已非常迫切地将它印刷出来，因为在最恐怖的时刻，令人最痛苦的莫过于想到它和其他稿件万一失去了该如何是好。坦诚以上，祝福万千。

歌德

1807 年

121. H.施米特[①]（1856年） 164

1807年1月2日 星期五

〈施米特为维也纳剧院物色演员而逗留数日，他已经与两人进行洽谈〉另外，关于其他优秀的成员，我也会根据我的任务来采取进一步的行动。对此，我启程前最后一次在歌德家中用餐时，他非常高兴地亲口给我说他也知道这些行动，并完全同意我的步骤，知道我既要完全忠于我的职守，又不会对魏玛剧院有任何亏待。（1828年，我在魏玛最后一次很高兴地与他谈话时，他还提及此事）。同时，他也为我逗留期间没能看他的《埃格蒙特》而感到惋惜。对此，我完全可以接受，小克莱尔在他当时所描述的结尾中是以怎样一种既富有意义又充满戏剧效果的方式出现的，它是多么地生动形象。为此我问他，这部剧是否会稍做一些修改后在魏玛上演，我想起了伊夫兰1796年客串演出埃格蒙特时的一些修改。歌德问在哪里做了这些修改。我只提到了一个地方，即第五幕中埃格蒙特在地牢里与费迪南德谈判时，阿尔巴穿着宽大的黑色长袍，风帽罩在头上，身上配着一把刽子手的剑。埃格蒙特的不满突然爆发了（他这样说："我成了他（阿尔
巴）这个卑鄙促狭小人的仇恨和嫉妒的牺牲品。是的，我知道，我也 165
可以这样说，那个垂死的、受了致命伤害的人可以说，这个自命不凡的人嫉妒我，他早就想着把我除掉"），他又补充道："是的，即使阿尔巴公爵能听到，我也会这样说"。说着他就把阿尔巴的风帽从头上一把扯掉，阿尔巴一脸呆滞的表情站在那里。"对"，歌德回答道，"我想

① 海因里希·施米特（Heinrich Schmidt，1779—1857），剧院总监，作家，生于魏玛，后在布吕恩任剧院总监。曾跟随歌德和席勒学习戏剧，在艾森施塔特的埃斯特哈齐侯爵宫廷剧院担任领导职务。此次来见歌德，是受同时兼任维也纳宫廷剧院和维也纳剧院理事长的侯爵委托在魏玛和柏林为维也纳剧院物色演员。埃斯特哈齐是中世纪以来匈牙利贵族世家，1712年封侯，在哈布斯堡王朝及后来的奥匈帝国治下拥有大片的土地。

起来了，当时就是这么安排的，而且是席勒亲自安排的[①]。在席勒的剧本中这也许是很合适的，但这可不是我的风格。”这些都是他的原话。

① 席勒的舞台加工在很长时间内都成为《埃格蒙特》编剧的标准。歌德在他的《论德国的戏剧》(Über das deutsche Theater)(1815)文章中曾经做过简要的描述，但却没有这里提到的情节。

122. 歌德致克内贝尔

1807年1月3日　星期六

你的新年纪念物令我十分高兴,随信寄来的法国人那些精美的诗行①是我非常喜爱的东西。这个民族的女人不令人讨厌,这一点儿也不奇怪,因为男人们几乎无法抵御她们。行政长官米勒带着和平协议从柏林过来②,如果能听到他讲的事情人们就会明白她们是如何征服了世界,并将如何继续征服世界。如果这个世界上有什么是可以预见的话,那么人们应当能够预见,在历史上可能出现的最高级的现象将在这个如此崇高、充分文明的民族中显露出来。只要有机会,人们就会去否认这个庞然怪物,拒绝真正地认识构成它们的个体。不过,如果人们听到有人幼稚地描述这位皇帝和他周围的人,当然会发现事实并非如此,而且将来也不会如此。我希望能很快给你讲讲此事。

如果收治伤者的宫殿③是干净的话,我会斗胆前去拜访一次,因为我不想在我清理并重建机构之前过去。

我的《颜色学》第一部分即教学部分不久就要付印,它大概有21 166
印张。第二部分争论部分大约有10印张,我已经有了一半的手稿,当然还需要好好修改。胡贝尔的生活和书信我带着很大的兴趣读了,我发现这些人物、关系和事件可以写一篇有趣的小说,因为在这里需要隐瞒的东西,可以在小说里讲出来。至于他既不把我当成作家又不把我作为普通人来对待,我一点儿也不怪罪他。况且,他对我本人和我所从事的工作完全是善意的,只是每个人的个性阻碍了他

① 指在耶拿担任城市指挥官的法国人布沙尔给F.S.福格特在宾客签名册上的题诗。

② 米勒作为萨克森-魏玛的代表于1806年12月15日与拿破仑在波森签署和平协议。亦参见第109封信中注释。

③ 歌德之前在耶拿时一直住在宫殿里,耶拿战役后,这里征用为法国伤兵战地医院。

从整体上去发现其他人的个性。

随信寄去一部诙谐剧①,也许你还没有看过,也许能给你带去一点儿乐趣。

葡萄酒的事我会留意,让它尽快送到你那里。

毫无疑问,印度的寂静主义②与当前北方人的活动看上去形成了鲜明的对比。你像候鸟一样去一个完全陌生的地方,这样做很好。

代我和家人问候你的家人和小福格特。很高兴下次再聊,我还保留了一些话题。

魏玛,1807 年 1 月 3 日　　G.

---

① 很可能是许茨(Stephan Schütz)的诙谐剧《诗人和他的祖国》。1 月 1 日在叔本华夫人的圈子里朗读,作者自己提到,歌德把它寄给了克内贝尔。

② 克内贝尔在他 1 月 2 日的信中提到了他在读印度文学时的印象。

123. 歌德致卡尔·奥古斯特公爵(亲笔)

1807 年 1 月 29 日　星期四

臣今日不能亲自出现在第一批人中间,衷心而热烈地欢迎殿
下[①],这完全是由于臣的病痛之缘故。最近一段时间臣又开始与之
周旋。疾病看上去总是喜欢花臣的钱去庆祝它的节日,而臣也在尽 167
可能让它们远离臣的领地。

可为什么要在今天谈疾病呢!最亲爱的公爵,您的归来让臣子不再痛苦忧愁。请您在子民中间感受,那些牵挂您的人,心怀恒久忠诚的信念,期盼望您的归来,他们私下里庆幸有些事情已经过去,又可以盼望安稳的未来。

魏玛,1807 年 1 月 29 日　　　　歌德

---

① 奥古斯特公爵在耶拿战役后,一度失联,后一直在外,直到这一天才回到魏玛。

124. 里默尔

1807年2月3日? 星期二

〈歌德:〉“非凡人物者,如拿破仑,会摆脱道德的观念。他们最终会像物理因素那样行事,像火与水。”

125. 歌德日记

1807年2月12日 星期四至2月26日 星期四

2月12日

与米勒[①]在餐桌上讨论一些事情。中午埃尔瑟曼小姐。晚上在叔本华夫人处。

一个人问拿破仑的哨兵,他为什么不给他们弄一个小皇帝出来,哨兵回答道:因为他的睾丸长在脑袋里。

〈……〉

2月26日

口述透镜的样式。中午独自一人。奥古斯特梦到金色的火花,他用手去抓火花,从窗子抓进来。装着新徽章的小箱子寄到。晚上在叔本华夫人处。费尔诺给了一幅卡斯滕斯为莫里茨的《众神谱》[②]创作的线条画遗作及所收集的古代德国大师的铜版画。迈尔的沉着 168
冷静,当阿黛尔[③]威胁要烧掉他的外套时,他说:“这有什么了不起的!”

① 指铜版雕刻家,魏玛画院教师 J. Chr. E. 米勒(Johann Christian Ernst Müller, 1766—1824)。

② 卡尔·菲利普·莫里茨(Karl Philipp Moritz, 1756—1793)德国狂飚突进运动时期的作家,1786年在意大利遇到歌德。《众神谱或古代神话创作》是他1791年出版的一部作品。

③ 叔本华夫人的女儿阿黛尔·叔本华(Schopenhauer Adele)。

126. 歌德致 Ch. G. 福格特(小)

1807 年 3 月 21 日　星期六

公爵剧院委员会就一桩重要事情存有疑虑,在此我们不揣冒昧地请求阁下就此事从法律的角度给出意见。

尽管人们不能完全禁止演员即兴表演,因为如果他们口中正好有令人开心的幽默段子,这对剧本还是有益的;但人们有时还是有理由斥责演员过分即兴表演,因为他们会轻率地伤害市民之间的关系。最近在小红帽这出戏里又出现了这种情形,德斯卡和温泽尔曼很明显把演员莱因霍尔德带偏了。为此,后者在第二天专门找到温泽尔曼并与之发生斗殴。莱因霍尔德被关在警察局,问题是如何惩罚另外两个人。

一种意见是,应当同样把他们送到警察局关一天;另一种意见是,应当扣罚他们的一部分周薪。

对于第一种较为严厉的决定,人们的解释是,如果演员如此擅自主张,那么人们要顾虑这对每一位观众来说都是不公正的。没有什么比张口就来、极尽嘲讽之能事的讽刺诗更糟糕的东西了。考虑到这些行为既对不起观众又对不起剧院,那么这种擅自妄为本应是完全禁止的,至少人们应当可以将它归结为轻率或管理不善。因此我不想否认我倾向于第一种意见。

169 然而我必须承认那个比较温和的意见也有它的道理。人们会说那些人不应该受到过于严厉的惩罚,他们的技艺完全是通过善意的幽默和良好的意愿表现出来的,他们整体的本质里有一种轻松自如的东西。此外,罚款已经很敏感,更何况轻罚之后很容易变成严惩,哪怕有一丁点儿缘由也会对这种过失进行惩戒,而在平时人们大约会考虑放过这种事情的。

从我的角度来看,我并不想随心所欲地处理一个已经产生糟糕后果并且还会变得更糟糕的事件,特别是当人们提出理由反对我的想法时。

恳请阁下尽快就此事给出恰当的意见,因为本来今晚就应当做出决定了。

致以最衷心的问候。

魏玛,1807年3月21日 歌德

127. 歌德致夫人[1]

魏玛,1807年3月30日　〈星期一〉

亲爱的母亲仍然把我们当成文字和创作的天才,这让我很高兴。要想依然那样活着并享受生活,那我们比以往任何时候都需要保持天才的状态。

听到亲爱的太太顺利抵达,我感到很安慰。告诉我这个消息的信准时寄到,它让我确信我所预料的东西,即这次相聚是令人高兴的。

170 对于未来的探险,我也许不得不在卡尔斯巴德买几把漂亮的手枪[2],现在的那几把枪太笨重了。

我很乐意讲一些过去发生的事情,但在目前这种状态下把它们都写下来则很难找到时间。不过,关于我自己的事情我倒愿意写得详细一些,因为我觉得,长期分开的人没必要对对方的生活细节太过关注,但如果两人很快就要见面,那么对身边的事最好就不要一无所知。

首先我要表扬厨娘,她做事利落,东西买得很好,饭菜做得也很用心,我们每天都能吃到可口的午饭。濯足节[3]我们好好庆祝了一番,我们买了抱子甘蓝,餐后甜点还配有蜂蜜。奥古斯特把鸡蛋煮得又老又硬。由于斋戒期间只能买到面包圈,厨娘就烤制了大大小小的各式蛋糕,烤得相当不错。我们宰了一只火鸡,另外还备有一些好东西。

---

① 克里斯蒂安娜3月23日出行去法兰克福,这是她第一次以合法妻子的身份看望歌德的母亲及在法兰克福的亲戚朋友。

② 前后文不清楚,可能是克里斯蒂安娜提到1797年的一封信,说她当时带着手枪出门旅行的事情。

③ 濯足节,又称圣周四,原文 der grüne Donnerstag,复活节前的星期四,纪念耶稣建立圣体圣血之圣餐礼的节日。

地下室收拾得井井有条，那个侏儒[1]总是盯着我，看我是否会把葡萄酒搞错半升一升的，不过你会看到表格的记录与储备都是能对上号的。

除了平常两位客人外，我们吃饭时还没有见到其他人。罗尔青做的字母小盒子已经完工，它非常漂亮，为此我们也要请他来吃火鸡。

濯足节那天，我与埃尔瑟曼和德尼待在温室里，大家心情都非常高兴。现在我得说说院剧那边儿的新鲜事儿，因为一切都在快速变化，总有一些新的、出人意料的事情发生。

首先，今天要上演歌剧《海伦》[2]，周三还会再演。周六是《爱米丽娅·迦洛蒂》，女演员埃尔瑟曼的白缎子连衣裙逢制完毕，这让她非
常高兴。现在我们正准备再给她设计制做一件真正的意大利式晨礼 171
服用于第一场。宫廷里会有几个穿短袖束腰内长袍的人到场，这样隐居者那一段会变得很华丽。不过它会推迟到你回来后再上演。海德请求辞职并已得到批准。他会去维也纳，人们开给他的条件很不错，孩子们对此特别开心。莱因霍尔德一家在米迦勒节那天走了，什么都留不住他们。此外，关于军队和驻扎的事情也听不到一点儿风声。唯一让我们内心不安的是公爵母亲夫人殿下已经重病三四天了。不过现在又有好转，希望不久能够完全恢复。

家里一切安好。奥古斯特炫耀他骑马去爱尔福特，骑手们在开饭前已经返回。他昨天穿了一套新波兰式短外套到处显摆。

持续一周的好天气让我们很高兴，尤其是因为你在旅行。现在

---

① 可能是指歌德家中看家护院的小神。

② 梅于尔的歌剧。亨利·艾蒂安·梅于尔(Henri Étienne Méhul, 1763—1817)，法国大革命时期著名的作曲家，主要以歌剧创作为主。

又开始下小雪，希望法兰克福展会和相关活动期间天气晴好。代我们向朋友们问好，特别向法律顾问施洛瑟夫人①致意，请她有空时写几行字，略微多告知一点儿详情。

从爱森纳赫寄来的信按时收到了。周三夫人们又会开始在我这里早餐。叔本华夫人那里有很多消遣活动。贝尔图赫小两口也去她那里。巴尔杜阿小姐②又开始给我画像。

G.

① 玛格雷特·施洛瑟（Margarethe Schlosser，1749—1819），歌德妹夫的哥哥希罗尼穆斯·彼得·施洛瑟（Hieronymus Peter Schlosser）的遗孀。

② 根据歌德日记，她于 1806 年 12 月 19 日就开始给歌德画像。现在有两幅她画的歌德画像。

128. 歌德致A.封·洪堡[①]

1807年4月3日　星期五

尊敬的朋友,几天来我一直在犹豫是否要给您写信。但现在我
不能再拖延,我要最衷心地感谢您给我的第1卷游记[②],更何况这份 172
内容丰富的厚礼还伴着您的文章这样一件好东西。没有什么比这更让人高兴,更让人感到荣幸的事了。我当然知道这份纪念物的价值并由衷地表示感谢,您除了让我对您本人、您的作品和创作表现出的极大兴趣外,还如此体贴地亲自关注我本人,赠此宝物,令我们感到高兴。

我把这一卷书仔细地反复通读了几遍,虽然没有看见提到的大幅剖面图,但还是能想象得出一幅地貌图,根据旁边标注的4 000法尺[③]的标尺,把欧洲和美洲的山放在一起做对比,并标注了雪线和植被带的高度。我半开玩笑半当真地画了份草图,现寄过去一份副本,请您随意用羽毛笔和颜料在上面修正,也可以在旁边做注,然后尽快把这张纸寄回给我。由于战争而中断的每周三的消遣活动又重新恢复,我一般会在这些活动中给尊贵的现任公爵夫人、公主以及几位夫人讲解一些关于自然和艺术的重要话题。我发现,以您的研究为基

---

① 亚历山大·封·洪堡(Alexander von Humboldt, 1769—1859),威廉·封·洪堡的弟弟,德国自然地理学家和博物学家,近代气候学、植物地理学、地球物理学的创始人之一,19世纪的最杰出的科学家之一。早在1790年代中期,他与哥哥威廉就进入到以歌德和席勒为核心的魏玛-耶拿文艺圈子。他和法国人埃梅·邦普兰(Aimé Bonpland)从南美探险回来后,用近二十年时间写成30卷的《1799～1804年新大陆热带地区旅行记》。在1806年2月6日从柏林给歌德写信,并给他寄去了自己的论文“关于植物外形的想法”(Ideen zu einer Physiognomik der Gewächse)。歌德立刻将它发表在《耶拿文学汇报》上。可见法兰克福版《歌德全集》该卷插图3,是该论文扉页中的图饰。

② 指洪堡的《1799～1804年新大陆热带地区旅行记》。

③ 法尺(法语: Toise),法国的长度单位,一法尺约等于2米。洪堡使用了法国的长度单位。他选择4 000法尺的标记是当时已知的人类达到过的最高高度。

础并像您所做的那样把它们与一般的事物联系起来，没有什么比这个更有趣更合适的了。

当然，您也可以把剖面图的印样寄一份给我，这就帮了我一个大忙。此外还要劳您大驾，把您的生平、教育背景、您的作品及从事的活动、游历等按照年份顺序简明扼要地列出来寄给我。有些东西，甚至可以说，所有东西我都是清楚的，只是没办法把它们按年份整理排
173 列出来，况且我也没有时间去书本和杂志中考证。如果您再来我们这里①，就会发现人们都已准备好要从本源处吸收东西，而不是像现在这样，传给他们的只是二手的东西。其余您为了这个令人尊敬的目的分享给我的东西，到时肯定会派上最好的用场。

我还一直在忙《颜色学》的事情，这部著作的印刷还在慢慢进行中。教学部分已经结束，当然大多数地方提纲要多于文字叙述。现在我是走在一条富有争议、充满荆棘的小道上。这是一件无法令人愉快、吃力不讨好的事，我要一步一步，一字一句地证明，世界在几百年前就搞错了。然而，我必须走进去，穿过它，预先为那个更为宽广的历史领域感到高兴，当我从充满荆棘的理论谜宫中走出来，我也希望能够在这个领域中积极向前迈进。

您和邦普兰的研究中，有几处地方非常重要，我把它们记了下来，以便在修订书时将其补充进去，这样就可以把整本书结束掉。期待这本书到您手里后，能得到您对全书的评论和对一些具体部分的看法。不过也许还要一年的时间，但这一年的时间眨眼就过去了。

我很长时间没有听到您哥哥的音讯了，也许也是我的过错，因为我很久没有写信了。请告诉我他的情况。

我们在佛罗伦萨的好朋友哈克特得了中风，他希望自己能很快

① 洪堡再次到魏玛并拜访歌德时，已经是 1826 年和 1831 年的事情了。

恢复,重新进行艺术创作。我多么希望能在您的热带国家社交圈里找到他那样的人。

也请您告诉我一些希尔特、策尔特和布里他们的情况。我现在多么想去柏林亲自了解他们几个人的情况。

公爵殿下给我们讲了许多您的事情,您的磁力装置①和其他方 174
面的研究。他对您做的研究和打算都非常在行。

致以最衷心地问候!

魏玛,1807年4月3日　　　　歌德

① 用来测量地磁摆的仪器。

129. 歌德致科塔

1807年4月13日　星期一

阿玛利亚公爵夫人[①]殿下的逝世是我们的重大损失，我们为此深感悲痛。我立刻告诉您这个消息是请您不要在《汇报》上，也不要在《晨报》上发表任何不是出自我手的与这位杰出的夫人相关的文章[②]。也许在《汇报》上发表一份简短的像我附在信中的讣告是最为得体的。晨报那里我会寄去一份更为详细的文章[③]，会以葬礼确定的内容为基调。今天就不多写了，希望不久能在我这里见到您。

魏玛，1807年4月13日　　　　　　歌德

---

① 奥古斯特公爵的母亲，亦参见第77封信中的注释。

② 歌德提出这种断然的请求，是因为前不久在科塔的《汇报》刊登过攻击魏玛的文章。

③ 一篇纪念安娜·阿玛利亚公爵夫人的文章于4月29日发表在《晨报》上。

130. 歌德致J. 封·米勒[①]

1807年4月17日　〈星期五〉

尊贵的朋友，如果您这篇出色讲演的翻译稿能令您高兴，或在某
种特定情况下能如人所愿发表的话，那我的目的也就达到了。我接
受这篇稿子是因为它使我快乐。我把它尽快印刷出来，就是为了消
弥某种看上去正在扩散的偏见，这种偏见已经影响了一些还没有亲
眼看过这篇文章的人。我看到它在我的圈子里发挥了很好的作用，
一些人告诉我，他们不理解有人在这样的言论中居然能找到可以指
责的东西。您能想象得出这令我多么高兴，因为您承诺了我不变的 175
友谊。请您不要放弃，继续按照自己的信念去行动去写作，尤其要像
以往那样，时不时在我们文学报上郑重地发表您的观点。人在风暴
中要勇敢前行，党派精神把世界以另一种方式割裂开来并且不再打
扰我们的时代将会到来。

随信寄去的东西请注意查收。只可惜它是匆匆写就的，随后还会对它做些扩展和润色。万安。

G.

---

① 约翰内斯·封·米勒，普鲁士宫廷史官(1804)，柏林科学院成员，1807年1月29日用法语发表了在弗里德里希二世九十五岁生日上的讲话。歌德和里默尔共同翻译的文章"弗里德里希之荣耀"(Friedrichs Ruhm)，于3月3日和4日连续刊登在《晨报》上面。法国占领普鲁士后，米勒会见了拿破仑，从一个激进的反对者转变成这位皇帝的追随者和崇拜者，并在《耶拿文学汇报》上对莱茵联盟的未来表达了下面的看法。这使他招致了来自爱国者大本营的敌视，他曾经的朋友延茨愤怒地与他绝交。

131. 歌德致 J. 施托克[①]

1807 年 4 月 17 日　星期五

阁下，

您尊贵的家人如此诚心好客，接待了我的小女人，令我感激不尽。虽然她之前受到了许多不公的对待，但对她在法兰克福我母亲和我最要好的老朋友身边度过的时光，我由衷地感到高兴。

请相信我们的感激之情，务必接受我满怀诚意寄去的包裹，里面有第一批发来的我最新出版的书[②]。您看到这些书卷时还会偶尔想起最忠实于您的人。随信附一份报纸，但愿您未来很长时间不把这个张扬出去。我和家人向您致意并对您好心照顾我的家人表示感谢。

恭此敬呈，顺致问候，不胜荣幸。

阁下您
最忠诚的仆人
J. W. v. 歌德谨上

魏玛，1807 年 4 月 17 日

---

① 雅各布·施托克（Jakob Stock，1745—1808），法兰克福议员和陪审员，与歌德儿时的朋友埃斯特尔·玛丽·玛格丽特（Esther Marie Margarete，geb. Moritz）结婚，施托克一家是歌德母亲的朋友。

② 歌德新版《著作集》（1806—1810）的第 1—4 卷。

132. 歌德日记 176

1807年4月16日　星期四至4月17日　星期五

4月16日

枢密顾问沃尔夫启程。修改作品①。中午独自一人。傍晚时分感觉不舒服,旧病复发。

4月17日

孤单的一天。晚上尚可。我的文章第一批交货的两份样本,在写信纸上,给施洛瑟夫人和施托克夫人写信寄往法兰克福。

---

① 纪念逝世的安娜·阿玛利亚公爵夫人的文章。

133. 贝蒂娜·布伦塔诺[1]致兄长克莱门斯 (1807 年 7 月中旬前)

1807 年 4 月 23 日　星期四

现在我在魏玛，在维兰德那令人好笑的领地里，一间满是夜灯和睡帽的房间。他穿着睡袍，看到我时叫了出来：噢，你来了，太棒了！我对他说，您都收拾停当了，穿着正式的睡袍。我开着玩笑，又笑了一会儿，向他索要了一张给歌德的便笺，然后顺着我的路走了。实际上，我根本无法在他那儿待很长时间，他身边的那种古旧气息就让我受不了。

但现在我们是去歌德那里。噢，亲爱的克莱门斯，一踏上台阶，我就为自己庆幸，两尊大理石雕像向你友好地挥手致意，房子是那样的静谧而庄严。

我在一间房间里等着，里面挂满了小幅木版画和素描，我站在一幅木版圣母画像前，脑海里想应当是他把这幅画精心镶到了画框里，或许歌德也是这样想的。他走进来，边走边问候我，把我带到他的房间。我坐下后，他拿过一把椅子。瞧，我们就这样在一起了，现在〈我
177 们〉要聊天了，一直聊到夜里。他给我讲了许多阿尼姆的事情，他很喜欢阿尼姆。关于你他也说了一些好听的话，让我特别高兴。不过，他很公正、温和而又宽容，他对人性真正地充满敬意。一个人站在他面前，只要不矫揉造作，怀着真正的爱，跟他在一起就会很舒服。他很愿意听我天南海北地聊着，想到什么就说什么。我告诉他我想写

---

[1] 关于布伦塔诺，亦参见第 24 封信中的注释。贝蒂娜一开始就知道表现她与歌德绝无仅有的特别的关系。贝蒂娜出生于一个法兰克福的家庭，歌德年轻时就作为她母亲马克西米莉安娜的朋友和崇拜者，曾经常出入她们家。贝蒂娜对歌德的崇拜一开始就有一种私人的、家庭的因素在里面，同时又参杂了她的诗人的和文学的思想气质在里面。1806 年她让歌德的母亲给她讲他孩提时代的事情，她了解的这些知识显然令歌德很兴奋，并首次与她谈到写自传的事情，这是他最早开始打算写《诗与真》的想法。贝蒂娜起到了非常重要的作用。

他的传记,这让他非常高兴,他郑重其事地鼓励我做这件事。他对所说的事情都那么充满敬意,我无法理解他对我们两人之间谈的东西为什么都会那么认真。我问他,他说,不能不认真啊,必须认真对待,不是所有人都有权利获得我的心。

亲爱的克莱门斯,如果有谁像我一样见到他却不像我那样爱他,那这个人就不值得他看一眼;如果整个世界都不赏识他,那还会有贝蒂娜为他的神采欢呼。而且,热爱着他的阿尼姆也会毫不犹豫地去摇旗呐喊。我离开时,他把一枚戒指戴到我手指上,再次提醒我传记的事情。我不要写他的生活,我写不了。我要捕捉的是他生命的芬芳,我要保留它做永久的纪念。啊,亲爱的克莱门斯,我是多么幸福啊。我在他身边那么安静,而他待我就像是儿时的玩伴儿。

134. 布伦塔诺致阿尼姆(1807 年 7 月)

1807 年 4 月 23 日 星期四

这期间贝蒂娜与约尔迪斯出差匆匆地路过柏林和魏玛。在魏
玛,她在歌德处逗留三个小时,他把一枚戒指戴到她手指上,挂念着
我们的母亲①〈……〉歌德与贝蒂娜的谈话对我们这些朋友来说是一
份珍宝,他就像一个孩子。他对她坦承说他经常闷闷不乐,感到怕
178 冷,他很想让她一直待在他身边,这样他就永远不会变老。他从没有
这么快就爱上像你一样的年轻人,但愿她能待在他身边。他要她按
照他母亲的叙述去写他的生平,他还会告诉她更多的东西,这将成为
他的传记。他天真的就像海蒙的孩子们②。〈……〉

① 指马克西米莉安娜·布伦塔诺。

② 查理一世时期的传说中经常被使用的传说人物,文学上最早出现在中世纪法国的史诗中。在《诗与真》中,歌德讲述了当时还是孩童的他在德国民间传说中认识了这些形象。

135. 歌德日记

1807年4月23日　星期四

枢密顾问沃尔夫寄的徽章到了,其中有一枚切利尼[①]。战争之门被锁住。布伦塔诺小姐。

① 由切利尼设计的徽章。后面的一句话是刻在徽章周围的文字,原文为拉丁语,*Clauduntur belli portae*,出自古罗马诗人维吉尔的《埃涅阿斯纪》中的一句诗,意思是战争之门被锁住。

136. 歌德致福格特

1807年5月1日 星期五

阁下，

您几天前提及费尔诺教授可能会转调至耶拿之事①，我迟迟未有发表看法，我以为此事尚需时日。但现在他告诉我有内廷参事艾希施泰特的信件及阁下的便笺，我看得出来，此事比我想象的更为迫切。因此，我不能再拖延，必须马上表明我的看法。

费尔诺教授完全有理由不愿这种变动马上发生，我也不得不承认，如果这种变动马上发生的话，我的一个最美好的愿望将化为泡影。

现在，我除了安安静静地让魏玛维持它过去的文学声望并在这方面发挥一些有意义的作用外，再无其他计划。这年头，特别是上次灾难之后，我们的政敌多么希望说我们已经被消灭掉了。

我多年来最为上心的一个愿望是在这里出版一套温克尔曼的著作②。早在编辑他的书信③时我就提到这一想法。从那时起就有许
179 多人来我这里问询并告知一些消息。最终，费尔诺教授获得机会与温克尔曼的第一个出版商，德累斯顿的瓦尔特之孙签署一份出版他全集的合同。

这件事本身是很困难的，因为它不仅仅是把已经印刷出来的东西再印一遍，其中一部分内容还要做全新编辑。尤其是艺术史部分，

---

① 费尔诺曾是阿玛利亚公爵夫人图书馆的管理员，公爵夫人逝世后，他失去了这一职务，因此请求歌德想办法让他留在魏玛。

② 温克尔曼的著作从1808年到1820年共出版8卷，费尔诺于1808年去世，当时只出版了头两卷。J.H. 迈尔和约翰内斯·舒尔策(Johannes Karl Hartwig Schulze, 1786—1869，普鲁士神学家、语文学家、教育家)共同完成了之后的出版任务。

③ 歌德在《温克尔曼和他的世纪》(Winkelmann und sein Jahrhundert)一书(1805)中首次出版了温克尔曼的书信。F.A. 沃尔夫在他关于这部全集的论文中，希望出版他的全部书信。

由于维也纳的版本和温克尔曼特别增补的部分已经混乱,需要重新整理。另外,此书出版后,艺术史和辅助科学中的一些内容已经得到澄清,许多东西与温克尔曼的观点相左,而且它们大多写得还是很有道理的。对这些内容出版商必须在附注中给予说明。

尽管费尔诺教授具备完成这项工作所需的许多特质,但他还是觉得需要联系更多人才能顺利完成此事。为此,他已与枢密官迈尔取得联系,两人定期会面讨论一些有争议的地方,并把各自做的东西汇编在一起。另一个优势是,附近有一座在这一领域藏书丰富的图书馆;我家里也有一些关于自然和艺术方面的图书,以及希腊语和拉丁语的书籍可供参考。

所有这些优势都会因编辑的地点变动而失去,让这项工作功亏一篑。如果再考虑到他要像新入职的学术教师一样,为头几个学期准备若干门课程,他需要花费全部的时间才能准备好教案并在学术上理出头绪。这样显而易见,要完成那项工作几乎是没有希望。

反观大学这边的情况,我们虽然不否认费尔诺教授的名字能为 180
大学增添荣耀,但它是否有用则是另外一回事儿。费尔诺教授讲授的课程无法吸引一个学生到学校里来。只有当很多学生来这个大学学习,特别是有一些家境富裕的学生,这些课程才会有用,才会有一定的意义。目前来看,费尔诺教授很难满足大量的听众,更糟糕的是,他可能会因为听众太少而只能拿最低的薪俸,这种情况在有更多学生的大学里就曾经出现过。

考虑到这样做一方面没有什么作用,另一方面还会对个人和文学事业造成较大的损失,我们当然希望费尔诺教授能在这里待更长时间,完成他所做的有意义的工作。这是为了魏玛和耶拿两地的荣誉,两者本不可分割,它们应当毫无隔阂地相互呼应,肩并肩地站在一起。只有这样,他才能让自己的名字和他所处的这块土地的名字有更好的信誉。最终，当大学发展起来后，他可以在那里发挥作用，又不会遭受太大的个人损失①。敬爱的公爵夫人逝世已经让我们失去了许多，现在，如果她的死还与一部著作的流产相关的话，那对关心此事的人来说将是非常痛心的。如果她能活得更久一些，那她一定会欣慰地从身边的人那里得知这部著作的。

魏玛，1807 年 5 月 1 日　　G.

① 指费尔诺若以后去耶拿，也不会遭受个人物质上的损失，因为他即使在耶拿也能得到安娜·阿玛利亚公爵夫人给他的养老金。

137. 歌德致策尔特 181

1807 年 5 月 4 日　星期一至 5 月 7 日　星期四

非常感谢您为歌词谱的曲子。此时此刻,能让自己短时转换到轻松的氛围中是件令人舒爽的事。

您询问的那个社交圈里的游戏是这样子的:拿一片薄木屑或一根蜡绳,把它点燃,烧一段时间后把火吹灭,留下炭,然后,以最快的速度念出下面这一小段咒语:

狐狸死,有毛皮,
活得长,皮变老。
狐狸活,皮就活,
狐狸死,皮就死。
埋狐狸,不带皮,
还算它,很荣幸。

接着,把尚有余烬的蜡烛快速传递到邻伴儿的手中,邻伴儿必须按照同样的规则重复,这样一路传下去,直到炭火在某个人手中熄灭,这个人就要被罚一样东西。

公爵母亲的去世带来的损失是巨大的,这种情况让一些人痛苦失常。此时此刻,人们不允许去想任何事情,也不能再想这些事情。我们只能过一天算一天,勉强做一些尚能做的事情。

我最大的愿望是想再见到您①,可我无法邀请您。我的身体状况不能再这样拖下去了,圣灵降临节一过我就要去卡尔斯巴德。如果还回得来,就还可以考虑以某种方式愉快地见一面。

我的《颜色学》还在慢慢地印刷,也许还要一年才能完成。我总是被各种事务打断,尽管我一直掌控着思路和线索。

有空时我会告诉您,有哪些歌词您谱成了曲子,并劳驾您把缺少 182
的那些寄给我。

① 两人直到 1810 年才在卡尔斯巴德再次见面。

祝您生活愉快，今天就此搁笔。出发前我会再写信或从卡尔斯巴德给您写信。

魏玛，1807 年 5 月 4 日

您随后寄到的几封信让我非常高兴，我这里马上回复几句。我多么希望能够聆听您的清唱剧[1]啊，只可惜我与音乐太过绝缘了。我们仅有的一点儿轻歌剧，尽管有时也会有相当不错的歌曲，也无济于事。因此，在我看来，所有的歌声都消失了，所有的音乐想象也都消失了。也许这件幸事加上一个理性的想法能让我们很快聚在一起，我们有能力结伴儿一起做些事情。

很高兴我的《埃尔佩诺尔》让您喜欢，这几页纸的目的也就达到了。您对这个片断的赞誉，也许有您对我本人和我的创作的一些偏爱在起作用，我不得不承认自己已经无法评论这部作品了。如果有什么东西卡在那里，我总是搞不清楚究竟是自己的原因还是事情本身的原因。通常人们会很反感自己无法完成的事情，而不会讨厌那些违背我们的意愿，令我们无法控制的事情。总体说来，我在出版自己的著作时切身体会到，这些事情是我完全陌生的，它们几乎让我失去兴趣。甚至，如果没有人友好地、忠实而持续地帮助，我完全无法将这十二卷整理到一起。现在，除了一卷以外，大部分都已经完成，这些天就将一起交到科塔手中。之后，再能出些什么东西就随它去
183 了，毕竟我们已经抢救了那么多东西。您觉得把后续的《浮士德》做

①《耶稣和复活与升天》。根据拉姆勒(Carl Wilhelm Ramler)的歌词谱曲的康塔塔，于复活节星期日(3 月 29 日)那一天在合唱协会首演。4 月 4 日策尔特给歌德写信："如果您能听到这音乐，那我该多么激动啊！我尝试着按我的方式把我们对合唱的想法融进它里面。"

完很有意思,对此,我先为您感到高兴,那里有一些音乐上令您感兴趣的东西。

劳驾您给我一份从柏林掠走的艺术珍品①的清单。只要知道它们保管在哪里,这些东西我们就没有丢失。

祝您生活愉快。请在圣灵降临节之前再给我写封信,之后您会从卡尔斯巴德听到我的消息。

魏玛,1807 年 5 月 7 日　　　　G.

① 指拿破仑掠往卢浮宫的艺术品。

138. 里默尔(日记)

1807年5月13日　星期三

摘自岑克格雷夫的格言①,他这样定义上帝:上帝是一声没有发出的叹息,藏在灵魂的深处。歌德引用的另一句格言是:没有什么能抗衡上帝,除非上帝自己。

① 尤利乌斯·威廉·岑克格雷夫(Julius Wilhelm Zincgref, 1591—1635),德国中世纪抒情诗人,格言诗人,出版有《格言——德国智者之警句》(Der Teutschen Scharfsinnige kluge Sprüch Apophthegmata genannt)一书。

139. 里默尔(日记)

1807 年 5 月 17 日　星期日

在歌德处。口述《逃往埃及》①。歌德说，他从没有听说过有谁在成为专制者后会去斥骂专制者，无论是大是小。关于耶拿的火灾现场，他说："除非亲自去现场，否则没有哪个诸侯或大领主能更清楚地了解一件事情糟糕到了什么程度。"他还说："法国人太没有想象力，否则，他们就不会只烧毁耶拿和魏玛的一、二十间房屋——无论是偶然失火还是人为纵火，而是把城市的每一个角落都点燃，把它完完全全地烧掉。这样它给世界敲响的才是不一样的声音。"他接着说道："女人们只需要爱或恨，这样她们才会很迷人；而男人们则必须既不爱也不恨，这样一切才会恢复平衡。""其实，人犯错误会让他变得更可爱。"

① 歌德在这几天里，每天都在口述《威廉·迈斯特的漫游年代》第 1 章。

184 140. 里默尔

1807 年 5 月 18 日　星期一

在谈到拿破仑扣发士兵军饷时,歌德说道:“当全世界都在报怨无处不在的自私时,拿破仑来了,他要让人变得无私。”

141. H. 卢登(1847年)

1807年5月19日？　星期二

〈……〉那个灾难的日子①〈?〉过去大概四周后，我在克内贝尔处
见到了歌德。他是首次重归耶拿。他脸色严峻，举止中透露出时局
带给他的压力。克内贝尔说道：“这个男人遭受了不幸。”“我已听说
了”，歌德转向我补充道：“您的损失非常严重。”我试着把我的遭遇用
几句话概括起来，说道：“我在耶拿时搬过来的所有东西和离开时留
下的家什，再回来时，除了几个破箱子、破盒子外，都已荡然无存。我
带着年轻的太太走进冰冷的、空荡荡的房间时痛苦极了，里面满是污
物，几乎没有清理过。”克内贝尔先生不止一次地叫道：“太可怕了，太
过分了。”但歌德只说了几句话，如此之轻，我甚至没明白他说什么。
当我得空问他阁下是怎样熬过这些屈辱而不幸的日子时，歌德用下
面的话回答说：“我没有什么可报怨的。就像一个人，站在坚固的岩
石上往下看着波涛汹涌的大海，他虽然无助于那些遭受海难的人，但
也不会被海浪波及到，而且，按照某个老人的看法，这甚至是一种惬
意的感觉。”（“是卢克莱修！”克内贝尔插道）——，“我这样安然无恙 185
地站在那里，任凭狂野的涛声从我身旁穿过。”我不否认，这几句事实
上带着某种愉悦的感受说出来的话，令我胸中的几许寒意消散而去。
〈……〉

① 指1806年10月14日的耶拿战役。

142. 里默尔(日记)

1807 年 5 月 21 日 星期四

在歌德处。《新美露西娜》①。晚上去弗罗曼家。关于虚荣心②。说现在人们都在谴责社会上的虚荣心。社会也因此没落,因为,只要一些人这样想:如果我不必表现出我所具有的那种优雅品质,那么我就装作根本没有那种品质,如此一来,他们就会变得消极,然后去伺机窥探别人。这样,恰恰是那个最差劲、最无耻的人就会侵占社会。—“人老了原本是不要睡眠的,睡眠不过是给白天的物体罩上了一层薄纱,让它可以透过光线。”前一天晚上,歌德就是这样看到他的美露西娜的童话在一幢建筑下面熠熠发光。在睡梦里他觉得它很美、很真实,想把它抓住。但当他醒来后,这个不切实际的想法就消失了。

---

① 歌德为《漫游年代》写的小说。美露西娜(Melusine)原是欧洲神话中的海妖,一只双尾美人鱼,幻化做人形与人间丈夫结婚生子,但却被识破身份,最终不得不回归大海的故事。

② 歌德在为《漫游年代》写的小说“五十岁的男人”中,让那个非常保守的老演员把对虚荣心的维护挂在嘴边。

143. 歌德日记

1807 年 5 月 23 日　星期六

8 点钟给枢密顾问福格特写信。回复一份快件。米兰徽章匠曼
弗雷迪尼加工博多尼徽章[1]。见《耶拿文学汇报》1807 年第 41 期学
者专栏。也许他就是把耶拿战役中拿破仑的画像做到徽章上面的那
个人;在徽章的背面:朱庇特在鹰的上面,周围刻有"普鲁士在耶拿
的失败就是萨克森的解放"的字样[2]。10 点,开始口述一个新的短
篇[3]。克内贝尔少校。福格特博士。在亨德里希少校家用餐。之后 186
与他和克内贝尔驱车去战役的战场。晚上在家。

---

① 歌德在给米兰钱币陈列馆馆长 G. 卡塔内奥写信,尽可能搞到这枚徽章。

② 原文为 *Saxonia Liberata Borussis Deletis*.

③ 为《漫游年代》写的小说"危险的打赌"。

144. 歌德致夫人

1807年5月24日　星期日

星期一早晨4点，也就是在你收到这封信之前，我们就启程去卡尔斯巴德，我倒更乐意离开耶拿。我知道所有这一切过去后，就必须要请客吃饭了[1]，不过请客吃饭也是件好事。当我再次回到这里时，我会发现目前这种状况下感觉更好。

不必为我担心，你应当在幽静的山谷里跟那些来看望你的伙伴们好好享受。感谢上帝，世界是如此美好，人们可以在一小块宁静的土地上生活。家中一应事务你自行料理即可，我完全相信你。

那个帐篷很神奇地找到了，我们一开始检查时，它根本不在那里。因为平民百姓的帐篷都在房间里，而上尉的帐篷则不在。你不必为小木屋里的这点儿损失而难过。

母亲的来信要比贝蒂娜的信[2]更让我高兴。这几行字让她在我这儿受到的伤害要比你和维兰德背后说的坏话[3]更厉害。要解释这些事的来龙去脉，我还需要费一番口舌。

随信附上一张便笺，是订购东西的事，有劳你亲自处理一下，我对奥古斯特不是很放心。不过你还是要代我亲切地问候他。

信里还附有约翰内斯节那个季度的账单。

如果见到枢密官迈尔先生，代我向他多多致意。

如果你想过来，上校先生和胡贝尔小姐会欢迎你的。

187 看来好天气还会持续一阵子，如果能晴上三天的话，我就心满意足了。

祝你生活愉快，我很想念你。如果一切顺利，那我们周一晚上会

---

① 这里歌德自嘲自己在耶拿战役结束后第一次回来，看望朋友熟人等。

② 贝蒂娜写给歌德母亲的信，据歌德夫人说，信中提到她第一次拜访歌德时就为他而着迷。

③ 歌德曾秘密与贝蒂娜的祖母、维兰德年轻时的情侣索菲·封·拉洛施(Sophie La Roche)通信交往。

到施莱茨,周二到霍夫,周三到埃格尔,周四到卡尔斯巴德,你可以想象与我们如影随形。祝安好,把我附信中提到的那几样东西办好。我一到卡尔斯巴德就会写信给你的。

耶拿,1807年5月24日　　　　G.

145. 歌德致夏洛特·封·施泰因

1807 年 5 月 24 日　星期日

布雷斯劳来的好朋友[1]令我们非常高兴，大家都希望他在这里多待一些时间。他品行善良，坚毅，不矫揉造作，善解人意又充满热情，令我精神振奋。他再次向我证明，我们怎么样看世界，世界就会是怎么样的；但用热情、勇气和希望去拥抱这世界，即使它是令人作呕的，这却是年轻人的特权，我们也许应当为他们感到高兴，因为我们曾经也享受过这样的特权。

我身体尚可，但在耶拿我并不很舒服。与之前的时光反差太大，旧的已经过去，新的尚未到来。但一些在未来几年可能会令人高兴的东西已经显露出来。此外，这个地方天气晴朗，景色像往常一样美极了，今年的收成也令人瞩目。

随信附上刚刚收到的萨尔托里斯夫人[2]的信，它让我想起一份备忘录，也附在这里。恳请您为它写几句话再寄到柏林去。也许您可以用紧急公函把它发给米勒，这也就是为什么这封信只能寄给枢
188 密顾问福格特的原因。目前信件非常过分地滞留在邮局里。请原谅我为些许小事来麻烦您：这是为了纪念一位人物，一位您也珍视的人物。

衷心问候您的孩子们。垂念为盼。但愿那里的温泉能对我有好处。

耶拿，1807 年 5 月 24 日　　　　G.

---

① 夏洛特·封·施泰因之子弗里茨，歌德的弟子，1795 年起在布雷斯劳，1798 年任普鲁士参谋长，拿破仑打败普鲁士之后，他虽然陷入经济上的困难，但还是辞职离开。

② 普鲁士将军施梅陶的侄女。

去卡尔斯巴德旅行

1807 年 5 月 25 日至 9 月 10 日

146. 歌德日记

1807年5月25日 星期一

4点过后从耶拿出发，11点到达波德尔维茨，休息用餐至1点钟。再从那里出发往施莱茨，5点左右到达。用餐。邮政车夫报信说罗伊斯侯爵①两次乘车过来。谈论近期的一些现象，德国人，特别是北方人过去是什么样子，都有些什么；他们首先面临的危险会让他们失去什么等。关于新的国家形式的看法：君权，邦国议会中享有特权的制衡邦领主的代表，征兵等②。僧侣和犹太人的影响。封·沃尔措根〈?〉先生在魏玛作为外交官的性格。关于颜色学的观点和比喻。爱与恨、希望与恐惧不过是我们混浊的③内心的不同状态而已，透过这个内心世界我们的灵魂或面向光明，或面向阴暗。如果我们透过这混浊的内心看向光明，我们便会有爱，会产生希望；如果我们看向阴暗，便会有恨，会产生恐惧。两个面都有吸引人诱惑人的地方，有些人甚至是忧伤多于快乐。人们可以很容易做更多类似的对比。

克林格尔的威利吉斯徽章④。

天气极佳。在施莱茨，气压表纹丝不动。

---

① 海因里希四十三世，罗伊斯-施莱茨-克斯特里茨侯爵(Heinrich XLIII. Fürst von Reuß-Schleiz-Köstritz，1752—1814)，图林根罗伊斯家族分支中四大领主之一，1807年罗伊斯家族各支邦国全部加入莱茵联盟，与萨克森-魏玛公国的情况相似。

② 相比于以前松散的对皇帝和帝国的依附，拿破仑治下的莱茵联盟的君权受到了极大的限制，尤其是在战争期间，联盟有义务为法国提供军队。这种“新的国家形式”也导致了对原有的邦国议会中享有特权的制衡邦领主的代表的角色及其存在的必要性的思考。

③ 也暗指歌德《颜色学》中的“混浊介质”，也即一种光线可以穿过并发生弯折的介质，歌德认为这是颜色产生的必要前提条件。

④ 大主教徽章中的轮子据说与美因兹大主教(975—1011)威利吉斯的来历有关，人们认为他是一个车轮匠的儿子。

147. 歌德致J.H. 迈尔 189

1807年5月26日 〈星期二〉

亲爱的枢密官先生,我们很顺利地到达了霍夫。您收到的从那里寄出的信是关于那座纪念碑①的事情,对此已经来来回回谈了好几次。从柏林的一位夫人的信中可以看出,人们只是想简单地在坟墓上立一块石碑,表示这位令人尊敬的人安息在那里而已,除了他所钟爱的亲人外,他对其他人都不重要。我通过封·施泰因夫人与这位夫人取得联系,她受人委托处理这件事。一位优秀的战士,在这样一场重要的事件中英勇献身,而人们却更情愿选择忽视他。不过我同意,人们更愿意试图用泥土和一块简单的石碑将这令人悲痛的事件掩埋过去可能是有原因的。

因此,我恳请您,亲爱的朋友,去阻止这项工作,也许它还没有开始。石料我们总是可以用的,魏瑟尔那里我们可以对他做完的工作给予某种补偿。我这里附上一张给封·施泰因夫人的明笺,请您将信笺交给她并代我向她多多致意。您在信笺上可以看到我给柏林的委托人说了些什么。对您的上一封信表示万分感谢。请您继续积极努力。我们一路上天气极佳,路况也很好。代我向封·施泰因先生问候,别忘了我徽章的事。

G.

① 为施梅陶伯爵将军做的纪念碑。歌德当时设计了一个草案:一名全副武装的战士拔出宝剑,从一个被雷电击中正在倒塌的大门中迈出,大门两侧有柱子支撑,门顶上是三角形的山墙装饰。关于施梅陶将军,参见歌德1806年10月18日的日记。纪念碑最后按迈尔的设计制成。

190 148. 里默尔

1807年5月26日 星期二

我们在读岑克格雷夫的格言，歌德顺口引用了一句话。他说：“拿破仑寻找道德，他没有找到，却得到了权力”。

149. 歌德日记

1807 年 5 月 26 日　星期二至 5 月 29 日　星期五

5 月 26 日

5 点钟从施莱茨启程。途中思考《漫游年代》的主题。从总结中解释法国人当着皇帝的面进行抢掠的行径,他是与周围的环境一起,在周围的环境中,通过周围的环境来显示自己,预告自己的到来。11 点过后到霍夫。拜访县督封·许茨先生。为卡尔[1]办通行证。午饭吃得很好。上好的勃艮第葡萄酒只要一个普鲁士塔勒。期间马蒂厄将军穿过此地。用餐后读岑克格雷夫。之后打算拜访施奈德博士,但他不在家。散步至石缝里,把它画下来。然后绕城直到当年的墓地和城墙处。回家。为施梅陶的纪念碑之事给枢密官迈尔及封·施泰因夫人写信。县督封·许茨先生来访。

天气极佳。下午多云,晚上晴。

5 月 27 日

5 点钟从霍夫启程,道路总体上很好。停在申巴赫税收站,出示
通行证,把箱子用铅封封上。在奥地利禁止谈论政治。阿什仅仅是
路过。2 点钟到达弗兰岑斯巴德。餐食很好,但葡萄酒被搀了水。
餐后将主题写下来。关于语言及过时的词语。之后散步至泉边及其 191
他地方,一直到 8 点左右。谈论各种事情。期间喝了三四杯矿泉水。
晚餐,之后很快上床。

“《奥尔良的姑娘》母题的主要错误在于,她爱上了利奥内尔,她意识到这一点,她的背叛不是由于过失或别的原因而造成的。(就像那个印度童话中的妇人[2],水在她手中无法再聚拢。)”

“那些意大利人说,帕拉第奥完全是出于对贵族的憎恨才去盖房

---

① 歌德新雇用的仆从卡尔·埃斯菲尔德,原来的那个根斯勒被辞退。

② 参见歌德后来根据印度传说创作的诗歌三部曲“贱民”(Paria)。

子的，就是要毁灭他”。

“奇怪，僧侣们竟然没有强占任何保健温泉，让这一大笔财富就从手中溜走了。”

阴沉但空气新鲜的早晨，直到傍晚上才出太阳。

5月28日

4点半从弗兰岑斯巴德出发去玛丽亚库尔姆，那里刚刚准备好了圣体节行列仪式，撒过了菖蒲花。乖巧的村童想要模仿教堂司事的样子，挥舞着菖蒲，但手却不松开，让花儿落不下来。越修越糟的道路经过茨沃塔一直通到延长了的夹在两排高墙之下的皇帝大道上。到处都是为准备过节而打扫得干干净净的村庄。2点半到达卡尔斯巴德，受到房东的热情欢迎。给夫人和亨德里希的信交给回程的车夫。稍稍散步。早早上床。

晴朗的早晨。近处的山被云覆盖，微雨。晚上卡尔斯巴德晴。

5月29日

192 5点钟起床，去碳酸泉，喝了六杯泉水。然后去米勒先生处。各种有趣的成套的卡尔斯巴德的石头，特别是新石器。独自散步，然后开始《新雷蒙》①。画了一点儿素描。上甜点时米勒过来。谈论一些出版物。赖因哈德总督来访，关于雅西的描述，那个地方的生活方式，建筑风格等。然后去封·米特巴赫先生处，但他不在家。然后去新医院。与建筑师聊天。描画了几个题材。

早上天气晴好。傍晚时分大雷雨。

---

① 歌德为《漫游年代》写的小说，即“新美露西娜”。

150. 克里斯蒂娜·封·赖因哈德致母亲(1807年6月1日)

1807年5月30日　星期六

前天在我房间里聊起当前的局势，当问到德国以及德语是否会完全消失时，有一个人说，“不会的，这我不相信。德国也许会像犹太人一样备受压迫，但却不会消亡，也像犹太人一样，直到失去了祖国，才会真正联合起来。”这个人就是歌德。

151. 歌德致夫人

卡尔斯巴德,1807 年 6 月 2 日 〈星期二〉

因为明天邮车会发往那个地方,所以我想给你写封短信,告诉你我身体很好,无论是身体上还是精神上都要比从家里出发时好很多。天气虽然时有变化,但总体上是非常宜人的。住处很漂亮且令人开心,位置也很好。我结识了一些人,因此这里的生活也能按部就班地继续。我每天早上 5 点钟起床,去泉边。8 点和 9 点之间吃早饭,然
193 后稍事休息,穿戴整齐,口述文章,再散散步,然后吃饭。饭后在房间里画素描画,傍晚时分到林荫大道散步,或想办法消磨时间。饭菜尚可,葡萄酒也还不错,但也不会香到要把自己吃撑。到明天第一周就过去了,该付账的日子。目前为止我们账目都很清楚。今天兑换了纸币,我们用 50 吉尔登兑换了 103 元的纸币。再过一周你就会知道我们每周要花费多少钱。

莱比锡那边我得到了好消息。罗赫利茨顾问先生非常友好地给我写了一封极为详尽的信。通过格纳斯特我知道其收入不菲,看来这家企业运行得还相当不错。在首批四个代理中,埃尔瑟曼还没有出现。

这里人还比较少,空荡荡的林荫道你肯定不会喜欢。不过有些客人就要来了。我还没有看到什么特别漂亮的花边,不过我有一个新的价廉物美的办法,就是买那种锯齿形的底边,也相当好看;在这里无论真的还是假的石榴我都还没有看到。许多商铺都还关着门,一切都在慢慢开始。这次就先写这么多,免得这信被耽搁了。每隔一周你会收到我的消息,我也希望时不时收到你的消息。祝生活愉快,衷心问候奥古斯特。

G.

152. 歌德致夏洛特·封·施泰因

1807年6月14日　星期日

尊敬的朋友,我来到卡尔斯巴德已经有几星期了。我也想告诉您,我在这里身体状况尚可,至少比我从魏玛和耶拿出发前的状况要好得多。当然,这种完全改变生活方式的状态是否起作用,整体上是 194
否有益于健康,是否有效,尚不得而知,我们对现状满意就好。

公爵①对疗养也很满意,他的确对这矿泉水产生了一些信任,因此,他也许会比原计划待得更久。人也慢慢增多,不过它不会对我的生活方式有太多改变,因为大多时候我还是老习惯,一个人独居,很少与外界联系。

那个赖因哈德总督很有意思。您也许还记得,他曾在汉堡任职,在巴黎待过很长时间,后来被派往雅西。上一次战争爆发时,他和妻儿在那里被俄国人俘虏,带到第聂伯河、布格河和德涅斯特河,最后被释放。这样他才又穿过波兰和加利齐恩回到欧洲西部有人的地方。他是个非常能干、见多识广而富有同情心的人,与他交谈令我非常高兴。

从他那里我知道了一本法语书②,我从里面摘录一段话写在后面,希望您能喜欢。还要劳驾您把这段话转呈公爵夫人殿下,让我匍匐在她的脚下。请代我向公主殿下致意,告诉她那本宾客题词留念册已慢慢写满。当然,有几页被涂乱,看上去不那么漂亮了。

我得搁笔了,因为我已经磨蹭到邮差马上要出发了。代我问候西里西亚的朋友③,让我也经常听到您的音讯。

致以最真诚的祝福。

卡尔斯巴德,1807年6月14日　　　　歌德

---

① 奥古斯特公爵于6月6日也到了卡尔斯巴德。

② 指《杜邦·德·内穆尔的宇宙哲学》(Philosophie de l'univers par Dupont de Nemours)。

③ 夏洛特的儿子弗里茨。

195　153. 歌德致科塔

1807 年 6 月 14 日　星期日

随信附上我答应给《晨报》的关于我们杰出的同乡哈克特的概况①。至于我是否能幸运地为女士日历找到一些东西尚不得而知。虽然这段时间里我做了一些事情，但却恰恰跟这事儿不沾边儿。

我对悼词一事②着实感到吃惊。即使我们一开始就知道，荆棘上摘不到葡萄，刺玫枝头摘不了无花果③，但这些材料对作者还是应该有所帮助的。然而，这几张纸片却把这种悲痛的情绪表现得很不得体，没有一点儿品味。这对委婉语是多么大地罪过啊！只要拿它做一个惩一儆百的例子就足够了。

哈克特遗留下来的手稿大部分是他自己亲手写的，它们是弥足珍贵的值得保留的作品，但如果没有事先编辑，它们还不能交给读者。我会仔细考虑一下如何着手此事，以便让它名至实归。它用八开印刷出来大约会有 12 印张。我还会附上他近几年写给我的一些非常有意思的信件和一篇真诚地赞美他艺术才华的文章。同时，因为两人在艺术上的交往和生活中的友谊，这里还会附上一篇英国人查尔斯·戈尔④先生的小传，哈克特的传记中也有提到他。他晚年在魏玛住在我们那里，前不久才去世。他旅行中画了大量的画，其中大

---

① 根据哈克特的自传写的关于哈克特生平的简介，发表在《晨报》1807 年第 154 和 155 期上。哈克特，德国著名风景画家。亦参见第 40 封信及注释。

② 伯蒂格给科塔的《汇报》写的安娜·阿玛利亚公爵夫人的悼词，但没有被刊登出来。参见第 129 封信及注释。

③ 马太福音第 7 章第 16 节，原文是"凭着他们的果子，就可以认出他们来。荆棘上岂能摘葡萄呢？蒺藜里岂能摘无花果呢？"，意思是外表的东西可以冒充，但生命内里的东西却是无法假冒的。

④ 查尔斯·戈尔爵士，英国画家，因娶了富裕的太太而可以衣食无忧地从事自己的艺术活动，足迹遍历欧洲。与歌德亦有交往，最后死于魏玛。

部分都是通过照相投影盒[1]比照着风景绘就的,有些大海和港口的风景因画上了许多船舶而很有特色,这些他都赠给了魏玛图书馆。因此,能够公开地向大家介绍这位重要的多面手是很有意义的。

我附上一封信[2],劳驾您帮我寄往佛罗伦萨。信没有封起来,您 196
可以看到,有一位名叫蒂特尔的年轻画家提供了一张哈克特肖像的副本。原件是法贝尔先生几年前画的,尺寸不是很大。我觉得最好能为这幅画像上保险,让人把它雕刻出来放在传记前面。您应该可以找到一位技艺高超的艺术家做此事,因此,我也希望把它直接交给您办理。

除了想告诉您目前为止疗养还很不错外,暂时没有什么更多要说的了。希望能听到您和家人身体都很健康。

卡尔斯巴德,1807 年 6 月 14 日　　　　歌德

---

① 在感光胶片问世之前,一种类似于照相机原理的绘画仪器,通过透镜将风景投射到对面的画板上,但成像是上下左右都颠倒的影像,也有再加装透镜将成像正过来的投影盒。18 世纪这种投影盒非常流行,尤其受那些画有透视效果城市风景的画家的喜爱。

② 这封信科塔没有收到,可能是给下面提到的年轻画家蒂特尔的。后者给歌德带去了哈克特去世的消息,并将他的手稿寄给歌德。

154. 歌德日记

1807 年 6 月 20 日　星期六至 6 月 29 日　星期一

6 月 20 日

去城堡温泉，与宫廷主教赖因哈德在一起，与费贝尔在一起。之后与赫尔达在米勒处。之后在卡普医生处。在家给一些画着色。之后在赖因哈德总督处。中午与卡普医生和米特巴赫在公爵处。用餐后贝托尔斯海姆过来。在家给科尔内朗的铜版画着色。晚上往卡尔桥方向散步。

一个犹太人希望上帝把人的小腿肚子放在前面，因为人们经常会碰到胫骨，而胫骨在后面则没有危险。

6 月 21 日

一早去城堡温泉。与枢密官费贝尔谈论亚当·米勒的事情。早餐
前去公爵处。在家吃早饭，之后给画着色。之后卡普医生关于地理
的直径。赖因哈德总督来访，他带来了《颜色学》的书，请教了几个问
197 题。我给他一面棱镜和一张黑白小卡片。中午在公爵处，霍普夫加
滕先生，弗里驰的姐夫以及萨克森的中校[①]在那里讲述 10 月 14 日及
之后几天发生在这个人身上的事情，特别是萨克森骑兵队不得不交
出马匹的那一刻。之后去看戏：《不安的邻居》，这出戏把我们逗乐
了，细节表演得很不错。晚上在家，不久上床。

天气时好时坏。

---

① 此句原文后无标点符号，似未结束。后面该是中校的名字，但歌德在口述时没有念名字。

6月22日

去城堡温泉,与宫廷主教赖因哈德在一起,特别讨论新教①和文学的前景,关于新教徒皈依天主教和萨克森国王②宣布邦国议会中享有特权的制衡邦领主的代表,他从拿破仑那里把这个州作为征服的州接收过来。之后与封·奥姆普泰达先生专门讨论了英国,英国的政府部门,爱尔兰的天主教徒等。最后与赖因哈德总督谈论物理学、美学的话题,特别是寓言,它在多大程度上是有意义的,可以作为一首诗歌的基础。之后在公爵处,让人给壁炉生上火。中午在金盾旅店野餐,一大群男男女女,主要是法国人和俄国人,罗昂一家,雅可夫列夫一家。早上继续给画着色。凯雅也过来造访,拿着一支圆规。晚上在赖因哈德总督处,封·佩龙先生和家人,卡普医生和米特巴赫,两人都带着夫人,也在那里。

阴冷的天气。

6月23日

早上下雨,尽管如此还是去城堡温泉,与宫廷主教赖因哈德,奥姆普泰达,贝托尔斯海姆在一起。之后去米勒处,然后去公爵殿下

---

① 歌德与这位著名的主教谈论的不仅仅是这种普遍的皈依天主教的趋势,而且它还有一个实际的原因,即拿破仑在莱茵联盟中推行的宗教信仰自由的权利。萨克森和萨克森-魏玛此时都已加入了莱茵联盟,而之前在这两个以路德-新教为主的国家中,天主教徒甚至没有居住的权利。由于萨克森-魏玛公国里几乎没有什么天主教徒,因此,这种宗教信仰自由几乎没有什么实际的意义。但在萨克森的情况则不一样,自强者奥古斯特(August der Starke,1670—1733)掌权以来,统治者家族都信奉天主教,首府德累斯顿很长时间以来也是天主教化的浪漫主义的中心。

② 选帝侯弗里德里希·奥古斯特三世在加入莱茵联盟后,于1806年被拿破仑晋升为国王。

处,与他去几个商店,去布拉格的策尔德纳,看打磨光滑的石头。在
198 迈尔处。与盖得林堡的封·克拉默告别。中午在公爵处进餐,独自一人。之后给画着色。之后散步,下了一天雨后晚上天气晴好,散步至卡尔桥。之后在赖因哈德处,他给我看革命时期的文件及手稿。

早上下雨,有风,中午时分开始放晴。

〈……〉

6月26日

去城堡温泉。一开始时下雨。与宫廷主教赖因哈德在一起。关于把自然性归咎于恶魔的想法,就像路德的那个想法一样。审判女巫的故事等等。在米勒处,他不久就能把地质学的收藏整理完成。在草坪上长时间散步。雅可夫列夫的铁皮盒,玉髓上镶嵌的作品,压缩空气打火机。中午在公爵处与两位皮亚蒂伯爵用餐。用餐后在石头商那里,为几条披肩讨价还价。看喜剧,《布拉格的姐妹们》第一幕。表演了然无趣,也不幽默。晚上在赖因哈德处。谈论戏剧方面的一些话题:施罗德,伊夫兰。赖因哈德小姐朗诵了几首温泽尔的诗,后者是施罗德的姐姐阿克曼小姐的丈夫。他们都没有诗人的天赋,但却把某种不快的情绪充分地表现出来,诗韵很不错。看来,在下萨克森这种主观的、抒情的、忧郁的、现代的东西还相当流行,男男女女都有相当不错的押韵作诗的天赋。

6月27日

早上与贝托尔斯海姆在城堡温泉。宫廷主教赖因哈德:谈论哥廷根,海涅等,图书馆,读书笔记,博学。与罗昂王子谈他在意大利的战役,行军中扬起的尘土令人苦不堪言,价廉物美的葡萄酒和食物带
199 来的好处。那些被聘用的穷酸破落的威尼斯贵族的表现极其败坏下

流。与赖因哈德总督轮流谈论我们在意大利的逗留。他没有去罗马,而是取道去那不勒斯,然后乘船经里窝那返回。一些其他的生活经历和他受到的教育。公爵的车夫返回时从魏玛带来许多信件,中午在公爵处与高级行政长官福格特一起用餐。餐后与殿下,弗里奇及福格特先后去商店,到草坪上散步,看喜剧等。晚上福格特在我们这里。

6月28日

没有喝矿泉水。整理裁剪了几张素描画。远足去温泉的源头,然后在高级行政长官福格特出发前准备了几封信。之后赖因哈德过来。展示荧光色现象。处理一些跟当天相关的事及当代史。中午在公爵处,他散步回来晚了。凯雅发现送上餐桌的报纸没有意思,就念了如下一段康士坦丁堡的文章:“新苏丹穆斯塔法在仔细检查后还发现,他的前任谢里姆的整个后宫都是处女。”之后去赖因哈德处,给他展示带虹膜的水晶。在家为风景画上色。读维特博士写的约翰·阿尔贝特·海因里希·赖马鲁斯的生平。之后,高级行政长官福格特从舞会上过来。

6月29日

一早去城堡温泉,与宫廷主教赖因哈德讨论新教和天主教之事。
皇帝最近刚从但泽释放出来,写信给法国的主教们,在那里举办一个
答谢日,同时祈祷和平,以便实施他的宗教主张。之后在草坪上散 200
步。被介绍给巴格拉基翁侯爵夫人①。在公爵处用餐,独自一人。

---

① 歌德在卡尔斯巴德加入了“美丽迷人、富有感召力的”巴格拉基翁侯爵夫人的社交圈子,里面都是一些重要人物。在这个圈子里,人们把歌德介绍给封·利涅伯爵。

看喜剧,《蒂罗尔人瓦斯特》①。晚上在家,与弗里奇和福格特在一起。

①《蒂罗尔人瓦斯特》是席卡内德的喜剧,雅各布·海贝尔(Jakob Haibel, 1762—1826)作曲。蒂罗尔(Tyrol),奥地利地名。伊曼纽尔·席卡内德(Emanuel Schikaneder, 1751—1812),18 世纪德国剧作家、戏剧歌唱家、演员,维也纳河畔剧院的创建者之一。他与莫扎特有深厚的友谊,他创作了《魔笛》并由莫扎特谱曲。

155. 克里斯蒂娜·封·赖因哈德致母亲 (1807 年 7 月 5 日)

1807 年 6 月 26 日至 30 日之间

最近我跟歌德开玩笑说,您想知道他对施莱格尔的评论。他让我告诉您,他认同整个世界的评论,因为如果人们把所有针对施莱格尔兄弟二人所说的好话和坏话加在一起,那么得出的结果就是威廉和弗里德里希·施莱格尔。

歌德要我们取道魏玛。他借着这个机会告诉卡尔说:“我非常希望您能与我夫人认识。我还没有把她介绍给您,但在您夫人的面前我可不敢,因为她性格太专横了。我得先告诉您,我夫人没有读过我任何作品的一行字①。精神王国在她那里是不存在的,她生来就是做家务的。家务事她完全不让我操心,在这一方面她如鱼得水,这才是她的领地。她喜欢打扮、社交,喜欢去剧院,但她并不缺少从我的社交圈,尤其是从剧院那里获得的文化。人们可能想象不到,一个人十几年如一日每晚都去看戏,戏剧对他的修养产生多么大的影响。但所有东西都会体现出来:世界、艺术、道德都通过人物的表演而表现出来,而且由于评论自由,它也为观众赢得了新的兴趣和活力。这一点我在儿子身上也发现了。”

① 格拉夫在他新出版的《歌德与夫人通信》(Goethes Ehe in Briefen, Postam 1937)一书的导读中写道:“这太夸张了!无论如何我们不能从字面上去理解这句话。”

201 # 156. 赖因哈德(日记)

1807年6月底/7月初

有一次,在回忆古人时,他〈歌德〉说：想想希腊人都成就了那么多东西,有那么多知识在他们那里绽放,而这一切又那么样消亡了!然后再稍微看看我们周遭的东西,不由得让人气馁。不过我们不应该失去勇气。它也曾一直驱使我,给我带来烦恼。

歌德谈及他的意大利之旅,直到他到了当地才发现他对艺术一窍不通。因此,他说道,我在意大利的逗留是很吃力的,与普通旅行者有很大的区别。我长时间如饥似渴地学习所有的东西,阅读,聆听,对比,观察,直到我最终弄明白为止。除罗马外,我在其他地方,尤其是在威尼斯,记了大量的日记,写了许多信件,这些信件我大部分又回收回来,它们现在还让我觉得非常有趣,因为它们大多都是在非常自由的状态下,在我一生中心情最快乐的时候写就的。在罗马我没有记日记,也很少写信。我想着为那些日记和信件加注并把它们印刷出来①。我差一点就留在意大利不走了。

他说,我儿子没有一丁点儿的诗歌天赋。我的信条是任其自然发展。人的天性有一个时期是理性的,另一个时期则是青春期。人常常要通过理性才能达到理解。然而,歌德说,人们必须先要听一段时间我的语言,才能理解我。由于我只与能够理会我的人说话,比如您,尤其是与席勒,所以我把自己都惯坏了。这种事一波接一波。

202 席勒是最高意义上的理想主义者,他是有思考的,在诗歌上我们的观点就已经分道扬镳。他赞同现代的、伤感的、有思考的诗,而这种诗对我来说是则是可怖的,我更喜欢古典的、朴素的诗。这种分别让席勒感到很受伤。出于宽仁与谨慎我们最终停止了争论,但席勒在心里一直保留着这种观点,因此,他在《时序》中突然发表关于古典

---

① 最后成书《意大利游记》,分别于1816/1817以及1829年出版。

的与现代的、朴素的与感伤的诗的文章[①]。我知道我的片面性(就像每个人都是片面的而且一定是片面的那样),这篇文章让我非常高兴,我认识到,由于我所处的时代和所受的教育,我本人也归属于现代的诗。

关于席勒他还说道:无法相信这个人在最后的几年里是如何成就自己的,他是多么的自由。十到十二年前人们就认为他可能活不过一年,人们已经习惯了这种说法,不再相信他会离世。

① 即席勒的《论朴素的诗与感伤的诗》。

157. 歌德日记

1807年7月3日 星期五至7月13日 星期一

7月3日

早上没有去温泉。给画着色。10点钟沐浴。之后赖因哈德总督来访,留至1点钟。主要在谈汉堡,特别是他的文学圈子。赖马鲁斯,克洛卜施托克,莱辛,布施,埃贝林等人。落后的有局限的思维方式。此外,还谈论最新三个汉萨城市的差异。谈当天的故事。北方宗教与文化的前景。与弗里奇单独用餐。从特普利茨的来信,有一个邮差去哥达。巴格森的翻案诗①。将素描画挂起来。画了一些素描,在草坪上散步。

〈……〉

203 7月6日

与宫廷主教赖因哈德在城堡温泉,谈论德国的民众,他们的兴趣究竟在哪里等等。与公爵在草坪上散步。在家吃早饭。给画着色。地质学。奥尔施佩格侯爵展示他的马。中午与弗里奇单独吃饭。公爵去恩格尔豪斯郊游。魏玛来的轻骑兵,带来一个包裹和高级行政长官福格特顺利抵达魏玛的消息。停战条件。之后去赖因哈德总督处,韦尔瓦特夫妇也去了那里。去布拉格大街。画了一些素描。

7月7日

在温泉。早晨与游客一起度过。在奥姆普泰达,韦尔瓦特处。在公爵处,他正在泡温泉。与弗里奇单独用餐。开始读封·斯塔尔夫人的

---

① 延斯·伊曼努埃尔·巴格森(Jens Immanuel Baggesen, 1764—1826),丹麦作家,翻译家,他的一部分作品是用德语发表的,因此被人称为丹麦的维兰德。翻案诗是一首以此为名的十四行诗,诗中作者撤回了对歌德的敌视态度。这首诗通过夏洛特·封·阿勒菲尔德(Charlotte von Ahlefeld)夫人转交歌德,后者也通过她对巴格森表示了感谢。

《科丽娜》[1]的第一部分。晚上卡尔穆斯的大提琴与笛子伴奏音乐会。

7月8日

去城堡温泉。与宫廷主教及叙尔泽博士在一起。给画着色,通往布拉格的大道。公爵沐浴时在他那里。巴格拉基翁侯爵夫人的宾客签名册。中午在家吃饭。《科丽娜》。赖因哈德总督。尝试将《颜色学》翻译成法语。与宫廷主教赖因哈德及卡普在布拉格的石头商那里。之后在雅可夫列夫处。非常奇特的中国地毯,有风景、人物和花卉,每个部分都是单独纺织而成再镶嵌拼在一起。我想起在马格德堡大教堂合唱团里见过一张类似的很古老的地毯。朝埃格尔路旁的小教堂方向散步。

〈……〉

7月11日 204

去城堡温泉。与赖因哈德总督沿屋后的小路经过草坪上的屋子离开。《科丽娜》。赖因哈德总督来访。谈论法国革命及他的生活状况。期间利涅侯爵和萨默尔伯爵来访。之后与公爵和利涅侯爵在草坪上散步。然后去巴格拉基翁侯爵夫人处用餐。除上述之人外,还有施塔尔亨贝格伯爵,俄国公使秘书封·莫伦海姆,科尔内朗伯爵,封·科堡公爵。科尔内朗伯爵展示自己的和他人的素描画。NB(不认识的人)。德累斯顿水彩画家哈默。NB(不认识的人)。应当让人知

① 安妮·热尔曼尼·德·斯塔尔男爵夫人(Anne-Louise-Germaine Baronin von Staël-Holstein, 1766—1817),法国女作家,文学社会学和比较文学的先驱之一。与维兰德、歌德和席勒相识。她最受喜爱的作品是《论德国》(De l'Allemagne)。《科丽娜,或意大利》(Corinne ou l'Italie)是她受1804年去意大利旅行的激发而写的一部小说。

道德累斯顿的风景画家，制铜版画家，涂色者的名字。傍晚去布拉格大街画素描。晚上读《科丽娜》。

〈……〉

7月13日

在家喝了几杯矿泉水。继续服用卡普和米特巴赫的药物。给画着色。赖因哈德总督。一起讨论他翻译的《颜色学》的几个地方，谈论修改它们的方式方法。《科丽娜》第2卷。中午在赖因哈德处饯行告别。餐后在家并开始《科丽娜》的第三部分。傍晚，俄国公使秘书封·莫伦海姆先生带来了亚当·米勒出版的克莱斯特的《安菲特律翁》。我读着它，就像看到当代最稀有的文字一样感到惊奇。晚上大暴雨，但很快就过去了。

在处理《安菲特律翁》[1]过程中，那种古典的想法造成了思想上的混乱，即思想与信念的分裂。有点儿像《大言不惭的士兵》中一个姑娘扮演两个人一样，这里则是两个人扮演了一个角色。它像是《孪生子》的动机，但只用了其中一个人的思想。莫里哀让配偶与情人之间的差异突出出来，也就是说，这种差异其实只是某种精神的对象，某种诙谐的对象，某种温和地注释世界的对象。至于法尔克是怎么
205 想的，还要检视一番。在现在这一版中，克莱斯特把主要人物的感情弄到混乱的地步。在旧版本里很有可能并没有出现朱庇特和阿尔克墨涅之间的那一幕，而主要是两个奴隶和安菲特律翁之间的场景。而安菲特律翁与阿尔克墨涅之间本来也没有戏剧化的动机。

---

① 歌德对几个作家写的同一题材的作品进行了对比研究。这里他提到了古罗马作家普劳图斯(Titus Maccius Plautus，约公元前250—184)的几部作品如《安菲特律翁》《大言不惭的士兵》《孪生子》以及莫里哀的《安菲特律翁》和法尔克的同名作品。

158. 里默尔

1807年7月14日　星期二

〈歌德:〉这出戏〈克莱斯特的《安菲特律翁》〉除了暗示基督教的故事,暗示圣灵使玛丽亚黯然失色的寓意外,没有任何其他意义。宙斯与阿尔克墨涅之间的那一幕即是如此。结尾却是很龌龊的。真正的安菲特律翁只得接受宙斯把这一荣誉加在他的头上。否则,阿尔克墨涅的境况会很痛苦,而安菲特律翁的结局也会很悲惨。

159. 歌德致夫人

1807 年 7 月 14 日　星期二

你 8 号从劳赫施泰特寄出的信我于今天 14 号收到了。我想马上回复,好让这封信随最近一班邮差寄出去,这样你可以及时收到它。

很高兴高级行政长官福格特先生赶上了把这些小礼物[1]交给你,让你可以带它去旅行。盒子里的东西送人时不要太过吝啬,我还会再给你带一些类似的东西。代我问候埃尔瑟曼,感谢她的来信并告诉她在照镜子时要惦记着我。我花了好大的力气才在这里找到一面如此明亮的镜子,其他小盒子里的镜子大多都有条纹。

206 好好享受在劳赫施泰特的时光。我也不反对你找时间去莱比锡。至于我,我是没有兴趣去那里。我觉得没有什么比待在卡尔斯巴德[2]更舒服更惬意的了,我也许还会在这里待一段时间。今后,卡尔斯巴德对我来说就应该像平时我在耶拿一样。在这里,只要我愿意,就既可以交很多朋友,也可以完全独处。我喜欢的东西都能找到,我感兴趣的事情也都可以去做。这里东西很便宜。大多数情况下,我随便想买什么就买什么。

我买到了精美的玻璃制品,它们实际上一点儿也不贵,你可以拿它们把餐桌茶几布置得漂漂亮亮。此外,零零碎碎地也花了不少钱,买的都是些让你和其他人高兴的东西。

公爵还在这里,他打算这个周末离开。我可能会让他的随从往魏玛带一些东西回去。

我的身体状况很好,特别是从上周开始变得相当不错。莱比锡

---

① 原文是 Schwänchen,小天鹅的意思,但歌德在这里要表达的是各种小礼品的意思。老年歌德经常用这类有指称意义的表达方式。

② 歌德 1807 年 8 月 23 日给克内贝尔的信中写道:"每个人,多多少少在谈起卡尔斯巴德时,都会马上说,它不仅有一些有特点的东西,而且是一些真正独有的,人们自己不会意识到但却是令人惊奇的东西。"

的卡普医生[1]和这里当地的米特巴赫医生[2]花了很多精力研究我的病情,在我原本计划的温泉疗养结束后,他们给我开了一剂药,疗效非常好。这八天以来,我觉得身体非常好,是几年来没有过的。如果能保持的话,我们要好好感谢卡尔斯巴德和医生们。我还是每天早晨喝几杯柔和的矿泉水兑牛奶,然后整天做自己的事。卡尔把他的东西整理得井井有条,从这一方面来看,我们也比去年好很多。考虑到所有这些情况,我还打算在这里逗留一段时间,我刚刚才找到一点儿真正在家的感觉。

因此,在你确定回魏玛的时间之前,不要再给我写信了。这封信我知道是从劳赫施泰特或从莱比锡发出的,因为从那里过来的邮件都能准时到达。你到家后我会马上给你往魏玛写信,让你知道我的情况,我接下来会做什么。

我在这里每日画画,读书,研究矿石,时不时出去散步。天气很 207
好,甚至有些太热了。昨天晚上我们这儿下了大暴雨。

我很少到人多的地方去。只有去公爵那里用餐,被他带着到外面转悠,才会见到不同的人。我也不去看喜剧了,至多还只有维也纳的几个剧目[3]能够忍受。今天上演包头巾[4],魏劳赫夫人扮演那个爱

① 克里斯蒂安·艾哈德·卡普(Christian Erhard Kapp, 1739—1824),歌德的医生。1809年底,歌德送给他一套自己的“著作”,并写道:“如果这几卷书里包含着某种东西,它能够激起人的希望去让类似这些书的东西得以见天日,那它就是您的妙手,是它让这种希望得以实现,它重新给予我以生存的力量,而我曾经对这种生存感到绝望。”

② 自1795年起,他就是歌德在卡尔斯巴德的医生。

③ 指雅各布·海贝尔作曲的歌剧《蒂罗尔人瓦斯特》,文策尔·米勒的《布拉格的姐妹们》和《不安的邻居》。这几出戏都上了魏玛可演出剧目清单。参见6月21,26及29日日记及注释。

④ 科策比的歌唱剧,参见1806年10月13日歌德日记。

报怨的姑娘,施皮策德尔扮演阿贝①。

赖因哈德总督和家人明天就要离开,经过德累斯顿,也许过一段时间要去魏玛。如果他们来看你,你要对他们热情相待,找机会让他们见一些人,认识一些人。你会觉得他是一位严肃而又通情达理、充满善意的人。你在多大程度上能与他夫人建立关系,见面就知道了。她是一位好母亲,一位勤快的太太,又博览群书,好谈政治,爱好写作,有一些你不具备的性格特质。她认识叔本华夫人,希望在魏玛能与她见面。暂时也不知道该再写些什么,只想请你问候每周值班的先生们及其他的朋友。为了我们柏林的三叶草②,我同意你来劳赫施泰特。从格纳斯特和罗赫利茨顾问先生的关系我就知道他们情况怎么样。这也是他们必须经历的一次检验。由于贝克夫人是朋友圈里的客人,你也许可以安排演《老鳏夫们》③。祝你生活愉快,希望马上能愉快地相见。

1807 年 7 月 16 日发出　　　　歌德

① 魏劳赫夫人和施皮策德尔两人以前都是魏玛剧院的演员。

② 指从柏林来到魏玛剧院的 B. 埃尔瑟曼,F. 罗尔青,W. 德尼三人,歌德是他们的保护人。

③ 伊夫兰的喜剧。

160. 歌德日记 208

1807年7月19日　星期日至7月25日　星期六

7月19日

在家喝了少量矿泉水。口述在卡尔斯巴德收集到的一些矿物标本的内容。《拉·封丹的寓言》。布瓦洛的讽刺诗第12篇。费尔诺和许策。中午在家。继续阅读法语读物。晚上与费尔诺和许策去布拉格大街。独自一人进山谷寻找肉石水晶,尝试把同一块花岗岩中生长的石英水晶敲出来。之后回家。

7月20日

去城堡温泉。与封·泽肯多夫先生谈话。之后,通读并仔细思考那篇地质学文章。用餐后去封·德·雷克夫人处,见到蒂德格先生。去乐队长希默尔处。《阿布罗科麦斯和安西娅》①。晚上与米勒爬绞架山,去看角砾岩和砾岩。晚上绘制孪生水晶的图。给顾问夫人歌德写信及给小丽丝捎带的花边。

法国有一个叫蒙库的家族。一位这个姓氏的漂亮夫人写信给好朋友,邀请他到她的城堡里来:蒙库只是一个洞穴,但它周围却是迷人的。②

〈……〉

7月22日

没有去温泉。继续描写在卡尔斯巴德收集到的矿物标本。读阿

---

① 古希腊作家以弗所的克塞诺丰(Xenophon von Ephesos,公元2世纪)的小说。他的小说《阿布罗科麦斯和安西娅》可能是已知的最早的小说之一,也可能是莎士比亚的《罗密欧与朱丽叶》的主题来源之一。1820年,歌德重新对这本小说感兴趣。

② 原文为法语:*Moncul n'est qu'un trou, mais les environs en sont charmants*。Moncul的另一个含义是"我的屁眼"。

米约翻译的《达佛涅斯和克洛伊》①。中午在家吃饭。餐后收到埃本贝格夫人让枢密顾问封·法斯宾德带来的信,我去拜访后者,之后去弗兰茨·迈尔处。去克内尔处,为项圈之事。拜访卡普医生。晚上散步至戈特尔花园,朝布拉格大街走。从《达佛涅斯和克洛伊》中偶然
209 发现,作者以极其巧妙的方式汇集了大量的牧歌世界的主题,尤其是知道利用各种技巧去延缓主题的发展。然而,相对于前世的作家,人们出于语言和技巧方面的原因,一定会歧视后世的作家,这也许很不正常,因为,在3世纪同样可以像在1世纪那样产生天才。同理,再次成功地使用之前已经被其他人用过的主题并不会让一个作家掉价,相反,如果他做得很好,这会给他带来荣誉。这里还需要说明的是,后世的作家相对于前世的作家还有某些特定的优势,因为人类生活与活动中那些有意义的东西已经被反复提出,多次加工过了,因此,头脑聪明的人可以更好地选择并把它们成功地联系起来。

"我们察觉不到,常常以为自己说得很对,但却是在讲错误的东西。"

7月23日

早上去城堡温泉。在草坪上暂短逗留。回家继续口述地质学的文章。开始给我夫人和罗赫利茨的信。读完《达佛涅斯和克洛伊》。开始拉·封丹的《普叙赫》。叙尔泽博士来访。谈论地质学:关于部分地质年代顺序,进入和退出这些年代的演化过程,以及这些年代的最终消失。地质年代不是在所有地方同时结束。反驳洪水多次再来的理由。中午在家。封·凯雅尔先生过来片刻。封·奥姆普泰达先生来访。长时间详细谈论当前的政治局势。晚上去弗兰茨·迈尔和布拉

① 古希腊作家隆格斯(Longos,公元2、3世纪)的牧歌式小说。

格来的策尔德纳处，两人各自付账。散步。之后与希默尔乘车至造
纸坊。之后又读了一点儿《普叙赫》。一个给乐队长做小提琴伴奏的
半吊子乐手在乐曲最后说："先生，你们要跟不上节奏了！"这个半吊 210
子和另一个半吊子女人两人都不按节拍演奏。乐队长最后说："你们
俩儿根本就没有节奏！""真稀罕"，他们生气地说道："还没有谁对我
们这样说过！"

几天来持续的好天气。

7月24日

早上去城堡温泉，然后去新泉。韦特恩夫人，封·雷克夫人。封·尼什维茨先生，哈克先生，希默尔，皮克西斯，凯雅尔。希默尔对维也纳的风尘女子感到着迷。在家与建筑师商谈新泉的新设施事宜。之后，思考地质学的问题。读罗伊斯的教材①，记录下一些支持假说的内容，即岩石的形成并不是仅仅部分地依赖于地点，它也依赖于时间。这种观点甚至在现在所理解的含意中也表达出来，人们引用它作为支持现在观点的经验。这种观点为了摆平一些依然无法解释的断层，不得不采用一些令人难以忍受的权宜之计：毁坏并重新以水覆盖。之后，枢密顾问封·法斯宾德。再次邀请去维也纳。谈论当前的局势，那些讨厌实施更好、更高级教育的人的论调，"其实，新教的文化在耶拿对新教徒的帮助或损害并不比天主教的没有文化在奥斯特利茨对天主教徒的帮助或损害更多"。饭前饭后都在读拉·封丹的《普叙赫》。从金匠那里取回镶好宝石的项圈。继续思考地质学的问题。费尔诺教授来访。谈及目前在这里温泉疗养的几位客人：德累

① 弗兰茨·安布罗修斯·罗伊斯(Franz Ambrosius Reuß, 1761—1830)，捷克地质学家，矿物学家，编写了四卷本的《矿物学教材》。

斯顿的舒伯特博士①,维也纳的布里等。晚上在家。

据说,拿破仑曾经对哥达公爵说:“很可惜他们没有儿子”,公爵回答道:“我女儿是一个男孩儿,这完全是托陛下的福。”

211 **7月25日**

上午去城堡温泉,然后去碳酸泉。与德累斯顿的舒伯特博士结识。在家继续写地质学的文章。11点钟,舒伯特博士来访,给我展示他关于太阳系的理论。饭后读他的研究腐烂的论文。这些天我进一步阅读了许多罗伊斯的地质学,让我记住一些数据。中午在家。晚上去迈尔处,之后,稍稍散步至林荫道的后面。希默尔过来说晚上在树下会有音乐演出,之后演出在萨克森大厅举行。

① 戈特黑尔夫·海因里希·舒伯特(Gotthilf Heinrich Schubert(Schubart),1780—1860),德国医生,自然学家,矿物学家,地质学家。他的《从黑暗面看自然科学》使他名声鹊起。包括歌德在内的同时代的人对他的著作都非常感兴趣。在随后的几天里,他与歌德多次会晤,对与歌德的谈话表现出了极大的兴趣。

161. 歌德致 F. 罗赫利茨[①]

1807 年 7 月 27 日 星期一

尊敬的阁下,

您的上一封来信[②]令我非常高兴。听说我们的剧团在莱比锡收获了很多朋友,没有令其恩主丢脸蒙羞,这非常符合我的预期。

我很乐意承认我对此事非常在意。多年来我为剧团付出了许多时间[③],投入了许多关注和精力,这些精力至少在目前还没有得到回报。因此,能够在一个如此重要的第三地得到认可,这对我来说意义是多么重大啊！您的第一封信和上一封来信令我特别感到高兴的是,您能把好的和更好的区分开来,对优秀的感到愉悦,对尚可忍受的给予宽容。我当然知道,大众都会被偏见所左右,只可惜有太多的人都属于大众。一种有目的的,将艺术家与艺术家区分开来的评论,或甚至将同一个艺术家的不同时期区分开来的评论太少见了。

但对大众我们还是应当公平对待。他们也在不断地成长,也会开始接受一些原本被他们拒之千里的东西。

至于我的作品[④]演得很好,也很受欢迎,这让我感到欣慰。我熬 212
了很长时间才让它们达到这样一种状态,时间并没有让我对掌声变得不敏感。也许可以说,当我听到大约四十年前我在莱比锡写的《同

---

① 弗里德里希·封·罗赫利茨(Johann Friedrich von Rochlitz, 1769—1842),德国音乐评论家,作家,出版商,因其在莱比锡发行的著名的《莱比锡音乐汇报》而出名。在世纪之交时他认识了歌德,两人结下深厚的友谊。两人的通信一直保持到歌德的晚年,内容涉及相当广泛的领域,是席勒去逝后,少数几个能与歌德深入交流其作品的人。

② 1807 年 5 月至 7 月,魏玛剧院首次在莱比锡客场演出,歌德在信中请罗赫利茨关照一下彩排的事情,7 月 4 日后者给歌德的回信中对演出的情况做了详细的汇报,并特别提到了在观众中获得的好评。

③ 歌德 1791 年被任命管理刚刚成立的宫廷剧院,到此时已经有十六年多。

④ 除了下面提到的《同谋犯》,还有《伊菲革涅亚》《塔索》《丝苔拉》和《格茨》等也在莱比锡演出。

谋犯》与揉进了我生活结论的新剧本以感性的方式呈现出来时，在广大观众中得到了反响，我也能感同身受。

劳驾您在剧团返回时也能好心地接待并资助他们。在整个演出季结束后说句鼓励我的话，好让我这个冬天再为剧团做些事情。

承蒙垂念，恭祝安康。

卡尔斯巴德，1807年7月27日　　歌德

162. 歌德致策尔特

1807年7月27日 星期一

亲爱的尊贵的朋友,您很长时间没有听到我的音讯了。我想简要总结一下这段时间以来的情况。我拖着最糟糕的身体来到卡尔斯巴德,像往常一样敷衍了事地饮用矿泉水,但这对我来说并不合适,我的病痛开始加剧,我陷入极度痛苦的状态。通过改变一些疗养方式并按莱比锡的卡普医生的嘱咐吃了一些药,我的病情立刻开始好转,而且它也已经巩固了六个星期,我很愿意让朋友们知道这一点。我在这里已经待了八周,在不同的时间段做了不同的事情:一开始是口述脑海里早就反复斟酌过的小故事和童话①,然后画了一段时 213
间的风景画并给画着色。现在我在忙于归纳我对当地一些地质学方面的观点,把我收藏的这里出产的一系列岩石简要地加以标注。

我认识了各种有趣的人,最有意思的当属法国总督赖因哈德,他最近一次是在雅西派驻,他的命运您整体上肯定是知道的。不过我的日子过得很孤独:因为这个世界上人们能够遇到的没有别的,只有哀歌长叹,尽管它是由于极大的磨难②引起,却是以空洞的话语表现出来,就像在社会上听到的那样。如果有谁倾诉他和家人所遭受的不幸,他失去了什么或者他害怕失去什么,那我会带着同情心去倾听,去谈论此事,去安慰他们。但如果人们是在报怨一个整体上的东西,一个注定要失去的东西,一个德国人从没有在有生之年见过,更不会有人去关心的事情③,那我将不得不收敛起我的不耐烦,免得失礼或被当成是一个自私自利的人。正如所说的那样,对一个因失去薪俸、仕途不畅而感到痛苦的人,如果我们不能去感同身受,那是没有人性的;但如果只是因为失去了一丁点儿的东西而觉得世界也都

① 指《漫游年代》的开始几章,此外还有“新美露西娜”,“危险的打赌”,“棕栗色头发的少女”,“五十岁的男人”,以及“朝圣的愚妇”。

② 这里暗指战争及法国的占领。

③ 有一些爱国者报怨失去了民族自决的权利。

失去了,那我是无法认同的。

亲爱的朋友,请告诉我您那里的情况怎么样了。我千百次地想念您,想着您所成就的一切,一个靠个人能力生活而不从事职业的人,没有什么有财有势之人的资助,或者受到什么特别缘由的激励。也许,我们在这种政治变革中感到最为惋惜的主要还是:德国,特别是北部地区,原本按照旧宪法每个人都被允许尽可能地接受教育,每个人都能按照自己的方式任意行使自己的权利,而不需要对整体表现出特别的关注。

214 这只是一般性的思考,当然也还不是非常充分,我还想找机会与您继续口头阐述这些想法。除此之外,我还有一个特别请求,想请您能够尽快满足它。

尽管我们在魏玛有声乐和乐器,而且我自己也是这个乐队的主席,但我从来没有按照一定的顺序去享受音乐,因为日常生活与剧院事务之间令人不愉快的关系总是会把这种高级的享受抵消掉,但为了能够享受音乐,这种关系又不得不存在或者必须存在。现在从石勒苏益格又来了几个新人,我们得到了一位非常好的男高音,一个类似于乐队助理指挥的人,我本人还没有亲自去见他们,但他们应当是非常不错的明白事理的人。

我不太想再去忙活我们那些拼凑起来的歌剧,尤其是因为我对这种音乐的东西没有深入研究,因此我不想再过问这种世俗的音乐,而要让自己回归到神圣的音乐里面。现在我打算让人每周在我那里上演多声部宗教歌曲[1],像您的合唱队[2]那样,尽管它只是您的合唱

---

① 歌德在后面经常会提及的“小小的唱歌的学校”或“家庭合唱团”,由魏玛剧院的歌手组成,他们每周四在歌德家练习,周日会请客人来开“家庭音乐会”。

② 由策尔特的老师法施(C. F. Fasch)在1791年创办的合唱团,1800年由策尔特直接领导,主要演唱宗教合唱歌曲。它是当时柏林音乐生活中一个重要的机构,奠定了德国歌曲合唱的传统。

队在最遥远处的余晖。请您帮我做这件事,给我寄一些不太难的四声部歌曲,那些声部已经写出来的歌曲。稿费我就用感谢来代替了。告诉我是否能找到印刷的乐谱或刻版之类的东西,还有卡农以及您认为对这件事有用的东西。您在精神上应当永远在我们的中间,如果您能亲自光临,将会受到热烈地欢迎。请您给我写几句话寄到这里来,我在这儿还会待四周。邮包寄到魏玛去,这样我一到家就可以马上开始着手此事。祝您生活愉快,我们的友谊长存。

卡尔斯巴德,1807年7月27日　　G.

215 163. 歌德日记

1807年7月28日　星期二至7月30日　星期四

7月28日

早上没有去温泉。口述誊清地质学论文的前半部分。在草坪上。打算去拜访雅可夫列夫和科尔内朗,但两人都不在家。回家读孟德斯鸠。用餐后延茨来访。傍晚时分去费尔诺和许策处。之后去马热小姐的音乐会。音乐会上,当乐队长希默尔开始演奏时,突然传来苏波夫令人恐怖的羊癫疯发作的喊叫,给那个杰出的社团造成了不小的混乱。

7月29日

一早去城堡温泉。给收集的矿物标本做实验。与贝歇尔商谈卡尔斯巴德的设施,特别是碳酸泉的事情。普罗哈兹卡给我带来施塔尔写的关于改善卡尔斯巴德设施的报告,随后马上阅读该报告。用餐后读亚当·米勒讲座[1]的手稿。晚上在草坪上。在萨克森大厅里的舞会上待了一会儿。散步至邮局。希默尔遇见了我们。餐后在家读米勒的讲义。

注:那个在试演时被两个半吊子乐手折磨的乐队长,后来又不得不看在上帝的份儿上做慈善演出。

7月30日

去碳酸泉,新泉,在米勒处继续整理石头。凯雅尔来访,与他长时间交谈。建筑师带着新泉的新设施图纸过来。之后,舒伯特来访,继续展示他的行星系。餐后阅读亚当·米勒关于西班牙戏剧的讲义。孟德斯鸠,《论罗马的衰落》。与封·哈克先生在草坪上散步,朝着瓜

---

① 米勒在1806年冬1807年初做的关于戏剧诗学的讲座。1808年在《太阳神》杂志上发表。

地〈原文如此!〉方向走。封·泽肯多夫先生。波希米亚大厅后面。回来的路上枢密官提丢斯,报怨草坪上吵吵嚷嚷一直到深夜。 216

“诗歌作品中斯宾诺莎主义的东西,在批判性反思中就是马基雅维里主义的。”

这里的人在社交场合区分 Polon 和 Polonois 这两个词①,真是可笑。

---

① polonois 或 polonais,“波兰的”意思,根本不存在 polon 这个词的形式。

164. 里默尔

1807年8月1日　星期六

〈歌德：〉“所谓异教，犹太教，基督教都是些愚蠢的定义（概念）！异教徒中就有犹太人，如那些放高利贷者；异教徒中也有基督徒，如那些斯多噶分子；基督徒中也有异教徒，如那些追逐享乐的人。”

165. 里默尔

1807 年 8 月 1 日　星期六

〈歌德：〉“新教中,感伤主义占据了好作品的位置。”

166. 里默尔

1807 年 8 月 2 日　星期日

〈歌德：〉"男人要服从他人，女人要服侍他人。两者都是为了获得统治权。前者通过服从而获得，后者通过服侍而获得。服从就是遵从命令，服侍就是殷勤助人。男女都要求对方去做本该自己做的事情：男人要求女人听从他的话（这原本是他自己要做的或必须做的事情），或者女人要求男人向她献殷勤，去伺候她，关注她，谄媚她等等，然后他们才会高兴。这样，他们在爱情里的角色就发生了转变：男人服侍他人，以获得统治权；女人服从他人，以获得统治权。"

167. 里默尔(日记) 217

1807年8月2日　星期日

〈歌德：〉“所有关于自然的哲学归根结底都是神人同形同性论，也就是说，人自身是一个整体，人会让一切不属于他自身的东西加入到这个整体中来，把它拉入到自己的里面，把它与自己变为一个整体。”

“为了认识自然，他自己就必须是自然本身。他针对于自然所表达出的是相对于他自己来说的：这是某种东西，也就是说这是某种真实的、实在的东西。但他所表达出的并不是全部的，不是完整的自然，他没有说出自然的全部。”

“我们可以按照自己的意愿去观察自然，去测量它，计算它，称它的重量等，但这只是我们自己的尺度和砝码，就像人是物的标尺一样。标尺可大可小，可以或多或少地用它来进行测量，但这个物体，它的组织本身却依然如故。这种操作所能表达的不是别的，只是它与人相关的外延。无论是用双十分尺还是十分尺都不能表达或显露出这个物体的其他特性。”

“这可以用来与那些谈论物自体的人达成理解，形成一致。这些人无法说出物自体是什么，恰恰是因为它是物自体，它与我们无关，我们也与它无关，他们把我们所说的关于物的一切都认为是我们的表象方式(需要注意的是，它可能并不仅仅是表象方式，而是我们表象方式中的物，被我们的表象方式所伪装)。尽管如此，至少从中还是能让人明白，他们在这一点上与我们是一致的：即人所表达的物并没有穷尽其全部属性，物的这种被表达出来的属性并不仅仅是唯一的、单独的，而是还有许多其他的属性。的确如此：人们每天都会发现更多的物与我们之间的关系，并且总还会有一些新的东西发现
出来。也就是说，物是无穷的。这一点我们是知道的。一言以蔽之， 218
人没有将客体的全部都表达出来，但他所表达的都是实在的，哪怕这些都只是他的特质，也即这种相关性都只是针对他自己的。如果不

是这样的话，那谁会来表达这种相关性呢？人在表达他之下或之上的客体的那一刻，人与神在同一个性质中调解。我们应当不是在谈物自体，而是在谈一个整体本身。物只是人的观点，而这种观点决定了差异与多样。所有东西都是一个整体，但有谁能够去谈一个整体本身呢？”

“物本身只是差异性，是被人确定和创造的。这些由人确定和创造的差异，也许只有人才能把它作为那些差异，也即作为他所认识的那些不同的东西表达出来！”

168. 歌德日记

1807年8月2日　星期日至8月7日　星期五

8月2日

早上没有去温泉。完成了地质学文章的编辑，并将此文寄给县特派员①。口述几句给赖因哈德的信。费尔诺带来一封但泽的男高音②写的信。在餐桌上讨论布特维克建议的一个浪漫的悲剧，剧中那个情人的心脏被吃掉。设计戏剧的场景。晚上在哥达王子弗里德里希处，希默尔在那里演奏他为蒂德格的乌拉妮娅的节选作的曲子。特劳特曼斯多夫侯爵，封·比辛夫人，比夸伯爵，还有一个人③

8月3日

整理地质学的文章。碳酸泉喷涌得很凶。有人把木塞子拨掉了。我们借此机会观察从水底升起来的气泡，一直向下流经新泉。新泉和伯恩哈德泉不像平常那样喷涌得那么激烈。早上我在延茨处 219
待了很长时间，一开始跟他谈政治，然后谈论美学的话题。有许多关于亚当·米勒和他的特点的问题需要思考、整理。晚上散步至邮局后面。然后朗读布特维克的作品。

8月4日

没有去温泉。"五十岁的男人"到了某一阶段。信札形式的"伊恩的故事"④的导言，涅莫尼希最新的英格兰和苏格兰游记寄到了，

---

① 这里反复提到的地质学的文章即"卡尔斯巴德当地及周边山脉的认识，由歌德展示及阐述的矿石标本"(Sammlung zur Kenntnis der Gebirge von und um Karlsbad angezeigt und erläutert von Goethe)。他将文章寄给县特派员，是为了得到在卡尔斯巴德刊印它的许可。

② A. 希利亚科斯，他在申请这个职位。

③ 原文此句未结束，后面的留空应该还有一个人的名字。

④ "五十岁的男人"和"伊恩的故事"及"朝圣的愚妇"，都是《漫游年代》中的小说。

打开并读了许多。餐后读《桑蒂利亚纳的吉尔·布拉斯》。晚上去舞会,有一群先生和女士们参加。萨克森大厅中漂亮的设施,去舞会前给画着色。与几个人谈话。封·斯特鲁韦先生等。10点半回家。

8月5日

早上去城堡温泉。与几位新来的女士结识。之后回家:翻译"朝圣的愚妇"。普罗哈兹卡把卡尔斯巴德的编年史和相关的详细论文带来,在饭后和傍晚时分阅读这些材料。期间读《桑蒂利亚纳的吉尔·布拉斯》。把地质学论文交给印书商估算费用。

8月6日

去城堡温泉。反复思考《漫游年代》小说的主题。把手稿交给印书商。舒伯特过来。关于处理自然学科的新方式,谈论他为单个学科做的努力,并特别强调不要过快地把这些自然学科结合到一起,要习惯单独处理自然学科的不同部分,以便为今后将它们结合起来做
220 准备。饭后希默尔过来。年轻人的有趣故事,特别是那几个想从波茨坦去柏林旅游,打听里程的年轻人的故事。"我付给你们十二匹马的钱,这样我就到了。"之后去弗兰茨·迈尔处,然后经过邮局到安东斯鲁厄。

8月7日

没有去温泉。在家:再次思考小说的各种主题。布特维克的法国文学史。涅莫尼希的比较技术。《桑蒂利亚纳的吉尔·布拉斯》。延茨骑士告别去布拉格。舒伯特过来,继续昨天的谈话,凯雅尔加入进来。谈论化学和自然史的一些话题。提及印度史诗《摩诃婆罗多》,在德累斯顿有个波斯语的翻译版。接着谈论数字,印度人借此

成就了他们的天文学计算：432。接着是墨西哥人：13。接着是按原作品处理的《熙德》，由舒伯特出版。亚历山大，一首中世纪自然哲学的诗，西班牙语，由舒伯特在同一集子中出版。讲是亚历山大·马格努斯，他被用一种神奇的方式带到天上和地狱中，去了解那里的情况。用餐后继续阅读《吉尔·布拉斯》。傍晚时分朝埃格尔桥方向散步。费尔诺加入到我们中间来。

169. 里默尔

1807 年 8 月 8 日　星期六

〈歌德：〉“有两个词语可以把对拿破仑的全部反对意见涵盖进去并表达出来，即诽谤（出于自以为是的缘故）和疑病。”

170. 歌德致夫人 221

1807年8月10日 星期一

你8月2日的来信让我很高兴,从信中我了解到你又顺利到家了,一切都很好。

7月31日,我通过信使寄给奥古斯特一封信,里面有一小片给你的花边儿。此外,我还给这位信使一个小包裹,里面有两只最新款式的盐瓶。希望这个包裹已经顺利寄达,另外,还有一封长信,是我在7月27日寄往劳赫施泰特的,你也应该收到了。因为从你的信中我无法猜测它是否在劳赫施泰特就寄到你手里了。你查一下这封信,如果它被寄丢了,我会很不舒服的。

我们这里天气依然非常晴朗,我的身体也很好。我会照顾自己,当心自己的。这是我目前的首要任务,我想看看身体状况会怎么样,我能够期待什么结果。现在我也要让奥古斯特高兴一下,惊喜就在这封信里。本月19或20号,从耶拿会有一辆空马车过来接费尔诺和许茨先生。弗罗曼先生订了这辆车。我想让奥古斯特跟着这趟马车来这里。费尔诺和许茨先生24号从这里离开,我想通过他们把这部车订下来接我。这样奥古斯特就可以在我这里待大约八天,我们俩9月初一起到魏玛。你给他20塔勒左右的头像银币①,他三个晚上的住宿是不会用这笔钱的。由于马车夫反正是要空车跑到这里来,弗罗曼先生理所当然跟他签了一个还算不错的协议,奥古斯特只需付一点儿钱就可以搭车过来,就像人们给车夫一点儿小费就可以搭回程便车一样。这一点我在附给弗罗曼先生的一封信中也说清楚了。

如果奥古斯特觉得这趟旅行还有意思,就让他把附信寄出去,或者骑马跑一趟,当面把事情定下来。这封信由马厩管理员伯梅夫人带去,你会在周五早上收到,离耶拿马车出发还有六七天的时间。奥 222

① 参见第51封信的注释。

古斯特不用带很多东西，但要有鞋袜和一件干净的外套，可以在声誉良好的社交圈里露露头面。不过，如果他还没有从图林根森林回来，或者你们有不建议他来这里旅游的理由，那就权当这是一个建议，而不是命令，他也可以把这趟游玩儿放在后一年。

过几天我会寄出一个箱子，里面装有玻璃器皿，上面盖着书。箱子寄到后，要小心翼翼地打开。希望所有东西都完好无损，特别是那些精美的色拉盘。人们接二连三地邀请我去维也纳和波希米亚的其他地方，但我还不能决定，是否要换到其他地方去休养，而不是回魏玛。我现在也不想去莱比锡。不过你在那里结识了好些人，特别是在劳赫施泰特的社交圈子里很开心，这让我很高兴。——奥古斯特不要忘了让人给他办一本通行证，里面应当写明他去卡尔斯巴德疗养。此外他还可以把行李箱套带上，这在随时都有可能下雨的地方总是有用的。让他给我们带三瓶红葡萄酒，我们再品尝一下那个品种的葡萄酒，我们会把空瓶再装上梅尔尼克葡萄酒①带回来。就先写这么多，祝你和朋友们生活愉快。

卡尔斯巴德，1807 年 8 月 10 日　　　　G.

223 〈亲笔〉还有几句话我亲笔来写，告诉你我心里特别渴望和你再在一起，也很高兴能在这里见到奥古斯特。我非常想让他单独在我身边待一段时间，看看他是否会更有出息。里默尔也许会与费尔诺一起回去，我们其他人随后不久也会跟着走。

关于你的支出，你就按自己的判断来做吧，我全都同意。我让人从莱比锡汇来一些钱，因为我也买了一些东西。

---

① 一种保加利亚梅尔尼克地区产的高档葡萄酒，17、18 世纪时就是皇室餐桌上的饮用酒。

此外,我在很努力地工作,口述了许多东西,带回来的手稿肯定会比出版的多一倍,有小说,也有篇幅较小的短篇小说。对此我也做了计划。我独自在这儿真是灵感迸发!

再附上一小段花边的头,真是没有小礼物就不会寄信啊。祝你生活愉快,爱我,为我准备一个愉快的冬天。

1807年8月10日　　G.

171. 里默尔(日记)

1807年8月18日　星期二

〈歌德:〉“市侩不仅否认与他自己不同的生存状态,而且还要让别人都按他的方式生活。他用脚走路,而且走了一辈子的路。现在他看到有人乘车了,这是多么愚蠢啊,他喊道:乘着车,让马拉着自己往前跑!这家伙没有腿吗?腿不用来走路还能用来干吗?如果我们必须乘车,那上帝就不会给我们一双腿了!——这有什么了不起的!我坐在椅子上,下面安上轮子,套上马,就可以和那个人一样乘车了。没有什么好稀奇的!”

“在这些市侩言论中人们总能发现,这些家伙在说出自己的东西
224 时总是要否定别人的东西,也就是说,他总是想让自己的东西被广泛
接受。这是最盲目的自私,他对自己一无所知,不知道别人也有同样
的权利把他的东西排除在外,就像他有自己的权利,把其他人的东西
排除在外一样。”

172. 歌德日记

1807 年 8 月 20 日　星期四至 8 月 26 日　星期三

8 月 20 日

复核前言和导论①。中午在芬雷特勋爵处用餐，席上有部长朗格瑙伯爵，几位波兰人，县督封·席勒和米特巴赫博士。一位来自加利钦的波兰人报怨他们不得不忍受上级行政长官对待他们的那种极度任意荒谬的方式，这主要是由于这些人既不懂当地的语言，又不了解这些地方。现在流行着这么一个口头禅：在俄罗斯的波兰，人在天上；普鲁士的波兰，人在炼狱；奥地利的波兰，人在地狱。下午突然产生写一部戏剧的念头。费尔诺教授展示他的阿里奥斯托的手稿。谈论关于阿里奥斯托小诗的各种话题。“镶金的羽毛”②。我们一起去散步。斯蒂芬·许策加入进来，讲阿尔卑斯山游记和它的第二版。我们在卡尔桥边休息，然后返回。之前，跟住在海姑娘旅馆的迈尔告别，给公爵一只小箱子。复核第一印张的前半部分。

〈……〉

8 月 24 日

早上喝埃格尔矿泉水。与奥古斯特聊各种事情。对之前写的东
西的不同看法，哪些应该先做。米特巴赫博士来访。借此机会讨论
奥古斯特绘画的透视处理。饭后与奥古斯特在一起，傍晚时分他去 225
看喜剧，演最后一出的和解，不久就回来。然后与他去城堡温泉，经
过草坪后面的房子。晚上谈学校里的事，折磨人的希腊语和拉丁语。

〈……〉

---

① 为《颜色学》写的前言和导论。

② 原文为意大利语：Penna freggiata d'oro，意思是一枝镶了金的羽毛笔。这是一首挽歌，诗人拒绝好奇，不去询问其外套上可见的、那根镶着金边的黑色羽毛的意义。他要守护自己内心的秘密。

8月26日

早上没有喝矿泉水。写信。米特巴赫博士。再次通读一遍《破瓮记》。一起用餐。下午再次读《巫术师》[①]。奥古斯特与里默尔去布拉格大街和弗里德里肯岩山。大暴雨，奇特的变幻色彩的云飘过，从西边过来，把下落的太阳遮在背后。

① 阿里奥斯托的喜剧。

173. 歌德致赖因哈德

卡尔斯巴德,1807年8月28日　〈星期五〉

尊敬的朋友,我一直在焦急地等着您从德累斯顿寄来的信。现在我非常高兴地知道您调入了一个可以实现近期理想的职位①,同时又不需要放弃您长远的打算。我只要听到您履职部门长官,就马上做个旅行计划来拜访您,对您的部门表示祝贺,恭贺您前程似锦。

德国爷爷和法国少年的观点②又重新燃起了我将想要说的东西立刻落到纸面上的愿望。能与自己和少数几个人达成一致,是一种令人自豪的愿望。如果我的一生能在一定程度上实现这个愿望,那我就非常满意了。人们还得要指望子孙后代。

恰恰是这位慈祥老人的说话方式将年轻的我从各种哲学流派中 226
驱赶出来,进入到休伦人③的状态,我现在还处于这种状态中。让我们还是保持用“不过”④吧,因为我还想补充一句话:不过,我很高兴马上能给您再寄一些东西过去。

您给维莱尔⑤的信,您的翻译和我们的对话,让我脑海中的全部

---

① 赖因哈德7月25日给歌德写信说:“人们告诉我可以预期的是德国四个部门中的一部门长官的职位。”他一度逗留在科隆。1808年被任命为驻威斯特法伦王国的使节,驻地在卡塞尔。

② 指针对歌德《颜色学》的观点。德国爷爷是赖因哈德的岳父,汉堡的医生赖马鲁斯,赖因哈德把其岳父信中的部分观点寄给了歌德,同时他还讲到了一个法国年轻人所持的反对的观点。

③ 休伦人是北美的一支印地安人。伏尔泰在他的小说《自然之子》中,以作为自然人存在的休伦人为例,把他当成社会人,特别是有天主教传统的人的对立面。有趣的是,这个所谓的休伦人,最后却被证实只是一个法国移民过来的人而已。

④ 德语原文:übrigens。赖因哈德在7月25日给歌德的信中写道:“以我对他的了解,他用‘不过’这个字眼非常礼貌地将您的理论判了死刑。”

⑤ 查尔斯·弗朗索瓦·多米尼克·德·维莱尔(Charles François Dominique de Villers, 1765—1815),法国哲学家,德法两个民族的思想传播者,康德哲学著作法语翻译者,法国大革命后流亡到德国。赖因哈德写信联系他,希望他翻译歌德的《颜色学》。

想法都活跃起来，驱使着我要把那个用于导论的东西画下来，整理好，特别要把很糟糕的那一章写得再通俗易懂一些，前后呼应再强一些。

就德国人和他们的思维方式而言，我的目的也许达到了。当然，在这篇文章中还能找到一些无法翻译的部分，人们对此应当坦然处之。在这条路上我又重新投入工作，回去之后这篇文章就应该马上开始印刷。

您在莱比锡看了《塔索》，这是我非常希望的。通过它您可以知道这是诸多努力与勤奋的结果。由于戏剧艺术的创作实际上都是白费力气的，因此这些剧作能够令您产生同情之心并在脑海里留下真正的印象，这令我感到特别安慰。

这期间，那只敬献给我的漂亮的小箱子[1]对我而言就像是一只褒义的潘多拉盒子。拉·封丹的作品和那些新式旧式小说令我很感兴趣，也很激动。但孟德斯鸠却更让我吃惊。我们这个时代的历史全都白纸黑字地写在他的作品中。就像医生在希波拉底著作中能够找到那些描述得非常清楚的疾病，而他们的病人都还一直死于这些疾病。

227 您对《科丽娜》的评论中肯直率，令我非常高兴。您让它受到完全公正地对待，我不想去庇护您所指责的东西。不过我得承认，对这本书我会像对所有已经创作出来的作品那样，更加谨慎更加爱惜地对待，何况创作那些即使是不完美的作品也需要天分。因此，在我看来，错误会融进好东西里面，就像在观察某个人时的情形那样，我们对他们总有褒奖和批评，但最终我们还是爱着他们。好感的合成实际上是让所有的东西都生气勃勃。

---

① 一只袖珍的旅行书箱，里面大多是法国古典作品。

您从魏玛寄出的信已经收到了，它给我带来了很多快乐。您对我们的情况如此熟悉，况且构成我们存在的魏玛的人也大多都聚集在一起，我们可以把它看作是我们未来关系发展的一个良好预兆。不久之后，许多人都会出行，再以后您会发现那个地方很空荡。我也祝愿魏玛人能有幸结识一位我非常敬重，经常谈及的人。现在是真正地互相牵挂，充满希望地用心维护相互信任的最好时刻。

我很高兴您看到了我住的地方，结识了我的家人并喜欢他们，这样您也不需要总是想着住在三莫伦旅店的我。如果您顺利到达了莱茵河畔[1]，请给我描述一下您的住所及周围的环境，或最好画一张画，让我重新回忆过去的时光，在精神上来到您身边那片美丽快乐的土地。美因河和莱茵河的夏末和秋日一定是风光无限。

在结束此信之前，我想提一种看法[2]，相信它能让有您这样地位的人振作起来：恶意毁坏一个重要人物的名誉往往只能适得其反。
这种恶意让全世界都关注这个重要人物，因为这个世界虽然并不公 228
正，但至少对此漠不关心，不再理睬此事，人们逐渐认识到那个人的优良品格，虽然总有人喜欢展示这个人最坏的一面。的确，普罗大众甚至有一种矛盾的思想，无论是指责还是赞扬，都会站在对立面上。总体来说，人们只需要偶尔展现出他优秀的一面；当然，不要在太过敏感、在恶意肆虐横行占上风的时刻来展示。

请原谅我反复提及这种您自己也已得出的看法，不过，我们也许还是很喜欢从别人那里重复听到那些我们确信的东西。

我的奥古斯特和这封信的执笔人在此恭致问候。奥古斯特来这里接我。请代我们向您的夫人致意，尽快告诉我维莱尔是否有回复，

---

① 赖因哈德打算在那里购置一处房产(法尔肯卢斯特)。

② 赖因哈德在信中对自己的现状非常失望，歌德在这里给他鼓气。

您要去哪里，身体情况如何，您在法兰克福是否见到了我母亲。我大约一周后离开这里。

再补充一点。您离开后，我还一直兴致勃勃地研究这个地方的山脉和岩石，为这里收集到的石头做注释，它们都已寄出。那篇小论文有两印张，我马上会让人把它拿去印刷。我为您整理出一包东西后，可以随邮车寄出，您会收到几份样本。再次最衷心祝福您和家人身体健康。

174. 歌德致 A. 米勒

1807 年 8 月 28 日　星期五

最尊贵的米勒[1]先生,我这里把您的讲义稿寄回去,也愿意为它
附上一些友好的、有意义的东西。前者对我来说比较简单,后者目前 229
来看还比较困难,不过您自己应该知道我用这两种方式想对您表达
什么。一个演员,当他要退出舞台的时候,会觉得闷闷不乐,他需要
一个善意的观众;一个作家,当他的作品结束时,也是如此。因此我
很愿意承认,在您身上我看到了或者说您给我留下的印象是一位善
意的、富有同情心的读者,这让我很高兴。这个世界极尽所能地让我
们不要介意褒奖和指责,但它还是不成功:当我们面对有利的、整体
上与我们的信念一致的评价时,我们就会迫不及待地从心灰意冷中
走出来,去享受快乐。

关于《安菲特律翁》[2],我与封·延茨先生谈了一些,但要准确找到一个恰当的词语是相当困难的。按照我的观点,古典的与现代的是在分道扬镳而不是在合并统一。把一个生命体相互对立的两端拧在一起,并不会产生一种新的组织。当然,这只是一个很奇妙的象征,就像一条咬住自己的尾巴的蛇。

《破瓮记》是非常成功的,整个表演给人以强烈的现实感。可惜这出戏也只能属于那些隐形的戏剧[3]。即使作者能够如此生动地表现,但他的天赋还是偏向于雄辩,就像他在这场时间地点都固定不变的审判戏中的非凡表现那样。如果他能用这禀赋和技巧去真正解决

---

① 亚当·米勒,1805 至 1809 年期间在德累斯顿,举办个人讲座,并担任萨克森-魏玛王子伯恩哈德的家庭教师。歌德早就读过米勒的"关于德国科学和文学讲座"的第一部分。亦参见第 44 篇日记。

②《安菲特律翁》和《破瓮记》都是克莱斯特戏剧作品。

③ 所谓"隐形的戏剧",歌德意思是指不适合搬到舞台上的戏剧作品。在 1800 年歌德和席勒主办的戏剧有奖竞赛活动中,没有作品获奖,"因为所提交的作品都不适合于搬到剧院的舞台上"。关于戏剧的理论标准,参见"关于叙事诗与戏剧的创作"一文,歌德在文中陈述了与席勒谈话的结论。

一个戏剧任务，让戏剧情节在我们眼前和脑海里展开，像他在这里把一件过去的事件一步步揭示出来的那样，那将是送给德国剧坛的一份大礼。

手稿我想带回魏玛，希望您能允许，我想看看是否能尝试做一次
230 演出。对于法官亚当，我们有一位完全合适的演员，非常配这个角色，其他角色就更容易安排了。

希望您今后能告诉我一些您和他人的情况，我会非常高兴的。现在还有一个愿望。

既然您对德国文坛所发生的事情形成了自己的看法，我希望您能为我们写一段如何思考、如何评论德国文学的历史。我们现在正站在这样一个点上，可以很容易一览全局，而且两者是完全联系在一起的，因为，被创作出来的作品受到评论，而评论又会引起新的创作。

与封·阿萨先生结识令我非常高兴，他也乐意将这封信捎带给您。

祝您生活愉快，希望能经常听到您的消息。

卡尔斯巴德，1807 年 8 月 27 日　　歌德

175. 歌德致策尔特

卡尔斯巴德,1807年8月30日 〈星期日〉

最尊贵的朋友,我从心底感谢您让我如此深刻地洞察您的精神世界和您的思想状态①。您的品格里的确有一种普罗米修斯式②的东西,对此我只有景仰与崇敬。您沉着而从容地承担着几乎无法忍受的东西,为未来那些令人兴奋的和有开创性的活动制订计划,而我则像一个已经跨越了生死界河,饮过忘川之水的逝者。此外,我自认
为自己是一个地球居民,按照自己的禀性做了些分内之事,积累了一 231
些经验,读了一些书,学了一些知识,记录并创作了一些作品,该做的都做了。我的健康还算过得去,通过严格控制饮食,我可以很好地利用我的时间,每天都过得很惬意。公爵正在特普利茨,他邀请我经德累斯顿返回,我不得不放弃。我对自己不能期望过高。9月的上半月我就会到家。您若能大驾光临,我们将荣幸之至,我亦再无其他奢望。祝您万安,亟复为盼。

G.

---

① 策尔特8月6日给歌德的信中,详细地谈到了他在地方上新的工作,他的音乐创作,去意大利的旅行计划以及对生存的严重担忧和个人内心的苦闷。

② 希腊神话中,普罗米修斯把神的圣火盗过来带到人间,并给人类以聪明智慧,而自己甘愿受神的惩罚。普罗米修斯代表了先见之明。

176. 歌德日记

1807年9月1日 星期二至9月10日 星期四

9月1日

继续将矿石打包并寄走。考虑还要做还要写的几件事情。用餐后枢密官贝克尔先生来访。傍晚时分,刚到此地的矿监维尔纳先生来访,一开始谈论地质学的话题,争论埃格尔河上的砂石的化学或物理起源。详细谈论了其他若干地质学的内容,部分赞同,部分不赞同。然后是关于维也纳,收藏,切开的石头,关于雅坎和索南费尔德,关于约瑟夫二世的时代,关于维也纳的男人与女人,等等。奥古斯特骑马去哈默。晚上讲他与车夫在回来的路上关于天文学的对话:展示舒伯特的太阳和行星的模型。

注:在回程时尝试一下,看是否能获得附近的矿石:枣形颗粒状石英或在西里西亚普里博恩的砂石。

232 9月3日

把素描画卷起,然后去矿监维尔纳处:讨论假火山和火山的现象,接着讨论地热泉。就着上面的话题,他解释卡尔斯巴德的碳酸泉。去朗格瑙伯爵处。与勒·埃斯托克小姐的故事,因为奥古斯特与她的弟弟相似。之前与希默尔坐在三株玫瑰旅馆对面。在梅洛恩的店里买了一条马鞭。之后在哈克伯爵处。在餐桌上讨论政治生活的话题。餐后去米勒处,继续整理包装收藏的石头。里默尔把弗里德里肯岩山画下来。

9月4日

整理并包装各种东西。之后去矿监维尔纳处。讨论城堡山及其对温泉的影响。讨论地质形成的过程,特别是关于最后的斑岩和暗色岩形成的地质过程以及水返回地表的不同形式。之后与他去碳酸泉,它向下喷发。木板桥,从上面可以一直走到屠夫桥,在好几个地方都可以看到气泡在剧烈地翻腾。之后去新泉,然后回家。在餐桌上把前面的东西再概述一遍。饭后与奥古斯特一起去米勒处,但他一整天都在外面。把奥古斯特仔细整理好的石头又审核了一遍,确认正确。之后去碳酸泉,往上走观察气泡,一直走到约翰尼斯桥下。然后在草坪上散步。遇见哈克伯爵,站在萨克森大厅。黑眼睛的姑娘,漂亮的牙齿。回家。

9月5日

早上整理包装几样东西。中午与矿监维尔纳和封·斯特鲁韦先生一起用餐。谈论语言和它们的相关性。谈论地质学,政治的话题,
等等。傍晚时分与奥古斯特和里默尔在碳酸泉,暮色已沉,而气泡还 233
在欢快地升腾。散步至卡尔桥。晚上读岑克格雷夫并猜谜(莱涅克狐中的魔法公式)。

9月6日

早上打包。矿监维尔纳过来一小会儿。一切就绪准备启程,付过账单,购买了花边。老米勒过来告别,讲述他在绞架山上做的研究。枢密官贝克尔来访。米特巴赫博士:关于封·雷克夫人在弗兰岑斯巴德的身体状况,这些温泉,特别是这个温泉发生变化的可能性。傍晚时分矿监维尔纳来访,带来了他的语言研究手稿。殿下的便笺及回复。中午孩子们演奏竖琴、笛子及合唱。晚上奥古斯特与波兰人的交易。

9月7日

早晨4点钟一过从卡尔斯巴德出发。戒指被忘掉,娜妮随后把它带过来,锤子忘到铁匠那里。关于地质学的问题。某种表述的方

法。最一开始，只假设有一次水覆盖，寻求解释它的假说。关于天主教与基督教的区别。

问题的关键在于，人总是想着他的三个理想要求，即：上帝、永生和道德，并尽可能地希望这三者能够得到保证。基督教主张个人的道德修养，也就是说，道德是人的首要的也是终极的东西，它也会进入到世俗的市民生活中。上帝退到了后台，上天空空如也，只有永生是唯一需要谈论的问题。

天主教的核心是许诺人永生不死，而且，好人还会得到幸福的永
234 生。永生对于坚定的信仰者来说是毫无疑问的。由于某些大大小小的差异，天主教还会设置一种中间状态，即炼狱，我们可以通过虔诚的、良好的行为施加影响从地上进入这种中间状态。他们的上帝也在后台，但是表现为一些相同的、相似的和下属的神的光环，因此他们的天内容丰富，非常拥挤。由于不用考虑道德的自我修养，或者更确切地说，在早期曚昧时代人们根本不相信这种道德修养，因此，人们引入了特别忏悔来代替那些道德的修行，因为没有人会跟自己纠缠不清，也没有人会被要求自己去弥合意识到的分裂，去把它变成一个整体，他们只需为此向精通这一行的人请教。

10 点到玛丽亚库尔姆。吃饭。奥古斯特对煎肠的期待落空。1 点钟继续前行，大约 2 点半时到达埃格尔。里默尔和奥古斯特去市政厅和城堡，然后一起去刽子手胡斯那里欣赏他的钱币，带回来一块古罗马塔①的石头。7 点钟回家吃饭。

9 月 8 日

早上 5 点从埃格尔出发，经弗兰岑斯布伦，那里的泉水感觉比平

① 指在埃格尔的中世纪城堡废墟里的“黑塔”。

时更咸一些。在附近高地和更远处主要都是石英石。在进入森林的地方大路边有漂亮的石英岩。阿什,跟以前一样肮脏恶心。也许有一个正在新建的旅馆。关税征收处的新征税员。修剪过的草坪平整而浓密。在诺伊豪斯吃午饭。下午1点启程,经过雷奥森林。全是泥质板岩,很少有砾石页岩,但大路都是由砾石页岩铺成。5点到达霍夫。谈论各种话题,丰盛的晚餐。继续整理一部悲剧的框架。

头天夜里大雨,白天多云,极少局部地区下雨。

9月9日 235

7点从霍夫启程,经过格费尔至施莱茨。高地上有一块很特别的地方,在大路边,离施莱茨大约半小时的路程。原始绿石柱子。石棉沿玄武岩主裂隙和次裂隙延伸,并过渡到石绒。玄武岩直接通到泥质板岩中,石棉则沿泥质板岩的裂隙继续延伸。附近也应该出现蛇纹岩,因为大路是用这种岩石铺就的。在施莱茨吃午饭与晚饭。与奥古斯特和里默尔辩论天主教的话题,特别是关于圣像崇拜和秘密忏悔。

9月10日

4点从施莱茨启程。从远处望见一段彩虹,我们在波德尔维茨之前进入到彩虹里面。9点钟到达那里。在旅馆里挂着萨克森选帝侯的画像,以示对国王的敬意。中午在那里用餐。用餐前后奥古斯特和里默尔饶有兴趣地讨论以前缀ge开头的纯粹集合名词,如:Geöchs(公牛),Gekälb(小牛),Gebäuch(牛胃),Gehühn(鸡)等等。11点出发。下午进入卡拉。“奥古斯特把在车里的苍蝇打死;有几只没有完全打死”。在雨中到达耶拿。在封·克内贝尔先生处下车,而奥古斯特和里默尔则乘车去熊旅店。去封·亨德里希少校及弗罗曼家,在前者处过夜。

魏玛/耶拿

1807 年 9 月 11 日至 1808 年 5 月 11 日

177. E. 格纳斯特(1862 年)

1807 年 9 月 12 日　星期六

〈A. 格纳斯特在莱比锡为魏玛宫廷剧院客串演出后的报告〉我们回到魏玛后,我去歌德那里向他汇报演出的全部情况。他接待我
236 时说了这些话:“瞧,你们表现得非常勇敢。我从各个方面听到我们的剧团出名了,特别是马尔曼对我们的努力所说的话非常有分量。他认为戏剧艺术应当远离烂熟的技艺,这是完全正确的。没有哪种声音可以是唯一有影响的。为了达到最高的目标,人们必须用和谐来领驭全局。因此我们应当继续努力,因为还有一些表现更好的东西可以具有更大的影响。我并不缺乏耐力,全体人员也不缺良好的意愿和努力,因此,假以时日,我们可以期待最好的东西。”

178. J. H. 迈尔

或1807年9月14日　星期一

有一次歌德在写他的序言时,就诗的本质对我说了下面的话。

诗可以说到人的心坎儿上,而心坎儿原本就是我们这个时代的读者所立足的台阶,因此《塔索》和其他一些诗才受到如此巨大的喜爱。诗的更高的境界是抒发或激发人的激情,引起理解。在这一点上,席勒充分展示了他的才华。但诗的最高境界是抒发人的想象力,是在不拘泥于细节的同时,用强烈的词语抓住听众,使他们震撼。(他这时做了一个动作,好像用拳头紧紧抓住头发并晃动着。)那些古代的伟人使用的就是这种方法,这是他们自身特有的优点。我也要尝试用这种古人谙熟的方法处理我现在的作品。

我提醒道,在我看来那些描述性的诗(例如维兰德的诗)好像正是因为非常细腻的描述抑制了听众的想象力,为听众设置了条条框框。歌德对这一点表示认同。

这期间,他阅读了许多古代民间童话集。他非常喜欢这些童话, 237
特别赞扬了《海蒙的孩子们》和《七个聪明匠人》的童话。他特别喜欢后者,因为它有丰富的想象力。

179. 歌德致策尔特

1807年9月15日　星期二

您真是个给力的朋友！我一回到家就看到那些歌曲，这已经可以开办一个小型歌唱学校了。我们要逐步地把剧院的歌手和合唱团的成员拉进来，还有城市的其他人，我们要看看到底能做到什么程度。我们在剧院大厅有相当大的空间。

您几次三番的邀请令我心里惴惴不安。我甚至还没有见过您的音乐学校，这是不可原谅的。但多年来我已经在一定程度上习惯于待在我的居所，这完全是由于我心里有许多创作的冲动想去实现但却没有完成。我一整年都有事情要做，只是为了弄明白这样或那样一些东西。这还没有把我的身体状况和时间安排考虑进去。即使没有那些创作冲动，我的健康状况对我的妨碍也不会因此减少。不过准确地说，我对那些新的想法和冲动还是很害怕的，因此会有意识地放弃一些享受。

我们剧团在莱比锡受到的欢迎令我高兴，也给我勇气，我在今年冬天要重新好好关心这件事儿。通过这次演出，我们的坚持得到了回报，我们要信心十足并满怀希望地沿着这条老路继续走下去，让类似之前柏林的那些最卑鄙的、恶意诽谤的反对者[①]无所适从。

我尊贵的朋友，您的坚持我一直看在眼里。只是我很担心，您去
238 意大利后，这么多年的紧密联系会断开。当然，而且有趣的是，您的种子已经播撒四方，也播种到了茶几[②]之上。请多给我弄一些这种唱法的东西，因为这些东西恰恰很适合我们那些人来唱。

我平时做的其他事情就不用说了，希望不久我能告诉您一些我静心努力的成果。祝您生活愉快，有空了也给我寄首歌曲。这样的

---

① 这里歌德指的是科策比的《坦率者报》。此外，科策比就弗里德里希·施莱格尔的悲剧《阿拉科斯》在魏玛的唯一一场演出的失败，攻击作为剧院总监的歌德的专横。关于《坦率者报》，参见第115a封信中的注释。

② 策尔特在他的来信中不无生气地说有许多所谓的唱歌茶会。

小作品我现在也比以前更能欣赏,特别是如果您能给它们配上轻快的吉它伴奏就更好了,我这里有好几首吉它伴奏曲呢。

魏玛,1807年9月15日

180. 歌德致雅各比

1807年9月16日　星期三

我在卡尔斯巴德就听说了你的演讲①，当时就希望能读到它。更令我高兴的是，回到魏玛后我就看到了这篇演讲稿，谢谢您的细心。

我们所有人，特别是那些还在令人担忧的新教州里的人，都要对你表示真诚的感谢，感谢你如此坚定有力地把这些重要的事情说出来，与最卑劣的怪物做斗争，以此来宣告你学术勋章大师地位的合法性。

按照你我之间的惯例，我要谈谈对这个讲演的看法：你开头的部分没有中间和结尾好。针对市侩庸人及追功逐利之人的批判太过尖刻，有时还不公正。激情令你卷入了隐喻和比喻的修辞中，这样就搞不清其他人是否都按你的意思理解了这些东西并对你表示赞同。当然我很明白，这帮人就是要把你弄得头脑发胀，作为一个诗人和艺术家，我长期以来就深受其害。但他们人多势众，我们不
239 得不任其妄为，最多也不过是愚弄嘲笑他们一番而已，就像我时不时就这么做一下。如果有一群孩子就喜欢待在樱桃园里偷吃挂在他们嘴边的果实，而不愿意去云杉幼苗林中散步，因为这些树苗要过一百年才能给他们的孙子和重孙们带来快乐，难道你会对他们发火吗？

我觉得其余的部分讲得更完美，你取得了这个主要斗争的胜利。人们也许可以说，你的表现最为杰出。你的这篇稿子以及8月15日

---

① 这是雅各比7月27日就任慕尼黑科学院院长时做的题为“关于学者团体、学者的精神及目的”(Über gelehrte Gesellschaften, ihren Geist und Zweck)的就职演讲。他在讲话中不仅抨击“市侩庸人和追功逐利之人”，而且还作为哲学和人道主义思想的辩护人，既批判了那些敌视宗教的极端主义，又批判了浪漫派的反对启蒙思想的、天主教教会的潮流。

发表在《法兰西信使杂志》上的那篇雄文[1],让我们对未来又感到一些宽慰。把你成功开启的事业继续进行下去吧。愿上天赐予你健康与长寿,把你面前的事业建立起来,发展下去。

我做的事也没有什么可说的。我还在耐着性子继续结我的旧网,偶尔在这里或那里打一个新的结。你可以关注一下那些已经公开的东西。

我和家人向你和你的姐妹们致意。时不时给我寄些关于你做的事情的报道。祝你安好。

谬承垂爱,念念为盼。

魏玛,1807 年 9 月 16 日　　歌德

① 即题为“路易十四和他的继任者”的文章。文章尖锐地抨击了太阳王路易十四撤消南特敕令,导致法国重新陷入没有宗教信仰自由的地步。其结果是大量新教徒逃亡,18 世纪哲学思潮变得革命与激进。文章的结尾对拿破仑予以了极大的褒奖,因为他重新引入了“宗教信仰自由”的原则。

181. 歌德致 F. 罗赫利茨

1807 年 9 月 21 日　星期一

我们在莱比锡的演出活动就这样顺利结束了,既得到了荣誉也得到了实惠,同样让我高兴的是,我看到演员们在这个演出季后变得更开心、更乐意效劳也更加努力了。希望我们可以过一个有消遣很享受的冬天,也希望未来能为莱比锡带来一场场充满新鲜活力的夏季娱乐活动。既然我们眼前有一些美好的、稀罕的事情要做,我们就想要好好练习它们。

240 最尊贵的顾问先生,我对您的友好参与表示最衷心的感谢,对您润物无声般地给予我们的帮助表示高度赞赏。关于后记一事,如果有什么误解的话,那也许是我自己的问题①,因为我记不清楚是否为此事给我们的导演写过信,只是听任这件事自然发展,也听从您的安排,就像我们第一次告别时那样。也请接受我对您的打算、您所做的事情以及保持的沉默表示感谢。

您的信我有时会反复拿出来看,我已经读过好几遍了。它们对我来说就是每日戏剧迷宫中的一条主线,这个戏剧迷宫就像是一个奇妙的花园迷宫,只有魔术师才能发明出来。它不仅巧妙地种上了植物,而且树木和灌木还会随时变化位置,让人根本无法做上标记,走出迷宫。

可惜,在魏玛这种独具特色的批评并不流行,人们太过于大而化之,对作品、演员、表演等所有东西不是赞同就是反对,充斥着偏见与情绪。对褒奖我们不用太过高兴,对指责也不能太放在心上。

因此,对我来说最为宝贵的是,我们的演员至少知道存在着这样一种批评,它懂得包容那些有长处之人的缺点,尊重那些平凡者或甚至有短处之人的美德。这个冬天我要更多地光顾剧院,把我内在和

① 歌德请罗赫利茨为在莱比锡的演出写一篇后记,由于缺少沟通,结果写的不是他的,而是马尔曼的后记。

外在的感知能力修炼得更加敏锐。我不得不承认,这里的观众对戏剧不分青红皂白地偏爱或反感常常败坏我的情绪,我在排练中投入的精力越多,就越没有兴趣去看演出。但现在一个外来的声音给我以激励,给我以肯定,因此,我还要沿着自己的道路继续向前,也许结果是会让我感到高兴的。

我的作品备受欢迎,这让我感到特别开心。我想也许有朝一日 241
它们会成为一个划时代的作品,只是,按照德国戏剧的形势,我也许无法等到那一天。有意思的是,我 1786 年在莱比锡创作的一出牧歌短剧①被翻出来并受到欢迎。

如果不是害怕那种匆匆一过的交往的话,我多么想亲口对您再次道谢,因为我在温泉疗养得太舒服了。现在我要看看,我病后静静的调养将来是否也能给您和您的同伴儿们带来快乐。

祝您生活愉快,如果有可能的话,请您这个冬天来看望我们吧。

魏玛,1807 年 9 月 21 日　　　　　　歌德

---

① 指《恋人的脾气》。

182. 歌德致赖因哈德

1807年9月27日　星期日

尊敬的朋友，您的三封来信令我很高兴，让我重新回忆起了在卡尔斯巴德的美好时光。我寄出的一封信您[1]也许没有收到。很可惜这封信从卡尔斯巴德到耶拿耽搁了太长的时间，它大概会在本月10号从那里再寄往科隆。

我在这里听到有人谈及您，说您与封·沃尔措根先生一起到达，您会在巴黎遇到我们的人[2]。这些都让我觉得您虽然远在天边，却似近在眼前，也让我期待与您保持持续的、更近一层的关系。

我要对您表示万分感谢，您时不时还记着我的《颜色学》，愿意在这里或那里为它说一句好话。可惜我不能指派您在巴黎的学院
242 里[3]公开谈及此事。而且我总是在想着写一个简介，把它用法语和德语与著作一起出版。根据您的建议，我要把历史的部分当作引言，简明扼要地介绍争论的部分，要把人们如何进入牛顿时代、所有其他的争论以及对立于伊壁鸠鲁思维方式[4]等内容在相应的地方言简意赅地阐述出来。对此还要有一个汇总，在目前的状态下我还要把它重新收拾起来，因为我在外面已将近四个月，有些生疏了。如果您在此期间能在那些地方让人们对此事有一个比较好的先入之见，如果有谁能比较好地接受这个简介，我把简介寄给他，他也愿意分发，那就把他介绍给我，这样会事半功倍。这件事情我已经耐心等待了十

---

① 指8月28日从卡尔斯巴德寄出的那封信。

② 由F. 封·米勒和沃尔措根带领的萨克森-魏玛代表团去巴黎进行政治谈判。

③ 指法兰西学院。1795年成立时，名为“国家学院”，将几个科学和艺术分支机构归在自己的名下，对应于之前就已经存在的“法兰西科学院”。1803年，拿破仑对它进行改组，成立了四个分支机构。赖因哈德所在的分支负责古代史和古代文学。

④ 一种用原子的理论来解释颜色的方法，在后来的科学家，如笛卡尔，那里被重新发现。

八年①,再等几年也许也无所谓。

但最糟糕的是,阿羽依②在他的物理学纲要中置其他许多理论于不顾,把牛顿的理论当成是一种受上天神祐的信物,将它列为女子中学的教学标准。他贡献卓著,享有很高的声望,而且据我所知,他是一位聪明低调但很有影响力的人,备受皇帝的恩宠。根据经验我比较肯定,一位学者对他已经付诸印刷的东西是不太愿意收回的,除非有更好的观点使他信服,他才会逐步地让自己的观点消失,而且是悄悄地逐渐把正确的东西掉换过来,但这个世界并不因此在一定程度上变得更好,因为这样做会使人们对真理和谬误产生一定的冷漠。类似的情况我见得太多了,我很担心,一方面法国人会强行阻止纯白的英国麦斯林纱进入港口和市场③,另一方面会长时间地用这种肮脏灰白的理论薄纱④来蒙蔽人们的脑袋。

如果您在这件事情上能向埃贝尔先生施加一些影响的话,那可是帮了我一个大忙。我长久以来就对他的学识和人品表示赞赏,有一次甚至还要将他作为佐默林的学生聘为解剖学的教授,但他以非常高贵的方式拒绝了这么一个条件优渥的职位。这主要取决于您在巴黎将待多长时间,我能从您那里或通过您听到什么消息。如果有我们这里的马车,请您不要错过这种机会,让我在这并不十分乐观的时局⑤下,至少还能亲自期待一些令人高兴的消息。 243

① 歌德在 1790 年初根据自己的观察就得出结论,相信被普遍认可的牛顿的颜色学理论是错误的。至此时已经有十八年的时间。

② 勒内·茹斯特·阿羽依(René Just Haüy, 1745—1822),法国晶体学家,矿物学家。

③ 1806 年底,拿破仑对英国产品实施了所谓的大陆封锁。

④ 影射受歌德抨击的牛顿的颜色学理论,后者认为光是由各种不同颜色的光线组成的。

⑤ 指蒂尔西特和平协议签订后的政治局势,特别是当前的萨克森-魏玛的领土变化及巨大的战争负担。

当然我得承认，最近一段时间以来我总体上又恢复了好心情。看来，人的天性并不能承受长时间的自暴自弃。人们必须重新燃起希望，然后才会活跃起来。只要仔细观察就会发现，人活动起来了，希望每时每刻都在实现。

按照这个意思，我为剧院的开张写了一个序幕，我把暴力与灭绝，逃亡与绝望，权力与保护，和平与重建的喜悦简单地表现出来。也许我会很快把它发表在晨报上，您应当也能看到。

我事先想到的就写这么多，先搁在这里。我在等巴黎来的特急信使，他返程时这封信就会有足够多的内容，他可以把信带给您。

歌德

枢密顾问福格特先生向您致意，他答应我尽快把这封信安全送抵巴黎，因此我得比原计划提前结束这封信。上面的东西写完后，我觉得可以过得去了。慢慢地，日子就要进入10月份了，社交圈子又开始聚在一起。此外，我们这里看上去已是一幅秋天的景象，只可惜
244 是在另一层含义上。这棵有三十年之久的社交圈大树，有些叶子凋零了，这一辈中的成员也逐渐消失。宫廷侍女格希豪森小姐就随着她的恩主公爵母亲大人而去。其他活着的和还能继续活下去的人当中，有不少人心灰意冷，有些观点甚至会让人提前进入一个道德的冬天。我尽量让自己保持良好的状态，也祝您在如此美妙的巴黎万事如意，羡慕您能一睹巴黎的风采。

魏玛，1807年9月27日 G.

183. 歌德致鲁莫尔①

1807年9月28日　星期一

给我寄来的这些诗歌是属于那种感情丰富的格言抒情诗,因为我不得不首先对它们进行分类。对这类诗歌,人们可以要求它们是一种纯粹的感受,是仔细斟酌过并且很舒服地表达出来的。寄来的这些诗都具备这些优点,但它们在诗的创作上没有真正的贡献。那些不可扼制的天性,无以复加的倾慕,咄咄逼人的激情,才是真正的诗歌所不可或缺的要素,这些无论是在长篇巨制或者短小精干的诗歌中,在纯真的或者充满激情的诗歌中所应表现出来的东西,在这里却难觅踪影。如果不考虑这些,作者以他的天分,本应是能指望得到同乡们的喝彩的。德国人喜爱这种道德上抒情的、能够反映主观思想的歌曲,它们应当比较容易招人喜欢,让人想起普罗大众的情感,想起理想、渴望和那些没有实现的希望。

因此,我建议作者把他的歌曲通过那些读者广泛的报纸发表出去,我会请求从中拿几首出来给科塔先生的晨报。他可以任意挑选一个好听的名字,让他的诗歌从其他类似的诗歌中脱颖而出。如果
有音乐家对它们中意,还可以为它们配上好听的曲子,这样就会被人　245
传唱,变得有名气,最终作者就会被要求出版这样一部集子。以上是我根据自己最好的判断,以最大的诚意对作者给予我的信任所做的答复。

——

这封信是作者亲自来找我时写的。我只想再补充一点儿意见:对于我们的文学来说,没有什么比这么一种认识更值得期待:即每个人在创作一段时间之后都应当清醒地意识到自己的能力所及,不要期望或强求自己力所不能及的东西,这样才不会让努力白费。这

① 寄给歌德的这些诗歌附了一封匿名信,寄信人的落款是"吕贝克的一个朋友圈",希望回复给吕贝克附近的一个叫鲁莫尔的先生,具体不详。

样才能从所创作的东西中产生一种合理的、纯真的快乐，才能对他收获的喝彩产生纯粹的享受。

魏玛，1807 年 9 月 28 日　　　　　　　　　　歌德

184. 歌德致科塔

1807年10月7日　星期三

最尊贵的科塔先生，随信您会收到一份9月19日上演的序幕及一篇后记给晨报，在此请您将它们交付印刷。

一方面，我很愿意从美学的角度告诉您，我们都有些什么，创作了什么，以及在其他公开的事情中应当遵守些什么；另一方面，我也再次明确地请求您的那些报纸不要刊登不是由我写的与政局相关的文章①。

在政治上我们从来都是无足轻重的。我们的全部意义在于竭尽全力地促进艺术与科学的发展。在其他方面，我们现在是如此之少，
比以往还要少。因此，只要整个德国的局势还没有进一步确定下来， 246
所有国家，特别是那些小国家，就有理由希望人们忽视它们，让那些拿着薪水的写新闻稿子的人因为不安、游手好闲和恶意而捏造并传播开来的荒谬的消息，至少不要被那些我们希望保持并继续发展良好关系的机构所采用。请您原谅我再次提及这一点，但它确实是一桩比以往都更为重要的事情。

您上一封信中提到的要寄给我的东西，我还满怀欣喜地在等待着。我目前身体状况还相当不错，能够潜心工作而不被打扰，因此可以希望今年冬天能够做些什么。

希望能从您那里得到一些好消息。我非常挂念您，顺致问候。

魏玛，1807年10月7日　　　　歌德

① 歌德在安娜·阿玛利亚公爵夫人去逝时，就给科塔写信表明他的态度。参见第129封信。

185. C. 沃格特(日记)

1807年10月11日　星期日

〈……〉星期日整个上午我都是在歌德处度过的。我见到了他儿子,他外表非常讨人喜欢,歌德很喜欢他。他应该是在海德堡学习法律,也就是说,在学拿破仑的法典。我发现歌德对这些完全是听天由命。旧时代已经过去,人们有责任去建设新的时代。人现在更像是世界公民,国家必须构建,之前一些无法逾越的障碍现在仿佛都被搬走了。他给我介绍了他的太太,从她身上当然察觉不到她与歌德和席勒之间的长期交往,但她二十年前一定是非常漂亮的。〈……〉

186. 歌德致 F. H. 封·德·哈根[1] 247

1807 年 10 月 18 日　星期日

尊敬的阁下,

我对您寄来的《尼伯龙根之歌》[2]的样本表示感谢,歌集[3]之事我已经欠了您和您朋友的账,我必须加快速度。我对先辈们的这些创作是多么崇敬,在此无须赘述,因为我已经多次用模仿它们来表达自己的倾慕了。的确,如果不是刚刚得知已经有年轻的朋友勇敢地在这里耕耘的话,那我会对自己没有能在这一领域做更多的事情而感到内心不安的。

按照我的观点,尼伯龙根之歌,无论从素材还是内容来看,都可以与所有我们拥有的杰出的诗歌相媲美,至于从形式和内容上将它归放在哪一类,我自己现在还没有想好。人们现在还不得不努力地去弄清它的古老特征,对每一个没有完全独立研究过它并且还需要各种辅助材料的人来说,这首诗歌仍然笼罩着一层神秘的帷幕。您把两件事情都做完了,这使得我们在研究它时容易了许多。我现在重新着手研究这首诗歌和您做的附录,同时还期待着您答应给我的导论,因为只有弄清楚诗歌所产生的各种条件后,才敢对此做进一步的评论。

您答应我们的其他事情和那些在许多准备工作之后就将诞生的东西,都会令我非常高兴,当然也包括那个有重要意义的问题,即从

---

① 弗里德里希·海因里希·封·德·哈根(1780—1856),德国语文学家,德国著名的古代文学研究学者,其最突出的成就是他在《尼伯龙根之歌》方面的研究。

②《尼伯龙根之歌》(Nibelungenlied),长篇英雄叙事史诗,作者不详,用古高地德语写成,全诗分为上下两部,上部为“西格弗里德之死”,下部为“克里姆希尔德的复仇”。

③ 指由封·德·哈根和比兴出版的《德国民歌集》(Sammlung teutscher Volkslieder),后者将这本书寄给歌德。

这样一部丰富的史诗般的作品中是否能提取出悲剧的材料①。

您给了我这么多美妙的东西,如果您能告诉我希望回馈些什么东西的话,我非常乐意以实际行动来表达我的谢忱。

248 恭致问候,垂念为盼。

魏玛,1807 年 10 月 18 日　　　　歌德

① 封·德·哈根在10 月 9 日给歌德的附信中提出这样的想法,即如果歌德肯屈尊将尼伯龙根之歌编成一系列悲剧的话,那他将成为古代德国荷马史诗的索福克勒斯。歌德回避了这种爱国主义式的表达,而是提出了关于分类理论方面的问题。

187. 歌德致艾希施泰特

1807年10月31日　星期六

尊敬的阁下，

在此奉上您索要的罗伊斯的书①，并恳请您尽快归还。

附上米勒先生的信②，请代我向他多多致意。他在柏林的情况很不乐观，一个如此支离破碎的躯体③是很难恢复起来的。南方④至少还有大量来自不同地区的民众，他们虽然刚刚聚集到一起，总体上还相当粗野，但至少是一些新鲜的事物。他可以用自己的聪明才智发挥许多好的作用，至于屈从，有谁不是在听天由命呢？在哪里又能不听天由命呢？至于那个有机生物的孩子⑤，我们还必须先等待他的出生，然后再去寻找一位和蔼可亲的教父。

我不太愿意对雅各比的讲话去做评论，但会在这几天把这篇讲话再通读一遍，然后再诉您我进一步的决定。我与他的信念不像我与谢林的信念⑥那样完全相符。

请代我向奥肯教授多多致意，如果我没有回复的话，请您谅解。如果他来魏玛，那我很愿意与他在餐桌上见面。劳驾您告诉他只能在上午来我这里拜访。如果您能陪他一起过来，我很乐意与您再次私聊。

魏玛，1807年10月31日　　　　歌德

---

① 指《波西米亚地区矿物地质学》一书。

② J. 封·米勒在1807年10月6日的信中讲述自己被解除普鲁士国家机构里的职务。

③ 指普鲁士对法国战败后，国家被肢解。

④ 指莱茵联盟地区，米勒准备应召去蒂宾根任职。

⑤ 指歌德《植物形态学》中关于有机体的构造和变形的研究。亦参见第108封信及注释。

⑥ 指谢林的“关于造型艺术与自然的关系”(Über das Verhältnis der bildenden Künste zu der Natur)的演讲，谢林将讲演稿寄给歌德并附信说：“我多么感谢您的教诲及您的学说，我要将这份谢意表白于天下。”

249　麻烦您让封·米勒先生用几句话简单告诉我一下,他把我们现在拿到的尼伯龙根之歌归到哪一个时期。我对这首奇妙的诗歌没有什么特别研究,但以我的理解,这一故事的大主题完全是北方的和异教的,但处理方式却是德国式的,其风土人情也是基督教式的。我们的米勒为封·哈根先生的文章提供了方便[①],也能给我们足够的启迪,但我还是希望事先能得到大师的点拨。

① J. 封·米勒为封·德·哈根查看《尼伯龙根之歌》的手稿提供了方便,后者将自己出版的书献给米勒。

188. 里默尔

约1807年10月底

〈歌德:〉“人就像是一个共和国或更像是一支战斗部队。手、脚和四肢都用来帮助实现大脑设定的目的,它们不知疲倦,为这一目的的表象所鼓舞。因此,古人也把大脑称为:领导者。”

“但领导者也必须认识到让士兵们得到应有的休息。”

“从法国人身上人们可以看到真正的精神与肉体的相互作用,整个军队就是一个人,它不畏劳苦,不惧疲倦,什么都不怕。”

“整个军队就是一个庞大的巨人,它也许在这里或那里丢掉一根手指、一只手,或被打断一条腿,它会像菲耶拉布拉[①]一样把腿替换掉,但他的头颅从来不会丢失。”

---

① 菲耶拉布拉(Fierabras),欧洲中世纪民间传说中的巨人骑士(Saracen knight),最早见于法国的一篇叙事歌谣。

189. 歌德致 C. W. 温泽尔曼[1]（草稿）

1807 年 11 月 5 日　星期四

本宫廷剧院演员温泽尔曼先生由于违反合同及其义务等行为，诸侯委员会认为有必要对其进行如下处罚：因其在外地舞台演出，
250 处以八日警察局监禁；因休假逾期未归，罚没其至归队时所延宕时间之薪俸。

在此将本信内容传达该演员，同时，望其将来以实际表现和努力对所犯之大过予以改正。

魏玛，1807 年 11 月 5 日　　　　委员会

① 这是歌德以剧院委员会起草的一份针对温泽尔曼的惩戒通知。9 月 28 日，他从策尔特那里打听到温泽尔曼在柏林演出一事。

190. 歌德日记

1807年11月9日　星期一至11月10日　星期二

11月9日

早上继续为地质学论文做注。中午萨维尼一家,二位布伦塔诺小姐,赖夏特,阿尼姆和克莱门斯·布伦塔诺。普鲁士国家不幸时期的怪事。晚上看了一幕《塔索》。之后与枢密官迈尔回家。

11月10日

枢密官迈尔朗读他的关于古代颜色学的文章①。去萨维尼夫人处。之后,中午贝蒂娜·布伦塔诺和埃尔瑟曼。前者家族的故事。餐后,阿尼姆过来。晚上在摄政公爵夫人处朗诵了一段《浮士德》。

---

① 迈尔为歌德《颜色学史》写的“古代颜色学假说史”(Hypothetische Geschichte der Kolorits)。

191. 里默尔

1807年11月11日　星期三

早在1807年，这位夫人那时正处于（对歌德的）爱慕的第二阶
段，她在迷娘与费琳娜[1]之间变幻着角色，同时掺杂着一些布伦塔诺
特有的成份而表现出细微的变化。我当时住在歌德家中，耳闻目睹
了一些事情。她在一个晴朗的早晨向我报怨说，歌德对她表现得非
251 常与众不同，而用他自己的话说则是：只是表现得比较被动而已
〈……〉

贝蒂娜这次与姐姐和哥哥从11月1号到10号待在魏玛，10号，即她向我报怨的那天，她又启程离开。第二天，歌德与我乘车去耶拿，我们在那里一直待到12月18号。在跟我聊贝蒂娜时，他并不把自己当作一个充满激情的恋人，而只是她那充满智慧的、巴洛克特质的崇拜者。

① 迷娘与费琳娜都是歌德《威廉·迈斯特的学习年代》中的人物。

192. 歌德致赖因哈德

1807年11月16日　星期一

尊敬的朋友,您节日①那天寄来的信也让我像过节一般。我多么希望看到自己被您带到巴黎,而现实中我也许很难踏上巴黎的土地。此外,我们有各种理由高高兴兴地庆祝我们家庭内部及朋友之间的节日,至于公共庆祝活动,这个世界的确分为白天和黑夜两个部分,很可惜我们就处在后者之中②。

我知道您在好心地关心着我的身体健康,关于我的健康,我可以马上说我身体还相当不错。在保持饮食均衡的情况下,我也能保持相当不错的状态,可以工作,而且,如果不是被剧院事务及外人③等分散了精力的话,我还可以做更多的事情。剧院作为世界的代表,坚守着它的原型的权力,而那几个外人或多或少招人喜欢的拜访引起了一群活跃的旅行者穿过我的房子。

颜色学的工作,由于您的善意关注,我对它加倍地感兴趣。我将它重新拾起来,只是现在还没有手稿可以交付印刷。在停顿了很长一段时间以及我们谈话之后,我开始以一种新的目光审视此事,这种
新的目光可以让我对之前所做的一些研究提出批评。原定打算先交 252
付印刷的东西我又做了一些修改,这件事重新启动后一定会有所收获。对争论部分和历史部分我又做了一些研究,发现了一些东西并做了处理。这就好像只要重新起头开始捻线,纺锤就会快速地纺出线来一样。

万分感谢您对这件事的支持,特别是您带给我的双重好处:首先,您为之做出了努力并使它继续向前发展,如果没有您,这都是不

① 节日从10月2日,即赖因哈德的生日那天开始。

② 赖因哈德在信中写道:“14日,耶拿战役周年纪念日……巴黎的权势人物聚集在枫丹白露,庆祝皇室三家成员的婚礼。十几个德国君主恭恭敬敬地挤成一排站在一个不起眼的地方。”

③ 指布伦塔诺姊妹几人。

可能的；其次，您让我对这些事情有了一些想法和概念，之前我对它们也许只有一点儿感觉，但还没有形成观点。您的积极努力会冲破一切障碍，得到新的灵感，最后肯定会得出一个令我们自己都感到吃惊的结果。有兴趣去结识与我们做同样工作的各路同仁是非常有意义的。维莱尔能在多大程度接受此事，只有他对此有进一步了解后才会表现出来。至于我自己的部分，我得承认，这个学说在法国乃至世界其他地方的推广及介绍，今后要完全依赖于您。您现在把关键的地方已经弄得很明白了，对争论部分和历史部分几周之内也将同样了然于胸，在修改稿中您也能迅速地理解关键的修正部分、解释及说明并把它们形成一套完整的东西。我不揣冒昧地希望或甚至很高兴看到您的研究在现在这个时期[1]找到一种可以反复琢磨的素材，一种您觉得有价值而我也很感兴趣的材料，并能让我们两人维持密切的联系。

不知是否有可能了解到斯特拉斯堡的那位学者[2]想要些什么，
253 如果人们能公正地对待他那就好了。肯定有一些局部真实的东西引起了他的注意，它们或许以某种方式与整体相关联，因而使评判者觉得无法接受。您关于哈森弗拉茨补色的猜想我应当表示赞同。牛顿的信徒们已经用这种方式来解释这个现象了。他们为了这个目的假设有三种颜色：黄、蓝和红，当眼睛看到其中一种颜色时，其余两种颜色就会过来补足这三种颜色。但这种方法也表明了它有某种趋于完整性[3]的倾向。在此，对您利用学术领域和其他方面的关系找出

---

① 指此时赖因哈德尚无具体职务在身。

② 赖因哈德在信中说，维莱尔因为在一份关于颜色的“备忘录”中报告了斯特拉斯堡某位教授的观点而在机构中名声扫地。歌德猜测可能是某位东正教学者反对这种应和了他的颜色学的观点。

③ 歌德颜色学中一个从生理学、美学和心理学的角度进行研究的核心概念。

的东西提前表示感谢。

检索**文献档案**是很重要的。这里有一篇关于蓝色盲患者的文章。有意思的是，这篇文章也不得不回答这样一个问题，即这些人是否将蓝色看成红色，抑或将红色看成蓝色。文章持后一种观点。如果您觉得合适，我可以针对它写一篇简短而友好的文章，把我在修订稿中还没有用到的东西用在这里。我们只要把这些模棱两可的东西讨论清楚就好，也不必隐瞒自己倾向于哪一方，同时给读者选择的自由并借此机会让人们了解颜色学的其他内容。

居维叶[1]如何看待此事毫无疑问是非常重要的。我知道，他对德国研究有机自然的新方法并不太感兴趣，他把我们认为是规律的东西只当作是一种偶然。既然这种差异在原则上是无穷的，那对细节的东西，即使人们能够走到一起也不会取得一致[2]。

另外，那个总是呼吁要**观察**和**实验**朋友，也许很难让他相信，他们聪明的大脑恰恰可以用观察和实验来戏弄。所以，那些大陆的先生们面对海外岛屿上的幽灵[3]感到一种深深的、充满恐惧的厌恶，这
也总会让人更加偷偷地感到幸灾乐祸。如果人们能自由地、敏锐地通 254
观全局，看到所有这一切包括那些委员们迟滞的报告，撤回的文章等，那么人们一定能洞悉种种限制最严格、条件最苛刻、表现最奇特的情形。我在遥远之地能做到这些，要再次从心底里对您表示敬佩和感谢。

——

① 乔治·居维叶(Georges Cuvier，1769—1832)，法国著名古生物学家，法兰西学院教授。他反对早期的进化论思想，提出“灾变论”。

② 居维叶后来在他的《动物学哲学原理》一书中，对歌德在此处描述的自然科学研究方法的原理性差异做了详细的阐述。

③ 德语原文是Gespenst，该词有幽灵和光谱两重含义，这里一语双关，暗指牛顿的虚幻的光谱。

如果不是因为我对这封信犹豫不决并把它放在了魏玛，它早就应该寄到您手里了，而我们这些日子的通信往来将会意想不到地活跃。但我还是希望很快能找个机会，把我的良好祝愿和问候传达给您。我在这里坐在耶拿的瓦砾废墟上，收拾着自己的碎块。在我离开之前，希望能看到《颜色学》争论部分和历史部分能有几个印张印刷出来。我还希望能完成其他一些东西，然后把它们丢在一边，期待尽可能地做一些其他事。祝您生活愉快，请惦记着我，让我尽早听到您的消息。我们的约翰内斯·封·米勒先生赴巴黎就任以及他在威斯特法伦王国任命的传言①引起了很大轰动，给善良的德国人对未来以一些希望。至于我自己，我倒是愿意等待而不去期待，如果日子过得尚可，没有碌碌无为，我就很满足了。再次从德国最安静的角落向世界上最喧闹的都市寄去我最真诚的祝愿。

耶拿，1807 年 11 月 16 日　　歌德

① 后来这个传言被证实是真的。按照拿破仑的愿望，米勒被任命为威斯特法伦国王、拿破仑的弟弟热罗姆·波拿巴的国务秘书。

193. 歌德日记 255

1807年11月23日　星期一至11月24日　星期二

11月23日

《潘多拉的归来》。之后各种与音乐及自然史相关的东西。把家具送到魏玛。与施瑙贝特散步。谈论**拿破仑的法令**,克内贝尔和泽贝克加入进来。与前者争论谢林的讲话。奥古斯特从魏玛过来。中午在枢密官塞登施蒂克处,与艾希施泰特,卢登,弗罗曼一家,勒韦尼希夫人,福格特教授在一起。在那里一直待到傍晚时分。与塞登施蒂克谈论**拿破仑的法令**及国家法与民法的新关系。晚上把从哈瑙寄来的矿石打开。非常漂亮的半透明蛋白石和类似的东西。大清早把《颜色学史》的历史纲要部分装订在一起,并思考与这个问题相关的一些事,昨天也在克内贝尔处也谈及此事。

11月24日

给莱昂哈德写信[1],作为卡尔斯巴德论文的补充。哥达卷本中的炼丹术:《炼金之术》[2]第1卷。然后与福格特和小勒韦尼希去陈列室。矿监伦茨在整理弗赖斯莱本的收藏品。与泽贝克绕城散步。

---

① 卡尔·凯撒·封·莱昂哈德(Karl Cäsar von Leonhard, 1779—1862)德国矿物学家和地质学家。歌德在信中总结了他的自然科学思维方法,歌德将他的论文"卡尔斯巴德当地及周边山脉的认识"(亦参见第168号日记中的注释)寄给莱昂哈德去印刷。两人至此开始了多年的学术交往并建立了深厚的友谊。

② 指瓦尔德里希·康拉德(Waldrich Conrad)的《炼金之术》(Artis auriferae, quam chemiam vocant V I,1593)。歌德从中摘录了一段用于《颜色学史》的炼丹家一章。

关于里特尔和坎佩蒂实验①的若干事情。有关一位在此逗留的探矿者的消息。关于泽贝克自己做的颜色实验的各种话题以及在春季要继续做实验的事情。修订第 1 卷的第 29 印张。中午在家。

① 约翰·威廉·里特尔(Johann Wilhelm Ritter，1776—1810)德国化学家，物理学家和浪漫派哲学家。他与意大利探矿家坎佩蒂做的实验在浪漫派自然哲学的圈子里引起了关注。科塔在给歌德的信中说，这些实验里面还有许多不为人知的东西，一些实验令人非常吃惊。后来，坎佩蒂被慕尼黑科学院实验常设委员会揭露为骗子。歌德在他的《亲和力》和《漫游年代》中以文学手法再现了这些轶事。

194. 里默尔 256

1807年11月25日　星期一〈11月28日　星期六?〉

〈歌德：〉“人们在活动中没有考虑或无法考虑的东西，那些能够显著地支配可以彰显其伟大的东西，即那些后来被称为偶然的东西，就是上帝，它在这里以万能之势直接介入进来，并通过最卑微的东西来赞扬自己。”

195. 里默尔

1807年12月6日 星期日

〈歌德:〉"有些东西一旦说出口,就马上会遭到反驳,就像声音立刻产生回响一样。"

"自从人们开始普遍地公开谈论那种灰暗的、对精神世界与肉体世界(神秘主义)之间无穷联系的感受和想象后,就没有人矢口否认他在感觉和想象中所经历的和做过的事情。"

"把升华的爱情的感觉说出来就会引起没有这种感受之人的反驳。他们会说:'这都是过度紧张造成的,是病态的东西。'好像过度紧张和疾病都不属于自然状态似的!所谓健康只有在反作用力保持平衡时才能存在,当反作用力消除后,只能是一种状态较另一种状态更占据优势。如果把'有力的'作为是一种和谐的(中性的)状态来看的话,那它只能被称为是过于有力的或过于无力的状态。"

196. 里默尔(日记)

1807年12月7日　星期一

歌德说:“让·保尔是人格化了的时代的梦魇。”

257 197. 歌德日记

1807年12月9日　星期三至12月10日　星期四

12月9日

小说《威廉·迈斯特的漫游年代》。长时间躺在床上。之后是维尔纳的《旺达》,前面几幕。与封·亨德里希先生一起用餐。关于罗马与伦敦之间的英国贸易关系。傍晚5点乘车与维尔纳一起去克内贝尔处,维尔纳朗读柏林庆祝和平的序幕①,估摸着这个东西也许不会上演。关于异教、新教和天主教的各种争论,等等。丹茨校长在一起。之后去弗罗曼处。朗读施莱格尔的十四行诗,为悼念其继女②而写的那一首非常出色。

12月10日

十四行诗③。长时间躺在床上。维尔纳过来,带来了《旺达》的后续部分。中午与封·亨德里希先生谈论各种政治观点和对重商主义的看法。餐后内廷参事艾希施泰特谈论各种文学话题。晚上与封·亨德里希先生喝茶。建议对1806年10月的事件写首叙事诗。然后在弗罗曼一家处,朗读施莱格尔的十四行诗以及《教堂与艺术的结合》。

---

① 维尔纳将这个序幕随信寄给伊夫兰希望能在柏林上演。伊夫兰在回信中告诉作者,在普鲁士当前的局势下去庆祝和平是根本不可能的。

② 即奥古斯特·伯默尔(Auguste Böhmer, 1785—1800),施莱格尔前妻第一段婚姻的女儿,死时年仅十五岁。

③ 这里指的可能是歌德自己的十四行诗,歌德的大部分十四行诗都写于1807年12月。

198. 歌德致安娜·伊丽莎白·封·蒂尔克海姆[①]，娘家姓舍内曼(亲笔)

1807年12月14日　星期一

尊敬的朋友，您亲切的来信寄到得太晚了。令郎把它从德累斯
顿寄过来。他曾经在我这里，而我却不知道他就是您的儿子。我把
两家人家混淆了，它们姓氏相近，我把他当成了另一个人。但即使是
我还完全不认识他的时候，就对他非常满意。第二次是一场倾盆大
雨使他遇阻留在我这里。我很自责没有能留他吃饭，当时我对他产 258
生了真正的好感。我焦急地等待他再一次的来访的消息，等了很长
时间却没有等到。我希望这次能补偿我上次错过的东西。

最后请允许我说：在经过了这么长时间后，又能看到您的纤纤玉手写下的几行字，它令我无比高兴，让我回想起那些曾千百遍亲吻着您的玉手的日子，这是我一生中最幸福的日子。在您经历了那么多我们目睹得到的痛苦与考验后，我祝愿您生活愉快，岁月静好。这些痛苦与考验后来也降临到我们身上，它们常常让我想起您的坚定以及坚忍的伟大。

再祝安康，垂念为盼。

永远忠实于您的歌德

魏玛，1807年12月14日

---

① 收信人是歌德曾经的未婚妻莉莉。1775年歌德离开法兰克福，1779年在去瑞士旅行的途中还在斯特拉斯堡看望已婚的她。1792至1793年的革命战争期间，蒂尔克海姆一家冒着危险逃过莱茵河，之后，他们之间还有过短暂的通信。这封信是歌德回复莉莉9月21日的来信。她在信中说自己的儿子要去拜访。歌德此信的后一段为今后在他的《诗与真》中回忆莉莉定下了基调。

199. 歌德致 F. A. 沃尔夫

1807 年 12 月 16 日 星期三

尊敬的朋友，如果您自己能几分公正地对待您的作品[1]，如果您还记得我们是多么恳切地请您就在这一方面多做一些努力，如果您还能回想起我们的情境和思路的话，那么您自己都可以说，您寄来的东西给我们带来了多么大的快乐啊！我们把本子读了一遍又一遍，我们要把它的每一页都作为各种消遣的文字。我用我们二字，是因为我们正在耶拿的社交圈子里，有许多朋友参与其中。随信附上克内贝尔的便笺在一定程度上表达了他的感激之情。我们满怀惊喜地站在这个广阔的地域面前，您为我们揭开它的帷幕，我们希望随着您的手一点一点地游历这块地域。带着自豪的谦卑，我在一个令人如
259 此尊敬的地方找到了自己的名字并满怀喜悦地表示感激。您使我相信，我之前的倡议和坚持共同促成了这样一部值得赞扬的作品。

我到耶拿已经有四个多星期。由于之前我都是独自一人住在这里，因此，我并没有觉得比以往更孤独。我为自己设立了目标要做一些事情，但却一事无成，反倒是做了一些没有预料的事情，即：原原本本地过日子。

写《塔尔的儿子们》的维尔纳来这里也快十四天了。他的人格把我们引入他的文章中。他的报告、解释和阐述澄清了一些用白纸黑字生硬地呈现给我们的东西。从这种意义上来看，他天性奇特，是个很好的天才。此外，在这件事情上我们也可以看出，如果作者有一定的天分，那他就应当能拿出自己的东西并进行再创作。他会在这几天跟我一起回魏玛。在这苦短的日子里，因为有他的助兴，我们感到非常惬意，走得更近了。

---

① 指沃尔夫和菲利普·布特曼共同出版的《古代科学的博物馆》。沃尔夫将此书献给歌德，歌德的确当之无愧，他鼓励沃尔夫开始了这项工作。

200. 歌德致策尔特

1807年12月16日　星期三

我最要好的朋友，我才是真正向您索取无度的呀，一会儿要这个，一会儿要那个，用各种差事叨扰您，而您已经有很多事情要做了。现在所有的东西都寄到了，歌曲、价格清单，小萝卜：我就像一个被满足了要求的乞丐，也不去感谢施主，而是径直转向施舍来的东西。

我可不想为此而道歉，因为给朋友写几行字的时间应该总是有的。我从卡尔斯巴德回来后就被这里的事情缠住，仿佛我应当要为那四个月的时间去忏悔一样。那段时间里，我像一个离群索居、住在纯净高山上的赤裸的修行者。虽然我没有什么不舒服的感觉，但总有一些喜欢和不喜欢的东西凑上来，让我无论在精神上还是肉体上都无力抵御。

我终于想起来要让人把发来的我作品的第二批货寄给您，不过 260
它们现在也还没到我这里，甚至连完整的清样都没有。但凡有点新的东西，我都会先把它寄走的。

我的小合唱队发展得有模有样了，虽然还没有超过四个声部，但已经能为剧院做点儿事情。在我离开之前，来了一个几乎可以称之为女低音的年轻女声，为合唱队增光添彩。借此机会，我想请您为席勒的《潘趣酒之歌》①配曲。这首歌的曲谱在我这里可惜只剩下一个声部，其他的都被拿走了。

写《塔尔的儿子们》的那个维尔纳，来耶拿到我们这里有十二天了。他的性格让我们觉得很有趣，也很讨我们喜欢。他为我们朗诵他已印刷出版和没有印刷出来的作品，使我们能够通过这些作品的罕见外表进入到核心，它的滋味很好很浓。

最亲爱的朋友，这次就写这么多吧。我要收拾行李回魏玛。我在这里感觉非常好。也许您猜不到我已经开始做十四行诗了。有机

①《潘趣酒之歌》是席勒的诗歌作品，策尔特为其中的两首配上了音乐。

会的话我给您寄上十来首过去,唯一的条件是不能让其他人看,也不要让人抄写。如果您想随便挑一首作曲的话,我会非常高兴。我很愿意看到我的作品能伴着您的音乐元素上下起舞。赶快告诉我些什么吧,哪怕一点点儿东西也行。在这阴沉苦短的日子里,好朋友的话令人倍感欢欣。

枢密顾问沃尔夫送给我们一本很棒的研究古代①的书,内容非常丰富,回顾了所有我们知道的东西,并友好地告诉我们还应当知道些什么,应该如何去处理这些东西。再次祝您生活愉快。

耶拿,1807 年 12 月 16 日　　G.

① 指沃尔夫的《古代科学的博物馆》。参见第 199 封信。

201. 歌德致约翰娜·弗罗曼① 261

1807 年 12 月 26 日　星期六

最尊贵的朋友，

谢谢您，我原本只是想要一只好看的信夹，现在却得到了一个非常漂亮的信夹，令我惊叹，让我无比开心。谢谢您！最衷心地感谢您！在我准备尝试以奇特的方式去保存、制作我最心爱的书信宝藏时，就像拜莱斯对待他的钻石②，维尔纳对待他的十四行诗那样，您彻底拯救了我。这些炽热的、充满虔敬的爱情十四行诗现在被插进了信夹的一侧，它们的内容令人浮想联翩。现在，信夹的另一侧别无他物，我们只有通过虽然是世俗的和现世的、但却是热情的和真诚的美意与爱情③来平衡。在两者中间可以放一些陌生的东西，或开朗，或充满感情，只要合适就可以。这种汇集和排列是很愉快的，希望不久能聊点儿这方面的东西。可是，由于我完全不知道什么时候才会再有这样的好运，所以我要用字母和音节来回应您为我一针一线绣出的东西。请您先友好地接受那些您熟悉的东西，其他东西我希望不久就可以给您寄去。

很遗憾我们在这里接待您的期望一下子落空了，您应当能感受

---

① 约翰娜·夏洛特·弗罗曼(Johanna Charlotte Frommann，1765—1850)，袖珍画画家，原本姓维塞尔赫夫特，嫁给了著名的出版商弗里德里希·弗罗曼(Karl Friedrich Ernst Frommann，1765—1837)。弗罗曼一家是歌德的好朋友。

② 这些钻石据说是拜莱斯珍藏的无价之宝。1805 年他拜访歌德时，出人意料地把这些宝贝从袋子里拿出来，并讲述了一个传奇般的实验，该实验使得这些宝石失去了它们的大部分的价值。关于拜莱斯和他的收藏，亦参见第 16、18 封信。

③ 歌德自己的十四行诗。信中提到的信夹的两侧，指的是因维尔纳朗诵他和别人的十四行诗而兴起的一场写十四行诗的比赛。歌德诗中赞美的人就是弗罗曼的养女，当时只有十八岁的威廉敏娜·赫茨利布(Wilhelmine Herzlieb)，即他经常提到的小敏娜(Minchen)。歌德承认对她的感情超过了“纯粹的爱恋”。他在十四行谜藏诗里隐藏了赫茨利布的名字。

到这是多么令人伤心。但愿您对可爱的阿尔维纳①的担心越来越少,对您永远拥有这个好孩子的保证越来越多。昨天晚上奥古斯特过生日,剧院的朋友们上演了一出短戏,我把戏单附上,我多么希望您也能一起过来。这出戏非常优美。另寄上一张所供应种子的纸
262 条。我们每年都让人从这家商店寄种子过来,对它非常满意。如果您还想订些什么东西,我可以一起写上。不过我可不像您想象的那样无私,我希望明年夏天能在您那里享受其中的一些。我在主教那里租了房子,我就要真正成为耶拿居民了。宫殿要建起来,博物馆要搬下来,上面一层要布置得方便住人。不要什么事儿都让我操心或者让我来做啊。祝您和您亲爱的家人们生活愉快。请原谅我提笔写字的乐趣比开口说话的乐趣还要少。就此停笔封信了,我还得把这封信交给弗罗曼先生。代我向尊贵的泽贝克夫妇多多致意。请您在小敏娜处为我的请求多多美言。包裹由弗罗曼先生带去。

魏玛,1807 年 12 月 26 日　　　　歌德

① 弗罗曼生病的女儿。

202. 歌德致福格特

1807年12月31日　星期四

关于耶拿共济会。①

关于耶拿共济会会所一事,本人有必要口头汇报,因此处有诸多事宜需谨慎考虑。此信仅书面陈述一二。

共济会实乃国中之国。自引入伊始,政府即应对其加以管理,使之不致生害。但将其引入尚未开垦之地,则实为不妥。

法国人入侵之时,有诸多尊重共济会,加入共济会并以此缓解矛盾之事例,由此百姓普遍希望在我国亦重新将此古老护身符请出。本人建议重新恢复本地安娜·阿玛利亚三支玫瑰共济会会所②之活
动,该会所从未被撤消,唯暂停活动而已。由于此地尚存几位未完全 263
退隐之会长,与鲁道尔施塔特共济会会所有联系,且该会所属于非常理性之施罗德体系③,殿下对此人亦不反感,这一点从阿尔施泰特之许可④即可看出。故本人在此建议,正视共济会,接受其仪式,如有可能可在耶拿建立一姐妹分会,使其在鲁道尔施塔特、魏玛和耶拿之间形成三足鼎立之势。

为此,人们已做了必要准备且告示耶拿民众。但该地民众因受四位君主统治⑤而更倾向于无政府主义,故而,抑或在哥达人卢梭博士鼓动下,未经事先申请便前往柏林三地球共济会会所,自行建立会

---

① 共济会,德语原文 Freimaurerei,字面意思为"自由泥瓦匠",是一种具有宗教色彩的兄弟会,但其本身并不是宗教。歌德在给福格特的这篇呈文,详细地阐述了耶拿自立共济会分会的危害。他的干预与打压最终取得了成效。

② 歌德在1780年就加入了安娜·阿玛利亚共济会。

③ 著名的汉堡剧院演员施罗德(Friedrich Ludwig Schröder, 1744—1816)发起的对共济会的改组,将所有高级官员全部取消,建立纯粹人本关系为基础的机构。

④ 指1801年领主认可的由施罗德在阿尔施泰特亲自创办的会所。

⑤ 耶拿大学在四个公国(萨克森-魏玛,萨克森-哥达,萨克森-迈宁根和萨克森-科堡)的管辖之下。

所，事后方寻求君主认可。该认可系共济会成立之条件。此事因此而延宕。耶拿与哥达及柏林之间遂建立联系，而与魏玛及鲁道尔施塔特之间则不再可能有真正的内部联系，诸君主可随心所欲。各分会由此各自独立，了解此事进展者也知道，在此形势下提出对此类分会的监视只能被当作耳旁风。

之前曾考虑在耶拿成立一分会。耶拿兄弟会过去曾依附于魏玛兄弟会，其中第一任部长兼警察署长封·弗里奇男爵担任会长。这里，权力掌握在正确之人手中，今后亦应如此。现在将耶拿独立出来，则需要考虑此会所在本地之影响。马雷佐尔可能会成为会长，商人梅策尔[1]、奥托等人也许会协助他，年轻的施塔克看上去也会站到这一
264 边。其他人按兵不动，不想在君主认可之前加入。据本人所知，他们可能会聚集约三十余人。此外，他们还打算扩散至卡拉和多恩堡并尽力向东扩展。由此可见，尽管那里只聚集三十人，但此圈之中皆系有权之官员及其他公务人员。如有积极分子在顶层，则其在此小小国度内之政治影响指日可见。

其实，耶拿最糟糕之处在于其诸多社团及主管部门相互掣肘对立。在需要各种外部关系来统一内部事务之时，怎能建议在此无政府混乱状态下建立一个社团，一个强大到只有因为争吵和反感才会让人离开的社团？一方面，若此群体与科学院串通一气，则两者会因此力量倍增，且为了成员之想法及利益，他们完全敢自谋自划，与政府背道而驰；另一方面可以想象，由于医学系纯粹由反对派构成，在成立伊始，格吕纳，洛德或施塔克就可能成为会长。此乃绝佳时机，可令对手荒废半辈子的时间！后来的年轻教授们因所属党派不同而或多或少受到挤压或去依附他人。倘若会长和兄弟会长老压制德高

① 他请求福格特让公爵批准这个会所。

望重之人而专用无德之辈,那将是何等情形!谨慎起见,我们尚未提及学生,尽管他们在早期都是重点,为此人们在耶拿拒绝了所有与共济会之联系。

本人并不否认,共济会骑士团在大城市及普通民众身上所起的 265
良好作用且将继续发挥作用。在鲁道尔施塔特这种小地方,此类机构也是一种社交形式。在魏玛,我们原本完全不需要它,对于耶拿,出于上述原因以其他诸多因素,本人认为其存在有害无益。倘若现在能立刻给大家呈示该分会取得认可后半年内人员之构成,则人人将为此事担忧。

唠叨许多,挂一漏万,万望见谅。

魏玛,1807 年 12 月 31 日　　　　歌德

如果有谁就这样一个全方位的渗透机构去征询格里斯巴赫之流的想法,那我也许是看走眼了,除非他能对我的上文给出更为广泛深入的解释。此事也为其他宫廷提供了一个绝好的管中窥豹的一面,因为他们的司法官员和财务官员,特别是那些哥达人,其中不乏乡村宗教人士,肯定会逐步地加入此分会。

1808 年

203. 歌德日记 266

1808年1月1日　星期五

与歌手、演员①和其他人一起用早餐。表演了几首四声部歌曲。中午埃尔瑟曼小姐。《坦克雷德》②中的角色。晚上独自一人。开始读《塔索》的阿明塔。给亚当·米勒写信,德累斯顿。

① 指歌德家的合唱演员。

② 歌德翻译的伏尔泰的悲剧《坦克雷德》于1月6日上演。

204. 里默尔

1808 年 1 月 10 日　星期六之前

〈歌德：〉"目前在德国普遍流行的对艺术与诗的兴趣既没有为二者争取到什么东西，也没有为发表一部原创的、一流的或独一无二的大师作品做出贡献。各个时代的艺术天才们都能或多或少地灵活运用素材进行创作，如我们之前的荷马、埃斯库罗斯、索福克勒斯、但丁、阿利奥斯托、卡尔德隆和莎士比亚。区别仅在于现在那些平庸之物和次要的人物以及所有艺术性之下的、属于技术层面的东西都登场了。太阳已不再只照见高高的山峰，山谷里也迎来了曙光。"

"对诸如宗教、爱情、战争等其他精神方面的观念也是如此。它们存在于每个时代的具体作品中，将来还会继续存在下去。但能普遍流行起来的观念却只存在于一些特定的时期，像彗星的尾巴，出现在这些时期的一个或若干个杰出人物之中，他们犹如群山之巅，最先闪耀出黎明的霞光。每一种观念都有自己的一天，有上午、中午、下
267 午和夜晚。艺术同样如此，尚处于下午时分的诗也将如此。"或者像歌德平时喜欢说的那样："它就像是一场病，必须熬过来才会好。"

205. 歌德致贝蒂娜·布伦塔诺[①](亲笔)

1808年1月9日　星期六

亲爱的贝蒂娜,您的确是一个小精怪,既懂人心思又面面俱到,知道每个人的要求并能满足这些要求。您的礼盒在刚刚准备开饭前寄到,我把礼盒盖着端到您曾经坐过的位置上。我先用漂亮的酒杯为奥古斯特的健康干杯,我给他倒酒时他太吃惊了!里默尔也被蒙住了。可谁也没有猜到这礼物是从哪儿寄来的。我还炫耀了一番那套精美的艺术品味十足的餐具。女主人一脸不高兴,饭也不吃就要出门。在考验了一番她的耐心之后,我终于把盖布拉掉,揭开了谜底。于是每个人都高兴地对贝蒂娜交口称赞。

即使我倒过来,我也还是要再次从头赞美和感谢您。您细心挑选的精美礼物实在令人惊叹。艺术鉴赏家们都被请来欣赏这美丽的花饰[②],像是在过节,好像您本人又来这儿了一样。

希望不久能从您这儿知道我亲爱的母亲大人的近况,您如何照顾她,给她安排了哪些消遣活动。可爱的梅林送的小帽子[③]先收到了。人家不让我嚷嚷,但这顶帽子没有谁比她戴上更合适的了。施托尔先生关照的印在蓝纸上的画[④]您应当喜欢吧。再见,我的乖孩子!赶快写点儿什么,好让我有东西可翻写成诗[⑤]。

魏玛,1808年1月9日　　G.

---

① 这是歌德写给贝蒂娜的第一封信,寄送诗歌的信不算在列。自1807年6月15日起贝蒂娜已经给歌德写过五封信。

② 指前面提到的餐具的雕饰“象牙雕的小天使像”。

③ 贝蒂娜的妹妹送给克里斯蒂安娜的礼物,她上一次来魏玛拜访时也在歌德处。

④ 维也纳作家J.L.施托尔蚀版画像,贝蒂娜在魏玛时见到过他。

⑤ 在这封信之前,歌德给贝蒂娜寄过两三首十四行诗,这些诗使用了贝蒂娜1807年12月初寄给歌德的几封信中的主题。她在1808年初的回信中这样感谢并解释道:“我从这些诗歌中感到自己在上帝的光芒中获得重生。”在寄去的诗歌中保留下来的有编号为Ⅰ和Ⅲ的两首诗,即引子十四行和“即使深吻千遍也不满足。”但编号为Ⅱ的诗人们猜想可能是“亲爱的,你看上去如此真诚”(“姑娘如是说”),因为贝蒂娜在复信中重复诗歌的主题时暗示她在魏玛图书馆中搂着歌德半身雕像的脖子亲吻的那一段情节。

268 206. 歌德致雅各比

1808年1月11日　星期一

我亲爱的朋友，近来我从你这里收到了不少好东西，早就该为此对你表示感谢。但是最近几个月我完全中断了对外的联系。我埋头于各种工作，只跟眼前的几个朋友和旅途过往的陌生人打交道，特别是那个写《塔尔的儿子们》的维尔纳。你也认识他的，他的天性和作品让我们感到快乐和振奋。看到十字架立在我自己的地盘上，听着用基督的血和伤口做着诗一般的布道①，我这个老异教徒感觉非常奇特，但我并不反感。我们对它还缺少一种更高的见解，是哲学将我们提升到这个高度。我们学会了尊重理想的东西，尽管它有可能表现出令人惊讶的形式。

我们这里从不缺少客人。萨维尼一家和布伦塔诺姊妹俩儿在我们这里待了一段时间。我听人说了不少你和你周围朋友的事情。谢林的讲话让我很开心，它所涉及的领域也是我们喜欢徜徉的去处。对其他的东西一并表示衷心的感谢。记得常给我写信，让我知道你们的情况。

慕尼黑有一个画家叫克洛茨②，他花了很多精力研究颜色学。早在1797年，我在当时的档案中看到他写的一篇文章就开始关注他了。1806年，他把自己的发明和观点写成报告单独交付印刷。他也应我的要求给我写过一些关于他的想法和仪器的信。他就像这一行当里众多艺术家一样，可以说是找对了地方，却还没有找到正确的路子。希望我的《颜色学》能帮助他解开剩余的谜团，我在历史部分里
269 肯定还会提到他。也许你想认识一下他，让他给你这样一位真正的

① 指维尔纳的整体思想倾向，特别是他的《东海边的十字架》和《塔尔的儿子们》中“十字架的兄弟们”的部分。

② M. 克洛茨于1797年在《柏林时代与潮流档案》上发表过一篇文章，1806年又发表了一篇“关于颜色学及颜色系统的报告”。歌德在他《颜色学》的最后一章中简短地提及了克洛茨。

学术委员会主席讲讲他的观点,把他热心而勤奋工作的成果寄给你看看。我不想说他会让你完全满意。一个有实践经验的人,之前没有受过理论教育,却认为自己应当做一些理论研究,这种行为还是比较少见的。但如果人们不能欣赏他的严肃与真诚,往往就会觉得他滑稽可笑。

此处附上利希滕贝格的信[①],它混到了我的手稿中。给你兄弟的信我大约也能找到并会马上寄出。你寄来的《萨堤洛斯》[②]让我很开心。我们年轻时描写神祉们恶作剧的作品我以为都丢掉了。我曾经想凭着记忆把它重新写出来,但却无法拼凑起来。

一旦天气允许的话,我可能就要去卡尔斯巴德,因为去年的疗养效果很好。这个冬天我感觉比以前好多了。至于我是否会按照我的习惯待在那里,或是继续向东或向南走动,到时候再说吧。不过你应能很容易想到我会来看你,在你身边回忆从前在彭佩尔福特的旧时光[③]。

今天就此搁笔并问候全家。

魏玛,1808 年 1 月 11 日　　G.

---

① 雅各比在 1807 年 10 月 26 日的信中向歌德索要这两封信,他只是临时把这两封信转给歌德看。

② 指歌德的讽刺剧《萨堤洛斯或被神化的林中恶魔》。雅各比把他保存的手抄副本让萨维尼带给歌德。

③ 彭佩尔福特是雅各比在杜塞尔多夫附近的乡村住所,这是两人从 1774 年开始的友谊的见证地。1792 年普奥联军在对法兰西的进攻失利后,歌德在彭佩尔福特雅各比处逗留了很长时间。参见歌德在《诗与真》及《远征法兰西》中的描述。

207. 歌德致策尔特

1808年1月22日　星期五

吃下去的是食物，消化出来的是力量[1]。我一边这样说着，一边打开您装满力量[2]的箱子。东西都平安到达。那只罐子塞得真结实，尽管它裂了一条缝，但东西都没有洒出来。女主人表示感谢，特
270 别是奥古斯特，他把寄来的大部分点心都吃了，我们其他人每人都分了一小份。

您的音乐[3]已经转交给我那所小学校。您头一次寄来的作品是我们这段时间以来收到的最好的音乐。昨天，大部分作品都表演给诸侯夫人们听了，她们非常喜欢。

您曾经提到一首“圣母悼歌”[4]，请原谅我提起此事。我办的那个小学校还相当不错。您应该知道，年轻人总喜欢特立独行，他们在独唱一曲忧伤的葬歌或因为失恋而唱着充满哀怨的歌曲时，总会自我感觉良好。每个演出季将近结束时，我大多会允许他们这样放纵一下，我要诅咒马西森、萨利斯、蒂德格之流[5]和所有那些教士，他们甚至在歌曲中都要把我们这些迟钝麻木的德国人逐出这世界，不过我们反正都会很快离开这世界。有时音乐家自己也会经常做出一副无病呻吟的样子，把欢快的音乐搞得沉重不堪。亲爱的朋友，我很喜欢听您创作的东西。昨天又去听了“神祉们从不独自显灵”和“亲爱

---

① 改编自《旧约·士师记》，14，14。

② 根据策尔特的1月9日的信，里面寄了一只装有什锦泡菜的容器。

③ 策尔特根据歌德的请求为他的家庭合唱队谱曲。

④ 原文 Stabat Mater 或 Stabat Mater Dolorosa，一首中世纪歌颂圣母玛丽亚的诗，描述了圣母玛丽亚在基督耶稣受难时的悲痛。

⑤ 他们是18世纪由感伤文学（主要代表人特有克洛卜施托克，克劳狄乌斯等）向浪漫主义过渡时期的抒情诗人，他们的诗主要由赖夏特和楚姆施泰格谱曲，备受人们喜爱。其中著名的有贝多芬谱曲的马蒂森的“阿德莱德”（1795年）。

的朋友,曾经拥有的好时光”[①]。每个人都好像把积攒了几个世纪的灰尘从头上抖落下来。

感谢您给我们写了这么多好东西！也许我要找机会给您回赠一些什么。

祝您生活愉快。

魏玛,1808 年 1 月 22 日　　　　歌德

① 策尔特谱曲的席勒的“赞歌”和“欢乐颂”。

208. 歌德致科塔

1808年1月24日 星期日

您去年年底那封亲切的来信及内附的300塔勒汇票[①]均已收到，
271 我表示万分感谢，对您打算提高我信用额度的好意，我也感激不尽。如果哪天有需要的话，我一定会享用您的恩惠。当然我们现在的境况是几年前做梦都想不到的。原本为未来计划的钱，当下就已经花光了。为了让自己开心一点儿，我们就还得像学生时代那样，马马虎虎地过吧。

除此之外，我没有什么好报怨的。这个冬天以来，我的身体状况不错。我很开心地做了一些事，而且让我高兴的是，这些事都完成了。这于我来说并不多见。

石版印刷的样稿[②]的确引人注目，它在《晨报》上的印样就已经让我惊叹不已。

随信先给您附上一份介绍维尔纳新创作的悲剧[③]的报道及剧中的合唱曲，后续还会有更多的内容。我希望这个值得关注的人在我们这儿能待得更久一些。他在不知疲倦地写《塔尔的儿子们》第二版和《东海边的十字架》第2卷。也许我可以让他用某种方式为您的生意效劳。

您上封信问到菲韦格新出版的《赫尔曼与多萝西娅》[④]一书是怎

---

① 付给歌德其著作集的稿费。

② 科塔是应用这个在世纪之交发明的石版印刷技术的先锋。他与戈特利布·海因里希·拉普(Gottlob Heinrich Rapp, 1761—1832)一起在斯图加特运营的石版印刷坊所做的试验在《晨报》上做了介绍。

③ 维尔纳的悲剧《旺达》，该报导里面有一段简短的关于该悲剧不久将要在魏玛上演的消息以及其他一些信息。

④《赫尔曼与多萝西娅》一书于1797年首次在菲韦格出版出版发行。1806年它第四次出版这部叙事诗，因此与科塔出版的《著作》形成竞争，《赫尔曼与多萝西娅》计划于1808年在第10卷中出版。然而，当时尚未有明确的法律规范限制无授权的翻印行为。

么回事。这是赤裸裸地盗版行为。它完全没有权力这样做,压根儿就没有为此和我打过招呼。它翻印书就应当和我打招呼,这本来就是理所当然的事。

如果您打算印刷《浮士德》片断的单行本[①],我没有什么意见。它传播的越广越好。

给女士日历应该能够找到一些东西,但请允许我表达我对这个
小册子的一点儿反感。由于编排不当,本来不属于正文的铜版画被
插了进来。也许别人对此不是很敏感,但我不得不承认,如果我正在 272
兴致勃勃地读一部优美的小说,突然看到一幅与书中内容格格不入
的圣母画像,或一幅华伦斯坦军营景象的画,即使这是别人的问题,
我也会感到十分难堪。请您原谅我的直白。我宁愿老老实实地承认
我强烈的厌恶,也不愿被人怀疑因为粗心大意或情绪不佳而有负您
的期望。

祝您生活愉快,生意有成[②]。

魏玛,1808 年 1 月 24 日　　　　歌德

---

① 指《浮士德》第一部。单行本在 1808 年出版。

② 可能是指科塔除了正常出版业务外,他的石版印刷坊和他准备在巴登-巴登开一家旅馆的计划,但他还没有与歌德直接谈论过此事。

209. 歌德日记

1808年1月25日　星期一

写信。给科塔博士并附上《旺达》中的合唱歌曲。中午独自一人：关于基督教徒的事。维尔纳的科夫塔主义①，男士们隐密的贪婪。在剧院看《纷乱》②。

---

① 歌德的喜剧《大科夫塔》中的主题人物科夫塔是一个聪明绝顶的骗子，他伪装成一个神秘的智者和带有神秘的共济会特征的教派的首领。被他迷惑的贵族圈子受尽他的愚弄和欺骗。歌德当时就在维尔纳的作品中看出了与他的《大科夫塔》在思想上的联系。

② 科策比的滑稽戏。

210. 里默尔(日记)

1808年1月30日　星期六

中午与弗罗曼一家、奥肯、维尔纳、费尔诺、迈尔、叔本华、乌尔里希在一起。

歌德在餐桌上说:"有一点我跟上帝很像,即总是让不希望发生的事情发生。"对此维尔纳补充道,歌德跟上帝相像的地方在于他也总是把一切忘得一干二净。

211. 歌德致艾希施泰特

魏玛，1808 年 2 月 1 日 〈星期一〉

随信寄回德尔布吕克的邮件①，阁下对我的作品所受到的评论
273 表示真切的忧虑令我非常感激。对我而言，我的此类创作都是发自内心，我把它们留给今人或后人，是喜爱，还是反感，我也不再去想了。德尔布吕克的意见对我来说是非常宝贵的。亚当·米勒也许需要他写的全部评论来喂养这匹日神宝马②。一般来说，我认为没有谁能对某一作家作品的合集做出较好的评论，除非他之前就与这个作家交为好朋友。这一点同时代的人都能理解，因为，后世之人读到这个合集时也会有自己的新见解。如此看来，您所希望的事情还什么都没有做。我原本也只能以我的不才为这件可敬的事业尽绵薄之力。我还从未像现在这样感到如此紧迫地要完成眼前的工作，也从未如此惴惴不安地回首过去。

封印均已配制了精美的匣套③。那只大号的学术印章看上去真的俊伟大气，与华丽的羊皮纸证书及阁下的美文相得益彰。

恭请万安，垂念为盼。

歌德

---

① 德尔布吕克在《耶拿文学汇报》上为歌德著作里包含诗歌的第 1 卷写了一篇评论。歌德对此予以赞赏，参见第 341 封信。

② 意指由亚当·米勒和克莱斯特创办的杂志《太阳神》（德语原文 Phöbus，即福玻斯。希腊文 phoibus 是闪闪发光的意思，在古代常常被用来指代光明之神福玻斯·阿波罗，同时它也是希腊神话中的太阳神赫利俄斯的名字。传说他每日乘着太阳宝马所拉马车在天空驰骋，令阳光普照世界。后世神话中，赫利俄斯与阿波罗被逐渐混为一体，都称为太阳神）。米勒在 1807 年 12 月 17 日的信中请歌德为杂志写文章。

③ 文中提到的印章是为授予爱尔福特的法国专员勒马康的证书（耶拿大学哲学博士和拉丁语学会的荣誉会员）而准备的，以感谢他为萨克森-魏玛所做的贡献。匣套用于保护系着证书的丝带上的封印。

212. 歌德致克莱斯特[1]

1808年2月1日　星期一

尊贵的阁下，

非常感谢阁下寄来的《太阳神》杂志。里面有几篇文章我是知道的，它们令我十分高兴。与彭忒西勒娅[2]我尚未能交朋友。她来自如此神奇的家族，在一个如此陌生的区域活动，使我不得不需要花时间去了解她们一番。也请允许我说(因为如果不是真心的话，那还是缄口为佳)，每当我看到那些有思想、有才华的年轻人在等待剧院上演剧目时，我总是会忧心忡忡。甚至，一个等待救世主的犹太人，一个等待新耶路撒冷[3]的基督徒，一个在等待唐·塞巴斯蒂安[4]的葡萄 274
牙人，都不会引起我们更多的不愉快。在每个木板架前我都想对真

---

① 这是歌德给克莱斯特1月24日寄来的信及第一期《太阳神》杂志的回复。这本杂志里面有克莱斯特的"彭忒西勒娅悲剧的有机片断"。亚当·米勒也向克莱斯特告知了歌德想要上演《破瓮记》的打算以及歌德对这部剧的不同意见。1807年12月7日，亚当·米勒给歌德写信道："克莱斯特被您的指责深深触动，他要用他的两部悲剧《彭忒西勒娅》和《罗贝尔特·居伊斯卡》来赢得唯一的法官，他将听从这位法官的判决。"克莱斯特在他的信中恳请歌德为《太阳神》杂志写文章："亚当·米勒和我再次恳请您为我们的杂志赐稿，以使其光芒永照，一如我们斗胆挑选的杂志的名称所预示的那样……"从信中的表述就可看出歌德不同寻常的生硬回复有两个原因，第一是因彭忒西勒娅的片断而引起的烦扰，第二个是克莱斯特过于自信的表白，显然是不准备接受歌德的建议。歌德当时正在准备组织克莱斯特的戏剧演出，觉得自己作为一位天才作家的推动者受到了当头一击，自己作为戏剧方面的权威受到了质疑。还有一个原因无疑就是《太阳神》杂志，歌德在这里明显是选择了沉默。

② 彭忒西勒娅是希腊神话中阿玛宗的女王，战神阿瑞斯的女儿。当特洛伊老国王普里阿摩斯的儿子，特洛伊最伟大的英雄赫克托耳被阿喀琉斯杀死后，彭忒西勒娅带来一小队女英雄来到这里支援特洛亚人，把希腊人打得四处败逃。她一心一意要找阿喀琉斯战斗，最后不敌阿喀琉斯，被他用枪刺穿胸膛而死。

③《新约·启示录》3，12和21，2。

④ 唐·塞巴斯蒂安，葡萄牙国王(1557—1578)，在反对摩洛哥苏丹的军事扩张的战争中阵亡。葡萄牙人民不相信他已死，一直在等待他的归来。

正的戏剧天才说：就在这儿比试比试，亮出你的本事吧[①]！在每一个年集上，我都想鼓起勇气，把木板一层层搭在木桶上，给卡尔德隆的剧本[②]做过一些必要的改动后，让它给无论是受过教育还是没有受过教育的大众带来最好的享受。请原谅我的直率，但这证明了我真诚的好意。对这种事情当然也可以客客气气地说些好听的话。现在只要我把心里的话讲出来就很满足了。余事再聊。

魏玛，1808 年 2 月 1 日歌德

---

① 原文是拉丁文：*hic Rhodus*，*hic salta*，套用了伊索寓言里的句子："这儿就是罗都斯，就在这儿跳吧！"意思是"你现在就在这儿展示一下你都会什么吧"。

② 歌德在这一段时间里一直研究卡尔德隆的戏剧，对他的戏剧特别适用于舞台表演感到非常惊奇。也许他把卡尔德隆也当成了克莱斯特所属的浪漫派的典型。

213. 里默尔(日记)

1808年2月1日 星期一

中午独自一人。谈论西班牙语的悲剧《努曼提亚》[①]。谈论那些把歌德看作是权威却又欺骗他的先生们[②],“我早就想给他们这样说了。”谈论维尔纳。关于维尔纳的创作和对他的赞扬,歌德说:

“我们的快乐来自于我们尚未开化的一面。每个人都有这样的一面。”

用餐后维尔纳过来。

---

①《努曼提亚的占领》,塞万提斯的诗体悲剧。诗人把公元前133年反抗罗马人的进攻,保卫家园,直至城破人亡的努曼提亚人的事迹写成了一部民族英雄的悲剧。歌德早在1799年根据A. W. 施莱格尔的建议读过此剧本(参见1799年11月30日的日记及1800年1月4日给W. 封·洪堡的信)。施莱格尔在他的“关于西班牙的戏剧”的论文中高度赞扬了这部悲剧。

② 这里的“先生们”主要是指作为《太阳神》杂志出版者的克莱斯特和亚当·米勒。歌德感到自己的作用不过是被他们用来做一个招牌而已,这一点也可以通过亚当·米勒1807年12月17日的信中的这句话得到印证:“阁下为《普罗米修斯》所做的事,我们也希望您能为《太阳神》做一些。”《普罗米修斯》也是新近创办的一份杂志,歌德把他的《潘多拉》的片断在杂志的头几期中发表(参见第224封信及注释)。

214. 里默尔

1808年2月1日 星期一

当人们称他〈歌德〉是神一样的人物时，歌德说："我是神的魔鬼！如果有人想为所欲为并欺骗我，那么，他们在我背后说我是神一样的人物，对我又有什么用？神一样的人物对这些人来说，只是可以保证任由他们随心所欲的人①。"

275 关于这个话题，他另外一次还这样说："没有谁会把一个人当作神，除非他想要违背那个人的原则行事，因为他想要欺骗那个人，想要一些东西称遂自己的心愿，想要让别人放弃很多的绝对，以便让自己变得很绝对。"

---

① 在跟《太阳神》出版者的实际交往中，歌德显然感觉到自己又回到了《雅典娜神殿》的那些日子。施莱格尔兄弟在这份杂志中，常常把他捧成"神一样的人物"。同时两人开始改弦易辙，很快成为反对歌德的浪漫派运动的领袖。现在克莱斯特和亚当·米勒似乎又在走同样的道路，也称歌德是"神一样的人物"，《太阳神》杂志渴望他的参与，第一期杂志也刊登了亚当·米勒的对《埃格蒙特》赞扬。歌德明显感觉到，人们希望他听任他们发表任何谈及他所反对的浪漫派的文章。

215. J. H. 迈尔

1808年2月8日　星期一

1808年2月8日,我给歌德读了一段《光线》杂志[①]中马森巴赫的评论,是关于封·米弗林撰写的1806年普鲁士军队战役及被歼灭的文章[②]。文中提到不伦瑞克公爵事先就已经预见到了整个悲剧并试图自杀。歌德补充道,不伦瑞克公爵[③]早在几年前,而且是在法国大革命之前就曾经秘密地给赫尔德说过:他意识到整个普鲁士帝国机构可能会从内部瓦解,他将尽一切努力支撑危局。当土崩瓦解之日到来时,他最后的要求就是一颗子弹。

---

① 《光线——关于1805、1806及1807年历史的论文》,“不定期杂志,由一群热爱真相的军人,公务员和学者主办”。在《1806年日记与年鉴》中歌德讲述了他如何在耶拿战役的前几天劝说马森巴赫不要去印刷反拿破仑的宣言一事。歌德早在1792年在反法联军的一场战役中就认识了马森巴赫。

② 指《普鲁士-萨克森军队1806年作战计划,奥尔施泰特战役及向吕贝克的撤退》,魏玛1807。之前有一篇(歌德通读过的)米弗林撰写的关于吕勒·封·利林施特恩报告的评论,分别于1807年5月15日、5月16日发表在《耶拿文学汇报》第113、114期上。米弗林在评论中也批评马森巴赫作为霍恩洛厄-英格尔芬根侯爵的顾问对普鲁士进攻拿破仑的失败负有责任。

③ 不伦瑞克公爵是部队的最高指挥官,1806年11月10日因在耶拿和奥尔施泰特战役中负伤不治身亡。

216. 歌德日记

1808年2月13日　星期六至2月16日　星期二

2月13日

中午与乌尔里希小姐[1]一同用餐。随后回房间。晚上演出《默罕默德》。让人朗读约瑟夫斯书中的内容[2]。

2月14日

中午在我房间,晚上在家。约瑟夫斯。

2月15日

《潘多拉的归来》的第二部分给维也纳。封·克内贝尔少校。我在自己房间里用餐。晚上约瑟夫斯的犹太史。枢密官迈尔生病了。《旺达》第三次演出。哥达的女士先生们都过来看喜剧。

276 2月16日

《潘多拉的归来》。封·克内贝尔少校,与我们一起用餐。谈到许多关于《旺达》和其他东西的话题。约瑟夫斯的犹太人的战争。

---

① 这是歌德在日记中第一次提到卡洛琳·乌尔里希,她不久就成为歌德家庭事务中一个不可或缺的角色。她出身于图林根地区的一个学者和法官家庭,早在少女时代就成为克里斯蒂安娜的伙伴和密友。1807年11月底她搬入歌德家中,直到1814年11月8日与里默尔结婚。歌德非常欢喜她,称她为“小卡洛琳”、“乌里”等。她在歌德家庭中的重要角色也常常反映在歌德与克里斯蒂安娜的通信中。歌德会把信一起寄给她,而克里斯蒂安娜则不仅让她代笔,而且也让她一起写信,或甚至是主要的写信人。1813至1814年间,歌德没有固定的秘书,于是她就承担起这份工作,被歌德称为“小艾因哈德”。

② 弗拉菲乌斯·约瑟夫斯(Flavius Josephus,公元37至约公元100年),古犹太历史学家。他作为犹太人的统帅积极地参加了犹太人反抗罗马人统治的斗争(公元66至77年),成为耶路撒冷被摧毁这一历史事件的见证人。后被罗马人俘虏做了阶下囚,又受到罗马总司令即后来的皇帝提图斯的青睐,成为他的随从。著有《犹太战争史》。

217. 里默尔(日记)

1808年2月26日 星期五

中午,歌德谈其他人和他们想做什么和能做什么的明确信念。一切都建立在这种信念之上,并由此而产生无畏。

218. 歌德日记

1808年3月1日 星期二至3月2日 星期三

3月1日

阿斯特的科学和艺术杂志,第一期。全部都是罗特曼反对雅各比。中午独自一人。晚上与米弗林上尉在公爵殿下处,关于新的军事行动和之前的行动。战略与战术以及行军与作战的作用及反作用。法国战争的军事冒险。伯哈德王子①在德累斯顿,特别是那里的情况。也谈论了目前德累斯顿石版印刷业②的情况。之后太子殿下过来。

3月2日

《普鲁士人物画廊》③。女士们。维尔纳朗诵他的《阿提拉》第三幕。中午独自一人。晚上枢密官迈尔。在剧院看《囚犯》和《破瓮记》。这几天在思考关于我们第11号插图的第15牛顿试验。

---

① 卡尔·奥古斯特的最小的儿子,1806年起他与他的老师亚当·米勒,1807年后是吕勒·封·利林施特恩,住在德累斯顿。在耶拿战役中,年仅十四岁的他作为志愿兵参加了战斗。

② 当时德累斯顿已经成为慕尼黑之外的另一个石版印刷的中心。

③ 由P.F.F.布赫霍尔兹(Paul Ferdinand Friedrich Buchholz,1768—1843)编撰的匿名出版的著作。它在与马森巴赫的最高长官的争论中起着重要的作用。人们以为马森巴赫是这本书的作者,但他予以坚决否认。亦参见第215封信及注释。

219. E. 格纳斯特(1862) 277

1808年3月2日　星期三至3月3日　星期四

〈A. 格纳斯特的报告：在扎哈里亚斯·维尔纳的《旺达》演出之后〉3月2日发生了克莱斯特《破瓮记》的第二件新鲜事。第一场演出时它就演砸了，毫无道理地彻底失败[①]。扮演亚当的演员要为失败负主要责任，他把台词念得拖拉而无聊，连他的同伴儿都失去了耐心。在排练时，无论歌德怎样训斥，他都无法摆脱那副傲慢自负的腔调，假若能教会他使用简短的命令式语句，也许还不那么糟糕，因为那种拖腔拉调的样子实在令人无法忍受。演出期间还发生了一桩意外，这种情况在小小的魏玛宫廷剧院还从来没有出现过，可以说是一件闻所未闻的事情：公国的一位官员恶作剧般地吹口哨给这出戏喝倒彩。当时卡尔·奥古斯特的座位就在两个柱子之间，紧靠着舞台前部，即在所谓的市民看台上。他把身子探出栏杆喊道："是谁如此无理，胆敢当着我夫人面吹口哨？卫兵，把那个家伙抓起来！"这个搞恶作剧的家伙正想从门口溜走，被逮了个正着，在警察总局关了三天。里默尔告诉我说，第二天歌德对他讲道："这个人其实并没有错，如果礼节和地位允许的话，我也会喝倒彩的。不过，出于礼貌他应该等到出剧院后再吹口哨。"

① 格纳斯特的报告与其他关于此次演出的记载有出入。在其他地方都没有提到过奥古斯特公爵的介入，饰演乡村法官亚当的贝克尔(Heinrich Becker)在其他地方也备受称赞。但这次演出显然是失败的，观众的嘘声也被多次证实。对此次演出的批评主要集中在戏剧冗长而缺少情节。同时，歌德主张的将剧本拆分为三幕剧，中间夹着音乐，也受到了恶意地抨击。克莱斯特不久后也在《太阳神》杂志上发表了一首针对歌德的尖刻的讽刺诗，据说甚至要与他进行决斗(参见第591封信)。

278 ## 220. 歌德致雅各比①

1808年3月7日　星期一

朋友之间还是有一些差异的。所以，如果大家能够完全对同一件事情感到高兴的话，这的确是令人非常惬意的。你亲手寄出的这

---

① 歌德的这封长信直接或间接地提到了雅各比2月19日至25日的信中的内容。为了便于理解，现将这两封信中的部分内容录于此。

慕尼黑，1808年2月19日

〈……〉

这里附上两份小册子，其中一份是关于我的，另一份是关于你自己的。大约在四年前，一个从耶拿过来的人告诉我，人们在那里大声宣称说，就像人们现在围着维兰德那样，不久人们就要拥戴歌德了，为了他取得的巨大进步。我当时只把它当成闹剧。但今天，如果没有亲眼看到这许多难以置信的东西，我是不会相信的。因此，我也不愿意相信弗里德里希·施莱格尔正儿八经地皈依了天主教。现在露易丝·施托尔贝格给伦妮写信说此事，对此我不再怀疑。〈……〉维尔纳，《塔尔的儿子》，我觉得也属于那一类人，他从里到外都有意无意地把严肃当儿戏，把儿戏当严肃，一副装神弄鬼的样子，令我讨厌。这种游戏他人，戏弄自己的把戏不可避免地会损害人的最高贵的天性。诗人是看世界的人，绝不能去编造谎言，服务于谎言，屈从于谎言。而那种相反的学说则要人去说谎，去塑造那些不是真实的、欺骗人的形象，它认为这种绝对的天马行空的幻想家才是真正的天之骄子。这种学说只能是昙花一现，被后世所耻笑。我首先想到了维尔纳和他的《阿提拉》，他也许会告诉你或已经告诉你说，我很赞赏他的前两幕戏，但也很严厉地批评后三幕。他觉得这些虚构的东西也许让我觉得陌生而反感。我告诉他，恰恰相反，我太喜欢里面那些真正高尚的东西，以至于我不得不忍受人们只拿它们来故弄玄虚，把它们表演得像化装舞会一样。我对新学派（即浪漫派）的反感就在于它把帕纳塞斯（希腊神话中太阳神和文艺女神们的灵地，代指诗歌的殿堂）弄成了妓院，然后说这才是真正的真理，是真正的创作。这种所谓的真正的创作，我倒更想把它比喻为一个梦，一个从里面变幻出来真实鲜活的女人的梦境。亚当在内心里看到了这个美人，因为他在满怀渴望地追求着她。〈……〉

2月23日

〈……〉

我脑子里还想再给你写点儿关于谢林的讲话的东西，　（转下页）

份礼物①送到我面前时,我就是这样的心情。W. K. F. 马上就会在我们的文学报上让人听到他们对此作品的欢呼②。此刻我无需赘言,只想对你和阿雷庭③先生表示最衷心地感谢。即使人们送给我的杜卡特金币足够盖得住这些石印版,这些金币也不会像这些作品那样给我带来如此多的享受。因为金币我还得花出去,花钱时我也许不会像欣赏这份无价的遗产时感到那么舒坦。

随信寄来的那些奇怪的小册子当然不那么令人释怀。当我问自

(接上页)　告诉你我都反对些什么,即反对那些不过是用许多甘腴之肉人为地包裹起来的骨头。〈……〉世上只有两种有着根本区别的哲学,在这里我想说它们是柏拉图的哲学和斯宾诺莎的哲学。人们只能在这两种哲学中进行选择,也就是说,人们或者被其中一种哲学所打动,或者被另一种哲学打动,这样人们只追随其中一种哲学,只把它认为是真理的精髓。这里起决定作用的是人的全部性情气质。他不可能把自己的心分给这两种哲学,更不可能将两者真正地结合起来。如果出现后面这种情况,那就是在说谎,就是口是心非。我从谢林的讲话中看出他在说谎,在运用这种完全用来迷惑理智的手法,因此,我根本不喜欢这篇讲话。〈……〉

① 指雅各比在第一封信中提到的石版印刷的阿尔布雷希特·丢勒为马克西米利安一世皇帝的祈祷书手绘的边框画。雅各比在信中写道:“你不要仅仅把它们当成是从我这里收到的一份礼物,而必须把它们看成是这家印刷社老板的礼物,是本地较大的石版印刷厂的主要拥有人的礼物……”

② 3月19日在《耶拿文学汇报》上发表了一篇署名为W.K.F.的充满赞誉之词的评论,其中大部分是出自迈尔之手。里面将这几幅手绘与丢勒的另外几幅评价不太高的作品放在一起做对比。这篇评论被浪漫派艺术家认为是歌德美学思想的转变,是对古典理想教条的突破,它“为把丢勒树立为浪漫派艺术家的榜样起到了巨大的作用……”

③ 阿雷庭(Johann Christoph von Aretin, 1772—1824),在慕尼黑图书馆发现了丢勒的手绘作品,因此,歌德在下面使用了“遗产”一词。

己关于罗特曼的争论时[1]，我发现我更倾向于把所谓的黑暗世纪比你想象得更好一些。我对自己说，天父的家里[2]有许多房间，下层黑暗的地下室与屋顶的阳台一样都是这宫殿的一部分。我正在编辑整理我的颜色学史的读书笔记，因此，我也还必须研究艺术史、科学史甚至世界史。我总能感觉到我们认为的那个混混沌沌的时代还回响着人类嘹亮的合唱，神祇们也是应该喜欢倾听这声音的。对我来说，它始终是洞察那幽暗深邃而充满力量的创作的庄严景象。各民族当年保护并传承神圣思想意识的星星之火，这是一件多么美好的事情啊！使这薪火重新熊熊燃烧的人又是多么杰出啊！我对罗杰·培根
279 无比敬重，而跟他同名的那位掌玺大臣[3]却让我觉得像赫拉克勒斯[4]一般，他把牛厩中辩证的畜粪清理干净后再填满经验的畜粪。

---

① 对此可参见 v.d. Hellen 的信："由国王马克斯·约瑟夫及部长蒙特戈拉斯召往慕尼黑的学者们（哲学家雅各比和谢林〈……〉）受到了巴伐利亚的那些老家伙们的猛烈攻击。兰茨胡特大学是这帮反对派的发源地，从这里出去的檄文中也有一份卡尔·罗特曼的书，即"F. H. 雅各比论文批判"〈……〉(1808)，这篇文章是针对雅各比的学术发言的。"

② 歌德很喜欢引用的一段话，出自《新约·约翰福音》14. 2。原话被歌德改而用之。

③ 关于罗杰·培根，可参见《颜色学史》中的章节。他的同名人是指弗朗西斯·培根(1561—1626)，曾担任英国女王特别法律顾问以及朝廷的首席检察官、掌玺大臣等。歌德在《颜色学史》中也有专门一章写他，他为新实验科学奠定了基础（即歌德这里所说的"经验的畜粪"），反对中世纪的经院哲学（即"辩证的畜粪"）。这里畜粪的比喻暗指赫拉克勒斯清理奥革阿斯牛厩中的畜粪的工作。

④ 赫拉克勒斯(Hercules)希腊神话中最伟大的英雄，是主神宙斯与阿尔克墨涅之子，他神勇无比、力大无穷。清理奥革阿斯的牛棚是他完成的十二项被誉为"不可能完成"的任务之一，即要在一天之内把养有三千多头牛，多年来从未打扫过的牛厩清理干净。赫拉克勒斯在牛厩的一边挖了一条沟，把阿尔弗俄斯和佩纳俄斯河的河水引进来，流经牛棚，把里面大堆牛粪冲刷干净。

没有什么比这个神话人物的名字让我想到弗里德里希这个新赫拉克勒斯更自然的了。他不是拿着一根木棍,而是拿着一根木棒[1]阔步走来。我欣慰地看到他也中了一份头彩[2],被列入凯撒们和独裁者的行列,只是很好奇他在下一个季度里会屈服于谁。由于在这一系列的历史中还要提到我的名字,我觉得我会像斯帕拉托的戴克里先一样,冷眼旁观我的继承者如何相互驱逐,相互厮杀[3]。

此外,那些先生们说我的话对我真是太过恭维了。我或许理应得到这种表扬,但我从未希望得到它。现在我觉得最开心的事莫过于作为最后一个异教徒而活,作为最后一个异教徒而死[4]。

我与谢林的讲话在品质和形式上有多大程度的差别,我自己也不十分清楚。总体来说,讲话的内容与 W. K. F. 所认为的真实的并且经常强调的东西是一致的,当然了,W. K. F. 不是埃洛希姆派的人。此处所谓的真实是指创作意义上的真实,即在这条道路上能够创作出一些东西,并且这些创作出来的东西能在一定程度上被人们

---

① 歌德在这里是一语双关,暗指弗里德里希·施莱格尔(Schlegel),Schlegel 在德语里也有"木棒"的意思。

② 指雅各比寄过来的第二份"小册子",即一篇由阿斯特(F. Ast)撰写、发表在由他自己出版,在兰茨胡特发行的《科学与艺术杂志》I(1808)第一期上的评论,里面写道:"因此,施莱格尔以赫拉克勒斯的形象出现,带着勇气和力量与恶进行斗争。"

③ 戴克里先(全名 Gaius Aurelius Valerius Diocletianus)罗马帝国皇帝,在位期间(284 年至 305 年)开始加剧对基督教徒的迫害。几年后,君士坦丁一世接过权力,颁布米兰敕令,停止了对基督徒的迫害行动,为将基督教立为国教铺平了道路。戴克里先于 305 年主动退位,让权于继承者,归隐到斯帕拉托(今斯普利特,达尔马提亚城市)。在他统治期间实施的四帝共治制的改革,为后来罗马帝国的分裂埋下了伏笔。

④ 指阿斯特的评论里面把歌德的创作比喻为"异教徒式的",它缺乏指向神的,理想的倾向,但阿斯特对歌德作为自主诗歌创始人的地位并无异议。

所理解。

维尔纳待在我家已经快三个月了。我们尽了一切努力来使他的《旺达》引起人们的注意。他是一个出色的天才。至于他皈依了现代基督教,这与他的出生地①、受教育的环境和生活的时代有关。德国文学艺术走这个方向是不可阻挡的,如果一定要指责这些的话,那么哲学家们也应当承担一部分的责任。天才习惯捕捉并进行加工创作的普通题材已经枯竭并且遭到鄙视。席勒还坚持崇高的题材;为了能够超越他,人们得转向神圣的东西,这在精神哲学中垂手可得。

280 在古代最辉煌的年代,神圣的东西产生于感性可知的美好事物。宙斯就是通过奥林匹亚的形象才变得完整。现代的东西则建立在道德美好的事物上,而且只要人们愿意,就可以将它与感性的形象对立起来。你无法忍受将神圣的东西与道德美好的东西,或者更确切地说,与令人舒服且讨人喜欢的东西结合在一起,我丝毫不会见怪,因为,正如维尔纳的创作给我们证明的那样,这种结合会弄出一个淫欲横流的化装舞会或半个妓院,而且还会逐渐变得越来越糟。

与前面所说的事情相比,同样合乎逻辑的是,一个有才华的人不仅渴望别人惊叹自己的作品,而且还希望别人喜欢他、尊敬他这个人,并以导师和先知的身份自居。不过对他们这么做我同样不会见怪。那些演员、音乐家、画家、诗人,甚至学者本人,他们那些奇特的半理想、半现实的本性让生于现实长于现实的世俗大众觉得,这些人如果还算不上半个罪犯的话,起码也像是一群白痴,他们像一群饱受

① 指东普鲁士柯尼斯堡(加里宁格勒)。也许歌德认为,柯尼斯堡作为后来新教的一个中心,之前(自 1460 年)是德国骑士团首领的驻地,德国骑士团在 13 世纪臣服于普鲁士并改信基督教。维尔纳在《塔尔的儿子们》和《东海边的十字架》中继承了这一传统。

有轻微的名誉受到玷污或受到指责的瑕疵[①]折磨的人。在一个备受歧视的种姓中难道就产生不了这样一些聪明人,为了摆脱尴尬的境地,即使不能以梵天自居,也要把自己标榜为婆罗门吗?难道他们就不知道不这样做就根本没有出路的吗?

看来,《力的庄严》是人们目前为止看到的最棒的演出之一。伊夫兰[②]以前不得不扮演那么多的流氓小丑,不得不在那些始终只关注这种题材的观众面前贬低自己,现在他终于开始受到诱惑,以新教的圣人面目出现,要把狂欢节的舞台变成受人尊敬的帝国,要歌唱"我们的上帝是一座坚固的堡垒[③]",要在[……][④]日警告那些在10月14日去见鬼送死的德国军队,因为德国人的脑子里还没有意识到这种危险,难道人们因此就要责怪他吗?

看着维尔纳用自己勉强想出却粉饰得漂亮的关于爱、两人命中 281
注定的结合、高超的技能、信徒、阿斯特拉里斯的迷娘[⑤]等理论去迷惑小女人,我觉得很有趣;他知道用被他搅混了僧侣和骑士等级的男人、夜幕中的教堂、祈祷室、棺材、陷阱、魔鬼般的巴福美托斯的头颅[⑥]和充

① 原文为拉丁语 levis notae macula,意为"有轻微的名誉受到玷污或受到指责的瑕疵"。

② 伊夫兰在柏林的演出中饰演路德。

③ 这是路德最著名的教堂歌曲之一。在《力的庄严》第三幕第3场中,路德与其他人在沃尔姆斯的帝国议会上演唱了此曲。

④ 这两处原文在里默尔的誊清稿中就有脱漏。由于这里所要演出的场景是在沃尔姆斯的帝国议会,第一个空也许就是要填写这个相应的内容。第二个空里脱漏的是日期。

⑤ 指维尔纳在《塔尔的儿子们》中的人物阿斯特拉里斯,歌德认为该文学形象来源于他自己的《学习年代》中的人物迷娘的形象。

⑥ 同样是维尔纳在《塔尔的儿子们》第五幕第2场中的人物。那个不忠实的匠人巴福美托斯因为自己的罪恶遭到主人惩罚,他的脸变成了一张面目丑陋的鬼脸。

满神秘但不隐藏秘密的窗帘,巧妙而狡猾地刺激她们的好奇心,把她们自己黑暗的秘密王国搅得更加混乱迷茫,让她们全身心地只对自己感兴趣。我尽一切可能鼓励他这样一个优秀的男人,让人们感到幸福。如果我用一部有趣的喜剧向他们展示科夫塔的本性终将导致平淡的结果时,他们怎么能不背弃我、责骂我呢。相反,如果我费力气把自己装成一个淘气鬼去尽情戏弄他们的话,他们怎么会记恨我、不喜欢我呢。

也许我还要把维尔纳的一些作品搬上舞台。我希望他在我们这里逗留期间能更专注于自己优秀的才能,无论是创作叙事诗还是创作戏剧。我不想改变他文学创作的倾向性,即使我有这个能力去改变它。他是时代的儿子,要与时代一起成长,一起陨落。从他那里保留下来的东西至少也不会是坏东西。

最后我就想说这么多了。如果我给你推荐什么人时,无论是你周围的人,还是新来的人或是一个旅行者,你可以认为这些当然都不会是什么十分要紧的事情,你尽管按你自己的能力和意愿安排即可。

从你来信的一段话里我现在明白了为什么会听到许多关于你作为一个院长的好话,而很少听到关于你的科学院这个机构的好话,因为你是它的灵魂,所以你也要按照自己的模样来管理这个肉体。

282 在此祝你安康,谢谢你寄来的东西和你的信,它们激发我写了这封洋洋洒洒的回信。我年初会去卡尔斯巴德,至于夏天和秋天要做什么我等着看吧。我时常挂念着你们,常常会激起一种想再去看望你们的念头。我的奥古斯特复活节要去海德堡。如果我有十二个儿子,我会把他们每个人送去不同的地方,这就相当于我自己身体力行地去看了各地都是什么样子的。

衷心问候并真心祝你身体康健。

魏玛,1808 年 3 月 7 日　　　　歌德

221. 歌德日记

1808 年 3 月 8 日　星期二至 3 月 23 日　星期三

3 月 8 日

牛顿的争论。内廷参事基尔姆斯病后第一次上班。中午独自一人：关于卡塞尔①及法尔克对它的看法。尼古拉斯•迈尔寄来一封信。晚上与沃尔夫一家和埃尔瑟曼小姐一起喝茶。化装成《破瓮记》中人物②。沃尔夫念了几段《坚贞不渝的王子》③。

〈……〉

3 月 12 日

写信。中午与封•克内贝尔少校和他的卡尔一起用餐。晚上去剧院：上演《退尔》,剧院爆满,约七百人。

3 月 13 日

中午独自一人：关于维尔纳的天赋,他的《阿提拉》和类似的东西。晚上在叔本华夫人处。朗诵了几段《神奇号角》续集④中的歌词。

3 月 14 日 283

中午独自一人：威斯特法伦国王的宫廷,旧的礼仪⑤。晚上《美

---

① 法尔克讲述了他去卡塞尔的旅行。1807 年 12 月,拿破仑的弟弟热罗姆•波拿巴被封为新成立的威斯特伐利亚国王的国王。

② 参见里默尔当天的记录:"我们把自己都化装成《破瓮记》中的人物,我当乡村法官。"

③ 卡尔德隆的一部剧。

④《男童的神奇号角》的第二部和第三部于这一年秋出版。歌德从出版商那里拿到了它们的样书。

⑤ 威斯特伐利亚国王热罗姆意欲重新引入路易十四和路易十五时代的宫廷礼仪。

国人》①。

3月15日

很高兴解除了对奥古斯特体内绦虫的担心。中午独自一人:德国人不会像犹太人那样灭绝,因为它有那么多的个体。

〈……〉

3月23日

女士们来访。朗诵卡尔德隆的《奥德修斯》和《喀耳刻》的结尾。中午与维尔纳一起用餐:谈论异教和基督教以及爱情等相关话题。晚上在家,在枢密顾问福格特处。去剧院看《即聋又哑》②。

---

① 威廉·福格尔的喜剧。

② 科策比在普及诗剧方面有广泛的影响。他的第一出喜剧使他得以进入魏玛宫廷文学圈子,但他同歌德或浪漫派的关系都不融洽。最得意之余是喜剧《捕猎》(1798)和《德国小城居民》(1803)。《即聋又哑》是他的一部戏剧。

222. 阿尼姆致贝蒂娜·布伦塔诺
(1808年7月12日)

1807年12月至1808年3月底

维尔纳在〈海德堡的〉最后几天里，我与他在城堡上有过一次非常有趣的对话。他给我讲述他的爱情体系，非常深刻，让人感觉他的整个体系像是出于对不幸的绝望而为自己搭建的绞刑架，总有一种令人毛骨悚然的确定性。他带着这种确定性的口吻大声地说："您会认为我是一个白痴，但我所说的都是千真万确的。歌德能谈论所有的东西，谈论艺术和科学，我只能在那里傻傻地听，但他对我的体系却没法插话。他常常对我说，如果哪一天我对您承认爱情是至高无上的，您就算把我抓住了，但我并不承认爱情是至高无上的，所有一切都是至高无上的。"

〈……〉

284　223. 阿尼姆致贝蒂娜·布伦塔诺（1808 年 10 月 10 日）

1807 年 12 月至 1808 年 3 月底

我在那里〈曼海姆〉见识了一些漂亮的艺术品。我第一次看到了韦莱特里的雅典娜智慧女神像的摹制品①。她巨大的身躯很配得上她的智慧。我不得不认为歌德是对的，他曾经反对维尔纳的爱情理论。也许歌德认为，圣母像可能会给维尔纳带来这些想法，但如果他能把维尔纳领到一尊雅典娜智慧女神像面前的话，不知维尔纳是否还会有这样的想法。

① 雅典娜智慧女神的巨型雕像，可能是出自公元前 5 世纪下半页的希腊雕塑家克雷西拉斯之手。罗马时期的复制品在巴黎的卢浮宫。

224. 歌德致科塔

1808年3月31日　星期四

我预计5月初去卡尔斯巴德，所以我想还是应该及时通知您并想知道您什么时候到这里来，因为我怕等不及您的到来。

您关于作家与出版商之间关系的想法我饶有兴趣地拜读了，并拿了一份副本。没有什么比谈论这件事情更受欢迎的了，况且这是通过您这样一个既有广泛见识又有自由观点的人提出的话题。

您用那首骑兵歌曲[①]做了一个很好的试验，看石板印刷究竟能够做什么。它尤其适合模仿有阴影线的素描，这从慕尼黑刊行的阿尔布雷希特·丢勒的画里能得到很好的证明。

如果您还要印刷《浮士德》单行本，我不希望看到它里面有铜版画插图，即使它们看上去都非常精美。这些铜版画会限制读者的想象力，而我则希望读者们完全自由地想象。

现在，四面八方现出的天上地下的神祇们[②]看来还都需要我们这些会死的凡人。我也不否认，他们那些几乎无条件的提议的确有 285
几分诱人。然而，一想到我要为浮现在我面前的事情做些什么时，我就有各种理由退缩止步。即使对维也纳人这样的老关系[③]，我也还没能把许诺过的那部小作品完整地寄给他们。

您《晨报》的编辑们平时看上去还是很通情达理的样子，在一些事情上也能完全通融；但在另一些事情上，如对十四行诗表现出的如

---

① 《华伦斯坦的营地》中的骑士歌曲的一个版本("起立，伙伴们，上马，上马")，由Ch.J. 察恩和楚姆施泰格谱曲，J.B. 泽勒插图。

② 这是歌德引用科塔2月19日信中的一句话，暗指《普罗米修斯》和《太阳神》两本新出的杂志的名称。科塔担心直接说出这两本杂志的出版商会使歌德撤出给自己的杂志写的文章，转而为他们投稿。

③ 指利奥波德·封·泽肯多夫男爵(Leopold Freiherr von Seckendorf, 1775—1809)，《普罗米修斯》的出版商之一，1798至1802年之间是魏玛政府高级公职人员及宫廷贵族地主。

此奇怪的反感①,让我无法理解,好像不是哪种体裁的诗都可以让天才的诗人自由发挥似的。我从几个的朋友那里得到了六、七首十四行诗,都十分满意。我把它们送给其他的报纸去发表②,因为我看到,在这个年头里,那种奇特的反感只有在您的报纸那里还在依然作祟。

维尔纳现在已经离开我们家,他也留下了几首十四行诗。这些诗或许可以归入用德语创作的最好的作品之中。看来他在柏林也与自己的出版商打上交道了。

我想您打算把我前两次寄去的著作一起出版发行,它们可能来不及寄到我这里了。因此恳请您让人将这件包裹寄给图书管理员武尔皮乌斯先生,我已经跟他安排妥当。

〈亲笔〉最后,我要感谢您为我的作品畅销而发表的看法,我从中看到了您的态度。对您的态度我向来是寄予最大的信任。

我在莱比锡取过两次钱,一次300,之后又取了500。劳驾您在下一封信中把我的账单寄来。之前的500让我们记到《颜色学》那本书的账里吧。

---

① 1808年3月8日,《晨报》上发表了一首J.H. 福斯的"致歌德"十四行诗,攻击十四行诗体,报纸同时也刊登了歌德迄今为止发表的唯一一首十四行诗,诗中也对十四行的体式有少许的批评。早在1807年,《晨报》的一篇文章就引用了这首诗,公共媒体对十四行的批判也是对浪漫派斗争的一部分,因为浪漫派又开始推崇这种诗体,使它重新流行起来。由于歌德自己在1807年底也开始写十四行诗,《晨报》的文章让他陷入一种尴尬的境地。尽管他对科塔没有提及自己的十四行诗作品,但他肯定还是能从其他渠道(如通过弗罗曼或维尔纳)了解到。直到1815至1819的《著作》出版时,歌德才发表了他的十四行诗集。

② 维尔纳的几首十四行诗经歌德介绍在《普罗米修斯》第5期和第6期上发表。法尔克和里默尔的在几个不同的年鉴中发表的十四行诗则没有歌德的推荐。

我儿子要去海德堡①。如果不是太麻烦的话，请您安排人给他
每个季度寄100(萨克森)帝国塔勒，第一次可以让他从约翰内斯那里 286
取钱。这算是给我帮了一个大忙。

致以最诚挚的祝愿。

G.

① 歌德的儿子奥古斯特去海德堡求学。科塔并没有把寄给他的钱记在账上："我支给令郎的钱没有记在账上，我请求把它看作是，如果德国可以成为英国或法国的话，人们在大事情上可以有所作为的小小证明"(1809年10月19日的信)。

225. F. 封·米勒[①](日记)

1808年3月31日 星期二

歌德在叔本华家中相当随和健谈，他称赞卡尔斯巴德并描绘奥赫制做的风向标[②]。

人们推算了一下这些大风暴，它们的宽度总是很小，几乎只有三、四百步之宽，在旋涡中形成一条螺旋线。

施罗德不可能成为的真正伟大艺术家，虽然他创作了那么多艺术品，但在最悲催的时刻他竟然还能开下流的玩笑。一个没有真正情感的艺术是不可想象的。

---

① 当年还是枢密院行政长官的米勒总理并没有自行出版他的《与歌德的谈话》，尽管他为此已经把这些谈话编辑整理好。这里的版本主要有两块内容，一是米勒的日记，二是与歌德的谈话记录，它起始于1812年10月23日，保留着最初的形式（即没有为出版而整理过，它作为注释出现在脚注里）。米勒即使不是老年歌德唯一最重要的知己，也是他所立遗嘱的执行人。他的《谈话》"让人们看到老年歌德的日常生活"。与爱克曼完全不同，谈话展现的是当时的情景。在这一时期几乎没有这样的展现。无论如何，米勒在耶拿战役之后作为萨克森-魏玛公国的代表在与拿破仑的谈判中取得了重大的成就，成为魏玛最重要的人物之一。歌德是在解决奥古斯特受到决斗威胁的事件中才把米勒拉进了自己的知心朋友圈。

② 由魏玛宫廷机械师约翰·阿道夫·奥赫（1765—1842）制作的风向标，人们在室内也可以观察它的运动。

226. 歌德致贝蒂娜·布伦塔诺

1808年4月3日　星期日

关于基督教和犹太教慈善活动的文件①顺利收到了。亲爱的小朋友,应当好好感谢您。当那么多人被打死②的时候,依然有人尽力给其余的人做精心打扮,这真是令人惊奇。请您作为这些慈善机构的保护人③经常告诉我一些关于它们的消息。不伦瑞克的犹太人救星④想要见一下他的民众,了解他们现在和今后的境况,这应该是恰当的。而普里玛斯侯爵按目前这种方式对待这群人并且还要维持一段时间的现状也是无可厚非的。请为我描述一下莫利托先生吧。如果这位先生做事也能像他写文章那样非常理智,应该能够做成许多好事。

捎信的人会把这个有着黑色瞳仁、棕色卷发的少年⑤推荐给您
自己的慈善教育机构。请您把他父亲的故乡也变成他自己的家乡 287
吧,让他觉得像是在自己家里一样。把您亲爱的兄弟姐妹和亲戚们介绍给他吧,请您看在我的份儿上好好地招待他。您的山岗—城

---

① 贝蒂娜在2月的信中讲述了在法兰克福的慈善教育活动及那里的犹太人对莱茵联盟总主教C.Th. 封·达尔贝格给他们的新宪法的反应。说这部“对难以驾驭的犹太教的管理和保护规定”,“没有给予他们所希望的与基督教市民同等的待遇”。歌德已经从他母亲那里了解到此事(参见她1月15日的信)。应歌德的要求,贝蒂娜给他寄去了有关文献:法兰克福“提高犹太教地位慈善家”的领袖J.F. 莫利托的一篇文章,及以色列·雅各布森写的反对达尔贝格规定的“最卑微的意见”。

② 在西班牙爆发了反对卡尔四世的起义,法国军队开进西班牙。马德里的起义并不是直接针对卡尔四世,而是反对拿破仑直接介入西班牙民族事务的危险。这次起义导致的令人震惊的枪杀事件在5月2日才发生。因此,歌德所指的也许是头一年的战争事件。

③ 贝蒂娜在3月底的信中称自己是法兰克福犹太人的保护人。

④ 指以色列·雅各布森(Israel Jacobson, 1768—1828),德籍犹太慈善家,他在早期犹太人解放运动中领导了政治,教育及宗教的改革,被认为是犹太教改革的先驱者之一。亦参见前面的注释。

⑤ 指歌德的儿子奥古斯特。

堡—攀登者见闻把我带进了一个美丽热情的地方，我想您一定会时不时看到如海市蜃楼般的美妙映画①。

因为已经与奥古斯特告别了，我自己也准备告别我的住所和这个地方，尽快动身去卡尔斯巴德那边的山中漫步。

今天11点唱了“圣神降临主日奉献咏”，这次表演得很好并获得了热烈掌声。

魏玛，1808年4月3日　　G.

① 贝蒂娜在3月底的信中讲述了她在奥登林山的旅行。

227. 里默尔(日记)

1808年4月5日　星期二

泽贝克博士来访。中午与他单独在一起。谈论加尔文主义、金属疗法[①]和探矿杖。歌德提到维尔纳把敬爱与情爱[②]混淆了。

他接着说:

“在科学的文化中,《圣经》、亚里士多德和柏拉图起着主要作用,人们总是要回归到这三大基础来。当人们说‘新柏拉图主义者’时,就是回归到柏拉图。”

“经院哲学家以及康德重提的经院哲学即是亚里士多德。现在又回归到《圣经》。人们无法脱离这些内容。所以当人们说经院哲学、亚里士多德或柏拉图又回来了,就非常可笑。”

---

① 由J.W. 里特尔引入的概念,是指在特定的人身上对金属感应的一种现象,它可以通过例如摆的试验表现出来。一般是指将金属用于医疗的目的,如梅斯梅尔在行医中就使用这种方法。亦参见第193篇1807年11月24日日记。

② 原文是希腊语(agape,eros),前者是对他人(或上帝)的非利己性质的热爱,而后者则是指肉欲的情爱。

288

228. 歌德致萨尔托里乌斯

魏玛,1808年4月13日　〈星期三〉

我尊贵的朋友,您寄来的东西①让我非常高兴。这个春天我马上就要离开魏玛,很可能去卡尔斯巴德。我想在这几天给您写封信,这样,即便没有什么高兴的事儿,我也能从您这里得到友好的音讯。我有时会想起那一次,我曾满心希望地邀请您过来,但又对各种情况没有把握,刚刚邀请了您,却又立刻像受到恶魔的警告一般,及时告诉您不要过来。假如我没有写那封信,您就会被卷入10月14日的那场战事中②。当然,就像现在的一些事情都已经结束了一样,那场战事也应该已经过去了,只有那些持续的事件才让我们无法容忍太多③。此外,我们得承认,在我们小小国度的小小城市里,我们确实像生活在歌珊这个地方④的人一样幸运。影响我们的风暴很快就过去了,它对我们的影响也没有像对周边其他人那样严重。

为了偿还战争赔款,背起战争负担,人们给我们规定了新的义务。但这些税赋都很轻且无关紧要,没人报怨。坦率地说,按照我的看法人们应当赶快缴完这些税赋。如今这个年代是如此特别、如此动荡,有些人也许更愿意牺牲一点儿眼前的利益,也不想把这件烦心事儿背上好几年。当然,这只是个人的观点,我并不想把这条中肯的意见白纸黑字地写下来。

---

① 指L.T.封·施皮特勒的《欧洲国家历史纲要附格奥尔格·萨尔托里乌斯续编至当代史的部分》,第一部分和第二部分。

② 指耶拿战役。

③ 萨尔托里乌斯居住的哥廷根当时已经归属于新成立的威斯特法伦王国,拿破仑的弟弟热罗姆·波拿巴被封为威斯特伐利亚国王。萨尔托里乌斯在他3月底4月初的信中讲到了上缴给占领军的沉重税赋。关于萨尔托里乌斯见第118封信的注释。

④ 根据摩西五经的前两部,约瑟指引给他的兄弟们一块在埃及的富饶土地,后来免于神的惩戒(见《旧约·出埃及记》,9.26)。歌德在这里也许主要是指萨克森公国被保留的国家主权。

您的两卷书令我非常高兴。它们会陪我一起去卡尔斯巴德。看到您用这种方法简明扼要地讲述新的国家历史,并把最近一些重要时代勾勒出来,这给我带来了许多乐趣和教诲。

谢谢您告诉我米勒[①]的事情。这是一种天性,类似这样的天性 289
也不会再有,他那种方式的教育在未来也不再可能出现。我们同时代的人是在相互适应中一起玩耍长大的,这是多么令人惊奇的事啊!新的一代则要在相互打斗中成长。不过在这条路上,他们也许同样能成就一些事业。

这个冬天我的身体尚可,也没有完全无所事事。不久您会听到我从卡尔斯巴德捎来的信儿。如果我们今年能见面[②]就太好了。请代我向布卢门巴赫先生多多致意。

歌德

---

① 约翰内斯·封·米勒曾经受拿破仑的委任短时间担任威斯特法伦王国的教务总长并以此身份在哥廷根逗留一段时间。萨尔托里乌斯主要讲述了他与拿破仑的谈话,这次谈话使他从拿破仑的一名反对者变成了一名拥护者。亦参见第130封信。

② 歌德与萨尔托里乌斯同年10月份在爱尔福特诸侯盟会时再次见面。

229. 法尔克[1](1824)

1808年4月17日 星期日

1808年复活节的第二〈第一〉天晚上我与歌德在一次上流社会的小型聚会时在一起。

他是那样的得体,他的表情不是做作出来的,而是自然地流露。特别是当我们谈到戏剧和新文学时,他用最优雅、最生动的表情,把它们与政治形势作对比。上周六我们刚刚看过《皮科洛米尼》[2],在停演了很长一段时间后,下周三还应该轮到《华伦斯坦》上演。

歌德说:“这几出戏就像是贮藏起来的葡萄酒,酒愈陈,味道就愈丰富。我不揣冒昧地认为席勒是一位诗人,甚至是一位伟大的诗人,尽管那些新近上台的文学皇帝和文学独裁者声称他不是一位诗人[3]。他们也不认为维兰德是一位诗人。那问题是谁应该是诗人呢?”

290 “前不久一份学报,我不晓得是因戈尔施塔特或兰茨胡特其中哪个城市的报纸,正式宣布弗里德里希·施莱格尔为德国的第一诗人和

① 约翰内斯·丹尼尔·法尔克(Johannes Daniel Falk, 1768—1826),德国出版商,诗人。他的《从亲密的私人交往中再现歌德》一书于1832年在莱比锡布罗克豪斯出版社出版。1824年,法尔克去世前二年,他把手稿交给了出版商并要求它在自己及歌德死后才能出版此书。因此,此书抢在了爱克曼和里尔默的书之前出版。威廉·封·洪堡,在1832年8月初写给伦内坎普夫(A. von Rennenkampff)的信中,就认为法尔克再现出的歌德的口头谈话“除了谈话的长度和详细程度外”具有相当的可信度。在流传下来的“歌德的谈话”中,这一点的确是一个例外,总体上是由于作者出于写作的考虑而造成的,爱克曼也是如此。

②《皮科洛米尼父子》,席勒的《华伦斯坦三部曲》的第二部。法尔克此处把上演的时间弄错了,实际上演是4月20日与23日。

③ 福斯在1807年9月30日给歌德的信中讲述了格雷斯在海德堡举办的美学讲座:“他在这里讲授的是闻所未闻的东西。伦格,蒂克和让·保尔才是唯一的诗人。歌德在早年表现出来了一些诗的天赋,但他的威廉·迈斯特包含了低俗的生活观点,应当予以摒弃。席勒不配享有诗人的称号等等。”

学者共和国的皇帝。上帝终于把皇帝陛下扶上了他们的新王座并赐他长治久安的统治！无论如何，人们无法隐瞒的是这个王国现在被一群极不安分的子民们包围着"，他瞥了我一眼，"甚至我们身边就有几个这样不安分的分子。"

"不过，现在的德国学者共和国[1]就像当年罗马帝国灭亡时一样
纷乱不堪，每个人都想统治国家，最后谁也不知道谁才是真正的皇
帝。伟大人物几乎全部都在流亡中，胆大一些的随军小贩，只要受到
士兵和军队的拥戴或者具有某种影响力，就可以当上皇帝。在那个
时代，多一个或少一个皇帝其实都无所谓。既然罗马帝国同时可以
有三十个皇帝[2]在统治，那我们的学者国家为什么就不能有那么多
的首领呢？维兰德和席勒已经被宣布失去了他们的王座，我的那条
旧皇袍还能披多久，谁也无法预言，我自己也不知道。然而我已经决
定，当那一天到来时，我会向世界宣告，帝国和权杖并不是我心中的
最爱，我将甘愿退位，因为在这个世界上没有谁能轻易逃脱自己的命
运。噢，我们在说什么呢？对了，我们在说皇帝！好！诺瓦利斯还不
是皇帝，但假以时日他还是有可能当上皇帝的。只可惜他年纪轻轻
就死了，枉费了他还给那个时代做了件好事，改信了天主教[3]。不过
他已经像皇帝一样了，就像报纸说的那样，姑娘和学生们成群结队如
朝圣般走向他的墓地，把大捧的鲜花洒给他。我把它称作是一个良
好的开端，可以预料还会有什么结果的。因为我很少读报纸，所以我 291
想请在场的朋友们，如果还会出现类似的重要事情，诸如把某人封为
圣徒之类的，就马上告知我。就我个人而言，我倒是愿意人们在我有

① 此处暗指克洛卜施托克 1774 年的文章。

② 这是歌德故意的夸张的说法。

③ 这应当是歌德弄错了，而不是法尔克在这里的记录错误。

生之年把所有可能想到的针对我的坏话都说出来，但在我死后，他们就应当让我安息，因为关于我的话题之前都已经讲完，他们不应该再有什么可好讲的了。蒂克也当了一段时间的皇帝，只可惜好景不长，没过多久他就丢了权杖和皇冠。人们说，他天性中有一些东西太像提图斯[①]，太善良太软弱，而帝国在目前状态下需要威严的人，甚至可以说需要几近野蛮的大人物。现在施莱格尔兄弟掌权了，情况变得更好了！奥古斯特·施莱格尔，按他的名字应该称为施莱格尔一世，弗里德里希应该称为施莱格尔二世，他们二人用应有的坚定统治着帝国。每一天都有一些人被送去流放或被处决。这样就对了，不知多少年来人民就最喜欢这样的人。不久前，一个初出茅庐的年轻人不知在什么地方把弗里德里希·施莱格尔说成是德国的赫拉克勒斯[②]，他拿着大棒在帝国里巡视，把一切阻碍他的人统统打死。为此，那个无所畏惧的皇帝马上就把这名刚刚入道的年轻人提拔成贵族，并毫不犹豫地封他为德国文学的英雄。证书都已经签发了，你们完全不必怀疑，我本人都已经看到了。资助出版、霸占专业领域、弄整版的学术报刊给朋友做评论，这样的事情也并不少见；而论敌则常常被悄悄地清除掉，他们的文章被撂到一边，最好是根本不发表。由于现在德国的民众都很能忍耐，他们只读事先有过评论的文章，因此，这类事情也不会像人们想象的那样令人作呕。这种事最妙之处
292 主要还在于它没有危险。假如一个人现在是皇帝，头天晚上他还很健康地上床享受睡眠，第二天醒来却吃惊地发现他的皇冠被人从头

① 提图斯·弗拉维乌斯·维斯帕西亚努斯（Flavius Vespasianus Titus，公元 39—81）罗马皇帝，公元 79 年至 81 年在位。期间他经历了三件严重灾害：79 年的维苏威火山爆发、80 年的罗马大火与瘟疫。他的施政以宽大和谐为主，曾饶恕两名谋刺他的贵族青年。

② 参见第220 封信及注释。

上拿走了,我得承认这是一件很糟糕的事。但是他的脑袋——如果这皇帝真的有这么一颗脑袋的话——还完好地搁在原来的位置上,这在我看来实在是万幸。看看罗马历史中那些老皇帝被成批成批地绞死,然后再扔进台伯河中,那是多么可怖啊。如果哪一天我也要失去我的帝国和权杖,那我只想在伊尔姆河畔静静地躺在我的床上死去……"

"我年轻时,就听那些睿智的大人说,一个勤奋而伟大的画家或诗人的出现需要一个时代的努力;但这是很久以前的事了。现在一切都变得非常容易。我们的年轻人知道如何更好地顺应潮流,与时代共舞,这样做是一种乐趣。他们本应从这个时代挣脱出来,但他们没有这样,而是想把整个时代都融入自己。如果没有如愿以偿,他们就会对大众恼羞成怒,斥责大众卑鄙无耻。其实这些无辜的大众根本就是正确的。最近一位刚刚从海德堡回来的年轻人拜访我,我估计他大概不到十九岁。他非常严肃地告诉我,他知道问题的关键所在,所以他已经决定将来要尽可能少读书,他要在社会环境中独立发展他的世界观,而不要受外人的话语和书本的妨碍。这是一个非常了不起的开端!如果每个人都从零开始,他在短时间内的进步将非常可观。"

293 230. St. 许策(1840)

1808年4月17日 星期日

一天晚上(1808年5月17日)他〈歌德〉着实地怒气冲冲地走进来。弗里德里希·施莱格尔激怒了他,让他失去了平静。如果我没有记错的话,这是因为施莱格尔公开宣称,他的诗歌思想里应找得到伏尔泰的基本原则①。他认为有些人是在想方设法地逐步把他拉下来,今天从他那里拿掉一点儿东西,明天再拿掉一点儿东西。但是,他接着说,只要看看那些人在耶拿的行径就够了:他们鼓动着出版一部艺术年鉴,就是为了把他们自己的诗歌印刷出来,并得到一笔可观的稿酬。这一幕法尔克在他关于歌德的书中有详尽的描述,只是他按自己的想象添加了许多东西,把简单的语句与他自己特有的激昂的表述过分热情地混到了一起,让人认不出歌德的本来面目。

---

① 施莱格尔直到后来才在他的"维也纳讲座"中公开地作此对比。

231. 歌德日记

1808年4月17日 星期日

早上与歌手们在一起。内廷参事施塔克。中午独自一人。晚上在叔本华夫人处。关于新蹩脚诗人的争论。

232. 里默尔

1808年4月18日　星期一

偶然一次谈到海德堡年鉴中F.施莱格尔对他作品的评论，歌德说："他对此很满意。评论家费尽心思考虑周全。不过也只有他（歌德）自己知道哪里是关键。对评论本身他很能理解，只是对他的读者，即他作品的读者而言，这个评论家的立场很奇怪。"

294 "这些都是他生活中留下的破烂儿，这边儿一顶旧帽子，那边儿一双鞋，那边儿又是一块他穿过的外套的碎布片。"

"由于意大利之旅造成的在意大利与在其他地方创作的诗歌之间的巨大裂痕，人们当然不能要求评论家将它填补起来。"

233. 歌德致贝蒂娜·布伦塔诺

魏玛,1808年4月20日　〈星期三〉

亲爱的朋友,昨天从您的大礼包中又给我们倒出了那么丰富多彩的礼物[①],它来得太是时候了:因为女士们收到通知要参加一个节日,正在为穿什么衣服而大伤脑筋。没有什么比寄来的这件漂亮的衣服更合适的了,它马上就被穿到了身上。请您接受我们对此表示的衷心感谢。在我太太所有能够夸耀的能事中,写作也许是最末了的。所以,还请您原谅她不能亲自向您表达您给她带来的快乐。当我环顾四周,也想给您寄一点儿让您高兴的东西时,我才发现我们家是多么寒酸。于是,我索性也不用去感到内心愧疚了。对印好的那些册子我也表示感谢。

我很高兴地看到,人们在那么努力地给财政枢密顾问以色列·雅各布森[②]照亮回家的路。您能告诉我这篇短文作者的名字吗[③]? 文中有几处非常精彩的地方,或许能跟博马舍的辩驳词中的内容相媲美[④]。可惜整篇文章写得还不够犀利、不够大胆和风趣,它本来可以写得更好的,可以让那个虚伪的慈善说教者彻底被世人嘲笑。现在我还想要听听犹太城[⑤]的事情,这样我才会不停地有求于您。

---

① 贝蒂娜给歌德家寄来一大包礼物,同时也给女主人克里斯蒂安娜附了一封信,告诉她奥古斯特在去海德堡的途中在法兰克福逗留的情况。

② 参见第226封信及注释。

③ 这篇题为"评财政枢密顾问以色列·雅各布森的最恭顺的意见"(Bemerkungen über des Geh. Finanzrath Israel Jacobssohn untertänigste Vorstellung),是匿名发表的,贝蒂娜也没有给歌德他想要的解释。

④ 皮埃尔-奥古斯坦·卡隆·德·博马舍(Pierre Augustin Caron de Beaumarchais, 1732—1799),法国著名喜剧作家。他的喜剧《塞维利亚的理发师》(1775)和《费加罗的婚礼》(1784)被莫扎特谱写成为歌剧而广为人知。他是一个钟表匠的儿子,发明了一种钟表上使用的擒纵器,但因专利权问题而多次打官司。为在诉讼中进行辩护,他写了一系列才气横溢的辩驳性文章,名声鹊起。歌德此处就是指他的一篇辩驳性文章。

⑤ 参见第226封信及注释。

295 您打算告诉我莫利托的事情,我会很感兴趣。您上次寄来的关于他的东西[1],特别是他讲的关于佩斯塔洛齐的方法,也让我觉得他很值得关注。祝您身体健康!万分感谢您对我儿子的款待,对他父母要保持殷勤哟。

G.

① 指《论市民教育——兼及法兰克福犹太人教育事业的组织》(Über bürgerliche Erziehung, mit Rücksicht auf die Organisation des jüdischen Schulwesens in Frankfurt,1808)。在1808年4月的信中,贝蒂娜非常友好而赞许地介绍了莫利托,同时又善意地挖苦他。歌德当时还没有收到这封信。

234. 歌德致约翰娜·弗罗曼

1808 年 4 月 27 日　星期三

我不再犹豫把那些私密的信件,特别是这封信的内容告知您,这样可以把我们的维尔纳再次好好地展现在您的面前。对诗人我们也许的确应当更宽容一些,他们比别人更有权说出自己对朋友、对爱慕之人的感受,也许表达会过分夸张一些。模糊不清的地方可以口头说明。他的十四行诗集也还都在我这里。我们应当爱护他,尊重他,听他把所有东西一一讲出来并记在心里。因为这个对我来说特别重要的人在您的圈子里备受关爱,为大家所容纳,所以我很愿意以他的名义回忆这些美好的日子。看来这里要比小敏娜①家的天才所声称的优势更容易找到机会。既然在外面找到新相识也许还需要一些时间,那么我们对已经结交的老朋友应当感到欣慰。如果邮差给我带来什么重要的东西,我会过来的,即使晚了也无所谓。

1808 年 4 月 27 日　　G.

---

① 即弗罗曼的养女威廉敏娜·赫茨利布。参见第 201 封信及注释。

296 235. 歌德致里默尔(亲笔)

1808年4月29日　星期五

我要说我已经成功地把《潘多拉》的创作又向前推进了一些。我想请您让邮差将用在旧诗韵上的六音步扬抑格诗律的格式簿寄来,很不幸的是,我总是把它忘掉。请您为我去卡尔斯巴德配备一些旧诗和新诗的韵律,以便我做理论研究或实际创作使用。

祝您安好并问候大家。

耶拿,1808年4月29日　　　　G.

236. 歌德致策尔特

1808年5月3日　星期二

我5月12日将离开这里,也就是说,我无法在这里收到您的回信。不过,请您还是将埃贝魏因谱写的歌曲①以及《浮士德》的印张②寄到我这儿的地址,我家的办公室会安排后续的事情。回信请给我寄往卡尔斯巴德,我大约会在15日到达那里。我住在三莫伦客栈。

如果我的八卷本著作在我离开后能寄到的话,我已经安排好让您能马上收到这些书。您想过得更加清静一点儿,这个小小的期待常常让我陷入沉思,甚至感到困惑。人们发现自己会逐步改变所有的想法,会完全放弃那种回归到旧时代的希望,会不得不为他剩余的生命改变自己,即使不是洗心革面地改变。好好给我写一封长信,这样您也会从我这儿听到一些卡尔斯巴德的消息。

魏玛,1808年5月3日　　　　歌德

---

① 由卡尔·埃贝魏因谱写的歌曲,歌德将它寄给策尔特,请他帮忙评判。

②《浮士德》的第一印张。歌德把它与自己4月20日的那封信一起寄给了策尔特。

297 237. 歌德致克内贝尔

1808 年 5 月 3 日　星期二或 5 月 4 日　星期三

我亲爱的朋友，衷心感谢你的问候和你一直以来对我的偏爱。我将勤奋自勉，在精神上时不时地给你们送去一些快乐，因为我的肉身是没办法过去了。随信你会收到《普罗米修斯》[1]，也把它告诉给朋友们，但记得一周后一定还到我手里，因为我还要把它带到卡尔斯巴德去。既然你那么喜欢我们可爱的年轻人，那我就附上一封信和一篇作品，它们前几天才寄到我这儿。你会喜欢的。

岩羊角[2]的钱我启程前会请人从出纳处支付给你。

《浮士德》的一些段落已经通过日报流传开来。这里寄一份给你，你可以自己保存着。我很高兴这部作品不久就不用那样零零碎碎地呈现给你了。

我启程后会安排人保证你收到第 3 期的《普罗米修斯》[3]，只是你要马上把它寄回给转寄人武尔皮乌斯。这一期杂志也友好地刊载了正向我们走近的《潘多拉》。它是我心爱的孩子，我要把它好好打扮一番。

我与德累斯顿的那帮人已经断交了[4]。尽管我很欣赏亚当·米勒，克莱斯特也不是一个平庸的天才，但我觉得他们的《太阳神》过快

---

①《普罗米修斯》是由 L. 封·泽肯多夫和 J.L. 施托尔在维也纳创办发行的杂志，歌德寄去的是它的头两期。里面以《潘多拉的归来—歌德的一部节日剧》的标题发表了后来是《潘多拉》的第 1—402 行的诗句。由于歌德要求克内贝尔归还这些杂志，估计这些只是临时的样稿。

② 指克内贝尔弄到的一只岩羊角。由于它会由内廷出纳处支付，估计是用于公爵的收藏。

③ 一方面由于两个编辑之间意见不一，另一方面编辑与出版商之间也有不同意见，《普罗米修斯》最终不再刊登《潘多拉》。

④ 这是歌德对克内贝尔 5 月 3 日的信中对《太阳神》杂志评论的反馈。信中说它“满是套话，毫无品味，自命不凡”。

地染上了一种浮夸的习气①。有一句俗语很灵验,只是人们不常听到它,叫做“与其最后负义,不如开头忘恩”。

我从伦格那里收到了他寄来的一包非常有趣的素描,这些素描画让人越发尊重这位优秀的天才。只可惜这种天才是无法培养的,在这混乱不堪的年代他是会陨落的。祝你安康。我们还要努力幸存 298
一段时间。代我和家人向你全家致以最衷心的问候。

G.

① 原文Phöbus(太阳神,福玻斯)与Phébus(腓比斯,浮夸的习气)音形相近,歌德这里借Phébus一词暗讽《太阳神》杂志的浮夸习气。

238. 歌德致 Z. 维尔纳

1808 年 5 月 4 日　星期三

我亲爱的维尔纳，您的来信收到了，真令我高兴。它寄到了我与您第一次相识的那个地方①，这地方后来对我来说尤其亲切和珍贵。就在您植下十字的地方②人们举办了一次节日晚宴，所有诗歌都一一朗诵，令人想起那个神奇的年轻人的全部优点。从耶拿，现在也从魏玛向您多多问候。我已经回到魏玛，很快就要出发去卡尔斯巴德。

《阿提拉》③的副本已经寄往柏林，那些十四行诗准备寄往维也纳，也许还有关于您的作品的文章④，这篇文章在寄出之前我还想再静静地斟酌一番。无论如何，我们一开始必须试着保密，不让别人知道这文章出自您手。我代您收取的稿费您会获悉并收到的。《旺达》我还不知道应该投往哪里。我们与剧院都没有任何联系，如果只是临时给他们提供一点儿这样的东西，他们的稿酬会吝啬得让人无法忍受。要是这部作品在柏林演出过一次，也许就会有人自己找上门来。

要常惦记着我们，给我往卡尔斯巴德写信，月底时我肯定就能在三莫伦客栈收到这信的。

再次代所有的男女朋友们向您致意，他们总是以最饱满的精神

---

① 歌德与维尔纳的第一次会面在耶拿。

② 1808 年 8 月 7 日和 12 月 12 日维尔纳在弗罗曼的家中朗读了他的作品《东海边的十字架》。

③ 维尔纳恳请歌德，将当时还在歌德手中的《匈奴王阿提拉》的“唯一一份誊清稿”寄给柏林的剧院。

④ 歌德也满足了维尔纳的请求，把十四行诗和“关于维尔纳作品的倾向”的文章同时寄给了维也纳《普罗米修斯》杂志两个出版商之一的 J. L. 施托尔。维尔纳的几首十四行诗和几篇文章在 1808 年第 5、第 6 期匿名发表。

唱着您新版的歌曲①,只是那些异常淘气的孩子们把最后一节改成了:

他懂得去爱恋　我们也都知晓
若他只去钟情　冒失的杜鹃鸟
钟情他的人儿　就只剩一只鸟

魏玛,1808 年 5 月 4 日　G.

① 指维尔纳的"情人的离歌,致耶拿的漂亮女友们 1807 年 12 月"。维尔纳原来的歌词是:

我们多喜欢他　傻傻的杜鹃鸟
他懂得去爱恋　我们也都知晓
我们只会衷情　这样的衷情鸟

299 239. 歌德致贝蒂娜·布伦塔诺

1808 年 5 月 4 日　星期三

现在那个过路的旅客[1]离开了，他的父亲也应该向您表示最真诚的谢意，感谢您的盛情和好意，我希望他一直到最后都还讨您喜欢。

亲爱的小朋友，我还要劳驾您在方便的时候向尊贵普里玛斯侯爵[2]呈达我的感激和敬意，他对我儿的抬举并为他老实的祖母办了那么排场的盛宴完全出乎我的意料。我本想亲自感谢他，可我相信您会把我想说的东西更加优雅得体却又不过分热情地讲给他听的。

既然您要做一回我谢意的使者，那也请您给阿尼姆先生多多说些好听的话。他寄给我的那份神奇的报纸[3]里面很友好地提到我的一些事。我希望他的报纸办得顺利。我在卡尔斯巴德安顿下来后，会给他我的音讯。我会经常想念您的，特别要感谢您新近送来的漂亮的石榴。我独自一人时，您给我寄往卡尔斯巴德三莫伦客栈的信将非常受欢迎。给我多讲讲您的旅行、乡村舞会和新旧庄园，让我有一份美好的怀念。

魏玛，1808 年 5 月 4 日　　　　G.

---

① 指奥古斯特，参见第 233 封信。

② 参见 4 月 22 日歌德的母亲给克里斯蒂安娜的信："在侯爵家中，他坐在我身旁用餐，侯爵为我儿的健康干杯，他太可爱了。"

③ 指《隐居者报》。

240. F. 施莱格尔致博伊塞雷[1]
(1808年5月9日)

1808年5月5日　星期四

我有机会非常坦诚地提前给歌德推荐古代德国绘画中莫斯勒的素描画[2]。我告诉他，有些人可能会出于对旧式绘画的偏爱而形成一个派别或做出一些不切实际的幻想，但这里完全不是这种情况，我 300
们只是要把它们从遗忘中拯救出来，它们毫无疑问是值得高度关注的，其中一部分从艺术的角度来看也肯定是非常杰出的。我的观点，从纯粹历史的和实用的角度来看，至少可以起到这样一种作用，即将相当数量的优秀绘画作品拯救出来而不至于消亡。这句话似乎给他留下了印象。他承诺只要这种情况出现，他就会给予关注并以严肃的态度着手此事。为此，人们必须给他从第一批样品中寄去一件作品。他的鉴定当然会起很大的作用。我试着给他建立起一个科隆绘画艺术的一般性概念，看来这也使他更明白了。他在一定程度上也有所改变，新近还写了极力赞美阿尔布雷希特·丢勒的文章。我们谈论最多的还是关于印度的研究[3]，他对此非常感兴趣。

---

① 施莱格尔在从科隆去德累斯顿的途中拜访了歌德，这是两人最后一次的会晤。亦参见第253封信。

② 卡尔·约瑟夫·伊格纳茨·莫斯勒(Karl Joseph Ignaz Mosler, 1788—1860)，德国画家，艺术史学家。当时还住在杜塞尔多夫的年轻画家是彼得·科尔内留斯的一个朋友，受到格雷斯的很大影响，对博伊塞雷当时留在科隆的绘画藏品非常感兴趣。他“多次提到了那些精细的铅笔素描，临摹了其中的十张主要作品”。施莱格尔与歌德谈论了博伊塞雷的这些绘画藏品，歌德毫无疑问已经通过F.施莱格尔在1805年第4期《欧洲》杂志上发表的文章“古代绘画补遗之三”以及赖因哈德的讲述知道了这批绘画的存在。

③ 施莱格尔的《关于印度人的语言及智慧》的论文当时刚刚发表。

241. 歌德日记

1808年5月5日星期四至5月6日 星期五

5月5日

为启程发运行李并置办东西。费尔诺教授。中午许茨博士。饭后弗里德里希·施莱格尔、枢密院行政长官米勒。晚上歌手们。晚饭在维兰官与维兰德和一大群男士们在一起。谈了许多他在卡塞尔逗留时的情况和那里的征兵组织工作。

5月6日

写信。置办各种东西。去登泽尔将军处。结识他家人。与他们一起去图书馆。之前弗里德里希·施莱格尔。中午索菲·特勒。晚上在公爵夫人殿下处。之后蒂宾根的科塔博士先生。

242. 法尔克[1](1824) 301

1808年5月9日星期一

〈……〉最近一段时间，我看望歌德时，我们经常会以男人的审慎从各个角度详细讨论令人担忧的时局，我自己当时也与时局紧密地联系在一起，我并不认为这是不幸，而是为我所生活的国家祈祷，为此我要真心感谢上帝。这一次我从爱尔福特回来，在歌德家的花园里见到他时，我们又谈到了法国政府的抗议。我把这些抗议逐条告诉他，然后又不做任何修改地念给公爵听。

这份抗议书还提到，人们已经知道，当敌方的布吕歇尔将军与他的军官们在吕贝克遭受失败，在汉堡附近陷入极度的困境时，魏玛公爵给他们兑换预支了4 000塔勒。同样每个人都知道，一个普鲁士军官，封·恩德上尉(现在是科隆的最高行政长官)，在大侯爵夫人处被雇用为宫廷元帅。不可否认，在军队和地方行政部门雇用如此众多的普鲁士军官，而众所周知这些人的思想品德也不是最好的，这将给法兰西带来一些不安定的因素。皇帝将很难同意或者容许有人在莱茵联盟的心脏悄悄地密谋反对皇帝。有人甚至为他的儿子伯恩哈德王子选择了一位前普鲁士军官吕勒先生(此人后来成为普鲁士将军)做宫廷老师。封·米弗林先生，同样是现役军官，普鲁士封·米弗林将军(当时在普鲁士总参谋部)的儿子，被魏玛一家州立机构聘为主席，拿着可观的薪俸。公爵与此人私交甚密。所有这些关系很自然都只能是为了这样一个目的，即助长一种已经是很 302
严重的、秘密针对法兰西的怨恨。看来人们好像要故意翻出旧账，

① 赫维希(J. J. Herwig)以为："应当承认，法尔克所描写的歌德的长篇大论显然加入了很多修饰，但人们还是可以认为歌德在当时的确有一段强烈的、令谈话者印象深刻的感情爆发。"在文章末尾歌德充满爱国主义激情的言论受到特别多的质疑，因为歌德一般来说对爱国主义是持非常怀疑态度的。这里，报告人的观点肯定更有说服力，尽管人们可以假设，歌德也被自己对卡尔·奥古斯特的深厚感情及被自己的"卖唱乞讨的幻想"所感动。

重新激起皇帝的怒火，他本来是想要忘掉魏玛的一些不愉快的。即使人们不打算给公爵直接扣一顶用心险恶的帽子，至少他的步子也迈得太不小心了。吕贝克战役之后，魏玛公爵还和封·米弗林先生一起在行军的途中路过不伦瑞克看望了法兰西的死敌不伦瑞克公爵。

“够了！”当我念到此处时，歌德满脸通红地打断我。“他们究竟想干什么，这些法国人？他们是人吗？他们为什么这样不分青红皂白地提出这种非人道的要求？公爵究竟做了些什么不该值得褒奖赞扬的事情？从什么时候开始，对危难中的朋友和老战友保持忠诚变成了一种罪过？在你们的眼里，一位高贵者脑海中的记忆难道就一文不值吗？为什么你们为了讨好一个新主子，非要把公爵一生中最美好的回忆，把对七年战争和对他的舅爷弗里德里希大帝等所有这些古老的德意志时代荣誉的纪念，像用一块湿海绵擦掉一道算错的习题一样，一夜之间从他记忆的黑板上擦抹得一干二净呢？他本人就曾经积极投身于那些活动，最后甚至不惜将王冠和君权置之度外。难道你们的皇权在昨天就已经站稳了脚根，让你们根本不用害怕未来会发生人类命运的翻覆吗？”

“虽然我的天性会使我冷静地看待这件事，但当我看到有人要求别人去做那些不可能做到的事情时，我还是无比愤怒。难道公爵帮助那些受伤的、被抢走军饷的普鲁士军官，在吕贝克战役之后给英勇的布吕歇尔预支 4 000 塔勒的钱，你们就要把这种行为称为谋反吗？
303 你们就想把他说成是卑鄙的人吗？假设今天或者明天你们的大军遭遇不幸，如果你们的一位将军或陆军元帅完全像我们公爵在这件事情上所做的那样行事，那么他在皇帝的眼里将具有什么样的价值？我告诉你们，我们公爵的所作所为就是他应有的作为！他必须这样做！他要是没有这样做，那他就将大错特错！是的，即使他因此会丢掉他的国家和子民,王冠和君权,就像他那个不幸的前辈约翰[1]一样,他也绝不应该、绝不允许丝毫背离这种高贵的情操以及在这种情况下给他规定对民众和贵族所负有的责任。不幸!什么才是不幸?如果一个诸侯不得不任由外人让这样的事情在自己家里发生,那才是不幸。如果那一天真的到来,他真的要像那个约翰所遭受的那样,必须退位并遭遇不幸,那么这也不应使我们丧失理智。我们将像卢卡斯·克拉纳赫[2]陪伴他的主人那样,忠实地站在我们的主人身边,手里拿着一根棍子,陪伴他走向苦难。当妇女和孩子们在村庄里遇见我们,哭泣着睁大双眼互相说:这就是那个老迈的歌德和曾经的魏玛公爵,法国皇帝褫夺了他的王位,因为他在危难中对他的朋友还如此忠诚,因为他在不伦瑞克公爵,他的舅爷临终前去看望他,因为他不愿意让他的老战友们和同住一个帐篷的兄弟们忍饥挨饿!”说到这里,泪水从他的面颊两侧滚滚而下。他稍微停顿了一下,恢复平静后接着说:“我愿意为了面包而卖唱!我要作一个街头说唱艺人,把我们的遭遇编成歌曲!我要走进熟悉歌德名字的每一座村庄和每一所学校,我要唱出德国人的耻辱,让孩子们把我的耻辱歌曲学会记熟,直到他们长大成人,把我的主人重新唱上王座,把你们从你们的 304

① 萨克森选帝侯约翰·弗里德里希一世(埃内斯坦血统,卡尔·奥古斯特公爵即属于这一血统),在反对皇帝和教皇的战争中任新教教徒(施马卡尔登联盟)首领之一,1546年遭放逐并失去选帝侯资格。战争中他收回了自己的国土,但在米尔贝格战役(1547年)中却战败被俘。卢卡斯·克拉纳赫等人陪伴着他到奥格斯堡和因斯布鲁克,一直囚禁到1552年。耶拿大学的创建可以追溯到约翰·弗里德里希一世。

② 卢卡斯·克拉纳赫(老)(Lucas Kranach d. Ä., 1472—1555),德国文艺复兴时期的画家,木板雕刻家,萨克森选帝侯约翰·弗里德里希一世的宫廷画师,宗教改革家马丁·路德的朋友。米尔贝格战役后,他所在的城市维滕贝格被占领,选帝侯约翰·弗里德里希被俘,他陪着选帝侯一起流放。

宝座上唱下来！哼，你们就尽情地嘲笑法律吧，你们最终将在法律面前丢尽颜面！来吧，法国佬！没有什么地方会与你联盟！如果你要剥夺德国人的这种感情，或是用脚践踏这种感情，那有一点是肯定的，你不久也将会被这个民族踩在脚下！你们看吧，我双手双脚都在颤抖，我已经很长时间没有这样激动过了。把这份报告给我！噢不，你们自己拿着吧！把它扔进火堆里！烧掉它！烧掉它后，再把灰烬收集起来扔进水里，把它烧开、煮沸、蒸发掉！我要亲自往火里添柴，直到所有的东西烟消云散，每一样东西，甚至是最小的字母和标点符号都随着烟雾飘去，不让它的任何一粒灰尘留在德国的土地上！我们以后也应当这样对待那些狂妄的外国人，这样对德国才会更好。”

〈……〉

去卡尔斯巴德，弗兰岑斯巴德旅行

1808 年 5 月 12 日至 9 月 13 日

243. 歌德日记

1808年5月9日 星期一至5月13日 星期五

5月9日

早上为旅行做准备。随后去宫殿见公爵和公爵夫人殿下,太子和封·吕勒少校。之后吃饭。晚上迈尔和法尔克:谈论法国人的狂妄和不公正。

〈……〉

5月12日

4点半冒雨从魏玛出发。6点到7点之间到达耶拿。天气开始转晴,一直到卡拉,我们大约在10点三刻到达那里。给马喂料,让马休息到12点以后。期间下大雨。下午天气非常好。5点半左右到达
305 珀斯内克,有八十人的法国炮兵骑着漂亮的马匹在那里安扎营地。入住金狮旅馆。完成普罗米修斯和厄庇墨透斯两人之间的剧情以及对潘多拉的描绘,并让人朗读。

5月13日

早上离开珀斯内克。到施莱茨一直是糟糕的道路。用过早餐。近中午时分再出发。在格费尔用骖马拉车。晚上到达霍夫,入住勃兰登堡旅馆。吃晚饭。拜访县督许茨先生。谈论他们遭受的压迫和军税。政治观点。路上谈论我们一些朋友反常的欲望,关于美学和诗学的问题,关于福斯和施莱格尔兄弟的功绩与偏见,关于《浮士德》的第二部分及其计划的内容。

244. 里默尔(日记)

1808年5月14日 星期六

去弗兰岑斯巴德的路上,道路十分泥泞。去了温泉。克伯尔地方秀丽的风景和蓝色的山岗。特别谈论了政治话题。

歌德说:"欧洲其实是曾经存在过的最罕有的共和国之一,它走向灭亡的原因是因为其中的一部分想要成为原本属于整体的东西,也就是说法兰西想要成为共和国。现在它是无可救药了。一切都在赤裸裸地发生。"

"过去,那些自给自足的人,如果需要从别人那里寻求帮助,他会去城堡、宫殿或朋友那里;现在,那些与外界交往的人却是无助的,他只能向自己的内心寻求安慰和帮助。"

"过去是对外封闭,对内敞开;现在是对外敞开,对内封闭"。

306

245. 歌德日记

1808年5月15日　星期日至5月24日　星期二

5月15日

大约6点半从弗兰岑斯巴德出发，9点到达玛丽亚库尔姆。节日，许多乡下人聚集到这里。男人们大多高大，腿脚很长，女人们则很矮小，面无表情。想起茨沃塔①的徒步朝圣。埃尔伯根的位置很好，从城堡可以看到高地的另一面。新修的大路。傍晚到达卡尔斯巴德，正在清理房间。散步去卡尔桥，然后从那里到碳酸泉。之前米勒来访，谈论关于颜色学的打算和哈克特的自传。维尔纳的十四行诗。途中谈论男人与女人的爱情的区别，前者偏重激情，而后者爱献殷勤。例子。朗诵我的十四行诗并解释它们的涵义。

5月16日

早上去不同的温泉，游客很少。之后买大头针，包好，写信。给封·施泰因夫人，寄往魏玛，附一包大头针。给我夫人的信，附一包大头针，一盒巧克力，四百枚缝衣针。把写给亨德里希先生的信封好，给施托勒的信写完，通读了一遍维尔纳的文章②。中午在家吃饭。饭后写《潘多拉的归来》。兑换了纸币。傍晚时分散步去邮局。之后翻阅城市手工业介绍手册。

5月17日

早上去城堡泉，然后去新泉，再后去草坪。写《潘多拉的归来》。中午在家。饭后小憩。晚上去霍泰克路散步。关于变形学及其涵

① 玛丽亚库尔姆附近的一个村庄。
② 参见第238封信及注释。

义。生命万物的收缩与舒张[1],收缩使万物产生特殊形态,而舒张则使生命延续到无穷。晚上在家。讲解抑扬格和扬抑格音步和两短两长的音步[2]。

5月18日 307

早上没有去温泉,因为整个上午都在下大雨。写《潘多拉的归来》。中午在家。饭后为维兰德翻译的西塞罗信札写前言。写《潘多拉》。晚上去霍泰克路散步。谈论维兰德评论西塞罗的方式。"那个时代没有人能与他匹敌"。晚饭后挑出一些信让人念给我听。给施托勒先生的信寄往维也纳,把关于维尔纳剧本的文章封好。

5月19日

早上去温泉。之后去霍泰克路散步。在家写《潘多拉》。饭前去绞架山,布拉格酒馆,经过戈特尔的花园沿圣弗洛里安向下走。中午在家。饭后写《潘多拉》。翻阅卡斯蒂利亚。傍晚去晒蜡场,路过希斯官,沿平常走的路回家。大约7点左右再去霍泰克路散步。用餐时读意大利十四行诗。

〈……〉

5月24日

在城堡泉。排队上官殿山,进埃格尔大门。到霍泰克路上散步。思考了几件事,特别是手头的一些信件。把昨天应该写的《潘多拉》

---

[1] 歌德开始写《颜色学》的"教学部分"后,经常使用这一对概念,除此之外,还有综合与分析、吸气与呼气、收缩与扩张等,以此来表述一些基本生命法则的脉动。

[2] 为写《潘多拉》的诗,歌德请里默尔给他讲解这些古典诗歌的音步。

的定额口述下来。饭后读施皮特勒的国家史。之后与卡斯特尔伯爵夫人一起散步。然后独自一人去霍泰克路散步。晚上画素描。对施莱格尔的印度学研究[①]感到不满。

① 施莱格尔的《关于印度人的语言及智慧》,参见第240封信。

246. 歌德致德·斯塔尔夫人[①](亲笔)

1808年5月26日　星期四

我尊贵的朋友,如果说这次离开家因为一些事情凑到一起使我
比平常更为敏感的话,那么,想到您旅行路过我却不能见到您,又给 308
这种感觉增添了几分惆怅。

然而,我又不得不沉湎于这样一种心境:我在这明媚的春天里已经住了十天,这春天因各种色彩对比而显得格外漂亮:盛开的鲜花,嫩绿的树木,山上的牧场间杂着暗色的岩石,深色的云杉林环绕着灰色的木屋,它们看上去是如此地美妙。您在旅途中肯定也能看到这样一些景色吧。现在我刚刚觉得开心了,您又如此热情地邀请我去德累斯顿,让我重新陷入纠结之中。

我说的可是真心话呀!如果您邀请我去某个我心仪的孤独的城堡,在一个安静的聚会上拜见被几个亲朋好友围绕着的您,与您共度几天的时光,那么什么也无法阻拦我去见您,去重温我们曾经在您那里度过的欢乐时光。这个著名的城市被那些珍贵的艺术品所装饰,被壮丽的自然景色所环绕,而您却被包围在一群纠缠不休的人群中间,一想到这些,我就知道这次旅行的目的会破灭,我觉得这些阻力会令我扫兴,会让我闷闷不乐地离开。

所以,我最好的朋友,还是让我独自一人待着吧,让我把时间献给对您的思念,让我热切地希望您在德累斯顿开心,今后的旅行愉快,到魏玛时也还能想起我。

赶快谈谈您对我们诚实的德国人的评论[②]吧!对于一位友善的女邻居和半个女同乡的良好意愿,我们有理由感到激动,备受鼓舞,去对着一面可爱的镜子观照自己。因此,请允许我,尤其是在读了

---

① 参见第157号1807年7月7日的日记及注释。

② 指斯塔尔夫人的《论德国》,此书1810年才发行第一版。下面提到的《科丽娜》是她去意大利旅行写的一部小说。亦参见1807年7月7日的日记及注释。

309 《科丽娜》之后，把我对您本人和您的文章的强烈同感，把我对您的崇敬和赞叹再次不厌其烦地以书面的形式呈献给您。

向您的同伴和亲朋好友致以最友好的问候。

卡尔斯巴德，1808 年 5 月 26 日　　歌德

247. 歌德致夫人(亲笔)

1808年5月29日　星期日

你早前寄来的亲切的信让我很高兴,这是我在这儿收到的第一封信。这会儿我让马车夫捎去的东西估计也应该到了。但愿埃格尔矿泉水有良好的效用。

这里的春天特别美,花儿都开了,老岩石和云杉林之间重新披上了新绿。这次我可以好好地享受这个地方,我感觉很舒服,还像以前一样爬山。

这里还很冷清。除了一些熟悉的卡尔斯巴德居民,我几乎还没有同任何人说过话。不过,我整天都要在自由的天空下待上几个小时,有时与里默尔一起,有时是独自一人,让自己舒舒服服的。

这时我会仔细地回想各种事情,我常常想起你,想起你给我的全部的爱与忠诚,使我过得如此安逸,让我可以按自己的方式生活。在这安静的时刻我总是挂念着你和可爱的奥古斯特,他还会给我们带来更多的快乐。你从海德堡①听到的东西,对于开始阶段的他应该是相当不错的,但愿这些有趣的事不会太多而让他心生厌倦。不过这种情况都会发生的,会一件件地冒出来的。

我们的小日子过得相当不错,井井有条。当然我们还是应当让它保持正常,节制随意性的开支,特别要抵御那种购物和送礼的欲望。无论如何,我感觉比去年强多了。

你只要按往常的方式与戏友们交往就好,一开始不要做得太过, 310
这样就不需要往回走。你给迈泽尔先生和其他人表示过谢意了吗?我们还欠他们一个人情,别忘了。

我这里还没有其他的信。愿你过得开心。天气很好,我这里也

① 歌德的儿子奥古斯特开始在海德堡学习法律。

很好。有时我的思绪会迷失在波兰的边界①,但它们很快又会回到魏玛,飞向海德堡,这样我就可以一个一个地看望我可爱的孩子们。祝你安康,爱我,让我们永远在一起。

卡尔斯巴德,1808 年 5 月 29 日 G.

① 歌德或许指的是齐利晓(Züllichau,波森的城市,今波兰的苏莱胡夫 Sulechów),敏娜·赫茨利布当时住在那里。由此推测,克里斯蒂安娜可能已经知道歌德对小敏娜的爱恋。

248. 里默尔(日记)

1808年6月1日　星期一

早上7点在歌德处,他口述《亲和力》的前二章,一直做到12点半。吃饭期间谈论政治,拿破仑已经把西班牙搞定[①],之前俄罗斯对波兰也是这样做的。我认为我们的批评家会骂他是一个走运的模仿者。晚上与歌德一起讨论《亲和力》。

---

① 西班牙国王被迫退位,将王位让给拿破仑的哥哥约瑟夫·波拿巴。约瑟夫于1808年6月6日加冕。此处说拿破仑搞定西班牙的表述并不正确,西班牙的反抗斗争并未因此而结束,它一直延续到1809年,并且从未真正地被扑灭。

249. 歌德致儿子

卡尔斯巴德,1808 年 6 月 3 日 〈星期五〉

今天早上我去温泉时,邮政秘书把你 5 月 23 日的信交给了我。好几天以来我真的开始焦急地盼望来信,所以,这封信让我尤其感到宽慰,因为,除了妈妈一封简短的来信和科塔从莱比锡寄来的信,我到这儿后的一段时间里再没有听到朋友们的一丁点儿消息。上个月15 号我们就到了这里。我感觉很舒服,很久没有这么好的感觉了,
311 我还像以前一样爬山。大部分道路和林荫道都已经修通了,我甚至还爬上了三十字山。

你可以想像卡尔斯巴德的春天该有多么迷人,尤其是今年春天遇上这么好的天气。树上花开了,一抹嫩绿夹杂在灰旧的岩石和深色的云杉林之间,非常好看。不过现在花儿已经开败了,一切都显现出真正的夏天气息。

我们房屋的墙,你见到它时还是白色的,现在它已经分成了五颜六色的好几块,并围上了有趣的边框。这让我马上想起了这些日子我们在高级行政长官家看到的一间屋子的装饰。整体上来说,这种装饰的品味看上去随意任性,或者你想把它说成是某种滑稽可笑的东西也行,但是它在细节的处理上则是我见过的这类装饰中最漂亮的,远比你能想到的博尔泽家的房间要漂亮。特别是麦斯林薄纱、缝边、花边、塔夫绸等类似的东西以及形形色色的画得特别漂亮的金属容器,简直让人看不够。这些画出自几个技艺娴熟的布拉格装饰艺人之手。他们的自信成就了这种真实的效果。

一开始我们只能看到卡尔斯巴德当地的居民。我与那少数几个游客也没有什么联系。那个漂亮的小女人和玛托尼都在打问你的消息。胖胖的母鸡修士①穿着青灰色的衣服还在喂他的随从们。如果要他把它们牺牲给我们,他要得价钱更高。一小份炸鸡他要 2 个头

① 显然这是歌德儿子给谁起的绰号,只有他们自己知道。

像银币①。

总体上,价格从去年开始就上涨了一些,这是因为纸币又有些贬值,100 萨克森吉尔登能换 216 弗罗林纸币。

游客慢慢地多了起来,清单上已经有七十三批。游人的数量肯 312
定会很多的。这里也已经有一些骑乘的马匹了,你会很感兴趣的。

那眼碳酸泉对赶到这儿来的游客们却并不太礼貌,不过,这倒给做维修的建筑工人们不少生意。在你去年看到的垮塌的地方,泉水从河里往外流得还是很猛,而碳酸泉桥下面在小巷子通往市场的方向,由于年代久远,木板和木桩都已经腐烂,桥下被冲刷得很厉害。人们用沙袋、苔藓、木桩、楔子、石头、夹子和其他的东西把它们弄牢,不再发出吱吱的响声。在它原本的位置,泉水目前喷得不是很高,但水量还是充足的。

我们还是按照老样子安静而勤勉地过日子,总体来说比上一年要节俭一些,特别是葡萄酒。我很高兴从你的来信中看到你对这种很容易上瘾的饮料还是很小心谨慎的。酒对人们谨慎、快乐而积极的生活所起的反面作用要比人们想象的更厉害。

我也要表扬你只去上少量的几门课。就学习而言,重要的是人们应当对所学的东西要逐步地去驾驭。一旦传授的东西超过了人的能力限度,他就会变得麻木或是厌烦,很容易想把所有的东西都甩掉。

看到你的学习是按照历史沿革来进行的,这让我备感欣慰。去了解知识是如何逐步地按照世俗之人的方式发展到现在这种状态的,哪些都失去了,哪些保留下来,哪些还将继续发挥作用,这不仅非常有趣,而且还很有教益意义。有幸以这种方式了解过去的年轻人,

① 印有头像的钱币,参见第 51 封信及注释。

可以预料自己的未来，为快乐的人生做准备。大多数东西都会自己沿着这条道路形成，因为在世俗世界里，一切都会重头再来。

313 你能按照自己的天性保持在这条道路上，我感到很高兴，这样我就不用担心你会去参与那些哲学的和宗教的活动①。这类活动现在在德国甚至让一些头脑正常的人都感到迷茫，它们除了弄出一堆乱七八糟、狂妄自大的东西外，最终都将一事无成。好运把你带到了地球上的这块区域，要谨慎而知足地生活。无论如何，这儿不缺少螺旋线和更神奇的线条。

代我向内廷参事蒂鲍特先生②多多致意，以我的名义最衷心地感谢他。能有这样一位细心而可爱的导师带你走入学术活动，这也是你的幸运星在起作用。

你还没有听过他演奏钢琴吧，记着应该去听一次。你会发现他弹奏这个乐器是多么地神奇，多么让人心生喜爱。

你问问他今年冬天是否要讲施皮特勒的《欧洲国家历史纲要》③。这本书印了新版并由我们的萨尔托里乌斯出色地续写到了近代。这门课会给你带入一段新的世界历史，告诉你不同政体的概念，帮你厘清欧洲国家过去相互之间那些神秘的关系和现在极不寻常的联系。这些对你追溯古代国家历史都会有相当的帮助。

即使我不提醒你，你也应当在那里继续你的发现之旅。能在一个美妙的地方与一些特别的邻居在一起度过美好的大学时光是一种福气，我自己都没有享受过这份福气。我的大学三年是在满是石头的莱

---

① 浪漫派在这一年出现了许多个人的具有神秘和思辨性的潮流，在海德堡主要以封·格雷斯和神学家卡尔·道布为代表。

② 著名法学家蒂鲍特直到 1806 年都在耶拿教书，歌德 1808 年 4 月 3 日给他写信，请他关照自己的儿子。

③ 指 L.T. 封·施皮特勒的《欧洲国家历史纲要》，亦参见第 228 封信及注释。

比锡[1]度过的,它虽没有建在沼泽中,也起码是在沼泽边。当水果一个接着一个地成熟后,你就可以心怀感激地享用这些上天的恩赐了。

封·贝格尔来看你,真是够朋友。他的处方我没有带来,我现在 314
不需要它,但愿再也不需要它了。谁知道你会在什么地方还能再次碰到这个总在漫游的半个学生,如果能见面的话,你们当然可以回忆一些以前在一起玩儿过的开心事。

在我们的福斯教授家要记得提及我并非常感谢他给里默尔写信,他也让我们知道了一些你值得表扬的事,他应该会很快给我写信的。我一个人孤零零地在这个地方,能收到外面朋友寄来的信是很开心的。

因为信纸还有空余,所以我想再讲几件卡尔斯巴德当地人的事。普罗哈斯卡已经不在这儿了。人们给了他一个埃格尔地区第一警察所长的职位,他自己也明白这是要他腾出位置的意思。新来的人叫霍赫,从布拉格过来到这里做短期巡视。我很好奇他是否也能把工作做得那么好。到目前为止,警所的勤杂人员看上去还很脏,孩子们弄出吓人的动静,草坪上还没有运来砂子,温泉边和林荫道上也有乞丐。不过,当县政府搬来后,所有这些都会变样的。这几天县政府正从埃尔伯根搬到这里。

博尔泽伯爵和他的金色徽章依然是光彩夺目,卡尔斯巴德的少妇和姑娘们都非常喜欢他。今年冬天他组织了一个俱乐部,男人每人每月交相当于我们钱币的12格罗森,女人每人每月交8格罗森的会费。每周有两场舞会,一开始他们还都很满意,但最后却是在小城市才能见到的女人们的争吵和诽谤中关门。

八十三岁的宝石雕刻匠米勒比以往更加精神,无论什么天气都

---

① 莱比锡的大部分地区为平原,河流、湖泊、沼泽众多。为应对这种比较特殊的地质条件,市内建筑多以石材为主。因此歌德说“满是石头的莱比锡”。

在外面跑。除了一些之前你知道的石头品种外，他又搜集到了非常漂亮的石头标本，因为他总是会在秋天和春天土地耕作之前在地里仔细搜寻一番。他还搞到了一些新的东西，其中有一块非常漂亮的
315 角岩，上面带着一些残留的植物，我认为那是一种蕨类植物。石头上的孔隙像河渠一样从石头里穿来穿去，里面长着一些茎杆。如果你认识有谁觉得这些东西有用，我可以从中收集一些最有意义的石头给他。如果他读过我的文章，那他只需要把他觉得特别中意的石头编号标出即可。文章在莱昂哈德袖珍书中，海德堡肯定有这本书。

通往埃格尔方向的路又修好了一大截，而从布拉格过来的路还在客栈上面的位置那儿，跟你离开时一样，没有任何进展。这条路是一条不错的散步小路，特别是在傍晚日落时分。不过我大多数时间都去霍泰克路散步，这是我去城堡泉沐浴时的首选，是最舒服的一条路。尽管我对这个地方很熟悉，但还总是会对它的丰富多彩感到惊奇。它对于我就像是一段有趣的童话，过去常常听，现在又来听一遍。我对这种惊奇虽然已经有些迟钝，但依然觉得十分新鲜，你永远不知道听到它时的心情是怎样的。

这边的天气一直很好，偶尔会打雷下雨，大多数时间都是晴朗无云的天气。

除了那些已经完成和开始着手的工作外，我们还读了维兰德翻译的西塞罗的信札，施皮特勒的欧洲国家史以及弗里德里希·施莱格尔的《关于印度人的语言和智慧》。

封·斯塔尔夫人邀请我去德累斯顿，她这几天在那里逗留。由于种种原因，我没有接受这个邀请。现在你已经知道了很多关于我们的事情，好像你就生活在我们身边一样。让我们也尽快听听你那边的情况吧。

G.

250. 歌德日记 316

1808 年 6 月 14 日　星期二至 6 月 21 日　星期二

6 月 14 日

写《亲和力》第 9 和第 10 章。巴尔杜阿小姐来信。饭后在弗兰茨·迈尔先生，封·雷克夫人和蒂德格夫人处。去碳酸泉，有一群医生与官员在那里研究如何安装碳酸泉的底座。把底座固定起来的困难在于下面那个坚固的磨坊拦水坝没有安装水闸，这样就没办法把水拦住，因此也没有办法下到泉眼的底部。去齐格萨一家[①]处，见到奥波尼伯爵夫人和她的女儿们以及封·泽肯多夫夫人和戈特小姐。与后者及西尔维小姐散步，向上到安德烈亚斯小教堂，继续至圣灵降孕，然后沿小路穿过花园和农田，到三十字山脚，经过原来贝歇尔花园下来。把女士们送回家。从《法兰克福日报》里读了几条新闻，然后回家。

〈……〉

6 月 16 日

基督圣体节。一开始穿过街道看搭建祭坛，然后进入教堂，在大弥撒的带领下唱《后宫诱逃》[②]中的咏叹调：《我要依赖你的力量》。去齐格萨家，与他们再穿过街道，进入区行政长官官邸，看宗教仪式的队列。之后与西尔维小姐沿霍泰克路往卡尔桥方向散步。之后在草坪上来回走。饭后写《亲和力》的纲要。在教堂里。回家。封·弗

---

① 奥古斯特·弗里德里希·卡尔·封·齐格萨男爵(August Friedrich Karl Freiherr von Ziegesar, 1746—1813)，来自耶拿附近的德拉肯多夫，萨克森-哥达公国枢密顾问及首相，后任萨克森-魏玛公国在德拉肯多夫的司法总长。此次他带着夫人与小女儿西尔维来卡尔斯巴德。西尔维小姐是歌德此次在卡尔斯巴德疗养时的情人。

② 莫扎特的一部有影响力的德语歌剧。讲的是 16 世纪土耳其的传说，西班牙贵族贝尔蒙特及男仆从土耳其国王帕夏的后宫救出爱人康斯坦丝及其女仆的故事。

兰茨先生来访并呆了很久。傍晚时分去齐格萨家。讲述她们从10月11日开始的逃亡之旅①。

317 **6月17日**

早上去城堡泉。与封·泽肯多夫夫人及戈特小姐在一起，之后与林布格尔夫人在新泉。陪前面两位回家。处理一些事务。去封·埃本贝格夫人处。谈论她在意大利的逗留，谈论维也纳，封·斯塔尔夫人，等等。3点钟后朝达尔维茨方向散步一直到瓷器厂。傍晚又返回来。再去齐格萨家。封·泽肯多夫和戈特小姐也在那里。之后雷克夫人的故事，讲她如何在阿尔滕堡的教堂里替最高教区牧师夫人担任女子修道院院长，极力向她恭维她丈夫所做的传教，及其他一些话题。

J.G.A. 加莱蒂的《世界知识通论，暨各国地理—统计—历史概述》，还有一部加莱蒂编著的对应的《袖珍旅行者通用地理词典》。两本书均由莱比锡约翰·弗里德里希·格莱迪奇于1807年出版。

6月18日

早上开始写献给西尔维生日的诗②，然后去新泉，与封·泽肯多夫夫人和戈特小姐在一起。在家继续写诗。饭后去封·埃本贝格夫人处。然后与齐格萨先生和齐格萨小姐散步，经过晒蜡场到希斯宫，翻过城堡山返回。晚上喝茶。

---

① 指1806年10月16日耶拿战役之前的逃亡。

② 诗名叫做“流经荒漠的萨斯奎哈纳河，我不在你身边”。歌德在最后一行中称西尔维是“女儿，女友和小情人”。

6月19日

继续写诗。去城堡泉。之后与西尔维小姐,封·泽肯多夫夫人和戈特小姐一起去邮局。返回。然后与西尔维小姐走一大圈,绕过教堂向上至洛伦茨小教堂至布拉格路,腓特烈广场,直到碳酸矿泉,再经过酿酒坊和剧院回家。下午在封·埃本贝格夫人处,欣赏她的古董、药膏之类的东西。从她那儿得了一丁点儿。在意大利的故事,等等。晚上在齐格萨家喝茶。

6月20日 318

早上在两个温泉待了一会儿。与林布格尔夫人讨论法国人在莱比锡的情况。11点与西尔维小姐去芬勒特路散步。之后,把明天要寄出的贺信写完誊清。饭后去封·泽肯多夫夫人处,与戈特小姐去卡尔桥。晚上在齐格萨家,“新美露西娜”①,等等。

6月21日

西尔维的生日。早上去弗兰茨·迈尔处,给他带去了意大利的罐子。去封·埃本贝格夫人处。谈论维尔纳,让·保罗和其他人。饭后与齐格萨一家和封·泽肯多夫夫人一起去埃尔伯根。天气很好,非常有趣的地方。夜幕降临时才回家。

---

① 歌德为《漫游年代》写的小说。亦参见第142号日记中的注释。

251. 歌德致约翰娜·弗罗曼

1808年6月22日　星期三

尊贵的朋友，如果您在构思落笔写这封亲切友好的信时就已经知道我们当时是多么渴望得到您的消息的话，我们对您这份美意的最衷心的感谢就是提前给您的报答。我们来这儿的最初几个星期里收不到任何音信，最终，缺席的朋友一个接一个地到来。随着齐格萨一家来到这里，我们重新感到了家的欢乐。现在一切都很好，社交的圈子也越来越大，即使我们不与太多的人联系，身边也有不少人围着我们转。

我们也希望您好好享受您同胞的到来带给您的快乐，早点儿告诉我们更多的消息。

319 我们还要特别感谢您让我们确信小敏娜[①]过得开心。虽然我们可以预料，由于您的照顾和她的天性，这么一个可爱的孩子到处都会受到最好的款待，会唤起人们真挚的友情，不过，当亲爱的人不在身边时，我们的心情会变得沉重，这也是人之常情，因此，我们无法想象她和她身边的人是十分快乐的。您明确地保证她过得很好，这让我们尤其感到高兴。请您向她转达我最衷心的祝愿和问候。

我希望能见到枢密顾问洛德女士。关于她那些可爱的孩子们，有数不完的趣事可以讲给我听，请您代我向她致意。也问候弗罗曼先生和您可爱的家人。即使我们不在一起，也请您对我们还是一如既往地友好。7月1日，德拉肯多夫的好朋友[②]就要离开我们，看来我们还需要新的好朋友来拜访。

祝您安康！

歌德

---

① 敏娜·赫茨利布1808年5月离开耶拿去齐利晓，去帮助她做新娘的姐姐。亦参见第247封信及注释。

② 指齐格萨一家。

252. 歌德致贝蒂娜·布伦塔诺

卡尔斯巴德，1808 年 6 月 22 日　〈星期三〉

恋爱中的诗人说过，没有什么比给自己心爱的人梳妆打扮更享受的事情了，如果这是真的，那么您，我最亲爱的小朋友，就是为我做了一件大好事。您总是这样让我有机会用您的礼物来装扮我喜欢的人。您的礼物那样丰富多彩，让我真的不知道是否已经感谢过您送给我的中国水果[1]了。这些水果在我周围的朋友那里几乎都成了不和的金苹果[2]。

我应该把您的那幅令人爱不释手的诗人画像带过来，好好享受它的陪伴。在我看来，画家和铜雕版师在艺术形式和表现力方面都可圈可点。诗人的形象一定是英俊而高贵的，这个人身上缺少点儿什么，人们就很愿意把他想象成那样。

您亲切的来信[3]造访得正是时候，它当然又把我带到了另外一 320
片天空下的另外一个地方，让我想起了在约翰尼斯山脚[4]下度过的那几日美好的时光和品尝的甘醇的葡萄酒。我也曾经在莱茵河上划着一只漏水的小船顺流而下，这使我更有理由让您想念着我。

这封信寄到时，也许阿尼姆正在您那里。劳驾您感谢他寄给我的报纸[5]。尽管我不喜欢尼弗海姆的天空[6]，隐居者却喜欢住在这样

---

① 贝蒂娜在原信中说“人们叫这种珍珠中国水果……”。

② 出自古希腊神话故事。相传阿喀琉斯父母结婚时，忘记邀请不和女神厄里斯。为了报复，她在婚礼上偷偷扔下一个“不和的金苹果”，上面写着“赠给最美的女子”。于是天后赫拉、智慧女神雅典娜和爱与美神阿弗洛狄忒三位女神开始争夺这只金苹果。

③ 贝蒂娜从莱茵河畔的温克尔寄来这封信，她在布伦塔诺家的庄园度过了一段日子。

④ 约翰尼斯山脚在莱茵高地区。

⑤ 指《隐居者报》。由阿尼姆、蒂克、格雷斯及格林兄弟等人出版发行，发行截止于 1808 年。4 月 1 日阿尼姆给歌德寄去一份，并请他给报纸投稿。歌德在 5 月 4 日给贝蒂娜的信中已提及此事，但没有亲自给阿尼姆回信。参见第 239 封信及注释。

⑥ 尼弗海姆是北欧神话中世界诞生故事中的雾之世界。

的环境下，我还是非常清楚这样或那样一些不可或缺的植物需要某种特定的气候和环境才能生长。我们用驯鹿苔藓来治病，却不喜欢住在它生长的地方，或者用一个更实在的比喻，我们需要英格兰的浓雾，以便让漂亮的绿色草地生长出来。

同样，这本册子上的一些内容也让我相当高兴。如果编辑能随时挑选出这样的文章，让深谷不再空洞，让平地不再平庸，那么将不会有人对报社说三道四，而只会祝愿它好运连连。请您代我向阿尼姆致以最亲切的问候，并请原谅我没有直接给他写信。

您在莱茵兰还要待多久？现在正是葡萄收获季节，您打算做些什么？我还会在这古老的岩石和炽热的温泉之间徜徉数月，它们这次也让我感到特别舒畅。您写信到这里会找到我的。

我的奥古斯特目前在海德堡过得还很不错，我夫人在劳赫施泰特看戏跳舞。几个远方的朋友已经给我往这里写信了，而其他一些人则出人意料地亲自和我聚到了一起。

321 我已经耽搁了很长时间，所以这封信我必须马上寄出去。我把它寄给我母亲。让我尽早听到您的回信。

G.

253. 歌德致赖因哈德

卡尔斯巴德,1808 年 6 月 22 日　〈星期三〉

昨天我们庆祝了最长的白天。我尊贵的朋友,在没有感谢您的两封信之前,我是不会往下过这下半年的。第一封信是在魏玛收到的,另一封则是在这里收到。头一封信由施莱格尔先生[①]在法兰克福投到邮局,后来他旅行路过魏玛时又亲自拜访了我。

关于我的前四卷书的评论[②]我刚刚看到了,这是很长时间以来我看到的关于它的第一篇。评论给我带来了很多快乐,因为尽管我自己应该很清楚我马厩里的笼头都挂在哪里,但与一位明智而有洞察力的人谈论自己还是一件很有趣的事情。一个目光敏锐的陌生人,在踏进屋子的那一刻,经常一眼就能发现一些出于宽容、习惯或好脾气而被主人无视或忽略掉的东西。

我后来阅读了一篇关于米勒讲座的评论[③],与施莱格尔本人进行了讨论,并进一步仔细地研读了他《关于印度人的语言与智慧》的书。这些就已让我不那么满意了,因为从所有这些东西中都可以非常清楚地看出,他所研究的对象只是被用来当作一种工具,其目的是要逐渐把某种观点传递给大众,并用某种冠冕堂皇的东西把自己打扮成一个过时学说的信徒。

直到现在我才弄清楚对我著作的评论,明白为什么有些东西会被如此过分地摆到阳光下,而另外一些东西则被掖在阴暗处。当我 322
在这本关于印度的书中第 97 页看到那个可憎的魔鬼和他的祖母与

---

① F. 施莱格尔。1807 冬至 1808 春,他经常去赖因哈德在科隆的家。赖因哈德在信中比较详细地谈到了施莱格尔,并且在一开始对他还是很认可的。但施莱格尔正式皈依天主教着实令他感到困惑,而歌德早在 2 月 19 日通过雅各布的信知道了此事。

② 发表在《海德堡文学年鉴》上。

③ 施莱格尔为米勒的"关于德国的科学与文学"的讲座所定的评论,同样发表在《海德堡文学年鉴》上。

那些永远恶臭的随从们以一种非常巧妙的方式重新混迹于好人社会时,他字里行间的意图都清晰起来,我的判断也变得更加全面。我将花上一段时间仔细地阅读所有我能从他那里获得的东西,就是要看看这个人是怎样逐渐变得越来越粗俗。噢,我干吗要说逐渐呢?他本来已经准备好了一切,随时以一个使徒的面目恬不知耻地出现在世人面前。反正世人永远也不知道他们看到的是什么,他们将要看到什么。有人从维也纳给我写信告诉我说他会到那里去。我倒是希望他在那里能发现一些世俗的好处。不过,现在在奥地利的领地上,那些改变了宗教信仰的人并不引人关注。约瑟夫二世颁布的《宽容令》①还在静静地发挥作用。与新教套近乎是所有那些想把自己与下层民众区分开来的人的倾向。我甚至还注意到,如果有人用新教诗歌的方式去表现天主教和神话时,他们只会引来嘲笑,或在某种意义上会引来憎恨。这就像盛大节日里教堂门口拥挤的人群一样,有些人想进去,有些人想出来。

但总体上来说,施莱格尔为改变宗教信仰所花的力气还是值得的,它可供人们亦步亦趋,一方面因为它是时代的标志,另一方面也许是因为还没有哪个时代出现过这么稀奇古怪的事件:一个杰出的受过最高等教育的天才,披着理性与才智的最耀眼的光芒,在众目睽睽之下,被误导着去掩盖自我,去扮演一个稻草人,或者换一种比喻来说,就是用百叶和窗帘把光线尽可能地挡在外面,让教区的公用房屋变成一个相当黑暗的房间,然后,通过一个小孔让哄人的把戏所需要的光线照进来②。

---

① 1781 年神圣罗马皇帝约瑟夫二世颁布《宽容令》,宣布天主教以外的其他基督教各派都享受合法地位,各派教徒与天主教徒享受同等的公民权利。

② 歌德在《颜色学》中常常抨击牛顿的折射实验,即在一个暗室中窗户被窗帘挡住,只留一个小孔让光线进来。

由于人们已经弄清楚他的意图和他的秘密路径,所以我真地很 323
好奇,他在为我后面的八卷做评论时会做出怎样的不正常的举动?他还会在多大程度上再次利用这种机会,让人对审美文化、多神教和泛神教产生怀疑?

既然提到了我的最后八卷书,那我就想插一句,我希望这些书在法尔肯卢斯特[1]能受到您的青睐。我担心这封信比包裹先到,因为我寄包裹时愚蠢地让包裹从蒂宾根绕道魏玛。

因为维也纳的《普罗米修斯》已经到您手上了,这样我也许就不需要把我的《潘多拉》推荐给您。它对于我就像是一个心爱的女儿,我迫切地想把她打扮得光彩迷人。

在阴沉了很长一段时间后,晴天好像又开始光顾我们这里了。天气晴朗时,我会想起您所在的那个漂亮的地方,很高兴您享受乡村的时光而感到满意。如果您能拒绝别人新提出的要您做事的要求的话[2],那么这种与世隔绝对您来说是再合适不过了。如果您静静地回顾最近二十年来的德国文学,想想是如何到现在才掌握赫尔德的思想的[3],您就会比那些直接参与其中的人更能看清大众所走的那条奇特的道路。请您时不时给我分享一下您的想法吧,因为人总是有更多的理由把自己与那些跟我们同处一个时代、教育相同、思想相通的人紧密联系在一起。您 3 月 7 日的告白或者说是题外的话,我已经读了很多遍,但它依然令我振奋。所以您要经常让我听到您的消息。

关于我自己,我还是一如既往地做我的事情,只是我的勤奋并没

---

① 赖因哈德在莱茵河畔新购置的房产。参见第 173 封信。

② 拿破仑给赖因哈德在意大利米兰提供了一个总领事的位置。

③ 指赫尔德的“关于人类历史哲学的思想”。

324 有带来实实在在的成果。如果不是因为有几个已经开始着手的事情在催促着我,还有一些外部的原因让我奔波,也许要不了多久我就什么都不做了。或许今后几年上天会让我如愿,进入这种状态。

我的身体比前一段时间要好多了。

至于八行诗节能让读者对我的《浮士德》暂时产生好感[①],我听了甚感欣慰。然而,为了维护真相,也为了尊重我那颗—如果我没有搞错的话—被相当误解的内心,我必须说明,这些诗行产生的年代已经非常久远,它的产生完全不是因为那个时代的混乱,我通常会以一种更加诙谐的方式容忍那个时代的混乱。以我一生的经历我可以说,读者并不一定总能知道诗都讲了些什么,对于诗人则知道的更少。甚至,我不否认在玩儿捉迷藏的游戏,因为我很早就知道,这种游戏从那时起就给我带来了很多乐趣。

从昨天起我又在读施莱格尔关于印度的文章,从中看到了您与他交往时所发现的完全一样的行为。他不隐藏自己的观点,他甚至不让人去猜测他的观点,而是清清楚楚地把它们说出来。不过他知道如何用雄辩的语言把它们与更广义的历史的和批判的观点及信念巧妙地编织在一起,这就需要人们小心谨慎地区分,在哪里可以和他保持一致,在哪里必须与他分道扬镳。的确,我今天才在第 201 页上发现了那唯一救世的天主教派。也许下一次我会把这个新奥古斯丁的忏悔录[②]摘抄下来寄给您。

G.

---

① 赖因哈德告诉歌德自己岳母对这些诗行的内心深处的感受,她认为歌德是因为受到最近发生的战争的震撼而写下的。

② 圣·奥勒留·奥古斯丁(Saint Aurelius Augustinus, 公元 354—430),古罗马天主教思想家,欧洲中世纪基督教神学、教父哲学的重要代表人物。著有《忏悔录》,在这部书里,讲述了他归信基督教时的内心挣扎及转变。

254. 歌德致策尔特 325

卡尔斯巴德,1808年6月22日　〈星期三〉

您4月6日寄出的亲切友好的信才到我手里。埃贝魏因的歌曲我马上寄了回去,又把您友善的评论誊写了一份寄过去。如果这个年轻人能在您那里学习相应的一段时间那该是多么幸运。但现在他面临着所有初学者都会遇到的问题,他们像羊一样在迷茫中行走,每个人只看自己的路。

您针对我的问题给我说的那些话,都给我安慰与教诲,对此我深表谢意。我非常清楚,您的理论阐述①与物理学界和音乐界的理念是相互一致的,只是根据您的阐述,我按自己的方式想到了一些东西。我多么希望能与您谈谈这些东西啊！它们肯定能帮我解开几个关键的疙瘩。这些东西正好也与其他一些我正在咀嚼消化的问题相关。我这里附了一页纸,上面先复述一下您的观点,然后是我对这些复杂的问题所能归纳出的疑问、反对意见和问题。我把每一点都做了编号并保留了一份复本,劳驾您给我按编号回复,我可以将您的解释与我的提纲一一对应起来。

我5月15日就到达这里,前两周天气很好,我也很努力。之后来了一群好朋友,天气也转坏了,我不得不改变生活方式。现在是第三阶段,天气晴朗,朋友多多,可我也许还是要独自一人利用我的时间。

我最新的八卷著作的样本可能还没有寄到您那里吧。尽管它们
有些迟了,但我还是希望您能喜欢。人的整个生命中的一个个片断 326
看起来当然都很神奇,而且相互之间也并不协调,因此,如果评论家
们,无论是出于善意或出于恶意,把这些汇集成卷的作品看作是一些
相互依存的东西的话,他们会陷入非常奇怪的尴尬之中。只有友谊
的信念才知道如何让这些碎片更好地复活。

① 歌德4月20日写信给策尔特,请教小调调性的一些问题。见后面的附言。

如果福斯的十四行诗[①]令您讨厌的话,那我们在这一点上也是完全一致的。我们德国已经多次经历过这样的情形了,那些优秀的天才最终都迷失在学究气息之中,这个人也是如此。为了纯粹的诗韵,他的诗完全丧失了诗意。

不择手段地追求某种韵律的形式,比如说十四行,究竟是在搞什么鬼明堂?韵律的形式终究只是一种容器,每个人都可以把能装的内容装进去。如果我一边说着十四行诗的坏话,一边又反复念叨着我的十四行诗,把一件美学的东西变成是一种党派的东西,把我自己变成党派的一员,而全然不顾人们对一件事本来就可以嬉笑怒骂,但并不会因此就去鄙视它,拒绝它,如果我这样做的话将会多么可笑。

随信寄来的十四行诗我希望您因此会更喜欢它们。只是恳请您不要把它们交到别人手里。

写到这里我也不知道该再写些什么东西了。总之,我身体很好,也尽可能地保持勤奋。如果您已经收到了维也纳的前两本《普罗米修斯》,那您也许把我的《潘多拉》也惠顾了两眼。在第五部分或第六部分中您会更进一步地了解这个漂亮的孩子。请您也读一下弗里德里希·施莱格尔的《关于印度人的语言与智慧》,去惊叹他是如何把完
327 全原始的基督教—天主教的信仰与世界史、人类史和文化史最华丽的观点编织在一起的。我们也可以把他的这部书看作是他皈依到唯一救世的教派的宣言。所有这些骗人的把戏,无论它们再怎样灵光,对他来说总体上是没有什么帮助的。真正的思想艺术已经发扬光大,无论哪个人想怎样改变它,它都不会再沉沦下去。

G.

① 参见第 224 封信及注释。

附言[1]——一种比喻

所有艺术，只有通过练习与思考，通过实践与理论，才能努力达到较高的水平。这些艺术对我来说就像是一座城市，其所建设的基础人们已经无法辨认。岩石被炸掉，石头被凿成块，房子用石块搭建而成。人们发现洞穴很合适，就把它建成地窖。原来坚硬的地面被人们挖开，砌上墙。或许人们在原始的岩石边会发现一块无底的沼泽地，就需要打入圆木，围上横栏。当所有这些都完工，可以住人时，有谁还能分辨出哪些是自然的哪些是人造的东西呢？哪里是基础哪里是辅助部分？材料在哪里？模型在哪里？如果有谁说，在人类的早期——即使我们不去看整体——人们建造的所有设施都必须符合自然、符合艺术，都必须有目的性，那么对这个说法给出一个理由是一件多么困难的事啊！只要看看钢琴、管风琴，人们就仿佛能看到我比喻的城市。但愿哪一天上帝能让我在您那里打开我的居室，让我拥有真正的生活享受，那我会心甘情愿地忘掉所有关于自然与艺术、理论与实践的问题。

〈附件〉

1）**小调与大调调性的区别在于小三度音程，**
它们是不是也可以因其他音程变小或变窄而加以区别吗？ 328

2）**小三度音程被放在了大三度的位置上**
这种表述只有从大调的角度来解释才说得通。北欧的音乐理论家同样可以从小调的角度解释说大三度是被放在了小三度的位

① 歌德在这里希望用类似于研究颜色学的方法将对乐音的研究也纳入他的自然理论中。他将颜色解释为光线与黑暗的融合，与此相似，歌德也想用两组原始的、自然产生的声音(大调与小调)相互作用而产生一套乐音体系。根据现代音乐理论我们知道，歌德的观点是站不住脚的。

置上。

3）**我们今天的全音(自然)音阶**

至于全音音阶是自然音阶的说法,我的观点正好相反。

4）**起源于对弦的分割,人们把弦分成一半,再一半,以此类推。**

把弦分割成一些可确定的部分会产生和谐音是一种非常漂亮的试验,它也可以解释一定的音阶。然而,用这种方法无法获得的音阶,难道就不能用其他方法获得吗?

5）**只要我们愿意,就可以把弦分成无数段,但这样永远不会产生小三度音程,尽管人们用这种方法可以非常接近它。**

如果要求一个实验能达到所有目的,那这种要求就太过分了。人们一开始还只能通过摩擦来表现电,而现在只要通过触摸就可以将其最高形式表现出来。我们必须尝试一种同样能以最初的方式把小调音表现出来的实验。

6）**因此这种小三度音程不是一种自然的直接恩惠,而是一种新的艺术创造。**

我不同意这种推断,因为我没有承认前提。

7）**我们应当把它看成是一种降低了的大三度,**

这是理论家们在确立了某些能限制自然的东西时常用的一种托词,因为随后他们又要用一种非常矛盾的方式去推翻和否定他们之前所声称的东西。如果大三度是自然赋予我们的一种音程的
329 话,那我们又如何能够降低它却不破坏它呢?我们究竟可以给它降低多少使它不再是大三度但仍然是三度音程的关系呢?能使它依然保持三度的界限究竟在哪里?我所假想的北欧音乐理论家应该同样有权说,大三度是一种升高了的小三度。

8）**实际上最严格的作曲家也是把它处理成一种协和的音程,**

很明显这是一种在艺术和技术中经常出现的情况,即在实践中感

官并不需要多少能耐就可以把自己从理论限制中拯救出来。

9) **也就是说,它可以像大三度一样自由地、无需任何准备地出现在任何一个地方,而在一个纯粹的艺术形式中是不允许出现不和谐音的。**

如果它被处理成一种协和音程,那么它就是和谐的,因为类似的东西不可能通过习惯才固定下来。如果它允许自由而无需任何准备地出现,那么它就不是不协和音,它就是自然和谐的,所有由它派生出来的东西也是和谐的。

这里就出现了一种上面已经触及到的、在整个自然研究中最奇特的思考。人只要可以利用他健全的器官,他自身就是现有的最大最精准的物理仪器。同样,近代物理学的最大不幸也在于人们似乎已经将实验与人隔离开来,只是通过人造仪器显示的东西去认识自然,并以此界定和证明自然可以成就的东西。计算也同样如此。有许多真实的东西是不可计算的,同样也有许多东西不能通过实验来决定。而人却是站在如此高的高度上,平常无法表述的东西都可以在他那里表述出来。一根弦和它所有的机械的分割对一个音乐家的耳朵来说能算什么?我们甚至可以说,那些大自然的基本现象本身相对于人来说又能算什么?人可以首先去驯服这些自然现象并加以改造,使它们能够在一定程度上适应人。不过,这一次我不想迷失在 330
这样一种思考中,我先暂时保留着不去特别讨论它,对其他的几点也先不求解答。

255. 歌德日记

1808年6月23日　星期四至7月1日　星期五

6月23日

给赖因哈德和策尔特写信。在给后者的信中特别谈到小调在多大程度上是自然的这样一个有争议的问题。去埃本贝格夫人处，与她去卡尔桥散步。维也纳人的性格，特别是法国公使人员的性格。安德烈奥西，他与帕尔菲伯爵夫人的冒险及其他。中午读施莱格尔的翻译的"拉玛的人生道路"①。相信见证人瓦尔米基只是一个概述者。诗歌简单枯燥，只是在叙述内容而已，没有一点儿诗的痕迹。它所表现和讲述的东西空洞无味。与韦登中的回忆做对比。傍晚时分去齐格萨家。泽肯多夫夫人，戈特小姐。前者吹奏了几首小曲，非常好听。讲故事，在一堆不可思议的混乱的杂物中发现了恩斯特·封·哥达公爵的私人遗产。大约三十年的全部积累，没用的证件、便条、报告、每周付账的单据等乱七八糟的东西，与信札、文件、艺术品、现金混在一起，等等。

〈……〉

6月25日

《亲和力》纲要。之后《天涯痴女》。之后在埃本贝格夫人处。然后约时间下午乘车出去兜风。在弗兰茨·迈尔处谈起那个到这里来的可疑的科布伦茨人。大约4点钟时与泽肯多夫夫人，西尔维小姐和
331 戈特小姐前往达尔维茨的瓷器厂。山上雷雨将至，但没有到达我们这里。与厂主谈论工厂目前的状况，关于一些商业的、技术方面和化学方面的话题。回程天气晴朗。在齐格萨家。谈论蒂姆的文章和他

① F. 施莱格尔把自己从古印度典籍中翻译的几篇作品附在《印度人的语言与智慧》之后，其中有古代印度叙事诗的开头部分。诗歌是献给传奇般的诗人和见证人瓦尔米基的，他自己也作为人物之一出现在叙事诗中。

那热情随和的性格,在柏林很受欢迎。他在霍夫游玩儿(吃饭?)①的故事,他儿子在那里的决斗。朗诵《浮士德》的开始部分。早上从魏玛寄来的邮包。给赖因哈德的信寄往科隆,策尔特的信寄往柏林。

6月26日

早上浏览《天涯痴女》。10点半左右与西尔维小姐翻过城堡山,前往芬勒特柱等地,最后到福格特路。因为开始下雨,便沿着这条路向下走,经过霍泰克路到泽肯多夫夫人处。回家。《尼尔人的帝国》②。下午读完这部小说。7点去埃本贝格夫人处。朗读《潘多拉的归来》。泛泛谈论德国文学的各种话题。关于施莱格尔在维也纳事情。之后谈论当前的政治和战争的关系。关于维也纳人的各种性格和关系。

6月27日

早上写《天涯痴女》。与西尔维小姐从晒草架处往上走,然后到芬勒特神庙。回来经过四点钟路。饭后在迈尔处与住在埃格尔的维卡留斯③在一起,他是一位非常聪明开朗的老人,谈论宗教的财产和对巴伐利亚边界占领的情况。此外,他非常熟悉各种游记,因此对世界各地相当了解。晚上在齐格萨家朗读《浮士德》。

讲故事。约瑟夫皇帝在旅途中问一个城堡的主人收入如何。这
个人回答说,合法的不多,非法的不少。还讲到他们竟然给皇帝呈上 332

---

① 原文spielt(游玩儿)不清楚,或许是speist(吃饭)。

② 詹姆斯·亨利·劳伦斯(James Henry Lawrence, 1773—1840),英国作家,《尼尔人的帝国》是他著名的乌托邦小说。

③ 后面的空格是人的名字,歌德在听写时空着没有写。

一道野鸡配酸菜[1]，皇帝说他最喜欢吃野鸡。一个站在他身后的官员说："我也是这么一个傻帽儿。"不过，这故事发生在一个养雉场，人们把野鸡做成各式各样的菜肴端上餐桌。

6月28日

早上写《天涯痴女》。福斯的来信。之后与西尔维小姐沿四点钟路至草棚。谈一些关于家庭和宫廷关系的话题。饭后与泽肯多夫夫人、西尔维小姐和戈特小姐去恩格尔豪斯。我们四周到处都在下雨，但我们这儿的天气很好。晚上朗读《浮士德》。

〈……〉

6月30日

雨。早上朗读《天涯痴女》。之后，博尔科夫斯基伯爵[2]过来，带来了5月12日在距伊格劳2英里的摩拉维亚的施塔梅恩附近坠落的陨石。其中一块已经碎裂，其内部看上去完全像是一种法国的黑灰色大理石纸，被熟练地轻轻涂上了波纹状琉璃，再被轻轻地撞击过一样。它们坠落的地方也与比奥所阐述的情形一样。饭后伯爵又过来，把石头放在我这儿，又讲了一些关于维也纳的事情，特别提到年轻的金斯基伯爵，一个性情非常特别的人，由于受爱情和其他感情方面的刺激，他跳进一个水潭，失踪了很长时间，直到人们把水潭中的

① 野鸡是当时高端的食材，一般不与朴实的酸菜搭配。官员或许是皇帝的弄臣，专门说笑话逗乐，因此，说自己是个傻帽儿，也暗指烹饪者对菜肴的品味不高。

② 歌德在给克内贝尔的信中这样写道："博尔科夫斯基伯爵，来自加里津。一位非常有趣的年轻人，有一种我们从来没有见过的天性，做任何事情都极其认真，富有而独立。"

水放干才找到他。齐格萨一家人来我这里告别。晚上与女士们一起去泽维林夫人处。之前先在迈尔和其他几个小店处,晚上之后还朗读了《浮士德》。

7月1日 333

早上在齐格萨家,他们要去弗兰岑斯巴德,我们在那里告别。之后写信。格拉的内廷参事封·弗兰茨先生与亚尼博士和他的儿子过来。特别谈到格拉那里的泡沫土壤,出产于距格拉不远的鲁比茨附近,由一位商人发现,这位商人用这种土来刷白他的屋顶。饭后小睡。晚上去埃本贝格夫人处,聊了很多她的意大利之旅和她结识的许多人。红衣主教费施,奥地利人,波兰人。我给她朗读《天涯痴女》和《新美人鱼》。

讲一个不学无术的犹太人的故事。他变富之后,就让人给他教各种他曾有所耳闻的知识。有一次这个犹太人问他,桌子用地理怎么说?

256. 歌德致夫人(亲笔)

1808年7月2日 星期六

我敢肯定你在劳赫施泰特发现有我寄去的信时一定会很高兴,所以我就抓紧时间往那里写信。你到了之后就赶快告诉我一声,我会感谢你的。我身体一直相当不错,只是希望你也很快复元。如果需要我给你什么建议的话,那我建议你尽快去莱比锡游玩,去看看卡普博士先生,代我多多致意,给他讲讲你的情况。他肯定会给你非常好的建议,这样你整个美好的夏天就都可以按他的建议去做,而不是像现在这样莫名其妙地来回瞎跑。赶紧写信告诉我你的想法,或者你就先这样去做,然后从莱比锡给我写信。

到目前为止我只是与一个很小但很不错的朋友圈子在一起。齐
334 格萨一家已经离开。我们在一起度过了许多开心的时光。西尔维小姐一直都很招人喜欢,我们经常在一起散步,远足回来总是能很开心,尽管这儿每天都下雨。这里山区特有的天气就是东边儿下雨西边儿晴。我告诉你,里默尔找到了一个漂亮的小眯眯眼,有一次她甚至是驾着马车拉上他去兜风,不知你怎么看?你那儿发生什么事情,我大概也都会知道。

她们在魏玛对斯塔尔夫人说你的坏话,你不必为此介意。这个世界就是这样的,没有谁不忌妒别人的优点,无论是什么样的优点。由于他们无法将这些优点据为己有,便去设法淡化它们、否认它们,或甚至说反话。享受幸运对你的眷顾,享用并努力保管好你的收获。让我们紧紧相爱,把生活安排得既有节制又不失水准,想怎么过日子就怎么过,不去管别人怎么说。

从蒂鲍特和福斯两人那里我分别收到一封信,两人说的跟我们了解的奥古斯特的情况一样。他把自己的事情做得井井有条,至于他不喜欢凑热闹,只是与一个小小的朋友圈交往,这也没有什么可指责的。学习之余他也知道过得高兴而安逸。

如果剧院总体上还是不错的话,我也许就会很满意了,个别事情

上争来吵去也是常有的。要是我本人在场的话,我肯定会非常清楚
地讲明,女演员在多大程度上必须受到我的保护,即使她们在跟丈夫
闹矛盾也不例外。你要做的就只是把合唱队员们围拢在一起。如果
我们坚持做几年,说不定会做出些什么成果呢。这个小小的乐队在
冬天能给我们带来一些娱乐消遣。问候全体队员们和埃尔瑟曼女
士。我给埃贝魏因附了一张便笺,他要把便笺寄给内廷参事基尔姆 335
斯先生,同时体面地向他递交一份申请。当然最好还是他把便笺寄
给他的父亲,由他父亲口头把事情敲定下来,即埃贝魏因什么时候可
以出发,可以待多长时间。

之前找机会给你用油布包了个包裹寄到莱比锡,估计你现在已经收到了。里面没有值钱的东西,只有两条熏牛舌,是质量最上乘的那种。

卡尔斯巴德的人渐渐开始多了起来。我要告诉你第一场舞会是一帮女人在一起跳舞的,〈你〉可以想象一下那场面是多么滑稽。到目前为止,晚上在大厅里也没有什么社交聚会。演员的阵容还是去年的那帮人。

最后还想告诉你,小玛丽安[1]也来了,还是那么乖巧聪明。好了,祝你安康,记着尽早给我写信。

卡尔斯巴德,1808 年 7 月 2 日　　　　歌德

① 指玛丽安·封·埃本贝格。

257. 歌德致夏洛特·封·施泰因

1808年7月2日　星期六

朋友们时不时给我一句友好的问候，是我在这里最开心的事。我尊贵的朋友，您25日寄出的信就让我很高兴。

卡尔斯巴德前一阵子还只有一些零星的、三三两两来疗养的客人，现在人已经逐渐开始多起来了。尊贵的明星很快就会把其他人聚集到自己身边，犹如众星拱月一般。舞会、音乐会和类似的活动也会比现在更多、更热闹了。

我跟齐格萨一家常常在一起，现在他们已经去了弗兰岑斯布伦。
336 我们几乎只是与熟识的人来往，这让我们感觉很舒服。老关系能给人以信任，也让娱乐消遣更容易有趣而持久。

参谋先生[1]对我非常友好，他让他的同事，一个西里西亚人，给我寄来了一些十分有趣的勋章石膏复制品[2]。请您代我向他表示最衷心的感谢。对于他想要了解的制作这些作品的艺术家的情况，我准备一到家就去查阅我的收藏并找枢密官迈尔先生，他对这些东西有很深的研究，然后马上给参谋先生回信。

封·斯塔尔夫人在魏玛的情况我也能想象得出来。我在这里听到她在维也纳的一些事情，其实这些都是一回事儿。她自己做事一向不在意他人。得不到别人的赞赏，也总能令人感到惊异，又特别不受女士们的待见，给自己留下了一个坏名声，但这对她倒也无妨大碍，因为每次她再来时，一切又都从头开始。我倒是很好奇克内贝尔怎么会说她些什么话，希望他能近距离地了解她。[3]

我刚好有个机会去寄包裹，所以就把《潘多拉的归来》到目前为

---

① 指夏洛特的儿子弗里茨。

② 是一批16世纪纽伦堡的勋章。

③ 歌德在给同一天写给克内贝尔的信中说道："你也许会同意我的观点，应当花些力气去认识她：因为人们只有亲自去了解才能对她有一个概念。她是一个非常奇特的人，人们对她的评论无论是好是坏都没有一个合适的尺度。"

止的章节[1]寄过去。这一部分本来应该叫做《潘多拉的告别》,不过我把她重新接回来所花的力气会比把她送走花的力气要多,所以我还不知道什么时候才能再见到她。

请您把这本书呈献给我们敬爱的公主并转达我最诚挚的问候。我盼望着给她朗读这篇作品并与她交流的时刻。这一段时间我都在努力地创作短篇小说。

请您代我向戈雷小姐多多致意。我的方济各会托钵僧的花园现在肯定很寂寞。告诉她我有望从法兰克福拿到《西西里之旅日记》[2],它会跟着克劳斯的东西[3]一起寄达。能收到它我很开心,这样我就可以把正着手创作的友谊纪念碑描述得更好更详细了。 337

恭盼玉音,祝您万安。

卡尔斯巴德,1808 年 7 月 2 日　　　　G.

---

①《潘多拉》实际上只是一个片断,第二部分只是一个框架而已。

② 英国人理查德·佩恩·奈特(Richard Payne Knight, 1750—1824)写的游记,1777 年他与哈克特和戈尔去西西里旅行。歌德在他的"友谊纪念碑",即《菲利普·哈克特传记》中使用了这份游记。关于哈克特,参见第 153 封信及注释。

③ 指 1806 年去世的画家克劳斯(Georg Melchior Krause)留下的遗物。克劳斯先前投奔亲戚去了法兰克福,与戈尔是好朋友。

258. 歌德日记

1808年7月4日　星期一至7月6日　星期三

7月4日

写《亲和力》第11章。博尔科夫斯基伯爵。用餐后继续思考《亲和力》的提纲，晚上在林荫道上继续构思。我朝霍泰克路走，沿福格特路向上，然后到芬勒特神庙，在那里走了几个来回。然后上最高峰，之前我还没有到过这里，可以将整个埃格尔和泰普拉山谷从菲舍恩到造纸坊一览无余，在山顶遇到一位德累斯顿人。晚上去埃本贝格夫人处。

7月5日

《亲和力》第12章。用餐后回绝了几个来访的客人。傍晚时分去埃本贝格夫人处，谈论延茨的文章①。之后谈论几个意大利人和其他人的生活情况。给圣•约瑟夫二世朗读。给克内贝尔上校和矿监伦茨写信，给枢密顾问封•福格特写信，通过博尔科夫斯基伯爵转交，给夫人写信寄往劳赫施泰特，为了卡普博士的事，同时寄了一封奥古斯特的信。

7月6日

将《亲和力》的提纲改写至结尾。独自一人散步至卡尔桥并思考这件事。中午时分去泽肯多夫夫人处。给戈特小姐讲述植物变形学最基础的部分。与她散步至碳酸泉后返回。用餐后与这两位女士乘
338 车去艾希和再远一点儿的地方。然后下车步行进入埃格尔山谷至海灵根岩山。很有意思的巨大岩墙和水景部分。回到艾希，在那里喝茶。回家。漂亮的夜晚，月光。收到亨德里希先生和西尔维小姐的来信。

---

① 延茨在文章中讲述了蒂尔西特和平协议签署后，俄国人针对英国的行动。俄国也参与了所谓的针对英国的大陆封锁。

259. 歌德致西尔维·封·齐格萨[1](亲笔)

1808年7月8日　星期五

最亲爱的西尔维，我觉得星期一才去看您的这个想法还是正确的。随这封信先附上您要的东西：

4包糖

2包巧克力

1盒薄饼

米特巴赫的陈列品我还不知道。

祝您万安，相见时我们会无比喜悦。也给我留点儿开心的东西，不要让我在付出满心爱意之后空手而归。再见！我最亲爱的。

卡尔斯巴德，1808年7月8日　　　　G.

---

① 封·齐格萨一家7月1日离开卡尔斯巴德前往弗兰岑斯巴德.。这是歌德给西尔维的三张便笺中的其中一张。歌德在与封·齐格萨一家的交往中，很早就认识了年轻的西尔维。在卡尔斯巴德，歌德对时年二十三岁的西尔维从温柔的友情发展到了强烈的爱慕。西尔维那里没有留下什么直接证据，只有四首肯定是产生于这一时期的诗歌，它们倾诉了爱情和离别的痛苦。歌德悄悄地退出使西尔维痛苦万分。

260. 歌德致玛丽安·封·埃本贝格(亲笔)

1808年7月12日　星期二

亲爱的朋友,瞧您说的,我怎么是逃离了您呢?其实我是被诱逃了的,现在被俘获了①。"襟袖湿透"!牵手依依,这几个词大约可以形容我了,但它们可真的不是外交辞令。星期六我可能需要一些热水,会给你们讲一些故事。这里新鲜的精神食粮②对我从里到外都有好处。祝您安康!万望理解为盼。

弗兰岑斯布伦,1808年7月12日　　　　G.

① 这是歌德给玛丽安,一个关系非常好的朋友的短信,解释他为什么突然离开卡尔斯巴德去弗兰岑斯巴德。歌德此处用了一些很隐讳但又能恰到好处地说明自己离开的原因的词。如他使用了莫扎特的歌剧《后宫诱逃》中的词entführt(被引诱),gehalten(被俘获),暗指他受到了对西尔维的爱的引诱而离开,并被俘获在弗兰岑斯巴德。"襟袖湿透"这句话没有指明出处,但后来又被玛丽安反过来引用写给歌德。从歌德不顾一切地去弗兰岑斯巴德见他热恋的西尔维的情形来看,这句晦涩的话可能正好反映了歌德与西尔维那种重逢喜泣,依依不舍的情形。

② 指他对西尔维的热恋。

261. 歌德日记(亲笔) 339

1808年7月14日　星期四至7月16日　星期六

7月14日

饮矿泉水。与S(西尔维)去小树林。早饭。卡普博士。他女儿不舒服。生病在家。傍晚时分与封·齐格萨和卡普博士登上卡默贝格山[1]。景色绝佳,有趣的火山作用。

S晚上生病。《音乐的作用》。

《W(旺根海姆?)和她的老男人》的故事[2]。使用计数芬尼[3]而不是杜卡特金币。用糖扑粉。为债务之事给里德泽尔写便笺。

7月15日

饮矿泉水。有关卡默贝格山的纲要。高级林务官封·齐格萨从卡尔斯巴德过来。写信。韦特的故事,说晚餐时不应被人取笑。小化妆盒[4]。步行去卡默贝格山继续研究。S(西尔维)晚上生病。

7月16日

饮矿泉水。在林布格尔夫人处喝咖啡。泽肯多夫夫人和戈特小

---

① 1809年歌德的“埃格尔附近的卡默贝格山”一文发表在《莱昂哈德矿物学袖珍全书》中,文中他指出卡默贝格小山丘源自火山爆发。在关于地球岩石圈是“火成”还是“水成”的争论中,这个富有争议的例子对歌德来说一直是既感兴趣又成问题。进入20年代后,歌德倾向于推翻他1808年发表的这个观点,但却总是摇摆不定。

② 旺根海姆夫人的婚姻和命运的故事,人物指向不明,但肯定是一位出自西尔维母亲家庭中的一位姓旺根海姆的女人。

③ 一种类似于芬尼钱币式样的用于计算的金属圆片,称作计数芬尼。中世纪的欧洲没有像中国的算盘那样的计算工具,而是用一块木板或一块布,划上线条,把计数芬尼放在不同的线条上,根据它们的位置来计算值。从15世纪开始,纽伦堡逐渐成为欧洲铸造计数芬尼的中心。

④ 歌德在卡尔斯巴德订制了两个小化妆盒,一个给西尔维,让人送到了弗兰岑斯巴德;另一个给克里斯蒂安娜。

姐从卡尔斯巴德过来。与不同的人散步。中午大家一起用餐。午后在门外，对着天做了些滑稽可笑的游戏。整理卡默贝格山的石头。跟 S(西尔维)聊各种事情。漂亮的睡莲。

晚上，贝尔比斯多夫的故事。

一个短篇小说的主题：一个人因过于节俭(吝啬)而突然大手大脚地花钱。

外国词语的混淆。有一段时间人们将许多法语词混入德语中，却由不讲法语的人按德语来发音：Macarone，Macedone，Amazone(马卡龙，马卡东，阿玛宗)。

关于一个骑马女人的故事。

262. 歌德致玛丽安·封·埃本贝格 340

1808年7月17日　星期日

最亲爱的朋友,容我落笔匆匆,寥寥数语。聪明的约拿们[1]今天一早就离开了,她们在这儿的全部时光都变成了我们对雉园邻居朋友们的回忆。那些快乐的游戏,从噢喵！喵！到小酥饼又浮现在眼前,我们就是这样开心地消磨着有限的时光。

我还要请您容我在外多待一些时日子。我在这里喝矿泉水,泡温泉,觉得病痛留下的几乎所有不舒服都快治愈了。卡普博士要求我继续温泉治疗,所以还请您原谅我的外出不归。想到您现在身边有一群快活的朋友围着您,我的良心也得到些许安慰,尤其是我觉得您遇到了风趣的公爵[2]是件特别神奇的事。求您给我这边儿写几句话吧！请您给里默尔讲讲这大千世界的圈子内发生的事情,至于圈子外能看到的事情,他会把自己的体验写给我。真心求您了。

我这里没什么可说的,看到的只是人来人往。我与齐格萨一家住在一幢房子里,继续过着与卡尔斯巴德一样的生活。

附近的一个火山丘令我特别感兴趣,它里面有一个因修路而挖出来的大洞,与意大利的那些奇观非常相似。我真希望您能到这里来看看,您肯定会惊呼道:**这个,还有这些!**[3]

如果您可爱的焦虑不是那么迫切期待那些天外来石[4]的话,我将会很乐意让您的伯爵仆人亲自遵照美丽公主的吩咐,不要立刻把这半个惊喜付诸实现。我们要期待最好的东西。

---

① 指保利娜·戈特小姐和苏菲·封·泽肯多夫,她们住在一家名为“鲸鱼旅馆”的客栈里。歌德在这里引用了《旧约》里约拿的故事:上帝为约拿预备了一条大鲸鱼。约拿被扔进海里后,鲸鱼把他吞进肚子里。约拿向上帝忏悔,上帝宽恕了约拿,保护约拿在鱼肚里安全地待了三天三夜。

② 指萨克森-哥达公爵奥古斯特。

③ 原文为拉丁语 *questo e qualche*。

④ 在伊格劳地区找到的陨石。玛丽安显然是想通过拉祖莫夫斯基伯爵为某位公主弄一块陨石。

341 请把内附的东西交给里默尔，让他与我联系。如果他需要的话，可以拿几张支票帮他一下，因为我的纸币都用光了。好了，祝您安好并代我问候佩品[①]他们。即使在泉边想不到我，那也应在泉水里记着我[②]吧。亲爱的朋友，赶快给我回信吧，求求您了！自己要少操劳，多让秘书代笔。再见！

弗兰岑斯布伦，1808 年 7 月 17 日　　　　歌德

---

① 在信中多次提到，但具体所指的人不详。

② 歌德在玩儿文字游戏，原文是：*gedenken mein im Strudel*, *wo nicht am Sprudel*.

263. 歌德日记(亲笔)

1808年7月18日星期一至7月21日　星期四

7月18日

饮矿泉水。因为要写《音乐的作用》,早早从温泉回来。与S(西尔维)在屋后散步。《颜色学》的要素。散步去洛马。看到了之前我们没见过的焰火。

故事。他到底叫什么!最后一个音节是*Mann*,第一个音节是一种香料。“姜?肉桂?”不是!不是!—*Hafermann*![①]

〈……〉

7月21日

既没有饮矿泉水,也没去泡温泉。收拾行李,主要是卡默贝格山的几套石头[②]。把石头放在一起。给西尔维朗读《塔索》。饭后博泽伯爵夫人、封·莱宁根侯爵夫人。我去舍恩堡家与奥波尼家。与S(西尔维)和施瓦岑费尔斯夫人散步到里登。把小化妆盒装到行李里。之前!告别。9点出发。往劳赫施泰特汇去200萨克森帝国塔勒。往劳赫施泰特寄去一个盒子,内有一顶女士小帽。

---

① 作为名字可译为“哈费尔曼”。其中Hafer意即“燕麦”,Mann字面意思是“男人”。

② 从卡默贝格山收集的石头。

342　264. 歌德致西尔维·封·齐格萨(亲笔)

卡尔斯巴德,1808 年 7 月 22 日　〈星期五〉晨 6 点

我也不知道自己是怎么回到这里来的了。昨晚夜色很美,道路还不错,马匹精力充沛,车夫也规规矩矩。我沉浸在对您的思念中,没有感觉车在行进。最终我迷迷糊糊地睡去,这张可爱的小脸带着亲切和妩媚浮现出来,一点儿也察觉不到那个胖胖的家伙①。现在我在急急忙忙地给您弄些东西。里默尔还在削羽毛笔,信里附上一小把羽毛笔,来回赠那华丽的、带条纹的漂亮礼物。可您不应该在所有方面都比我强啊。

打算寄一点儿身体所需的食物真让我伤透脑筋。熏牛舌已经发霉了,小龙虾虽然很新鲜,但人们劝我不要寄,因为这样热的天气它们会坏掉。所以我必须想一些精神方面的食粮,如您知道的那个对远方的影响②。一首里默尔写的并极力推荐的十四行诗,一小瓶古龙香水,化妆盒里的一个香水瓶用来盛古龙香水,一小盒弗兰茨·迈尔的薄荷。此外,还有一点儿茶,一些干花,不过不是用来泡茶的。

马上要打发车夫走了,否则我还有好多的话要写。代我向令尊大人和您身边的朋友问好。请博克夫人回几句话,主要是之前求过的事。千万遍地祝福!亲爱的,亲爱的西尔维。

G.

---

① 可能是指保利娜·戈特。
② 指歌德的“对远方的影响”的诗。

265. 歌德日记(亲笔) 343

1808 年 7 月 22 日　星期五

坐车在路上度过了美妙的夜晚。早上 6 点到达卡尔斯巴德。让回程的车给弗兰岑斯布伦带东西。整理行李,处理其他在此期间发生的事务。晚上与里默尔在封·埃本贝格夫人处,封·维尔特比也加入进来。谈论俄国人在奥斯特利茨的糟糕表现①。亚历山大和腓特烈-威廉-大学的学生针对敌方哨兵的打击。

① 指奥斯特利茨战役,即所谓的三皇战役。亦参见第 32 封信的注释。

266. 歌德致伦格

卡尔斯巴德,1808 年 7 月 23 日 〈星期六〉

您寄来的素描画给我带来了许多享受,但看到您因其中一部分画缺失而焦急万分,我深感歉意[①]。缺少的部分并没有丢失,因为我清楚地记得,在包装之前,我恰好把这一部分画与铜雕版做了对比。尽管我对那个复制品已经相当满意了,但我还是发现了两者之间有一处很大的差异。它们肯定还在那里,我一回到家,就会把它们按之前的方式妥善地包装好给您寄去。您是否能够安排从今年的 10 月起,或稍晚一些也可以,在我们家住几个月[②],这肯定会让您和我们都很开心,而且也大有裨益。对共同感兴趣的地方,我们当然应该面对面地沟通,即使不能在所有方面都想法一致,我们起码也可以将评价他人、指导他人行动的基本原则弄明白。去年冬天,维尔纳先生就给我们带来了这种享受和益处。他在我们家住了三个月,跟我们变得很熟,我们也了解了他。您会像其他许多人一样受到我最友好的接待的。

祝您一切顺利,并恭候回音。

---

① 歌德收到了伦格寄来的一包东西,里面有伦格的若干素描画及一封信。他请歌德将这些东西继续寄给真正的收件人斯特芬斯。转寄过程中,歌德把素描《白日》(Tageszeiten)遗漏掉了。伦格的长信中还有对颜色学做的详细的阐述。

② 伦格最后没有成行。

267. 歌德致科塔(亲笔) 344

1808年7月8日　星期五/7月26日　星期二

卡尔斯巴德,1808年7月8日

您5月27日的亲切来信让我再次看到,在我们的共同事业中我可以把我和家人的利益托付给您。您为我儿子做的事情[1],我非常感谢。

寄去的东西[2]希望对女士日历有用。过段时间,我也许会从卡尔斯巴德给《晨报》寄去一些东西。到目前为止还没有什么特别值得关注的事情。

我的身体还很好,可以努力地工作。

恭致问候。

G.

7月26日

这期间样张也寄到了。请原谅我将此信耽搁这么久。我去弗兰岑斯布伦疗养了十四天,感觉很好。清样中的印刷错误我已经抱怨过好几次,可是这有什么用呢?每个行业都有自己的苦衷,这大概就是作家的苦衷吧。这一次我好好利用了我的清闲和心境,完成了一部长篇小说[3],它也许可以出上小小的几卷吧。我朗读它的时候就觉得它将来会很受欢迎。长篇小说[4]本身就是一种得体的、既包罗

---

① 歌德请科塔直接将自己的稿费汇一部分给在海德堡学习的儿子,这省去了歌德许多手续上的麻烦。科塔没有把这笔钱记在歌德的账上,而是十分慷慨地赠给了奥古斯特。参见第224封信及注释。

② 指为《威廉·迈斯特的漫游年代》写的小说"天涯痴女",该小说发表在1809年的女士袖珍书上。《晨报》那里歌德没有寄任何文章。

③ 指《亲和力》。直到1809年秋,歌德才最终完成了这部小说的全部。

④ 当时,小说在文学创作中还被视为一种低级的文学体裁。写完《亲和力》后,歌德只写了一部小说,即《威廉·迈斯特的漫游年代》,这是他计划已久的《学习年代》的第二部分。

万象,又可以令作者享受的体裁。相较之前,我现在更有兴趣用这种体裁来表达我想说的。

希望能听到您和家人的身体都很健康,望这封信能顺利寄达。垂念为盼。

268. 歌德致西尔维·封·齐格萨(亲笔) 345

1808年8月3日　星期一

最亲爱的西尔维,尽管我知道在今天之前不会收到您的来信,但我还是那样迫不及待地想知道您的情况。而您那几页情意绵绵的信笺飞快地跑过这段路,更是让我喜出望外。它们是我从那个地方收到的第一批来信。

先不谈感谢了,讲讲我的事吧。开头几天我真不明白为什么要离开弗兰岑斯巴德?为什么不一直待到星期天?然后,我重新开始工作。一个我在罗马时住在一起的老朋友[1]出人意料地要来我这里呆上几天,于是我又像平常一样变得那么规矩、那么勤奋、那么深情、那么神奇。有许多事情凑在一起,这让我们想起以前的日子,炎热的天气和我的爽朗热情,有一段时间他对我的热情还不习惯。我们分开后,特别是在早晨,我会把精力用在那些我想也会使您高兴的事情上。晚上我大多在封·埃本贝格夫人处,她几次三番地责怪我没让您二人一起见面。我认识了封·库尔兰公爵夫人的女儿们,之后又认识了她们身边的女士。直到昨天我才去拜访了公爵夫人本人,她明天一早就要离开。她们都非常友好,优雅、亲切、讨人喜欢而又宽容,可以说是那种很得体的友善。当然,我在各种谈话场合和朗读时已经尽可能表现得对她们感激备至。不是我自吹,她们真的很热情地正式邀请我去勒比肖[2]了,这不是完全自然而然地要从阿尔滕堡经过德拉肯多夫到耶拿吗?不过我这里的安排会怎么样我还不知道,还有十四天,我还得努力工作,否则到秋冬时节我就该犯怵了,6、7月份我让自己太安逸了。但如果不是这样,我怎么会有一份美妙的收获呢?

---

① 指画家弗里德里希·布里,因其肖像画而在柏林出名。他在卡尔斯巴德给歌德画了一张粉笔肖像画。

② 封·库尔兰公爵夫人的居所,在阿尔滕堡和格拉之间,不在歌德平时旅行的路途中。

346 你们的公爵[1]殿下碰巧遇到我，他对我非常友好。在陪他散步一起度过的几个小时里，我有机会钦佩他的才智、他的诙谐和他灵光一现的思想。很可惜他没有察觉到或许也不想去察觉，人们会把那些伤害了他们的小事看得有多么严重，对这种极少见的事会比对邪恶的事还更加厌恶。现在这些事情会发展成什么样，每个人都会对他产生怀疑。解铃还须系铃人。

黑森选帝侯[2]的到来令我们很吃惊，更让我们吃惊的是他第一天带着随从穿着整齐的制服出现。您可以想象一下他的露面会给人什么样的猜测。

至今为止我还没有去过任何一个公共场合，只是在昨天，我参加一场慈善音乐会去度过那漫长而热烈的时间。我经常与封·埃本贝格夫人乘车到哈默尔山上兜风，霍泰克路只去了一次，芬勒特神庙也没有再上去过，只是每天在玻璃和窗棂上问候一下那些可爱的小精灵们。

亲爱的好孩子，让我把思绪转到您身上吧。您照顾父母时，要记得把我最诚挚的祝福带给他们。我给洛德附了一张便笺并真心地问候她。代我祝福那位漂亮的小妈妈[3]，当您抱着一个小表弟，牵着一个小表妹时，要记着有一位朋友也多么希望站在您身边。请您替我看看您的城堡、您的小村庄、您的小鸟和花草，这样当我来这里时，它

① 指萨克森-哥达-阿尔滕堡公爵奥古斯特，以为人懦弱，为政懒散，不拘小节而出名。1826 年，老歌德在一次谈话中回忆到："在卡尔斯巴德，他总是拿着一面镜子对着一群火鸡乱照，把这些可怜的动物弄得不得安宁，他却在旁边开心得不行。"

② 黑森-卡塞尔选帝侯威廉一世。蒂尔西特和平协议签订后，他的公国被并入新成立的威斯特伐伦王国，随后他流亡荷尔施泰因。1809 年他曾试图解放自己的公国，但没有成功。1813 年拿破仑登台后，他重新恢复了荣誉。

③ 或许是指西尔维的二嫂。她与西尔维的哥哥安东于 1807 年 10 月结婚。

们都会因为您而对我展开笑颜。接下来的十四天我要独自一人静静地度过,结束我在这儿的休假。给我写信吧,再次求您了。

里默尔向您亲切地致意。封·贝格夫人和您可爱的越长越漂亮 347
的嫂子[1]我很少见到。封·博克夫人和我,我们一起都希望回到弗兰岑斯布伦的时光。最亲爱的西尔维,祝您万事如意!我是多么想立刻来到您的身边陪伴着您呀。想您,再次感谢您的亲切的来信。

卡尔斯巴德,1808年8月3日　　　　歌德

① 西尔维的长嫂,封·贝格夫人的女儿,魏玛太子妃玛丽亚·帕夫洛夫娜的宫廷侍女,嫁给西尔维的哥哥弗里德里希。

269. 歌德日记(亲笔)

1808年8月3日　星期三

《颜色学史》,特别是17世纪的部分。去施托克小姐[1]处。拿名片开玩笑。《对远方的影响》。十四行诗。谈论催眠术以及从已知的、错误认知的和一知半解的现象中引申出的最神奇的东西。西尔维的来信。晚上在封·库尔兰公爵夫人处。

① 女蜡笔画家多萝西娅·施托克,莱比锡铜版雕刻家J.M. 施托克的女儿。歌德在莱比锡学习时,经常出入他们家。多萝西娅住在德累斯顿的妹妹敏娜,即克尔纳夫人那里。

270. 歌德致西尔维·封·齐格萨(亲笔)

卡尔斯巴德,1808年8月5日　〈星期五〉

因为随附的便笺今天还没有寄出,我再加上几句话。封·库尔兰公爵夫人已经离开,我拜访了公爵殿下,他很和蔼、亲切。我必须承认,他对不同性格的描述有些尖刻但又不失精准,让我感到吃惊。我就这样经历着一个个的时代,直到那个让我非常高兴的美好时代重新到来。

昨晚月色明亮,我沿着林荫道散步,穿过小寺院等地,走了一大圈。您可以想象有一个窈窕的身影穿着白色衣裙陪伴在我身边。

有多少话我还没有说出,可我不能再写了。我还要努力工作,日子过得飞快,我的假期就要结束了,我又要在那边重新开始。在弗兰岑斯布伦我与您又贴近了那么多!

请安慰令尊大人说,殿下在采购和送礼方面做得很得体,只有 348
那件车夫的小大衣外表有些怪怪的。公爵对一些人展现了他的全部盛情,尽管对另外一些人他会做出令人讨厌的样子,他的举止赢得一些优秀女性的青睐,与这样的人交往对他是大有裨益且肯定无害的。他的两位侍从也知道如何获得关注与好感。封·哈登贝格先生的聪明举止是人尽皆知的。达尔维希小姐我没有特别注意。不过,那位多尔医生①看上去实在像一只陀螺在每个人的身边嗡嗡地转。

再见,最亲爱的西尔维,当面向封·库尔兰公爵夫人和她周围的人致意。不知您是否见过或听说过克纳本瑙小姐。她真是一个少有的人,见到谁都很亲切,会让人产生错觉,以为这种亲切只是针对某一个人,而每个人都会觉得自己就是这个人。她让我一下子就想到

① 奥古斯特公爵的医生,名叫多尔(Dorl),这个词也有陀螺的意思。

了我们的沃尔夫斯凯尔[1],现在的弗里奇夫人。我就是想告诉您这种感觉到的与看到的是完全相反的。万安,最亲爱的西尔维[2]。

G.

① 亨丽埃特·阿尔贝蒂娜·安东妮·封·弗里奇男爵夫人(Henriette Albertine Antonie Freifrau von Fritsch),结婚前是安娜·阿玛利亚公爵夫人的宫廷侍女。

② 最后一段的几句话,应该是之前的信尚未发走时歌德加上的一些话。原文句子匆匆而就,而且不完整。

271. 歌德致玛丽安·封·埃本贝格

卡尔斯巴德,1808 年 8 月 12 日　〈星期五〉

您从特普利茨寄出的亲切友好的来信我已于今天 12 日收到,为了马上给您回复,我只能简短地口述一些东西。您离开之后,我与封·库尔兰公爵夫人的几位宫廷小姐们在草坪上聚会,拜访过她们几次,然后让她们把我引见给她们的领主。她们离开的头一天晚上我还在那里,朗读了一些作品,并尽可能表现得十分得体。她们对我也很友好并邀请我去勒比肖。**克纳本瑙**小姐的品格真是少有,既优雅又活泼。

我也拜访了在那里遇到的封·哥达公爵。我受到很好的招待,之 349
后还被邀请用餐,对他我也没有什么不满的。似乎只有**卡普**和我对他没有抱怨。不过,我本人倒是亲眼见证了他取笑人时的毫不留情,把外人当作自己人一样退毛剥皮般地戏弄。有几次我不得不对他那恰如其分的性格描述,那充满智慧的评语和敏捷俏皮的应对表示钦佩。由于他的医生固执地要求他在大热天里泡温泉,以及饮食失调等,这引发了他在最近几天里精神和肉体上的古怪的疾病,关于这些我就不想再多说了。

埃斯克勒斯夫人我只是在音乐会上见到过,**克拉里**侯爵则是在我家中接待的,我恐怕没有向二位充分转达您的致意。请您在侯爵那里代我道歉,埃斯克勒斯夫人但愿我在弗兰岑斯布伦或者在她返回时还能见到。

除此之外,我们完全生活在孤独之中,周围摆满了各种石头。我们观察各种物理现象,按照一位德累斯顿画家①的指点为风景画涂色,日子就这样一天天度过。我多么希望夏天的时光能久一些,雉园

① 即风景画家卡茨。歌德在 8 月 17 日给 J. H. 迈尔的信中写道:"德累斯顿的卡茨在这里教我们一种水粉画的画法,一种非常漂亮非常明快的画法……"关于卡茨,参见第 273 封信中的注释。

的房客再次回来。可惜所有这些值得期待的东西就像一个千年帝国，需要相隔一段时间才能重复出现！

从那些与您关系密切的人那里我可以很容易地想象出特普利茨的情况。它看上去应该比卡尔斯巴德更有点儿小城市的样子。请代我向库尔兰的那些彬彬有礼的孩子们[1]致意，悄悄地惦记着我就行，因为有人对您在公开场合总是提及我的优点很不以为然，这些都已经传到我耳朵里了。只要我们相互知道自己有什么本事，这就足够
350 了。代我向佩品她们致以最衷心的问候。**里默尔**也很挂念您并亲切地问候您。我们两个还经常想起您谈到您，因为我们不会在作品中再提到您了。**泽肯多夫**那里我会给他写信。他和**施托勒**是一对糟糕的马车夫[2]。我担心普罗米修斯的那辆车会卡在那里。

G.

① 即前面提到的宫廷小姐及库尔兰公爵夫人的女儿们。

② 参见第237封信及注释。事实上，泽肯多夫和施托勒两人创办的《普罗米修斯》1808年后就停办了。

272. 歌德致夏洛特·封·施泰因

1808年8月16日 星期二

最尊贵的朋友，您来信的结尾，与开头的祝福形成了鲜明的对比。不幸[①]再次降临到我们最亲爱的人身上，这让我万分难过。有时那个被我们称作命运的东西总是喜欢作弄聪明而又懂事的人，却任由那些愚蠢邪恶的家伙逍遥自在。虔诚的信徒也许会按自己的想法解释这些，接受智慧的考验，而我们这些人却只能烦恼生气。请代我向他致以最衷心的问候，并转达我深切的同情。

感谢您大度接纳我已完成的《潘多拉》，我希望她归来时也能这样幸运。有几个地方您特别称赞，这让我很高兴。整部作品仿佛能给读者一种神秘的感觉。读者在整体上应能体会到这种感觉，只是无法明确地将它表达出来，但他的快乐与痛苦、同情与厌恶都源于此。而他自己选出的一些具体的地方则应该是而且的确是他自己感到中意的部分。因此，虽然艺术家必须考虑整体的形式与内容，但如果那些他花力气用心创作的具体部分能让读者开开心心地接受，那么他就应该相当满意了。

我在这里的日子就是这样度过的，我很满意也很勤奋。我尽量 351
躲开熟人，做一些新的和有趣的事情。

我所从事的科学、文学和诗歌方面的工作都靠拢了一些。我学了素描，甚至还有绘画。我身体很好，整个夏天可以说是很满意的。

社交圈的所有状况我都经历了：从极度的孤独，到人声鼎沸、拥挤不堪，现在又是一个人形影孤单了。这个疗养的夏天真是堪比一场人生。

天气也是如此。晴朗的5月，下雨，炎热，再回到潮湿，夜晚的雾气和美丽的月夜预示着秋天的临近，而这一切又都发生在我们头顶。尤其是在这群山和幽谷之中，每样东西都让人觉得意境深远，因为在

① 封·施泰因夫人的儿媳在坐月子期间不幸死亡。

这样的环境下它们显得更加独具特色。天热起来好似火炉,而大雨倾盆时又像是大洪水。

你们大家一起聚会时请不要忘了我哟。请您代我向各位诸侯夫人和朋友们致意。我虽然还要在外面待一些日子,但很快会离开这里去弗兰岑斯布伦。请不要再往这里寄信了,因为我不知道这些信怎样才能寄到我手中,这里的邮寄速度太慢了。就此搁笔,并致以最亲切的问候。

卡尔斯巴德,1808 年 8 月 16 日　　　　G.

273. 歌德致儿子

卡尔斯巴德,1808年8月17日　〈星期三〉

图书馆理员①把你8月4日的信寄到我这里,很高兴看到你旅行②愉快,见识并发现了一些很有趣的东西。你目前所待的地方的
好处当然是那里有丰富的自然和人文景观,也不缺乏让人回忆过去 352
时光的文物和遗址。你徜徉其中,已经找到了许多乐趣,以后还会有更多的乐趣。只要你的假期允许的话,你就可以把这小小的旅行从海德堡向各个方向延伸出去,直到有一天你可以走得更远。

米迦勒节快到了,你要给我写信谈谈你对过去半年学习的看法,你认为哪里取得了进步,这个冬天有什么打算。告诉我你的经济情况,下半年的预算你准备怎么分配。看来我必须给你补贴一笔钱用于你的旅行和其他额外的开销。

迄今为止,我这里还是相当安逸的。我的身体很不错,工作也很勤奋。我也不缺好朋友圈子和各种消遣。德累斯顿的风景画家卡茨③热情地教我们素描和绘画入门。

7月份的一半时间我都在弗兰岑斯布伦,有十二天在喝矿泉水,泡温泉,这对我的身体颇有好处。我决定只要能安排上住宿,就再去那里一次。目前那里已经是人满为患,而卡尔斯巴德又变得冷清了许多,因为这儿的人一部分去了弗兰岑斯布伦,一部分去了特普利茨。

我们的公爵在特普利茨,据我所知,他在那儿也相当不错。矿监维尔纳在这里。此外,来这边的大量游客中,留下来的主要是你的朋

① 指克里斯蒂安娜的哥哥,奥古斯特的舅舅克里斯蒂安·奥古斯特·武尔皮乌斯。

② 奥古斯特旅行去斯特拉斯堡。

③ 卡尔·路德维希·卡茨与歌德和席勒都有很好的交情。两人1805年初次相遇,这次在卡尔斯巴德疗养再碰到一起,卡茨教歌德各种绘画技巧。1809年来魏玛宫廷教授绘画,住在歌德家中。

友，那些波兰人和犹太人。

你母亲在劳赫施泰特不是太满意。当然，与其他年份相比，那里要安静许多。莱比锡人大概都是去那里看戏的，来了又马上走掉了。
353 收入也不如往常，不过这年头大家应该对此感到满意了，只要能维持得住就行。

你母亲应该在几天前就回到魏玛了。如果你还没有给她写信，就抓紧时间写一封，不要让手变得太生疏。白天的时间很长，如果你在信上肯多花三分之一的时间，你的收信人就会很乐意念你的信，而不必费力气去猜你写的字。

我大概在9月上半月还不会回到家。我在这个地方感觉很舒服，也可以充分利用我的时间。我一般很早就起床，然后一整天忙着做各种各样的事情。

《颜色学史》已经有一些成果。于是我又把思路放到了小部头的长篇小说和中篇上来，有几篇已经着手在写，另一些已经完成。此外，这石头王国里的每一块石头都吸引着我，尤其是埃格尔附近的那座叫卡默比尔[①]的火山或假火山山丘，我觉得特别神奇。你旅游时不要忘了在日记本上记下你在地理方面的发现。地球表面那些相似的或迥异的景象逐渐出现在一个人的眼前是一件令人愉快的事情，无论这个人走到哪里都会在想象中重新唤回他所见到的东西。

要经常给我描述一些你结识的优秀人物，无论是老师还是同学，年轻人还是老人。你要特别注意在旅行中观察不同省份的人，他们的体形和种类，风俗习惯和举止行为，把他们与你认识的人做对比，以此拓宽你的经验。

代我向蒂鲍特先生，福斯先生和其他朋友们致意。要一如继往

① 即卡默贝格，参见第261封日记及注释。

地做好你的学业,让自己和他人都感到满意。给我往魏玛写封信,你 354
会在米迦勒节之前得到回复。祝你生活愉快,常惦记着我们。

G.

274. 歌德日记

1808年8月18日 星期四

给已经开始的风景画勾勒轮廓。同时写《颜色学史》。考虑取消去慕尼黑的计划及其他事情。11点钟卡茨过来,给那幅瑞士风光画着色,与我们一起吃饭。谈论艺术家与大众之间的不愉快关系,尤其是在这个新时代,除了自己的作品,没有谁会承认其他人的东西。拿秘密骑士团的幸福论和对人类的仇视开玩笑。雷克夫人和蒂德格关于造型艺术的关系:同样按照上面那群没有最基本概念的大众的看法,艺术就应该作为艺术来评价,就像对一件艺术品,人们应该把它当作艺术品来要求。傍晚去达尔维茨的瓷器厂。画了几件东西。返回途中遭遇大雨,被淋得透湿。

275. 歌德致多萝西娅·封·克纳本瑙[1](亲笔)

卡尔斯巴德,1808年8月19日　〈星期五〉

我漂亮的朋友,如果您能知道得到您的青睐是一件多么愉快的事情,那您一定会为您的信使在卡尔斯巴德的集市带来的影响而倍感高兴,镜子是不会告诉您这些的。要知道一段时间以来,从药房到三莫伦客栈,再到马耳他十字旅店,人们听到的只有抱怨之声。

您那带着白玫瑰的漂亮信封和深深的封印,预示着它最令人心仪的内容。这玫瑰于我看来却不是没有刺的,因为从收到您珍贵的
来信那一时刻起,每每想到有这样美妙的邀请[2],它就会刺痛我,令 355
我更愿意忘掉曾经收过这样一封来信。我至今都没能决定如何回答,因为我已无法按照自己的意愿来回复您的来信。

仔细观察人们就会发现,亲切、肯定的话语不仅对讨人喜爱的爱尔坡[3]合适,而且其实对每个人都合适,而"不"则是一个令人懊恼的字眼,说出这个字时人不得不把面孔扭曲了。

该怎么说呢?说我不能到场参加这美妙的节日,就像我现在真的无法到场一样吗?我甚至不知道这封信是否能交到您的手中,向您及时致歉。尽管每一份道歉都是迟到的,但如果不需要道歉当然就会更好了。

最主要的是,请您不要对我生气,请用您的优雅风度给予我眷顾,让您那卓越的公爵夫人也不要对我气恼,应允我几个造访她的时间,好让我弥补自己的过失。

我还必须在弗兰岑斯布伦逗留十四天,这是医生的命令。我多么想之后在9月一个晴朗的日子去勒比肖拜访您。这段时间以来我

[1] 多萝西娅·封·克纳本瑙(Dorothea von Knabenau, de Chassepot, 1779—1848),库尔兰公爵夫人的侍女,1814年结婚后,改称德·沙塞博伯爵夫人。歌德后来与她也时有通信往来。

[2] 可能是指参加库尔兰公爵夫人的小女儿的生日聚会。

[3] 歌德的《潘多拉》中的人物。

总是担心会突然被要求返回魏玛。好几次当我把温馨闲适的疗养假期延续到深秋季节时,这种情况就会发生。

如果随信附去的几首小诗能为漂亮的女士们带来一些快乐,让她们尽快宽恕我,那么请您不要让这些诗沉默太久,以便大家还能宽容而友好地想念着我,一如我亲自给大家朗诵之时受到大家的拥戴一般。

276. 歌德致夫人 356

卡尔斯巴德,1808年8月19日　〈星期五〉

现在我得在魏玛问候你了,因为你又回到那里。我还在这里,没有办法离开。我做的事总是被什么东西推着,一些新的事情又接踵而至。比如卡茨在教我们各种绘画艺术,要想说得过去的话,就得把它练好。

撇开这些不说,如果不是因为弗兰岑斯布伦人多得找不到住宿的话,我就去那里了。我打算再等八天,然后过去碰碰运气。预订住处真是一件烦人的事情。

这边的休假快要结束了,我给你买了一些东西。昨天我又亲自赶紧购买了一套餐具。厂里存货很少,因为这段时间以来,由于陶土和上釉的原料不纯导致工厂烧制的许多炉瓷器因颜色不纯而报废,没办法拼出纯一色的整套餐具。一些单件的瓷器成色很差,其实也是应该报废的,瓷器厂把它们卖到乡下,特别是卖到卡尔斯巴德,因为这里客人很多,需要大量的餐具,而很多都掉到地上摔碎了。有很多瓷器也卖到了邻近的地区,它们的价格上涨了一些。不过,十二人一套的餐具,去掉甜点碟、盐罐之类的小东西,连运费加在一起花费不超过2个卡洛琳钱币①。他们答应我下周就把东西寄出去。

我还给你买了一件漂亮的丝绸长袍,用的是宝蓝色的一种名叫累范廷里子绸的面料,现在很多人都穿这种颜色。人们拿这种面料做衣服,不带拖裙,像一种波兰的短外套。如果不想刻意打扮的话,可以穿着它到处走动。

打细褶子的领边我想等到去弗兰岑斯布伦时再买。我买女帽的 357
那家店的老板娘有很漂亮的这类东西。

我带了一些巧克力和其他类似的东西。

在弗兰岑斯布伦我大约呆十四天。你只能马上往那边回信了,

---

① 巴伐利亚的金币,约等于11古尔登或相应的币值。

地址要加上埃格尔的弗兰岑斯布伦。我到时从那边儿再给你消息。

我还会寄去四十小瓶埃格尔矿泉水。现在我从车夫那儿知道了一条小路。

你去找枢密官迈尔，在公爵夫人回来后，让他给我附张便笺，告诉我公爵夫人的情况。请他仔细打探这个消息。此外，魏玛的情况怎样？你哥哥偶尔会给我写信，说些新奇的事情，不过他的信写得真糟糕，从来没有什么正儿八经消息。他总是喜欢夸大其词，无病呻吟。代我问候剧院的那些与你交往并还好心惦记着我的人。

我亲爱的，希望你回到家时心情又能好起来。希望有好天气可以出去猎鸟，开心消遣。

如果有人不想看到你精神状态那么好，想让你败兴的话，那就想想我们无法逃避的这个世界原本就是这样的。你大可不必为此烦恼，这些不过是过眼烟云。就像现在有些无赖靠贬低我的作品来赚钱，我也不在乎这些，而是继续创作。我有些很好的建议，我们俩儿可以一起来考虑。

G.

277. 歌德致F. 尼特哈默尔[1] 358

1808年8月19日　星期五

最尊敬的阁下先生,

承蒙阁下秘密相告,本人唯有将编纂民间诗歌集之想法坦率禀告阁下,任由阁下继续推动,以表谢忱。此计划以及类似计划在我心中酝酿已久,但本人无意令其为外人所知,盖因在此竞逐写作与出版之年代及抢占先机之意图,此计划他人一经过目便唾手可得,并极易以拙劣手法将其曝光。在此请阁下明示,该计划在多大程度上与阁下对我之期望相契合。

倘使该计划符合阁下之想法,则本人愿意就此做进一步说明,唯请阁下将所设期限至少宽延至圣诞节。本人目前尚有诸多急要事务缠身,对此重任恐无法全力以赴。

诚然,此事操之愈细则愈繁复,入之愈深则愈精奥。因此,所谓既定之计划、规定之义务,实乃无法想象,因为,在最后一刻人们也许还在斟酌先前按某种方法所收集的材料是否应当以另一方式进行整理。

至于整体思路则必须出自一人,最终编辑由一人担当,乃不可或缺之条件。本人对管理当局高层之明鉴及信赖深表敬意,对采取此类措施及给予本人以特殊信任表示谢忱。本人所请之宽限,意在将
此事考虑周全,并不会对这项工作造成耽搁。无论如何,本人希望将 359
正式申请推迟至此期限之后。在此,万望阁下将本人感激之情、恭顺

① 弗里德里希·伊曼努埃尔·尼特哈默尔(Friedrich Immanuel Niethammer, 1766—1848),德国神学家,哲学家和教育改革家。他在耶拿大学任教授时认识了歌德。在巴伐利亚任校理事会核心成员时,他用自己的新的教育理念对当地的教育体系进行现代化改革。他向政府提出了编写一套“全民教材”的计划,要选用全民族最优秀的古典作家的作品。他提议让歌德或J.H. 福斯做主编并积极联系歌德,歌德一开始对此事很感兴趣,但最终放弃了此项目。

之心敬呈上级和最高主管。

请阁下差人计算与技术相关的费用、销售费用及预期的销售额。或许本书有幸等到在联盟各国[①]中禁止翻印措施生效。或许翻印之做法在奥地利世袭领地会因其影响力较大而保留，如此一来，则仍须将本人所能想到的应付诸事所需的额外支出预予充分考虑，另外还要考虑后续再印若干版次以及息金。此类可持续印刷出版物或多或少都是这种情况。

任何能对本人思考及准备有所裨益的事情，请阁下不吝赐教。对当地的需求及想法给予考量不仅是有益的，而且是必须的。

对本人文稿及书信中临时提及或预先警示之语，万望阁下海涵。此乃情急之言。不过，我也在尽量把这意外的延期追赶回来。

复信请阁下寄往魏玛，因为我尚不知在此逗留多久。

本人很乐于回忆曾经一起为自己、为祖国效劳的时光。

恭致问候，顺颂祺安。

阁下
最忠实的仆人
J. W. 封·歌德

卡尔斯巴德，1808 年 8 月 19 日

---

① 指即将在莱茵联盟各王国中实施的版权保护措施，1810 年拿破仑颁布了这项法令，但该法令只在法国统治区实施。

278. 里默尔(日记) 360

1808年8月27日　星期六

在餐桌上讨论性格。

歌德说:“性格是某种卓越的能力,是面对更高级的事物时对自己的认识,对自己的评估”。

“性格建立在人格之上,而不是建立在才能之上。”

“性格是一种心理习惯,一种精神习惯。按照某人的性格行事,就是按照这个人的心理上和精神上的习惯行事,因为这样做对他来说才是容易和舒适的。而对容易和舒适的追求是我们的本性。”

“如果一个人虽然已经认识到另外一个人是正确的,但却不愿意承认,这就是固执的性格。对他来说,不承认也许来得更容易一些(就像有些人习惯用左手做事,而对另一些人来说这却很难),这就是他的习惯。但是人们必须这样理解习惯:我们原本不会习惯于不属于我们的东西。习惯只是对最初行为的不断重复,而性格本来是先于所有习惯过程和习惯本身的。性格看上去只是表现为一种习惯,这是因为,如果我们知道某种事物就在那里的话,那我们就一定会看到它重复出现。这种最初的单独行为的重复,我们就叫做习惯。”

“很多习惯性思维方式都是荒谬的。人们说,因为他经常做这个或那个事情,已经习惯了。这是用‘相同的’来说明‘相同的’。就好像我说,因为我经常脱戴手套,它就变松了。如果不是因为手套的皮革本质上是可以伸展的话,那即使我戴它成千上万次,它也不会变松。为什么不是铁皮手套或是石头手套呢?这样我就可以多戴它几次。”

“不!他这样做了,一次又一次,因为他必须这样做,因为这是他 361
的本质。这种本质在我们看来就是习惯,因为我们看到它反复出现。性格因此就是**本质加习惯**。前者是被看到之前,后者是被看到之后。”

“如果把生活中和行为处事中的随意性拿掉,那么最好的东西就被拿掉了。如果那时我还能明白事理、有点儿理智且知道如何行事的话，那我宁愿像最愚蠢的人、像笨蛋那样死去，因为从中我得不到乐趣，也无法给别人带来乐趣。”

鼓舞。歌德应当写自己的历史和自白。已经定在了今后的某年。

279. 歌德日记

1808年8月27日 星期六

给风景画做些润饰。回顾这次休假期间发生的事和创作的东西,把一些东西打包。中午独自一人。之前给卡茨看米特巴赫医生的肖像。大约4点钟时去芬勒特勋爵处,瓦利斯伯爵和塞尔比爵士也在场。之后散步去埃格尔桥。从小教堂翻过山丘进入小山谷,在晒蜡场附近过桥。遇见卡茨,他报怨那个要画肖像的瑞典人,除了胸前要挂许多勋章外,还要一支海滨寇秋罗、三十字山和温泉做背景。在草坪上散步。

280. 里默尔(日记)

1808年8月28日　星期日

歌德生日。与他谈论新近的长篇小说,特别是他的小说。他说道:

“他新近创作的小说《亲和力》的主题思想是:将人与人之间的关系和冲突象征性地表现出来。”

362 晚上讨论“古典的悲剧的”和“浪漫的”含义。“‘古典的悲剧的’表现的是人的痛苦和悲怜的东西,而‘浪漫的①’则是非自然非原始的,是一种造作的、不自然的、被放大的、夸张的、古怪的、乃至滑稽可笑的、漫画般的东西,它看起来像是一场化装舞会、一次化装游行,是刺眼的光照。如果理智尚起一些作用,那么它就还是幽默的(也即是讽刺的,比如阿利奥斯托、塞万提斯,和那种近乎怪诞或已然怪诞的),或者转瞬即逝的,否则它就是荒诞的、虚幻的。古典的则是肯定的(可能的、人性的),现代的②则是任意的、不可能的。”

“古典的魅力和神奇在于它的风格,而现代的则没有。古典的魅力是从人的角度看自然,而现代的则只是想象出的、虚构的东西。”

“古典的是冷静的、朴素的、温和的,现代的则是放纵的、颠狂的。古典的只是在表现一种被理想化的现实,一种被伟大(的风格)和品味处理过的现实,而浪漫的则是非现实的、不可能的,只是通过幻想给现实的一种表象。”

“古典的是形象的、真实的、实实在在的,浪漫的则具有欺骗性,像一盏魔灯照出的影像,像棱镜折射出的彩虹,像大气的颜色。就像是一块极其普通的底板,经过浪漫的处理涂上了一层绝美的外表,这外表即是全部而底板则什么都不是。”

---

① “浪漫的”在这里首先是指那些与中世纪天主教及骑士相关的诗歌及对其生活的诗化的描述。

② 歌德这里的“现代的”,亦是指“浪漫的”。

“浪漫的近于滑稽(黑翁和阿曼达,奥伯龙[1]),古典的止于肃穆和庄严。”

“浪漫的,就其近于古典的伟大而言,如《尼伯龙根之歌》中所体
现的,也许也有风格,也就是说,在处理手法上也有一定的伟大,但却
没有品味。所谓浪漫的诗特别吸引我们的年轻人,因为它是任意的、
感性的、不受约束的,简单地说就是它在讨好年轻人的喜好。人们用 363
暴力来达到一切目的,与反对者对抗,崇拜女性:所有这些,年轻人
就是这么做的。——”

“所有现世的诗还是太过独特,纯粹是为了客观而客观,也即太过个性化,而普遍性不足。的确,我们所谓的纯粹的对象本身还是个体的。太阳本身就是一个个体,尽管它在我们看来毫无疑问就是最纯粹的对象,因为没有什么东西可以与之比拟。所有那些经验的诗,包括那些在我们看来是最客观的、希腊的或古典的诗,是通过其鲜明的个性,才让我们觉得是独特的、个性化的,给我们留下深刻印象。我们所面对的是一种升华了的希腊文化。所有要给我们留下深刻印象的东西都必须具有个性。诗本身,如果没有个性,就无法以经验的形式表现出来。”

“每个国家和民族的诗的本质,特别是在戏剧中,在于将诗建立在矛盾冲突之上,并致力于这种矛盾,仿佛是面对矛盾使自己凸显出来。”

“戏剧性在法国人那里表现为更加强烈的人生的矛盾冲突,这是为了表示他们的普通生活是完全远离矛盾的。德国人的戏剧性就不那么强烈,他们至少在生活中就是单纯的、安逸的和有诗意的。”

---

① 指维兰德的诗体小说《奥伯龙,一部浪漫的英雄诗》。黑翁和阿曼达是两位主人公。

281. 歌德致玛丽安·封·埃本贝格

1808年8月29日　星期一

我们终于还是要拿一大张信纸,给好朋友正式说声道别。不过,告别总是一件令人苦恼的事情。开头几天人们还总是想知道朋友们当前的情况,一开始时我们也的确在积极地书信来往,但随后就停止
364 了。如果说当下面对着饱受病痛折磨的朋友我还能在沙发上坐到她身边的话,那么对远去的朋友,我就无能为力了。

让我们还是听其自然吧,请您保重身体。我明天去弗兰岑斯布伦,今天还能收到您的短信,我非常高兴。也许,在邮局把我们分得更开之前,我们还可以听到对方的音讯。

关于战争的传言[①],我想让您放下心来。除非我完全弄错,否则在您结束疗养之前不必有任何担心。然后,请您放心地回维也纳吧。有谁能知道神祇们是否会怜悯这些尼尼微人[②]呢? 他们"有太多的好人值得怜悯,也有太多的牲畜需要同情。"见约拿书结尾。

再次衷心祝愿您和您亲密的伙伴们生活愉快。无论如何,我一回到魏玛就会给您写信,您回到维也纳后也请给我来信。让我们相互致意吧,在此,对您的好意我感激不尽。

卡尔斯巴德,1808年8月29日　　　　歌德

---

① 在奥地利有传言号召大家起来反抗拿破仑的统治。由于莱茵联盟内的部队频繁调动,法国军队迟迟不撤出普鲁士,却时不时在巴伐利亚集结,而这一时期法国与俄罗斯谈判和普鲁士与奥地利秘密接触的谣言四处乱传,这些都使人们对即将到来的战争的担心变得越来越强烈。

② 尼尼微是古代亚述帝国的都城。根据《旧约·约拿书》,先知约拿受神差遣到尼尼微城。当时亚述正在进攻以色列,约拿不愿意怜悯尼尼微人,试图逃避这项任务,在鲸鱼腹中待了三天三夜。他出来后很不情愿地去尼尼微城传递神的意旨,结果全城之人都悔改了。

282. 歌德日记

1808年8月30日　星期二至10月31日　星期三

8月30日

早上6点从卡尔斯巴德出发。一路上谈论并思考《亲和力》。美妙的晨雾。谈论风景及相关的东西。中午到玛丽亚库尔姆。谈论一个卡斯蒂风格的故事及其含意①。按时到达弗兰岑斯布伦。先与施托勒,然后与芬肯施泰因,再与泽巴赫夫人散步。

8月31日 365

早上与埃斯克勒斯夫人和弗利斯夫人去温泉。伊尼亚齐·波托茨基伯爵,莫申斯基。总是摇摆不定的消息②与利害关系。无聊的西班牙事件③的最新消息。波兰人的政治考虑,新的备战是针对奥地利的。在家用早餐。费希特的马基亚维利,他的讲座④。中午在家用餐。饭后在温泉回廊与封·布列韦恩上校漫步。傍晚迷人的日落。之后去埃斯克勒斯夫人处喝茶。芬肯施泰因,莫申斯基伯爵,父亲和儿子,英国人史密斯。

晨雾后晴朗欢快的一天。美丽的日落。

---

① 故事的主人公以第一人称详细讲述了自己企图通奸时出现性无能,他认为这是爱情与忠诚对合法婚姻的胜利并为此而庆贺。歌德发现这首诗与意大利诗人詹巴蒂斯塔·卡斯蒂的小说《加兰蒂》一脉相承。歌德在意大利时认识了卡斯蒂,并在自己的《意大利游记》中称赞当时尚未出版的这部小说("不那么合乎道德准则,但写得极优美")。

② 参见第281封信中关于战争传言的注释。

③ 参见第248号日记中的注释。

④ 费希特的"作为作家的马基亚维利",1807年发表在柯尼斯堡《维斯塔》杂志第1期上,当年该杂志即被拿破仑查封。"对德意志民族的演讲"是他1807—1808年在柏林做的讲座。

283. 里默尔

1808年8月底/9月初

关于费希特《对德意志民族的演讲》的稿子。〈歌德说：〉“人类更多地是被语言塑造，而不是人类塑造了语言。”

284. 歌德日记

1808年9月2日　星期五至9月13日　星期二

9月2日

温泉。之后在家摆弄卡默贝格山的石头。中午在埃斯克勒斯夫人处，与伊尼亚齐·波托茨基，莫申斯基伯爵，封·布列韦恩上校和舒马赫小姐在一起。饭后讲各种人物的故事：一位年轻的波兰女士，人们当着她的面反对她父亲的第二次婚姻，她却支持这个男人并喊道：要是他还能要孩子该多好。还有一个泽肯多夫的男子，他太太在坐月子，他就轮流去几个朋友家作客蹭饭。有一次，当朋友们对此表示
不满时，他给他们道歉说，因为他太太在坐月子，让他们吃得太差了。 366
中午时分，莫申斯基伯爵来我这里聊各种事情。然后，他给我在他那里看了五块大宝石：钻石、黄玉、绿宝石和东方红宝石。漂亮的布置，书本形状的装饰盒。讲他如何在克拉科夫起义①中把全部首饰解救出来的故事。之后泡温泉。当人们惊讶新女皇②尽管从小被教育得娴静，她却对每个人都很和善时，一个意大利人喊道："喂，先生们，没被粗鲁地对待是你们的幸运，别把它不当回事。"晚上在埃斯克勒斯夫人处喝茶吃晚饭。

〈……〉

9月11日

收拾行李。思考《亲和力》。在莫申斯基伯爵处，欣赏他的戒指和雕刻的石头，其中有一枚古代的农牧之神非常漂亮。戒指中有一枚镶嵌着黄钻和蓝钻，还有镶着非常漂亮的蓝宝石和绿宝石、红宝

① 1794年3月由塔德乌什·科希丘什科(Tadeusz Kosciusko，1746—1817)领导的反对瓜分波兰的起义。

② 指奥地利皇后，玛丽亚·卢多维卡，1808年1月与奥皇弗朗茨一世结婚。歌德后来对这位奥地利皇后无比崇敬。亦参见第464封信中的注释。

石、锆石、蛋白石的戒指，等等。研究翻印的农牧之神。中午在伯爵处就餐，与他的侄辈和家人，此外还有佩尔根伯爵、埃斯克勒斯夫人和弗利斯夫人以及其他人。讲了许多故事，特别是关于仿冒的葡萄酒、心不在焉的人和失误。失误比如，有一次，老莫申斯基伯爵从背后把一位女士误当成是他的侄女，用手指甲戳她的后背，结果把她的衣服戳破了。还有一个波兰人的故事：一个波兰人在太太房间里遇到一位女士，把她当成了他太太。那位女士不认识他，以为是一个疯子，吓得跳到桌上；他明白过来便在桌子前下跪，这让她更加抓狂。晚上与莫申斯基伯爵和佩尔根伯爵在埃斯克勒斯夫人处。讲保罗一世被谋杀和类似的故事。

367 **9月12日**

莫申斯基伯爵过来告别。大约6点钟从弗兰岑斯布伦出发。中午停在雷奥。回想这几天讲的那些轶闻趣事。3点后到达霍夫，手工艺人的小曲儿。去比特纳处。没有见到县督许茨先生和施奈德医生。在城中散步。

9月13日

6点整从霍夫出发，大约11点钟到达施莱茨，思考《诗歌集》，思考社团之事，思绪留在了弗兰岑斯布伦。饭后出发，刚出施莱茨不远就在一个坑里翻车。6点左右朝新城方向走，车夫认错地方，把车赶过了。熟练的竖琴演奏者，在桌球房里就能听到他的演奏。

耶拿/魏玛/爱尔福特

1808 年 9 月 14 日至 10 月 4 日

285. 歌德致夫人

1808年9月14日 星期三

通过这位信使,我要告诉你——我亲爱的孩子,我已经顺利到达耶拿。我发现这里有许多事情要处理,也听说你们一直在受路过部队的烦扰①,因此我不想马上回那里。更主要地还是我想从这边全面了解一些情况。

因此,我还是希望你决定去克乔②,大约周五一早出发,我大概也会在适当的时间到达那里。你帮我把这几天寄到的东西带过去,如果不是太大的话。我也会给你带一些漂亮的东西。希望从你这里知道一些我应该知道的东西,我们在一起可以考虑很多事。我多想再见到你,告诉你我是多么爱你。祝安好,简短回复我即可。

星期三晚。 G.

---

① J.H. 迈尔8月28日给歌德写信说,过去的几周由于法军向莱茵河移动而动荡不安。一小队在此过夜的军人对一些店主进行骚扰而导致了许多报怨等等。

② 在魏玛和耶拿之间的村庄。

286. 歌德日记 368

1808年9月15日　星期四至9月18日　星期日

9月15日

早上去德拉肯多夫[1]。威斯特法伦议会结束时约翰内斯·米勒的讲演。谣传拿破仑到来。傍晚时分回到耶拿。我夫人抵达。魏玛的消息及其他。

〈……〉

9月18日

早上在公爵殿下处，证实并进一步确认太子[2]及两位皇帝到来的消息。去公主殿下处。之后与年轻演员及乐队首席小提琴吃饭。傍晚时分去封·沃尔措根先生处，欣赏他带来的东西、钱币等。晚上枢密官迈尔先生：关于雕刻的石头，德·阿尔顿[3]，慕尼黑艺术学院机构等。

---

① 去找西尔维。几天前，歌德从弗兰岑斯巴德返回途经胡梅尔斯哈恩，即西尔维的哥哥住的地方，但没有见到齐格萨一家。

② 卡尔·弗里德里希太子6月1日携太子妃及宫廷随从前往彼得堡。

③ 德·阿尔顿1808年秋至1810年在蒂弗特宫，为卡尔·弗里德里希建立一个养马场。他与歌德的联系一开始比较松散，直到进入20年代，两人开始频繁地通信，谈论自然科学方面的话题。

287. 歌德致 J. 施托克

1808 年 9 月 19 日　星期一

最近一段时间以来，得知我们尊贵的母亲受到她身边的好友们的关怀，我们颇感慰藉，因为我们也像其他人一样，害怕她因为年事已高，生命即将走到尽头。因此，请接受我们最诚挚的谢意，因为是您代表了我们给逝者以充满友爱的关怀，直至她生命的最后一刻①。请把您的想法告诉我们，并劳驾您对善后事宜给我们以指点。一旦我们知道了时间，我夫人就会启程，值此忧伤时刻，能再见到如此珍贵的朋友，她将倍感欢乐和慰藉。

369 施洛瑟②博士写信告诉我，我母亲在弥留之际对他说过一些事，因此，我想劳驾您与他沟通一下。对您在这段期间好心为我们所做的一切表示感谢，我和家人为我们长久的友谊向您致意。

阁下

您最忠实的仆人

魏玛，1808 年 9 月 19 日　　J. W. v. 歌德

---

① 歌德的母亲于 1808 年 9 月 13 日去世，消息于 9 月 17 日即歌德从波希米亚疗养回来的当天传到魏玛。

② 约翰·弗里德里希·海因里希·施洛瑟(Johann Friedrich Heinrich Schlosser，1780—1851)，律师，作家，翻译家，歌德妹夫的侄子。歌德在他还是耶拿的学生时就认识了他。歌德也写信给施洛瑟，委托他协助处理歌德在法兰克福家产事宜。

288. 歌德致吕勒·封·利林施特恩[①]

1808年9月20日 星期二

尊贵的阁下

对您寄来的作品[②]我表示最衷心的感谢，相信这部作品会给我带来许多快乐与教诲。对于您在最宽泛的意义上使用数学这个词，我并没有异议。不过为了公平起见，我希望今后有人能站出来说，世上的一切都与诗有关，特别是行星和彗星的轨道可以用一首颂歌完美地表现出来。一旦能把这个建议付诸实施，我们之间就能完全相互理解了。

请代我向伯恩哈德王子殿下问候，并致以最崇高的敬意。

恭此呈奉，荣幸之至。

阁下

您最忠顺的仆人

魏玛，1808年9月20日 J.W.v. 歌德

---

① 吕勒·封·利林施特恩当时也属于在德累斯顿的克莱斯特和亚当·米勒的朋友圈子。吕勒在魏玛担任市长及伯恩哈德王子的教师期间与歌德建立起联系。1808年起他多次拜访歌德。

② 指《象形文字或从科学的领域看当代的历史》(Hieroglyphen oder Blicke aus dem Gebiet der Wissenschaft in die Geschichte des Tages)。

370 289. 歌德致西尔维·封·齐格萨(亲笔)

1808年9月21日　星期三

最亲爱的西尔维,您从可爱的山谷里送来的急件把我叫出来时,我不知道会发生什么。我尊贵的母亲去世让我非常不愿意回到魏玛。今天只能用寥寥数笔的问候表达对您的思念。望随后寄去的指甲刀剪丝毫不会剪去您的友谊。

290. C. 封·施泰因(1832 年以后)

1808 年 9 月中/月底

我从不伦瑞克和梅克伦堡去魏玛访问期间并不常去看他(歌德)。他不再像以前作博士和公使参赞时那样热情真诚,现在成了枢密顾问,一个声名远播的人物,也染上了枢密顾问的腔调。这种装腔作势的样子,即使还夹杂着一些友情,也使我与他疏远。曾经习惯称呼的"你",也被他礼节性地改成了"您"。我记得只有一次,当他母亲去世时,他真诚地看着我对我说了一些肺腑之言:"亲爱的卡尔,您对我就没有一句亲切一点儿的话吗?"〈……〉

291. 歌德日记[1]

1808 年 9 月 26 日　星期一至 10 月 1 日　星期六

9 月 26 日

《颜色学史》。中午在宫廷，大餐桌宴会。之后太子把我介绍给
371 皇帝（亚历山大），皇帝非常友好地询问维兰德。重新结识罗曼佐夫伯爵。拉纳元帅夫人[2]的兄弟也在场。晚上歌剧《卡米拉》[3]。皇帝与大诸侯[4]没有去剧院。写信给弗雷格寄往莱比锡，汇款 1520 帝国塔勒。

9 月 27 日

早晨 8 点过后从爱尔福特方向传来枪声，这里因此也引起骚动。看样子是俄皇已准备好启程。俄皇 1 点钟过后继续前行。法国皇帝迎他到明兴霍尔岑。中午在宫廷，奥尔登堡公爵，梅克伦堡-什未林及施特雷利茨的王子们都在场。之后去沃尔措根夫人和封·施泰因夫人处。晚上参加宫廷舞会。与封·施利茨伯爵先生的会谈值得关注，他作为梅克伦堡的使节曾在巴黎逗留，对事情有完全正确的看法。与爱尔福特的封·雷克先生结识。

〈……〉

---

① 下面几周的时间里，歌德的生活也被爱尔福特的盟会所改变，盟会的主要目的是拿破仑与俄国沙皇会面。拿破仑希望通过此次会面，巩固自 1807 年在蒂尔西特与俄罗斯达成的谅解，以保证他在西班牙的行动不会从背后受敌。通过盟会，拿破仑不仅要向全世界展示他的权力，同时他还带来了他的高官随从以及精选的剧团，每天晚上在那里给客人演出法国的悲剧。

② 拉纳元帅在耶拿战役后的几天里住在歌德家中，元帅夫人也于 12 月 7 日至 8 日在他家做客。

③ 意大利作曲家费迪南多·帕埃尔（Ferdinando Paer，1771—1839）的歌剧。

④ 沙皇的兄弟，大诸侯康斯坦丁。

9月29日

中午独自一人。傍晚去爱尔福特。看戏迟到,是《安德洛玛刻》①。

9月30日

早晨在殿下处。封·德绍公爵,他也在用餐,同时还有普鲁士威廉王子,封·奥尔登堡公爵,洪堡及随从。我旁边是封·戈尔茨先生。谈论巴黎。看《布里塔尼居斯》②,之后去雷克夫人处。马雷部长,施利茨伯爵,等。

10月1日

我夫人路过爱尔福特。去殿下处。与封·德绍公爵告别。公爵与拿破仑共进早餐,听到他与塔尔马的会谈。在尚帕涅处就餐。旁边是布尔古安。看《扎伊尔》③。亨克尔伯爵夫人来看戏。

---

① 拉辛的悲剧。
② 拉辛的悲剧。
③ 伏尔泰的悲剧。

372 292. F. 封·米勒[①](1851 年)

1808 年 10 月 2 日 星期日

公爵近几日将我们的歌德召唤去爱尔福特，按照他之前特有的想法，他对此是敬而远之的。

我在公爵府附近找到一处很舒适的住所，歌德在爱尔福特逗留了好几天。法国戏剧给他带来了无以言表的享受，最有意思的是，每次演出结束后，还可以听到他在公爵那里讲上几个小时法国悲剧作家和戏剧艺术家的特点。他总是那样激动万分，热情四射，滔滔不绝。在雷克夫人处他结识了马雷部长，给部长留下深刻的印象。部长把对歌德的印象报告给皇帝。拿破仑马上在 10 月 2 日召见他。会见持续了几乎整整一小时。我陪歌德到前厅，在那里等他出来。会见时只有塔列朗、贝尔捷和萨瓦里在座。歌德刚刚进入皇帝的内室后，总军需官达吕也加入进来。

皇帝正坐在一个大圆桌旁用早餐。他右边站着塔列朗，左边是达吕，期间他与达吕谈论普鲁士军税的事情。他招手让歌德靠近过来，仔细打量他一番后问他有多大年纪了。当他了解到歌德已经年满六十岁时，他说看到歌德这么年轻的外表感到惊奇。然后，话题很快转入歌德的几部悲剧，达吕趁机详细介绍了这几部悲剧，赞扬歌德的诗歌作品以及他翻译的伏尔泰的《穆罕默德》。“这可不是一篇好
373 作品”，皇帝说道并很详细地分析说，这个世界的征服者给自己留下一个如此不利的形象，简直是太不聪明了。《维特的痛苦》他保证已经看过七遍[②]。作为证明，他深入地分析这篇小说，并试图在一些地

① 根据米勒自己的解释，他的讲述来自歌德自己记录的“与拿破仑的对话”以及歌德后来的一些口述，由此形成了一份所谓的拿破仑与歌德和维兰德的谈话备忘录。米勒本人并没有直接参与当天的谈话。

② 歌德后来从“与拿破仑的备忘录”中了解到，拿破仑在他前往埃及的征途中随身带着自己的《维特》。关于拿破仑对《维特》评论的具体原因，歌德并没有记录下来，只是后来在一个第三手的证据中提到了“一条精细的接缝”。

方中找到维特病态的抱负与热烈的爱情这两个主题之间的交织。“这并不符合人的本性,削弱了读者对爱情施加给维特的过分强烈影响的想象。您为什么要这么做?”

歌德认为皇帝对他提出批评的理由非常正确并很有见地,以至于后来他多次对我表白说,他把皇帝比作一位懂行的裁缝,在一只号称无缝的袖子上很快就发现了一条隐藏得非常好的接缝。

他回答皇帝说:还没有人对他提出这样的批评,但他承认这批评很有道理。不过,如果作家使用不易被发现的手段以达到某种效果,这应该是可以原谅的,他认为如果只用简单、自然的方法,就不可能获得这种效果。

再回到戏剧的话题①。拿破仑多次发表非常重要的看法,证明他曾像刑事法官一样极其专注地观察悲剧的舞台,也足够清楚地表明,他对法国戏剧中的人物性格与自然和现实之间的偏差有着多么深刻的感受。话题又转向命运剧,他完全不同意这种剧:“它们属于一个黑暗的时代。人们现在拿命运做什么?**政治**就是命运!”

然后,他与达吕长时间谈论军税的问题,期间苏尔特元帅进来,皇帝用玩笑的口吻给他讲了几件发生在波兰的不愉快的事情。忽然,拿破仑站起来,走向歌德,用更加温和的语气询问歌德的家庭和
他与公爵府上各种人物之间的关系如何。他把得到的回答马上按自 374
己的方式转换为更加肯定的判断。不过,很快他又回到悲剧话题上。他说:“悲剧应当是国王和平民的学校,这是一个作家所能达到的最高境界。比如,您也许应当以庄严的方式把凯撒之死写得比伏尔泰

① 后面接下来的内容几乎可以肯定是10月6日在魏玛的第二次谈话的内容,约为在伏尔泰的悲剧《凯撒之死》上演之后。这可以通过第299封信和歌德在这一天在“与拿破仑的约定”中记下的几句话得到印证:“晚上《凯撒之死》,有机会要求写一部布鲁图斯”。

更伟大,这可能是您一生中最伟大的任务。人们应当向世界展示,如果凯撒有足够的时间来实现他崇高的目标,那么他将会使世界变得多么幸福,一切又将会发生多么大的改变啊。您来巴黎吧,我会完全满足您的要求。那里有更伟大的世界观!在那里您能为您的创作找到丰富的素材。"

每次他对什么发表完看法后,都会补充一句:

"歌德先生对此怎么看?"

当歌德终于退出后,人们听到皇帝对贝尔捷和达吕意味深长地说:"这才是一个男人!"

对这次会见的过程,歌德长时间保持着缄默,这也许完全是因为他的性格所致,对关乎他本人的重要事件不轻易发表看法,或者也许是由于他的谦逊和谨慎。虽然他知道如何巧妙地回避公爵对这次谈话内容的问询,但拿破仑的谈话给他留下的深刻影响,人们还是很快可以在他身上察觉到。特别是对受邀去巴黎这件事,他真正考虑了很长时间。他多次问我去巴黎大概需要花费的数目,在巴黎所需的各种设施,如何规划时间等事情。也许是因为考虑到在巴黎有诸多无法克服的不便,他最终放弃了这个打算。

375 直到很久以后,他才逐渐告诉我那次会谈的细节,但也只是在他去世前不久,(更多地是在1824年2月14日),我才说服他把关于这件事的内容写下来,尽管是言简意赅地,印在他遗留下的二十卷作品中(全部共有六十卷作品),这些内容我已尽力如实地按照他的口述内容进行了补充。

293. 塔列朗(1812/13 年)

1808 年 10 月 2 日　星期日

拿破仑巧施手段，就回避了在最初几天里所有关于国家事务的讨论。早餐的时间总是很长，他在早餐时接见来访者并喜欢聊天〈……〉。他借这个机会让知名人士或有功之人过来，这些人来到爱尔福特就是为了晋见他。每天早晨他都沾沾自喜地念着新到人员的名单。一天，当他发现歌德先生的名字时，便召见他。“歌德先生，很高兴见到您。”—“陛下”，歌德回答道：“我见陛下身在途旅，对些微小事仍给予关注。”—“我知道您是德国的第一位悲剧诗人。”—“陛下，您这样说对我们国家可不公平，我们认为我们有自己伟大的诗人：席勒、莱辛和维兰德，陛下肯定有所耳闻。”—“我不得不向您承认我几乎不认识他们，然而三十年战争史我是读过的。请您不要见怪，不过我觉得这段历史倒是给我们的通俗喜剧提供了各种悲剧素材。”—“陛下，我从未听说过您的林荫大道[①]，不过我想那儿应该是给平民演戏的地方。很遗憾您如此尖刻地评论近代最伟大的天才。”—“您住在魏玛，那里应该住着一群德国最伟大的作家吧?”—“陛下，他们 376
在那里很受器重。但目前只有一位还住在魏玛，整个欧洲都认识他：维兰德。米勒住在柏林[②]。”—“维兰德我很想认识一下。”—“如果陛下允许我通知维兰德的话，他一定会尽快赶到这里。”—“维兰德会说法语吗?”—“他通晓这种语言。陛下，他校对过几部自己作品的法语译本。”—“只要您在这里，就应该每天晚上都来看我们的戏剧演出。看这些优秀的法国悲剧作品的演出对您不会有坏处的。”—“陛下，我非常乐意。如果我能向您承认的话，这其实也是我的本意。我自己翻译过，或者更准确地说，用德语加工过几部法国剧本。”—“都是些

① 原文法语：boulevard，林荫大道的意思，与通俗喜剧是一个词，这里一语双关。

② 约翰内斯·封·米勒自1807 年起住在卡塞尔，这一点歌德应该是知道的。关于米勒与拿破仑的关系，参见第 130 封信的注释。

什么?”—“《穆罕默德》和《坦克雷德》。”—“我要问雷米萨,看我们在爱尔福特是否有这些剧目的演员。我很希望您看一看用我们的语言演出的这些剧目。此外,德国没有我们那样严格的戏剧规范。”“陛下,三一律在我们这里并不是那么必须的。”—“您在我们爱尔福特这儿还满意吗?”—“陛下,这里的一切都极尽富丽堂皇,但愿它对我们的国家也能有益处。”“您的人民觉得幸福满意吗?”—“陛下,他们满怀希望。”—“歌德先生,我们在此逗留期间,您应当待在这里,向人讲述我们给您带来的伟大的戏剧作品。”—“噢,陛下,这样的任务只有旧时代的作家才能胜任!”—“您大概是塔西陀的爱好者吧?”—“当然了,陛下,我非常喜欢他。”—“我完全不喜欢他。不过我们可以下次再讨论这个话题。请您给维兰德写信并告诉他让他来这里。之后,我要到魏玛回访他。公爵已经邀请我,我很高兴能见到公爵夫人。她是位有卓越功勋的女性。公爵有一段时间的日子相当糟糕①,他必须付学费。”—“陛下,他付得也许有些太多了。不过对这件事情我不想做判断。我只知道,公爵在保护艺术与科学,我们为有公爵而感到庆幸。”—“歌德先生,您今晚过来看《伊菲格涅》②吧！这是一部优秀的剧作,尽管我不是很热衷,但法国人对它的评价还是很高的。在
377 我的座位处,您会见到很多诸侯。您认识普里玛斯侯爵吗?”—“很熟悉,陛下。我甚至可以说,我们已经交上朋友了。他是位很有修养的侯爵,知识渊博,品格高贵。”—“那好,今晚您会看到他在符腾堡国王的肩头睡觉。您已经见过俄国皇帝了吗,歌德先生?”—“没有,陛下,还从未见过。不过我倒是希望能被引见给他。”—“沙皇的德语讲得

① 拿破仑此处指公爵在1806年的战役中忠诚于普鲁士联盟并对推翻德皇的行动非常犹豫。

② 拉辛的悲剧。但当晚实际上演的是拉辛的另外一部悲剧《米特里达特》。参见歌德10月2日的日记。

非常好，如果您想写些关于爱尔福特会面的事情，那您就应该把它奉献给沙皇。"—"陛下，这可不是我的习惯。从我开始写东西起，我就发誓绝不写歌功颂德的东西，免得以后后悔。"—"路易十四时代的伟大作家们可不这么想。"—"的确如此，陛下。但陛下也许不会肯定地说，后来他们中间没有人偶尔会感到后悔。"—"那件讨厌的事，那个科策比，后来怎么样了？"—"陛下，听说他在西伯利亚①，还请陛下求亚历山大皇帝给予他宽恕。"—"您知道吗，歌德先生，科策比不是我的人。"—"陛下，他非常不幸，非常有才华。"—"祝您生活愉快了，歌德先生"。—

我陪着歌德先生，请他来我家用餐。回到家后，我马上把这第一次的会谈记录下来。餐桌上我又问他一些问题，确认我记录的东西是准确的。之后我陪着我著名的客人去剧院，为他找到一个好位子。这可不太容易，因为加冕的首脑们坐在第一排，他们后面的第二排是王储们，之后是部长和被宣布失去帝国直辖地位的诸侯们。我把歌德先生托付给达赞库尔，他没费太大劲就给他安排好了位子。

① 科策比1800就被流放到西伯利亚，但当年就被释放。1807年起他住在爱沙尼亚。

378 294. 歌德日记

1808年10月2日　星期日至10月3日　星期一

10月2日

王公贵族早宴招待会,之后在皇帝处。在公爵处用餐。封·塔克西斯公主及封·希尔德堡豪森公爵夫人,访客。《米特里达特》①。去雷克处。找到内廷参事莫根施特恩。

10月3日

王公贵族早宴招待会。在拉纳元帅处用早餐。在随行人员房间用餐。《俄狄浦斯》②。

---

① 拉辛的悲剧。

② 伏尔泰的悲剧。

295. 歌德致夫人(亲笔)

1808年10月4日 星期二

离开爱尔福特之前我要跟你说一句话,就是谢谢你把我赶到这里来。我没有赶上看戏,不过之后的安排都很妥当。我拜见了皇帝,他很开恩,与我谈了很长时间。现在你去魏玛节日①吧,我很希望你去。有时我对你固执地要出去旅行很恼火,不过我又想,也许结果会好吧,因为很多事情的结果都还不错。祝你万事如意。问候你的同伴和朋友们。

1808年10月4日 星期二 G.

① 根据拿破仑的要求,卡尔·奥古斯特公爵在他的领地上举办狩猎活动,同时有文艺表演并在魏玛宫廷剧院上演法国悲剧。

魏玛/耶拿
1808 年 10 月 4 日至 1810 年 5 月 15 日

296. 里默尔(日记)

1808年10月4日　星期二

大约6点钟时歌德过来。与他在花园里,之后去他的房间。谈论爱尔福特的事情。告诉我他与皇帝谈话了。想把与皇帝的谈话记录下来。他很快做完了最后的修饰。法国剧院要在这里演出的消息。

297. 法尔克 379

1808年10月5日　星期三至10月6日　星期四

法国皇帝到达爱尔福特之后,歌德被法国的辉煌深深吸引。对于在德国一流的国家大剧院演出伏尔泰的戏剧《尤利乌斯·凯撒》的要求,他丝毫没有受辱的感觉,这对他和我们来说本来是难以忍受的。他一时冲动,竟要求所有宫廷演员去给法国人跑龙套。在宫廷演员的坚决抗议下,在亚格曼小姐,沃尔夫和公爵身边的其他人的调解下,他才最终没有让他所指挥的那些人做这种自我贬低的事。

另外,封·沃尔措根男爵先生也与歌德商量后想出一个高贵的计划,让所有市民在皇帝到来之日聚集到长廊中(也就是集中到"天堂"),女士们(主要是贵妇们)应该坐在包厢第一排,先生们坐在座位上,所有人要按宫廷规矩穿着盛装。让魏玛的一大群贵族抛头露面是件多么可笑的事情,结果也证明如此。在爱尔福特的人对这种安排毫不知情。跟剧院委员会坐在一起的齐格萨先生认为,如果公国全体要员都要站在长廊里,甚至连平时只有在公爵包厢里才能见到的维兰德也要在这一天现身长廊,这显得太招摇了。对这种想法,歌德像狮子一样咆哮道:"说什么都没用!所有人都必须上去!"幸好这个荒谬的计划,至少跟维兰德有关的那一部分,最终没有实施。〈……〉

380 298. 歌德日记

1808 年 10 月 5 日　星期三

给剧院采购东西。为此花了一整天时间。晚上，法国剧院总监达赞库尔过来，把所有事情都约定和规定好。

299. F. 封·米勒(1851年)

1808年10月6日星期四

〈拿破仑在魏玛宫廷舞会上〉他与歌德交谈一阵后,突然向我走来问道:"维兰德在哪里?为什么不把他带到我这里来?"我回答说,他年事太高,无法参加这种舞会,但我会马上安排人让他出现。随后,公爵派车把他接过来。维兰德很吃惊,但并未十分坚持。就这样我把他带到拿破仑那里〈……〉

舞会期间,皇帝再次与歌德交谈,表达他对悲剧艺术高贵化的强烈兴趣。他反复强调说,悲剧不应只被认为是那些诸侯和政治家们最庄严的学校,在某些方面它应远远地超越历史。

300. 歌德日记

1808年10月6日　星期四至10月7日　星期五

10月6日

在埃特斯山举办盛大狩猎活动，我没有参与。来来回回忙碌完各种事后参加宫廷宴会。晚上看戏：《凯撒之死》。国务秘书马雷的秘书，之后是他本人，住在我们家里。

381 **10月7日**

早上拉纳元帅来访。与他和马雷部长谈论各种事情。之后博泽伯爵来访，然后回访。在封·沃尔措根夫人处与普里玛斯侯爵谈话。他离开后，去齐格萨家。回家，与秘书吃中饭。去城堡。大家从耶拿的山上和阿波尔达[①]狩猎回来，接着又出发。勒洛尔纳秘书留下来。晚上去封·施泰因夫人处。

① 拿破仑想要给沙皇亚历山大展示耶拿战役的战场，这场战役几乎发生在两年前的同一天，法国军队将普鲁士的联军，其中就有萨克森-魏玛，彻底打败。接着，拿破仑提出在阿波尔达附近狩猎兔子。

301. 歌德致夫人(亲笔)

1808年10月12日 星期三

我最亲爱的孩子,今天我无法寄给你授权书①,因为舒曼不在,授权书要由他来起草。不过,至少我还可以写信告诉你我这里很好。

内廷参事萨尔托里乌斯和夫人②来我这里,报怨说没能见到你。太太不在家,我将守住独居男的名誉。

结交朋友并维持住他们,最要紧的是要小心谨慎。遗产分配完后要通知我,不要卖掉任何东西。在博肯海姆巷或是在林荫大道,离戏院不远的地方能有一小套房子并配上家具,这没有什么坏处。做任何事都要考虑周全。本来这一年中最舒服的季节你应该过得很愉快,我们本应在一起呆上一段时间,但我在卡尔斯巴德,你在劳赫施泰特最后都并不开心。今天不多写了。问候奥古斯特③,好好地照顾他。

1808年10月12日 G.

---

① 歌德母亲去世后,克里斯蒂安娜去法兰克福处理歌德家产事宜,歌德授权委托她处理此事。

② 萨尔托里乌斯夫妇二人10月8日至19日在歌德家小住。卡洛琳·萨尔托里乌斯在信中详细地描述了他们在歌德家逗留的情况。关于克里斯蒂安娜不在家中之事,卡洛琳写道:“这也是我们在旅行中遇到的少有的幸事。”

③ 奥古斯特从海德堡去法兰克福看母亲,歌德得知他生了重病。

382 302. 歌德致西尔维·封·齐格萨(亲笔)

1808年10月12日　星期三

随信寄去的东西被耽搁了几天,直到今天才随信使寄走。我还附了一株植物及福格特的说明。我希望您偶尔会想到我与拿破仑的会谈,想到萨克森国王的启程,想到群星灿烂。还想着什么东西或什么人。快快给我说几句好听的话。

1808年10月12日　　歌德

303. 歌德致多萝特娅·封·克纳本瑙

1808年10月14日　星期五

这几天为我而升起的启明星莫根施特恩先生①受到了特别友好的招待和极度的赞扬，因为他按照您纤纤玉指的指引，把那粉红的信笺交与我。现在，我也要毫不迟疑地感谢您的恩典，尽管那股巨大的洪流②依然在我们周围咆哮，皇帝、国王、诸侯的高潮还没有从我们这里消退。在爱尔福特，我们期待着您尊贵的公爵夫人③的莅临，对此我也曾备感兴奋。可惜她未能成行。不过，能将我的忠诚和尊敬寄往远方，我就已经心满意足了。

老相识的友谊相比新朋友的优点在于，他们已经相互原谅了对方许多。现在看来，亲爱的朋友，我们似乎已经打算迅速地把我们的关系发展成熟。有些事情您应当原谅我的，但您也不打算退让，使我
不得不原谅您上一封漂亮迷人的长信，因为我急忙想不出来如何报 383
复您。

您真是一个百变的魔术师，事先告诉我您会让我生气。您让羽毛笔龙飞凤舞，而我则用眼睛和心灵跟随您的笔尖，好心地忘掉您的威胁，但眨眼之间就对自己懊恼无比。我知道这样表白会让您高兴，所以我也乐于这么做，您，当然还有我们尊敬的公爵夫人，会因此原谅我，保持对我的原谅，并用您的各种方式使她相信，我对她仁慈地允诺我一个珍贵的惩戒是多么感动，无论我的错误如何，这都是我应得的惩戒。

您充满甜言蜜语的信中表达了那么多友情、仁慈、亲切和恩惠，但除此之外我似乎还发现，同时惩罚我又宽恕我，伤害我又治愈我，

---

① 歌德在此处玩文字游戏，启明星(原文 Morgenstern)即指C. 莫根施特恩先生，他带来了克纳本瑙夫人及多萝西娅·施托克的信。

② 指爱尔福特的盟会。

③ 封·库尔兰公爵夫人。

这对我们亲爱的艺术家朋友①来说是一项困难的任务。她迫不及待地选择近路，收回了本来令人百倍高兴的承诺，用干巴巴的语言，让我原本满心期待看到她的一幅画并获得一件值得珍视的绘画样品的希望成为泡影。

但恰恰是这简洁的语言又激活了我的希望：因为我觉得在她严肃的目光、阴郁的眉毛背后，只是一种折磨人的狡黠，因此，我抱着坚定的信念，相信那充满仁慈、友谊和爱的太阳，会追随着令人欢呼的启明星和更加令人欢畅的朝霞②，从东边（而不是从东方，因为我与东方没有联系，只是从勒比肖）快乐地为我冲破连绵不断的秋雾。

亲爱的给我带来欢乐的朋友，您肯定会为此竭尽全力。赶快来到我面前吧，就像您答应的那样，您会像时序三女神中最慈爱的女神
384 那样一直受人崇拜。我要给您寄去一些东西，一刻也不想耽误，希望您能喜欢。您已经原谅我多次，这次请您继续原谅我让别人代笔写信。我在房间里来回踱步，与远方的朋友大声交谈，一只熟悉的笔记下我的话语，让它们走向远方。如果让我自己坐在那里亲自动手写信，将是一件非常痛苦非常恐怖的事，它会破坏我的好心情，我甚至想说让我失去亲密感。也请您把我的这种任性当作我们相互认识多年的权力吧。

我经常反复诵读您亲切的来信，让我直接置身于您的身旁，在我内心激起无尽的渴望。因此，请您时常给我写信，让我经常为您爽朗的性格而感到开心，对您轻快的文笔感到羡慕。

---

① 即指多萝西娅·施托克，亦参见第269号日记中的注释。

② 这里指莫根施特恩先生和他带来的信，朝霞指信中提到的粉红色的信纸，当然也是对写信人的一种恭维，把她与古代神话中优雅的黎明女神厄俄斯相比。此外，厄俄斯还是歌德的《潘多拉》中的一个重要人物。歌德给库尔兰的几位女士朗读过这部作品。

有些事我本来还想给您说,不过这次我们还是不去翻这页信纸了。勿庸置疑,对您亲爱的公主们赏光参加几个晚上的娱乐活动,我依然是历历在目。不过我还是想请求以我的名义,向她们及三小姐殿下致以我最衷心最美好的问候,可惜我错过了她们的节日。

耶拿战役第二周年纪念日于魏玛。

304. 歌德致 H. B. 马雷(亲笔草稿)

1808 年 10 月 14 日　星期五

阁下每日宽厚待人，慈爱广播，必无法察觉阁下来信对鄙人之影响。承蒙相告，愧受皇帝陛下之恩宠，示鄙人以尊重[①]。唯恳请阁下受鄙人微薄恭敬之谢忱。有劳阁下屈尊为鄙人向陛下呈此感激之意。余不才，言语无以上达此情，唯奉以无上恭顺，以表心迹。

385 恭此呈奉，不胜荣幸，感激之至。

阁下

最恭顺最忠实的仆人

魏玛，1808 年 10 月 14 日　　W. 歌德

① 马雷的来信告知歌德被授予荣誉军团勋章的消息。

305. C. 莫根施特恩(日记)

1808年10月14日　星期五

中午时分,我在枢密顾问歌德处短暂停留。在门槛处我还没有注意到礼炮声,但走到上面门厅地毯上时我听到了礼炮齐鸣。我们谈论雅各比和约翰内斯·米勒,他让我向二人致意。谈到克林格尔时,他认为,克林格尔现在在德国不会感到满意,因为他在一些方面已经落伍。某些事情人们已经不再谈及,它们已经被完全彻底地清除掉了。〈……〉

306. 法尔克

1808年10月14日 星期五

之后不久我们一起在沃尔措根家吃中饭。当天是俄国皇帝第二次抵达魏玛的日子,10月14日。因为在宫廷要等好几个小时才能用餐,所以歌德也过来,跟我们事先吃上几块点心。他看上去心情很好,我想把我们会谈的结果在这里摘录一些。

歌德发现只有一个人在冷静的观察方面与拿破仑皇帝有相像之
386 处,他就是**拉瓦特尔**。他用一个**犹太人**与皇帝对比,这个犹太人就像拿着一块试金石游走于世界,在每个人身上划一下,然后不动声色地盯着,看这个人是金、是银还是铜。"你们可不要幻想着比他更聪明,"歌德对在场的其中一位说:"他每次都追寻着一个目的,所有挡着他道路的东西都会被打倒,从路上清除掉,即使是他的亲生儿子。其他诸侯和大人物都凭自己的种种好恶来做事,他却喜欢一切能服务于他目的的东西,即使它与个人的好恶相去甚远。他就像一个勤奋的乐队指挥,当每个人都给自己喜爱的乐器优先权时,只有他才不偏不倚地把所有的乐器用于他的乐队。"

> 〈顺及:〉突然转到完全不同的话题。他的大脑像扇子一样划分开来。当他与缪拉王子就西班牙的事宜磋商了四个小时后,他让等候的塔尔马出来:"他跟我说起剧院、衣橱、凯撒、布鲁图斯等等,你想要的一切。"上面一句话可能是塔尔马自己的说法,他在10月14、15日这两天又在魏玛逗留并与歌德往来。

"因此,无论是被他爱还是被他恨,结果只有一个,对个人来说根本没有一丁点儿好处。他肯定不喜欢魏玛公爵,但也没有让他明显地感觉受到冷落,而那些他喜欢的人,也没有因此得到更多的好处。他每次都生活在一种想法、一个目的、一条计划之中,只有这一点人们必须特别当心,不要挡着他的路,因为对此他是不懂宽恕的。"简单地说,歌德解释道,拿破仑大约像是在导演戏剧一样按照同一个基本原则指挥着世界。他觉得让人把像帕尔姆这样的"无理取闹的家伙"

或把王位继承人德·昂吉安当头射杀是很正常的一件事[1],这样就可 387
以将那些不安分守己、到处插手干涉天才创作的观众,杀鸡儆猴般一劳永逸地全部吓退。他在与一个腐朽民族的腐朽世纪的环境做斗争。“让我们开心地赞美他吧,赞美他和欧洲,愿他自己在宏伟的世界计划中也是不朽的!”

“他非常严肃地对待每一件事,甚至法国的戏剧也必须像摄政者学校那样,用罗马的人物和伟大的格言来吸引他,吸引像他那样的灵魂。例如,诸侯们在爱尔福特的盛大聚会之前上演的《西拿》[2]这出戏,其第一幕中下面的那段偶然事件,当奥古斯都说:……〈空格〉。它被赋予了多么重大的意义啊。这简直是一段真实的,从皇帝和国王问答手册中摘录出的问答戏!拿破仑赫赫然坐在凯撒面前,仿佛在聆听一段刑事审判。这是一种非同寻常的健康的人类理智,使皇帝所想所做的一切都是那么杰出。他像我们一样对法国戏剧的弱点非常清楚,甚至,把同样的题材加工成另一种更贴近希腊人天真质朴的形式呈现给他也是可能的。当然,人们没有必要让这个民族从已然确定的形式中脱离出来。人们其实更应该按照希腊方式建设戏剧,从而结束所有关于地点统一[3]的争论。在这种备受约束的形式下能够呈献给皇帝本人的东西已经非常非常落后。一旦有一位法国天才站出来,不顾副刊的反对去占领剧院,在皇帝那里他肯定不会遇到任何反对。皇帝曾经对塔尔马说过的话就是这个目的:我很想看

① 1806年,拿破仑让人将书商帕尔姆射杀,因为他出版了匿名的反抗杂志《饱受屈辱的德意志》。1804年,法国保皇党刺杀拿破仑失败,拿破仑派人把昂吉安公爵从德国的巴登强行带回法国,并将他作为叛国者枪毙。这两件事在欧洲引起了极大的愤怒。

② 高乃依的悲剧。不清楚歌德这里所指的是哪一段的情节。

③ 指古典悲剧中必须遵循的时间、地点和情节相一致的三一律。

到一出严格按字面翻译的索福克勒斯的戏——。他像我们一样对法国戏剧的弱点非常清楚。你们可不要幻想着比他更聪明。当我跟他就这个话题交流时，我就马上意识到：席勒，如果他还活着并听到的
388 话！这种严格的统一也宣告着形式上和戏剧整体上的统一。这里没有什么东西是偶然的。法国人的眼睛是不能容忍伊丽莎白女王倒在地上昏厥过去的，也不容忍波萨的侯爵们被射杀后倒在舞台上——。”

307. 歌德日记(亲笔)

1808年10月14日　星期五

荣誉军团勋章　大约2点钟时在宫廷里等待俄国皇帝到来。晚上5点钟用餐。戏剧《卡米拉》被缩短了。舞会,我没有参加。塔尔马及夫人。晚上与萨尔托里乌斯和勒洛尔纳用餐。

308. 歌德致西尔维·封·齐格萨(亲笔)

1808 年 10 月 15 日　星期六

亲爱的西尔维,在这个令人激动的早晨我只能给您写一句话。您充满亲切关怀的信经过爱尔福特转到我手里了。我当然是非常的满足。我亲爱的母亲的善后事宜需要我去法兰克福现场处理,我又被紧急邀请去巴黎,皇帝给您的朋友授予荣誉军团勋章以示敬意。所有这些暗示和刺激都吸引着我向西南方去,而我平时只习惯去东南方寻找疗养的地方。随它去吧!这个冬天我想在魏玛过,我会努力去看望亲爱的邻居。这种喜悦我希望下周就能实现。再见,亲爱的宝贝。

1808 年 10 月 15 日　　　　G.

309. 卡洛琳·萨尔托里乌斯致她的兄弟（1808年10月27日至10月28日） 389

1808年10月15日　星期六

那天中午歌德邀请塔尔马一家,这里发生了一幕主客之间谁更盛情的争执。歌德的法语并不太好,虽然他只在一定程度上掌握这种语言,但语言却并不能轻易束缚他的想法。塔尔马夫妇迫切地请求他去巴黎,并住在他们家。能够让《维特》的作者住在自己家,这种幸运会使全法国人都对他们羡慕不已。巴黎的贵妇们如果见不到他都将无法入睡,在所有贵妇们小客厅的妆台上都放着他的书,这书一直被反复阅读,重新翻译,一如既往地如三十年前那样拥有着新奇的魅力。她们会轻松自如地用优雅动听的法国腔调,把巧妙的恭维奉献给他,她们会做得既不平淡无味又不阿谀奉承。歌德快活而又彬彬有礼地回答着,但又不想承诺,只是开玩笑般地说:以他现在的年纪在巴黎引起这样的轰动,这种福气他的肩膀可承受不起。

现在塔尔马把话题转到一部悲剧的计划上,他和 Du Lise[①] 想把《维特》改编成剧本。这看上去实际上是相当不成熟的想法。歌德那用不完的好脾气没有因为别人想把他的孩子弄丑而被搞糊涂,最后他只是用一种几乎察觉不到的嘲讽的表情说:您拿到他们誊清的悲剧剧本后,劳驾给他寄一份,好让他翻译并在他那儿上演。**我的上帝**,塔尔马,觉得像奥尔良公爵夫人[②]那样说话感觉很好,把脑子转得飞快,说道,**您要我们的剧本干什么呀,您的东西比我们的要好一百倍呢!——因为已经做过的东西就不想再把它回锅加热了**,歌德回答道。他的仆人这时给他拿来一封厚厚的信,他撕开信,浏览了一 390

① 萨尔托里乌斯夫人在这里可以听错了名字,不存在一个叫 Du Lise 的人,可能应该是指让·弗朗索瓦·迪西(Jean François Ducis, 1735—1816),他与塔尔马有交往,曾经把莎士比亚的戏剧按照法国人的口味进行加工。

② 即普法尔茨公主丽莎洛特,以其自然而不加粉饰的书信风格著称。

遍，没有再提及它，就让人把它放到橱窗里。塔尔马这时冒失地问道，这部小说是否真的像人所说的那样是以真实的故事为底本写出来的。我很担心这个问题会有冒犯，看了一眼歌德，但他的脸上没有表现出任何的不愉快。这个问题，他和蔼地回答道，已经多次摆在我面前了，我习惯回答说：它将两个人合为一体，一个人已经死了，另一个人还活着，去写第一个人的故事，就像在“约伯”①中所说的那样：主啊，您所有的羊群和仆人都被打死了，只有我一个人逃了出来给您报信。我们对这段精彩的话报以最热烈的掌声。他用更加严肃的、难以描绘的深沉的表情接着说道：这种东西当时写起来是不可能没有风险的。之前他一直在用法语，不过这几句话他却改用德语，并转向萨尔托（萨尔托里乌斯）：先生，请您给我们的朋友翻译一下。——塔尔马，带着他那大家熟悉的夸张的表情，虽然没有听懂这句子，但很轻易理解了其中的含义。歌德又快速回到他兴致勃勃的状态。他说道，一般来说，人们必须为自己年轻时做过的蠢事去深深地赎罪，但我却属于少数几个能在晚年还享受它们带来幸运和福气的幸运之人。首先，我有一些令人愉快和有趣的相识，到今天还依然如此；然后，前天拿破仑皇帝授予我荣誉军团十字勋章，而亚历山大皇帝刚刚又颁给我一个勋章。接着，他把仆人之前拿给他的包裹让大家看，里面是一条宽大的安娜勋章的绶带，上面带着一颗闪闪发光的星。说完这些他便离开去准备穿戴，因为他被请去到宫廷做前面提到的朗诵。〈……〉

当他们（塔尔马家人）离开后，歌德身着宫廷礼服，佩带着星星和勋章绶带走了进来。我来了，他说道，给您瞧瞧，看您是否喜欢我这
391 身打扮？——他穿着这身衣服显得那么年轻英俊，我不禁搂住他的

①《旧约》中约伯的故事。

脖子喊道：阁下，要这样拒绝您是不可能的，可我不希望您看我的不幸。

〈……〉

310. 歌德日记(亲笔)

1808 年 10 月 15 日　星期六

在公使参赞贝尔图赫处早餐。中午塔尔马和夫人与萨尔托里乌斯在一起。安娜勋章。在宫廷中用餐,在公爵处看戏,谈刚刚过去的事。舞会至深夜 2 点。斯佩兰斯基和其他人,塔尔马晚上住在我们家。

311. 歌德致 L. 勒洛尔纳·德·伊德韦尔

魏玛,1808 年 10 月 16 日　星期日

我亲爱的客人,请允许我叫醒您,叨扰您帮我一个忙①。我知道要给部长阁下回复些什么内容,但怎样回复却实在是太难了,我没办法把它写完。我一会儿觉得我的感激之词太过冗长,一会儿又觉得它太过简短。我从来没有像现在这样觉得自己对您的语言掌握得如此贫乏。劳驾您帮帮我,向我证明您最乐于助人的友情吧。(两个异乡朋友之间的相互友谊。)打扰了!

歌德

① 歌德一大早将勒洛尔纳唤醒,请他帮忙给马雷写信表示感谢,见第 304 封信。根据歌德日记,这封信 10 月 18 日寄出。

312. 歌德致夫人(亲笔)

1808年10月16日　星期日

我亲爱的孩子，你终于拿到了委托书。舒曼不在这里，我不得不让沙伊布来起草委托书，然后又在政府那边耽搁了一阵子。在委托书里你可以看到有提及我被授予圣安娜骑士勋章，法国皇帝也授予我荣誉军团勋章。你再见到我时会发现我披星挂带的样
392 子，但愿你还一如既往地爱着我、待见我。通过这件事我发现我有很多的朋友，因为很多人都为我授勋而感到高兴。宫廷里那些漂亮的孩子们最为乖巧，他们十分肯定地说我这样穿戴非常得体，他们的小眼睛深邃无底。萨尔托里乌斯和夫人今天去耶拿，周三他们会继续赶路。之后我也想去耶拿，避开那些没完没了的客串演出，因为陌生人总会从四面八方来到这里。现在的情形益发如此了。我常常希望你能到我这里来。好了，祝你这些事办得顺利，要多听从朋友们的建议，按自己的信念办事。事情办完后去海德堡看看，然后经维尔茨堡和班贝格回家，这样你也能稍稍看看世界。我会写信告诉你，在这些你打算去的地方应该看望谁。好好用心照顾亲爱的奥古斯特，在海德堡要感谢大家，并向每位朋友致以最亲切的问候。

就此搁笔，因为还要开始做一些事情，干扰也不少。祝你生活愉快。爱我并健健康康地回来。

魏玛，1808年10月16日　　　　歌德

我刚要把信封起来，信件和日记等东西就到了。洗礼证明、公民权委托书和其他所需要的东西将随后寄去。我这里还有一大堆陌生人乱哄哄地围着我。祝你安好。

因为还有一点儿时间，我还想再补充几句。你总体上要表现得像你还打算再回法兰克福样子。要接受每个人的友情和善意，记得

如何去报答。以我的名义感谢施密特先生①在剧院的殷勤接待。把
格茨、埃格蒙特、丝苔拉的手稿②呈给他看,他们早就想要这些东西
了。我多么希望你来年夏天能在那里为自己准备一小块儿令你开心
的地方。我是想去哪儿就去哪儿,几乎不会待在魏玛。劳赫施泰特 393
已经不适合你,剧院在哪儿都可以找到。

委托别人办事应只限少数几个人。施洛瑟③是跟我们最亲近的人,如果他今后不愿意再管我们金钱方面的事,那我对尼古劳斯·施密特也最信任。

对每个人都要殷勤周到,不要怠慢了米利乌斯先生,我对他评价蛮不错的。

洗礼证明要格外当心。的确,你让我笑出来了。但更神奇的是拿破仑皇帝在我与他的会谈中也让我笑出来了。他对我的确很倾慕、友好,尽管是以他非常独特的方式。让人给你拿些报纸看看,这样你就能知道我们那里在外面发生了什么。至于里面发生的事情,我们见面时你就会知道的。

凡事不要操之过急,也不要耽搁误事。你能做到的。他们要的证件、委托书、信件之类的东西随后都会寄过去。今天早上来了一位已经三十六年没有见面的老朋友④。当年在耶拿学法律的胡费兰,现在的但泽市长也在这里。还有许多其他熟人。普里玛斯侯爵我也

① 指弗里德里希·施密特,歌德母亲的邻居。下面提到的尼古劳斯·施密特也是歌德母亲的朋友。两个人都是法兰克福的商人,而尼古劳斯·施密特则与法兰克福一个剧院总监交上了朋友。

② 指没有印刷的,为舞台演出改编的剧本。

③ 参见第287封信及注释。

④ 指舍恩伯恩,年轻歌德曾经给他寄过一封非常有趣的信。

搭上话了。再见，继续努力写你们的日记吧。问卡洛琳[1]好，祝她嫁个法兰克福阔佬。

奥古斯特还应当好好地丰富他的宾客题词留念册。

① 卡洛琳·乌尔里希陪同歌德夫人去法兰克福，下封信中所说的陪同的女伴儿也是指她。卡洛琳后来嫁给里默尔。

313. 歌德致西尔维·封·齐格萨(亲笔)

1808 年 10 月 19 日　星期三

我要告诉我亲爱的朋友我到耶拿了,想知道令堂大人和她可爱
的小女儿这一天过得怎么样,我希望她们过得很开心。如果明天中
午这个朋友能被允许与您享用雉鸡话,他会准时到达。如果喝完咖 394
啡后也不把他打发走,那他就准备明天后天一直待下去了。给我说
句好听的话吧!爸爸在阿尔滕堡吗?有什么需要吩咐我的吗?我会
带上一些好看的童话,还有别的东西。期待中!再见。

1808 年 10 月 19 日　　G.

314. 歌德致夫人(亲笔)

1808年10月25日 星期二至10月26日 星期三

耶拿,1808年10月25日

在期待我们尊敬的公爵夫人今天造访这里的工夫,亲爱的小可人儿,我在给你写信,很高兴你一切安好。这次听到了那么多关于你的事情当然令我很开心,为此要感谢你同行的女伴儿,希望她最终能找到一位英俊潇洒的爱慕她的人,这样她就不会离开法兰克福了。对我来说更重要的是你已经意识到你我在那里都不可能找到幸福。我们还是待在图林根的老地方吧,不要再扩大社交圈子了,好好培养这边的社交圈就行。

我听了几次合唱①,哥廷根的朋友很喜欢它们。埃贝魏因还没有回来,他觉得待在那里很受益,让大家都活动了起来,以至于内廷参事本人都请求我让他留在那里。你需要注意不要让所有的事情都卡在那里。不过,你不要因此或因为其他事情而打搅你在法兰克福的清闲和在法兰克福要做的正事。尽可能把一切都理顺,去海德堡去看望一下奥古斯特,感谢他的好朋友好伙伴们,然后经维尔茨堡和班贝格返回。如果天气晴好,这一路你会很开心的。

关于转市民身份之事我另有考虑。这原本其实只是我的一个愿
395 望,一个奇怪的念头而已,目前你和奥古斯特完全没有必要去专门申请它。我原以为现在法兰克福尚有一个君主,可以省去各种烦琐的手续,至少对我们家来说,这一切只需要公爵大笔一挥就可以解决。可现在那里还沿习着旧帝国城市的手续,这次弄得我们非常麻烦。让我们先把这件事撂在那儿吧,到时我也许会亲自找公爵说这事。开一份洗礼证书能做什么?它一方面会把女人生辰年月的大秘密泄露出去,另一方面却又与结婚证明不一致。我们要证明从来不曾有

① 歌德的家庭小合唱队的演出。

过的钱财干什么,等诸如此类的事情。随信我也给施洛瑟郡长写一封同样内容的信。他或许也会觉得这样会更好一些。我们必须为将来留点儿余地。

26日

昨天天气晴好,公爵夫人殿下与公主和她们身边的所有女官侍从来到这里,大家都非常开心快乐。如果城堡上面部分都整理好的话,她们会来得更频繁的。拿破仑皇帝为耶拿指定了一些事情,如建设一批房屋,设立一个天主教堂等。庆幸的是我们这里举办的所有庆祝活动都很体面地落幕了,大家皆大欢喜。在拿破仑山[①]上建有一座漂亮的、像罗马式建筑那样带有廊柱前厅的艺术宫[②]。可惜你看不到它,因为它就要被拆除了。

说点朋友们的事吧!那个不来梅人[③]给你哥哥写了一封长信。信上说,他最终决定搬到魏玛来。对此我并不真的感到高兴,他这样做只是想占便宜过日子。如果他在别的什么地方可以占便宜过日子的话那倒也不错。多余的话我也不用说,你可以想象出来的。不过
我们还是任其自然,帮帮他吧。枢密顾问福格特建议说,他应该先一 396
个人过来,把关系安顿好后再把夫人和家什送来。你的信还是照旧寄吧。这几天我就回去。祝你过得开心。好好地爱我,要知道我已

① 在温德克诺伦山,即兰德格拉芬山的最高点,上面有一块耶拿-科斯佩达的界碑,被称作“拿破仑石”,因为他在耶拿战役的前一晚在那里露营。可参见法兰克福版《歌德全集》该卷插图11。

② 这是根据歌德的意思,为了接待重要人物而建的一座“艺术宫”,一般人称其为“寺院”。

③ 指尼古劳斯·迈尔。他计划迁往魏玛,打算在歌德家附近购置一间房子。1809年这个计划最终搁浅。

经迫不及待地渴望我们在一起悠闲亲昵的时光了。奥古斯特那里我另外再写信。

G.

315. L. W. G. 施洛瑟(1846)

1808年10月26日　星期三

1807年春[①]，我去凭吊（耶拿的）战场。爬上高耸陡峭的阿波尔
达山，在被称为温德克诺伦的山顶上，人们建了一个小小的寺院，这
是为了向拿破仑表示敬意，当然更多地也是为了接待游客。我走进
寺院，在里面见到了枢密顾问歌德。我曾有幸认识他。他带着惯有
的亲切向我走来。他正准备给几位他陪同的女士讲解战役的损
失[②]，我听到了下面这些话："当法国人发现，温德克诺伦山顶上没有
人时，二十个士兵大着胆悄悄地爬上来。他们想查看是否能在那里
占住脚。在对面伊瑟施泰特小村庄里的普鲁士轻骑兵一发现他们，
就马上向骑兵上尉请求将这几个冒险的家伙赶下来。但骑兵上尉不
敢擅自做决定，便派人去卡佩伦多夫向陆军元帅封•霍恩洛厄-英格
尔芬根侯爵报告，而后者又向在哈森豪森的最高统帅封•不伦瑞克公
爵汇报。传回来的命令是禁止出击。这期间二十个法国兵变成了二
百人。重新报告，再派人送信，但还是禁止。这时二百名士兵已经增
加到一个团了。普鲁士人非常渴望攻击他们，但侯爵收到更严厉的
禁令，违者将被杀头。决不允许在耶拿方面挑衅敌人，他们要把敌人 397
引向哈森豪森，按普鲁士的传统方式打一场正规的野战。不久大批
法国人聚集在陡峭的山上，他们本来应当很容易就被山地阻挡住的。
在战斗开始后不久，侯爵发现他面对的是占优势的力量，便派人去吕
歇尔将军那里请求增援。吕歇尔将军在魏玛前方的魏比希特森林驻
扎着后备部队。但吕歇尔却不过来，虽然命令再三也无济于事。先
前他在莱茵河畔的战斗中受到侯爵的歧视，无论是真实的或是臆测
的歧视，为了报复，他都想让战役失败，然后再来挽救败局，一人独揽

① 应当是报告人记错了年份。这个寺院直到1808年10月才建好。

② 歌德从当时关于战争的讨论、相关资料以及目击者那里对耶拿战役的许多细节都有所了解。

荣誉。当他终于到来时,他发现普鲁士士兵四处溃逃,乱作一团。他命令道:向左侧冲锋!射击!而根本没有想到,他是在让普鲁士人射击普鲁士人。这位自负的败局挽救者最后不得不跟着逃兵落荒而逃。”歌德就说到这里。

316. 歌德日记(亲笔)

1808 年 10 月 26 日　星期三至 10 月 28 日　星期五

10 月 26 日

登拿破仑山。小勒韦尼希与教育传教士经造纸坊返回。去博物馆。博尔科夫斯基伯爵。博纳尔先生,山脉类型。博纳尔先生。在封·亨德里希殿下处用餐。市场上可怕的一幕。在克内贝尔处谈论格策的诗。拉姆勒等等。

10 月 27 日

太子与魏玛的几个伙伴登拿破仑山。把搁置的信写完。为转市
民身份之事给我夫人的信寄往美因河畔的法兰克福,里面附有给施 398
洛瑟郡长的信,为缺失的仿羊皮纸样品之事给蒂宾根的科塔博士写信并封好。中午独自一人。拜访艾希施泰特、泽贝克一家、弗罗曼一家。枢密顾问洛德。陌生人。唱歌。去克内贝尔家。与陌生人、泽贝克、奥肯、福格特在一起。

10 月 28 日

去魔鬼洞①。走进桥边的暗箱式小屋②。中午独自一人。晚上走绳演员,一流的演出,漂亮。

① 萨勒河畔科恩贝格山峭壁上的砂岩洞。
② 顶部装有反光镜可使人欣赏外景的圆形小屋。

317. 歌德致策尔特

1808年10月30日　星期日

亲爱的朋友，请接受我最衷心的谢意，感谢您为年轻的埃贝魏因所愿意做的和能够做的一切。当然，艺术世界处在太多的恶意之中，年轻人并不太容易察觉个中的缘由。他们总是在别处寻觅而不是去找它的根源，有时即使他们看到了那源头，也不可能找到通往这源头的道路。

因此，六七个颇具诗才的年轻人，纵然他们有超常的天赋却也很难做出一些让我高兴的东西，这一切让我感到绝望。维尔纳、欧伦施莱厄、阿尼姆、布伦塔诺和其他人依然在努力创作①，但所有创作都不合规矩，没有特点。没有人愿意领会，自然和艺术最高的和唯一的作用在于形象的塑造，在形象中塑造特征，使每一件事物都变得具有特别的意义，使之一直具有并保持这种特别的意义。没有什么艺术能让一个人轻松自如地挥洒自己的才能。艺术总应有些艰难的创造，就像从火神伏尔甘滴撒的精液中产生出一条神奇的蛇身宝宝那样②。

然而最糟糕的是，这种轻松自如的挥洒，不懂节制，没有章法，最
399 终或早或晚都会酿成沮丧和坏脾气，我们在让·保尔（见他在女士日历中的最后一篇作品③）和格雷斯（见他的“字样”④）身上看到的就是

---

① 歌德对维尔纳和欧伦施莱厄的创作非常了解，对阿尼姆和布伦塔诺两人主要是通过他们少量的几部著作（如《男童的神奇号角》，阿尼姆的《爱丽儿的自白》，布伦塔诺的《古斯塔夫·瓦沙》等）了解他们的创作，除此之外，歌德还经常阅读两位朋友创办的《隐居者报》，上面有阿尼姆和布伦塔诺的诗歌和讽刺散文。

② 希腊神话中的火神和工匠之神赫淮斯托斯对应在罗马神话中名为伏尔甘火神（Vulcan）。传说赫淮斯托斯追求雅典娜，将精液洒于地上，由此从土地之中生出长着蛇脚的厄里克托尼俄斯（Erichthonios）。

③ “一个精神错乱者的梦”，刊登在《1809年女士袖珍书》上。

④ 指《彼得·汉默的字样》（1808）。

最可怕的例子。不过,还是有很多人赞叹和崇拜这些东西,因为读者总是喜欢感谢那些想把他们弄得癫狂错乱的人。

亲爱的朋友,劳驾您花一刻钟的时间用几个关键词把那个学音乐的年轻人误入歧途的情况讲述一下①:我想拿它与画家的失策对比一番。因为对这件事,到头来还是要让自己平静下来,为这一切感到懊悔,不再去想他人的成就,把剩下的短暂的时间用到自己的作品上。

虽然我对此发了一通牢骚,但我还是要像那些喜欢吵吵嚷嚷的好心人一样,赶紧克制一下自己,请求您继续关心埃贝魏因,至少一直到复活节,因为我还会经常送他到您那里去。他对您非常信赖,对您的机构②非常钦佩,可惜这些东西对年轻人来说也算不了什么,也许他们私底下还在想,他们按自己幼稚的方式同样可以做出这些出色的成就呢。许多人对目标都有概念,只是他们想随便溜达着就可以在一条错误的道路上到达目的地。

您从报纸上能充分了解这个月我们这儿的情况。能够亲身经历这样的事件是很值得的。我自己也从这罕有的局势中受益匪浅。法国皇帝表现得对我很有好感。两位皇帝都授予我勋章和绶带,对此我们还是愿意非常谦逊地认同并表示感谢。

我多么希望您和您的同乡们能从这个时代中找到安抚和慰藉:

---

① 策尔特对此做了回复:"……对您所说的每一个诗人,我都可以找出一个对应的音乐人,来证明你的观点:人们带着惊奇与恐惧在帕纳斯山的地平线上看到鬼火和血迹。伟大的天才如凯鲁比尼(意大利伟大的音乐家,参见第 453 封信中的注释)和贝多芬等人顺手牵走赫拉克勒斯的大棒,不过是为了去拍苍蝇。一开始人们感到吃惊,随后就只能对天才们花费的气力耸耸肩膀:他们是拿着废物当宝贝,却视珍宝为粪土。一想到要使音乐发展成为一门艺术,而新音乐却在迷失方向,我就感到非常绝望……"

② 策尔特的合唱团,参见第 162 封信及注释。

400 因为您的痛苦现在已经超出了可以忍耐的极限①。您本人还一直在参与公共事务吗②？有空的话告诉我您在多大程度上参与这些事务。请您向枢密顾问沃尔夫先生多多致意：我们很快就能在这儿见到他的小女儿了。

请原谅我对新近发生的事情没有做更多的描述。您读报纸时会惊讶于这世上的强者和伟人的洪流是如何流向魏玛，流到耶拿战场的。我忍不住还要附上一张精美的铜版画。寺院所在的位置是拿破仑此次往东北方向到达的最远点。如果您来看望我们——但愿上天能这样安排——我一定会让您站到那个位置上！那个矮个子男人就是站在那里用手杖指点世界的。

今天就不多写了。我欠了好多人的信，都不知道该从哪一封开始来偿还他们的债。

魏玛，1808 年 10 月 30 日　　G.

① 策尔特在一年多的时间里经历了丧妻丧子，普鲁士的失败和法国人的占领等一系列的打击，内心十分痛苦。可参见第 39，175 封信及注释。

② 策尔特被选为柏林市民代表团的成员。1806 年，根据拿破仑的命令，这个团体接过了之前政府管理机构的职能。可参见第 117 封信。

318. 歌德日记

1808 年 11 月 8 日 星期二至 11 月 9 日 星期三

11 月 8 日

写几封信。给弗利斯夫人的信寄往维也纳,上布劳纳大街,1209 号 2 楼。给莱奥·封·泽肯多夫先生的信寄往维也纳,申肯前街 23 号。拜见枢密院行政长官米勒先生。散步时遇见封·施泰因夫人和亨克尔伯爵夫人。中午枢密官维兰德与女儿及外孙女。谈论各种素描画及其他艺术作品。晚上德·阿尔顿和枢密官迈尔。耶拿的一些老故事,特别是弗里德里希·施莱格尔的性格。之后独自一人。文学报纸及其他。

11 月 9 日

女士们来访①。朗读《尼伯龙根之歌》,从开始到第五次冒险。中午独自一人。关于德·阿尔顿及其对弗里德里希·施莱格尔的特别
看法。晚上在剧院:科策比的《面具的面具》和《逃兵》。小保利娜·戈 401
特在包厢中,将其送回家。

① 参加在歌德家中举办的周三聚会。参见第 31 封信中的注释。在这次聚会上,歌德朗读了由 F.H. 封·德·哈根加工改写的《尼伯龙根之歌》。

319. 歌德致卡尔·奥古斯特公爵

1808 年 11 月 10 日　星期四

仁慈的主人，

殿下意欲从轻发落莫尔哈德①，将其于复活节之日辞退，以了此不快之事，臣感激之至。然此举亦置臣于困窘之地，使臣无法向殿下陈情，反须求诸好心之人，解除臣剧院之事务，令臣平生祈盼感激之事付诸东流。

其余之职，臣将秉多年之忠诚，持更新之热忱，尽心竭力，履行不缀。

万望殿下恕臣不敬，乞念殿下恩宠慈怀。

魏玛，1808 年 11 月 10 日　　　　微臣　歌德顿首

① 男高音莫尔哈德是歌德家庭合唱队的成员，因嗓子沙哑拿着医生的证明请病假，不参加定于 11 月 5 日演出的帕埃尔的歌剧萨尔吉诺。11 月 4 日，卡尔公爵给剧院委员会写了一封措辞严厉的信，要求立刻开除莫尔哈德并逐出魏玛。经福格特调停，允许他留到年底并从 1809 年 1 月 1 日起去卡塞尔另行听用。歌德对公爵直接干涉到他作为剧院总监的事务中来感到尊严受到伤害。实际上，公爵也在试图削减歌德剧院事务的权力，他拒绝了歌德的辞呈。但歌德也不让步，这场剧院危机便一直持续到年底。人们认为，公爵的情妇，女歌手卡洛琳·亚格曼对此事负有责任，但她自己在回忆中对此事的描述却是另一番景象。

320. 歌德致西尔维·封·齐格萨(亲笔)

1808年11月12日　星期六

最亲爱的西尔维，

我给您寄去第三份日历，是想以此告诉您，我虽然无法指望在下一年每天都能见到您，但会百倍地欢喜我在您身边的每一天，而且每一天都可以抵得上一整年，这样我就可以连续地、心安理得地活到老寿星玛土撒拉[①]的岁数而并不特别地变老。您要带着尊贵的母亲搬到耶拿[②]来，这也令我甚感欣慰。您一定会感觉到您的忧伤是怎样 402
地令我担心。我为什么就不能看到您原本娴静而快乐的样子呢？娴静与快乐与您是如此地般配。

衷心感谢您寄来的水果、精美的帕子，特别是您那几句亲切的话语。对您的朋友不要吝惜词句哟，您肯定已经可以很好地表达您对他的感受了。

接下来还会有一个对年度大集的补充集市，它虽然比较简单，但还是装点得很精致。希望您不会错过它。

随信向令尊大人致以最衷心的问候。

小保利娜在这里。我还没有见过这么特别的小家伙，一会儿乖巧可爱，一会儿又淘气古怪。

这周的每日安排又做好了，郁闷的时间就这样过去了。

祝您万安。给我讲讲您自己的事。让我看到本色的西尔维的样子。

1808年11月12日　　　　G.

---

① 玛土撒拉(Methusalem)，《圣经》里的一个人物，活了九百六十九岁。

② 西尔维的母亲生重病，需要经常看医生，因此搬到耶拿来治病。

321. 歌德致 B.G.E. 拉塞佩德伯爵[1](亲笔)

1808 年 11 月 12 日　星期六

大总理阁下，

自皇帝和国王陛下[2]以其伟大行动给世界带来震惊之时，其伟大品格亦使在下深深敬佩。在下诚惶诚恐，急欲高声表白无比崇敬之心。

今日，承蒙皇帝和国王陛下恩宠，受陛下颁发勋章以资嘉奖。在下备感欣喜，亦须将肺腑之言、感激之情告白于此。

在下谨此跪拜于御座脚下，呈无限崇敬之意，并万望阁下不辞其烦，多添美言，以奉达在下无以言表之敬意。

403 从阁下手中收到此等珍贵信物，在下万分荣幸。唯此谨表谢忱及崇敬之意。

阁下最忠实恭顺之仆

魏玛，1808 年 11 月 12 日　　　　歌德

① 拉塞佩德伯爵是荣誉军团勋章的大总理。10 月 29 日，他从巴黎给奥古斯特公爵寄来一封信，里面有颁发给歌德、维兰德、施塔克及耶拿市长的证书及“鹰”荣誉徽章。

② 拿破仑同时是法国皇帝和意大利国王，因此有这样的称呼。

322. 歌德日记

1808年11月13日　星期日

11点在叔本华夫人处,卡布伦先生也在场,给大家出示弗里德里希的绘画①。与席勒夫人在施特恩散步。中午在宫廷用餐。晚上在叔本华夫人处。朗诵《男童的神奇号角》和哈根的歌曲集②。

---

① 卡斯帕·大卫·弗里德里希(Caspar David Friedrich, 1774—1840),德国浪漫主义风景画家。这里提到的是他的七幅深棕色主题素描画,后来这些主题也被用在他的油画上,一个是巨石墓,一个是山中的十字架。1809年新年,迈尔以W.K.F.的署名在《耶拿文学汇报》上发表了一篇非常正面的评论这些素描画的文章。

② 德国民歌集。参见第186封信及注释。

323. 歌德致阿尼姆

1808年11月14日　星期一

我亲爱的朋友,您这次寄来的东西如此丰富[①],许多篇章我都非常喜欢,令我对您感激万分。当然我也不否认里面还有一些东西,按照我的看法,令人趣味索然。要是您能马上来这里就好了,我们可以口头交谈,我实在不愿意书面谈论此事。书信只是告诉有时听来生硬的结论,无法同时说明,它是怎样从个体中得出的,是如何必然地与我们的整体思想相关联的。所以还是请您继续从蕴藏着自然宝藏的山中发掘被掩埋的艺术珍宝。矿井中并不全都是金属,为了有回身之地,人们必须将其中没用的石头挖掉运到外面。对您的这些最
404 新的东西,如果我能在一定程度上与自己达成一致,我就会向您公开表明我的认同。您往兰茨胡特[②]写信时,请代我多多致意,对您在海德堡给予我家人的情谊,请您接受我最衷心的感谢。祝您万事如意。

魏玛,1808年11月14日　　　　歌德

---

① 阿尼姆寄来的东西里有《男童的神奇号角》最后两卷、《隐居者报》的最后一部分、福斯对海德堡浪漫派的批判文章、格雷斯的《德国民间故事集》和《彼得·汉默的字样》等。

② 指正好路过兰茨胡特的萨维尼和克莱门斯·布伦塔诺夫妇。

324. 歌德致科塔

魏玛,1808 年 11 月 14 日　〈星期一〉

您给我寄来的四部悲剧①,我当时就浏览了一遍。也许您已经猜到,我对此没有更多可值得安慰的东西告诉您。我很清楚可以用一种温和的批评来处理这些东西,并小心翼翼地评价它们。但对我来说,这样的批评绝不存在。如果这种手稿是偶然到我手上,那我会在读完前几页后就把它们从手中丢开。

这次我按照您的吩咐把它们全部读完,并在这里谈谈我的一些看法。这四部悲剧都反映了一种特殊的、在德国特别是在德国北部盛行的文化,人们可以称之为彬彬有礼、一团和气的文化。此外,还有一些习作可以去看,去读,构想方案有一定技巧,诗行也写得尚可。因此,如果把它们看成是一幅幅面具,面具的背后还隐藏着一些值得赞赏的个人,那我们就不能完全去责怪这些作品。在这四部作品里面,无论是丰富的感性、活跃的幻想,还是对心灵与精神的赞扬,以及其他一些对诗歌艺术不可或缺的东西,我们都看不到一丝的痕迹。剧本的冷静超过了所有其他的概念。

《哀德蒙》是一个披着现代伤感外衣的、希腊式破布片,其主要的 405
一点,即让哀德蒙作为他养父的抗争者出场,是最大的败笔。

《赛依拉》毫无力量,人们无法理解,在一个如此温文尔雅、整日围坐在茶桌边的社交圈子,如何能产生一个人牲。

《子孙的赎罪》或许是一个不错的鬼怪童话,但作为一部戏剧它完全不合适。这群垃圾作家不知道哪里有有趣的东西,怎样才是有趣的,他们根本没有学会如何将小说与戏剧区分开来。

《参孙》中禀性的东西表现得最多,可它却并没有起多大用处。

---

① 科塔的《晨报》会举办各种有奖征文活动,其中有悲剧有奖征文。寄给歌德的四部悲剧是初选出来的征文作品,作者的姓名都被隐去。由于歌德对这些作品都持否定的意见,这次征文没有颁发悲剧奖。

本来是想表扬它的,但马上又觉得有必要去批评它。

对这些东西本来应该没有什么好多说的。因为真正的艺术作品会带来它自身的理论,它将一把尺子递到我们手中,让我们用它去衡量艺术作品。因此,那些还在摸索之中的、不太熟练的艺术爱好者们有必要首先树立一个理论的艺术范本,对照这个范本暴露自己的不足。就我个人来说,我认为这几部作品没有一部可以获得任何奖励,因为严格地说,它们无论从戏剧性、表演性和悲剧性来看,都只能被称为是荒谬的。

私下里我就坦率地说这么多,请您不要把这些说法用在公开的场合。日常生活本来就是中等水平的东西,为什么在这件事中要对这些中等水平的作品如此严苛呢?我上面所说的那些完全没有天赋的人,他们可能受到的教育越多,按他们的天性每天写得东西越多,中等水平的东西就会越多。不过,我会把这些剧本放在我这里,拿一份它们的誊写稿,按您的希望再看看是否还能为这些东西做些什么。
406 我希望能得到令人高兴的回复,对寄来的田园诗表示最衷心的感谢。

歌德

325. 保利娜·戈特[①]致玛格丽特·怀尔德(1809年7月21日)

1808年11月初至11月中

现在我也要告诉你,大约六周前我从伟大的歌德那里收到了一封非常亲切的来信,同时他送给我几份他最近写的一首诗。要不是因为我把它们藏起来弄丢了的话,我会给你寄去一份的。关于他我有多少话要给你讲啊,这是我不尽快乐的源泉。尽管他的作品无论从哪个方面来看都是那么华美、那么伟大,但它们还是无法与他的口头交谈相媲美。与他交谈是我所发现的最丰富的享受。不过我也觉得,他在场时也可能是很危险的。我不得不向你承认,我必须把那一丁点儿的理智全部聚集起来,以时刻提醒自己,他低声说进我耳中的每一句甜言蜜语,都不仅仅会让我,而且会让每一个姑娘都心旌荡漾。我并不担心我的虚荣心会被激发出来(因为我的虚荣心真的并不很强),但当我看他用最温柔、最风趣的话语请求我允许他亲吻我的手时,我担心我的心会随着理智一起飞掉。他对别人就显得僵硬拘谨、十分勉强的样子。没有谁从我这里知道过这些,但在最亲爱的闺密的怀中,我愿意这样倾诉。〈……〉

① 保利娜·封·谢林,原姓戈特(Pauline von Schelling, geb. Götter, 1786—1854),1812年嫁给哲学家谢林。她与西尔维·封·齐格萨和画家露易丝·塞德勒是好朋友。

407 326. 歌德致保利娜·戈特

1808 年 11 月 16 日　星期三

我不敢奢望我对您上次那封亲切的来信的感谢以及对您的友好祝福还能在魏玛赶得上您，那就让它们在这阳光灿烂的日子里追随着您的脚步吧。亲爱的好保利娜，祝您过得开心快乐，祝您的生活像您旅行的日子。既然中午时光是这么晴朗，那就让明亮的屋子①中的朋友伴陪着您的好心情上下踱步，让那变幻的图画使您开心。让我聆听您的音讯，并允许我偶尔在信中塞一本小册子或别的什么东西。

再见，亲爱的孩子。

魏玛，1808 年 11 月 16 日　　　　歌德

---

① 其实就是暗箱式小屋，即顶部装有反光镜可使人欣赏外景的圆形小屋。歌德 11 月 4 日的日记中记有："与封·布卢门巴赫小姐和保利娜·戈特在暗箱式小屋中。"

327. 里默尔(日记)

1808年11月16日 星期三

〈歌德说:〉“在《荷马史诗》中,人的世界再一次在奥林匹亚山上映照出来,就像是浮在俗世之上的海市蜃楼一般。这种映照对每一首诗歌艺术作品都是有益的,它仿佛创造了一种总体性,实际上却是人的需求。天主教也是如此。正如地上有一个父亲,在天上就有一个主父;这里有一位母亲,那里就有一位圣母;这里有许多受苦受难的人,那里就有一个受难的人。在异教中也是如此。一颗树比它作为一颗树本身要有更多的含义,树是一只树妖,泉是一个水中仙女①。中午的寂寞被拟人化成了林中的神仙,等等。”

“在《尼伯龙根之歌》中的上天是坚强不屈的。它没有神仙的痕迹,没有天命,只有人和他的激情屹立在那里。”仅这一点对歌德来说就足以证明它是一个北方的和异教的寓言。

① 希腊神话中的树妖(Dryas)和水中仙女(Najade)。

408 328. 歌德日记

1808年11月16日 星期三

早上女士们来访。《尼伯龙根之歌》。郡长贝尔图赫。中午独自一人。关于诗歌艺术是上对下或外对内的映照的观点。例如,《荷马史诗》中的神祇是对英雄人物的一种映照。同样,在宗教中有各种方式的人神同形同性的映照。从中产生的双重世界,其自身就是妩媚动人的,爱也形成了这种映照。《尼伯龙根之歌》是如此地可怕,因为它是一种没有映照的创作,它的主角拥有坚强不屈的意志,只是通过自身并为了自身而存在。晚上在家。

329. W. 封·洪堡致夫人(1808年11月19日)

1808年11月17日　星期五至11月18日　星期六

亲爱的莉[①],我刚刚从魏玛出来,在那儿我住在沃尔措根家里。

歌德对我特别和蔼亲切,但这两天他心情却不是很好。为了剧
院的事情[②],他受到了无尽的刁难,而且真正糟糕的是,我在那儿的
时候,他刚刚接到宫廷的通知,他虽然还保留了剧院总监的职位,但
将不得过问剧院事务,这使他非常沮丧。歌德与法国皇帝进行了很
长时间的谈话,他完全陶醉于这谈话中。你知道,他不爱单纯的历史
叙事。维特的痛苦和法国的舞台是谈话的主要对象。皇帝诟病了维
特的痛苦中的一处地方,歌德确信,其他读者都忽略了这一点。歌德
说(他并不愿意指出这个地方在哪里),这是一处他把真实故事与虚
构缝合在一起的地方,他认为是他把真实故事与伟大艺术结合起来
的地方,但皇帝还是在这个地方发现了破绽[③]。皇帝不可思议地记 409
着法国戏剧的每一诗行,但并不对它们无条件地崇拜。他在评判人
物的前后一致性以及在对比历史动机与创作动机的方面要求非常严
苛。最引人注目的是歌德对他的态度,无论在诗歌还是在文学方面,
他都没有指出皇帝的任何不足之处,也没有说哪些东西才是正确的。
的确,在行为处事方面,没有什么比只知道喋喋不休地评头论足更讨
人嫌弃的。歌德不是对外部的影响感到绝望,而是因内部种种乱象
而对德国文学的发展感到绝望,这令人感到难过[④]。他说,每个人都
只想代表自己,每个人都想出自己的风头,谁也不愿意去遵循某种形
式或某种技巧,所有人都迷失在模糊之中。能够这样做的人肯定都
是些真正伟大的天才,但也恰恰因为如此他们到头来也是一事无成。
对此他说,他不会再关心其他人,而只是想走自己的路,继续做自己

① W. 封·洪堡的夫人卡洛琳·封·洪堡(Caroline von Humboldt, 1766—1829)。

② 关于剧院的争执,参见第319封信及注释。

③ 可参见第292号F. 封·米勒的回忆。

④ 可参见第317封信及注释。

的事,他甚至说他能给出的最好的建议是,应当把德国人像犹太人那样遣散到全世界各地,只有向外走,他们才能够让人忍受。我告诉他我自己已经开始这样做起,他只需要到我们这里来,完成他自己的那一部分。〈……〉

330. 歌德日记

1808年11月22日　星期二

为剧院之事在枢密顾问福格特处。去公主处。中午韦内贝格博士：关于数学、音乐、自然哲学及其与数学的关系。格里卢斯博士关于不同的肉食对夜晚做梦的影响的观察。朗读并评论施塔尔关于数学的文章。晚上独自一人。读《尼伯龙根之歌》。

410 331. 歌德致克内贝尔

1808年11月25日　星期五

亲爱的朋友，谢谢你的好心呼吁。我本来打算要去看你，却被好几件事给耽搁了。皇帝和其他的高官离开之后，我才发现整个夏天我都心不在焉，有好些事务都搁在那里，千头万绪不知从何处抓起。一些重要的事情我也没空处理。

每个周三①又要忙活起来。我要朗读《尼伯龙根》。仅仅做这件事就让我觉得自己像一个年轻教授，或者像一个厨师，毕生的精力就是为了花几个小时做一些可口的东西端到桌上。不过这对我来说还是很珍贵很有用的：如果不是像我现在这样通过反思和比较使之更直观、更受人欢迎的话，我自己可能永远不会去通读这部诗歌，更不会像现在这样去思考它。这部诗揣摩得越久，就越弥足珍贵，因此也就越值得人们花力气把它从混沌中剥离出来，去彰显它的成就。的确，这部诗歌的现代爱好者格雷斯先生之流为《尼伯龙根》蒙上了更浓厚的迷雾②，就像人们所说的那样，他们要浑水摸鱼，他们要搅浑这山川大地，以阻止有眼光的好猎手。在我看来，那些警句相当优美，如果有人想否定它们，说它们在这里或那里完全文不对题的话，这恰恰说明它们本身就是很有意思的。例如，按照福斯为荷马、赫西俄德和埃斯库罗斯做图表③的方法，我也为《尼伯龙根》做了一张图表，它非常漂亮地描绘出其中的对照关系。之后我又对它的主题、动机、叙述等做了更详细的研究，也特别注意到作为外在标识的风俗习
411 惯和其他附带显露出来的东西，通过这些研究更加接近这部诗产生的年代和它的起源。等我把所有这些东西都弄清楚之后，我会找一个安闲舒适的冬夜，跟你好好聊聊。

---

① 指每周三在歌德家举办的活动。

② 格雷斯在《隐居者报》上发表了一篇文章“长角的西格弗里德和尼伯龙根”。

③ 福斯在出版他的《荷马史诗》德语翻译版时，附上了一张“荷马世界的对照表”。1804年，他的《古代世界概况，附赫西俄德世界的对照表》出版。

总体来说，我并不会让自己错误地认为，那些研究中世纪[1]的现代学者或宗教学者们只是在做一些味同嚼蜡的事。通过他们对中世纪文学的热爱与努力，一些无价之宝得以重见天日，这在一定程度上使它们能够与新近那些中等水平的东西保持均衡。

你对自然研究的尊重并不仅仅是针对耶拿和当下的，它有着更为普遍的意义[2]。一个多世纪以来，古代语言文学研究已经不再只是影响着那些从事这项研究的人的情感。自然研究也踏足进来，吸引着人们的兴趣，从自然的角度为我们打开一道通往人性的大门，这真是一件莫大的幸事。

谢谢你提醒我福格特[3]这个年轻人的要求，这几天我会处理他的事情，也希望能为他做点儿他喜欢的事情，因为我很想要留住他，他是一个绝无仅有的人。

我夫人已经从法兰克福回来。我亲爱的母亲去世后，她把遗产的事情处理得井井有条，表现了她对我的爱。她多次问候你和你家人，希望能有机会招待你们，因为这个冬天她大概不会来耶拿了。

除此之外，我们在这里过得非常充实。太子出行[4]，殿下可能要驻外，还有其他一些事，这些都特别刺激着我们社交活动的欲望。就算一周再多几天，我们也都有足够的活动来充实它。

---

① 指德国的一些文献学家和浪漫派学者在努力发掘和研究德国中世纪的文学。

② 克内贝尔在 11 月 25 日的信中写道："人们发现，这些人(指在耶拿大学的自然哲学家和自然科学家)同时也是最人性的，相反，那些研究人性的人在这里所从事的却是最不人性的：他们最怕见光，却又充满着狭隘的幸灾乐祸的激情。"

③ 指 F.S. 福格特，歌德提出给他涨薪奉。

④ 太子卡尔·弗里德里希23 日启程前往圣彼得堡参加自己的妻妹、女大侯爵卡塔琳娜·帕夫洛夫娜的婚礼，太子妃玛丽亚·帕夫洛夫娜6月份就已经在圣彼得堡。参见 9 月 18 日日记及注释。

在枢密官叔本华夫人那里，每逢周四和周日，每个人都能找到自
412 己娱乐的方式：一来有很多的社团，可以聊各种不同的话题；二来如果有些社团较小，就可以考虑专注地谈论专门的话题。你可能根本想不到，不久我们的社交将会获得一种艺术形式，如果你有时间的话，应该亲自来欣赏一下。

令我非常开心而有教益的谈话是韦内贝格博士给我的。他把能够进入我们家的最陌生的东西——数学带到了我桌上。不过我们已经约定，只有在极特殊的情况下，我们才允许谈论数字。如果我没有记错的话，你们在耶拿认识他应该有很长时间，他在你的那个圈子里应该是个很健谈、很讨人喜欢的人。只可惜他在那里没有受聘，不得不与我为邻，这虽然是我不愿意看到的，但却给我以莫大的满足。

如果这信纸还有地方的话，我还想跟你再多说一些。就先将就着说这么多吧。让我尽早听到你的音讯，常保持联络。

魏玛，1808 年 11 月 25 日　　　　　　　　　　歌德

332. 歌德日记

1808年11月27日　星期日至11月29日　星期二

11月27日

11点唱歌①。中午与韦内贝格博士和魏瑟尔一起用餐。晚上在叔本华夫人处。与勒马康先生和法尔克谈论法国文学，它们自己相互之间的关系及与德国文学的关系。

〈……〉

11月29日

起草给科塔的信。大约11点去卡洛琳公主处，在那里朗读拉·
封丹的寓言。此外，谈论了许多关于勒马康的事情，及法国人与德国 413
人的关系。中午与乌尔里希小姐用餐。晚上做《尼伯龙根》的地理分析。枢密院行政长官米勒先生来访②。

---

① 歌德的家庭合唱队的演出。

② 可能是为了剧院的争执之事。

333. 福格特致卡尔·奥古斯特公爵 (1808 年 11 月 30 日)

1808 年 11 月底

枢密官迈尔先生就剧院之事作了一份长篇口头汇报，其要点如下：

1）枢密顾问歌德先生不愿意只做一个挂衔的总监，他的荣誉感不允许他这样做。

2）相反，虽然他服从在复活节前免除莫尔哈德的安排[①]，但还是想说明，他有理由担心并且预见，剧院之事可能会发展到令他无法继续做下去的地步，因为一部分出于个人考虑而支持他的演员可能会解约，而另外一些演员则会赖在一个角色上，等等。

3）在此期间，如果他还能作为总监施加影响，维持纪律，并且，如果殿下觉得有必要并恩准由他来管理的话，他非常愿意在目前的状态下继续管理剧院。剧院本身不能不需要他的名气和他在演员中的威望。试想，如果只有这些作品排练好并上演会怎样！到目前为止，有十二到十五出剧目因此而停演，因为每部剧都遇到了一些困难。还有一部戏已经可供殿下诞辰之日上演，但事先还需要再精雕细凿一番。

4）如果将歌剧从总监的管理职能中分离出来的意见[②]是可行的话，那枢密顾问歌德先生对此或许也还是愿意接受的。

414 无论如何，殿下所希望的他都愿意帮忙，但只做一个名义上的总监，从个人的荣誉感来说是不能接受的。

（绝密：迈尔还附上解释说，歌德绝不会让亚格曼小姐感到有任何不自在，而会让她像以往一样，任由她决定是否上台演出或怎样演出。完全看不出他有任何耍大牌的样子，他只是想把事情做好）。

---

① 参见第 319 封信及注释。

② 歌德建议将管理工作拆分开来，戏剧的部分由他管理，歌剧的部分由亚格曼来领导，但这个建议最终没有被实施。

334. 歌德致科塔

1808年12月2日 星期五

因为近来我一直都很走运,所以,我觉得这第一批印在仿羊皮纸上的样书发货丢失①是命运想给我的一个小小报复,这件事让你我都很不愉快。根据您上次肯定的回复,我又让人彻底重新查找了一遍,结果还真找到了。我现在几乎像波利克拉特斯②一样惴惴不安了,不过我希望这不要预示着什么,因为我并非是个专制的人。

我相信许多朋友,特别是您,对我遇到的好事同样积极地关注③。我很乐意承认,我一生中没有什么比站在法国皇帝面前,而且是以那样一种方式站在那里,更显赫更令人开心的事情了。即使不去讲这次会谈的细节,我也可以说,我从来还没有受到过像他那样更高级人物的接待,他给予我特别的信任,他仿佛——如果我能这样表达的话——要我承认并且非常清楚地表明,我的性格与他的性格很相像。他是那样特别亲切地让我告辞,然后在魏玛第二次同样亲切地继续我们之间的谈话。这至少让我在这一段罕见的时间里能有一
种人身安慰,如果有朝一日能再次见到他,我将会认为他是我友好而 415
仁慈的主人。从这个角度来看,它给我留下的印迹是多么宝贵,而俄国皇帝为这印迹增添的回忆又是多么令人愉快:即使用不那么恭维的方式来说,有谁不想要那个重要时代的纪念物——两位如此伟大

---

① 歌德以为他的《著作》的前几卷样书被寄丢了。

② 古希腊小国萨摩斯(公元前6世纪)的一个非常富有的暴君,席勒以他的故事写下了民谣"波利克拉特斯的戒指"。波利克拉特斯因众神的嫉妒想要求得和解,自愿把自己的一只戒指扔进海里,但戒指却神奇般地失而复得。后来波利克拉特斯被反对者设陷阱抓住,钉死在十字架上。

③ 科塔11月16日写信告诉歌德:"除了您与拿破仑陛下的谈话以外,我对那里发生的其他重要事情都不感兴趣,我对您的恭喜不是冲着您获得的那个荣誉勋章而来,因为它只是那个标记的荣誉而已。"

却相距遥远的强人走到一起的标志[1]呢？当然我也可以预料到，我所有的文学创作和其他事务都会因此事而中断。我正在努力将它们理出头绪来，只是还没有完全理顺。像《颜色学》我只完成了一印张而已。

其他在卡尔斯巴德准备的也许是大众更感兴趣的创作[2]，至今根本没有功夫去考虑如何展开这些工作。不过，至少我在脑子里，已经把它们一个个地都排到了前面。

很高兴还有一些给我的仿羊皮纸样书在路上。我还想要两份瑞士纸的样本，与上次寄来的样本合在一起就完整了。上次寄来的还缺前面四个部分。希望您能告诉我，一套样书，从最低到最高，您能以什么样的价格[3]给我，也告诉我您的书籍批发商，我也可以从他们那里要这些书。我的人脉关系，即使我不再添加，也变得越来越广。我欠许多人的人情，不知道如何答谢这些人给我的帮助和好意。因此，我想用我作品的样书去答谢他们，了却所欠的人情，也不想让您来负担这笔费用。在这件事情上请您仅把我当成您的生意伙伴，将这些样书毫不犹豫地记在我的账上，我自己也会记着这笔账。

这几天我们这里还有一件非常有意思的事。勒马康[4]先生，他
416 在爱尔福特做法国特派员时我们就已经认识，他是一位无私的、热衷于名誉且很有修养的人。前一段时间他在柏林，虽然他德语并不十分好，但却开始涉猎像《浮士德》这样的书。他把书摆在自己面前，优

① 指歌德得到的荣誉军团勋章及安娜勋章。亦参见第 309 封信及注释。

② 主要是指《亲和力》。

③ 科塔将这些样书免费送给了歌德。

④ 他第一次出现在歌德日记中是 1807 年 5 月 10 日。这位兴趣广泛的法国人在 1808 年初获得耶拿大学哲学系名誉博士。但他翻译全部《浮士德》的计划最终并没有实现。

雅自如地为我把《浮士德》的一部分翻译成散文。比较晦涩的地方他也能找到感觉并全部理解,他要的一些解释,我也给他了。有几个地方他已经译成了非常明快的诗句。我之前就已经知道他写的一些精巧优雅的小诗。无论是整体的含意还是个别的人物与场景他都把握得十分透彻。我真希望在德国能有许多这样的读者。现在,他在一段一段地翻译,在把整部书转换成可供欣赏的法语作品之前他不会停下来。他工作期间会经常与我们联系,他的成果也将会更有意思,因为法国和德国的思想也许还从未有过如此神奇的交锋。因为这个机缘,我第一次看到了《浮士德》的单行本。我想根据前面的条件马上要六本单行本。

今年冬天的社交活动非常多,肯定会被召唤着做一些事。比如,我接受的任务是每周花几个小时在一群非常有修养的人面前朗读《尼伯龙根》,并对它进行解释和评论,有些非常有趣的地方,无论从道德方面还是从美学方面都具有重大而广泛的意义,它们都会成为热议的话题。

我们的好朋友费尔诺①病得很重,对他的健康状况我们已不抱什么希望。朋友们一方面在经济上帮助他,照顾他的孩子,让他至少得到些许安慰,另一方面他们也还得知,他也要偿还欠您的一些钱款和恩惠。请您看在对我信任的份儿上,告诉我他欠您多少钱,以便在他的遗产协议中也把这些情况考虑进去。 417

蒂特尔先生11月8日从佛罗伦萨给我写信,他还不清楚哈克特的肖像是否已经寄到我这里了②。如果我没有记错的话,您曾经告诉我要给他付10杜卡特,或者已经付过了?不过至少暂时还要劳驾

① 费尔诺12月4日去世,科塔免除了他欠的债。

② 关于哈克特的肖像,参见第153封信。

您先让人告诉他，肖像画已经收到，钱也会附带上的。他叫威廉·蒂特尔，住在西诺·比昂迪之家。

魏玛，1808 年 12 月 2 日　　　　　　　　　　歌德

335. 歌德致赖因哈德

1808年12月2日　星期五

尊贵的朋友,欢迎您来做我们的邻居①!谢谢您告知我这些详情。您要是早几天来法兰克福的话,就能见到我太太了,她一定会很高兴再见到您和您夫人。让我们为重逢再约时间详谈吧。最近一段时间,我们的小小剧院经历着一场巨大的危机②,甚至连观众都参与进来。虽然把所有的事情重新理顺并不困难,但在一开始我还不能离开。另外,尽管我健康状况尚可,但在这个节骨眼儿上我还是不想上路旅行。您信中有一个地方我没有完全明白:好像是要我写一些可以公开展示的东西③,并邀请您一起见面。麻烦您再解释一下,需要我做的事情我很乐意效劳。这段时间我们书信来往可以更频繁一些,即使是短信也没问题。

我很高兴您能够决定重新做事。在这样一个统帅的麾下,有谁不想去斗争呢,即使要面对牺牲和忍受不愉快的事情也在所不辞。

难道皇帝接见我时说的那些美誉之词④也传到您那里了?您瞧 418
我真的是一个地地道道的异教徒,**这个可怜的人**⑤的含义可以反过来用在我身上。不过我完全有理由对这个世界主宰者的天真感到满意。

根据您的情况,我觉得您有必要先在卡塞尔安顿下来,在周边看看,即使待短短的几天也行,然后再从那里出来。我也想把再见到您

---

① 12月初,赖因哈德作为法国使臣到卡塞尔上任。卡塞尔是新成立的威斯特法伦王国的首府。拿破仑封他的弟弟热罗姆·波拿巴为国王。这个短命的王国只存在了六年就随着拿破仑的失败而烟消云散。参见第228封信及其注释。

② 参见第319封信及注释。

③ 赖因哈德在11月24日的信中这样解释他的请求:"这件事马上就可以到政府那里,本来是很自然的一件事,就应当被当成一件自然的事来理解。"

④ 赖因哈德在信中提到了拿破仑称赞歌德的那句话:"这才是一个男人!"

⑤ 见《新约·约翰福音》第19。

的迫切心情忍上几天。无论如何让我尽早得到您的消息。代我向您夫人致意，找一个漂亮的地方暂时住住，这样您才不会过于挂念您的莱茵河。不过我听说房价现在很贵。封·沃尔措根夫人[①]在这里也顺便向您致意并衷心地问候其他朋友。请把您的正式地址告诉我。

魏玛，1808年12月2日　　歌德

① 她与丈夫跟赖因哈德同一时间都在巴黎。

336. 歌德致西尔维·封·齐格萨(亲笔)

1808年12月2日　星期五或12月3日　星期六?

日头已经高高升起,而我非常渴望的西尔维的信笺还不见踪影。终于它来了,如此饱满而丰富,带着她的纯真可爱,让我爱不释手。我多么想今天就到您那里,此时此刻就与您在一起啊!可惜这是不可能的。

这一周剧院的事让我很是烦恼,很可能我要放手这一块事务。您可以想象我是多么不愿意离开一个我花费了二十年时间建设的剧院啊,让一大群跟随着我,依赖于我而生存的人,任由他们去面对这突如其来的意外(我不想说比这更糟糕的事情),我的心情是多么沉重啊!这期间我已经承受了太多。您或许知道这背后是怎么回事。 419

最亲爱的西尔维,我多么渴望见到您,把这些事情全部忘掉啊,可这种愿望我却无法看到它实现,谁知道它什么时候才会实现呢?

千万愁绪暂放一边,我来说一下要寄给你的几件礼物。

那个较大的包裹本该在周日由胡梅尔斯哈恩的令兄捎到您那里,但他走得太早了。

那个糖罐会让您喜欢的,如果您知道它的故事的话,您会觉得它更加珍贵。它的内容不是〈……文字脱漏〉,请您好好看一看,这内容是值得推荐的。那些神奇的象形文字也许能给您带来思考。

如果您还知道让您开心的事情,请告诉我,我也会时常告诉您我这里的事情。能在远方相互为彼此做些事情是非常美妙的,这是唯一能让人忍受分离的缘由。〈结尾缺失〉

337. 里默尔(日记)

1808 年 12 月 3 日　星期六

5 点钟时洪堡到达,与苔奥多①在我们家住下。他与枢密顾问夫人去剧院。晚上与洪堡和苔奥多一起用餐。谈论戏剧、音乐和罗马。

在谈论音乐时,歌德这样说:“音乐是纯粹非理性的东西,而语言则只与理性相关。”〈……〉席勒特别自以为是地要让音乐说话,比如,《奥尔良的少女》,而歌德总是反对这一点,正如他多次表白的那样。

1808 年 12 月 3 日,歌德又说:“光,正如它与黑暗作用产生了颜色②一样,它是灵魂的漂亮符号。灵魂与物质一起构成躯体并使其
420 具有生命力。就像傍晚云边的紫光褪去后,只留下云的灰色一般,人的死亡亦是如此。死亡不过是灵魂之光从躯体上褪色和隐去而已。因此,我没有见过死去的人。我所有死去的朋友对我来说只是褪色和隐去了而已,他们的形象还留在我的眼前。”

---

① 威廉·封·洪堡十一岁的儿子。
② 歌德在他的《颜色学》中认为,颜色是由光线与黑暗融合而成。

338. 歌德致玛丽安·封·埃本贝格

魏玛,1808 年 12 月 4 日　〈星期日〉

尊贵的朋友,看来我们的信应该以责备开始,因为一位娴熟于外交场合的女士怎么可能在德累斯顿[1]卧床六个星期而不让医生、朋友或甚至一个熟识的服务生来给她最亲密的伙伴报信儿,说她身体状况不是很好,让朋友们同情的话语,(或者)应该说是**并且**,让不管什么有趣的消息使她快慰。一个囚徒需要多么高超的办法才能向外面传递消息啊,而您在自由的环境里却想不出任何办法。如果我们能有什么奇特的玩意儿可以让另一头的人高兴起来那该多好啊。

看到这里您也许会马上说:你们没有去成德累斯顿,但我去了布拉格。我就是要在那里有空了就躺在长沙发或床上,而且还总是那么乖巧,那么讨人喜欢,我就是为了放开心情去邂逅点儿什么,或者我就是天性高傲**什么人**都不想见,**半个人**都不要见。

这样您可就让我们完全陷入进退两难的境地了,因为无论我们是否有一些重要的事情要处理或被令人高兴的事情包围着,当然也不缺乏令人烦心的[2]和无聊的事情,我们还是很难在这一时刻把乳脂、奶油,奶皮,甜奶油等等被称为**牛奶之精华**的东西呈献给远方的 421 朋友,即使没有银制的盘子,也可以装在精雕细琢的小水晶玻璃盘中,让她任意地啜饮享用。

首先我们要告诉您,当皇帝和国王的潮水从我们的山头高地退去后,我们的确重新恢复了一些理智。现在最理智与最愚蠢的想法的区别仅在于,在经历了如此重大而罕见的事件之后,他知道他只比别人略微不那么疯狂而已。如果去研究疯狂的程度,人们就会发现,

---

① 玛丽安·封·埃本贝格临时待在德累斯顿,11 月 18 日,她从那里写了一封充满了报怨的信。

② 指剧院危机之事。

那些夸口对其所见所闻仿佛真的有自己评论的人，他们才是最疯狂的。

然而，如果有谁看到了这一段时间里哪怕只是在公开场合发生在我们这里的一切，他就可以说，他眼前经历了最多彩神奇的景象。我自己则不那么幸运，由于我必须在身体和精神上克制自己，因此在这几天的时间里，我其实只有在被人召唤且能略微效劳之时才会到场。

那些被错过的东西，无论我们现在所处的地方是远是近，魏玛的工业都可以有所帮助，这主要是因为它有一个同业联盟①，也在这个盛大活动的宣传范围内，我想请您在您的圈子里不管用什么方法让人搞到一份宣传册。一旦您读到这些东西后，就会对这件事了解得比我还多。我离这些事件距离太近，且又亲自参与其中。

法国演员们带着他们在忙乱中努力排练出的美妙的艺术作品②来到魏玛，就在那幢两年前被一颗法国人的炮弹击穿房顶的房子里
422 演出。现在关于戏剧有一种激进的运动，它与我无关。我只是希望，但愿能从法国悲剧中产生一种神奇的魔力，能像电光一样将错误的东西烧掉，以便让世人依然还有理由去欣赏剩下的正确的东西。

塔尔马是很滑稽的人，但他也像我们大家一样，人在其中，身不由己。他抗击着风雨，有意识或无意识地把握着神奇的方向——不过这与我有何干系！——他真诚地努力希望达到的目标看上去却在离他远去。这信纸要用完了，可我才刚开始讲在那个时代我们这里

① F.J. 贝尔图赫的州同业联盟，其中也有出版社。

② 在爱尔福特，歌德欣赏了拉辛的悲剧《布里塔尼居斯》《米特里达特》以及伏尔泰的悲剧《扎伊尔》和《俄狄浦斯》，在魏玛看了伏尔泰的悲剧《凯撒之死》。

发生了什么。洪堡从罗马①过来,在爱尔福特安置了他的主要官邸。数学家、建筑师②和优雅的艺术家都成了我们的邻居和餐桌上的朋友。我们还在等待**维尔纳**,**欧伦施莱厄**,**巴格森**,**阿尼姆**,**布伦塔诺**,**格宁**,**屈格尔根**,如果幸运的话,这个冬天十二大神③和十二小神一个都不会少。信快要写完了,我才发现自己成了说大话吹牛皮的人。虽然说大话在政治中很致命,但在小圈子里却很有趣。所以,对我上面所说的这些话,您大可不必当真,一笑了之。不过最后这句话是真诚的:我真心听命于您,希望您能代我向您漂亮的女主人④和朋友致以衷心的问候。

歌德

我举止笨拙,万望您在勒比肖⑤多予周旋,怜悯垂爱,则我对您除余事之外,更多一份感激之情。

---

① 威廉·封·洪堡1802—1808年在罗马教廷任普鲁士全权大使。10月中旬结束任期。12月中旬被普鲁士国王任命为内务部文化与公共教育部门领导兼国务机要顾问。期间他在爱尔福特和魏玛停留。

② 数学家韦内贝格博士,参见第330号日记,年轻的建筑师约翰·丹尼尔·恩格尔哈特当时正在魏玛。

③ 指奥林波斯十二神(德语:Zwölfergötter),古希腊中最受崇拜的十二位神。十二神的名单各有差异,一般在宗教崇拜、诗歌和艺术作品中指:宙斯、赫拉、狄俄尼索斯(或赫斯提亚)、波塞冬、德墨忒尔、雅典娜、阿波罗、阿尔忒弥斯、阿瑞斯、阿佛洛狄忒、赫淮斯托斯和赫尔墨斯。不见有"十二小神"这种提法,应当是歌德对应于所谓"十二大神"之外的其他神的说法。

④ 指库尔兰公爵夫人的女儿,宝莲·封·霍亨索伦-黑兴根女侯爵。

⑤ 勒比肖是库尔兰公爵夫人的住地。歌德所谓的举止笨拙应当是指没有接受邀请去参加库尔兰公爵夫人女儿的生日。

423 339. 歌德致儿子

1808 年 12 月 5 日　星期一

你亲爱的母亲在法兰克福见到你，之后又去海德堡看望你，让我几乎觉得是我们俩儿又在一起了。我知道你生病的同时也知道你已经康复，这让我多少还能承受这个消息。可惜，你忍受的病痛证实了一个古老的事实，即在整个地球上，其实没有什么地方能够保证人可以健康地待在那里。每种气候，每种环境都有它潜在的危险，所以，对海德堡的气候环境你还是要特别当心。我很高兴你在福斯和蒂鲍特家找到了那么好的朋友。不要为一些琐碎小事斤斤计较或甚至心生怀疑，要慢慢学会在世界上只要还有一点儿可能，就应该去调解斡旋。还有许多情形是让人无法忍受的。

对你的用功我感到很高兴，你向老师们请求得到那些特别的半年的证书，这种想法很好，做得也很对。这也是一种值得赞许的默默的承诺，即你打算这样继续做，也会继续这样做下去。这些证书用于你将来能够得到认可，它们还是很值得珍视的。在这样一个混乱不堪、古怪专横的年代，光靠内功来武装自己是不够的，在外表上还要把自己装扮得光鲜夺目。

我自己总体上来说还相当不错，只是剧院的事务对我做的其他一些工作已经造成了几周的影响。这次危机像人机体内的危机一样，机体可能已经带有各种病症，但自身尚保持着一丝平衡，维持着
424 一种病态的健康。一旦平衡被打破，一切都会被打乱且一发而不可收拾。不过我还没有放弃全部希望，至少我已经把事情已经充分地考虑过了，一方面是为我自己，另一方面也是怀着善意，以便给病人提供一个根治的建议。

我很高兴听到你在法兰克福在各处都受到热情的招待，特别是在我的老朋友维勒默那里。这种能培育良好的、令人愉快的人际关系的机会，你可不要错过。

随信我在另外一张信笺上附了一个问题，也许霍斯蒂希先生本

人可以在场直接回复,或者他的一位听众可以回答这个问题。届时麻烦你帮我问一下。

你母亲和小卡洛琳给我讲到你的房间干净整洁,讲到你的小鸟儿,讲到你知道收拾东西,还有其他一些相关的事情,这些都令我高兴。特别高兴的是你们看望了卢克先生①和太太,他们是我在魏玛地盘上最年长的朋友。

我听你母亲说有人笑话你红色的面颊,认为这种颜色是身体不健康的标识。希望你自己对大自然给你的恩赐,给你的标识,能有更好地理解。一如既往地过你的日子,不要失去它。

我知道你在魏玛还有不少有通信往来的朋友,他们应该详细地告诉你这边儿发生的事情了吧。

关于在爱尔福特与皇帝和国王们的会面,已经有一本无聊至极的日记发表出来。或许在寄圣诞节礼物时,我会给你附上一本,你母亲会准备这些礼物的。祝你生活愉快,要经常给我写信,汇报你的情况,告诉我你如何在那幢严肃的《学说汇纂》②的殿堂里徜徉踱步。

G.

---

① 约翰·格奥尔格·莱布雷希特·封·卢克(Johann Georg Lebrecht von Luck, 1751—1814)是魏玛的官员和内臣。1803年退休后住在曼海姆。他在给歌德的一封信中报怨说奥古斯特还没有拜访过他们夫妇。歌德赶紧给克里斯安娜和奥古斯特写信,要他们去拜访卢克夫妇。

② 原文 Pandekten,潘德克顿,源自拉丁文 Digesta seu Pandectae,即"学说汇纂"之意。《学说汇纂》是一部法学文献汇编集。在德意志地区存在着潘德克顿学派,以罗马法文本(主要是《学说汇纂》)为研究对象,从事法律史研究。在这种学术研究的基础上,德意志法学家们创造出"潘德克顿法"(Pandektenrecht),在德意志起着普通法的作用。

425 340. 歌德致J.J. 维勒默

1808年12月5日　星期一

尊贵的老朋友[1]，我还没来得及决定说一句最衷心的感谢[2]话，您寄给我亲爱的太太的信就已经到了，这信比她口头或笔头告诉我的更令我高兴。对您给予我家人那么多的善意和对我们的关心，请您接受我最诚挚的谢意。我多想与您在一起待一段时间，一来回忆过去的时光，二来也想与您探讨一些人生的结局。我很能够理解您，知道虽然各种财富使您备受幸运的眷顾，但您有时也处在一种非常痛苦的境况中，根据我的观察，这仅仅是由于您还没有完成自己的追求造成的。那些除了造物主带来的本能外不再有其他追求的人都活得很好，而且大多比这些有追求的人更能获得优势。后者对自己对他人都有更高的教育要求，对更高级享受的偏好已经根植于他们的内心。完全培养出这样的品质，了解我们自己应当做什么，我们能够做什么，我们对周围的环境能够期待些什么，人生大多都要经历这些。也许人们可以说，一个孤立的人永远不可能达到这个目标，或即使他很幸运，能与志同道合的人一起努力，他看上去也只能是非常接近这无法企及的目标。不过我们该如何描述这些重要的观点呢，因为关于这些问题的谈话本身可能就是令人欣喜的、积极上进的。

祝您生活愉快，重念为盼。

魏玛，1808年12月5日　　　　歌德

---

① 约翰·雅各布·封·维勒默(Johann Jakob von Willemer，1760—1838)，法兰克福银行家，曾担任过议员和剧院监理委员会成员，在普鲁士垮台之前还是普鲁士宫廷银行的银行家，一位富有而有名望的法兰克福市民，同时又野心勃勃，经常卷入当地的各种纷争。他写过剧本、普及哲学及教育的文章，翻译过法国文学作品。他两次丧妻，1800年他收养了十六岁的女演员玛丽安娜·容，与自己的孩子一起抚养长大，最后又娶玛丽安娜为妻。他与歌德至早在1793年认识。

② 歌德夫人在法兰克福期间，维勒默热情地接待了她和奥古斯特。两人早年就曾经在维勒默家做过客。

341. 歌德致艾希施泰特　426

1808年12月8日　星期四

阁下，

兹将您索要的手稿转寄过去并感激不尽。本人对此的看法可概要如下：

1. 反对施莱格尔的文章[①]只是一篇可怜巴巴、装腔作势的空谈，无益于进一步地澄清问题。如果有哪位名人愿意为它签名的话，也许还是可以请人把它刊登出来的。在目前这种情况下我认为是可以要求这样做的。如果是一位知名的作家为一位知名的艺术家辨护，作者为什么不能署名呢？
2. 关于我的著作第1卷的文章[②]令我非常愉悦。我能从文章中体会到这个人一直善意地关注着我的作品，并饶有趣味地体验着我的方式方法。他把我自己也特别珍视但长期以来没有被人关注的诗歌和作品的段落挑拣出来，并且我认为他表现得特别坦诚而正直。
3. 与古德语诗歌相关的那篇文章很难让人感到愉快。作者太缺乏历史常识，我本来指望能从他那里学到一些东西的，这就使我的这种感觉更加强烈。博德默和蒂克[③]之间有巨大的空白，人们对此应该说些什么呢？为什么对赫尔德[④]要么不提，要么只是一笔带过呢？亲身经历并参与过这四十年时间的人更清楚这些年来的收获应当归功于谁，可这些功劳却都

---

① 具体情况不清楚，这一期间的《耶拿文学汇报》也找不到这样一篇文章。

② 参见第211封信。这篇评论在1809年1月在《耶拿文学汇报》上刊登。

③ 两人是出版古高地德语诗歌的开创者。博德默出版了工匠抒情诗《马内塞诗集》和一部分加工过的《尼伯龙根之歌》。蒂克则出版了《施瓦本远古时期工匠诗歌》，并附上了一篇划时代的前言。

④ 赫尔德是民族文学(民间诗歌)的发现者和传播者。此处要特别提到他的“关于中世纪英国和德国诗歌艺术的相似性”一文。

被那些狂妄自大的年轻人收割去了。我非常推崇的《男童的
神奇号角》绝不可能一眨眼的功夫就直接从地下冒出来，它
427 归功于从事这些现象历史研究的人。此外，文章的作者属于
那种自负的新生代，他们反对一切被称为美学的东西，只是
为了让他们那晦涩的暗示看上去像点儿什么东西的样子。
我并不拒绝那些努力推动新时代而不是旧时代的一切，只是
看到那些经过实践检验的、对事物进行判断的原则被抛弃
掉，看到他们每一句话都无不表明，他们无论对作品的内容
还是对作品的处理都毫无概念，就感到愤愤不平。我倒更愿
意是自己对作者有些不公平，因为我必须承认，我只读了文
章的极小部分；可我根本不认为对那不公正的东西我们需要
公平对待。我已经几次三番在您的报纸上对这些无聊的东
西直截了当地进行批评；可谁又有兴趣把一个黑人去洗白
呢？我一生中已经看到了太多的东西，蠢才从聪明人那里学
习和吸取的东西，只是让他们变得更加愚蠢。

目前正在准备新年的节目。希望铜版画表现出来的效果能更好一些。

祝您生活愉快，并恭致问候。

魏玛，1808 年 12 月 8 日　　　　歌德

当然，请您不要因为上面的话而妨碍您刊印这些文章和评论。这样的思想应该让大众知道，而且越早越好。它会激起反对的声音并进行筛分。关于《阿提拉》的评论下次再谈。

342. 里默尔(日记) 428

1808年12月8日　星期四

在谈到舒伯特[①]关于自然科学的阴暗面和神圣性的观点时，歌德说："这种阴暗面的性质在舒伯特看来就仿佛是自然小调，而神圣的东西则用大调表现出来。"

---

① 指戈特黑尔夫·海因里希·封·舒伯特，德国医生及自然学家。此处指他的文章"关于自然科学的阴暗面的观点"。

343. 歌德致福格特(亲笔)

1808年12月11日　星期日

我们两个之间至少还可以有一句坦诚的话①！其实这只是袍子后面上演的把戏②而已。我递上了最后通牒。里面当然又曝光了一个新的要点，即第5条。我不认为那边的人会让步，我也不会退让丝毫。可以预见这件事在这点上会谈崩③。余事面谈。请不要使用书面的东西。

G.

---

① 这是歌德与好友福格特私下秘密交流的信笺，关于剧院危机的事情，特别是关于将戏剧与歌剧的管理职能分开一事。参见第319和333封信。

② 这里暗指卡洛琳·亚格曼对奥古斯特公爵的影响。歌德在给福格特的另一张信笺中写道："……如果殿下不能明确拒绝这种影响的话，如周六所发生的情况那样，那我就不得不从这件事中退出。此话仅你我二人知道就行。"

③ 双方一开始并没有谈崩。接近年底之时，这件在歌德与公爵之间具有深远影响的争执最终搁置下来，其中不乏露易丝公爵夫人调停。12月29日，在歌德的条件基本得到满足后，歌德重新执掌剧院。

344. F. 封·米勒(日记)

1808年12月14日　星期三

〈……〉晚上5点到7点半我在歌德处。

他现在又重新开始彻底地研究法国古代文学,“以便能与法国人进行严肃地对话。”他呼喊道:“他们已经经历了多么无尽的文化啊!而这一期间,我们德国人却还只是些尚未被屠宰的猎物。德国什么都不是,但每个德国人却都很厉害,他们自负地认为自己是世界的全部。德国人应当像犹太人[1]那样移居散落在世界各地,去开发整片的土地,去造福住在那里的所有民族。”私下评论福斯这个人的性格,他只是后来才变得顽固不化。针对歌德关于《男童的神奇号角》评论 429
的攻击[2]。为此他还曾想把它引用到布洛克斯峰[3]上。

为了从历史的角度完善《颜色学》,歌德目前正在研究大作家们关于它的当代史。至于他如何看待这段历史,他拿出罗杰·培根(13世纪)生平的导言给我看他的准备工作。培根是在大宪章之后不久出生的。“在这块热土上,现在我要让这个形象自己走到前台。”

他还补充道:“科学是一个多么美妙的世界啊!人们在科学中发现的东西是那样地越来越丰富!曾经有多少聪明、伟大、高贵的人存在过,而我们这些世俗之人却自负地认为自己是唯一聪明的人!”

“一个拥有一份晨报,一份时尚世界的报纸[4]、一份正直的报纸及其读者的民族已经彻底失败了。那些被诋毁的长篇小说,它们带来的无比广泛的教育意义,虽然还不是十分坚实的,但要比报纸好上百倍。”

---

① 歌德一直持这样的观点,参见第150和第329封信。

② 指1808年11月25—26日发表在科塔《晨报》第283期之上的评论。

③ 歌德事后写过几首四行诗,将它们统称为“布洛克斯峰的候选人”,其中有“奥伊廷人”(即福斯)和“神奇号角”。

④ 指《时尚世界报》。

歌德对耶拿的委任[1]一事非常反感。“我太老了，不想让人跟我一起去演那种滑稽闹剧了。”他借这个机会向我展示了许多他的坦诚信任，并谈了很久关于剧院的事情。“真不可思议，与女人打交道就这样把一个人拉下来。”

不过他还没有完全放弃协调的希望，谈到此事时十分有分寸。

如果他能每周见一次亚格曼并亲自施加影响的话，他早就这样做了。她是个毫无头绪和计划的人，只想演一个角色，过日子，享乐而已。因此，她掺和进谁家，就会破坏所有人的关系和人家的家庭生活，虽然她本身并不带恶意。

他已经邀请我们下周四过来，也许他想成立一个每周都能会面的社团。

① 卡尔·奥古斯特公爵下令成立一个委员会，歌德和维兰德都在其中。任务是管理一个在耶拿天主教区的拿破仑基金会。

345. 阿尼姆致贝蒂娜·布伦塔诺 430
(1808年12月25日)

1808年12月19日　星期一至12月20日　星期二

歌德一见面就用两记亲吻表示欢迎。他非常开心地询问各种事情，特别是问你的情况。他说自从他再次给你写信后，你似乎就不再给他写信，也许是因为你期望的比得到的更多。我反驳他你没有写信的事，告诉他，你打算要给他写信，只是因为心情不好才没写。他说你从温克尔寄去的信让他特别高兴，他经常读这些信，它们让他想起每次散步的情形。现在来谈谈我的荣誉，我要告诉你，为了让最亲爱的人高兴，受到什么样的指责都是值得的。他告诉我，从来还没有一份报纸像《隐居者报》那样，在那么少的版面上刊登那么多有趣的、新奇的事情。每天他都能发现一些令他高兴的新东西，他希望能拿到第二版，如果报纸停办，公爵夫人、公主和宫廷里的所有人都会为它惋惜等诸如此类的话。关于与福斯的争论①，他完全反对福斯，但又说我要是什么都不回答就更好了，他倒是最好参与进去的。我很遗憾他反对格雷斯。第二天我在他那里第一次参加这个城市第一夫人们的聚会，其中有封·施泰因夫人，在他夫人身边。他问我是否想朗诵一些什么，给大家看我的铜版画。我朗读了一些你还不知道的东西，一篇小说②，一开始我还有些紧张，后来就带上了一些我从来没有练过的戏剧性的色彩，带着这种轻狂〈……〉。我给你送一张画得与歌德非常像的画，屈格尔根的石膏像。

---

① 参见第344号日记。

② 阿尼姆第一部小说集《冬季花园》(1809)中第一篇框架小说“施里克首相与漂亮的锡耶纳少女的爱情故事”中的“欧丽雅和卢克雷西亚”。

431 346. 歌德致艾希施泰特

魏玛,1808年12月27日　〈星期二〉

阁下

兹此寄去对《阿提拉》的评论①,也许我把它搁置得太久。即使维尔纳在我们这里没有享受厚待②,我也不建议使用它。评论中讲了许多真实的东西,说了许多我大约也想说的话。但它不公正,充满着恶意,不是评论性的、建设性的,而是诅咒般的、毁灭性的。维尔纳的才能首先应当受到公正的对待,然后再去指责他滥用不该用的东西;这种做法大约还应用在六七个年轻作家身上。但谁愿意这样做呢?另外,我还认为这篇评论是卑鄙的,因为即使不去看它的内容,其外在形式也是不负责任的。用这种嘲讽的方式我同样可以在世人面前像他们取笑上帝的鞭子③那样去取笑《哈姆雷特》《奥赛罗》《奥尔良的少女》和《退尔》。值此新年来临之际,祝愿阁下万事如意,我也顺便发表一下我对德国的帕纳塞斯山④上这篇美学评论的看法。

恭祝万安,

谨上。

G.

---

①《匈奴王阿提拉,一个浪漫的悲剧》(1808)。关于它的这篇评论最终没有被发表。

② 维尔纳刚刚到魏玛,一直待到1809年6月初。

③ 即指匈奴王阿提拉,由于他和他的匈奴铁骑的强大力量,因此被称为"上帝的鞭子"。

④ 根据希腊神话,帕纳塞斯山是文艺女神缪斯的住所。

347. 里默尔

1808年12月31日　星期六

中午与弗罗曼一家、斯特芬斯夫妇、韦内贝格和维尔纳在一起。
饭后,大家仍聚在餐桌前。维尔纳朗诵他在波兰[①]写的一篇旧杂文,
然后是几首在意大利写的十四行诗。第二首还没有读完,当时,他把
月亮比作一个圣饼,歌德激动而粗暴地说,他应当写得更好些的。他 432
缓和了语气,像是在开玩笑,但仍然回到这个话题上,说这样写很笨。
斯特芬斯和弗罗曼附和着,火上浇油般地指责这句话。维尔纳像个
殉道者一样耐心地听着,什么也不说,只是一如既往地谦卑恭顺。

① 维尔纳长期住在波兰,他的第三任妻子是一个波兰人。

348. H. 斯特芬斯(1842年)

1808年12月31日　星期六

餐桌旁除了歌德夫人、迈尔和里默尔外，就只有维尔纳。歌德兴致很高，谈话转向各种话题。这位著名的男主人无拘无束、充满睿智的谈论让我们大家兴致勃勃。跟女士们他也知道如何用和蔼可亲的方式交谈。

终于，他转向维尔纳，维尔纳此前一直很少参与谈话。“维尔纳，”歌德用平静但几乎命令式的口气说：“您就没有什么东西跟我们聊聊，没有什么诗给我们朗诵一下吗？”维尔纳赶紧把手伸进口袋，拿出一堆揉得皱皱巴巴、脏兮兮的纸张来放到他面前，这让我大为吃惊，也绝不能同意歌德的这种要求，它会让原本无拘无束的、有趣的谈话变得压抑无比。维尔纳于是开始害羞地给我们一首接一首地朗诵他的十四行诗。终于，有一首引起我的注意。这首十四行诗的内容是意大利晴朗的夜空挂着一轮满月的美妙景色，维尔纳把月亮比喻成圣饼。这个不确切的比喻令我不爽，也给歌德留下了令他厌恶的印象。他转向我，“噢，斯特芬斯，”他问道，出奇地平静，努力掩饰着内心的不快：“您对此怎么看？”我回答道：“维尔纳先生几天前好意给我朗诵了一首十四行诗。在诗中他报怨说，他去意大利太晚了，年
433 纪太大了，我认为他说得很对。我更多是一个研究自然的人，并不希望这样的替换。我们神秘的宗教符号因为这错误的比喻而和月亮一样失去了神秘感。”歌德这时索性放开情绪，以一种我从未见过的激烈口吻插进来，他叫道：“我讨厌这种变味儿的宗教虔诚。您不要以为我会以某种方式支持这种宗教虔诚，我们绝不应当在舞台上听到它，不论它以何种形式出现，至少在这里。”他用这样的语气说了一阵子，声音越来越高。最后，他平静下来。“您把这顿饭的味口都搞坏了，”他严肃地说，“您知道，这类无法押韵的地方我也无法避免。您让我忘记了我还欠夫人们的话题呢。”他让自己完全平静下来，抱歉地转向女士们，开始一个轻松的话题，但不久就又起身离去。可以看得出，他受到深深的伤害，想独自一人安静一下。维尔纳则像被毁灭了一般〈……〉

349. Z. 维尔纳致歌德(1811年4月23日)

1808年? 12月31日 星期六

您在魏玛给我说的话至今还在我耳边回响,您说:"不能或不愿意跟着我走的人,我就会离开他。"

1809 年

350. W. 封·洪堡致夫人 434

1809年1月1日　星期日

我在这里认识了维尔纳,《塔尔的儿子们》的作者,昆特夫人的前夫,还读了他最近写的一部作品《阿塔利亚》。里面有一些段落写得很漂亮,但并不值得把它给你寄到罗马去。整个作品比较松散,没有主题,描写的不是真实的人物,都只是些傀儡。最后又是圣事圣餐和神秘的东西。歌德对后面这一点深恶痛绝,对此人们完全无法想象,这让可怜的维尔纳昨天十分痛苦。他告诉我在歌德家用餐,想朗读一些东西。歌德夫人告诉他,歌德很不喜欢神秘的东西,他决定朗诵一首关于热那亚的十四行诗,他不久才去过那里。诗里他把圆盘一样的满月当成了圣饼。歌德听到这里,如他自己所说的那样,变得暴跳如雷(在神奇号角中也叫粗鲁的礼貌)。维尔纳不得不撤回,尽管他昨天晚上在舞会上与他夫人跳舞,尝试着通过她获得原谅,但她肯定也没有那么容易做到这一点。自此之后,歌德变得十分粗暴,今天还气急败坏地给卡洛琳〈封·沃尔措根〉和我说,人们画的每个圣母都只是个奶妈,人们只会把她的乳汁搞坏(绝对自己的原话),拉斐尔的圣母像同样也不幸中招。他现在对此是如此痛恨,已经到了无法忍受俗世女人怀抱孩子的地步。〈……〉

435 351. W. 封·洪堡致夫人(1809年1月9日)

1809年1月8日 星期日前

歌德私下里告诉我,他已经开始写一部新的长篇小说①,而且进行到了一定程度,今年夏天在卡尔斯巴德肯定就能完成。他没有告诉我小说的具体内容,只是看上去对它非常满意,他说,还有几个女性角色至今他还没有机会补上去。小说会分为两小卷。

他在家与重要的另一半和里默尔的私人生活可以说很美很有趣。我曾告诉过你他称太太"你"而她称他为"您"吗?〈……〉不佩戴荣誉军团十字勋章歌德是不会出门的,他把颁给他勋章的人总是习惯地称为"我的皇帝"。

---

① 指《亲和力》。

352. 歌德致宫廷剧院委员会

1809年1月10日　星期二

毫无疑问，公爵的剧院委员会[1]有理由去关心近来相当失控的化装舞会[2]并将其重新推动起来，因为这样做即可以增进大众娱乐，对自身又有好处。最后特别是它可以提高长期票的价值，而不是将化装舞会的免费入场与之绑定在一起，同时还可以使市议会有能力偿还拖欠的租金[3]。根据一些尊贵人物的意见，署名者仔细考虑了此事，并将本函提交大家商议。

自宫廷不再参加化装舞会以来，化装舞会开始式微。由此，贵族
开始退出，所有体面人物也逐渐退出。舞会目前要么没有人，要么参 436
加的人群也不是最好的。为了让这一公共娱乐活动重新活跃起来，
正好可以在1月30日[4]或在庆祝殿下诞辰的化装舞会上实施下列
建议：

1) 可以请求宫廷派几位代表参与，如像枢密顾问艾因西德尔先生和侍从官施皮格尔先生这样的人物，如果再有几位夫人到场，效果会更好。这样即使人们不敢自夸说见到最高长官，至少还可以见到这些人物。
2) 舞台的幕布应该是打开的，有地位的人以及较高等级的市民阶层可以随意在舞台上逗留，开舞会或交流。最好还能有一位宫廷传令官或其他仆役在现场，由他为体面人物引路。
3) 任何人都不准穿着普通衣服上台，如果他不想选择一个令他中意的面具，那就必须身着黑色大衣或化装舞衣出场。

---

① 除歌德外，剧院委员会成员还有基尔姆斯和克鲁泽。

② 化装舞会主要是冬季的活动，主要在魏玛化装舞会及喜剧院，也即在宫廷剧院里举办，也会在市政厅或有特殊活动时在宫廷中举办。

③ 市政为在喜剧院举办化装舞会支付一定的租金。这一年的化装舞会在市政厅举办，对此，市政方面会收到一定的租金。

④ 公爵夫人的生日。

4）不允许使用丝编眼罩面具，要求至少使用黑色半幅面具。

5）穿靴子者不得跳舞。

6）必须安排有领舞者，并且

7）必须安排某种领队或监管人员，可在社团中找到这种人。

8）择机在周报上刊登广告，并且

9）仆役可以避免语焉不详的召唤。

———

437 如果上述措施到位，社团①就应当在那一天集会去参加化装舞会，通过风趣的打扮，短小的诗歌和其他体面的消遣活动来庆祝这个日子。前述代表人物最好也能到场，以恩主的名义接受那些善意的致敬。

魏玛，1809 年 1 月 10 日　　歌德

① 这是歌德比较亲近的熟人和朋友的圈子，他把这些人组织成了一个“特色面具”队伍。集会用的诗歌主要由法尔克和里默尔提供，歌德自己也给露易丝公爵夫人敬献了一首诗。

353. 歌德日记

1809年1月12日　星期四

剧院的事情。编辑入场登记簿。11点开会①。中午独自一人。关于《尼伯龙根》中伟大的主题及其结果的谈话。关于在大篇幅诗歌中主题的因果关系及主题对结果的作用的一般性思考。晚上参加温克尔小姐的音乐会。

① 剧院委员会的会议,在后面几周的日记中也常常提及。剧院危机事件歌德取得了胜利,这显然又激起了他对剧院工作的热情。

354. B. R. 阿贝肯[①]

1809年1月13日　星期五

此外，我在社交圈里多次见到歌德，在沃尔措根先生和夫人，即席勒的大姨子[②]那里，在著名讽刺作家约翰内斯·法尔克那里。在后者家中曾经碰到了一件滑稽的事情。法尔克当时满脑子稀奇古怪的点子，总想给社交圈带去点儿滑稽搞笑的东西。为了给在他家聚会的一大群人消遣，他自己发明了一出中国皮影戏，表现歌德《浮士德》的场景，而他自己则和当时正在旅行的一位演奏家，温克尔小姐，在投射影子造型的银幕背后朗诵这一段诗。我觉得，那些黑纸刻出的，大约巴掌高的小人偶，饰演着格蕾琴、瓦伦丁、浮士德和梅菲斯特，在
438 歌德的面前晃来晃去，实在是太过滑稽。他非常平静地看着这表演。第二天他对席勒夫人说："他感觉自己已经死去一百年了。"

---

① 伯恩哈特·鲁道夫·阿贝肯(Bernhard Rudolf Abeken，1780—1866)，德国语文学家和文学史家。1808至1810年期间在耶拿任席勒子女的家庭教师，并因此与歌德建立私人联系。1810年初，他搬到鲁多尔施塔特任文理高中的副校长后，(匿名)发表了一篇对《亲和力》的评论，令歌德非常满意。关于歌德，他除了遗著《我生活中的歌德》，还有两篇歌德传记文章，分别是"歌德的一段生平"(1845)和"1771至1775年间的歌德"(1861)。

② 即席勒夫人的姐姐卡洛琳·封·沃尔措根。参见第5封信及注释。

355. 歌德致夏洛特·封·施泰因

1809年1月16日 星期一

尊敬的朋友,这几天我是多么想拜访您,给您谈谈一些事啊。可我身体不太舒服,需要特别当心。

这封信我要谈谈周三活动的建议。一位名叫阿伦特①的博学的北欧古董商现在在这里,不过不要把他与那个道德政治的阿伦特搞混了。我说的这位阿伦特,看上去其貌不扬,不引人注目,但他并不令人讨厌,相反,一旦人们认可他特立独行的性格,他是个相当讨人喜欢的人。他的资禀和学识让人想起比特纳和拜莱斯,尽管他还没有到达他们的年纪。阿伦特1773年出生于阿尔托纳,他的文学修养归功于当地的高级中学,直到1794年他才离开这所学校,并于1796年前往巴黎和伦巴第,去寻找由于早年的漫游和命运散落到那里的北欧古代文物。1797年他乘船从哥本哈根前往芬马克,抵达了位于北纬71°的哈默弗斯特。他在挪威和瑞典度过了十年的时光,研究如尼符文②,将它们抄写整理出来,并努力尝试得到古代北欧,特别是冰岛文化和文学的准确知识。他研究过斯堪的纳维亚语言学和两部埃达③。后

---

① 马丁·弗里德里希·阿伦特(Martin Friedrich Arendt, 1769—1825),德国植物学家和古代研究学者。歌德在之后几天的日记里多次提到他。里默尔对他的长相和难看的吃相有着非常直白的描述。关于他个人在魏玛的影响,歌德在给N.迈尔的一封信中写道:"很快人们就发现,他那有些僵化而固执的性格在魏玛的小小天地里根本吃不开。平心而论,这个地方对双方来说都太小、太彬彬有礼,无法容忍那种对特立独行的苛求。"

② 如尼符文,起源于公元100—200年,北欧日耳曼部落用于写作,魔法和占卜公元2世纪到公元14世纪流行于北欧斯堪的纳维亚半岛及不列颠群岛。

③ 古代北欧(冰岛)两部文学集,一部叫《斯诺里埃达》(Snorra-Edda,又称"新埃达"),由冰岛诗人斯诺里·斯图鲁松(1178—1241)在13世纪写成的散文体神话故事和英雄传奇。另一部叫《诗体埃达》(Lieder-Edda,又称"老埃达"),是古代冰岛人的民间史诗,是对神祉和英雄的赞歌,其中有神话诗十四篇,英雄诗二十一篇,内容与《尼伯龙根之歌》相关联。"新埃达"是对"老埃达"的散文体解说。

来他在梅克伦堡和波莫瑞逗留，为了寻找文德人[1]的古代文物，在新勃兰登堡地区看过一个地方，据说这是一个古代部落的主要聚集地
439 雷特拉[2]所处的位置，之前人们曾在那里发现过大大小小奇特的、半融熔的、金属质的上帝画像。1808 年他第二次去巴黎，重新恢复他的朋友圈子。

这次他从不来梅过来，带来了几件有趣的古董和手稿。

如果公爵夫人殿下愿意，我可以在周三把他引见过来，并将活动安排如下：1）讲述他的旅行，2）对 11 和 12 世纪冰岛的文化做个简短的报告，3）告诉我们其余的消息并展示一些物品。如果注意听他那充满着肯定，生动而欢快的报告，对他其貌不扬的外表的印象很快就会消失。我在此恭候回复，以便和他做一些准备工作。

魏玛，1809 年 1 月 16 日　　歌德

① 文德人是古斯拉夫部落，曾居住于今天德国东部地区萨克森与勃兰登堡地区。历史上，文德人先后受到法兰克人、日尔曼人以及十字军的征伐并逐渐被德意志人同化。有少数文德人生活在其传统居住地区卢萨蒂亚(Lusatia，德语为 Lausitz)，称为索布人(Sorb)，是现今德国东部的一个少数民族。

② 原文 Rhetra，地名不详。

356. 歌德致玛丽安·封·埃本贝格

1809年1月16日 星期一

尊贵的朋友,从礼节上来讲,我不能再犹豫了,您必须马上收到我最由衷的感谢。那个乖巧的、会点头哈腰、举手敬礼的小玩偶[1]顺利寄到了,它不仅给我,而且还给几个社交圈子里的人带来许多快乐,我在那里展示了这个小玩偶。希望您已经收到那些穿过严寒,尾随您而去的雏鸡,并立刻高兴地把它们享用了。我在此向您,对您的所有好意和殷勤,致以最衷心的问候,也劳驾您向您高贵漂亮的朋友们[2],为她们赠送的无比珍贵的纪念品致以最诚挚的谢意。当您和大家聚会时不要忘记我,请相信我,我渴望再次去卡尔斯巴德,很大程度上是因为我希望能够离您更近一些。 440

希望有您在我身边能再次激励我做一些有益的事情,因为自从到这儿后,很可惜我什么都没有拿出来。我甚至可以说,自从写完那部小说[3]的最后几章,我几乎什么都没有写成。不过这也许很自然,因为我几乎什么都没有做。那几章我写得飞快,就是不想给您留下片断作品的印象。

因此,我做了些什么或没做什么,也没有太多可以告诉您的。我讨厌说这期间没有什么跟您相关,让您高兴的事。春天快要到了,还是请您告诉我都有些什么打算。既然您在布拉格过冬,那您夏天可能也不会离开特普利茨或卡尔斯巴德。我自己几乎等不及5月的到来了。我要去那些十字山的山脚和那些十字山崖,继续我以往的夏日生活。但愿一切顺利,让我们在那里会面。

---

① 这是一个半人半鸟的小玩偶。

② 指公主宝莲·封·霍亨索伦-黑兴根女侯爵,库尔兰公爵夫人的女儿和切尔宁伯爵夫人,她们也寄来了问候的信笺。

③ 指《亲和力》。

有人在您那备受欢迎的社团蛮横无理①,我从心里感到遗憾。不过,男士们太过放肆,那也是女士们有些咎由自取。也许人们应当给男性权力,但却不能让他们放任权力。但我自己可不想让这种马基雅维里的教条坏了我的好戏,更别指望我会像每次见面时那样请求您的宽容。祝您生活愉快,我最好的朋友!每当我让那个乖巧的小玩偶点头时,就会想起您妩媚动人的样子。我很挂念您,期待今年与您再次开心见面。

魏玛,1809 年 1 月 16 日　　　　歌德

① 玛丽安在信中详细地描述了弗里德里希·封·延茨在社交圈子里的举止,特别是他在有关政治与美学问题上那种不容置疑的样子。

357. 歌德致外甥女玛丽·安娜·露易丝·尼克洛维乌斯,娘家姓施洛瑟 441

1809年1月27日　星期五

亲爱的外甥女①,您亲切的来信在我这儿又耽搁了很长时间,没有回复。在通信方面我真不是一个勤快人。不过,我们从来没有或至少很长时间没有见过面了,这在我们之间是很糟糕的,因为人际关系的真正基础原本在于人的性格。当然我从您那里听到了许多亲切友好的话语,如果哪一天我们碰面,您会发现您跟舅舅还是能相当合得来的。在此真的非常感谢您给我讲述您可爱的家庭的事,对您失去亲人②,我从心底感到悲痛。我们亲爱的母亲离开得实在是太早了,值得欣慰的是她晚年生活很快活,她坚定而独立地熬过了那些窘迫的年代。我感谢您和您亲爱的丈夫,您希望通过来信建立起新的纽带联系,因为旧的纽带已经松掉了。〈……此处原文脱漏〉我太太衷心地问候您,希望能与我一起见到你们二人。这在现在已经更有可能了,因为您离我们更近了③。但愿这居所和外部环境的变化能带来好运。〈……此处原文脱漏〉告诉您亲爱的丈夫,我就不再单独给他附信了。对他的恩师,④,我也应当有所感谢,虽然不是直接地,而是因为杰出的赫尔德。一部分人心中还保存着对他的鲜活记忆,

① 玛丽是歌德的妹妹科尔内利娅的女儿,这封信是唯一一封保留下来的歌德写给外甥女的信件。歌德在玛丽只有五岁时见过她一次,而歌德的妹妹早在1777年就已经去世。1795年玛丽嫁给格奥尔格·海因里希·路德维希·尼克洛维乌斯(Georg Heinrich Ludwig Nicolovius),歌德与他妹妹家的联系并不密切。

② 玛丽的第一个孩子不久前死去。

③ 尼克洛维乌斯作为普鲁士内务部的国务顾问,曾临时担任文化与公共教育部门的领导,在封·洪堡上任后,正式担任文化部门的领导。亦参见第338封信的注释。他们一家从柯尼斯堡搬到柏林。

④ 指约翰·格奥尔格·哈曼(Johann Georg Hamann, 1730—1788),德国柯尼斯堡路德派哲学家,康德哲学之后的一个领军人物。赫尔德是他的学生。下文中提到的在柯尼斯堡的其他人,除了哈曼以外,主要还指康德。

他们真诚地认为，那些上个世纪下半叶共同生活在柯尼斯堡的人对德国文化发挥了巨大的作用。〈……此处原文脱漏〉你们在柏林会见到我最珍贵的朋友之一封•洪堡先生，并且据我所知，会跟他有进一
442 步的联系。这两种情况都使我高兴：因为在目前首都和国家的情况下①，人们很期望有一群明智而正直的人在发挥作用。你们到达柏林后就告知我们。请原谅我让别人代笔写这封信，这已经是我一个根深蒂固的坏习惯，我的手已经变得太懒、没有毅力去写字，朋友们的宽容也把我惯坏了。在此向您的家人表示衷心地致意。从我在海德堡的儿子那里我也收到好消息。我爱你们，挂念着你们。

---

① 指普鲁士的崩溃以及法国人撤军后开始启动的改革。

358. 歌德致福格特

1809年1月29日 星期日

我知道阁下不会太计较一个被打入冷宫的朋友①,也会原谅他的沉默,因此,我倒是可以更坦然地在一个心旷神怡、天清气爽的日子重新活跃起来,走出来问候您贵体安康。同时,那篇关于皇帝宠儿的文章②也有了回音。这篇文章让我很开心。同类的专题著作是很值得赞赏的,它们将分散的内容集中到一个非常紧凑的空间里。我见识过文中展示的大多数文物,有些是真品,有些是复制品。人们总是能带着满足和惊奇去欣赏这些哈德良时代创作出来的作品。当然,一定有这样一位美的坚定爱好者,试图阻止可怕的艺术沉沦,并将它举起片刻。

我负责的那个小活动圈子里有几份关于矿石的记录,我随后很乐意给大家介绍它们,希望今天中午能在宫廷里向您致意。

魏玛,1809年1月29日　　　　歌德

---

① 指歌德在剧院危机那一段时间的状态。

② 指J.K. 莱韦措的论文"论安提诺乌斯"。雅各布·安德烈亚斯·康拉德·莱韦措(Jakob Andreas Konrad Levezow, 1770—1835),德国考古学家,史前史学家,作家和诗人。安提诺乌斯是一个希腊美男子。古罗马皇帝哈德良的男宠,有大量的安提诺乌斯的塑像、头像及画像流行于世。在意大利罗马附近的小镇弗拉斯卡蒂,歌德见到了一尊巨大的头像,即所谓的"蒙德拉戈内的安提诺乌斯"。参见歌德的《意大利游记》。

443 # 359. 歌德致儿子

1809年2月5日　星期日

我亲爱的奥古斯特，你已经很长时间没有收到我的消息了。这期间你应该从母亲那里了解到各种事情，并收到你要的50塔勒。用这笔钱安排你的日常开支吧。以后，我每季度从家里给你寄25塔勒过去。要注意好好安排你的日常开销。

前一段时间我给内廷参事蒂鲍特先生写信，感谢他在你顺利或不顺利的日子里给予的亲切关怀。你要好好跟着这位杰出的先生和导师，这样你在任何情况下都会得到帮助。也好好问候其他的朋友们，万一出现一些小误会，也要尽早化解。要常给我写信，特别是要告诉我学习《学说汇纂》[1]的进展情况。

我已经给内廷参事蒂鲍特先生信中写明，来年夏天你可以不用再听《学说汇纂》这门课。最好先放上一段时间，然后再重新回到这项非常重要的工作上来。这期间你可以让脑筋休息一下，接受一些其他科目的知识，然后再精神饱满、信心十足地回到之前停下的地方。

你母亲和朋友们应该已经把上一次化装舞会的事情详细地告诉给你了。我可以肯定地告诉你，大家还经常想起你，不止一次地盼望你的到来。

也给我说说你那边天气的情况。在30到31日的那天夜晚，我们这里出现了强烈的暴风雨。你那边是否也出现了类似的天气？可惜这恶劣的天气也给我们造成了一些损失，这可能会让你难过。我们园子里的那棵老刺柏被刮倒[2]了。昨天我们量了一下，它长到了
444 43呎[3]高。它可用的木材部分我会让人锯下来，打上一件家具，以保

① 参见第339封信中的注释。
② 歌德在之后给奥古斯特的信中，再次讲到了这件事，显然他们对这棵倒掉的树很有感情。
③ 这里是指萨克森呎，1呎约等于28.3厘米。

留我们对它的纪念。如果你有学植物学的朋友对此感兴趣的话,我愿意让人对这棵奇特的树做进一步的描述和我们观察到的它的剖面情况。我想用它的上段,即大约离地35呎高的部分,让人旋几只罐子,给布卢门巴赫寄一只过去,这东西他会觉得很好玩儿。

今天就此搁笔,祝你生活愉快。

魏玛,1809年2月5日 G.

360. 里默尔(日记)

1809年2月20日　星期一

歌德在餐桌上说:

“真正纯粹的专制主义产生于自由思想,可以说它自身就是自由思想的成功。自由思想追求绝对的无限制,它希望统治,虽然它并不一定有能力或将变得有能力进行统治。如果这时出现一个人成功地进行了统治,专制就形成了。——从奴隶制度中只会产生原本意义上的主人,但绝不会产生专制君主,也即暴君。”

接着,歌德谈论风趣:

“风趣总是以大众为前提。因此个人不可能独自享有风趣,一个人是没有什么风趣可言的。其他的感受如爱情、希望等都可以独自享受。——风趣总是被认为是一种冷静气质的表象。只有那些摆脱了客体羁绊的气质,那些深思熟虑的、自由的、行云流水般的气质才是风趣的。(因此人们说,风趣不会对任何人,包括对朋友手下留情)。”

“风趣属于一种游戏的欲望。游戏揭示了巨大的精神自由。游戏不需要真实,只需要表象,而表象与思想是近亲。表象仿佛是一幅画,一幅思想的绘图。可以说,表象就是思想本身在最低限度上的真实的化身,是对真实的揭示。”

361. 歌德日记 445

1809 年 2 月 21 日　星期二

写信。有目的的颜色[①]。拉马克。中午独自一人。饭后宫廷秘书维尔纳来访。傍晚时分收到从法兰克福寄来的遗产文件,特别是寄给母亲的旧书信。

① 这是歌德自创的一个概念,出现在他的《颜色学》历史部分中。他这样解释说:"……有目的的颜色是一种类比的说法,因为颜色的柔软性质及其作用,人们给颜色赋予一种精神的特质,使颜色具有意志和目的性。"

362. 歌德致贝蒂娜·布伦塔诺(亲笔)

1809年2月22日　星期三

亲爱的贝蒂娜，你总是时不时对沉默的朋友[1]说一句欢快的话语，告诉你的近况，介绍你游历过地方的风土人情，你真的太可爱了。我很愿意听到你这样精神饱满，我的想象力也开心地跟随着你爬上山顶，或进入狭窄的城堡和修道院。看到那些蜥蜴和蝾螈时也会想到我。

我太太表示感谢的话你应该收到了吧。你寄来的东西[2]出乎我们的意料，带来了不可思议的快乐，我们对每一件礼物都是赞不绝口。现在我也要赶紧感谢你给我写了那么多封信，感谢你给我在卡尔斯巴德的孤独时光带来惊喜和快乐。当时我在给母亲的信中捎带了一封信给你，不知你是否收到。这位善良的老人已经离开我们，我很能理解法兰克福因此对你而言已经是荒弃的[3]了。我太太当时在那里，她也一切均好，当然非常真心地牵挂你，为此，你从慕尼黑寄来的纪念品令她十分高兴。

洪堡先生给我们讲了许多你的事情。许多在这里是经常的意思。他每次总要从你娇小的身材开始讲起[4]，这种事情他本不该说
446 的，我们只能得出这是他特别的兴趣所在。最近有一位从卡塞尔来的身材瘦高的建筑师[5]在这里，你也给他留下了印象。

类似的罪过你身上也许有一些，因此你被判罚去照顾那个患关

① 歌德上一次写信给贝蒂娜是1808年6月，期间贝蒂娜从温克尔、施朗根巴德、兰茨胡特和慕尼黑等地寄来过六封信。

② 一根项链和一件自己织的围巾。

③ 贝蒂娜在给歌德夫人的信中用了“荒弃”这样的字眼，表达了一种人去楼空的凄凉。

④ 威廉·封·洪堡在慕尼黑见到了贝蒂娜，他在给夫人的信中讲述了她给他留下的深刻印象。

⑤ 指D. 恩格尔哈特，贝蒂娜在卡塞尔时认识了他。

节炎的跛子[1]。我希望这只是临时的救赎,它能让你为能更好更快活地与健康人在一起而感到高兴。

让我们时不时听到对方的音讯吧,它总能起到亲切友好的效果,即使回声不能总是传回到你那里[2]。我听到我太太邀请你了,我不做这种事情,我们两人这样分工也许是对的。祝你生活愉快,代我向亲朋好友们亲切地问候。贝蒂娜,保持联系,再见。

魏玛,1809 年 2 月 22 日　　　　G.

---

① 指因患关节炎而行动不便的路德维希·蒂克。

② 指歌德不能每次都回信给贝蒂娜。

363. 法尔克(1824年)

1809年2月26日　星期日

〈歌德谈论大学的科学活动〉

“如果把我一生中所从事的科学研究中值得知道的知识汇总在一起写下来的话,那手稿可能少得可以装到信封中带回家。我们这里有一种风气,认为科学要么使人为了面包而变得粗俗,要么在讲台上被活生生地拆得七零八散,于是我们德国人就被抛弃在肤浅的大众哲学和无人能懂的、超越一切概念的陈词滥调之间,二者只能选其一。电学这一章,按照我的看法,还算是近代以来写得最好的一章。”

“欧几里得的‘元素’是迄今为止一篇优秀的、无法逾越的教学报告的典范,它以极致的精简和对问题进行的必要分层,告诉我们,所有通往科学的道路和入口应当做成什么样子。”

447 “有太多的东西仅仅因为工厂主们对化学的错误认知而被丢弃掉了!技艺本身也远远没有得到应有的发展。这种从书本和陋室中接受知识的方法,这种从抄写的本本中让自己变聪明或使人变聪明的做法,是几个世纪以来那些真正有用的发明数量依然很少的唯一原因。〈……〉”

364. 里默尔

1809年3月5日　星期日

〈歌德：〉“法国的贵族，那些古老的贵族或骑士，给我留下印象最好的是封·富瓦伯爵①。反之，德国的贵族，如格茨，弗伦茨贝格等，总让我觉得是一群市民和庸人。”

“他们使用双重名字的习俗使我感觉特别舒服，有双重名字的人，其中一个名字正是平常用的名字，如卡提修斯对应笛卡尔，帕尔米贾尼诺对应马佐拉等等。我们只有叫诨名、绰号和侮辱人的称呼的恶俗。”

“康德的怀疑论或批判论只能从新教这样的宗教派别中产生，新教让每个人都认为自己是正确的，别人是不正确的，而没有意识到他们都只是在主观地判断。”

---

① 加斯东三世·封·富瓦伯爵(Gaston III. Fébus von Foix，1331—1391)，法国中世纪晚期富瓦姓氏中最著名的人物，称自己是太阳神福玻斯(Phoebus或拼写为Fébus)，他是一位伟大的君主，勇敢的军人和充满激情的猎人，对国王既忠诚又无畏权势。他一生的光辉形象却因为他害死了自己的儿子而蒙羞。他儿子被他关入地牢之中，不久后就死掉。他这样做是因为错误地怀疑儿子打算毒死自己。《隐居者报》连续刊登了一篇古代的小说，即“关于加斯东福玻斯·封·富瓦伯爵的生平与死亡以及他的儿子加斯东的惨死”。当然，歌德可能从不止一个来源知道了封·富瓦伯爵的故事。

365. 里默尔(日记)

1809年3月11日　星期六

从歌德的口述中记录:诗的正义性是一种荒谬的说法。它唯一可悲的地方在于不公平和不成熟①。拿破仑看透了这一点,他自己就在游戏命运②。他与歌德谈话的内容。

---

① 歌德常用“不成熟”(Verfrühte)或“操之过急”(Übereilung)这个词来解释不幸、失败或者悲剧的发生。

② 参见第292封信及注释。

366. 里默尔(日记) 448

1809年3月21日　星期二

谈到至今人们还把世界末日的预言算在拿破仑的头上时，歌德说：

“他的童话对他来说恰恰就像是圣约翰的启示。”舒伯特指出了这一点，其他人则有其他的说法：每个人都觉得里面还藏有什么东西，只是不知道是什么东西。

他继续解释说：

“只要法国人与英国人达成和平协议，就从不缺乏迷恋英国的法国人。他们对牛顿体系和其他东西的追随让这一点表现无遗。”

“伏尔泰也在寻求其他民族的认可，他就像一位演奏家在小提琴上演奏，它的语言可以传遍各地，让人到处都能听到它，而德国的诗人则像画家和雕塑家一样把自己局限在房屋里。”

367. 里默尔(日记)

1809年3月23日　星期四

中午与歌德独自在一起。他说：

“物质喜欢变化,也同样喜欢保持不变,世界之所以能够存在就在于这种平衡,上帝只需要一点点东西就可以打破这种平衡。”

368. 歌德致F. 尼特哈默尔

1809年4月7日　星期五

至尊至敬的阁下，

本人不敢丝毫有误，在此通报阁下：给枢密顾问沃尔夫先生的
信已于昨日寄达我处并即刻转交。此信若已递达，则在下已将所托
之事如实办成。同时谨请阁下原谅我沉默至今。阁下之信来得恰如 449
其时，令人想起我对此事曾经如此用心。我一直犹豫未决，不知是否
应当复信。

如果要弄清我所面临的实际困难，则阁下势必会听到各种关于内外阻力的抱怨！然而，而我在此事中还不能说出任何确切的东西！即使就其自身涉及的范围及内在困难来审视此事，就足以使人顾虑重重。德国诗歌之滥觞如今得以再次兴发，重见天日；而德国诗歌自中古至近代之概貌则难以把握。厘之愈清，就愈无法将诸多矛盾元素汇集一书，唯有将各个部分酌情并列成册。

在此期间，本人已多次考虑此事，甚至可以说，已与共同参与者反复斟酌并着手编撰部分内容。至于能做出什么残破家什①，考虑到如果最后发现不得不放弃此项工作，还是保持沉默为好。请阁下允许我们默默工作，时不时知道我们仍在对此用心即好。

阁下最忠实的仆人　歌德　谨上

魏玛，1809年4月7日

① 原文是拉丁文(curta suppellex)，意思是残破的或简陋的居家什物。

450 369. 卡尔·西夫金[1]致?(1809年4月18日)

1809年4月16日　星期日

星期天中午我在歌德处,看到他在院子里。你想象不到这个人比德国其他作家要高超多少,这样一个充满高贵气质的人,一个在棕色的大眼睛里充满了火焰的人,他是如此纯粹,每一句话都是从生活中直接拈来,即使是他说过的最不重要的话也是如此。饭后,我与他独自站在窗前,有机会与他谈话,谈话的线索并不因我的或他的回答而断裂。他谈到快乐的年轻时代,那时似乎是可以荒废光阴的,而现在每一天都不能虚度;世界变得更加严峻了;我们必须像遭遇海难的人一样,抓住木板来拯救自己,排除杂念,不去想那些丢失的箱子盒子之类的东西。我还从来没有经历过如此令人心情舒畅的半小时〈……〉

---

① 信的作者是赖因哈德夫人的外甥,他带着赖因哈德的一封推荐信来到歌德那里。歌德在给赖因哈德的回信中这样写道:"年轻的西夫金令我很满意。我与他谈了一些他感兴趣的东西,当然都是些只言片语的内容,可惜这样就会产生误会。世界的局势千奇百怪,而恰好进入这个时期的年轻人的状况令人担忧。在这种前后摇摆之中,即使是一种维持现状的交往也不可能起到什么有用的影响。"

370. 歌德日记

1809年4月23日 星期日至4月29日 星期六

4月23日

一早部队进驻宿营①。高蒂耶里上校,总参谋部指挥官。莱比锡的副官。中午在宫廷。晚上在市政厅盛大的舞会。

4月24日

休息日②。中午与沃尔夫夫人用餐,讨论奥菲莉角色的事情。晚上在剧院:《华伦斯坦之死》。观众几乎只有军官。

4月25日 451

从宿营地开拔。中午独自一人。饭后封·蓬特科尔沃王子启程去克拉尼希费尔德。晚上在枢密顾问福格特先生处。

4月26日

因戈尔施塔特战役的消息。《颜色学史》。《亲和力》的纲要。之后女士们来访。继续《洛特尔王》③。中午埃尔瑟曼小姐来访。过了一遍《同谋犯》中苏菲的角色。晚上在剧院:《同谋犯》和《谜》。施瓦茨首次登台演店主,在《谜》中饰演叔叔。

4月27日

剧院的事情和开会。中午枢密顾问封·齐格萨先生和高级林务

① 法国与奥地利之战开始,奥军通过一场军事演习拉开了战争的序幕,但最终在瓦格拉姆战役中败给拿破仑。

② 指部队休整日。

③ 歌德在每周三的聚会上给女士们朗读了《尼伯龙根之歌》后,接着又朗读哈根的《德国中世纪诗歌集》中的《洛特尔王》。

官[1]来访。傍晚至叔本华夫人处。与韦内贝格谈论关于舒伯特的观点。

4月28日

准备出行。《哈姆雷特》样稿。中午埃尔瑟曼小姐来访。晚上在公爵夫人处朗诵《亲和力》。

4月29日

早上8点过后从魏玛到耶拿。关于一般性的象征缩写符号,特别是与哲学和自然学科相关的。中午在亨德里希先生处。下午在家。晚上和夜里过得很糟糕。

---

① 指枢密官老齐格萨的儿子弗里德里希·封·齐格萨。

371. 歌德致夫人

1809年4月30日　星期日

我亲爱的孩子,我必须亲自告诉你,这次旅行没少让我遭罪,只
有这样,你才不会因从别人那里听到什么消息而把这件事想象得很 452
糟糕。我的身体状况一看就知道不是很好,这样已经有四个星期了。最近几天我操劳过多。到这里来我原本是想让自己更舒服一些,让身体得到休息,让自己休养一番,让施塔克[①]进行治疗。谁知第一晚我就被病痛缠上,路上坐车时我就已经感觉到了。可惜施塔克叔侄二人都不在这里。夜里我用了各种软膏和止痛药膏,基本上挺了过来。我今天又能起床了,想节制饮食,保持安静。你不要担心,也不要过来,因为我不知道能把你安顿在哪里。封·亨德里希和封·克内贝尔少校很友好地陪我在一起。从公务邮差那里你可以了解到我的情况。我希望不要去说这件事,因为我现在很小心谨慎。如果我早点用药,这次突发的疾病也许就能早点过去了。现在我们都要加倍小心,我在这里静静地呆着应该能让一切重新走上正轨。祝你生活愉快。你自己不太习惯动手写信,就给我们漂亮的朋友[②]口述一封内容详细的信吧。我听说你有奥古斯特的消息了,告诉我这消息。随信再附上他的一封信,是在我的文件堆里找到的。它肯定能给你带来快乐。祝你安好,安排好自己的事情。想着我。

耶拿,1809年4月30日　　　　G.

---

① 歌德长期接受施塔克的治疗。参见第16封信。

② 指卡洛琳·乌尔里希。

372. 歌德日记

1809年4月30日　星期日至5月6日　星期六

4月30日

早上卧床。维伽姆的诗歌①。封·亨德里希先生来看望，他带来了法军在雷根斯堡大胜的消息，等等。封·克内贝尔少校先生。中午
453 在房间里。下午写信。给科塔博士的信寄往莱比锡，给夫人的信寄往魏玛。

一个聪明的决定可以战胜许多只手②。欧里庇得斯

没有经历磨难的人是长不大的③。希腊格言诗

5月1日

马森巴赫回忆录④。与封·克内贝尔少校在植物园里和其他地方散步。与不同的人谈论最亲近的关系，尤其是最亲近的圈子。报纸上的消息，地图及其他。晚上封·克内贝尔少校：谈论《颜色学史》中的许多内容。

5月2日

阿尔菲里对自己生活的描述。《颜色学》的手稿寄给韦塞霍夫特。《威廉·迈斯特的漫游年代》。与伦茨在博物馆，之后又与克内贝尔在这家博物馆。饭后亨德里希少校来访。谈论各种过去和当今的军事和政治话题。

---

① 维伽姆是一部产生于13—14世纪的以亚瑟传奇为内容的德语小说，作者不详。歌德从哈根的《中世纪德国诗歌集》中读到这篇小说。亚瑟是传说中古不列颠最富有传奇色彩的国王，传说他是圆桌骑士的首领。后世产生了许多以亚瑟传奇为内容的文学作品。

② 这句话是欧里庇得斯一部戏剧中的一句话。

③ 出自希腊喜剧诗人米南德的一段诗句。歌德将这句话用于他的《诗与真》第一部作为座右铭。

④ 参见第215封信及注释。

〈……〉

5月6日

与《颜色学》相关的各种图表。修改第二部分的第15印张。对艾萨克·福修斯①的准备工作。开普勒的《第三方的干涉》,以及在这本书中他为天文学做的辩护②。下午封·克内贝尔先生来访直到晚上很晚。谈论《颜色学史》中的许多内容。开普勒的信等等。

---

① 艾萨克·福修斯(Isaac Vossius,1618—1689),荷兰学者,手稿收藏家。

② 约翰内斯·开普勒(Johannes Kepler,1571—1630),德国著名天文学家,物理学家,数学家。他的《第三方的干涉》警告一些神学家、医生和哲学家在反对一些观星家的迷信时,不应当把孩子和澡盆里的水一起倒掉。

373. 歌德致里默尔(亲笔)

1809 年 5 月 19 日　星期五

昨天的事件[1]我把它看成是一件好事,因为,您在一段时间以来
454 积攒下来的怨气,早晚会爆发出来,我不得不承认,您极大地考验了我的耐心。不过,既然已经爆发了这场不快,而且您也从这不愉快的经历中明白结果会是什么,我还是愿意让自己平静下来,尝试我们继续合作。然而,我还是要求您有义务保持克制,去思考您的独立性[2],去寻找一份能够给您带来荣誉的职位,这样做只是为了能够培养起一种信念:即在人生的任何一种境况下我们都能够被需要去做某种事情,只有当我们能够经常地、令人值得信赖地面对他人的需求时,我们才会被认为是有用的。

我没有什么特别的要求,只是建议您在将手稿[3]交付印刷之前仔细检查。只要您把您卓越的见识有效地集中在您目前的生活点上,这些事和其他所有的事情都很容易解决。好吧,让我们重新回到一起,好像什么都没有发生一样。

耶拿,1809 年 5 月 19 日　　　　G.

---

① 所指的事件不明。但从歌德这封信来看,他应当与里默尔为工作之事发生了争执,并且里默尔开始考虑辞职一事。

② 里默尔应当向歌德提到了辞职的想法,但他直到 1812 年才最终有了独立的职务并离开歌德家。

③ 歌德《颜色学史》的手稿。

374. W. 鲍迪辛伯爵[1]致妹妹苏珊 (1809年6月1日)

1809年5月23日 星期二至5月24日 星期三

我见到了歌德!

复活节前的星期五,科尔劳施、枢密官胡戈和我乘着一辆租来的马车从这里〈哥廷根〉离开〈…〉。星期二一早前往耶拿,那个伟人就在那里,他去那里呆了六个星期就是为了能独自一人无拘无束地继续写他的《迈斯特》。我们把萨尔托里乌斯在哥廷根交给我们的信及其夫人做的一个非常漂亮的钱包寄给他,同时还有哥廷根图书馆的一本书[2],他很看重这本书。他派人告诉我们3点钟去矿石陈列室, 455
因为他在城堡里住的房间太小太破旧了,他吃住都在那里面。我等着他,就像孩子等待神圣的基督。——终于他来了,用一句长长的客套话给我打招呼,他非常有礼貌,开始在矿石陈列馆四处展示。我诅咒自己对矿物学一无所知,目不转睛地看着他。我敢打赌我从未见过如此漂亮的六十岁的男人。额头、鼻子和眼睛就像奥林匹亚山上的朱庇特,那眼睛简直是无法描绘、无可比拟的。一开始我只能欣赏他漂亮的容貌和他面庞美妙的棕色,但之后,他开始讲得更加生动活泼,开始比划手势,那两只黑亮的大眸子闪着光,炯炯有神,我无法想象,如果他发怒时,那闪电一样的光芒让人如何去承受。我就是如此惊奇地注视着他,膜拜着他,完全忘记了羞涩。有些陌生人抱怨他严厉刻板,但对我们他非常仁慈而亲切。他穿着一件蓝色的大衣,扑了粉的头发没有梳辫子。他原来肥胖的身材已经不见了,现在的身材

---

① 沃尔夫·海因里希·弗里德里希·卡尔·封·鲍迪辛伯爵(Wolf Heinrich Friedrich Karl Graf von Baudissin, 1789—1878),德国外交官,作家和翻译家。

② 指维尔金那萨迦(Wilkinasaga),今名:德里克萨迦(Thidrekssaga),13世纪的英雄长篇故事,讲述了伟大的伯尔尼国王迪特里希及著名的西格弗里德和尼伯龙根的故事。毫无疑问,歌德看到了格雷斯在《隐居者报》上的一篇文章中提到了这本书。歌德对这部书的内容与尼伯龙根的联系很感兴趣。

绝对匀称，非常漂亮。人们不可能看到比他更漂亮的手，交谈时他的手势带着激昂和惊人的优雅。他的口音是一种源于德国南部，但在德国北部定型的发音，我觉得这种北部的发音更加优美。他说话声音很轻，但嗓音洪亮，不急不缓。瞧他进入房间的神态，他的站姿，他走路的样子！——他天生就是这个世界的王者。我们在那里呆了近两个小时，他几次请我们留下，给我们讲述他的瑞士之旅，又充满风趣地笑着讲述他最近的一桩官司①，正如胡戈所说，他是为了上帝和
456 公正才输掉这官司的。他也开始议论政治的话题，这在平时是很少见的。他赞美奥地利人的计划，钦佩拿破仑，这些人们当然都是知道的。最后，当我讲到福克尔和策尔特②时，他甚至开始谈起古代音乐，我向你保证，他说得相当的精彩。我说，假若这两个人死去的话，也许整个艺术都会沉沦下去的。他说，真正美好的东西是不会消亡的，它们会永远活在少数热爱它们的人心中，就像维斯塔③之火永远不会熄灭一样。科尔劳施和我极度兴奋地回来，我高兴得整晚都无法入睡。〈……〉

星期三早上散步，看过一些地方。12点钟时，这位伟大的先知让人接我们去植物园一起散步，你可以想象，这是多么棒啊！他身着一件非常漂亮的黑色礼服，扣眼里别着俄罗斯绶带。我们启程前几天，胡戈在法律史的课上说，罗马的台伯河不会比哥廷根的莱内河更大，也就是说，它比拉斯多夫的施文廷河还要小。我问歌德，他肯定地说，台伯河像柏林附近的施普雷河那样大，这让我很高兴，胡戈这下子要在学校里道歉并挽救名誉了。随后，他赞扬费希特对德意志

① 为了邮寄包裹中的物品被打碎而引起的官司。科尔劳施在其《生平回忆录》中对此有详细的描述。

② 两人都在致力于重新发现J.S.巴赫。

③ 古罗马神话中的女灶神，她的神庙中燃烧着永不熄灭的圣火。

民族的演讲,特别是这些精妙绝伦的演讲风格。关于德国人他说:这段时间里柴禾已经点燃了,但还缺少一个强有力的炉子把柴禾拢聚在一起。——然后他说起魏玛的剧院(想想吧,我们来的前一天,那里在上演《哈姆雷特》,施莱格尔改编的!),他向我们报怨说,今晚魏玛上演的剧目太糟糕了(《弗里多林或走向打铁铺》[1]),这种戏充其量是冬天时人们喜欢烧得红红火火的铁匠炉才来看,他倒更建议我们在耶拿附近转转。他把《瑙姆伯格前胡斯信徒中的孩子们》(科策比的作品)中那些感动人的手段称作是一只道德的洋葱[2]等等。〈……〉

① 弗兰茨·封·霍尔拜因根据席勒的叙事诗改编的剧本。

② 参见科尔劳施:忧愁伤感也有杀伤力,他(科策比)像为数不多的人那样,知道如何用洋葱来勾引人的眼泪。

457
375. 歌德致 J. H. 迈尔

耶拿,1809 年 5 月 30 日　星期二

亲爱的朋友,昨天您没有见到我,这让我很难过,因为我本来很想和您谈谈卡茨和其他一些事情。对那位热爱自然风景的朋友,您肯定会因为趣味相投而给予他最好的关照。他现在应该已经搬进我家,我夫人也会按她自己的方式照顾他。关于画展①之事,您也许已经和他商量过并找到了合适的地方。您一定会一如既往地按照我们以前的约定,对他这样一个绝顶的天才,为他所付出的努力,为他的信任,为他敢于冒险在现在这个时间到我们这里来,展现出您全部的友情。这样我就可以安心在此,这对我很重要,因为,如果我现在中断创作,将会失去整整一年的时间。虽然我并不需要别人相信我说的这些,但最终还是那句话:治病还得靠自己!如此一来,我除了按自己的方式评判自己的状态外,别无他法。请您简单写几句话告诉我,情况大概是怎样的,您是否会偶尔到我们这边儿来,我只需要提前几个小时知道就行,免得我到时不在。我很想和您就施蒂格利茨以艺术的理念研究整理古钱币的那部书②商讨一番。我们有足够的知识和良好的意愿,可惜只是缺少真正要讨论的东西。一旦谈论艺术,就又只有一些历史的东西可说。明白的人也许还能学到一些东西,而那些听不明白或根本不知道在讲什么的人,则会非常郁闷。与这本书一起,我还拿到了硬币的泥模,这真是一件大礼物,对我来说尤其如此③,因为我这段时间非常喜欢硬币。我原本觉得一定要看

---

① 迈尔回信中告诉歌德,画展在公爵府中举行,非常成功。

② 指施蒂格利茨的《从古代钱币藏品的整理试论古代艺术史》(Versuch einer Einrichtung antiker Münz—Sammlungen zur Erläuterung der Geschichte der Kunst des Altertums, Leipzig 1809)。克里斯蒂安·路德维希·施蒂格利茨(Christian Ludwig Stieglitz, 1756—1836),生于德国莱比锡,法学家,建筑学家。

③ 歌德 1802 年起让法国人米奥内从巴黎寄来了 1 473 套钱币的泥模。苔奥多·埃德姆·米奥内(Théodore Edmé Mionnet, 1770—1842),法国钱币学家。

看这本书的总体结论,但却被每个钱币那些奇怪的编号搞得晕头转向。书的目录或甚至书本身也许能帮我们理理顺,这本书我自己还没有通读。不过,在这种情形下,我们如何公开地对他的努力表示赞赏①,去支持这种努力,既不失体面又不放弃我们原本所希望的,我还想不出办法。我需要您的看法,当然最好是口头的,因为在信里很难讲清楚它的**长处和短处**。其实,除了先入之见,没有什么东西,特别是对大众而言,是难处理的。先入之见就是不去充分地解决一个有价值的任务,就是要把人置于这样一种奇怪的境地:即用肯定去否定,用否定去肯定,让那个想学习的家伙不知是被打了还是被刺了。 458

祝您生活愉快,请您时不时跟我说句话,只要我们相互不变得陌生就行。我现在觉得不那么糟糕了,因为我又可以做些事情了。如果一个濒临死亡的医生还能拯救他人使其长寿,那我们又有什么不可以在自己糟糕的处境下,做一些令他人高兴的事情呢?祝您安好并问候他人。

G.

---

① 迈尔和利普修斯在《耶拿文学汇报》第270期上发表了一篇匿名文章。

376. 里默尔(日记)

1809年5月30日　星期二

早上去歌德处;《亲和力》。餐桌上谈论那部小说、女人及其他。歌德说:

"女人看上去没有思考能力,总体上给我的感觉像法国人一样,她们从男人那里索取的要比付出的多",然后就"存在于她们爱情中的服务"发表意见。〈……〉

377. 歌德致策尔特 459

1809年6月1日星期四

最尊贵的朋友，又看到您的来信，让我特别振奋。我千百次地想念着您，只可惜这个混乱不堪的年代把我们分开得比以往更甚，甚至连写信也都提不起兴趣。人们已经不习惯于通信，就像在有严格审查制度的国家人们已经放弃阅读习惯一样。

我对埃贝魏因感到庆幸，甚至嫉妒他，他住在您的身边，可以接受您给他的生活和艺术的启蒙。我们的歌剧团今年夏天不会去劳赫施泰特，因此他不是必不可缺的，他可以一直呆在外面直到被召集回去。随信附上一首小诗①。也许您愿意亲自为它配上所需的音乐，也许您可以把它交给埃贝魏因去试唱一下。我写这首诗是因为那个地方的好人希望纪念一位在一场吞噬一切的洪水暴发时无私救人的人。

由于人们不建议我去卡尔斯巴德，所以我呆在耶拿，打算完成一部小说②。这部小说是我去年在波希米亚山区时构思并起头的。也许我可以在今年出版它，我在抓紧时间赶工，也是因为它是我与外界朋友再次进行全面交流的媒介。我想您在其中应当能看到我惯用的写作手法。我在里面放入了很多内容，有一些是藏匿进去的。但愿这个公开的秘密③能给您带来快乐。

由于埃贝魏因离开，加之各种剧院事务缠身，我与音乐已快要绝

---

① “纪念布里嫩村十七岁美丽善良的少女约翰娜·泽布斯，她在1809年1月13日莱茵河凌汛及克莱维哈姆河堤大决口时因救人而落水身亡”。克莱维的地方政府举行了一场集会，为这位少女立一座纪念碑。人们请歌德写一首诗纪念她，并将整个灾难的详细报告寄给了他。这首诗发表在5月出版的特刊上，他把这份特刊寄给了朋友。

② 即《亲和力》。

③ 歌德，尤其是到了晚年之后，针对那些隐藏在自然现象和艺术表象世界中的，且只有在此其中才可以被领悟的思想或真理，很喜欢使用这类矛盾对立的表达，其中包含了歌德对自然科学和美学的一种基本信念。

缘。我希望未来能从音乐中得到更多的乐趣。回响来自您的天空，
460 可我自己却从未企及，这让我有时感到郁闷。如今在战争年代，人们才看出自己在和平年代的行为是多么笨拙和不可救药。那首小叙事诗配好曲后，您愿意给哪些人就给哪些人，只是不要让我等很长时间也等不到一句鼓舞人心的、有同情心的话。可惜这个冬天我没有很好利用，过得很不开心。开春以来，我又开始编辑印刷我的《颜色学》，其历史部分已经进展到 17 世纪末，整书马上要有 60 印张了。将大量的自己和陌生人的生活印在纸上，看上去很神奇，不过它还没有达到正经应有的样子。写完和做完的东西会萎缩，只有当它被生活重新接受，当它被感知、思考和处理时，它才能够成为应有的样子。

希尔特先生把他的关于建筑艺术的大作[①]寄给了我。很高兴能看到这样一部耗时二十多年的重要著作终于如愿以偿。

恭祝安康，垂念为盼。

耶拿，1809 年 6 月 1 日　　　　G.

① 关于希尔特，参见第 380 封信的注释。此处提到的书应当是他的《基于古代基本原则的建筑艺术》(Die Baukunst nach den Grundsätzen der Alten. 1809)。

378. 歌德致夏洛特·封·施泰因

1809年6月6日　星期二

衷心感谢您寄来的围巾,它太精美了,以至于我都不敢把它围上。它应该当作样品挂起来。

您新近过来看望我们,让寂寞中的我们欢快起来,这真令人高
兴。这次独处说不上令我十分开心,因为虽然这里天气晴朗,山丘草
地披上了绿色,花园里鲜花盛开,生活中还有一些有益的点缀,但在
耶拿,我周围的一切与以前相比都显得那么破旧①,一不小心就可能 461
会被地上的小土包绊倒,犹如俗话说的那样:里面埋着一个吟游诗
人或一条狗②。

也许恰恰是因为这种情形,我才要把自己圈在屋子里,让我的作品好好地从这里走出去。我已经克服了主要困难,如果再有十四天不去左顾右盼的话,这个神奇的创作就将大功告成。当然,最后的汇总,我不想将它称之为润色,还需要做大量的内部整理工作,以使这部作品变得和谐。

请代我恭请公爵夫人殿下万安。我只希望能尽早完成,然后去朗诵它③。

我们亲爱的公主应该很喜欢卡茨的课④吧。我希望课已经开始了。

向女士朋友们致以最亲切的问候。

耶拿,1809年6月6日　　　　G.

---

① 应当是指1806年耶拿战役之后城市与大学的破败,或者歌德想起了18世纪90年代耶拿的辉煌时期,并拿它与现在的景象做对比。

② 德国俗语,当人被绊了一下时,会说:“这儿埋着一个吟游诗人”。“这儿埋着一条狗,”也是俗语,意思是“这是最根本的地方,这是问题的关键”。

③ 歌德在4月28日已经给公爵夫人朗读了《亲和力》中的一段。

④ 在歌德的安排下,卡茨于1809年起为卡洛琳公主教授绘画和素描课。

379. 歌德致赖因哈德

1809 年 6 月 9 日　星期五

尊敬的朋友，您对我真是太好了，您没有追究我的沉默，却亲自给我转达这不幸的消息：在这样一个痛失亲友[1]的时刻，还有什么能比我们仅存的一点儿感受更能慰藉人心呢？

能在这样晚年的时刻得到您的青睐和友谊，让我觉得它比长寿更弥足珍贵，长寿其实本来不过是苟活的代名词。生命越长，过去的关系就越来越窄，新的关系就越发弥足珍贵，因为人与人越发难性情相投。

我们逝去的朋友是我认识的少数几个有个性的人之一。我们很
462 难将他作为一个人、天才、作家、商人和一个热爱生活的男人在一个形象中表现出来。没有进一步了解他的人是很难理解他的。

他最后还能碰到您，这是他的幸运，因为在他的位置上他的处境一定是相当孤独和苦楚[2]。对您在他生命的最后时刻一直陪伴着他，也请接受我的谢意。

我曾经有从哥廷根过来的访客，这只能让我更强烈地回忆起当时我希望在复活节前与您和那位逝去的朋友一起去看那些著名的地方。

如果您去那里，您可以去问候枢密官萨尔托里乌斯先生。他是一位非常有修养、非常值得尊敬的人，我与他交往甚久，是关系最好的朋友之一。

威斯特法伦王国对这一家[3]及其他学术机构的检查情况怎么样了？

---

① 赖因哈德在信是告诉了约翰内斯·封·米勒去世的消息。关于米勒，参见第 29 封信及注释。

② 指米勒在威斯特法伦王国任教学事务的总管，办公地在卡塞尔。

③ 歌德在这里指的“这一家”学术机构应当是指哥廷根大学图书馆，萨尔托里乌斯在那里任技术主管。亦参见第 118 封信的注释。

我来耶拿已有一段时间，仿佛在毕士大的池边[①]一样：因为我的病痛会不时发作，这让我非常希望今年也能平平安安地去波希米亚[②]。我们这里有一位夫人到卡尔斯巴德已经有四周了，当然她只是一个人。我和其他几个人在等待那边的消息，以便做最后的决定。

我已经很长时间没有写信了，不仅仅是对您，对其他一些朋友也是如此。现在如果不是经常被拦着不能发表意见，而笔头上又不知道如何去打发这一个接一个的邮件日，我连自己都不能原谅这种沉默。因此，我想出了一个能够给远方说话的喉舌，即写一部小说[③]。虽然它只是围绕着一个特定的主题，但指向的却是人们普遍感兴趣
的一些东西。我希望今年能够看到它到您手上，让我至少以这种方 463
式坐在您的身边，与您的家人联系在一起。

请您愉快地接受附在信中的这首诗[④]。这是下莱茵州的人要求我写的，我也正打算在独处的时候回想一下这桩美好的纯真的事迹。

祝您生活愉快，希望您挂念着我！如果我真的去卡尔斯巴德，出发前我会给您写信的。

耶拿，1809年6月9日　　　　歌德

---

① 见《新约·约翰福音》5.2—4，在耶路撒冷靠近羊门的地方有一个池子，希伯来语称为“毕士大”，意为“怜悯之家”，这个池子专供养病之用。歌德在这里指波希米亚的温泉。

② 在《1809年日记与年鉴》中歌德这样写道：“封·蓬特科尔沃王子(即让·巴蒂斯特·朱尔斯·贝纳多特，Jean Baptiste Jules Bernadotte)作为萨克森军团的首领，向波希米亚边界移动……同时人们听到了法军猛烈进攻奥地利的可怕的消息。”而福格特在前几天还给歌德在信中写道：“阁下是否应当可以给埃格尔那边儿写信？萨克森通往波希米亚的邮政还在正常运作……5月28日之前的所有关于战役的消息都是假的。”

③ 指《亲和力》。

④ 即纪念约翰娜·泽布斯的诗。参见第377中的注释。

380. 歌德致 A. L. 希尔特[1](草稿)

1809 年 6 月 9 日　星期五

我写信和回信一般都要言之有物,对重要的内容也不只回一个简单的感谢。时间就这样蹉跎过去,对外地的朋友和充满善意的人,我怀着最美好的意愿拖欠着他们的信,如果有谁觉得对我不满,我也不会责怪任何人。因此我要赶紧向您,我最尊贵的朋友,对您寄来的东西表示真诚而衷心的感谢。当我看到那部作品[2]已经完成并装订成册摆放在我面前时,我非常高兴。书的开始部分对我已经是如此重要而有教育意义。您以这种方式回报了您孜孜不倦的努力,您生命中这份美妙的成果也一定会得到别人的认可。我已经把它翻阅过一遍,对您把如此众多散落在世界各地的单个文件集中到一起的方法感到高兴。

那两篇篇幅较小的文章[3]我同样很喜欢,它满足了我很早就有的、常常会反复出现的、对那些伟大的古代文物的神往[4],随着时间
464 的流逝,这些文物我们已不再可能看到。您先把作家们提供给我们的知识作为基础,然后再通过其他已知的数据进行生动地类比,最后将空白之处用当下与其相关的例子填补起来。您的这种方法严谨认真,修养深厚,具有很强的说服力。

---

① 阿洛伊斯·路德维希·希尔特(Aloys Ludwig Hirt, 1759—1837),德国艺术史学家,古希腊和罗马建筑考古学家,柏林大学首位艺术理论和艺术史教授。歌德在罗马时认识了希尔特,后者于 1797 年来魏玛拜访。歌德在他的《意大利游记》中对他也有简短的介绍。

② 指《基于古代基本原则的建筑艺术》,1809 年出版。

③ 指"所罗门圣殿"和"艾菲索斯的狄安娜神庙"。所罗门是古犹太王国的国王。狄安娜是罗马神话中十二主神之一,月亮和橡树女神。

④ 歌德在这一方面也做过许多研究,写过"波利格诺托斯的德尔斐的众神议事厅中的绘画"(1804)及"菲洛斯特拉托斯绘画"(1818)两篇文章。关于波利格诺托斯,亦参见第 13 封信中的注释。

从凯吕斯[1]到现在进步是多么大啊！站在他的角度来看，他对这种进步或许有贡献，但我们对此颇有微词：他几乎没有为我们对古代崇高之物的想象力提供多少与之相符合的形式，他本想拓宽我们的知识，却弄坏了我们的品味。

我最尊贵的朋友，您不也为卡里恩的陵墓[2]，为那个将亚历山大的遗体带到了埃及的可移动的庙宇[3]，为火化赫菲斯提安[4]遗体的火葬台做过一些工作吗？为此我同时希望有一种可信的假说来解释为什么亚历山大为了给这个葬礼一块所需的地盘，让人拆除了巴比伦的一段城墙。这肯定不是因为任性和奇怪的念头。难道他不是想利用那极厚的城墙在两侧给观众搭建一个类似于半圆形露天剧场的那种有阶梯座位的看台，或甚至是利用拆下来的墙砖和获得的地盘去搭建一座真正的露天剧场吗？

希腊人并不以将所有建筑都平地建起而自豪，而是更愿意利用山脉、丘陵和峡谷，利用大自然塑造的地形作为半成品，去建造符合

---

① 安妮·克劳德·德·凯吕斯伯爵(Anne Claude de Caylus，1692—1765)，法国古文物研究者，考古学家。他的主要观点是古希腊和伊特鲁斯坎艺术依存于古代埃及艺术。伊特鲁斯坎人是生活在意大利伊特鲁里亚地区的古代民族，从公元前8世纪到公元前3世纪，他们在建筑、绘画、雕刻等方面达到了高度的艺术成就。

② 即位于哈利卡那索斯的卡里恩摩索洛斯国王陵墓。

③ 此事最早在西西里的狄奥多罗斯的著作《历史丛书》(Bibliotheca historica)中有记载，温克尔曼在他的《不为人知的纪念碑》(Monumenti inediti)第二部分中也有提到。根据狄奥多罗斯的描述，这个可移动的庙宇是一部车子。西西里的狄奥多罗斯(Diodorus Siculus)是公元前1世纪古希腊历史学家。

④ 赫菲斯提安(又译赫菲斯定，Hephaestion，约公元前356年—前324年)，是马其顿的将军，亚历山大大帝的挚友和辅佐大臣。

自己目的的建筑，就像叙拉古和陶尔米纳的剧场[1]所展示的那样；这里，人们难道不也是为了更方便更容易地建造一些巨型建筑而将所征服的城市那山一样的城墙当作材料来建造一个神奇的、能容纳全部民众和军队的建筑吗？关于其他类似的东西我还会有一些灵光一现的想法，我很愿意分享这些想法，这也是我时常需要一些激励的原因。

布里先生衷心地问候您。我收到他的一封信，他原谅我没有给
465 他回信：反正我是一个很慵懒的人，现在比以前更不习惯于写信了。所以我还是很真诚地想念我那些不在身边的朋友们，喜欢让旅行的朋友们给我讲一些琐事。布里的上一批作品就讲了许多有趣的事情。请您把随信寄去的诗[2]也分享给他，这是那个地方想念我的朋友们让我做的诗。

祝您生活愉快，希望您挂念着我！也请您时不时让我分享您的打算和正在做的事情。劳驾您让出版商把艾菲索斯神庙[3]透视图印好后寄给我一份，我会承担费用并很感激您的。很可惜我们这次没有见到枢密顾问沃尔夫先生，他乘车一直向西走。如果他回到柏林，请代我向他致意。

如果您有可能离开您的宝地出来活动，请您径直光临我们这里。来之前请打个招呼，这样我们就不会因外出而爽约或被事务缠身而无法尽地主之谊。目前我在耶拿，还没有决定是否去温泉疗养。

耶拿，1809 年 6 月 9 日

---

① 歌德在他的《意大利游记》中对希腊化时期建造的位于陶尔米纳的圆形露天剧场有描述。叙拉古他没有去过。陶尔米纳是西西里岛东海岸的一座城市。叙拉古（又译锡拉库萨）是西西里岛上的城市，古希腊的一个城邦。

② 即纪念约翰娜·泽布斯的诗。参见第 377 中的注释。

③ 见本信前面的注释。

381. 里默尔(日记)

1809 年 6 月 11 日　星期日

饭后读科尔特斯的占领墨西哥①。他对野蛮人就像拿破仑对我们一样。至少是在同样的外表下做出了决定性的一着。谈论奥肯等。晚上去弗罗曼处。与歌德热烈地谈话。

① 见 J. B. 米诺的《新世界史》。胡安·巴蒂斯塔·米诺(Juan Baptista Muñoz, 1745—1799),18 世纪西班牙历史学家,哲学家。

466 382. 歌德致西尔维·封·齐格萨[1](亲笔)

1809年6月13日　星期二

邮差在等,我只能寥寥数语,祝您在那漂亮的山谷中玩儿得开心愉快。为了那些漂亮的衣服,我随后会把欠您父女俩儿的情还上。

我还想给您分享我周围各种优美漂亮的东西,只是它们没有办法运送。今年夏天我的情况还很特别,总是忙忙碌碌,但却很少在路上奔波。本来我又要回到耶拿和您在一起。可人们要派我去威斯巴登,我在那里无事可做,真是混乱不堪。时常能见面才更可我心意。

1809年6月3日　　　　G.

① 歌德于6月8日看望了在德拉肯多夫的齐格萨一家,而在此之前,歌德和西尔维在耶拿的一个较大的社交圈子里相遇,这是两人分别几个月后的重逢,但这次重逢却让西尔维极为痛苦失望。

383. 歌德致玛丽安·封·埃本贝格

1809年6月16日　星期五

尊贵的朋友,您这封亲切的来信满足了我一个强烈的愿望:因为您相信我们在惦记着您。知道您已经到达一个安全的地方[1],我们现在就放心了,之前我们还很担心和不安。您在布雷斯劳和瓦尔姆布伦那里请常惦记着我们,时不时给我捎句话过来。

关于我自己,也没有什么好说的,我今年已经浪费了很多时间。四到六周前我到耶拿才可以做一些事情。小说[2]的第二部分在这段时间里有一些进展,估计在米迦勒节前它就能在某个地方与您相遇了。在动荡的年代能够逃避到这沉静的激情的深处,已经是很幸运 467
了。祝您万安。

魏玛,1809年6月16日　　G.

---

① 玛丽安5月14日从特罗保寄出的信中讲述了她从维也纳逃出的经过。之前一天,维也纳向法军投降,拿破仑开进了城市。

② 指《亲和力》。

384. 歌德日记

1809年6月25日

与牛顿的第一波争论①。准备期待中的茶会②。枢密官迈尔来访。关于英国的艺术收藏。中午与卡茨在一起。用餐后看蒂施拜因的画。晚上大型茶会。之后与几个演员用餐。早上齐格萨③先生从威斯特法伦国王的驻跸营地过来,带来了赖因哈德的祝贺。

① 参见《颜色学史》中"牛顿的第一批反对者"一章。

② 歌德在自己家举办的风景画家卡茨画展的庆祝活动。

③ 指在威斯特法伦王国的弗里德里希·封·齐格萨。

385. 里默尔

1809 年 6 月 28 日　星期三

〈歌德:〉“科策比就像一个在绳索上跳舞的人,绳索把他高高弹起,他会轻轻地落回到绳索上,这是不可否认的。当然,他轻轻落回的是观众,当观众让他再次弹起时,他也总能落回到观众上。他从第一跳到最后一跳都在绳索上,尽管他手中的平衡杆有时会碰到地面。其他人也许就会跌落下来。伊夫兰落到绳上时力道太重。歌德本想帮助维尔纳成功,可他太笨了。”

386. 法尔克(1824)

1809年6月30日 星期五

另一次,当时是1809年夏天,一天下午我去拜访歌德,又发现他在温和的天气中坐在花园里。歌德格外欣赏的那个风景画家卡茨也
468 在那里。他坐在一张花园小桌前,面前在这张桌子上放着一只长颈的糖瓶,里面有一条活的小蛇在使劲地扭动。他在用一只羽管喂蛇,每天对它进行观察。他说这条蛇已经认识他,每次见到他都会把头伸向瓶口。"瞧它漂亮聪明的眼睛!"他继续说道:"当然,这个小脑袋里是有一些东西的,只是蜷曲笨拙的身躯妨碍了它,没有足够的东西到达那里。大自然没有给这种长长的叠套在一起的生物手和脚,虽然这头和这眼睛还是配得上这两样东西的。就算它整体上缺少了一些东西,但它眼下放弃的这些东西,以后在条件有利的情况下还会长出来。一些海洋动物的骨骼清楚地告诉我们,它们当初长出这骨骼时就已经打算变化成更高等的陆地动物。由于它们经常在不利的环境中需要靠鱼尾来达到某个地方,它们就很希望生出一双后脚,关于这一点,人们甚至已经在它们的骨骼中发现了脚的雏形。"

装蛇的玻璃瓶旁边放着几只已经作茧的毛虫的茧壳,歌德在等待着它们破茧。茧壳用手已经可以感觉到一种特别的躁动。歌德把它们从桌子上拿起来,仔细认真地观察一番,然后对他的仆人说:"把它们拿进去吧,今天它们不太可能出来了!天亮得太早了!"当时是下午4点钟。这时歌德夫人也走进园子。歌德从仆人手中把茧壳拿过来,把它们又放到桌上。"这无花果树花开得多旺,叶子长得多茂盛啊!"歌德夫人老远一边冲着我们喊,一边从园子的中间小道向我们走来。她问候我并接受我的致意之后,马上问我是否从近旁看了
469 那棵漂亮的无花果树,是否欣赏它。"我们别忘了,"她边说边转向歌德:"今年冬天让人把它腌起来!"歌德微笑了一下对我说:"您就让她带您看看那棵无花果树吧,否则我们一晚上都不得安宁的!不过这棵树的确值得一看,也值得让人欣赏,让人小心翼翼地养护。""那棵

外国的植物叫什么名字?”歌德夫人又开始说道:“就是那棵最近从耶拿给我们带来的那个?”“是那个大嚏根草[①]吗?”“就是它！它长得非常好。”“这我很高兴！其实我们还可以再种一棵本地的嚏根草!”“噢,瞧,那边还有茧壳呢！您真的什么都还没看见吗?”“拜托,我是为了你才把它们留下来的。”他把茧壳重新拿到手中,贴在耳边,“它在敲,它在跳,它想破茧获得生命！这种造物的交替变化,我想说它们太神奇了,大自然如果没有这种神奇的东西就太平常了。当然,我们也不想在这里把这出戏藏着不让我们的朋友看。明后天那只蝶儿可能就出来了,而且是一只漂亮优雅的蝶儿,你们可能很少见过这样的蝶儿。我认识这种毛虫,如果你们想看一些比最奇特的东西还要奇特的东西,比科策比在他最神奇的年华[②]中,旅行到遥远的托博尔斯克所看到的还要奇特的东西,那我请你们明天下午同一时间到这个园子里来。现在让我们把这个盒子放到花园房子中一个向阳的窗户下！盒子里这个我们还不知晓的漂亮仙子明天就会盛装登场了！好了！你就呆在这儿,听话的好孩子！没有人会在这个角落里妨碍你的梳妆打扮!”“可是我,”歌德夫人一边瞥了一眼那条蛇,一边又说道:“怎么能容忍这么一个丑陋的家伙围着我,或甚至要亲手把它喂大呢？这种让人很不舒服的动物,我每次看到它都会感到害怕。”“你
闭嘴!”歌德回答道。他天性安静,不会不喜欢让这个活泼的生命在 470
他身边,“的确,”他把话题转向我,“如果这条蛇能讨她喜欢,把自己缚在茧里,化作夏天里一只美丽的蝶儿,那她马上就不会再说这个令人毛骨悚然的家伙了。可是,亲爱的孩子,我们不可能让所有的东西

① 原文是 Anticyra,古代希腊的地名,当地盛产一种名叫嚏根草植物,因此用这个地名命名这种植物。嚏根草过去被用来治疗痴呆和精神疾病。

② 这里指科策比的自传《我一生中最神奇的年华》。

都变成夏天的蝶儿,也不是所有开花结果的树都是无花果树呀。可怜的蛇！他们不关心你！他们应该更好地接纳你才对！瞧它看我的样子！瞧它把头抬起来的样子！难道它没有察觉到我在跟你们说它的好话吗！可怜的小东西！缩在那里没有办法出来,它多想出来啊！我的话有两重含意,一是指它在糖瓶里,二是指它裹在自然给它的皮套子里出不来。”他这样一边说,一边把他的图钉和画纸放到旁边,他在画纸上为一幅美妙的风景画了几笔,一点儿也不受说话的影响。仆人端来了水,他边洗手边说道:“我们再回到画家卡茨上来,您进来时应该见到他了,他的出现令我非常愉快,甚至是很讨人喜欢。他在魏玛所做的与在博尔盖泽别墅[1]所做的完全一样。我每次见到他,都觉得他把那遥远的、天堂般的罗马的艺术天空带了一块到我这里！因为他在这里,我还想要从我的素描中整理出一本小小的纪念册。我们说得实在太多了,我们应当少说话,多画画。我自己其实很想把说话完全戒掉,要像生生不息的自然一样用纯粹的素描来表达。那棵无花果树,那条小蛇,那个放在那边窗户前、静静期待着未来的茧壳,所有这些都是有重要内容的标识。的确,谁能够真正理解它们的
471 重要性,谁就可以摆脱一切写出来的和说出来的东西！我对此想得越多,就越觉得它们是说话中如此无用、如此多余、几乎可以说是如此愚蠢的东西。当人们站在一面孤独的岩壁之前或聚集在荒山野岭之中时,会惊叹于大自然的静穆庄严和沉默！”

“我这里有一大堆花花草草,”他指着他那幅漂亮的素描说:“很神奇地画在纸上。这些精灵们还可以画得更好更漂亮的,只是问题是,它们是否真的像这样在哪里存在过。”

“灵魂谱写着音乐,把灵魂深处最本质的东西描绘出来,它们本

① 在罗马,里面有著名的艺术收藏品。

是造物的最高秘密，就其根本来说，造物完全建立在绘画和造型艺术之上，它们通过这种方式无意中泄露了秘密。这一领域的组合是如此无穷无尽，甚至连幽默都可以在这里找到一席之地。我只想拿寄生植物来举个例子。这些植物身上包含了多少美妙的、喜剧般的、飞鸟般匆匆掠过留下的故事呢！它们的种子飞来飞去，像蝴蝶一样着落在这棵或那棵树上，靠它维持生命，直到长大。我们看到的可以做粘鸟胶的槲寄生属也是这样的，它们将种子种在树皮里，长在树皮里，一开始只是梨树身边的灌木。但它并不满足于作为外来客缠绕在梨树上，它甚至要梨树给它做木桩。”

“寄生在树上的苔藓也属于这一类。我有这一类植物的漂亮标本，它们在自然界中不会独自生长，而是会成片地生长在已经存在的
植物上。有机会的话我会给您看看的，请您记得提醒我。同属于寄 472
生类植物的某种亚灌木类香料，也可以通过其汁液的改良浓缩过程①很好地解释。这种植物不是按照一般的自然进程从地下生长出来，而是从一块已经存在的物质上开始的。”

“树干上是不会结苹果的，树干是粗糙的、木质的。苹果树需要经过多年的生长和经心培育，才能变成像葡萄树那样可以结果实的苹果树。它先开花，后结果。每只苹果都是一种球状的、密致的实体，作为果实它需要两个过程，即先将四面八方汇集过来的汁液进行高度浓缩，同时再对汁液进行改良和优化。人们可以这样想象，自然界仿佛像是站在一个游戏桌前，不停地喊着‘筹码翻倍！’，也就是说，用已经得到的东西，在它所能影响的范围内继续无休止地游戏。石头、动物、植物，每种东西都是这样掷过几次幸运的骰子后不断地重新开始，有谁知道，整个人类是否也不过是朝着更高目标投下的一个

① 这是歌德植物形态学中一个重要的概念，参见歌德《植物形态学》第 26 章。

骰子呢?”

我们就这样开心地聊着,暮色降临了。由于花园里太凉,我们都走进起居室。之后我们站在一扇窗户面前。天空中繁星点点。穿过空旷的花园,歌德脑海中那拨响的思弦还一直在颤动着,整个晚上都无法平静下来。“一切都是那么神秘,”他对我说:“任何一方的停止都是不可想象的。或者您会认为,即使是孕育了万物的太阳,在创造完自己的行星系后是否就已经达到了极致,是否之后在创造地球与月亮时就已精疲力竭,抑或是还根本没有使用它的力量呢?我绝不相信这点。我觉得非常有可能,在水星的背后也许还会出现比它更
473 小的行星,虽然水星自己就已经很小了。当然,从行星的位置就能看出,太阳的辐射能力在明显地下降,因为太阳系中质量最大的行星距离也最远。同样,按照这种思路也可以得出,由于辐射能力减弱,某次掷骰子创造行星的尝试失败了。如果太阳不能像之前那样把一颗新诞生的行星从自己身边干干净净地剥离开来,抛射出去的话,那么它也许就会像土星一样在身边形成一道环,这对我们可怜的地球人来说可能是一个悲剧,因为这个环是由地球的物质构成的。无论是对我们,还是对太阳系中所有其他行星来说,这种环投下的阴影附近所产生的影响很难让人高兴。光与热的有益影响当然会因此而减弱,所有组织的演化都有赖于光和热,他们都会因此而感受到阻碍,有些东西会影响多一点,有些东西会影响少一点。”

“根据这种观点,太阳黑子可能会对未来造成一定的恐慌。可以肯定的是,至少在整个我们已知的行星生成的过程和规律中,不包含任何阻碍太阳环形成的东西,当然这也可以解释为这种演化还没有得到足够的时间。”

387. 歌德致儿子

1809年7月10日　星期一

你6月30日的信，我本应通过快递收到，今天从邮局收到了，就马上给你回信。

很高兴听到你身体健康，海德堡美丽的季节令你高兴。我也很喜欢你在假期准备做一次莱茵河之旅，我愿意为你支付这笔花费。 474
只是你要注意准备好衣服和其他一些东西，既然水上旅行这么有意思，就要准备好穿戴而不要忘了什么。此外，你在路上看到和经历到的，对你今后会大有用处，会给你带来快乐。我只希望你做一个勤奋的写作者，写一部游记出来。不是要描写那些地方，而是描写一些风土人情，旅馆，价格，他们的现状和想法，等等，对这些东西做一份扎实的记录。类似的文字对我们和其他人都十分有教育意义，而且将来我们故地重游时，它会更显得弥足珍贵。路上记得给我写信，因为各个地方都是可以通邮的①。

我也同样希望你回程时可以经过弗兰肯地区，在那里好好玩儿一下。这个夏天我来往于耶拿和魏玛两地之间。你的母亲才去耶拿消遣游玩了一番。祝你生活愉快，问候所有的朋友。

魏玛，1809年7月10日　　G.

---

① 这里指虽然有战争，但邮路还是通的。

388. 歌德日记

1809年7月14日　星期五至7月23日　星期日

7月14日

早上去封·赖因哈德先生处。之后回家。封·赖因哈德和封·格明根来访并与我们一起用餐。等待威斯特法伦国王的到来[①],他当晚在耶拿。导致急速撤退的原因在逐渐演化。晚上独自一人。英国传记[②]。

7月15日

早上封·赖因哈德先生来访。谈论过去与现在的政治局势及他个
人的事情。谈论约翰内斯·米勒,其最后的时刻和逝世[③],善后事宜
475 及威斯特法伦科学机构的状况。中午与封·赖因哈德和封·格明根及
德·阿尔顿一起用餐。威斯特法伦国王12点钟后抵达。饭后,两位公
使离去。晚上为国王和宫廷随从上演《后宫诱逃》[④]。

7月16日

早上5点威斯特法伦国王启程。牛顿的人格。英国的普卢塔赫。与乌尔里希小姐和卡茨一起用餐。饭后与卡茨谈论意大利旅行

---

① 威斯特法伦国王热罗姆·波拿巴(参见第335封信中注释)作为拿破仑一支军团的最高指挥官得到命令,保护萨克森免遭不伦瑞克-厄尔的弗里德里希·威廉公爵的入侵。6月18日热罗姆离开卡塞尔并要求他的外交使团跟随到他的大营。奥地利军队与萨克森和热罗姆的联军7月13日在施莱茨对垒。14日晚,热罗姆下令让部队重新集结在奥拉河畔的诺伊施塔特,当晚发生了激烈的战斗。热罗姆担心被萨勒河切断,下令撤退,但最后演变成一场溃逃。

② 指《英国的普卢塔赫,或亨利八世至乔治二世时期英国和爱尔兰伟大的人物生平》一书。普卢塔赫(Mestrius Plutarchus 或 Plutarch,公元46—127年),希腊历史学家和传记作家。

③ 参见第379封信。

④ 莫扎特谱曲的一部喜剧。参见第250号日记中的注释。

中蒂施拜因的草图。之后独自一人。安西永的《论伟大的人格》。晚上与枢密官迈尔在一起。

7 月 17 日

继续历史部分的工作①。牛顿的第一批追随者。中午与卡茨单独在一起。饭后整理几抽屉的石头。赖夏特音乐作品的评论②。封·亨德里希中校来访。

7 月 18 日

卡洛琳公主生日。17 世纪概述。附记在正文旁边的信。致封·亨德里希中校先生,关于去卡尔斯巴德的旅行。中午与卡茨在一起。饭后看了几张素描并把线条描粗。晚上去沃尔措根先生处,遇见太子殿下。封·齐格萨先生从爱尔福特带来的关于停火的进一步消息。然后在殿下处,为公主生日盛装出席茶会。

7 月 19 日

写信及其他。收拾东西准备启程。中午与委员会秘书威策尔,乌尔里希小姐和卡茨在一起。饭后把旧素描画搜集起来,把几张描粗。傍晚时分去封·齐格萨先生处,听封·贝格将军夫人讲今年卡尔斯巴德的情况。

---

① 指《颜色学史》的写作。

② 约翰·弗里德里希·赖夏特(Johann Friedrich Reichardt,1752—1814),德国作曲家,音乐评论家。这里指的是《歌德的歌曲、颂诗、叙事诗和民歌体史诗,赖夏特谱曲》。罗赫利茨为此写的评论匿名发表在《莱比锡音乐汇报》上,在此之前他将评论寄给歌德过目。

476 **7月20日**

剧院的事情及演出季。中午与公使馆参赞法尔克在一起。谈论政治及时下一些想法。傍晚时分去齐格萨家，德拉肯多夫的枢密顾问很晚了还过来，想让他的马免被厄尔征用①。**致作战参谋赖夏特先生**的信寄往哥达，附着开普勒的信。**致罗赫利茨议员**的信寄往莱比锡，附着对赖夏特歌曲的评论。

7月21日

早上在公爵殿下处。与他一起在花园里。齐格萨家两位年轻的女士到来。从这里去公主殿下处。中午恩格斯小姐来访。饭后整理了一些东西，为旅行做准备。之后枢密官迈尔来访。

7月22日

早上在公爵夫人殿下处，在太子和殿下处，在封·沃尔措根夫人处。写给枢密顾问福格特的文章②，关于在魏玛和耶拿的所有艺术和科学机构的合并。参加将建于公爵府的博物馆③的仪式。中午单独与卡茨在一起。谈论弗里德里希和其他风景画家。晚上看德国小歌剧《金狮子和箍桶匠》。④

---

① 厄尔，即前面提到的不伦瑞克-厄尔的弗里德里希·威廉公爵（参见7月14日日记中的注释）。1807年，他的公国在拿破仑建立威斯特法伦王国时被吞并。法奥在波希米亚的战争爆发后，他成立了一支义勇军，即所谓的黑色轻骑兵（因为他们穿着黑色的制服），与法国人战斗。

② 歌德在给福格特的信中写道："由于图书馆与美术学校的联系更加密切，因此我想提出一个在我脑子多次出现的想法，即我希望将公爵在这里和在耶拿建立的或资助的所有机构全部合并起来……"

③ 参见第397封信中的注释。

④ 法国作曲家蒙西尼的歌剧。

7月23日

打包并将一些东西整理好。前往耶拿,10点钟后到达那里。去封·亨德里希中校处。在宿营地安顿。在封·亨德里希先生处用餐。饭后准备各种事务。去封·贝格夫人处,之后回家。晚上在威德尔家的花园。齐格萨和塞德勒一家人过来。之后与西尔维和塞德勒一家去植物园。陪伴她们回家。此外在威德尔处看到一株畸形的金鱼草属。

477 389. 歌德致 A. 封·洪堡(草稿)

1809 年 7 月

我尊贵的敬爱的朋友，如果不让福格特教授给您捎带一封信，我是不可能让他从耶拿旅行去巴黎的①。他学识渊博，在观察研究自然对象方面有深厚的修养，他会很快去问候您的。我非常羡慕他能够亲临您的教诲。

他从耶拿出发让我想起了您在这里准备您的伟大事业②的时光，您奇迹般地抓住了机遇成就了这番事业。您相信我也属于心怀感激的人，知道珍惜您带给我们的东西，我们也属于有需求有期待的人，渴望期待着您逐渐馈赠给我们的东西。

如果您能让福格特教授了解您近期和远期的一些工作和打算，那他回来后对我就更加有用，他可以进一步告诉我您本人和您从事的活动的情况。

关于我自己，我被各种各样的工作拖着，没有别的办法，只能按照一定的顺序做我感兴趣的事，即使没有什么收获，但至少也没有失去什么。

我的颜色学著作的印刷提前了很多，然而，我也许还需要一年的时间才能把所有东西弄到一起。我多么希望到时能得到您的评价，并在您的关注下取得进步。

令兄路过我们这里并逗留了一段时间让我们非常高兴。我们终于可以在停顿了这么长时间后，欣喜地回顾过去并了解现在的情况。
478 他在柯尼斯堡的工作③看上去令他很快乐，我相信他的观察与思考会取得无可估量的成就。我本人十分感谢他接纳了策尔特并将音乐

① 福格特要去巴黎学习，会在那里逗留几个月的时间，洪堡的第二住所就在巴黎。关于 F.S. 福格特，参见第 113 封的注释。

② 指洪堡撰写他的《新大陆热带地区旅行记》。参见第 128 封信及注释。

③ 威廉·封·洪堡任普鲁士文化与教育司司长时在普鲁士皇帝流亡政府所在地柯尼斯堡短时逗留至1809 年底。

与其他艺术联系在一起。

关于我们的生活和活动,福格特教授会做进一步的答复。当然我们现在处于一种萎缩的状态,但不是那种专心的状态[1]。

祝您生活愉快,愿您友好地想着我,让我时不时得到您的一点儿垂念和关爱。

① 歌德在这里暗指令人压抑的政局,特别是刚刚结束的战争。他用"萎缩"与"专心"(原文 Kontraktion vs. Konzentration)这两个词来玩文字游戏,使用的是新柏拉图主义和通神论体系中的概念,歌德对这些概念应当是比较熟悉的。

390. 歌德致夫人

1809年8月1日　星期二

我亲爱的孩子，枢密官叔本华夫人应该已经把一块烤肉和一盒樱桃带给你了，希望你好好享用。我们一切均好。卡茨在这里很开心，他明天一早启程。我给他钱让他寄一些做汤的佐料，他还会寄来意大利帕尔玛干酪，做通心粉时这绝对是必不可少的。

克内贝尔的太太离家外出，他看上去状态还不错，只是比平时有些更爱沉思，我觉得两个人很快就会合好如初[①]。这孩子变得越来越乖，越来越出色，只是他整日无所事事，缺少外部动力。如果他能跟同龄的孩子在一起受到严格的教育，会变得很有出息的。

这部小说[②]已经开始印刷，却不知道该如何收场。如果我们能好好利用8月和9月，就有希望完成它。你自己要充分利用这两个
479 月为冬天做准备，好好享受我们期待的晴好日子。当然8月份天就会开始下雨，让人很难过。

虽然离戈尔姆斯多夫很近，但要弄到那醋还是要花些功夫，人们必须自己准备全部家什，走路或骑马过去。我希望周四或周五就可以让人用推车给你送去半桶[③]最上乘的醋。你让人把浴缸捎带过来，因为我想时不时泡个澡让自己清醒一下。今天就写到这里，祝你生活愉快。把收到的东西都给我寄过来。应该还有一卷铜版画寄到了，至少我已经收到信说它寄过来了。

耶拿，1809年8月1日　　　　G.

---

① 克内贝尔的夫人比他小很多，这次婚姻危机，她离家出走了很长时间。

② 指《亲和力》。

③ 这里的桶是一种类似提子一样的容器，被用做计量单位。

391. 里默尔(日记)

1809 年 8 月 3 日　星期四

仔细观赏旧铜版画。在一幅米开朗其罗风格的画前,画面上有火神伏尔甘、小爱神和维纳斯[①],正在锤打一支箭,歌德评论道:一只王八,一只野鸡和一个淘气的小崽子就能构成一个神的家庭。

---

① 火神伏尔甘是罗马十二主神中长得最丑陋的神,娶了同是十二主神的爱与美神维纳斯,生下儿子小爱神丘比特。

392. 歌德致福格特

1809年8月4日　星期五

阁下，

您在我孤独的时刻及时送来了令人高兴的消息[①]，为此我向您表示最衷心的感谢。一个辉煌的时代总能令我们不断振奋，令我们回想起曾经积极地投身这个时代，而且只要我们保持勇气，现在依然可以积极地参与其中，这是一件多么幸运的事啊！以诗歌来和唱这样的时刻令人无比欣慰。

我把好朋友罗赫利茨寄给我的信附在这里，这是他对那个仁慈
480 的政令[②]的回复。这类真实的表述尤其使人赞叹。这种正直的、多年持续不断的参与是多么稀少啊，而人们每天还要担心那些非理性的、暂时的、令人作呕的东西。

费尔诺[③]的书籍遗产之事也已签署。我们虽然做了笔好买卖，但没有占任何人的便宜。如果这些书放到拍卖行去，那我们也会从中买到我们缺少的书。现在我们还在努力寻找副本，这份努力还是有一些成果。孩子们也都顾及到了。为了公爵殿下，我们这样做是应该的，监管人[④]与债权人之事也许也已了结。

我把城堡看护人的一封信附在这里，他想要老特拉比蒂乌斯曾经得到的啤酒与面包。为了履行他的小小职责，他需要找一个修女去接替那个善良老人的工作。这些人只要他们卑微的需求不再变得更可怜，就会心满意足了。

其他学术方面的事情我没有什么太多可说的。有些奇特的人总

① 8月1日，卡尔·奥古斯特公爵在节庆活动中亲自在爱森纳赫附近威拉河畔的克罗伊茨堡为一台新的水磨剪彩。福格特没有到场，但为此事献上了一首诗。
② 根据这个政令，罗赫利茨获得了内廷参事的头衔。
③ 关于费尔诺，亦参见第334封信。
④ 指费尔诺的儿子们的监护人。

想着必须得到自己的好处,而这些对他们来说实际上并不是必须的。另一方面,这种人根本不知道特殊的事情需要特殊处理,而对他们来说没有什么是特殊的。

令公子在给我的一封友好的信中,就副校长换届仪式上使用的乐曲一事[1]请我来做决定。我向送信人,一位彬彬有礼的好人,提出了几点质疑,特别是关于学校的分裂之事,对此他不知该如何回答我。今晚,一国同乡会和威斯特法伦同乡会之间又突然发生争吵[2],公共庆典活动完全无法举行。让那些被打的人接受挨打的现实,让受伤的人去接受治疗,将受伤死去的人埋藏,这用惯常的形式来处理 481
就应该足够了。我相信,每位原学会成员完全可以放心上床睡觉去了。

然而,还是有人不愿放弃希望,就像不放弃他人的原罪那样,所以我这几天忙着为福格特教授准备他的巴黎之旅。也许有一天当我们衰老时,会有人一定程度上补偿我们这许多的付出,我这里所说的花费是指心力的付出,而不是指钱物开销。具体细节,因为都是些须琐事,我就不再给阁下添麻烦。他旅途路过时会拜访您,为您祝福。波伊策尔和其他人必备的东西我会准备好的。

向您致以最衷心的问候。我得承认我们也许应该亲自参加克罗伊茨堡的磨坊节。至于那些矿石标本,请您还是按原来的顺序放在

---

[1] 在副校长换届仪式上禁止使用学生的乐曲事件起因于8月3日学生的斗殴,此次斗殴正好发生在圣约翰之夜学生对封·亨德里希指挥官和亨利教授的放纵行为的调查及处罚刚刚结束之时。

[2] 1808年初,在图林根同乡会中新成立了一个威斯特法伦同乡会,成员大多是一些比较富裕的“外国人”。自1809年复活节开始,他们与原来的一些同乡会联盟,如图林根,哥达,阿尔滕堡和弗兰肯等同乡会公开为敌。他们出门都要带着武器。8月3日的斗殴导致一名威斯特法伦同乡会会员受到致命伤害。

那里吧，直到我们对(此处原文有一空白)[①]更进一步地了解它们之间的关系。

耶拿，1809年8月4日　　　　歌德

① 福格特在信中问歌德："我是否应该按奥肯的体系来整理我的矿石？"

393. 布伦塔诺致阿尼姆(1809 年 8 月 9 日)

1809 年 8 月 8 日　星期二

贝蒂娜非常想一起来你处和歌德处，她还希望我们来接她，陪她
到歌德那里，她不希求在他那里呆很长时间〈……〉她有说不出地爱
你，我们当然愿意做所有的事情，歌德也愿意，我在耶拿遇见他时，他
就给我这样说过。〈……〉歌德十分关心并赞许《冬季花园》[①]，所有
人都喜欢它。他对《冬季花园》的评价简直与萨维尼说的一模一样，
这令我非常高兴。他告诉我说，他为**施里克首相**[②]做拉丁语和德语
校对，他责怪自己有些许不严谨，错过了几个漂亮的句子。歌德说，　482
李小姐是书中两篇最得力的作品之一，是所创作的短篇小说中最好
的一部。**纳尔逊**他不是很满意，他这样批评说：即使我们这些认识
他、喜欢他的人，在欣赏他原创的优秀作品时，也会被他突然的、混乱
的妄想和梦呓弄得十分痛苦。这种妄想和梦呓经常在我们非常惬意
时粗暴地将他从我们身边夺走，它已经从我们手中夺走了《隐居者
报》，这报纸曾经激发了我们最美好的兴趣，它本应该且能够在德国
上空诞生一个崭新的精灵。

---

① 阿尼姆的小说集。

② 阿尼姆以 15 世纪埃涅阿斯·西尔维丁斯的拉丁文短篇小说为底本创作的小说。关于施里克首相，亦参见第 345 封信及注释。

394. 歌德致 C.威策尔[①]

1809 年 8 月 11 日　星期五

亲爱的委员会秘书先生,很高兴收到剧院给我的消息。

如果只需要一个小小的剧目,则从我们现有的全部剧目中可以找到一个,这个剧目大约只有一个角色需要新学。出于若干原因我不建议上演新剧目。

随信附上恩格斯小姐的信,请转交诸侯委员会并告知关于处置勒普克先生的事情[②]。这个人一直在扮演喜剧人物,他也不想知道魏玛宫廷剧院演员应有的规矩。人们应该严肃处理他,直接把他带到警察局那里。按照这样的处理方式,他的女人才会免遭殴打,恩格斯小姐才会免受粗鲁的对待,诸侯委员会就不会像不存在一样。

如果这个秋天运气好的话,上帝保佑,我们将不会对任何坏习惯视而不见。我常常觉得我们的剧院像这里的大学一样,仿佛世界只
483 是为那些粗鲁和无耻的人而存在,安分守己和讲道理的人只能看在上帝的份儿上去请求施舍一小块位置。

劳驾您继续用心关注这事。请代我向主上和委员会成员致以最衷心的问候,并时不时告诉我发生的事情。

耶拿,1809 年 8 月 11 日　　　　歌德

所附之信请尽快处理为荷。

---

① 威策尔是剧院委员会的秘书。歌德在这一年与他有过几封书信来往。

② 作为演员和歌手的恩格斯小姐自 1805 年以来就受到歌德家庭的保护。演员勒普克夫妇 1808 年 5 月才在魏玛首次登台。此刻两人正在闹离婚。歌德给宫廷剧院委员会写信说:“委员会本应当拒绝一切与戏剧无关的事情,但一个男人把自己的女人眼睛打青了,这倒是很有戏剧色彩……在此必须非常明确地指出,应当将这个打老婆的演员立即送到警察局。”

395. 里默尔(日记)

1809年8月13日

歌德说:“男人长大应当服务,女人长大应当做母亲。现在世界上的不幸大多是因为所有人都被培养成了老爷。这种现象是从中产阶层开始的(富有的商人,受过教育的市民)。贵族从来都是有服务义务的。正如约瑟夫二世①所说过的那样,国家的第一仆人就是诸侯。”

① 约瑟夫二世皇帝(世称弗里德里希二世)是普鲁士国王的崇拜者,他可能是将普鲁士国王说的格言摘录了下来。

396. 歌德日记

1809 年 8 月 14 日　星期一

校对第 9 印张。口述第 13 章的纲要。饭后封·亨德里希中校来访，带着应达成的和平协议的条款①。早上在植物园，把各种草和葱属植物都看一遍，也用燃烧的海绵对含羞草做了实验。傍晚时分与泽贝克和卡尔·封·克内贝尔去拉森米勒，在那里遇到封·克内贝尔少校，格里斯巴赫一家和维兰德。他们从罗滕施泰因过来。与前者回家，并呆在家里。

① 7 月 12 日法国与奥地利达成停火协议。媾和和条件对奥地利非常不利，包括割地赔偿和缴纳高额的军税。

397. 歌德致 J. H. 迈尔 484

1809 年 8 月 18 日　星期五

我尊贵的朋友,您最终拿到这些房间①,这让我太高兴了。殿下本来已经这样决定把房间给您了,而内廷总管处就是这种德性,什么东西都要扣留一点儿,这样才有东西可以再发。请您抓紧时间吧,以便让人在 9 月 3 日②看到一些令人高兴的东西。如果我们收藏的各种东西最终都能以一种令人高兴且十分享受的方式展示出来,那就太好了。

耶拿这边我也会不遗余力地用各种手段去排除目前的千难万阻,朝着之前既定的目标前进③。然而,我能明显地感到,相比于极度匮乏的物资,人们的思想比能供给他们的物资更匮乏、更狭隘。如果与别人一起做或让别人来做,也只能达到最小的效果,对此我们也只好将就了。

寄来的铜版画④给我带来了开心时刻,它们的内容还完全无法探明。感谢上帝,使我能再次拥有那些在某一时代人们因为某些原因不得不放弃的东西。我很乐意与您一起把我家里存放的东西用到这里来。

道尔顿最近给我说,他有一些东西或许要出手,请您打听一下此

---

① 魏玛的自由画院 1808 年 7 月搬进公爵府,另从公爵的财产中额外给了一些房间用于布置绘画作品,迈尔就负责布置的工作。按照迈尔的说法,内廷总管处迟迟不肯移交这些房间,最后在 8 月 16 日给了一些房间,但还扣留了一些房间。

② 公爵的生日。

③ 参见 7 月 22 日的日记及注释。

④ 费尔诺死后,留下了一批收藏的铜版画。迈尔根据歌德的请求,将大部分的铜版画都寄到了耶拿。歌德非常高兴并将其全部买下。这几个月他对铜版画产生了极大的兴趣。8 月 11 日他给迈尔写道:"如果再把我自己收藏的拉斐尔、米开朗其罗和朱利奥·罗马诺三位大师的作品放在一起,那我们一下子就拥有了一系列内容精美的作品。"

事。我可以根据您的建议同意各种偿还方式,无论是交换,半交换或付钱都行。

请您时不时跟我讲几句话,因为我很孤独。除了克内贝尔我几乎见不到任何人。花园是消遣的好去处,这三个花园①都不尽相同,每个都很独特,每个花园的目的和布置方式都不一样。

485 请代我向朋友们致意,祝您生活愉快。

耶拿,1809 年 8 月 18 日　　　　G.

---

① 迈尔给歌德的信中写道:"现在,令我最开心的是那三个花园,即植物园,哈拉斯的花园和韦德尔的花园。打理这些花园是出于喜爱,多少有一点儿科学,既有手工劳作又可以做些生意。"

398. 歌德致策尔特

1809年8月26日 星期六

您本人在柏林或在去柯尼斯堡[①]的路上或者在柯尼斯堡都可能会见到德尔布吕克教授先生,我让他把这张信笺带给您,这样就又有一些东西从我这儿到您那里了。对您给予埃贝魏因的精心照顾,请接受我最诚挚的谢意。如果他能给我们带来一些他专业领域里详细而富有成果的东西,我会非常高兴,因为我已受够了目前每个专业领域中都存在的自以为是的敷衍,我不想白花功夫,甚至觉得德国人的不幸是那么可笑,因为他们实际上只是对他们不能再继续空谈而感到绝望。

希望您在那里受到支持和鼓舞,回来时没有完全丢弃那些您能够为之做出贡献的东西,为了未来保留住它们,哪怕是按照传统的方式都行。

如果您能见到我的新小说[②],还望您笑纳。我相信这些透明的和不的透明的纱不会妨碍您深入了解书中人物形象的原本意图。

非常感谢您接受了那可怜的水中仙女[③]。我渴望听到您谱的曲子。致以最真诚的祝福。

耶拿,1809年8月26日 G.

---

① 策尔特写信告诉歌德说他要在柯尼斯堡逗留几周。

② 指《亲和力》。

③ 原文是Najade,是希腊神话中的一位水中仙女。歌德这里指的是他纪念约翰娜·泽布斯的诗。参见第377封信及注释。

486 399. 歌德日记

1809年8月30日　星期三至9月1日　星期五

8月30日

第18章，重新口述了其他几个地方。枢密院行政长官米勒来访，与他一起去骨学博物馆和植物园。饭后，从图书馆借来几本书。施莱格尔维也纳的讲座①。之前封·亨德里希中校来访。关于我们分担的兵额在蒂罗尔的命运的消息②。独自一人朝利希滕海恩方向散步。去封·克内贝尔少校处。

8月31日

校对第18、19印张。重新口述第二部分的最后一章。其他几个地方的细节。封·克内贝尔少校来访，通知明天女士们先生们过来。伊拉斯谟斯的《拉丁语俗语汇总》。饭后，施莱格尔维也纳的讲座。晚上在植物园和它后面的小山丘上散步。仔细思考并拟定了小说的一些纲要。晚上读马可·波罗。

9月1日

女士们和先生们与宫廷人员一起到来。在植物园中早餐，之后去骨学馆，在矿物馆用餐，下午在比特纳图书馆度过。公爵夫人与殿下乘车经过卡姆斯多夫桥去沃尔尼茨，晚上所有人在格里斯巴赫花园聚会，最后全体人员也从这里乘车离去。

---

① A. W. 施莱格尔1808年在维也纳举办的讲座“关于戏剧艺术与文学”。讲座稿在1809至1811年期间分三部分出版。

② 蒂姆勒提到：……萨克森诸公国8月5日至6日与施佩克巴赫的蒂罗人战斗，其后在有“萨克森的夹子”之称的蒂罗尔的施特尔青遭到毁灭性打击，萨克森诸公国死伤惨重。

400. 里默尔

1809年9月6日　星期三

饭后,施莱格尔关于欧里庇得斯的讲座①。歌德补充说:为什么
说"在完美中艰难地徘徊"②。艺术可以比作是一个圆锥体或一个金 487
字塔,其尖顶最终是由某个个人构成的(拉斐尔,索福克勒斯)。后人不是超越它再向下走,而是无法走上去,他们因满足于自己的成就而停留在那里。

拉斐尔的早期作品如此严肃,仿佛埃斯库罗斯一般;他变老后更像欧里庇得斯,他的晚期作品就已经表现出这种倾向。人们从他的各种表现伯利恒屠婴事件③的作品中就可以找到例子,最完美的例子④是《阿纳尼亚之死》和《黑死病》,在这里他像索福克勒斯。

---

① 施莱格尔"关于戏剧艺术与文学"讲座的其中一部分。

② 原文为拉丁文 *difficilis in perfecto mora*。这句话出自韦莱伊乌斯·帕泰库鲁斯(约生于公元前20年意大利的坎帕尼亚,历史学家,著有《罗马史》二卷),歌德将它摘录用在《温克尔曼和他的世纪》中,他自己把这句话翻译为德语:*Schwer verweilt sich's im Vollkommen*。

③《圣经》故事。希律王受到愚弄,大为震怒,便下令将伯利恒城中及四周所有两岁以下的男孩杀尽。

④ 歌德有上面提到的这些作品的铜版画。

401. 歌德致贝蒂娜·布伦塔诺

1809年9月11日　星期一

亲爱的贝蒂娜，您哥哥克莱门斯在一次友好的访问中告知我有阿尔布雷希特·丢勒的作品，您在一封信中也提到了它。现在我每天都在盼望着它的到来，因为我想我会从这幅优秀作品中体会到许多的乐趣，而且，即使我不能拥有它，也还是很乐意保存它，直到您来这里把它取走。现在，如果我们不认为它被寄丢了，我想请您仔细地打听它寄送的情况，以便从不同的运送人那里查询到它的状态，因为从您今天的信中我可以看出，它已经递交给邮递人员。如果这期间它寄到了，您会马上得到消息[1]。

那个画科隆小插图的朋友[2]知道他需要什么，也知道如何用羽管笔和画笔来妙笔生花。这幅小画给我带来了一个快乐美好的夜晚。

请您向弗兰茨·巴德尔表示最衷心的感谢，谢谢他寄来的东西[3]。那些文章中有几篇我曾经见到过。我自己也不晓得是否理解它们，但我可以从中学到一些东西。我要表扬您为我对画家克洛
488 茨[4]的不恭开脱，说您都原谅了我对您的更大的失礼，这肯定会让这个好人特别受用。我当然想从他的画板上看一些东西。他给我寄来的东西我很难做出评论。

如果回顾您之前给我的亲切来信，那我有多少东西还欠着没有说啊！这封信我就先讲这么多。我现在在耶拿，有很多熟人，简直不

---

[1] 这幅画最终寄到了魏玛。参见第417封信。

[2] 鲁莫尔水粉画（科隆的景象），它画在贝蒂娜寄来的信的第一页上。她写道：“上面这幅画是一个性情活泼的朋友随手画上去的，他怡然自得地打发着无聊，真心地惋惜着我们在莱茵河上度过的时光。”

[3] 寄来的文章是“关于动态哲学及其对立的机械哲学的论文”。

[4] 关于克洛茨，参见第206封信及注释。克洛茨向贝蒂娜报怨，歌德没有回复他那封谦卑而真诚的信。她安慰他说，歌德对她也是保持着沉默。

知道该选哪一个了。

如果人们告诉您的那本小册子[①]到您那里了,还请笑纳。我自己也不能担保它会是什么样子。

〈亲笔〉亲爱的贝蒂娜,请原谅我通过别人之手给你写信,否则我根本写不了这封信。你的来信让我非常高兴。请一直挂念着我,告诉我你的一些特别的生活经历。

尤其是要尽量找到阿尔布雷希特·丢勒的线索。祝你生活愉快。

耶拿,1809 年 9 月 11 日　　　　歌德

① 指《亲和力》。

402. 歌德致夫人

1809 年 9 月 15 日　星期五

首先感谢你和你的漂亮同伴①,你们的拜访令人开心。我之后会寄一本书过去,但前提条件是:

1) 你们只能关起门来读这书

2) 任何人不能知道你们已经读了这本书

3) 下周三就把书归还给我

4) 要给我写一些东西,讲讲你们看书时都有什么体会。

这会儿我也不知道还有什么其他事情要说,我也不要什么,因为所有的东西我们都已经说好了。如果想起什么的话,就写信告诉我。别忘了把我书桌右侧最中间的抽屉中那一包手稿寄给我,它是用一
489 条棕色的细带子扎起来的。祝你生活愉快,给我们好好准备一个不
错的冬天。

耶拿,1809 年 9 月 15 日　　G.

① 指卡洛琳·乌尔里希。参见第 216 封日记中的注释。

403. 歌德致 J. H. 迈尔

耶拿,1809 年 9 月 15 日 〈星期五〉

尊贵的朋友,您上次寄来的东西[①]也给我带来了很多乐趣。其实,为了真正地认识它,人们只需要几块碎片就已足够,我也尝试着从铜版印刷的角度着手研究,我目前对此正感兴趣。很高兴能与您一起享有愉快的、令人受益匪浅的时光。

这些印刷精美但却严重损坏的铜版印刷物,这些用轻微磨损的铜版或雕刻笨拙的铜版印刷出的纸张,这些复制出的、在某种程度上印走样的并被扯破的纸张,直接激发了我的批判力,在我孤独的时刻给我带来许多乐趣。您说得很对,人们只需要少量的东西就可以获得真正的知识;但如果不是费尽周折才获得这少量的东西,那您就大错特错了。

每个世纪都会有人给其他人伸出援助之手。这些人中我非常喜欢被称为维罗纳的雅各布斯的约翰·雅格布·卡拉利奥[②],一方面是因为他高超的铜刻技艺,另一方面是因为他是西吉斯蒙德一世[③]的奖章制模师。我们的收藏品中这位诸侯的两枚奖章是最具价值的,其中一枚肯定出自这位艺术家之手。尼古拉斯·贝亚特丽泽[④]也引起我的很大注意。在所有这些人中,让我感到神奇的是,切利尼丝毫没有转向铜版雕刻艺术。真希望我们能有几页他的作品就好了。但他所追求的完全是雕塑艺术,从而最终完成了《柏修斯》。

---

① 迈尔再次给歌德寄来了一批费尔诺遗留下来的铜版画。此前歌德让人从魏玛图书馆找来了《意大利古代铜版画册》。

② 乔瓦尼·雅格布·卡拉利奥(Giovanni Jacopo Caraglio, 约 1500—1565),意大利铜版雕刻家,宝石浮雕匠,自 1539 年起住在波兰。他的其中一幅雕版在歌德的收藏中。

③ 波兰国王(1506—1548)。

④ 尼古拉斯·贝亚特丽泽(Nicolas Beatrizet, 生于约 1515—死于约 1560 年之后),法国雕刻家,在罗马曾在米开朗奇罗的指导下工作。贝亚特丽泽复制了一些拉斐尔和米开朗奇罗的作品,歌德收藏了他的若干作品。

490　上百种内部和外部的标识既有内部的、艺术家使用的，也有外部的、印刷工艺用的，我就不再告诉您了。如果有大量重要的收藏品时，这类标注是很容易做的。但如果我们用抹布把它们擦拭出来，岂不更有趣？

我很高兴能借着这些机会和理由做我很在行的东西，因为我几乎是第一次把它和某种实实在在的乐趣联系到一起。如果有人下决心只从内里走向外表，那他可能一辈子都不会认识全部的生命表面。

能欣赏拉斐尔的《弗里季亚的鼠疫》对我来说是非常宝贵的。我真心希望能有一份更好的模印本，我祈祷能给我带来它的日子。画中那个人们熟知的著名题材被寓于了最高级的真实质朴。普桑把它扭曲了、毁灭了、荒谬化了，使它变得丑陋。相反我对他的《欧达米德斯①的遗嘱》则敬佩万分。这是他非常在行且得心应手的地方。最严肃的欣赏就是要看艺术家是否在聚焦之前发现了题材，并把题材拉进焦点，如拉斐尔画马萨乔②的《逐出伊甸园》，或者看他是否把焦点之处的题材扭曲到了焦点之后，如普桑画拉斐尔的唯一不可超越的题材。

如果不是信纸已经用完，我还可以继续写下去。祝您生活愉快，希望您挂念着我，给我写信让邮差带给我，哪怕只有几句话：因为十四天内我们还见不了面。

G.

---

① 原文 Eudamidas，埃吕彭家族的斯巴达国王。

② 马萨乔（Masaccio，1401—1428），意大利文艺复兴时期绘画的奠基人，第一位使用透视法的画家。

404. 歌德致西尔维·封·齐格萨(亲笔) 491

1809年9月16日 星期六

最亲爱的西尔维,也许我们(枢密院行政长官封·米勒和我)在这一时刻就已经造访您了。星期日,也就是明天中午,希望您和亲爱的爸爸不会不欢迎我们。您看,命运、偶然和快乐并不是像您沮丧时想的那样糟糕。祝您万安,把我当朋友接待即可。

G.

405. 歌德致夫人

1809年9月20日　星期一

奥古斯特到我这儿来，我是特别欢迎的，尤其是他恰好遵从了我的意愿过来的①。我很乐意看到你们母子高兴地在一起。他应该好好体验一下回家的感受，去看望朋友，看看还没有去过的博物馆、房子、花园、剧院和其他令人高兴的地方，好好欣赏，好好享受，这需要一些时间。如果他有空告诉我他的情况，我会很高兴的。

我至少还需要八天的时间才能把手头的事情整理完，不仅是小说②的印刷我需要清稿，而且这段时间以来欠下的信件我也需要回复，还有一些其他事情。你们自己在一起享受生活，想想我把后面这几天忙完之后，便可以不受干扰地与你们共享天伦之乐。我恳请你帮我推掉所有的访客，其他要紧的事务都可以书面处理，特别是那些已经考虑周全、很好地汇报过的事情。

492 先让奥古斯特好好休息一下，况且他缺少合适的衣服。如果他准备停当可以独自出门了，在出去转悠之前，应该先拜访一下枢密顾问福格特先生，向他致意，这要通过良好的举止表现出来，而不是口头上说说。今天就写到这儿，我们每隔一天相互通一封信，可以知道对方的消息。

耶拿，1809年9月20日　　　　G.

---

① 奥古斯特从海德堡回来，在耶拿继续他的学业。

② 指《亲和力》。

406. 歌德致福格特

1809年9月26日　星期二

阁下，

我没能及早对您上一封亲切友好的来信致以谢意，因为我的老毛病又犯了。由于今年没有去卡尔斯巴德，这个毛病在冬天之前就开始犯了。为此我祈求力量来到身旁，赶快将我从糟糕的境况中拯救出来，可是病魔一直在那里，还要再拖延几天，剧烈的病痛才会逐渐消失。

手头上的事情这期间已经做完，再过二三周的时间，那部神奇的作品就会展现在您面前。世上很少有什么东西是现成的，都应当像面包坊一样每天做面包。希望这部新作能让您回忆起我们无比愉快的美好的合作时光。

最近耶拿的反无政府主义活动①取得了效果，至少是表面上平静了。这种表象在每个时代都应当变成现实，哪怕有一些后果。也许这次也会像其他的时候那样，对此我几年前就表示怀疑，但愿只是怀疑而已。

戈特林的职位②，正如我们所看到并会进一步了解到的那样，有 493
很多人在竞逐，而且肯定还会有更多人来角逐。我们的做法是静静地等待申请。这里附上几页申请，很快我们就可以按姓氏顺序把有资格的人选从档案中抽出，阁下您将领导此事。我们也可以完全放心地将海德堡的凯斯特纳③写在下面。

特罗姆斯多夫以他的成就、名望、学院和其他与之相关的东西，如果能搬到耶拿来，那我觉得这同样是求之不得的事情。但如果我们显得很有期待，而且只要这样迈了一步，人们就会对我们提出很高

① 指针对8月3日参与斗殴事件的学生的处理。参见第392封信及注释。

② 由于J.F.A.戈特林去世，耶拿大学空出了化学教授的职位。经过长时间思考和谈判，公爵最终决定聘用约翰·沃尔夫冈·德贝赖纳。

③ 凯斯特纳在海德堡任物理和化学教授，歌德的儿子在那里与他建立了联系。

的要求，我们既不想去满足也无法去满足这些要求。因此我采取了这样一种姿态，即好像这件事很不错，但我却不会为此继续加大筹码。我的建议是再等两到三周，等候信件、申请书和一些新的申请人出现，然后给特罗姆斯多夫透个风声，好像我们倾向于这边或那边的申请，这样让他自己也出来提交申请。我不得不承认，从目前传出的消息来看，情况依然是：一旦我们准备动手，就会处在不利的位置。如果我显得太过自作聪明的话，还请您原谅，

我听到我的奥古斯特已经到家，他从维尔茨堡背着一个小打猎包一路走回家。这对这个年轻人来说非常有益。他的衣服要随后才寄到。一旦他有了穿戴能表现自己了，他就会来拜访您。请您给他几个考考他的机会吧。

如果儿子掌握了一门手艺，但却不是父亲的手艺，这会是一件奇怪的事。不过这也有它的好处，一方面它看上去是一种分割，另一方面却产生了一种融合，因为最终所有理性和明智都会碰撞到一起。

这些天我与舍曼谈得相当开心，我很期待能经常见到他，离他更
494 近。说到底，我从年轻时起对法学[1]的接触就要比颜色学更密切。如果仔细观察就会发现，一个人无论所从事的对象是什么，无论他把敏锐的思维用在哪里，结果都是一样的。就此搁笔。最衷心地问候，顺祝。

耶拿，1809 年 9 月 26 日　　　　G.

[1] 歌德年轻时按照父亲的意愿学习法律，并在法兰克福做过短时间的律师。

407. C.W. 封·克内贝尔

1809? 年9月27日　星期三

歌德把它的《亲和力》寄给我父亲后不久又来看望他，歌德问他对这部小说的感觉怎么样。克内贝尔回答说："别生我气，亲爱的朋友，我没办法消化它。"

歌德回答道："这本书我压根儿就不是给你写的，是给姑娘们写的。我不生你的气①。"

在《亲和力》中，那位建筑师说出了歌德最反对的东西，例如把餐刀刀背朝下放在餐桌上，让刀刃向上，或者在拿一幅画时，只用一只手而不是用两只手，这些他实在不能忍受，因为这会把画损坏的。还有把面包底朝天地放着。

---

① 实际上歌德对克内贝尔的批评是很敏感的。他在10月21日的信中写道："小说的第二部分我不寄给你了，否则你会比第一部分骂我骂得还凶。如果你从别的渠道拿到它，那就不关我的事儿了……"克内贝尔对此表示抗议。他随后得到了一本，并对此小说大加赞赏。

408. 里默尔

1809 年 9 月

〈歌德〉:"所谓中间的状态,即一种漠然的状态,是给神或动物的。"

"极度的恨和爱,胜利或死亡,统治与臣服只能用在人身上。梭伦①根本不想要中性的或无党派的状态,因为无党派只不过是一种隐蔽的宗主权。"

① 梭伦(Solon,约公元前 630—560 年)生于古希腊城邦雅典,政治家、立法者、诗人。公元前 594 年梭伦任雅典城邦执政官,制定法律,进行改革,史称"梭伦改革"。

409. 歌德致Z.维尔纳(草稿) 495

1809年10月1日 星期日

我亲爱的维尔纳,您有理由为您那封有趣的长信[1]得到最衷心的感谢,并得到我简短的回复。我目前还在耶拿,就坐在您上次离开我时的那个位置上。这期间小说已经印刷完成,我在此向您推荐它,希望您能喜欢。

我感到特别开心的是,我们能够平和而快乐地在我们最初见面的那个地方分手[2],当初我们充满着喜悦与愿望走到一起。要想一直保持这种状态,这主要取决于您。您很了解我,知道无论我们在哪里碰面,都总会饶有兴趣地一起走上一段路,只是请不要往我前面的路上播撒荆冠上的蒺藜[3]。让我在自己开辟走出的路上安安静静地来回散步吧,如果有机会的话,就来陪我一下。

如果您从斯塔尔夫人那里收到这封信的话,请您代我向她和施莱格尔先生致意,他的讲座[4]给我带来了很多的乐趣。

再过几天我就要去魏玛,那里有一个剧目,即《二月二十四日》[5]马上就要闭门上演。演员海德把整部戏都背熟了,在具体情节上不太会忘掉台词。他领衔出演,要创造奇迹,对此我并不怀疑。这个退尔[6]的悲剧角色对他很合适。如果这出戏在上演时跟我想象的一样好,一样值得称赞,那我不会让任何人说它不好,哪怕为此争个面红

① 维尔纳在信中告诉歌德自己皈依了基督教并为此辩护,这封信也标志着两人的关系从此结束。歌德后来还多次发表激烈抨击的言论,特别是"维尔纳先生,一位令人费解的诗人"这首诗。

② 歌德与维尔纳最后一次见面是6月4日在耶拿。

③ 暗指维尔纳在作品中喜欢用基督教十字架的神秘话题。

④ 参见第399号日记及注释。

⑤ 维尔纳在2月底3月初在魏玛写的剧本。歌德对此非常关心,给了他许多意见、建议和指导。该剧1810年2月24日在魏玛首次上演。

⑥ 指威廉·退尔,瑞士民间传说中的英雄。席勒写过一部关于他的剧本《威廉·退尔》。

耳赤，哪怕是与作者本人也是如此。

其他方面我没有什么可说的。我们的剧院还没有什么太多的事
情，至于书展[1]都有些什么，还在半保密状态中。祝您生活愉快，有
496 空了时常来魏玛看看。关于亨得尔夫人[2]，如果能预先知道她在方
便时一定会过来的话，我也会表达这个愿望。时代不同了，这周不可
能的事，下周却很容易做到。我可不会去贸然邀请任何人，尤其不会
贸然邀请一位如此重要的女艺术家。祝您安好，早复音讯为盼。

---

① 指莱比锡的书展。

② 指亨丽埃特·许茨(Henriette Schütz，1772—1849)，德国演员，哑剧表演艺术家，因模仿汉密尔顿女士的形象而成名。歌德、席勒及克莱斯特等人对她的表演都极为称赞。

410. 歌德致科塔

1809年10月1日　星期日

阁下，

我想趁着这个好时机回复您那两封亲切的来信：一是我儿子奥古斯特完成了他的回程，二是那部已经完成的小小作品正准备向莱比锡进发①。

我完全听任他可以多转一些地方再回家，不过他认为不去游玩，而是径直取道弗兰肯地区走回家更好。可谁知道他这么快就找到机会，应您的好心邀请去您那里帮忙做事。

请接受我最衷心的感谢，最终还是您好意给他提供了足够的资助，因此我依然还是欠着您的债务。

小说的清样很快会到您的手里，我希望这两本书能先给您，然后再给读者带去享受。书中隐藏了一些伏笔，我希望它能让读者反复思考。

您的报怨是有道理的，由于奥地利那可爱的印刷自由②，非法翻印这种咄咄怪事还在不断发生。我可以很负责地坦白告诉您，在爱尔福特的盛大盟会③上许多重要的人物都提到了这件事情。我得到了两位重要人物，普里马斯侯爵和博泽伯爵，对我的观点的支持，或 497
毋宁说这是他们两位的观点，我只是把它更明确地表达出来。我已经起草了一份备忘录，引言和附议也都有了，可这时我很幸运地或不幸地被妖怪拽了拽袖子，让我考虑现在还不是卷入公共事务的时候，只有隐藏起来才能过得安逸。坦率地讲，有谁能让那些可爱的、依然

① 歌德的《亲和力》在耶拿的弗罗曼处印刷。歌德可能是将这些书寄往莱比锡科塔的发货仓。歌德写信的当天正值莱比锡秋季书展开幕。

② 法国人战胜奥地利后，出于良好的意愿废除了出版强制审核制度，给予他们印刷自由。虽然这只实行了四个月，但之后外国人的著作基本上不能保证不被翻印。

③ 指1808年10月在爱尔福特举行的诸侯盟会。

沉湎于无政府混乱之中的德国人总是合心意呢？此事就这样耽搁下来，我只是担心它可能在个别场合又被提起，然后被当作煽动暴乱的行为而受到处理。

很高兴我为女士日历写的文章[1]受到您的青睐。我会看看是否能给您下一年的日历准备一些类似的东西。只可惜我们住得太分开了，没办法在这种事或其他类似的事情上给您的出版社帮忙，而帮着出主意在这些情况下也意义不大。女士日历中我惦念的还是那些风趣而快乐的部分，它本是对生活的点缀，无论大众还是小众都很欢迎。我并不想责备皮希勒，拉封丹和赖因贝克的作品，因为它们都是名至实归，但所有作品都很阴郁，表现的是一种压抑的状态，虽然不至于让读者情绪低落，但肯定不会使他们心情高涨。

让·保尔的主意[2]非常好，但在实施过程中，人们很少能体会到有见解的内容，而良好的鉴赏力可能会让人想起一些其他的东西。诗歌我觉得在大多数情况下也显得太过严肃，太枯燥。

像您的《女士闺阁年鉴》[3]中那些针对社交生活给女士们献殷勤的小东西，那些精美的散文或诗句，在这里人们也找不到。有一些类似的东西，虽然本身不具备诗的价值，但却能起到有趣的效果。

498 〈亲笔〉将这部小说作为我著作的续集印刷[4]，对此我很满意。对这类东西可以像其他东西一样，按我们的约定来处理。

---

① 歌德的《威廉·迈斯特的漫游年代》第1—4章发表在《1810年女士袖珍书》中。

② 指让·保尔的“每日逗笑斗气俱乐部”。

③ 科塔与《女士袖珍书》并行出版发行的一份法语杂志。1810年的杂志中刊登了著名作家夏多布里昂，德利勒和勒布伦的文章，并配上了铜雕版的卢浮宫的绘画。

④ 由于奥地利盗印严重，科塔提出了这个请求。1809年《亲和力》单独出版了两卷，1810年放到了歌德著作第13卷中。

这部作品的价格我不知道该如何说出口。我把所有我喜欢的东西都用在这上面了。相信您会对我公平合理的。

附信请寄给维尔纳。他很有天赋,但性情乖僻,大概很难把他的天赋与读者,特别是那些来剧院看戏的观众的关系完全处理好。

祝您生活愉快,我盼望着这部小说全部印刷完之后就终于可以回魏玛了。

耶拿,1809年10月1日　　　　歌德

411. 歌德致 A. 封·洪堡(草稿)

1809 年 10 月 5 日 星期四

福格特教授在信中讲到他在巴黎受到的热情接待,并有幸跟巴黎的朋友们在一起,这也重新激起了我参与其中的愿望。但由于这种愿望无法实现,那我至少要从这边儿寄些东西过去,一部刚刚完成的小小说。在书中您的名字从一个漂亮的嘴里念出来[1],您肯定会开心地接受。您为我们成就的一切远远超出了一篇无韵之文所能表达的,只有诗歌才适合将您的亲身经历收进它们的主人公中去。

您给予福格特教授的所有美意,也给到了我和耶拿这所好大学,它虽然经历了一些命运的挫折,但又重新振作起来,至少它给了后来人这种权力,让自己有机会再次走到前列。

499 祝您生活愉快,如果您能再告诉我今后将要从事的工作,我将非常高兴。

耶拿,1809 年 10 月 5 日

---

① 在小说《亲和力》中,奥蒂莉的日记里有这样一段记录。

412. 歌德致L. 勒洛尔纳·德·伊德韦尔

魏玛,1809年10月6日 〈星期五〉

最尊敬的先生和最尊贵的客人,您自去年以来寄给我一批漂亮的奖章和新奇有趣的文学作品,并来信友好地表达您对我一如既往的致意,这些都让我非常高兴。现在是时候让您也听到我的一些消息了,我要给您寄去我的一本小说,这本书刚刚印刷出来。

我既不奢求也不期待这部小小的作品①能满足一个地道的法国人的口味,但您已经在朝着我们德国人转变,变作我们的样子,按我们的方式思维,也接受了我们的一部分特质,因此我才冒昧地把这本书寄给您,希望您看到这本书时会想起您在我们这里度过的时光②。

我希望能在巴黎拜访您,这个念头一直存在。由于我越来越不太可能去享受这种福气了,因此这念头每一年都变得愈加强烈。请允许我劳驾您向几位平时好心关注我的人表达我对他们的挂念,主要有德农先生,塔尔马先生。如果您能碰到来自耶拿的年轻教授福格特先生,他目前在巴黎,那么麻烦您也看在我的份儿上,友好地对待他。

望早复音讯,垂念为盼。

歌德

---

① 指《亲和力》。

② 1808年,爱尔福特盟会后,拿破仑及其随从人员来到魏玛,伊德韦尔当时住在歌德家中。

500

413. 歌德日记

1809年10月7日　星期六至10月15日　星期日

10月7日

打包。封·亨德里希中校来访。大约8点钟离开耶拿，11点左右到达这里。简单布置一番。中午与乌尔里希小姐一起用餐。晚上在剧院：《植物学家与挤牛奶的少女》。与奥古斯特谈论他近期的生活和活动。

10月8日

开始做好几样事。在殿下、太子、公爵夫人、亨克尔伯爵夫人和封·施泰因夫人处。中午在家。用餐后整理古代文物。晚上在家，与奥古斯特谈他在海德堡的逗留、学习和生活情况。

10月9日

写几封信。伦格关于颜色球的论文。之后在花园。几位访客。在公主殿下、席勒夫人和埃格洛夫斯坦因处。中午格纳斯特来访，之前也与他谈论过一些剧院的事务。饭后翻阅铜雕版的图册，与奥古斯特聊各种事情，枢密官迈尔先生来访。谈论近期发生的一些事情，特别是关于艺术方面的事情。

10月10日

写几封信。铜版雕刻家米勒来访。公使参赞法尔克。与埃尔瑟曼小姐用餐。哈勒姆的《彼得大帝的一生》。晚上恩格斯小姐来访。

10月11日

写信，抄写副本及其他。给封·克内贝尔少校、内廷参事富克斯、

宫廷机械师奥泰尼写信寄往耶拿。传记的纲要[①]。参议员迈尔·封·
施莱茨来访。中午独自一人。饭后与枢密官席勒夫人在一起。晚上 501
在剧院:《托莱多的盲人及其琐事》。之后,哈勒姆的《彼得大帝的
一生》。

10月12日

把过去的日记找出来。传记概览。剧院事务。戏剧演出季。中午独自一人。傍晚去剧院。《赫尔曼施塔德的森林》[②]的试演。晚上为传记做回忆。浏览过去的日记。

10月13日

为传记研究资料。之后拜访,封·沙尔特夫人、贝尔图赫和封·施泰因夫人。中午我家人在叔本华夫人处,沃尔夫在我处。约尔登斯的德国诗人和作家词典。晚上《赫尔曼施塔德的森林》的试演。

10月14日

给法兰克福寄去授权书[③]。找出过去几年的日记。之后小克内贝尔和他的家庭教师来访。拜访枢密官叔本华夫人和其他几个人。晚上介绍《赫尔曼施塔德的森林》。与沃尔夫和恩格斯小姐一起晚餐。

---

① 歌德这一天(10月11日)开始在日记中记录与自传相关的具体工作。他最初的总体计划只是部分地得到了实施。1811年—1814年,以“我的一生”为名,出版了《诗与真》的第一至第三部。

② 约翰娜·封·魏森图尔恩(Johanna Weißenthurn)的戏剧。

③ 参见第414封信及注释。

10月15日

日记。传记的纲要。期间与奥古斯特谈他之前的生活。在公爵殿下处。奥古斯特做汇报。讨论耶拿大学化学教授的人选[①]。关于拜莱斯[②]。小克内贝尔用餐前启程。洋葱市场[③]。年轻人。晚上继续传记的纲要。

---

① 亦参见第406封信及注释。

② 关于拜莱斯,参见第18,201封信及注释。

③ 魏玛的年集和民间节日,在10月中的一个星期日。

414. 歌德致 J. F. H. 施洛瑟(草稿) 502

1809 年 10 月 16 日　星期一

阁下,最尊敬的先生,

在离开了近三个月后,我又回到魏玛。首先我要为这么长时间的沉默向阁下致歉。除授权书外,我这里也把您需要的声明①寄过去,希望这些文件都符合要求。

请阁下相信,毋庸赘言,我一如既往地欠着您的人情,想到此,我总是怀着一种羞愧之心。我非常清楚您的想法和为人,这也可以让我安心地在不得不需要继续麻烦您时对您委以重任,因为在这一封信中,我又要劳驾您给我帮一个新忙。

我想简单了解一下我目前业已分配到的资产②的情况,它们在多大程度上是安全的,那些债权人都是些什么样的人。从那些国家文件的角度来看,请您为我清楚地建议一下,在多大程度上把它们变卖出去比较有利。或许我们最好还是再等等,和平③很有可能就要实现了,这样也许还可以减小我的损失。

另外,如果能有一个半年期可享受利率的收益,那我会非常高兴。这样安排是因为在复活节或米迦勒节时可以预期有一笔收入。劳驾您告诉我目前还有多少现金。我主要是想用这笔钱给枢密顾问维勒默先生支付年息④,如果账上资金允许的话,我也特别想把这笔本金一次性全部付清,或者通过分期付款的方式支付第一笔钱。

期待您令人高兴的回复,我和家人在此向您致意。请向您亲爱 503

---

① 歌德关于他在法兰克福财产的声明书,用于确定应缴纳的税赋。作为法兰克福市民,歌德必须也在原籍缴纳税,这或许是他在 1817 年底解除法兰克福市民市籍的原因。

② 指歌德从父母那里继承过来的遗产,除了实物财产外,还有房屋的投资。

③ 指法国与奥地利签署的停战和平协议。

④ 克里斯蒂安娜在法兰克福期间,维勒默给她借了 1 000 古尔登。关于维勒默,参见第 340 封信及注释。

的家人转达我一如既往的、真挚友好的问候。时有叨扰，万望见谅。

谨此，致以最崇高的敬意。

魏玛，1809 年 10 月 16 日

415. 歌德致伦格

1809 年 10 月 18 日　星期三

最尊贵的伦格先生,您的文章①让我非常高兴。我在颜色学纲要②的末尾把早期的几篇文章一并印刷,从这一点就可以看出,我与您的思维方式是多么吻合。只不过这本书我还没有全部完成,有些部分还处于保密状态。我更希望您把这篇论文发表出来,而且越早越好,这样我就可以引用它③。它的内容都是与我的相关的,也没有什么不是以某种方式与我所阐述的内容相吻合的。正如我发现我的文章在某些地方会通过您的论文得到补充一样,您也会看到自己会受到我的激励,这必将开启一场热烈的讨论。能被同时代的人称作志同道合的人,我是多么高兴,而之前我只能在逝去的人中去寻找这样的人。

寄来的小书的封皮④让我拍手叫绝。它想得很周到,表达得很清楚,每一部分都清晰可读。两个部分对比柔和,浑然一体,并不显得分成两半的样子。它表现出一种明快的严谨,因此,这个小小的产品具有将其化作为一件令人欣喜的优秀艺术作品的全部特质。我其
实还可以说得更多,不过我更愿意点到为止。寥寥数语,谨此表达我 504
对您所做的一切表示持续而忠实的关注。就此搁笔。

魏玛,1809 年 10 月 18 日

---

① 伦格的“颜色球或各种颜色相互混合关系的结构及全部相关性,附颜色组合中的色彩调和的试验”(Farben-Kugel oder Konstruktion des Verhältnisses aller Mischungen der Farben zueinander und ihrer vollständigen Affinität, mit angehängtem Versuch einer Ableitung der Harmonie in den Zusammenstellungen der Farben)。伦格将此文的手稿通过斯特芬斯寄给了歌德。

② 1808 年初先行出版的《颜色学的教学部分》,在这个部分结尾就已印上了伦格 1806 年 7 月 3 日的信。

③ 歌德在《颜色学史》中关于 J. H. 兰贝特的一章中引用了这篇文章。

④ 由伦格为科斯滕诺贝尔的《戏剧年鉴》设计的封面。歌德在给斯特芬斯的信中也对这个设计大为赞赏。

416. 歌德致策尔特

1809年10月30日　星期一

我今天不打算表示各种感谢，而是要让一位准备出门旅行的罗尔青先生，我们一位演员的兄弟，给您带去亲切的问候。我的思绪和祝愿都伴随着您去了柯尼斯堡[1]，当然，这思绪和愿望都一直是关乎您本人的健康。德国的傻瓜们还在高喊着反对利己主义，看在上帝的份儿上，人们早就应当对自己和家人诚实可靠，进而对周围的人以及他们周围的人也诚实可靠，这样一切看上去也许会是另一番景象了。现在我们不要让别人把自己搞乱了，我们要保持原有的本色。

我至少还在魏玛和耶拿做自己的事情，上帝还一直在眷顾着这几个小地方，尽管高贵的普鲁士人早就想用不止一种的方法把它们摧毁掉。万分感谢您又为我们建设这里竭尽所能地培养了一位有用的人[2]，送回了一位能做贡献的同乡。

尽管我对细节知道得很少，但我还是按照自己的方式去深入了解您的全部，即去了解您的国家，它的前途和希望[3]。我当然希望这样一位高贵的朋友，在经历过众多的考验之后，至少能有一些更好的前景使他开心。假使我能进入您所从事的活动的圈子[4]，假使我能完全清楚地了解您的作为，那么我也许会对您的境况感到安心，因为身处远方的人一般只会看到您缺少什么，而希望与恐惧则是两个空洞的东西。

505 仅此寥寥数笔。您会收到我的小说的[5]。您可以认为这大部分是为您而写的。此外，请您原谅我的沉默和顿滞。现在几乎不可能单独与某个人去谈论某件事情，如果把视野放宽一些，也许人们还愿

---

① 参见第398封信及注释。

② 埃贝魏因在策尔特那里学习。参见第377封信及注释。

③ 策尔特在他的信中不无讽刺地使用了这几个词。

④ 策尔特信中告诉歌德成立大学之事已经搞定，他也成为一名带薪的教授。

⑤ 指《亲和力》。

意讲述一些东西。

今天就此搁笔！小萝卜顺利地寄到了[①]。我在享用每一碗新鲜的小萝卜时就会对您再次表示感谢。

魏玛，1809 年 10 月 30 日　　　　G.

① 歌德每年秋天都让策尔特寄来一些泰尔托的小萝卜。泰尔托是德国勃兰登堡州的一个小镇。

417. 歌德致贝蒂娜·布伦塔诺(亲笔)

1809年11月3日　星期五

亲爱的贝蒂娜,我们没法跟你进行比赛：你用你的一言一行,你的美意和礼物,你的爱心和消遣来超越你的朋友,我只好甘拜下风,只能默默地给你送去无尽的爱意。

你的那些信令我非常高兴,让我回想起也许和你一样疯狂的时光,但这时光肯定比现在要更快乐、更美好。

你随信寄来的画[1]我马上给每个人看了,大家交口称赞。这幅画非常自然,同时又具有高度的艺术性,即严谨又迷人可爱。请向画家致意并告诉他,他在蚀刻制画方面可以多做写生练习[2]。这些东西是能触类旁通的。毫无疑问,他始终把自己的艺术原则放在心里。如果艺术家住在大城市或去大城市旅行,他这样一位天才甚至可以赚很多钱。在巴黎就有一些类似的艺术家。你可以让他给我认识的某个人画一幅画像,并写上他的名字。也许他不会像画可爱的小贝
506 蒂娜那样全部成功。的确,她坐在那里安闲自若,那个略显厚重的《冬季花园在画中表现得相当不错,让人艳羡它所占的位置。这张弄皱了的纸》片已经被展平并裱装到一只棕色的画框里,我这会儿写信时它就在我的面前。你赶快给我寄一份更好的印本过来。

阿尔布雷希特·丢勒的画像[3],要不是因为人们太过小心把它上面垫了细纸包起来的话,它本来是可以完好无损地寄过来的。这纸

---

① 路德维希·埃米尔·格林为贝蒂娜蚀刻制作的半身坐像,她的双手在胸前拿着阿尼姆的小说集《冬季花园》。路德维希·埃米尔·格林(Ludwig Emil Grimm, 1790—1863),德国画家和铜版雕刻师,是格林兄弟的弟弟。

② 贝蒂娜在信中告诉歌德:“格林没有写生打样,而是直接照着我的样子在铜版上做画”。事实并非如此。格林给阿尼姆说,他先画了贝蒂娜的素描,然后再蚀刻到铜版上的。可参见法兰克福版《歌德全集》该卷插图5。

③ 丢勒1500年的自画像的摹本,存放在慕尼黑王室画廊(即老绘画陈列馆:Alte Pinakothek)中。贝蒂娜在慕尼黑时,请身无分文的年轻画家彼得·埃普(Peter Epp)临摹了一份这幅画像。

在裹衬里把几个地方刮坏了,现在正在修补中。这份复制品有理由值得人们关注,它花了相当大的功夫,严肃认真地复制出来并力求真实地再现原作。请向画家转达我的谢意,我看到这幅画时,每天都会给你念叨他的。我很想看到一幅由这个画家的画笔写生的肖像画。

因为我反复提到了"自然"①二字,我觉得有必要告诉你,要适当节制一下你给艺术家们传布的自然福音教。有谁不愿意让自己被这么一个妩媚的女巫引入各种歧途呢?写信告诉我那精灵是否告知你我的意思啦。这信纸马上到头了,最后请你把杜兰特和马尔切洛的曲子寄过来②,让它们再次在我家中放肆地大声歌唱吧。

魏玛,1809 年 11 月 3 日　　　　歌德

① 歌德在前文中两次提到写生这个词,原文为 nach der Natur zeichnen,里面有"自然"二字。

② 贝蒂娜提出给歌德的家庭合唱队寄去杜兰特和马尔切洛的声乐作品。

418. A. 欧伦施莱厄(1850)

1809年11月3日 星期五至11月6日 星期一

〈……〉很不幸我在魏玛只能待上几天,因为我在与另一个人共同旅行。拜访歌德需要等他的好心情,就像海边的船长要想航行顺利就要等待顺风一样。我把我的《阿拉丁》呈献给他,把我的德语版
507 《哈孔伯爵》和《帕尔纳托克》[1]附带着一封情真意切的信寄给他。我本指望他会像父亲般地接待我,就像师傅接待他的徒弟一样。然而,歌德彬彬有礼地接见了我,冷冰冰地,像对待陌生人一般。难道是后来许多其他事情将我在他身边度过的那段美妙而令人愉悦的"好时光"都从他的记忆中抹去了吗?或者这些记忆只是打个盹儿,需要重新唤醒吗?或者是我耐心不够,还没有来得及找到父子的感觉吗?我不知道!一开始我还尝试着压抑自己的痛苦,希望在给他朗诵我的《科雷乔》[2]之后,那种老关系会重新出现。可什么都没有出现。我让里默尔告诉他我新写了一部悲剧,想给他朗读,他让人把手稿要去,他更喜欢自己阅读。我回答道:他可能没法自己读,我手头只有一份写得非常潦草的手稿,上面有很多修改的地方。不过我还是把手稿交给里默尔。他把它退还给我说:歌德当然没法读,我应当把作品印出来,这样他才会读。这刺痛了我,让我生气,我冲着里默尔发泄不满。他似乎有些吃惊:居然有人敢生歌德的气,不过他还是说:"也许你是对的,我们其他人都已经习惯于对他俯首帖耳,从来没有想到过为此生气或发火。""也许吧。但歌德年轻时肯定无法容忍自己被这样对待。"〈……〉

歌德非常礼貌地两次邀请我到他那里吃饭。我当时很鲁莽,说话很讽刺挖苦,因为我无法表现得又开心又天真。期间我朗诵了几

① 欧伦施莱厄的悲剧。帕尔纳托克(Palnatoke)是传说中的丹麦英雄。

② 欧伦施莱厄的悲剧。科雷乔(Correggio),本名安东尼奥·阿莱格里(Antonio Allegri,1489—1534),意大利文艺复兴时期的著名画家,生于意大利北部帕多瓦的科雷乔,世人因此称之为科雷乔。

段我针对施莱格尔兄弟写的警句。歌德又好心地说道："这个很好，但这样的东西不该是您写的。能酿葡萄酒的人，是不应该去酿醋的。"

我说："枢密顾问先生，难道您没有酿过醋吗？"

歌德："见鬼！难道因为我这样做过就是对的吗？" 508

"不！但压榨葡萄的同时，会产生大量的葡萄渣，这些东西虽不能用来酿酒，但却能做很好的酒醋，而酒醋是一种能有效防止腐化的物质。"〈……〉

可惜当时我不久就要离开，我们只是冷冰冰地相互告别。这在我内心深处是非常不情愿的，因为在这个世界上没有谁比歌德更让我尊敬和喜爱，可现在我也许一生中再也不会见到他了。我们订了第二天早上5点的邮政马车，现在已经是晚上11点了。我独自一人坐在大象客栈的房间里，头支在手上，眼里充满着泪水。这时，一种无可名状的渴望使我振作起来，我要最后一次把他搂在我怀里。不过，我心里同时又涌起一种傲慢，我不想在他面前那样低声下气。我跑到歌德的家，看到他卧室的灯还亮着，就走到里默尔的房间说："亲爱的朋友，我还能再跟歌德说一会儿话吗？我还是很想最后再跟他说一句祝福的话。"里默尔很吃惊，不过看到我内心激动的样子，就都明白了。他回答说："我会告诉他的，我要看看他是不是还没有上床。"他回来请我进去，自己走开。那个《格茨·封·贝利欣根》和《赫尔曼与多萝西娅》的作者穿着睡袍站在那里正在上表，准备上床。他看到我亲切地说："噢，我最亲爱的朋友！您就像尼哥底母①一样过来了。""枢密顾问先生，"我一边说，一边拥抱着他，"请您允许我给诗人歌德最后一次说声祝福吧！"

① 根据《新约·约翰福音》3，尼哥底母在夜间拜访耶稣，听他的教诲。

“祝您生活愉快，我亲爱的孩子！”他真心地说。

“不再会有了，不再会有了！”我激动地大声说着，迅速离开了房间。〈……〉

419. 歌德日记 509

1809年11月8日　星期三至11月14日　星期二

11月8日

为了交稿,通读18世纪初的部分①并寄出。在卡洛琳公主殿下处。卡茨和布里的素描。中午独自一人。自传的主题。莫里茨关于美的造型艺术的模仿②。策尔特关于《亲和力》的来信③。晚上枢密官迈尔来访。把一直到利奥十世的勋章都欣赏了一遍。

〈……〉

11月13日

牛顿和他的第一批学生。也处理了争论的部分④。散步。然后与公爵殿下穿过田野向盖尔摩罗达沟谷方向走去。中午独自一人。晚上《神奇号角》。

11月14日

18世纪初的部分的一些内容。去图书馆。在那里通读《法国科学院史》⑤及其备忘录。遇见殿下及几位夫人。之后格里斯巴赫夫人过来,讲述维兰德对《亲和力》的关注。中午乌尔里希小姐来访。晚上佩里森⑥的《法国科学院史》。

---

① 歌德《颜色学史》的一部分。

② 卡尔·菲利普·莫里茨的文章,歌德将其删简后收入了他的《意大利游记》中。

③ 策尔特在信中从美学的角度泛泛地谈了《亲和力》给他的印象,同时指出了书名给读者可能带来的困惑。

④《颜色学》中针对牛顿的争论的部分。

⑤ 为《颜色学》准备材料。

⑥ 保罗·佩里森(Paul Pellisson,1624—1693),法国作家,著有《法国科学院史》。

420. 歌德致 F. 罗赫利茨

1809 年 11 月 15 日　星期三

我想请您为我的最新作品写一篇评论①，这份信任竟然得到了您一封亲切友好的来信作为回报，为此我向您表示最衷心的感谢。
510 好心而漂亮的朋友们对这部作品说几句安慰之辞也许很无聊，但至少它表明我应当继续付巨大的努力，而且在一定意义上要为它承担后果②。的确，回想创作这部小小作品时的种种纷繁，能够把它印在纸上在我看来已经是一件奇迹。

自从它交付印刷后，我就再没有读过它，这类检查我一般习惯于过一段时间再做。一件印刷出来的作品就像一幅已经干透了的湿壁画，对它已无法再做些什么。我仅有的一点儿想法，以及您的评论让我想起来的，就是也许再为它加上几条阴影线，使其连贯与和谐。但由于它已无法再做改动，我也只能自我安慰说一般的读者是看不出这类缺陷的，而有艺术修养的人在提出这种要求的同时就已经为自己补充完善了这部作品。

我以前就知道您就是这样一位读者和观众，这回我再次感受到这一点。对您的关注和评述我表示双倍的谢意，更要感谢您的是，您在其他人完全有理由可以对朋友置之不理，只顾自己尽情享乐的时候，做了这件事。祝您喜事登门③，一如您所看到的世界和艺术正向您走来一样；让喜气永远围绕着您，一如您对朋友的忠诚。您是我恒久的关注。

魏玛，1809 年 11 月 15 日　　　　歌德

---

① 歌德本想请罗赫利茨写一篇公开的评论，罗赫利茨在 11 月 5 日的回信中婉拒了。但在同一封信中，他对这部小说给予了详尽的极高的评价，对个别地方也给出了一些批评的意见。

② 参见《1809 年日记与年鉴》："没有谁会错误地理解小说中那一道深深的感情伤痕，它在痊愈中不肯愈合，是一颗不敢痊愈的心。"

③ 罗赫利茨刚刚结婚。

421. 里默尔(日记)

1809年11月17日　星期五

傍晚时分去歌德处。关于卡尔德隆，因为今晚他要在公爵夫人处朗读他的作品。

卡尔德隆无穷的创作力，轻而易举地浇铸出作品(就像浇铸锡兵
或球那样)。洛佩[①]只为人民写作，而且也只想为人民写作。只有当 511
人们读了本·琼森[②]后，才开始理解莎士比亚。本·琼森的李尔王还
是非常浪漫的，莎士比亚将其提升到了悲剧的高度。他在约翰王中
的私生子成了莎士比亚取笑的对象，而且是充满机智的取笑。世上
最实用主义的人物是莎士比亚的科里奥兰纳斯[③]，像后来他创作的
所有人物一样；最戏剧性的人物是麦克白[④]。

---

① 菲利克斯·洛佩·德·维加·依·卡尔皮奥(Lope Félix de Vega Charpio，1562—1635)西班牙著名剧作家、诗人，黄金时代最重要的作家之一。

② 本·琼森(Benjamin Jonson，1572—1637)，英格兰文艺复兴时期的剧作家、诗人和演员。

③《科里奥兰纳斯》是莎士比亚晚年的悲剧作品。讲述的是多疑且暴躁的罗马共和国英雄马歇斯，亦被称为科利奥兰纳斯大将军，因得罪了公众而被逐出罗马的悲剧。

④ 莎士比亚的悲剧《麦克白》中的主人公。

422. 歌德致西尔维·封·齐格萨(亲笔)

1809年11月20日　星期一

最热烈地欢迎！最亲爱的西尔维！告诉我您今晚是否去看喜剧或者我6点钟去找您时您是否在。我这一天过得既开心又有些不快。开心的事主要是盼望着见到您[①]。

1809年11月20日　　　　G.

① 齐格萨一家11月底12月初在魏玛逗留，可能是住在西尔维的哥哥安东·封·齐格萨男爵那里。

423. 里默尔(日记)

1809年11月20日　星期一

中午独自与歌德在一起。谈论《新美露西娜》在宫廷中的反响。写《漫游年代》的决心①,复活节时交出第1卷。

---

①《漫游年代》的前四章才在科塔的《1810年女士日历》中发表,之前一年发表过《天涯痴女》,其后的小说在之后的《女士日历》中陆续发表,直到1821年这些小说才合成《漫游年代》出版。

424. 歌德日记

1809 年 11 月 21 日　星期二至 11 月 22 日　星期三

11 月 21 日

米森布鲁克一处的翻译[1]。佛罗伦萨科学院的实验。争论的第二部分。在封·旺根海姆元帅夫人处。在枢密官维兰德处，他非常友好地谈论《亲和力》。中午独自一人。晚上森林号角音乐会。之后学者报。

512 11 月 22 日

写信。给矿监伦茨的信，同时寄回几份文件。关于《颜色学》手头的一些东西。校对第二部分的第 21 印张。之后在卡洛琳公主处。修改好的莫里茨论文的图表。中午法尔克过来，详细地谈论了他的孩子们的病情，流行病的原因[2]，图书管理员施密特之死以及《亲和力》。晚上看完喜剧后在齐格萨家。

---

① 歌德《颜色学史》中关于米森布鲁克的一章，里面提到佛罗伦萨科学院的实验，米森布鲁克将那一段文字从意大利文翻译成拉丁文。

② 指当时在魏玛流行的所谓的神经热，许多人死于这种病，包括里面提到的图书管理员施密特。施密特在年初谈到自己的病情时说，他换了房间后“实然变糟了”。歌德当时评论说：“他就像一只年久的罐子，应该就那样一直放在那里，一旦挪动地方，罐子就碎了。”

425. 里默尔(日记)

1809年11月23日　星期四

中午独自与歌德在一起。关于小说《漫游年代》的新主题。傍晚时分下来。为此杜撰了那个天主教传教士的新故事,他通过一些奇妙而有趣的故事证实了一个孩子与想象中的父亲长得相似的神奇事情。开始写自传的目录。罕见的印刷错误:

不是:Ringellocken voll junger Silfen,而是:

Ringellocken voll Ungeziefer①

---

① 意思是:爬满虱子的卷发。上面一行是印刷错误,没有意义。

426. 里默尔(日记)

1809 年 11 月 24 日　星期五

中午独自一人。关于女人,爱开玩笑的女人,洪堡兄弟和博恩。关于这些人的性格等。歌德关于自身的反思值得注意:

他把理想的东西构思成女性的形式或女性的形象。男人是什么,他不知道。对他来说,描写一个男人只有去写他的传记才是可能的,必须要有一些历史的东西作基础。

427. a. 歌德致艾希施泰特(草稿) 513

1809年11月22日　星期三

阁下，

请记得宣布我们考虑过一个项目，根据您的敦促，这个项目和它的印板现在必须加快速度。①

同时给您寄去一份关于石版印刷作品的最新短评，希望可以尽快将它交付印刷，因为已经有些晚了。如果我没有记错的话，您那里还压着一篇我们商号名下关于谢林讲话的评论。我知道像您这样的机构做事必须考虑周全，在采用这里或那里寄来的文章时也许会有所顾虑。如果这篇文章是这种情况的话，那劳驾您将它退还，我们绝不会因此而生气，对这种事情我们是有自知之明的。

我把罗赫利茨写给我的信寄过来，里面有他对我的小说发表的意见。您是否能根据它为这部作品编辑一段短小的广告？一本薄薄的书到了人的手中，一般来说都是毁誉参半，如此一来，为它去作详细而有说服力的、理论上的评论还有什么必要呢？有洞察力的人喜欢从整体上进行思考，会说他想说的东西。

编辑好这篇文章后，我建议，请您把它先寄给枢密官罗赫利茨先生并友好地询问他是否会允许刊印这篇文章。也许他会觉得有必要做些修改，这样我们就可以比较容易地达到目的。

请允许我借此机会郑重地指出，一段时间以来美学领域的评论不尽人意，它们在思想性和判断力的水平上参差不齐，这让所有从半途开始关注这些评论的人最终会对这家机构产生一种不信任。例 514
如，我对第242期上读到的一篇针对格吕贝尔先生的极不公正的评论非常反感。首先，D.A.E先生②拿纽伦堡的方言开刀，而方言与其

① 两个版本的信在前两段内容是一样的。

② 约翰·海因里希·福斯(小)(Johann Heinrich Voß d. J.)的笔名。关于《耶拿文学汇报》中作者的笔名，可参见第22封信中的注释。

他语言一样,都有权进行诗的表达。其次,他把格吕贝尔抵毁成一个手工匠。再次,他又对书信提出要求,说在真正有教养的社交圈里应当怎样写信。这叫什么评论?如果我们把每个时代较低的阶层和人民大众从文学艺术中排除出去,那我们将失去多少精美的东西(部分)!最后,他竟然狂妄地嘲笑那个已故的、勤奋诚实的人的恩主及朋友,我自己也公然名列其中!这种针对之前关于格吕贝尔文章评论家[①]的阴险无礼的作派竟然出自同一份报纸!这类情况应该避免。

我再拿第 276 期的评论举例,rzw 先生[②]显然很激进也够大胆,他把格吕贝尔当成了德国杰出诗人中的一员,他也许应当顾及维兰德的名望才对。整体上来说,这篇评论简练而中肯。

与上面这种严厉苛刻形成强烈对比的是,G L 先生[③]对那些充其量是中流水平的诗歌的评论显得礼貌而宽容!Ha. Ha. 先生[④]的评论是很有欠缺的,他看上去至多像一位有教养的读者,作为读者,他说这个我喜欢,那个我不感兴趣的话,倒也没有什么不对。可是,像《冬季花园》这样的书,他连它的精华或者糟粕都没有揭示出来。评论家必须悉数了解作者创作的源头素材以及对这些素材的加工,必须知道如何从阿尼姆本人的天赋中发掘出他的文章和诗歌的贡献,这样它才会是一篇有教育意义的、对我们这个即将变得乱七八糟
515 的时代来说重要的评论。请原谅我说这些话,我是出于对您优秀的、在某些领域非常令人尊敬的机构的关爱才写了这些话。

在我收到的报纸中尚缺第 241—244 期,包括《学者栏目》。它们

---

① 指歌德写的评论“格吕贝尔的纽伦堡方言诗歌”。
② 弗兰茨·帕索(Passow, Franz)。
③ 戈特利布·绍曼(Gottlieb Schaumann)
④ 卡尔·封·雅利格斯(Karl von Jariges)

恰恰涉及我从耶拿返回魏玛的时期。或许发行部的人还能回忆起，它们被寄到何处去了。恭致问候。

魏玛，1809 年 11 月 22 日 G.

b. 歌德致艾希施泰特

1809年11月25日　星期六

阁下,

请记得宣布我们考虑过一个项目,根据您的敦促,这个项目和它的印板现在必须加快速度。

同时给您寄去一份关于石版印刷作品的最新短评,希望可以尽快将它交付印刷,因为它已经有些晚了。如果我没有记错的话,您那里还压着一篇我们商号名下关于谢林演讲①的评论。我知道像您这样的机构做事必须考虑周全,在录用这里或那里寄来的文章时也许会有所顾虑。如果这篇文章是这种情况的话,那劳驾您将它退还,我们绝不会因此而生气,对这种事情我们是有自知之明的。

枢密官罗赫利茨先生拒绝写评论②让我尤其感到遗憾,因为他给我的信对所提到的这本书给出了非常有洞见而又委婉的看法。在这种情况下,我真诚地希望暂时先不要做评论。一部书到了受过教育的人手中,每个人都会有自己的评判。一个文学机构也许最好过一段时间再发表看法③,严肃而又理智地把迄今为止摇摆不定的评论归纳并修正一番。

516 此处我不得不承认,我对您的那些在这一领域的评论家,至少对他们大多数没有什么特别信任,我希望与您就此私下里进行交谈。D. A. E, rzw, GL和Ha. Ha.先生们的评论,一会儿…,一会儿…;一会儿…,一会儿…,它们摇摆不定。要不是这些形形色色的标签在这些文章下面,人们简直无法理解它们怎么会出现在同一份报纸或同一本书上。这种缺陷如此明显,以至于我担心某个别有用心之人抓住这些弱点并有意为之,那我们情况就不会太妙了。

---

① 参见第187封信及注释。

② 见第420封信及注释。

③ 与歌德的这种意愿相反,1810年1月18日和19日就刊登了德尔布吕克对《亲和力》的评论。

请原谅我的这些看法！我很清楚责任并不在您，评论这个领域现在本身就很难驾驭。因为我对您的机构的关心，看到它在其他领域里有优秀的评论，但偏偏在这一领域里却是如此不足与混乱，这让我感到心痛。过段时间再当面细谈。

致以衷心的问候。

魏玛，1809年11月25日　　　　歌德

428. 里默尔(日记)

1809年12月6日　星期三至12月10日　星期六

在所有对《亲和力》的市侩批评中，也有一种批评说人们看不到有倾向性的道德的斗争。

〈歌德?:〉但这种斗争被放在了幕后，看来，它必须走到前台来。人的行为举止像是高贵之人，内心充满着矛盾，表面上却是满口礼仪。

道德的斗争从来不适用于美学的表现①，因为，道德要么取胜，
517 要么被打败。在第一种情况下，人们不知道要表现什么和为什么要表现；在第二种情况下，坐观其毙是可耻的，因为归根结底，还是要有某种因素给予感性超越道德的优势，而观众偏偏对这种因素不予认可。观众自己越是道德，就越需要一种更令人信服的、第三者一直回避的东西。

在这些表现中，感性的东西必须始终占主导地位，但它却会通过命运，也就是说通过道德的本性受到惩罚，而道德的本性就是通过死亡来拯救它的自由。

因此，维特在让感性驾驭自己后，必须要开枪自杀。奥蒂莉因放纵自己的爱而不得不忍受，爱德华也是如此。这时，道德才开始欢呼它的胜利。

---

① 歌德关于道德与美学的观点，可参见第17b封信。

429. 里默尔

1809年12月12日　星期二

我在给歌德朗读《痴儿历险记》[①],他说:他本质上要比吉尔·布拉斯[②]更努力更可爱。只是出版商和读者没完没了,最后都混在一起。关于新教徒和天主教徒之间相互攻讦的事情,他在轶事中注意到了那个时代的幽默:一位听取忏悔的神甫问一个小姑娘是否尿床,她回答说不尿床,他叫道:她真幸运!否则的话,他会吃掉这些孩子。——"唉,亲爱的神甫,我有一个小弟弟,他每天夜里都屙在床上,您应当把它吃掉!"

---

① 歌德从魏玛图书馆里借来了一本全新改版的《痴儿西木传》。《痴儿西木传》是格里美尔斯豪森的小说,讲的是德国三十年战争中,头脑简单的痴儿西木时而走运时而背运的成长经历。后来对这部小说有各种匿名发表的所谓续集、新版及改编等等。歌德下面提到的都是指这些改编的东西。歌德年轻时已知道这部小说。

② 法国作家勒萨日的流浪汉小说《吉尔·布拉斯·德·桑蒂亚纳传》中的主人公。出身低微的吉尔·布拉斯凭着自己的机智与勤奋,学到了各种混世本领,侍候了一个又一个的主子,最终当上首相秘书,被封爵成为乡绅。

430. W. 格林致哥哥雅各布(1809 年 12 月 13 日至 12 月 15 日)

1809 年 12 月 12 日　星期二至 12 月 13 日　星期三

〈格林于 12 月 11 日在歌德家中递交了阿尼姆的推荐信〉歌德的仆人请我第二天先去图书馆①,然后在 12 点钟再来枢密顾问先生家。
518 在图书馆我受到彬彬有礼的接待,12 点钟时我前往他家。随意布置的雕像将歌德家房间的门厅装饰得非常精美,另一些雕像则放在小龛里。宽大的楼梯看上去既气派又舒适。穿过楼梯,我先被引到一间房间前面,入口处脚底下写着黑色的字母 Salve,侧面立着一个枝形烛台,挂满了画像。然后进入一个小阁间,同样是用手绘的画和古老的德国木雕装饰起来,一切都布置得很独特,例如,门漆成了棕色亚光的,手柄是金色狮子头的形状,十分干净整齐。我在这儿略等了一会儿,然后他自己走进来,一身黑色的打扮,佩戴着两枚勋章,略微扑了一点儿粉。我虽然经常见过他的画像,熟悉他的打扮,但我还是为他尊贵、完美、单纯而善良的容貌感到惊奇。他非常友好地让我入座,开始亲切地交谈。他说过的话我会再复述给你,但我无法将它们写下来。他谈到《尼伯龙根之歌》,谈到北欧的诗歌,谈到一个叫阿伦特的冰岛人,这个人不久前在这里,他有一份完整的《塞蒙恩德埃达》的手稿②,但他行为古怪,很固执,让人无法忍受。然后又谈到了欧伦施莱厄,谈到古代的小说,他王在读《痴儿西木传》等类似的东西。他要我把我翻译的《古代丹麦英雄诗歌》③给他。我在那里待了将近

① 格林当时正在研究古代北欧及中世纪的文学,去图书馆查找这方面的资料。

② 德语原文是:Edda Saemundina,指《老埃达》或《诗体埃达》。有冰岛学者误认为《诗体埃达》由冰岛历史学家塞蒙恩德·弗鲁德(Sæmundr fróði,1056—1133)收集整理,故称之为《塞蒙恩德埃达》。关于《埃达》和阿伦特,参见第 355 封信及注释。

③ 原文为 Kämpe Viser,1811 年它以《古代丹麦英雄诗歌》的书名出版。歌德对此书大为赞赏,他说:"它们太棒了,我们就没有做这些事,我们必须对此感到惊叹。"

一个小时，他说话是那么地亲切和善，让我根本没有去想这是一个多
么伟大的人物。但当我要离开时，或者当他静下来时，我总是觉得，
他是多么善良，多么平易近人，他是在和一个如此微不足道的人说
话，而他与这个人本是无话可说的。几天后，我被邀请到他那里吃
饭。在座的有他的夫人，一个看上去很普通的人，一个非常漂亮的小
姑娘[①]，她的名字我又忘记了，但我记得他给我介绍说她是他的外甥
女，还有里默尔。菜肴非常丰盛，有鹅肝酱，兔子之类似的东西。他 519
看上去更亲切了，话也讲得很多，不停地劝我喝酒，一边指着酒瓶，小
声地嘟哝着，一边把酒斟满杯子。这红葡萄酒相当不错，他起劲地喝
着，而他夫人喝得更多。期间他说，他收到了贝蒂娜·封·露易丝〈L.
E.格林〉的画[②]，极力赞扬它，其中有一枚细小的针，画得非常像，构
思非常精巧，拿它的姿势也很正确，这让他很高兴。我说，贝蒂娜亲
自写信到柏林，说这画得不太像。他回答道："是的，她是一个可爱的
孩子，如果卢卡斯·克拉纳赫[③]还在世的话，谁还敢画它呢？他才是
这方面的专家呢。"午餐从 1 点持续到 3 点半，他站起来，鞠个躬，然
后我与里默尔离开。晚上，里默尔又来接我去看喜剧。〈……〉

---

① 指卡洛琳·乌尔里希。

② 关于这幅画，亦参见第 417 封信及注释。

③ 这里当指老卢卡斯·克拉纳赫(Lucas Cranach d. Ä.)，德国文艺复兴时期的著名画家，尤其擅长肖像画。

431. 歌德日记

1809年12月19日 星期二

阿格里科拉的谚语[①]。谢林关于人类自由的本质的文章[②]。中午在公园里散步。晚上枢密官迈尔来访。

---

① 指歌德从图书馆里借出的约翰内斯·阿格里科拉编写的新版《750条德国谚语》。

② 谢林的《关于人类自由的本质的哲学研究》(Philosophische Untersuchungen über das Wesen der menschlichen Freiheit)。谢林在脚注中针对弗里德里希·施莱格尔,特别是对他在《关于印度人的语言与智慧》中对泛神论的攻击,展开了辩论。歌德对此深有同感。亦参见第253封信。

432. 歌德致玛丽安·封·埃本贝格

1809年12月21日 星期四

您可以想象,我们是多么急切地想知道您现在身处何地,境况如何,因为我们一如既往地对您十分关心。知道您至少用某些方式藏身于柏林①,这让我们感到欣慰。关于财产纠纷之事,我们只希望此事能一如既往地朝着有利于您的方向发展。请时不时告诉我们一些关于都城的情况,它至少有三分之一被摧毁了。希望您的国君回来②,祝愿将来一切顺利。尽管人们有时会指责这个高贵的邻居,但 520
最后还是会觉得如果它倒霉了,自己什么也捞不到。

关于我自己,我没有什么可多说的。我现在很努力,只是为了把工作结束掉③,而不是为了做些什么,我不允许左顾右盼。这期间我可爱的乡亲们在力求弄明白我的《亲和力》,但却不知道如何下手。

今天是最短的一天,除了这些事情外,我没有其他任何计划,没有目的,没有决心,没有希望,不管这类的渴望叫什么名字,我只是想在您的陪伴下在卡尔斯巴德度过最长的一天。如果您真的对我友好的话,那么请您在新年的第一季度写信告诉我打算如何度过接下来的二个季度。我希望您可爱的病痛不要那样坚决地离开我们尊贵的朋友,从而使她无法拒绝波希米亚的温泉④。我今年有兴趣甚至也有必要去一趟特普利茨。带着这个展望,这些希望,祝您生活愉快。

魏玛,1809年12月21日　　　　歌德

---

① 封·埃本贝格为躲避战事从维也纳逃离出来,11月11日从柏林给歌德寄来了信。参见第383封信及注释。

② 普鲁士国王腓特烈·威廉三世12月23日回到柏林。1808年12月,柏林遭到法国军队的洗劫。

③ 指完成他的《颜色学》。

④ 歌德的这句话也用了当时欧洲上流社会流行的繁复委婉的文风,把简单的意思十分啰嗦地表述出来。

弗里德里希王子还没有从意大利回来，那座漂亮的沙发椅还零零散散地放在我的衣帽间里。我几乎无法抵御这种念头，想让我们手艺高超的细木工和乌木镶嵌师给它做一个底座，镶上边饰。

433. 歌德致策尔特

1809年12月21日　星期四

上一次我在什么时候给您写了些什么东西,我真的记不清了①,这些日子我过得像是在挤海绵,刚刚过去的事情都忘得一干 521
二净。感觉中这些东西都还在,它们告诉我说,我还欠着您一些东西。现在我又把它重新唤回到记忆中来,首先想起来的是那些美味的小萝卜,这个我很难忘掉,因为它还没有被忘掉就又摆到了餐桌上,美味诱人。每逢星期四和星期日,埃贝魏因都会告诉我们一些他带来的消息和那些只有借助您寄来的甘腴美味他才会告诉我们的东西。席勒的东西②把握得非常准确,谱曲是对它的补充,好像歌词本来就需要通过配曲才能变得完整似的。但这里它是一种完全独特的东西。这种思索的或者透悟的激情只有在感性的自由而迷人的元素中被保存或者被融化。人们思索着,体会着,被它所感染。

充满谐趣的东西③效果都是不错的,您也是这样想的。我对这类东西特别偏爱,它最后能让每个人都很称心,感到高兴。

埃贝魏因表现得很不错。在您的帮助下,他在各方面都比呆在小机构里做指挥时有了进步,如果允许我这个一窍不通的外行来做评价的话,他已经历练得相当出色了。我们那小小的音乐档案里的存货就我们的目的来说已经十分可观,尽管这些东西相对于您所做的一切是那么的微不足道,但还是聊胜于无,就好像我们虽然看不到那幅画,但还是欣赏它的铜版复制品。

这个冬天我尽可能努力地工作,好结束颜色学的工作。之后,我

---

① 参见第416封信。

② 指席勒的诗“瞬间的恩惠”(Die Gunst des Augenblicks)。

③ 指德国诗人马蒂亚斯·克劳狄乌斯的《尤里安环游世界》。策尔特在信中提到了这部作品。

自己都不想再去理会那彩虹①了，就我自己来说，这种恶意的态度无论如何都会毁掉它的。春天的气息一旦来临，我就去卡尔斯巴德，我要像以前那样在那儿住着。

时不时告诉我一些您的消息，随便寄点什么让我高兴高兴。我
522 们虽然有许多旧的东西还没有研究透，但新的东西却更有吸引力。

魏玛，1809 年 12 月 21 日　　G.

① 歌德在《颜色学》“争论部分”中给读者承诺会补一篇关于彩虹的论文。但这种彩虹现象无法用他的理论来解释，歌德显然对自己在颜色学中提出的观点没有信心。到了晚年，他还一直试图去解释这种现象。

434. 里默尔

1809 年 12 月 27 日　星期三

〈歌德：〉“如果我们不是如此诚实和安分守己的人，那我们或许(也)想和你们一样变成无赖。”

“这大约是所有所谓爱国者的座右铭，他们不过是因为想当流氓而为此献身。”

“报怨利己主义或自私自利的人，那些跟一大群心理阴暗者的自私自利对立的东西，在这种情况下，不过是他对聪明人的自私自利的嫉妒，因为上帝知道是什么妨碍了他也变得这样聪明。”

435. 歌德致赖因哈德

1809年12月31日 星期日

在我还没有跨进您家门,对您表示亲切的挂念之前,旧的一年是不应该过去的。我从报上看到您去汉堡了,希望这些汉萨同盟的城市会有您这个中间人而交上好运①。非常感谢您一回来即给我消息并告诉我国家给您的晋升②。这本来是您应得的,即便我不是个预言家,我之前那先驱般的尝试③也预先暗示了这一点。至于我自己,这三个月来我是在安安静静地、基本上还算努力地过活着。

《亲和力》我是作为通报寄给朋友们,这样他们就可以在某个地方某个角落里想起我。如果大家也的确顺便读了这部小小的作品,
523 那我觉得就没有做错。我知道我到底在跟谁说话,在哪里我不会被误解。带着这种自信,我把这本书也寄给您。劳驾您让我明确地知道,我没有弄错。

民众,特别是德国的民众,就像一幅愚蠢的**自由人**的漫画,他们真的自以为建起了一种机构,一种元老院,在现实生活和阅读中把他不喜欢的这种或那种东西投票取消。对此,静静地坚持是最好的方法。如果几年后重读这部小说时还能对一些人产生影响,那我将会多么高兴啊。抛开所有这些指责与背后的议论,如果这本书所包含的内容是一种直面想象力的不变的事实,如果人们看到,无论愿意或不愿意,人们都不能对其有丝毫的改变,那么在这个想象出来的故事中,人们最后也只能去迁就这个有敏悟力的神童,就像历史上人们几

---

① 赖因哈德受拿破仑的委任与汉萨同盟的城市谈判,让他们加入莱茵联盟。

② 赖因哈德被封为帝国男爵。

③ 从1808年12月到1809年4月,歌德在报纸上发表的给赖因哈德设计的徽章草案起到了很重要的作用。之前,他被定为帝国骑士。针对歌德的设计,赖因哈德写信说:"这样一顶高帽子我还不配,我只是很卑微地要一个骑士的头衔,当男爵我还不够格。"拿破仑引入了高帽子作为贵族的一种头饰。

年之后容忍把老国王推出处死，而给新国王戴上王冠[①]一样。创作出来的东西，与实际发生的东西一样，在宣示它的权力。

如果可能的话，我会在复活节时结束颜色学的工作，您会在5月份收到这部作品及其插图。我前后完成的两卷[②]现在总共已经达到65印张，如果收尾工作能进行得更快一些的话，我想结束部分最后可能还会出人意料地补充上。这本书的情况也会与其他书一样，一开始它只能表示其存在，然后再去宣示它的地位。对于那瞬间的恩惠[③]，我并不抱太多的希望。不过，如果我所不相信的东西以某种方式丢人现眼的话，那我倒会很开心的。

关于哈森弗拉茨的论文，感谢您让我提前看到了它，现在我从国家研究机构一个委员会的一篇报告中看到了更进一步的记录。我所
能评判的是，作者很希望摆脱过去的奴役状态，但却又陷入了新的圈 524
套中。那些作报告的先生们是地地道道的牛顿分子，既不肯给他指明方向，也不能给他予以帮助。

请原谅我的脑袋空空如也，除了说些我正在冥思苦想的东西外，也不知道该说些什么其他的东西，只能写信告诉您这些事情，它们在这个伟大而活跃的政治世界中看上去像一只幽灵。您之前对我的关注已经把我宠坏，所以我还是坚持我以往的信念，相信友情能引起您对这些陌生而遥远的东西持久的兴趣。

---

① 歌德在这里影射在法国大革命中路易十六被砍头以及拿破仑加冕称帝的历史事件。

② 指《颜色学》争论的部分和历史的部分二卷。

③ “瞬间的恩惠”是席勒的诗(参见第433封信中的注释)，这里歌德使用这句诗或许是指自己的《颜色学》成功的那一刻。

封·布尔古安[①]先生几天前从这里路过。他非常友好地递来他的名帖向我问候。很可惜我没有能跟他在一起聊会儿天。不过这也让我对他的回程寄予希望。

请允许我向您再次推荐我在哥廷根的好朋友[②]。如果您给他展示一些令人高兴和有用的东西,就像展示给我本人一样,我会非常感谢的。

我满怀渴望地期待着日子一天天变长,因为今年我想尽早去卡尔斯巴德。希望能时不时听到您的消息,知道您一切安好。祝您为家里招募新人[③]也能顺利成功。

魏玛,1809 年 12 月 31 日　　　　歌德

---

① 让·弗朗索瓦·德·布尔古安伯爵(Jean François Comte de Bourgoing, 1748—1811),法国外交家,作家,翻译家。

② 指萨尔托里乌斯。

③ 赖因哈德想找一个家庭教师,也请歌德介绍推荐合适的人选,但都没有成功。

1810 年

436. 歌德致克内贝尔 525

1810年1月10日 星期一

正如人们告诉我的那样,我带着维也纳的快乐[1],却没有走到你的身边,尽管如此,我还是愿意再试着给你寄去一本杂志[2]。它在某些地方还不尽人意,但某些地方也许还会激起你的兴趣。等你把它再寄走时,你会得到另一本非常值得一读的富有教育意义的书,是施莱格尔讲座的续集。法兰西剧院与它自己和其他民族持续了一百多年的争论在这里做了非常翔实的、妙趣横生的探讨。如果这部著作能译成法语,它一定会不同反响:因为在法兰西有同样想法的人是不会出现的。

封·洪堡先生[3]的到来一定让你非常高兴。他的到来令我受益匪浅,心情振奋。我更清楚地了解到,普鲁士内部的教育与科学活动是怎样一种情形,可以对它抱有什么希望。在当前的形势下,人们也许找不到一个比他更适合重建科教事业的人。

在他仅有的几个小时里,他礼貌地浏览了我的《颜色学》及附件的内容,看上去对我的研究方式和方法还是比较满意的,虽然他对内容本身并不感兴趣。第1卷已经进行到了第39印张,第2卷到了第30印张。尽管我已经接近结尾,但我复活节之前已经排满了要做的事情。希望这部著作完成后也能令你满意。其他东西迄今为止我也做不了什么。

我收到福格特[4]从巴黎寄来的一封言简意赅的信。他还是坚定 526

① 或许是指J.F. 赖夏特(Johann Friedrich Reichardt)的《前往维也纳途中的著名通信》的第1卷,歌德前不久从作者那里得到了这本书。

② 由J.G. 比兴(Johann Gustav Gottlieb Büsching, 1783—1829)和K.L.坎嫩吉赛尔(Karl Friedrich Ludwig Kannegießer, 1781—1861)共同出版的《众神》(Pantheon)杂志。

③ 威廉·封·洪堡1月2日到6日在魏玛,之后去了耶拿。

④ 参见第389封信及注释。

不移地按照自己的方式做事，而且现在也很清楚地看到，他到那里原本也是为了了解情况，因为，就理性思考来说，德国人和法国人根本走不到一起。

请原谅你的《扫罗》①我还放在那里。我们剧院的朋友们对此没有信心，因此我也不敢为生日庆典上演这出戏②。经过仔细考虑后我还发现，至少要根据剧情为大卫的歌唱配上音乐，这几乎是最基本的要求，而这种配乐是一桩非常困难的，很难解决的事情。不过我还没有完全放弃希望，想把它排在《城门外的卞卡》③和《扎伊尔》④之后。

你的卡尔⑤最近临摹的那些小头像非常好，值得表扬。如果他坚持下去的话，一定会成功的。我今天又给他送过去了几张。后面会是大一些的东西，这样他可以逐渐从较小的物体中放开来。只是要注意给他弄几支较大的画笔。他应当特别注意光和影的部分，区分全光与半光，全影与半影，使物体即完整又能与其他物体分离开来。祝你万安，垂念为盼。

魏玛，1810 年 1 月 10 日　　　　G.

---

① 克内贝尔翻译的阿尔菲里的悲剧。维托里奥·迪·阿尔菲里伯爵（Vittorio Conte di Alfieri，1749—1803），意大利戏剧作家和诗人，被称为是“意大利悲剧的奠基人”。《扫罗》是他最成功的一部悲剧。这部戏直到 1811 年 4 月 6 日才在魏玛剧院上演。

② 1 月 30 日是公爵夫人露易丝的生日，克内贝尔本打算在这一天上演《扫罗》这出戏，献给公爵夫人。

③ 科林的悲剧。海因里希·约瑟夫·封·科林（Heinrich Joseph von Collin，1771—1811），奥地利剧作家。

④ 伏尔泰的悲剧。

⑤ 克内贝尔的养子，原本是卡尔·奥古斯特公爵与歌剧演员露易丝·鲁多夫的私生子，后者后来嫁给克内贝尔。歌德有一段时间很关心他的绘画天赋，寄给他一些样板画临摹，并给予了这方面的指导。

437. 歌德致福格特

1810年1月14日 星期日

阁下，

随信将提到的几个文件寄回。

〈……〉

5.)同时将伊尔默瑙的矿监福格特先生①地质收藏的解释性目
录、他的来信和我写的一份鉴定寄过去。阁下翻阅该目录时，也会回 527
忆起过去美好的时光并且高兴地看到，当年的那些努力与工作，那些旅行与散步，那些必要的或随意的考察旅行的所有印迹都还存在，那些研究的成果都还保留在这些整理得非常整齐的物品里。

阁下当然还会发现，我希望收购这些收藏品。我要在打开包装并将藏品收入抽屉时或放在架子上时，再回顾一下自己过去的时光。关于这些藏品我有一些东西要写，同时，我也想做一些贡献，让曾经发生过的和做过的事情能够保留下来一些纪念。

我不认为人们会觉得收藏者索要的价格太高。当然，无论是它们的品位等级还是矿石本身都不具有其内部金属的价值，但根据我的经验，我知道这样一套收藏品的价值对我们来说要比其他藏品高得多。如果把花掉的诸如旅行和陈列，小费和邮差的工资，箱子和运费等各种费用都计算进来的话，会是一笔可观的数目。而我们现在这样做，最终只是为清晰的知识、信息提供和方法付了点儿钱。

之后耶拿的那个展览我会给出进一步的意见，我不会把它委托给伦茨②。可惜我太了解他了，他对所有与他现在观点不一致的东西都胡乱搅和，粗野对待，这对我们的机构也已经造成了令人痛苦和无法抹去的伤害。

---

① 矿监福格特是收信人的兄弟，18世纪80年代与歌德一起参与了伊尔默瑙的矿井的复采工作。他按照歌德的建议将自己的矿物收藏以300塔勒的价格买给了公国的机构。

② 耶拿的矿物学家，与矿监福格特不同，伦茨是个水成论派者。

跑马厅上面的那些房间①是相当不错的位置，之前放贝壳的柜子也许可以清清爽爽地摆放在这里，用于这个目的。

阁下，我一直像一个孤独的幽灵徜徉在这些过去的回忆、残余之
528 物和陈设之上，按照枢密官容的理论②，这幽灵像一团蓝色的雾徘徊于他一生如此钟爱的宝贝旁边。阁下为我们做出了这许多的事情，值得我们真诚而热烈地赞扬。在此致以最衷心最热切的问候。

魏玛，1810 年 1 月 14 日　　　　歌德

〈附件〉

在此附上伊尔默瑙矿监福格特先生的地质学收藏的解释性目录，每个热爱它，用它做科学研究或历史研究的人都会对此感兴趣。

我非常清楚地知道，这些收藏仿佛涵盖了这位勇敢的先生的一生。他在出差旅行、科学考察中有机会收集到如此众多重要的矿石，他以自己的方式服务于科学，他的坚持促成了这种列举矿石的分类方法，从而使得人们一方面可以将这些收藏看作是大自然的忠实画像，另一方面也可以把它们看作是某一时期的观点和看法的文献。

收藏家在那场著名的火成论派与水成论派③之间的争论中，毫不动摇地坚持前者的立场，他在地质学史中，以其表现出来的品格，

① 在耶拿宫廷里，公国的机构和收藏品的所在地。

② 容-施蒂林的幽灵理论，它多次提到灵魂的表现形式是一种天蓝色或浅蓝色的闪光。

③ 水成论由德国地质学家亚伯拉罕·戈特洛布·维尔纳(关于维尔纳，参见第 57 号日记中的注释)创立。水成论强调地球的岩石都在水中沉积形成，不承认存在火成岩一类的岩石。火成论由苏格兰地质学家詹姆斯·赫顿提出。火成论认为地球核心处于熔融的状态，地下热火是地质现象的主要动力。火成论并不认为火是地质变化的唯一动力因素，而认为水与火都起作用。

将起到一个重要的作用,另一方面,他能高兴地看到那些超级强大的水成论派拥有的东西逐步瓦解得越多,对他就越有利。

他希望将这些收藏交给某个公共机构而不是私人收藏者,这样
做有充分理由,因为私人收藏者大多会因缺少空间而不能很好地保 529
存藏品。它们的确值得收藏,而且出于前述的原因,它们应当坚决地由公共机构保存起来。

火成山脉类型这个类别下包含着的东西,目前主流学说绝不会将它归入其中。按照普遍流行的观点,这种类别和划分,我想说,对某些勇敢的收藏者来说,是有害无益,对此,收藏者本人也看得很清楚。根据我对科学界的认识,每当有最新发现和最新观点出现时,所有东西都会重新洗牌,我对此毫不怀疑。

但我得承认,我却因此更加喜爱这些收藏,因为人们因此有机会在眼前看到一种目前还不太受欢迎的方法。但愿法国人在他们众多的机构中有这么一个机构有这种好的想法,把平时按阿氏分类法分类的矿石,按照维尔纳方法排列展示。

还可以从另一个视角来审视我们想要的这些收藏。正如上面提到的那样,它不仅包含了收藏者本人一生活动的历史,而且同时还是在公爵殿下领导下在这一领域所做的、所完成的、所激励的和所准备的工作对历史的极具价值的贡献,以及在这里开启的活动对内对外和对遥远的将来所产生的影响。

因此,我希望与收藏者进行协商。他对此索要的金额非常便宜,而且如果他接受分期支付的话,我们可以在几年的时间里从博物馆账户的赢余中轻松支付。如果阁下同意我的这个建议,我愿意就此做进一步的准备,并对具体的条件及如何运往耶拿并在那里陈列等,把我的想法加以详尽的阐述。

〈仅在草稿中:〉我们委托的人必须仔细地盯着,陈列必须严格 530

按照福格特的目录进行,不得以某些细小瑕疵为借口而排除或拿掉某些收藏品,或者甚至将目录的术语修改掉。我们的好朋友伦茨热衷于水成岩的理论,他与那个持不同观点的人进行斗争时,既不知道分寸也不知道目的。

魏玛,1810 年 1 月 10 日　　　　歌德

438. 里默尔(日记)

1810年1月14日　星期日

中午我们在一起。歌德在早些时候打算写一部独幕剧:尼禄,讲他在民众面前是如何装扮,如何在这段时间得到一个密谋的消息。歌德在餐桌上说:"是礼节与优雅本身让一个人放松下来自愿讲述故事,我知道有人把我引到我最喜欢的话题上来。如果有人想引证我,觉得在我说话和气、听人摆布的时候,他们就可以把我引到我最喜欢的话题上来,那么从中就会产生敌意,因为它暴露了某些人虚假的优越性和毫无品味。"

439. 歌德日记

1810年1月17日 星期三至1月26日 星期五

1月17日

补充了戈蒂耶的部分①。给封·克内贝尔先生寄去施莱格尔讲座的材料。之后散步。在园丁处种下了马兜铃。中午独自一人。建议将《颜色学》改编成一部小说②。用餐后公使参赞法尔克。晚上独自一人。**基督的异相**③。

531 1月18日

信件及发送包裹。**给矿监福格特先生**的信寄往伊尔默瑙，附上关于卡默贝格的文章及一包矿石。维特·封·法尔肯瓦尔德，作为普鲁士的邮差从巴黎过来，给我带来封·洪堡先生的《山脉全景》。中午我夫人和奥古斯特从耶拿过来。饭后《三个囚犯》④中格纳斯特小姐的角色。晚上封·洪堡先生。之前在歌手处。之后我们单独在一起。关于颜色学，传记，小说及诸如此类的东西。

〈……〉

---

① 指《颜色学史》中关于戈蒂耶的部分。

② 这个建议是里默尔提出来的："我建议歌德将《颜色学》改编成小说，以便让它更流行，特别是让女士们也可以阅读……歌德对此并不反感。"

③ 原文 Liber conformitatum，巴托洛梅乌斯·阿比西乌斯（Bartholomaeus Abicius）的一篇文章，讲的是阿西西的圣方济各与基督四十个相似之处的证明。阿西西的圣方济各约于1181年出生于意大利，据说他晚年开始接受基督的异相，留下了基督的烙印，类似于耶稣基督被钉死在十字架上时所遭受的创伤，后被封为圣徒。歌德在读这篇文章的德语版节选。

④ 沃尔夫的戏剧作品。皮乌斯·亚历山大·沃尔夫（Pius Alexander Wolff，1782—1828），德国戏剧演员，作家，1803年进入魏玛宫廷剧院，深爱歌德喜爱。1804年与阿玛利亚·马尔科米（Anna Amalie Christiane，geb. Malcolmi，1783—1851）结婚，夫妇二人互相鼓励，凭借自己的高超演技取得了巨大的成功。

1月26日

忙于化装游行之事①。之后散步。封·弗里奇总长②。中午与罗尔青小姐用餐。之后与她过了一遍《扎伊尔》中的角色。晚上亨德尔小姐,封·海根多夫夫人,贝克小姐,施特罗迈尔小姐,枢密官迈尔,公爵殿下,梅克伦堡王子和太子。亨德尔小姐介绍她的几幕戏。黑贝尔的歌曲。维也纳和柏林的方言。

---

① 庆祝公爵夫人诞辰及卡洛琳公主订婚的化装游行,魏玛社交圈里的男男女女将自己装扮成中世纪作品中的人物形象。歌德是这次活动的组织者。

② 可能是指警察署长官封·弗里奇,参见第447封信。

440. 歌德致克内贝尔

1810 年 2 月 7 日　星期三

正如你了解和看到的那样，这段时间以来，我的身体状况非常好，而且，外面的人流也让我一时兴起写了一首诗[1]。不过我也许从没有想过要写这首诗。人们非常喜欢它，我很高兴听到你也为它喝彩。当然，这个注解的文字[2]非常优美。我们这里很难有如此缤纷灿烂的化装游行。可惜我却因此不得不把颜色学的工作放到一边儿，从现在到复活节工作会更紧张。现在，殿下的诞辰[3]也日益临近，
532 也有化装舞会和化装游行的庆祝活动。那个化装游行会重复进行，它还是值得过来观看的。因此，这个喧闹的节日你不用自己一个人体验。

我们还得带上一些诗歌出场，我已经精疲力竭。我也许会做一两首十四行诗。这封信的笔录者[4]也不会参加庆祝活动。我们还邀请了格里斯来给我们助阵。如果你也愿意用你拿手的押韵对句附和几首小诗那就太好了。这样一份集体的礼物又将会是一件新鲜事儿，它会激起人们的好奇，想知道哪样东西出自谁的手中，还会有什么更多类似的东西，等等。殿下会以最友好的方式感谢每一个人。还有好长一段时间呢，要到 15 号。可以让人把这些诗巧妙地编排好送去印刷。所有这些事情我都会来操心。

衷心问候你的卡尔[5]，他每天都有进步。我现在必须给他送些更严肃的作品过去。随后会有一些东西寄过去。

让我的奥古斯特给你讲讲化装游行的详细情况吧，他在这件事上表现得相当不错。祝安好并问候家人。

魏玛，1810 年 2 月 7 日　　　　G.

---

① 歌德为化装游行而写的八行诗节的诗“浪漫的诗歌”。

② 指化装游行的创作“解释”了游行队伍中出现的人物形象，介绍他们所代表的含义。

③ 指 2 月 6 日太子妃玛丽亚·帕夫洛夫娜的生日。

④ 指里默尔。

⑤ 参见第 436 封信的注释。

441. 歌德致维兰德(亲笔)

1810年2月9日 星期五

在此将30日新出版的诗歌①寄过去,并有劳尊兄②关照下列事
宜。你曾写过一首诗向卡洛琳公主亲切致意,我也在公爵夫人的寿
诞上赋诗一首。现在接下来又是殿下的诞辰③。几个朋友想一起送
小礼物,我负责编辑、汇总、印刷,并把它委托给主要由俄罗斯人组成
的新的化装游行队伍。如果你也能弄一点儿东西放进礼包里,我们 533
会很开心。诗歌不会署名。猜猜谁写了哪一首诗会很有趣。任何形
式的诗,自由体的,格式体的,都同样欢迎。

这四五天里你肯定能想出一些东西来。千万拜托。

问候你的家人。

1810年2月9日 歌德

---

① 指为化装游行创作的"浪漫的诗歌"。

② 共济会会员之间以兄弟相互称呼,可参见歌德在共济会会所内维兰德的葬礼上的纪念讲话"对维兰德兄弟般的纪念"(Zu brüderlichem Andenken Wielands, 1813)。关于共济会,参见第202封信及其注释。

③ 指帕夫洛夫娜的诞辰。参见第440封信中的注释。

442. 歌德致卡洛琳·封·埃格洛夫斯坦因[①]

1810 年 2 月 14 日　星期三

我最要好的朋友，这封信您会通过一位胡须手艺人得到，因为，无论如何，您丈夫需要这样一份俄式装扮。我们 11 点钟还要在宫廷里见他，他作为内廷总监我还有事相求，或许您也会帮我们的忙？

但愿这个漂亮的年轻人不要对我们做出一副嫌弃的面孔[②]，否则这会让人乘兴而来，败兴而归。给意大利移民的两段诗已经写在纸上。如果我押不上 Pomeranzen 和 Tanzen[③] 的韵脚那才让人气馁呢。我不想再写诗了：因为这不会是最后一次化装晚会，后面的活动还需要一些好玩儿的东西和装饰，这种想法也许要比现在做的事更好更令人开心一些。

祝安好，并请允许我们向您致意。

魏玛，1810 年 2 月 14 日　　　　歌德

① 这封信及前两封信都是关于帕夫洛夫娜诞辰化装游行的事情。在游行队伍中除了俄国人外，还有一队跳方阵舞的意大利人。方阵舞是一种四人一组站成方阵队形的 3/8 拍或 2/4 拍的舞蹈。卡洛琳也在积极参与准备工作。

② 歌德的儿子不想参加方阵舞蹈。

③ 原文是酸橙和舞蹈的意思，这里是指这两个词所代表的韵脚，与文字本身的意思无关。

443. 歌德致 F. 基尔姆斯？（草稿） 534

1810 年 2 月 16 日前

阁下，

您昨晚较晚时分向我表达您的忧虑，担心下周日参加化装舞会的人数届时会因按惯例采取的限制措施而减少。在这里我会像前一段时间就此事征询意见时所说的那样，郑重地表达我的观点。

可惜，您应该很清楚，化装舞会堕落到这种地步，完全是因为人们对待化装舞会太过随意，致使下等人很容易出现在上流人群中间，不仅有教养的人，而且所有正派的人都离开了。今冬的第二场化装舞会就是一个证明，只有二十七位购票者到场。

下周五宫廷将举办一场化装舞会，舞会上会出现漂亮的盛装。如果最高领主们赏光露面，则其余之人肯定也会跟随参加周五的节日，如此一来，周日的化装舞会也将精彩纷呈。许多没能参加这一天活动的人也希望亲眼目睹那些漂亮华丽的身姿，正派的市民也会以自己的方式而得到满足。

当然，我们也非常希望那些表演俄罗斯民族的人能决定在化装舞会上再次展示他们的游行队伍。

至于外地人，可以肯定地说，邻近周边的许多人也都会过来，甚至那些旅游的人都准备好了家什在这一天赶过来。

所有购买过季票的人都不会缺席，这些人已经是不小一批观众了，他们会把亲戚朋友都吸引过来的。

不要以为要求准备人物面具会很麻烦。每个人，如果他的创造 535
力、他的幽默感在一定程度上激发出来的话，都会感到很高兴，都会忘记因时间紧迫而造成的不快。

另外，聪明的投机商会制作或运来一批合适的人物面具和服装，这些东西的租金不会比前一段时间大斗篷的租金更高，〈……原文有脱漏〉

只要继续规规矩矩地组织这样的活动，仁慈的领主们随时都愿意赏光光临化装舞会，那么这种既满足居民需求，又有利于市政的活动肯定不会再那样走下坡路，因为只要我们有决心肯努力，就一定能通过几个盛大的节日把它从低谷中顺利地拉上来。

444. 歌德致赖因哈德

1810年2月21日　星期三

尊敬的朋友,您的亲切的来信我今早收到了,今天晚上列普宁侯
爵非常客气地请人告诉我,他很乐意从我这里给您带些东西过去。
我环顾四周,看看可以给您寄点儿什么东西,便斗胆将《颜色学》第二
部分[1]的那一摞印稿包起来交给他,这是您拿到的第一部分之后的
内容。您只需让人把它们简单地装订起来就行,后续的部分我随后
寄去。只是请您为这个还在成形中的著作保密。志趣相投的人不
多,但不怀好意的人却不少。我看着这些印张时,有时会觉得自己在
变老,在胡诌:胡诌这个词并不是指一般词典里解释的一个人说些
无聊的话的意思,它还意味着在不合适的时间去说一些正确的东西,
而这些东西对所谓的理性来说是无聊的。既然您能如此真诚地、好
心地、友善地接受我亲爱的奥蒂莉,并公正地对待在我看来至少是无
价之宝的爱德华[2],因为他在无条件地爱,那么您一定能从《颜色学》 536
的第二部分中获得同样多的好感,与第一部分保持平衡。如果我们
俩面对面地站着,我会有多少真正令人高兴令人振奋的事要与您说
啊,但现在还是先到此为止吧,因为我要打包把它们寄出去了。对您
的好意,在此谨致我的问候。

魏玛,1810年2月21日　　　　歌德

① 指《颜色学》的第二部分"争论的部分"。

② 奥蒂莉和爱德华是《亲和力》中的两个主人公。赖因哈德这样描述奥蒂莉:"这个可爱的尤物从身上向四周散发出一种本能的渴求,既吸引人又拒斥人,就像一块磁铁。无论是一颦一笑还是捧心蹙眉,都是那么漫不经心;举手投足、感人知物之间,她就那样地活着,那样地死去,没有别的模样,因为她根本就不知道有别的模样。"

445. E. 格纳斯特(1862年)

1810年2月24日　星期六

〈根据A. 格纳斯特〉歌德带着对《二月二十四日》①的特别偏爱，把它〈……〉搬上了舞台。〈……〉，这个对人物性格刻画的大师级的创作，这种真实与自然，与最高级的艺术结合在一起，超过了所有我们曾经在舞台上表演过的东西。

歌德在演出之后来到舞台上，亲自向演员表达他的满意之情，这种情况是很罕见的。他脸上露出自豪的表情，说："现在我们达到了我要求你们去实现的目标。自然与艺术最紧密地结合在了一起。"〈……〉

---

① 扎哈里亚斯·维尔纳(Zacharias Werner)的悲剧。关于这次演出，有人这样写道："……许多人惊吓得屏住了呼吸，令人想起埃斯库罗斯在雅典演出《欧墨尼得斯》的情景。老维兰德忍不住报怨歌德说居然允许这样的剧本上演。歌德回答说：'您说得有道理，只是人也不能老喝葡萄酒呀，有时也应该喝点儿烧酒……'"

446. 歌德致 W. 莫特比[①](亲笔)

1810 年 3 月 1 日　星期四

在此对莫特比博士先生美意敬赠与我的康德手迹纸表示最衷心的感谢。我要把它们当作稀世珍品或甚至是神圣之物保存起来,经常缅怀这位我们感激不尽的不朽人物以及那些在他过去的日子里忠实拥戴他的朋友们。

恭致问候,垂念为盼。

魏玛,1810 年 3 月 1 日　　　　歌德

① W. 莫特比是柯尼斯堡的医生,康德的朋友。歌德通过威廉·封·洪堡的关系弄到了这份手迹,后者请歌德在回信中给 W. 莫特比附一份简短的感谢信,作为歌德回馈的手迹。

537

447. 歌德致 C. W. 封·弗里奇[1](草稿)

1810 年 3 月 5 日　星期一

最最尊敬的阁下，

请允许本人借此机会虔敬地提出询问与请求。

豪夫商号附近一直以来给周边居民造成极大困扰，此事年复一年持续恶化。它从一条保龄球道变成两条，不仅如此，以前至少在早晨还能保持清静，甚至下午和晚上的打球时间也有限制。但近来从早到晚都有人打保龄球，叫声、喊声、争吵和各种粗陋行为不绝于耳。在战争期间，有些好法律无法执行，因此人们也不得不比和平时期更加忍气吞声，加之本人几个夏天都在外度过，这些都是没能及早对此提出意见的原因。

现在本人听说，又有一家新商号搬进来，而且是之前一直坐落在贝尔维德尔的商号，打算把这个城市的商号办得像农场一样更大更嘈杂。

本人不揣冒昧地询问一下，颁发新营业许可证时是否考虑到按以往的做法对这种随意扩张加以限制？此事在多大程度上属于诸侯警察署[2]的管辖范围，抑或主管部门有什么合并处罚的措施？不知尊敬的阁下是否愿意赏光回应这份私人报告，或者您认为本人有必要采取更加正式的步骤？

不可否认此事令本人非常操心：本人夏天之所以外出度假，其中一个重要的原因就是这个扰民的邻居，使本人一天到晚都无法使
538 用后院和花园。如能劳驾阁下对此采取措施或对他们给予惩戒，本人将不胜感激。

此致……

---

① C. W. 封·弗里奇是1809 年成立的州警察署长官，管理全州的警察事务。此事的处理结果可参见第 569 封信。

② 指魏玛公国各城市中设置的诸侯警察委员会，亦即治安警察署。亦参见第 25 封信中注释。

448. 歌德致策尔特

1810年3月6日　星期二

您为约翰娜·泽布斯谱的曲子①虽然还没有全部听完,但已足够让我说这曲子非常棒。如果此刻我要把脑海里的东西全都说出来的话,那我必须写得非常详尽。我只想提一点,您以非常重要的方式使用了一种我叫不出名字的手法,人们称之为模仿、绘画或其它什么东西,而这一手法在其他艺术那里是错误的,很不得体的。

对耳朵来说这是一种象征性的表现形式,由于这种表现形式,一个对象,无论是在运动还是不在运动,都既不能被模仿,也无法被描绘,而是在想象中以某种独特的和不可捉摸的方式呈现出来,同时,这个被描绘的对象与描绘者之间看上去几乎没有任何联系。当然,音乐可以用一种完全自然的方式来表现滚滚雷声或波涛汹涌的声音,这是完全可以理解的。但您能把"没有了大堤,没有了田野"这一类否定的意思通过没有关联的、断续的演唱而成功地表现出来,把我对"可那苏珊的身影"那句话的预期身临其境地表现出来②,太令人惊叹了。

别让我再唠叨了,否则我就要说整体和细节的东西了。接下来我希望还能再听几遍,让自己从心底里去欣赏它,这比沉思或评论要好得多。您修改的东西也已收到并加了进去。

---

① 策尔特为歌德写的纪念约翰娜·泽布斯的诗谱写了曲子。关于约翰娜·泽布斯参见第377封信的注释。

② "没有了大堤,没有了田野"和"可那苏珊的身影"是歌德在纪念约翰娜·泽布斯的诗里的诗句。原文如下:
Kein Damm, *kein Feld*! Nur hier und dort
Bezeichnet ein Baum, ein Turn den Ort.
Bedeckt ist alles mit Wasserschwall;
Doch Suschens Bild schwebt überall.
歌德在这里没有直接用约翰娜·泽布斯的名字,而是出于诗歌创作的考虑用了Suschen(苏珊)来替代她的真名。

那首歌曲也许可以称为“义务与欢乐”①。就这样接着做吧，试
539 着每次在歌唱时由某个好听的男声插入新的一节或另起一段来唱。我还没有听到旋律，这些天我们有太多要紧的事要做。

祝您生活愉快，把福斯的“鼓之歌”②寄给我，因为埃贝魏因没有把它带来。我们的小社团③前不久在剧院里举办了一次音乐活动，期间你的“在火焰中主来到身边”④，“瞬间的恩惠”⑤和其他歌曲都收到了很好的效果。

魏玛，1810 年 3 月 6 日　　　　G.

① 歌德把他的“来吧，且让酒浆恣情流淌“(Frisch, der Wein soll reichlich fließen)这首诗寄给了策尔特，却没有写标题。策尔特让歌德给一个标题。不过这里给出的标题并未被采用，最后歌德将它改为“呈报”(Rechenschaft)。

② 策尔特为约翰·海因里希·福斯诗歌“共济会的鼓之歌”谱写的合唱曲。

③ 歌德的家庭合唱队。

④ 策尔特根据克里斯托夫·奥古斯特·蒂德格(Christoph August Tiedge, 1752—1841)的诗谱写的“太阳的赞歌”。

⑤ 策尔特为席勒的诗“瞬间的恩惠”谱写的曲子。参见第 433 封信中的注释。

449. 歌德致萨尔托里乌斯

1810年3月23日　星期五

最尊贵的朋友,我在耶拿收到您亲切的来信后,马上就收拾了一个包裹,包装得非常牢固,可以经得住驿车的颠簸。里面装着这段时间我们这儿发生的各种事情[①]。您可以看到,我们与大洪水到来之前那些欢快地忙着嫁娶的人类[②]一样,很少错过任何享受,对先人手中的那些木匠活计根本不去考虑。希望您能有同样的好心情[③],就像我自己这次只与命运签了四个星期的合约一样,希望在这一段时间里能把我的两卷《颜色学》和一本插图寄往莱比锡。这样我就卸下了一个大包袱,但也丢开了一份很好的消遣:其实无论人们做什么都是一回事儿;这份工作后来我做的得心应手,非常享受,甚至可以说是身心愉悦。可一旦想到自己又要被驱使着去做另外一件事情,我对这份工作就恋恋不舍。然而您也很容易想到,在从事这项工作时,总有一些拾遗补漏的事情,在做的过程中也有新的结果出来,因此我也不会马上就撒手不管。

关于柏林那边的工作[④],我也没有什么可多说的。人们就这样 540
拖延着,您也希望这样,因此我也不想让他们加快进程早做决定。麻烦似乎主要在于,出于某些考虑,这些考虑当然也是很重要的,人们想先暂时拒绝我把生活和行动职能的岗位与教师理事会结合起来的要求,而我觉得这些要求是合情合理的和自然而然的。当然,这件事的最终决定还在您这儿,然后也许才能给我一个回信儿。

---

① 指歌德为各种各样的化装游行写的诗。

② 在给"俄罗斯民族化装游行"的诗中,还有一首"新娘之歌",庆祝魏玛公主卡洛琳的订婚。

③ 萨尔托里乌斯在3月11日给歌德的信中,对拿破仑与奥地利公主玛丽·露易丝结婚而导致的纷乱的时局表示担忧。

④ 关于萨尔托里乌斯在新的柏林大学任职的协商,他同时还在争取州政府议员的位子。对此,歌德请威廉·封·洪堡帮忙,洪堡回复说希望不大,但会留心此事。

最后，在这些充满了确定性的日子里，人们当然总是要面临这样一个问题，即是逃跑还是留下来，哪个更好？有谁敢在自己都不知道如何选择的时候还去提出建议呢？

复活节一过，我还想再去卡尔斯巴德。这个冬天我犯了几次病，有些担心，因为去年我错过了很有疗效的温泉疗养。祝您生活愉快，代我向可爱的教母和小教子[①]致意，衷心祝愿他们万事如意。

耶拿，1810 年 3 月 23 日　　　　歌德

① 歌德是萨尔托里乌斯的儿子沃尔夫冈的教父。参见第 118 封信及注释。

450. B.R. 阿贝肯[1]

1810年3月27日　星期二

当摄政侯爵夫人委任我到鲁多尔施塔特的高级中学任职,我准备动身时,歌德还在耶拿。我徒步去那里跟歌德告别,对此我在日记中记录了下面的内容:"3月27日在歌德处,他住在宫殿里。他非常友好地接待了我,他面部的每一个表情看上去都比以往更温和。他感谢我对《亲和力》的关注[2]并谈起那本书。要是我把所有东西都记录下来该多好!不过,他看上去对我记的片断的东西非常高兴,特别是我把这本书看作是独立的、带有自己生命的东西。'这样一件作 541
品,'他大致这样说道:'是在某个人的双手中成长起来,对这个人来说他必须使出全部的力量才能掌握它,完成它,不能有任何的偷工减料。'读者是他最亲爱的人,是能够完全忘我于书中的人。此外,他谈及那部作品时带着令我惊奇的谦逊,好像它只是为了他的时代能成就一些东西而已。"

① 伯恩哈特·鲁道夫·阿贝肯,德国文学史家,语言学家。

② 阿贝肯在《晨报》学者专栏上匿名发表的题为"来信摘录"的评论,歌德当时还不知道作者是谁,把这篇评论印发给了亲戚朋友们。

451. 歌德致夫人

1810年3月30日　星期五

亲爱的孩子，我知道今天没有什么太多的东西要写，因为昨天由封·埃格洛夫斯坦因先生寄出的信已经把所有要说的事情都提到了。如果忘了什么的话，记得提醒我。

我的工作目前看来还很不错，希望不久就能够完成。当然这期间不能有任何干扰，在收获成果之前，我们还不能把你们请过来。

奥古斯特又要去你们那里，我对他在很多方面都感到满意，但在这件事上还是有一点儿很奇怪。仔细观察考虑后，我更希望让他留在海德堡而不是在耶拿，他身上已经有一点儿市侩浮夸习气。我从没有像现在这样对这个词的理解如此清晰。我不想败坏他的暑期，你也不要让他对此有任何察觉，但如果继续这样下去的话，那他就必须在米迦勒节时去另外一个地方，去哥廷根或其他什么地方。由于时间还早，我们还可以商量，但我想先把它说出来，因为我没有功夫把这些事情一直记在心上。

你会收到满满一整箱珍贵的常夏石竹。不要把它们种得太密，因为它们发枝发得很快。把箱子再送回来。

542 我还附了一些月见草的种子，你现在可以把一半种在整理好的一小块地里，另外一半5月时再和到另一块地里。至于怎么护理这种植物，我们以后口头再聊。

那顶小帽子希望已经顺利寄到了。它看上去很精致，我觉得你戴上会非常合适。

封·克内贝尔夫人也已经过去了，奥古斯特也许会在你收到这封信之前就到你那里了。

衷心地问候合唱队的歌手们。我再过去时，我们应该好好地享受一个星期四。你悄悄地打听一下复活节前一周是否会有清唱剧或类似的东西。我会按这个活动来安排时间。

祝安好,别忘了让人代笔告诉我一些正在发生的事情,问候你漂亮的秘书①。

耶拿,1810 年 3 月 30 日 G.

① 指卡洛琳·乌尔里希。

452. 里默尔

1810 年 3 月 31 日　星期六

〈歌德：〉“拿破仑向世人证明了，大众把我们当作什么并不重要。也就是说，还存在着一种与拉法叶之流早期革命者的妄自尊大相对立的东西，这才是大众无法制服的怪物。”

453. 歌德致宫廷剧院委员会

1810年4月10日　星期二

阁下，

本人已将报告草稿签署寄回，请诸位查收。本人仅对部分表达语气略做缓和。此清稿或无须由本人签署。

新歌手[①]及演员表现良好，令人可喜。由于我方很难从外部获
得完全令人满意之服务，故本人几次三番请求尊贵的委员先生，只要 543
我剧院现有人员品行良好且愿望合理，应当对其予以肯定，并令这批歌手演员出演现有的及将来的戏目。

所求之事，我方书记员亦可作证。本人既不愿德尼被扰，亦不想失去他。哈斯勒小姐之贡献值得关注，其他人也或多或少亦是如此。

有劳诸位就此事以书面形式各抒已见，本人亦将陈述自己的观点。若本人去卡尔斯巴德之前再来魏玛，也只是短时的，本人既不希望再斟酌此事，亦不愿做重要决定。若有更重要事宜，则以书面表决沟通结案。

厄尔先生希望陪夫人去莱比锡，若不让他陪伴，本人亦不反对。不过，本人认为，以她目前健康状况，予以同意为佳。一切均取决于具体情况及公爵委员会对其所做的相应决定。

5月9日席勒逝世纪念恰逢周三，本人希望举办一场纪念活动。《华伦斯坦》《奥尔良的姑娘》《墨西拿的新娘》《玛丽亚·斯图尔特》和《退尔》的一些剧幕可以分四到五个部分演出，以《大钟歌》结束。本人之前的一些八行诗可放在最后朗诵，还将再补充一些[②]。对此，本

---

① 指歌手弗赖，几天前刚刚首次亮相，演唱了凯鲁比尼的“担水人”。玛丽亚·路易吉·凯鲁比尼(Maria Luigi Carlo Zenobio Salvatore Cherubini，1760—1842)，作曲家，生于意大利，其大部分创作生涯在法国渡过，担任过巴黎音乐学院院长，被贝多芬认为是同时代最伟大的作曲家。

② 关于席勒的《大钟歌》及歌德为席勒的逝世写的诗，可参见第3封信中的注释。

人希望听格纳斯特先生的想法及更多建议。该活动场面势必壮观，吸引很多人并令人高兴。

其余之事，下次来信再谈。顺致祺安。

耶拿，1810 年 4 月 10 日　　　　　　　　　　歌德

454. 歌德致萨尔托里乌斯 544

1810年4月19日　星期四

您8号的亲切来信让我的一首旧讽刺诗[1]出手,您也会马上原封不动地拿到它。我的著作打包后,我想立刻逃到波西米亚,希望在天堂般远离尘嚣的环境里沉浸在德国文学和知识的海洋中过上几个月的日子。到米迦勒节时[2],我要把这些陈腐猫粮中的小骨头仔细漂白,用实用主义的铅丝串成一副骨头架子,把灰簸干净后呈现他们,我要心满意足地看着这些牛顿分子们如何夸张地表演。如您看到的那样,这场争论将在比较解剖学中进行,而且,我认为,这些先生们会按他们一百年来的方式发誓说:天生就有六颗锋利的门牙和一对相当有力的犬牙才是真正的兔子。对此我当然不会给予任何回答。祝您生活愉快,原谅我在这严肃的日子里拿这件严肃的事情开玩笑。其他东西我都会细细地记在心里。代我向教母教子[3]问好。好好给我说说您最近的工作情况。

耶拿,1810年4月19日　　　　G.

① 这首讽刺诗在寄给萨尔托里乌斯的手稿中还没有名字,它后来被冠以"猫粮"的名字,以寓言诗的形式讽刺了牛顿的颜色学理论,同时歌德认为数学是不可能用于这一领域的。萨尔托里乌斯针对歌德随后出版的《颜色学》写道:数学家们已经全副武装,准备用他们的a+b=a•b来册封骑士。关于歌德对数学家的挖苦,亦参见第531封信及注释。

② 歌德在等待复活节书展对他新出版的《颜色学》的反应。

③ 参见第449及118封信中的注释。

455. 歌德致赖因哈德

1810年4月22日　星期日

尊敬的朋友,对列普宁侯爵那里转交过来的信[①]我只能匆匆地表示感谢。我从这里出发之前,还要为您把《颜色学》的样本完善一下,并借此机会再写一些东西。魏玛那边我会相应地指示让海德堡的齐默尔先生与枢密官迈尔先生,我们优秀的艺术家及艺术鉴赏家,
545 会谈,把图册交给他,或者就此事与他亲自交谈。我要是过去的话,会很友好地接待他。

关于您给我提到的那个年轻人,我现在不建议他旅行到我们这里来。我非常忙,一方面,我要为《颜色学》参加年度展会[②]做准备,尤其是现在还有一些技术上的问题。离展会越近,事情就越多,因为要决定哪些东西要去掉,哪些要合并在一起,另外还有各种紧急的事情需要安排。插图及其描述、广告、登记册等,所有这些事情都像一条拖得长长的尾巴,很容易被糊弄过去。如果我没有好帮手是无法搞定的。

另一方面,我们的剧院还要像以往那样为劳赫施泰特做准备,需要在路上尽可能多地上演新剧目和歌剧。新的乐队指挥[③]刚刚加入,尽管每个人都喜欢按照自己的意愿过日子,但人们还是希望当头的来说些什么,这样就可以少承担些责任。此类事情还有很多,您在更高的位置上看得会更清楚更明白。

---

① 赖因哈德在4月16日的信中第一次详细地介绍了苏尔皮茨·博伊塞雷,提到他收集的古代德国的绘画,他绘制科隆大教堂的计划以及结识歌德的愿望。赖因哈德信中告知说,书商齐默尔会带去一本教堂建筑的画册及结构图,让大家先看看。关于博伊塞雷,参见第462封信中的注释。

② 莱比锡图书展,这一年的书展在5月中旬。

③ 指奥古斯特·埃伯哈德·米勒(August Eberhard Müller, 1767—1817),德国作曲家、风琴师和合唱团领导。来魏玛任乐队指挥之前,他曾任莱比锡圣托马斯教堂合唱团乐监,德国著名音乐家约翰·塞巴斯蒂安·巴赫曾担任此职务二十七年。

我还在耶拿。至于我是否会到魏玛那边去,或者像现在这样书面处理或委托人来处理那边的事务,我自己也还不知道。我只知道如果要走的话,我会没有准备就得出发。如果您提的那个年轻人在这种混乱中来见我的话,他会很不高兴,这对他也无益处,还不如索性等着。您自己应该很清楚,弗里德里希·施莱格尔的一个学生要跟随我很长一段时间,如果希望从这种共同相处中产出令人高兴令人振奋的东西来,那就需要善意的心灵给我们双方赋予特别的耐心。
这种尝试大约可以在秋天或冬天时做一下,我那时会在魏玛,那里有 546
各种有意义的社团、戏剧、音乐、图书馆和各种形式的收藏等。您介绍和引荐的人,我们会像对待其他人一样做好准备,让他在我这里受到最友好的接待。他在我这里也会发现,对一些平时对我很有敌意的观点,我会比平常表现出更多的忍耐与宽容。

关于还要从事的创作,我会好好考虑一番,收集自己和朋友们的想法,然后根据判断把它们诚实并善意地汇报给您或相关的人。

我心里还想着许多事情。但我也许只能给您寄去几卷八开本的书。这个夏天我做了一些事,其中至少会有一些能够成型。

请您在列普宁侯爵离开前代我向他致以最衷心地问候和思念。如果他真的去西班牙,由雅可夫列夫先生接替他的位置的话,那么,看在我的份儿上,请您对后者也友好相待。他对我一直是彬彬有礼,上一次还敬赠我一罐石头,是我非常感兴趣的一个品种。

恭致问候,垂念为盼。

耶拿,1810 年 4 月 22 日 G.

456. 歌德致 J. H. 迈尔

1810 年 4 月 27 日　星期五

尊贵的朋友，您好心购买并寄来的东西让我非常高兴。那个画册和卡茨的画页[1]都顺利寄到了。这位杰出的画家将要离我们而去，太令人痛心了，正所谓是命中注定，令人心情沉重。

547 那两张反印的画[2]也寄到了。这个好孩子也许有点儿本事，还可以多学点儿东西，可糟糕的是，她像同时代一起喝茶聊天的女伴们一样都想错了：用我们的话来说就是，让魔鬼带走这个有艺术天分的小姑娘吧，她让我神圣的奥蒂莉怀着孕躺在华丽的床上。您比我更明白我说的是什么。那些人无法摆脱奶妈和玛多娜的下流无耻，索性就把所有东西都扯到下流无耻上，哪怕人们想小心翼翼地躲避它也没有用。如果一定想把它画下来的话，那么，人们应该抓住那个死了的、真正死去了的孩子升天的那一刻。另一种情形就是在教堂中，没有什么比让建筑师走近前来更适合于绘画表现。但好心关注它的小民们哪里知道这是在搞什么名堂。

我们要攀登的颜色学的山峰，虽然已不再那样令人心醉，但由于您是这附近群峰的令人生畏的征服者，您大约能理解，我们踏着它跨越山峰时的心情会是怎么样的。

除了这条路外没有其他通往卡尔斯巴德的路，所以，这条路也要走完。想想在哥达山峰上的那些乐趣[3]，请好好待我，想着我，别闷不吱声。

耶拿，1810 年 4 月 27 日　　　　G.

---

① 一本意大利铜版画册和卡茨的一幅素描。关于卡茨，参见第 273 封信中的注释。卡茨此时已是病入膏肓，7 月 14 日在德累斯顿去世。

② 这里指的是在卡尔斯鲁厄一位叫索菲·赖因哈德的女画家给《亲和力》画的两幅画。所谓反印画是对印刷出的画作或原画的翻印或拓印，是一种镜像画。

③ 1797 年 9 月底 10 月初，歌德与迈尔在瑞士乌里州旅行，登上了圣哥达山。

457. 歌德致夏洛特·封·席勒

1810年4月27日　星期二

亲爱的富有同情心的朋友，一个人长期沉默之后想再次说些什么时，是要做一番思想斗争的。您的良言也促使着我不能再完全沉默不语。

一段时间以来，我们其实完全是在**努力地**，被驱使着去做不得不做的事情[1]，除了将其做完外，没有任何乐趣可言。好日子，而且是非常美好的日子就这样走掉了，来不及报答自己，也来不及向他人去 548
表达希望。

同时还有一些令人非常顾虑的东西，但我认为，它们完全是由于一种孤僻的和吹毛求疵的疑心造成的。我觉得不仅仅是读者，还有那些恩主、朋友，甚至最亲近的人，他们总是以暴君的形象出现，不停地把杯子扔到漩涡里，直到可怜的潜水者[2]和杯子消失。

由于我竟然做如此大胆的比喻，想必您一定会原谅我只补充这么几句话。这里先要做的事还能让我们忙活几个星期，然后我要赶快去卡尔斯巴德，因为虽然我现在健康状况还尚可，但这只是一种侥幸，转眼之间，它就可能变成令人不愉快的现实。

这期间我还必须去看望魏玛的亲朋好友[3]，因为我发现很有必要让自己从某种疑心病的影响中解脱出来。您想想看，这段时间以来，我除了写那些不能被朗诵的诗以外，已经没有任何享受了！如果仔细观察的话，这还是一种病态，这种病态越早摆脱就越好。

春安，垂念为盼并多多见谅。

耶拿，1810年4月27日　　　　G.

---

① 指《颜色学》的一些收尾工作。

② 指席勒的叙事诗。

③ 实际上歌德直接从耶拿去了卡尔斯巴德。

458. 歌德致夏洛特·封·席勒

1810年5月5日 星期六

尊贵的朋友，您上一封亲切友好的信是在美好的清晨时刻寄到
的，它令我精神振奋。人真的不需要独自承受一切，偶尔小小地报怨
一下，就会得到朋友的指正，令自己受到启发。我不敢指望再见到
549 您，因为即使我的身体健康状况尚可，我还是不敢有过多的奢望。至
于与魏玛暂时建立联系，然后又马上断开，这会比其他任何东西对我
刺激都大。因此，请您暂时接受我的衷心祝福。如果您想在我离开
期间让我开心的话，那么劳驾您好心关照我的家人，我又让他们独自
待在家里，时间也许长得有些不公平。请您找个好机会让我夫人结
识封·洪堡夫人[①]，并代我衷心地向这位亲爱的朋友致意，可惜她旅
行经过这里时我不能问候她。祝封·沃尔措根夫人万事如意！我坐在
车里离开时，又在为朋友们做事了，过米迦勒节时，需要她们与老威
廉[②]一起在漫游中出现，她们应该会遇到一些地下和天上的神圣。
幸运的是我又收养了第一种的一个神，我希望对她不会太坏。祝您
玉体安康，在关键场合代我问候致意。由于我不知道是否会见到科
塔先生，这里附上一封短信给他。请您衷心地问候他，告诉他不要怕
绕路。

耶拿，1810年5月5日 G.

---

① 威廉·封·洪堡的夫人从罗马返回，途经魏玛。

② 参见第461封信及注释。

459. 里默尔

1810年5月5日 星期六

〈歌德:〉"人性现在应当对准专制才对,就像它之前对准野蛮人一样。用一种可接受的方式去描述士兵的生命,而且应该是这样子,让士兵感觉到:不幸只是被托付给了他,当他独自一人时,必须像人一样行动。"

偶尔读到他征战回忆①中的一句话。

① 1792年歌德参加了针对法国的奥普联军,双方在瓦尔密激战,后因联军补给出现问题而主动撤退。他的《远征法兰西》直到1822年才作为其《我的自传》中的一部分出版。

550 460. 歌德致贝蒂娜·布伦塔诺(亲笔)

1810 年 5 月 10 日　星期四

亲爱的贝蒂娜,好久没有听到你的消息了①。如果不问候你一声,不恳求你往那边写信告诉我你还活着的话,我是没法启程去卡尔斯巴德的。你的信件随着我周游,让你那亲切可爱的面庞浮现在我的面前。我不多说了,本来就没有办法给你送些什么东西,因为你不是自己能买到就是能拿到这些东西。

祝安好并想你。

耶拿,1810 年 5 月 10 日　　　　歌德

---

① 贝蒂娜上一封来信是 3 月份。

461. 歌德致夏洛特·封·施泰因(亲笔)

1810年5月11日　星期五

尊贵的朋友,我最终还是决定写信与您告别。几个月来,我一直忙于创作,没有办法来拜访魏玛。现在,我希望终于不再有新的羁绊,可以立刻从目前的状态中解脱出来,换到我向往的地方去。这段时间以来,我的日子虽然过得没有痛苦,也就是说,按伊壁鸠鲁的学说[①]我不再报怨任何事情,然而,不停地在肉体和精神之间保持平衡却是一件恼人的事情。对温泉的信任并希望在不舒服的时候能够直接得到自然的帮助又为我美化了这里已经很美的春天。

《颜色学》两卷及插图现已寄往莱比锡。也许您会对其中一章,
即我如何走向这个研究的自述[②]这一章,最感兴趣。我不后悔为此 551
牺牲了许多时间。通过这项研究我触及到了一种文化,换到另一角度,我是很难接触到这种文化的。它也会产生一些令我今后感到高兴的东西,对其他人也许也会有用。

请您抽空代我向最尊敬的公爵夫人殿下致意[③],请她原谅,装订好的样本要晚些时候才能送交过来,我启程之前是不可能完成的。代我向君主殿下转达我真诚的挂念,让我匍匐在主公的脚下。

向亲爱的公主致以我良好的祝愿[④]!我常常去她的边角房间看望她,上一次在那里见到她也是如此亲切,可惜我的想象力很快跟不上您了。请允许我从那个我曾多次去过的美妙的地方给您送去回忆[⑤]。

这个夏天,或甚至一踏上漫游之路,我就会忙着写威廉的《漫游

---

① 指伊壁鸠鲁的理想,不为痛苦和欲望所动,使心灵达到一种平衡的状态。

②《颜色学》历史部分的最后一章,“作者的自述”。

③ 歌德将他的《颜色学》敬献给公爵夫人。

④ 7月1日,卡洛琳公主将与梅克伦堡-什未林的王子结婚。

⑤ 指歌德画的风景画。

年代》[1]。也许,他在途中还会遇到几个漂亮的孩子,我会暗中在这里或那里培养他们。我要特别推荐那个栗色头发的少女,她现在是我的最爱。如果您遇见潘多拉[2],我听说她正从维也纳前往莱比锡,请您对这个可爱的孩子好生相待。

劳驾代我向亨克尔伯爵夫人和封·威德尔夫人表达我的挂念,让我时不时出现在她们周一的茶话会上。

我在卡尔斯巴德不会完全沉默的。也请让我听到您的消息。向科赫伯格一家人,西里西亚的朋友[3]以及泽巴赫一家转达我最忠诚的问候。

劳驾您在我离开期间好心关照我的家人。我又让他们独自待在家里,时间也许长得有些不公平。

552 两天前福格特教授从巴黎[4]回来了,没有什么比他的到来更配我的旅行了。这位见多识广的聪明的年轻人见了很多好东西,也知道很多事情,他讲的东西会非常有趣,非常有教育意义。

这么长时间没有通信,我还有好多话想说。但纸短话长,我不得不停笔了。承蒙您的友谊及垂爱,再致福安。

耶拿,1810 年 5 月 11 日　　　　歌德

---

① 尽管歌德在 1810 年努力写作他的《漫游年代》,但这部小说直到 1821 年才出版第一版。他的自传《诗与真》期间插了进来。与《漫游年代》中的其他故事一样,《栗色头发的少女》一开始也是单独发行。

②《潘多拉》的单印本 5 月中旬从维也纳寄往莱比锡发行,较第一版有较大的增幅。

③ 封·施泰因夫人的儿子弗里德里希。

④ 参见 389 封信及注释。

462. 歌德致赖因哈德

1810年5月14日　星期一

那个图册[1]已经由齐默尔先生给我带到耶拿,令我非常高兴。这里匆匆几笔,把关于它该说的几句话写下来。

没有谁可以给人规定他的喜好和他所拥有的天赋应该朝哪个方向发展。此外,那些能够把过去的意义重现给我们的东西,尤其是当它们真正忠实地从历史和批判的角度来呈现时,这些东西都是最值得珍视的。

从这一点来看,这位年轻人为了成就这些图纸而做出的努力是应当受到高度赞扬的。在绘制过程中,他把它们彻底变成了一部作品,我必须承认,他这里所呈示的科隆大教堂的平面图,从建筑学的角度来看,是很久以来令我最感兴趣的东西之一。其透视轮廓图〈透视图?〉让我们感到一个如此巨大的工程是无法实现的,但人们惊讶而又清醒地看到,巴比伦塔的童话在莱茵河畔得到了实现。

更令人高兴的,同时也令人惊叹的是,这种修复工作,或更确切
地说是在图纸上进行的扩建工程,如此精心地从现有的建筑中,从一 553
些流传下来的东西中,从这个时代已知的艺术和建筑风格中,把可能
的东西和谐地组合到了一起,比人们期望的还要好。如果有谁胆敢
对此有所指摘的话,那他在这方面一定要比我精通得多。

夸利奥画的图纸很有见地,而福克斯画的那些图则是细致非凡,两者在绘制过程中都下了很大功夫,表现得纤细优美,充满品味。真的可以说,这些图纸表现出来的东西无可挑剔。它们的确是在为一件重要的作品戴上皇冠,而我更为好奇的是,这些艺术爱好者和艺术家们能从过去的年代里为我们提供些什么。

这些图纸放在这里永远都是无价之宝,即使人们很难将它们刻到铜版上传播给大众,起码我在我们这个年代几乎看不到这种可能

[1] 指教堂建筑的画册及结构图,参见第455封信中的注释。

性。而那些人付出的巨大努力在此能够成就的也许比人们想象的还要多。

上面这些话都是真诚的、毫不夸张的赞扬，应当把它献给科隆那些热爱艺术的朋友们。当然这种充满激情的专注也是为了成就这样一些东西。我早年对这些东西也感兴趣，对斯特拉斯堡的大教堂有一种偶像的崇拜[①]，它的正立面至今我还像从前那样认为要比科隆大教堂的更加宏大。

这里，德国的爱国主义[②]让我觉得非常奇特，它很想把显然是来自撒拉逊[③]的植物描述成是土生土长的东西。但尽管如此，从整体上来看，这个时期的建筑艺术风格从南向北扩展还是十分引人注目的。我觉得整个这种建筑艺术还处于毛虫和蛹的状态，第一批意大
554 利艺术家也孕育其中，直到米开朗琪罗设计了圣彼得大教堂而最终破茧而出，作为一只神奇华丽的蝴蝶出现在世人面前。

我并不责怪我们的年轻人徜徉于中世纪的时代，相反，我认为这

---

① 歌德这里指他年轻时发表的两篇文章，一篇是“关于德国的建筑艺术，施泰因巴赫的 D. M. 埃尔温”（Von deutscher Baukunst, D. M. Ervini a Steinbach, 1773），一开始是匿名单独发表，后被赫尔德收入《德国的风格与艺术》，也没有注明作者。另一篇是“1775 年 7 月前往埃尔温墓地的第三次朝圣”（Dritte Wallfahrt nach Erwins Grabe im Juli, 1775），与其他几篇论文合在一起以《歌德的信札》为名发表。歌德间接地承认了自己是早前论文的作者。在写《诗与真》的过程中，他重新拾起这一话题，详细地描述了斯特拉斯堡的大教堂的正立面，并回忆了他早年的论文。

② 在“关于德国的建筑艺术”中，歌德作为第一人将哥特式建筑标上了“德国”的标签。博伊塞雷在给歌德的长信中也提到了“这种独特的、美妙的德国建筑艺术”。

③ 撒拉逊原本指近东一带的牧民，也泛指中古时代的阿拉伯人。哥特式风格受到阿拉伯人的影响，歌德可能从菲奥里洛的《素描艺术史》中了解到。1801 年歌德在哥廷根认识了菲奥里洛。

种现象是很有必要的，它让我放弃了所有实用主义的观点和对世界史的预言。

博伊塞雷①先生给我写了一封优美而有见地的信，这封信及那些图纸让我对他产生好感。我给他匆匆写了一个便笺附在这里，邀请他在米迦勒节时过来。劳驾您转告他我前面可以沟通的评论部分。

请原谅附上的印刷品增加了邮资，这些有用无用的东西每年都会从您那里扣去邮资。但我还是希望这些报纸能很快到您手里。随后还会寄更多的东西。匆匆数笔，见谅。请您给我往卡尔斯巴德写几行字。

耶拿，1810 年 5 月 14 日　　　　G.

〈亲笔〉附上一个不必要的但却是善意的请求：不要告诉那位杰出的年轻人任何我说的可能会令他伤心的话。临行之时祝您万事如意。

① 苏尔皮茨·博伊塞雷(Sulpiz Boisserée，1783—1854)，德国艺术收藏家和艺术史学家，他与弟弟梅尔基奥尔的收藏最终为慕尼黑的老绘画陈列馆(Alte Pinakothek)奠定了基础。他花了大量的时间去恢复和完成科隆大教堂的建设工作，并为其最终完成起到了重要的作用。

463. 歌德日记

1810年5月15日　星期二

托运许多行李。给殿下写信，给**枢密顾问封·福格特先生**写信寄往魏玛，关于书籍装订工及其他事宜。同样往巴黎给**盖格博士**寄去一卷东西。给**内廷参事贝伦斯先生**写信，与哈克特的宝石目录①一起寄往柏林。给《**晨报**》**编辑部**写信寄往斯图加特，附上八行诗节的作品②。给**封·赖因哈德**先生写信，附上一份广告及给**博伊塞雷先生**的一封信。装箱。在植物园。在克内贝尔处，遇见郎格曼。中午我
555 们一家人在一起。傍晚时分我夫人离开。晚上去封·克内贝尔先生处，郎格曼和泽贝克也在那里，我们一直待到半夜。关于萨尔茨堡痴呆人的谈话。

痴呆人在萨尔茨堡人中间或多或少被称为**低能人**，他们或多或少存在于萨尔察地方，每个家庭以及搬到那里或嫁到那里去的外来人的孩子中都有这种人。这种痴呆分等级，因此，有三种不同形式的痴呆人：那些充其量只能去官府转转、略懂世道常情、可以做一门生意的人；那些只能在村上的树林里放牧或另作使唤的守林人；连守林人都做不了，没法出门，没有任何基本技能的人。这些人非常常见，以至于某些习惯法都是为他们制定的。

---

① 哈克特的继承人想把他收藏的宝石卖掉，歌德建议用“卖彩票”的方式来处理。

② 为席勒《大钟歌》写的跋，其进一步增补的版本首先在《晨报》上发表。

去卡尔斯巴德，特普利茨，德累斯顿旅行

1810年5月16日至10月2日

464. 歌德致卡尔·奥古斯特公爵

1810年5月24日　星期四

来自卡尔斯巴德的消息

1810年5月24日

接近卡尔斯巴德时,最先映入眼帘的是那条新修的大马路,它现在已经铺设到城市的上边儿去了。从远处可以看到下部结构、墙体和斜坡。从几年前停工的那个位置起,马路以均匀的缓坡向前延伸,左边的酒店,以及从那个地方开始,所有坐落在三十字山脚下的农田、花园、庄园和房屋都处在路的下方。不言而喻,有些地方被路分
556 开了。安德烈亚斯小教堂和教堂墓地同样也在左下边。马路通到绞架山,从当年刑场下方40英尺的地方经过,然后弯弯曲曲进入山谷,在萨克森草坪上方一端的位置架设了一座跨越泰普拉河的新桥。所有地方都划了界线,只有一部分在建设,大部分都已做了规划,这样它们就不会从规划中撤掉,项目可以一部分一部分地完成。这些工程巨大,很难在一年之内完工。

到卡尔斯巴德需要考虑的第一件事就是钱。纸币迄今一直在贬值,最近在维也纳已经到了375比100。我们在这里是以362买进的,在萨克森大约也是这个价格。

一年前它在这儿已经是500了,我们在外面当然不知道。这给人们造成了混乱,即使以银币来计算,物价也上涨了。如果有谁还保留着几年前的收据,只要拿现在应付的钱款与当前的汇率来算,就可以清楚地看到这一点。人们最后也只好听天由命了。

住宿价格肯定涨了一些。其中的原因也许是,房东们去年根本没有收入①,而今年特别是在7月份预计有很多客人。如果有谁这个月过来却没有预订房间,肯定会很闹心的。

可以想象,人们会先去碳酸泉。去年它最后一次喷发时我不在,

---

① 由于战争的影响,几乎没有客人去那里疗养。

再次令我很后悔。不过我已经把所有情况了解清楚。假使人们当时马上去补救,并且知道要做什么,那么,这种遗憾就不会那么大了。一直以来,人们并没有真正理解并观察这种现象就去处理这件事情,把这种重要的自然作用逼到了绝境,使得它时不时就会剧烈地喷发 557
气体。当种种迹象预示这最后一次喷发后,人们这时又犯了几个错误,导致它比以往喷发得更加猛烈。这个不幸发生后,由于意见分歧,加之负责此事的部门是五花八门,结果人们采取了非但有利反而有害的措施。市民、官员、县政府、布拉格政府和由政府派出的专家们(大家知道,他们不过是业务上有这个名头,而不是真正懂行的人)、卡尔斯巴德的医生、工程师和不知哪里来的什么人,每个人都有自己的主意,其中有一些还是不错的。但这些建议即不切合实际,又不能彻底解决问题。一件事被拆分成了各种各样的工作,浪费了钱财,到现在这里都还是一片废墟,看上去丑陋不堪的样子,享受碳酸泉非常不方便。我原本以为并相信所有这些东西都已经建好,而且由于它本来就是木板结构,应该已经装潢得很漂亮并且非常舒服了。

由于公共浴池已经拆除,那个有名的大厅和广场边的老碳酸泉林荫道可以拓宽,形成相当漂亮的空间。现在碳酸泉流向公共浴池的最末端,往河的下游流去。这样一件重要的事情,没有人们想到要画基础图,也没有平面图,更没有正面图,即使这种重大的变动也没能让这些专家们摆脱旧的束缚。换做我,我就会为自己的维护工作做一个计划,同时也会预见到,有前面提到的那些部门和各种不同的意见在那里,就不可能有令人满意的结果,也不可能把这件坏事变成一件好事。

再说说温泉本身,1809 年 9 月初喷发之后不久,城堡温泉, 558
之后还有特蕾西亚温泉很快就停歇了。前者目前还是这种状态,偶尔还会冒出一些气体，人们在约4英尺深处又找到了特蕾西亚温泉。它有水流出，水被汲出来，从出水量来看，它现在与城堡温泉完全相似。新泉还像往常一样一阵阵地从管道中流水，但水流更少了，而且是间歇性地。碳酸泉的水猛烈地涌出，流入一个木箱子，箱子直接放在盖板的缝隙处，泉水顺着水槽流走，这样人们可以用杯子接水。这种巨大的沸腾力量是很壮观的，在它面前，平时那些庸俗之人都变得渺小，仔细观察就可以看出，这些人是之前或今后不幸的来源。幸运的是，能够对此事发话并施加影响的人已经认识到这一点。他们为此与上级部门交涉，要求为了温泉的声誉而将一切都恢复至原来状态。然而，这一要求被上级部门全部驳回。

这件事就先写这么多，关于它可以写上一整篇论文。我从隔壁房子的角度画了一幅整个温泉现状的远视图，把这种令人无法置信的荒芜景象表现在纸上。这种荒芜不是碳酸泉造成的，而是由人一手造成的，这令每个人都很吃惊。

新约翰尼斯桥建设得很好，两部车可以很轻松地错开驶过。由于它完全是水平的，对着市场和草坪的下桥坡道都比较陡。不过人们有得是办法。人们把鱼美人客栈一带的地面和石阶乃至上面街角处商铺的门槛都抬高了。

这里外国人还不多，大约有四十人。萨克森的玛丽安公主与她的随从，拉佐莫夫斯基伯爵与他漂亮的夫人，科尔内朗伯爵与家人，
559 波托茨卡伯爵夫人，斯坦尼斯劳斯夫人，今天，年近九十，身材矮小的干瘦老头奥托上校也出现了，他因为七年战争而出名，有一张受到良好教育的脸。

人们期待着26日奥地利皇后[1]的到来,她可能重病在身。萨克森的安东王子及王妃也同时到来,届时会张灯结彩地庆祝。类似的活动还会有更多,不过,人们想不到这些活动会持续十四天的时间。

又及:皇后要到6月6日星期三才会到达这里。

① 指奥地利皇后玛丽亚·卢多维卡(Maria Ludovika Beatrix von Österreich-Este, 1787—1816),她是奥地利大公,德意志神圣罗马帝国女皇玛利亚·特蕾西亚的曾孙女,1808年1月与奥皇弗朗茨一世结婚。玛丽亚·卢多维卡被认为是一位执政天才,深受国民的喜爱,被誉为第二个玛利亚·特蕾西亚。她支持对拿破仑宣战,反对法国的统治。1808年起,玛丽亚·卢多维卡的健康状况每况愈下,1816年在意大利维罗纳因肺结核离世,年仅二十八岁。

465. 歌德日记

1810年5月28日 星期一至5月31日 星期四

5月28日

喝了少许矿泉水。口述传记纲要。封·廷彭先生。他的学说，礼拜上帝的节日如何变成了真正的工作日。用餐后画碳酸泉轮廓图，然后去碳酸泉。有官员在现场，拿着一根棍子探查，可以看出，缝隙不是很宽，泉水从缝隙中涌出。晚上在萨克森厅。玛丽安公主和其他人员。去奥·哈拉骑士处喝茶[①]，与波托茨卡伯爵夫人，拉佐莫夫斯基伯爵夫人，拉佐莫夫斯基伯爵和科尔内朗伯爵，还有奥·凯利在一起。两位女士有非常漂亮的宝石，把它们拓印下来。骑士讲他与一位俄国牧师的历险记，非常幽默。这个牧师带着他在基辅的一个地下墓穴转悠，把他当成了一个穆斯林，因为他在圣人墓前划十字时是从右到左，而不是从左到右。

5月29日

在泉边喝了少许。认识几个新人。在草坪上散步。口述传记纲
560 要[②]。饭后，封·廷彭先生。画碳酸泉的状态。朝萨克森草坪方向散步，查看新桥的情况，沿着之字形大马路向上走，一直走到布拉格酒店。朝戈特尔花园方向走到劳伦茨小教堂。玛丽安公主带着一大队随从从路易斯岩山那边过来。向下直到萨克森厅前面。在草坪上与大家来回散步。与拉佐莫夫斯基伯爵回家，欣赏他的卡尔斯巴德的

---

① 关于奥·哈拉骑士，《1811年日记与年鉴》中，对他有这样的记载："奥·哈拉骑士，一位社交高手，一位好客的主人，一位正直的人，他选择在魏玛住一段时间。关于他多年误入歧途的故事，他还添油加醋地拿自己开玩笑，用一种令人舒服的神秘兮兮的语调在餐桌上讲给大家听。他的厨娘烤得一手好牛排，而他在筵席结束时会用最纯正的摩卡咖啡招待宾客，这中间他的功劳可不小。"

② 歌德在这里多次提到的"传记纲要"是指他的《诗与真》中所谓的"卡尔斯巴德的纲要"。

矿石并谈论这些矿石。在伯爵夫人处喝茶,科尔内朗伯爵,奥·哈拉和奥·凯利都在场。奥·哈拉今天早上为公主表演把魔鬼抓在手中并带着它散步的故事。寓言,一个吹笛子的人在采石场发明了卡农曲,它们的回声能连续地以协和的间隔把他的曲调再现出来。

〈……〉

5月31日

喝矿泉水。之后完成了传记的纲要。封·霍赫先生为皇后的到来而索要一首诗①。朝卡尔大桥方向散步。用餐后朝埃格尔桥方向散步。参观采石场,石头被切成方石用于建桥和筑路。所谓最古老的砂石。画了一些画。晚上用墨水描绘。

---

① 歌德为奥地利皇后到来而做的献诗“皇后的到来”,这首诗在玛丽亚·卢多维卡6月6日进入卡尔斯巴德时呈献给了皇后。

466. 歌德致夫人

1810年6月3日　星期日至6月5日　星期二

卡尔斯巴德,1810年6月3日

亲爱的,你5月24日的来信走了八天。你哥哥的一封信我分了五次才收到。看来人们只管写信就行,这些信纸最后总能到达。

我在一个直接从维也纳过来的商人那里给你买了一条披肩,我觉
561 得它比这边女士们现在戴的所有披肩都好看,那些披肩大多数都还拖着一条长长的尾巴,缀着难看的花朵。现在,花朵终于去掉,新的镶边漂亮多了。这些披肩都四方形的,希望你能喜欢。我打算把它包好,让邮政驿车寄给你。它应当在7号星期四从这里寄出。寄到后,把到达的日期和邮资告诉我,这样下次寄东西时据此来估算时间。在这里通过它们邮寄东西简直是一件伤脑筋的事情。我附了一条小围巾给小卡洛琳①,它非常柔软丝滑,会让她高兴的。针和其他东西下次再说。

新的瓶装埃格尔矿泉水人们肯定会敲你一笔,那种四十小瓶一小箱的矿泉水我给你寄去两箱,在泉边每箱只要2个萨克森塔勒,如果用纸币付的话还会更少。当然还要算上运费。只要你觉得味道不错,喝了舒服就好。

晴朗的天气已经离我们而去。现在开始下雨,天气变得很冷。我们盼望有好天气,一旦出太阳,它就又变得非常漂亮。每天都有新的客人到来,到了7月就会人满为患。这个月已经找不到一处好的住宿的地方。封•埃本贝格夫人会在7月初过来。贝蒂娜那里我没有听到任何消息②。除了博恩女士和汉伯里女士6月12日到达外,也

---

① 指乌尔里希•卡洛琳。

② 克里斯蒂安娜给歌德的信中说:"贝蒂娜到卡尔斯巴德了吗? 封•埃本贝格夫人呢?这里人们说,西尔维和戈特(指保利娜)也去那里了。你跟这些小眯眯眼们在一起到底要干什么? 这太过分了。只求你别把我,你的老女人给忘了,时不时想想我吧。不管怎样,我坚定地信任你,别人爱怎么说就怎么说去。因为你是唯一想着我的人。"

许不会再有其他人从耶拿或魏玛过来。我5月27日写给你的信应该寄到了,我会时不时写信的。

这里现在虽然所有东西都比两年前要贵,但我们过得远比在耶拿更滋润,因为我们最多用30塔勒的钱就可以负担每周的租金、用餐、葡萄酒、早饭、其他物品和零星的支出。下周三6号奥地利皇后会到达这里,届时又会拥进不小一批人群。

6月5日　星期二 562

这封信给耽搁了,只能在寄披肩的前一天发出,这样披肩也会随后寄到。给卡洛琳的小披肩只是在裁剪的边上镶了边。穗子原来就是这样的,用来装饰。

随信附上十二份献诗的样稿,这首诗在皇后驾到时由卡尔斯巴德的年轻人敬献上去。你安排把其中四份交给宫廷,三份给城市,三份给耶拿,两份你自己留着。一周以来这里的天气非常糟糕。冰雹和雨雪交加,我们不得不生火取暖。除此之外,一切都令人高兴快乐,我的身体也比之前好多了。

披肩包装得很好,但愿寄到时不会损坏。赶紧给我写信告诉我你们那里情况怎样。我听说内廷参事施塔克先生会到这儿来,让他给我带一些必需品过来吧。

G.

467. 歌德致夫人(亲笔)

卡尔斯巴德,1810 年 6 月 6 日 〈星期三〉

这封短信会随披肩一起寄出,我还想亲笔写信告诉你:我常常
心里充满了爱,我想念你,计划下一年我们可以一起在这里度过一段
时间。这次就寄给你一条纱巾,你肯定会很喜欢,至少我们三个人[①]
都认为它是最漂亮的。我希望它能顺利寄达,收到给我写信。不要
错过夏天在魏玛和劳赫施泰特的疗养。在劳赫施泰特建议你去泡温
泉。问候奥古斯特,我还没有听到他的任何消息。问候小卡洛琳,她
563 应当以我的名义用那条小围巾打扮自己。告诉我你那里人们估计这
披肩值多少钱。祝安好,爱我并想着我。

G.

① 除歌德和里默尔外,第三人可能是侍从官封·廷彭。

468. 歌德日记

1810年6月6日 星期三至6月7日 星期四

6月6日

一早去泉边。思考《漫游年代》的新一章的构思。给我夫人的信寄往魏玛,告知披肩之事,给科塔的信,与给我夫人的信装在一起。继续口述关于卡尔斯巴德的文章①。为迎接皇后做准备,皇后1点过后抵达。中午在奥·哈拉骑士处用餐。晚上在大厅,觐见皇后。之后一起欣赏灯会。

6月7日

一早去泉边。沿芬勒特路绕了一大圈。中午在拉佐莫夫斯基处。卷入利赫诺夫斯基侯爵和奥·哈拉之间关于宗教物品权利的争论。晚上在大厅里,与皇后谈话。装有披肩的包裹寄给我夫人。

---

① 指给公爵写的汇报,即第464,469封信。

469. 歌德致卡尔·奥古斯特公爵

1810年6月6日　星期三至6月10日　星期日

来自卡尔斯巴德的消息(续)

1810年6月10日寄出

在整个旅途中,并且在我们到达后,这里已经很长时间没有下雨了。道路因此非常好。树木抽出的嫩枝跟我们离开耶拿时看到的枝
564 条一样长。当然很少见到花开。晴朗的天气一直持续到大约22日。天上逐渐有云,间或有雨,直到24和25号开始全天下雨,庄稼人对此会非常高兴。

从这时开始,天气越来越冷,暴风雨也越来越大,最后是雨雪夹杂着冰雹下了好几天,弄得前来疗养的客人苦不堪言。大块的云从西北方向过来,飘往东南方向,走走停停,形成了少有的形状,既不像冬天的云也不像夏天的云,但总是在这里徘徊,带来暴风雨。今天是6月6日,天气第一次放晴,但它几乎不会持续多久。

这些天里,纸币经历了大起大落。犹太人和商人散布谣言时,它们就降到了375比100,这谣言与布拉格的兑换机构[1]有关。汇率也保持了几天,只按350卖出,这让新来的人的确很尴尬。特别是黄金价格真的降下来了。现在它们又到了364,新纸币极有可能也不会改善这种状况。尤其是财政部长奥·唐奈伯爵的去世看上去的确给改革带来了一些停滞,外行也许是很难看明白它的目的和结果。

这里制作的商品中,一套完整的外科手术器械引起了大家的兴趣。它是金圆台商号的钳工大师**布拉策**让当地几名工人制作完成的。这套器械为皇家部队订制。这样一个箱子里包含了所有用来做截肢、开颅和类似的令人恐怖的手术器械,它们按照最新最好的法式

---

① 指位于布拉格奥地利国家银行的一个分支机构。奥地利对法国的战争失败后,通货膨胀,使奥地利有必要进行彻底的金融改革。1811年初,投机性的货币贬值到达极点。纸币只能按其面值的五分之一换成所谓的兑换券。

和英式样品制作而成。根据器械的功能和用途,它们大部分是钢制的,一部分是银制的。根据协议,当然是一年前签署的协议,他花了 565
450 弗洛林纸币得到这套器械,按照现在的汇率几乎不到 125 弗洛林,因此他当然是吃亏了,而不是占了便宜。

现在,碳酸泉周边的设施非常狭窄,令人害怕。如果挤进来的人太多就让人完全无法忍受。不过大多数人都在新泉饮水,因此,碳酸泉那里人们也是尽可能地将就着。游客数量每天都在增长,到了 7 月也许就找不到一块好的住处了。萨克森王子安东携王妃及公主已在 5 日到达。今天是 6 号,人们期待着大约在中午时分皇后驾到。

——

可以很容易想象,整座城市都躁动起来了,还有许多乡下人也挤了进来。一队驻扎在埃格尔的兵团吹吹打打地开了进来,让平日里安静的卡尔斯巴德变得喧闹起来。皇后下榻的白狮旅店的对面安置了一队警卫。大约 2 点钟,伴着钟声和礼炮,皇后进入卡尔斯巴德。从大桥到市场挤满了大量的人群。护卫队在马车周围,政府官员已经列队站好准备迎接。二十四位身着白衣、头戴花环的少女在房间和台阶上夹道欢迎,敬献诗歌。

萨克森政府官员们延续着自己的作息时间。任何人不得入内。傍晚时分皇后步行走进萨克森厅,接见所有在场的人。皇后和蔼慈祥,当萨克森的官员比平时提早离开时,她还留了下来。晚上的灯会虽然不能算是最绚烂的,但天气晴好,大家也都非常享受。五光十色 566
的纸灯挂在沿河两边房屋的底层,草坪上的树木也用灯笼装饰了起来。博尔泽伯爵家的窗户灯火通明,映照在水面,看上去非常漂亮。三十字山上仿佛矗立了一座巨大的灯火辉煌的宫殿,台阶上由灯火摆成了一个巨大的字符(**敬爱的国母万岁**),巨大的皇冠仿佛是这宫殿的山墙。希尔施施布隆山上的小行宫也在发光,高地上的所有这些灯光给人一种非常喜庆的印象。

7日,皇后看完戏再次出现在大厅,与许多人欢快地交谈。8日同样是在大厅接见并交谈。9日一早皇后乘车去教堂,下午乘坐一辆两轮小车出游,沿城堡山向上穿过芬勒特路,再向下到达波希米亚厅后面。她对这次小游非常满意,并表示她将尝试说服她丈夫来年与她一起来这里。她看上去很温柔,她的健康状况并不像百姓和医生们说的那样是病快快的样子。据说她的乳房受过伤,所以她要喝驴奶并经常笑话那些喝牛奶的姐妹们。

总之,她非常高雅、热情、友好。额头与鼻子的样子令人想到她的家族①。她的眼睛活泼动人,嘴巴小巧,语速很快但口齿清楚。她的言谈中有一些与生俱来的东西。她谈论着各种话题,人际关系、国家、城市、地区、书籍和其他东西,把这些事物与她特有的关系完全表
567 达出来。这些都是独立的见解,但绝不标新立异,而是和谐地相互联系在一起,完全符合她的立场。毫无疑问,她接受过训练,能即兴对每个人都说些令人舒服的话,或回答他们的问题。她特有的举止,而且不仅仅是她的举止,她的言谈话语让每个人都感到轻松自如。人们建议给男士们布置几张球桌,内廷主管阿尔坦伯爵上校自己也要打桌球,这样每天来拜访问候的人数与日俱增,他们也更加安逸。

萨克森政府官员们在皇后陛下到达此地那一刻的表现就是这样,安东王子非常高兴,也很健谈。

着装上大家也没有感到拘束,两宫的骑士们都穿上了靴子,这对晚上来大厅的客人来说轻松了很多。

每天有越来越多的外地人到达,但里面却没有旧相识。接下来

① 她的家庭属于哈布斯堡-洛林家庭的一个分支,她自己同时也是皇帝的侄女。

封·卢博米尔斯卡侯爵夫人会到达,伯恩哈德王子今晚到达。邮车出发前匆匆数笔,恭致问候。

歌德

470. 歌德日记

1810年6月14日 星期四至6月26日 星期二

6月14日

一早去温泉。在米勒处。为广场之事去科尔内朗伯爵处，广场要敬献给皇后陛下[①]。思考铭文及诗歌[②]。现场朗诵。忙着绘图。突降大雨。晚上在家，写《漫游年代》。

568 ### 6月15日

大雨天，生火取暖，待在家中。为皇后广场的落成写诗。《漫游年代》的第5章及其后续章节的构思。科尔内朗伯爵带着纪念品过来。与奥·凯利告别。林布格尔-爱森施杜克先生来访。饭后在家。晚上在迈尔处，科罗雷多伯爵和利赫诺夫斯基侯爵。去科尔内朗家，到皇后多次莅临的大厅。与安东王子告别。之后在拉佐莫夫斯基侯爵处。科尔内朗伯爵的珐琅。爱尔兰的古董[③]。

6月16日

生火取暖，待在家中。把《漫游年代》已经写好的部分仔细思考了一遍，把构思充实了一下。修订给皇后广场写的诗，在科尔内朗处协商有关节日之事。饭后试乘马车[④]，驶到哈默尔山上。非常糟糕的天气。在造纸坊观看整个制作过程。晚上矿工的游行队伍，从封·廷彭先生家的窗户观看。

---

① 卡尔斯巴德为了纪念皇后的到来而将广场命名为皇后广场。可参见法兰克福版《歌德全集》该卷插图14。

② 歌德在其后几天里写的诗“皇后的广场”。

③ 西尔韦斯特雷·奥·哈洛伦的“关于爱尔兰历史与古董研究的介绍”。

④ 歌德几天前购买了一辆两驾马车，这辆马车现在仍在魏玛歌德故居的院子内。

6月17日

早晨在泉边。之后在希默尔和奥·哈拉处。准备诗歌的抄本。在波托茨卡伯爵夫人处与科尔内朗伯爵和奥·哈拉一起用餐。在波希米亚大厅舞会。

6月18日

在泉边。去新广场。做一些部署准备。抄写诗歌。中午在家。饭后朝哈默尔山方向散步,走了很远。晚上在大厅。与县督聊天,关于各种国家关系、民众及矿山事务。柯尼希格莱策县的亚麻布厂。莫里茨·利希滕施泰因侯爵。

6月19日 569

早晨在泉边。之后去皇后广场,安排准备。之后与若干人谈话。奥·哈洛伦的关于爱尔兰历史与古董研究的介绍。与拉佐莫夫斯基伯爵谈话。在迈尔处。中午在林布格尔家。饭后去拉梅尔小姐处。然后散步,为广场献诗。晚上在大厅。与县督讨论波希米亚和其他公共设施的事宜。

6月20日

陪玛丽安公主去泉边。之后与莫里茨·利希滕施泰因侯爵去卡尔大桥。谈论世界上新近发生的事件和战争。回到草坪。乐队长希默尔。继续之前的谈话。亚历山大皇帝,对所有女人的殷勤。巴沙拉特夫人(彼得堡一位商人的太太)用一次充满仪式感的茶点对他示好,而不是秘密邀请他去喝茶。

6月21日

早晨在泉边。为皇后写告别诗歌的任务[①]。圣体节列队仪式。中午与骑士奥·哈拉在拉梅尔和凯尔小姐处。厄尔斯内尔和容从巴黎过来。晚上在波希米亚大厅舞会。灯会。

〈……〉

6月26日

没有去泉边。《漫游年代》第5章。在汉伯里小姐处。在草坪上。中午在家。描述特普利茨[②]。格拉西安的《宫廷男人》[③]。晚上遇见封·里德泽尔小姐。在大厅。在拉佐莫夫斯基处,希默尔的表演很出色,而阉人唱得很糟糕。与金斯基侯爵相识。

---

① 皇后玛丽亚·卢多维卡在离开前一天请歌德为卡尔斯巴德市民写一首诗。歌德把这首诗题名为“皇后的告别”。

② 同时代的人写的两篇题为“描述特普利茨”的文章。

③ 格拉西安·伊·莫拉莱斯(Baltasar Gracián y Morales, 1601—1658),俗称巴尔塔萨,西班牙耶稣会会士,巴洛克风格散文作家,哲学家。德国哲学家叔本华和尼采对他都十分赞赏。他的 *Oráculo Manual y Arte de Prudencia*,英语译本书名为 *The Art of Worldly Wisdom*,德语译本为 *Kluger Hof-und Weltmann*,汉语翻译为《智慧书》。该书由三百篇箴言警句组成。阿梅洛特·德·拉奥塞耶(Amelot de La Houssaye)将这本书翻译成法语时,使用了 *L'Homme de cour*(《宫廷男人》)的书名,在一定程度上歪曲了该书的原意。歌德当时看的应当是法语译本。

471. 歌德致 F. 基尔姆斯 570

1810 年 6 月 27 日　星期三

阁下，

您告诉我的好消息令人非常高兴。只要乐队长米勒先生这样做下去，就会为自己、为我们、为宫廷、为观众和艺术带来许多益处和快乐。希望大家好运，对此，我也为自己的归来感到高兴。

饮用这里的水对我还是很有效果，立刻让我不再遭受那种痉挛的痛苦。我不想过多报怨，但在耶拿时我还饱受它的折磨。但愿我们和蔼可亲的侯爵大人很快能到达特普利茨，得到他所期望的帮助。

皇后陛下的临幸令我们大家激动不已，她非常和蔼亲民，没有让任何人感到拘束。现在这里已经人满为患，找不到任何可以住宿的地方。能有个固定位置就很满意了。

劳驾阁下给曼海姆那边回复，《格茨·封·贝利欣根》看来不会那么快就印刷出来，他们可以使用这部作品的新版[1]，只要把第三场演出的收入按照酬谢演出给演员付酬的方式[2]给我就行。不过有一点，只有钱款入账后，我才会决定加工剧本，否则，就不值得花力气去动笔或者哪怕只是让人把它誊写一份出来。

伊夫兰先生索要的《魔笛》第二部分的片断[3]就印在我的著作中，而且是在第7卷里。把《魔笛》第一版中的人物稍微增加一些就能满足后续的部分。从中人们同样可以看出，我是如何考虑保留并
加强类似的情节和装饰之类的东西，以及如何满足纯粹用于音乐和 571

---

① 指《格茨》的舞台版，在魏玛已经多次上演过不同的版本。

② 酬谢演员的演出在当时是一种比较流行的提高收剧院收入的方法。歌德在 8 月 20 日给基尔姆斯的信中为此约定了 20 杜卡特币的固定酬劳。

③《魔笛》第二部分 1795—1798 年间就已经完成。伊夫兰在给基尔姆斯的一封信中，提议为柏林剧院购买此剧，让 B.A. 韦伯谱曲。他请求看歌德的手稿，歌德十分生气地回复说这个片断已经印刷在他的著作中。

戏剧效果的目的。我的计划以及改写好的一部分都在我的文件中。由于我还有许多其他事情要做，估计很难会继续戏剧创作①，它既不能带来快乐与享受，也没有任何好处。我还有若干计划及完成了一半的重要作品都还放在那里，也许会一直放在那儿，包括那个《自然的女儿》的最后两部分和查理大帝时期的一部悲剧②。如果柏林的剧院愿意接受前面提到的建议，将第三场演出的酬劳付给作者，那么我也许可能想想办法，把一部分时间用到剧本上来。这种事情不可能断断续续地做。我现在把小说放在首要位置，因为它能让人受益，而剧本对作者没有什么好处。如果我能把已经开始的创作逐步做完，那么，那位位高权重的戏剧行家委托给我的布鲁特斯③也许能顺利完成，但我现在却很担心所有这些事情都像目前这个样子卡在我这里无法完成。

请您考虑一下，是否马上能将康泰萨的那部小作品分配出去，比如在劳赫施泰特那里排练熟。这位作者理应得到人们的帮助，也许他很在意是否能很快在我们的戏院上演。

祝您一切顺利，希望不久又能亲自与您讨论我们的事情。代向克鲁泽顾问致意。

卡尔斯巴德，1810 年 6 月 27 日。　　　　歌德

---

① 实际上，歌德除了他的封印之作《浮士德》第二部分和少量几个戏剧草案之外，他后来只接受委托写了一部节日剧《埃庇米尼德斯的苏醒》。

② 同一标题下的几个片断都在歌德的著作中印刷出版。

③ 歌德与拿破仑(即这里所说的那个戏剧行家)约定写一部布鲁图斯的悲剧。参见第 292 封信中的注释。马尔库斯·尤利乌斯·布鲁图斯(Marcus Junius Brutus，公元前 85—42)，罗马共和国晚期的元老院议员，他组织参与了对凯撒的谋杀。

472. 歌德致F. A. 沃尔夫 572

1810年7月3日　星期二

一段非常奇怪而有趣的

书信片断①

及备注说明

尤斯图斯于卡尔斯巴德及吉斯许贝尔碳酸泉

写着这些只言片语的纸片大约有一张真正的莎草纸大小,但只有三四指宽,划了横线以方便计算,设定了记账时支付使用的币种如古尔登、克罗伊茨或赫勒②。由于后两栏当前已不再使用,因为目前所有东西都以盾来计算,因此,它似乎暗示了久远的年代。这种情况,加上没有日期栏,让阐释者好不尴尬;但也许正因为如此,这些人着手研究工作时才会更加认真更加享受。

"在10至14天之内我将到卡尔斯巴德"

如果要阐释者在缺少日期的情况下把推测的文字补齐的话,大概要写好几张纸。经过一番争论和思考后,他们最终达成一致,把这张纸片的时间范围确定在6月底和7月初之间,可以看出,他们还是保留了一个可以接受的时间范围。正确地解释这一段话的主要困难是,两位解读者倾向于把真正的发布的日期(日期和地点)往前提,以便使到达日期更靠前一些。

"也许要劳驾您"

这句话人们曾大胆做了一个订正,把Güte(劳驾),换成Freude

① 这是歌德与里默尔模仿对希腊莎草纸片断进行哲学注解而玩儿的一段文字游戏,语句故意写得诘屈聱牙。沃尔夫在信纸的边缘解释道:"这是歌德,一个卡尔斯巴德的常客,现在自称为尤斯图斯(即真正的意思)的家伙,与另一个魏玛的朋友(指里默尔),一个跟歌德在一起,只知道喝吉斯许贝尔碳酸泉的家伙,给我的一段答复。我到达特普利茨的一家小旅店后,从一个账本上撕下一页纸,写了上面几句话,让他帮我在卡尔斯巴德订一间房间。"

② 原文Heller,一种旧银币或铜币,在奥地利曾等于三分之一克朗。

(乐意),但这样一来也必须订正动词和其他所有的单词,因此人们认为最好还是让这段文字保持原样,认为这种修改不言而喻是一种演说家式的修改。

573 **“我在这段时间”**

在这句话里,那个令人尴尬的问题,即**从什么时候开始到什么时候**,它的年代与日期,又重新出现。根据佩托和其他大师的档案,人们认为是7月中旬,但它还是一个如此不确定的日期。

“八天,”

原文中没有逗号,我们在这里加了一个,尽管不加逗号我们更乐意把后面下划线的部分至少解释为一个时间。八天过得很快,但**八天至少**总还可以让他期望延长至少十四天或四周。

“至少三间房”

这句话才是折磨的开始,因为它不仅涉及房间的布置,也涉及房间的安排问题。在写这张纸片时也许在什么地方还有三间房间,但是否是在一起,或是分开的,怎样住,在哪里等,都没有说明,更不要说明天或后天是否还会是这样的。

“从头”

甚至即使这个简单的条件目前也很难满足。

“在草坪上”

这个句子让事情变得更难理解。我们现在虽然有两块草坪,一块就叫草坪或 Lauka,另一块叫新草坪或 nowa Lauka。(这里也许需要注意地域的问题,不用 nowa 这样一个明显的外来词,而是用本地词,类似于**客栈草坪、剧院草坪或犹太人草坪**的表达,这完全是有可能的。从这些可看出他是否是一个波希米亚纯语主义者。)在这块专门提到的所称的或所指的草坪上面,现在没有任何房子,更没有小屋。房屋都住满了人,一直到最外边的山墙,以至于人们以为晚上在空气中看到了星星,甚至连房顶上的小阁楼也都为了赚钱而安排住上了人。

“要不然的话” 574

若是在其他任何时间,如果不是因为这些看上去需要帮助的人以完全不可思议的方式加入了大多数都是健康良好的社交圈,将所有房间都占掉了,尽管这些社交圈在这里提到的朋友们都会感到宽慰的。

“无论如何要与好人交往”

这个条件可以首先满足。卡尔斯巴德人都非常好,只是今年他们发现,他们还可以接收更多外来人而不会因此失去良好的声誉。可以预见,即使纸币回到较好的汇率上①,他们在这一点上不会退步。

由于无法对某些事情给予确切说明,署名者还需做以下解释,以供斟酌。

短时间内在7月中旬确保找到一间像样的住所是完全不可能的。也许只有在最偶然的情况下会空出这样一间房间,但这几乎是不可能的。即使在最不起眼地方也都没有哪怕是最狭小的房间。小城从教堂背后到希尔施施布隆的上边全都住满了人,我们自己在房间里也挤得很不舒服了。但愿朋友们能借我们的幸运沾点儿光,按计划的时间到达这里,在最坏的情况下晚上有个栖身之处②,但无论如何能在这样一片屋檐下,白天则能够在自由的天空下度过,在花丛中,在大厅里,或散步,或乘车郊游,在这世人的天堂中享受更多类似的幸福,对此没有谁会比署名者感到更

① 参见第469封信及注释。

② 沃尔夫7月12日到达并幸运地找到了一处住所。参见第475号日记。

加高兴。

卡尔斯巴德，1810年7月3日。

尤斯图斯于卡尔斯巴德

吉斯许贝尔碳酸泉

473. 里默尔（日记） 575

1810年7月3日 星期二

晚上用餐后。没有什么能抗衡上帝，除非上帝自己①。

〈歌德?：〉一个美妙的自夸，有无尽的用途。上帝总能自己遇到自己，化身为人的上帝又在人中遇到自己。因此，没有谁有理由面对着大人物而自视渺小。因为，如果这个大人物落入水中却又不会游泳时，最卑微的哈雷人②会将他从水中救出。征服了整个大陆的拿破仑，在与一个德国人谈论诗歌和悲剧艺术时却无法自如应对，不得不向行家请教。世界被安排得如此巧妙，每个人在自己的位置上，在自己的地盘上，在自己的时代都能平衡其余所有的东西。

---

① 同见第138号日记。

② 指哈雷盐厂的工人，这些哈雷人都善游泳。

474. 歌德致西尔维·封·齐格萨(亲笔)

1810年7月4日　星期三

最亲爱的西尔维,您真挚的来信几乎整个6月都耽搁在路上,但它来得却恰逢其时。皇后刚刚离开,我们此刻像孤儿一样孤苦伶仃。敬爱的皇后的到来给古老的卡尔斯巴德带来了清新活泼的转变。对此,我有许多话要说,但在此我更愿意附上一份印刷品①,让您在美妙的独处之时浮想联翩。

现在,卡尔斯巴德人满为患,最小最不起眼的旅舍都已住满,过来的人能找到一个栖身之处就谢天谢地了。如果没有及早预订的话,好地段和舒适度根本无从谈起。

到目前为止,第一波社交圈已经败落,我觉得自己相当孤单,因
576 为没有谁会有兴趣再次结识他人。我一到这里就常常想您,我最亲爱的。我每天都去白鹿客栈②,透过后窗画下碳酸泉边被自然和人类之手造成的荒芜。看到这一切是那么荒凉,您应该会感到吃惊。现在,这些地方重新整理得还算说得过去,但设施还是让人非常不舒服,对来这里疗养的人来说只能是凑合而已。新泉还是老样子,不知道它年纪的人肯定会非常抱怨。

汉伯里和博恩等几位女士们,除了那个小个子外,身体都还不错,精神也好。她们现在已经习惯了这里的疗养和生活方式,我敢打赌她们已经不愿意离开这里了,每个在这儿拉关系找社交圈子的人都是这样的。

---

① 歌德给玛丽亚·卢多维卡皇后写的献诗,他自己让人把这几首诗歌印刷出来。歌德在7月10日给克内贝尔的信中写道:“前两首诗(‘皇后的到来’和‘皇后的杯子’)是出于对当地居民的好意而写,而第三首(‘皇后的广场’)有感于将这么一个漂亮的广场献给皇后陛下而发,最后一首“皇后的告别”则是她命我做的诗,她希望我以她的名义对卡尔斯巴德的百姓说一些好听的话。人们对我抽身局外的方式感到满意。”

② 西尔维1808年来卡尔斯巴德时入住的客栈。

新的林荫大道还没有修好。从哈默尔穿过山到艾希的路刚刚开始修筑。去年停工后①所有事情都往后拖延。碳酸泉喷发造成的一场大水让卡尔斯巴德到处都需要维修,今年涌入的人流对他们来说很有好处。看上去他们也愿意休息一下。所有东西都涨价了。(当然,我不能忘记新修的大马路,它穿过城区直达三十字山,向下一直通往泰普拉。)

最后一页纸我想没有什么比用来给您讲我们亲爱的公主更合适的了,我多么想一起参加她的婚礼②啊。我从别的地方为她物色了一些东西,可惜它被耽搁了,还需要一年的时间才能寄到〈做好?〉③。您猜到了吗?它会是什么呢?泰普拉的小鸟儿应当一直为我鸣着小曲儿,直到它变成一首精美的歌曲。有空的话请代我向大家致意。

最后我还想说,21 日④我们是在舞会和灯会中度过的。这会儿天气晴好,夜晚被灯火照亮,我也在极力思念着不在身边的爱人。

卡尔斯巴德,1810 年 7 月 4 日　　G.

---

① 因奥地利与法国开战而停工。

② 参见第 461 封信及注释。

③ 原文:......und brauchts ein Jahr um zu reisen 〈reifen?〉。

④ 6 月 21 日是西尔维的生日,两年前的生日是在卡尔斯巴德热热闹闹地过的。参见第 250 号日记。

577 475. 歌德日记

1810年7月8日 星期日至7月18日 星期三

7月8日

写《漫游年代》。枢密顾问施塔克。12点在莫里茨·利希滕施泰因侯爵处朗读，其中有许多女士：克拉里伯爵夫人、金斯基侯爵夫人、切尔宁、兰科龙斯卡、皮尼亚泰利等，以及普鲁士王子奥古斯特。用餐时芬雷特勋爵来访。用餐后上诉顾问克尔纳。封·埃本贝格夫人过来。沃尔夫先生寄来的东西。瑙维克的素描画①。晚上舞会。海因里希王子和普鲁士王子奥古斯特。

〈……〉

7月12日

《威廉·迈斯特的漫游年代》。枢密顾问沃尔夫到达。米勒的通史。封·埃本贝格夫人。俄罗斯短歌。中午独自一人。饭后继续读米勒的《通史》②。傍晚去普普林荫大道和其他地方散步。回家。保利娜公主。去克尔纳家。朝萨克森厅方向散步。县督。晚上小克尔纳③的叙事诗。

7月13日

修订《漫游年代》。米勒的《通史》。高级上诉顾问克尔纳：德国

① 瑙维克把为《浮士德》画的素描画寄过来给歌德过目。歌德在11月16日的感谢信中称赞这些画。瑙维克曾参加过1801年的魏玛有奖竞赛活动，歌德对他并不陌生。

② 约翰内斯·封·米勒的《二十四卷本通史暨欧洲人类史》(Vierundzwanzig Bücher Allgemeiner Geschichte besonders der europäischen Menschheit)。关于约翰内斯·封·米勒，参见第29号日记及注释。

③ 指卡尔·苔奥多·克尔纳(Karl Theodor Körner, 1791—1813)，德国诗人，剧作家，老克尔纳(参见第476封信的注释)的儿子，因其舞台戏剧创作及反抗拿破仑的解放战争的歌曲而出名，后参加吕措志愿军，1813年在战斗中阵亡。歌德后来对他的戏剧作品也很感兴趣。

人的坏习惯,过度的要求毁掉了所成就的一切,于是他们还一直过着中等水平的日子并这样养活自己。饭后读书。傍晚时分去弗兰茨•迈尔处,切尔宁伯爵夫妇也在场。晚上在封•埃本贝格夫人处:哈克特[1]的轶事。

〈……〉

7月15日

在泉边。策尔特过来[2]。特普利茨过来的紧急公函,收到家人
的信件。与策尔特谈话。奥波尼伯爵、克尔纳、沃尔夫。中午策尔特
一起用餐,对音乐和节奏的兴趣。之后与他去新马路。晚上在封•埃 578
本贝格夫人处。

〈……〉

7月18日

长时间躺在床上。之后读米勒的《通史》。齐默尔曼1807年的日历[3]。策尔特。与他谈论普罗米修斯[4]。与他一起用餐。声音艺术的物理元素[5]。晚上在封•埃本贝格夫人处。

---

① 关于哈克特,参见第153封信及注释。

② 策尔特从特普利茨过来,在卡尔斯巴德一直待到7月20日。8月份,两个朋友在特普利茨再次见面。

③ 当指齐默尔曼的《地理袖珍书或12年旅行袖珍书》。

④ 指的是《潘多拉》,策尔特在7月28日的信中提到,他希望为它谱曲。

⑤ 参见第477封信中的注释。

476. Ch. G. 克尔纳[①]致夏洛特·封·席勒 (1810年8月5日)

1810年7月初/月中

我在卡尔斯巴德与歌德讨论了席勒作品之事。我发现他虽然对席勒充满热情,但对出版他的著作却没有兴趣[②]。他似乎对续写德米特里奥斯[③]也没有什么兴趣。他认为那部作品连两场都没有完成,也就是说,还有一半多的内容要写。针对我的建议,即由我来对付出版方面耗费力气的事情,他只需要在整体上把握方向,他回答说,如果我们住在同一个地方,这是完全可行的,但通过书信来沟通交流则不可行。我跟他再没有什么进展,只是留了个活口说会给他呈上一份计划供他批准。那篇关于席勒写作特点的文章,他说这会把他扯得太远,花费太多的时间,他现在还有若干紧迫的工作要做,以此而回绝了。

---

① 克里斯蒂安·戈特弗里德·克尔纳(Christian Gottfried Körner, 1756—1831),亦即老克尔纳,德国作家,法学家,第一部席勒全集的出版者,也是他儿子苔奥多·克尔纳遗留下来的诗歌作品的出版者。克尔纳是席勒的好朋友,席勒曾在他家住了很长时间。他与许多德国著名的作家如歌德,赫尔德,威廉·洪堡和奥古斯特·施莱格尔等人也有很多的交往。

② 威廉·洪堡也曾经与歌德谈论过类似的计划,但歌德对此似乎不感兴趣。最终,克尔纳独自出版了席勒的全集。

③ 歌德在《1805年日记与年鉴》中详细地讲到了这一计划,他要为纪念死去的朋友并作为他们友谊的象征而完成席勒的《德米特里奥斯》的片断。德米特里奥斯(Demetrios von Phaleron,约公元前350—约前280年),生于法勒鲁姆,雅典的演辩家、政治家、哲学家、作家。他是一位杰出的政治人物,可能也是亚里士多德的学生,单独治理雅典十年,期间对法律进行了重要改革。

477. 歌德致萨尔托里乌斯(草稿) 579

1810年7月19日 星期四

从您周围那些关心您的朋友身上,我大体上听说了那件幸运的事,您当之无愧,而您亲切的来信进一步让我了解了您的工作情况,为此我由衷地感到高兴。我多么渴望了解一个如此重要的想法。战胜者与被战胜者之间的关系问题①现在当然是非常重要的。

在这样一个混沌而风云变幻的年代,每一份嘉奖都应当备受欢迎,特别是像您这种情况,是来自外部的嘉奖。甚至,我想把这件事看作是一种暗示,即您在这种状态下还在继续坚持。我虽然与您相距遥远,没办法为迈出如此重要的一步②提出建议,但按照现在的情形,我可以问心无愧地建议不要参与到当前柏林的事务中去。如果有谁身陷其中,就只能任其沉浮了。选择这样一种状态是罪恶的。我在这里有机会或多或少地通过一些人们公开谈论和分享的东西③对那里的情形有大致的了解,因此,我迫切地恳请您不要因为看上去诱人的条件受到迷惑而仓促冒进。此中细节我不想也不能通过书信来讲。也许这些看上去有可能发生的事情很快就会暴露出来。

在卡尔斯巴德,八个星期以来,我很幸运,可以不去做任何与德国文学有关的工作,甚至不去做任何与知识和科学相关的事,我也不读报纸,不去剧院。我觉得自己仿佛生活在一个黄金时代,生活在一

---

① 法兰西学院举行有奖征文,题目是“……苔奥多里希及其追随者的立法基本原则是什么,特别是他们在战胜者和被战胜者之间确立了什么样的差别?”萨尔托里乌斯用法语写的文章获奖。

② 此事亦参见第449封信及注释。柏林方面给萨尔托里乌斯提供了一个负责公共教育事务的政府议员的职位,薪俸为2 500塔勒。他对此十分犹豫,向歌德打听前不久才进入普鲁士政府最高层的哈登贝格。根据后者的回信,歌德强烈建议萨尔托里乌斯不要接受此份职位,萨尔托里乌斯也最终拒绝了普鲁士的邀请。

③ 歌德主要通过沃尔夫和策尔特了解当前普鲁士的悲惨情况,当然也还通过其他人,如来温泉疗养的普鲁士官员,了解情况。

580 个纯真且无拘无束的天堂里，只是花了一个杜卡特去买再版的坎佩词典①，而且主要是想努力从中学到比这点儿钱更值钱的东西，这才略微打扰了这份宁静。这多出来的部分就是未来的纯粹收益。

关于《颜色学》，时不时会有一些回声传到我这里，大约就像有人在山里开枪传来的回声一样。除了知道有人射击外，我并不能了解更多的东西。您身处文学的中心②，我想劳驾您稍微留意一下，看看有些什么好的反馈或不好的意见，请您把它们记在小纸片上。尽管我可能会比较晚才能收到这些意见，我对此还是非常感谢。我所从事的这项伟大的工作，其中还有一部分仍在进行中，至少应当能让我去更好地了解人类，了解科学，了解我自己。

策尔特目前在这里。趁着他在，也许我能朝着早年的愿望往前迈进一步，让我也从声学研究中获得一些知识，把它直接与其他的物理学科以及颜色学联系起来③。如果有些大公式能成立的话，那么所有东西都会变成一，一生万物，万物归一④。枢密顾问沃尔夫先生也在这里。他对阿里斯托芬的《云》所做的韵律学翻译将会成为一颗

① 约翰·海因里希·坎佩(Johann Heinrich Campe)，德国作家、语言学家、教育家和出版商，德国启蒙运动的主要代表。这里指的是坎佩编写的《外来词语释义及德语表达词典》(Wörterbuch zur Erklärung und Verdeutschung der unserer Sprache aufgedrungenen fremden Ausdrücke)。

② 指萨尔托里乌斯在哥廷根大学图书馆任技术主管一职。亦参见第 118 封信及注释。

③ 可参见第 254 封信的附件及注释。所谓的“声学纲要”在其后的几周里起草出来。歌德在《颜色学》的“教学部分”中提到了它与声学的关系：“颜色与声音之间虽不能直接比较，但两者可以在一个更高的程式上相关……两者都是根据拆分合并、上下振动、往复运动的一般规律而起到普遍的基本的作用。”

④ 原文 alles Eins(或 Eins und Alles)，古希腊哲学家赫拉克利特(Heraclitus)和新柏拉图主义的对立统一的哲学概念，赫拉克利特有一句名言，即“从一切产生一，从一产生一切”。歌德在这里即引用了这句话。

重要的、划过我们哲学和韵律学天空的流星。但愿他能将其尽早交付印刷。

至于我自己,这段时间我只是让自己闲逛而已。也许米迦勒节时您就能读到《威廉·迈斯特的漫游年代》的第一部分。

我的袖珍版《潘多拉》一书已在维也纳印刷出来。它原本是一部神奇的戏剧的第一部分。如果您愿意并能够读进去,您是不会白费力气的。

581 478. 歌德致赖因哈德

卡尔斯巴德，1810 年 7 月 22 日 〈星期日〉

我在这里的疗养慢慢就要结束了，我也许很快会去特普利茨，因此，我想在这里报个平安，并对前一阵子收到您的亲切来信表示感谢。

首先，我想恳请您给海德堡的那个年轻朋友①充分讲明白，让他清楚知道我的话是什么意思。否则，如果他来拜访我们时才知道我的想法，就很容易把关系弄得令人沮丧。他和艺术家们取得的成绩当然绝对值得赞扬。他们对艺术对象的处理是相当出色的：但对象本身，在我们看来，只有站在他的角度，而不是把它作为人类文化一个阶段的档案，才是值得称赞的。当然，如果这群优秀的年轻人不把这种中间状态看作是最高和最终的状态，那么他们将从哪里获得勇气去做这种无休止的费力气的工作呢？如果一个骑士不认为他的美人儿是唯一的最漂亮的，那么，他还会为了她去与巨龙和怪兽战斗吗？

我一生中与年轻人有过太多这样的经历，以至于我新近完全放弃了他们，哪怕有更好的，我也放弃了。他们承认我们的影响，但观点还是相信自己的。承认我们不过是为了相信自己捞好处而已，这本是他们隐而不喻的目的。在这件事情上没有真正的信任。我并不因此生他们的气，但我既不想好心地欺骗自己，也不愿意支持那些有违我信念的陌生的目的。

这些天来，我静静地阅读了米勒的著作②，某些章节还反复地阅读。这是一部非常有益的书。与一位我们熟悉的同时代的人按照他的方式去浏览世界历史，仅仅这一点对我们来说就很重要。当然，每

---

① 指博伊塞雷。赖因哈德根据歌德的意见，只讲了他对博伊塞雷的正面评价。对此，博伊塞雷显得过于乐观。赖因哈德也认为应当适当地节制一下他的过于乐观的情绪。亦参见第 462 封信。

② 见第 475 号日记及注释。

一个个体都很难把自己藏匿在他所写的书的面具之下。相反，人们从文字中也许能比从生活中更清楚地认识作者，因为每个人在很大 582
程度上都是按照自己的身材来裁剪这个世界的。这本书也是如此，我特别喜欢这部著作，因为它清楚地表现出了作者的美德与缺点。伟大的基础研究是值得尊敬的，有些部分就像被彻底熔化了的金属，经过提纯后流进一只精心设计的模具中，这些部分堪称非常精彩。对大多数人来说，这本书肯定也是有益的。依我个人之见，我不只一次地感到，从道德的角度是无法去写世界历史的。那些符合道德标准的地方会让人满意，而不符合标准的地方又令人不堪卒读，人们不知道作者想要表达什么。

从这里流露出的观点以及与之相关联的观点有多少是没有理由的呢？这一点我前不久读塔西陀①时感觉尤为强烈。

真心感谢您又时不时重新开始读我的《颜色学》。如果您能带着几分耐心，反复尝试去理解研究对象，那您肯定会成功。因为，尽管这部著作看上去很厚，细节部分看上去很神奇，但它前后还是完全一致的，它原本所表达的和希望表达的内容都很容易理解，这些内容有时甚至在每个印张上都会有重复。

我一到家就想看看是否能鼓动机械师去组装一架小型仪器，我以前对此就有一些想法。这架仪器可以放置在一个类似戈特林的化学橱柜②大小的箱子里，方便感兴趣的人使用。只要能得到一定数

---

① 普布里乌斯·克奈里乌斯·塔西陀，他主张客观主义写史的原则，在罗马史学上有着崇高的地位。亦参见第 63 号卢登的回忆录及其注释。

② 约翰·弗里德里希·奥古斯特·戈特林(Johann Friedrich August Göttling，1755—1809)，德国化学家，耶拿大学化学教授，曾极力推动实用-实验化学。他向热爱化学的朋友兜售他的成套化学实验器具，以补贴微薄的大学教授的工资。他也曾给歌德寄过这样一套实验器具。

量的这种仪器的订单，这个就应当很容易做到，因为人们还要从玻璃店那里成打地或甚至五打一批地订购它的附件，这些玻璃店平时都不做这些东西。我前不久才了解到，那些不透明的、彩色的、白色的
583 和打磨成所需形状的玻璃杯可以随意在波希米亚玻璃店里买到，只是，像前面说的那样，要大批量购买。也许这种要求听上去很吓人，但我至少会准备必要的数量，并且，无论如何会保证给朋友们配备必需的一部分。如果您能让关注此事的侯爵夫人①更深入地参与进来，那我将非常高兴。请您向每个想做此事的人建议，特别要弄懂第一部分中的现象。这一部分几乎完全不需要仪器。眼睛一开始对这些现象还不是很适应，对此人们需要十分专注，眼睛才能完全习惯于四处观察这些现象。整个颜色学的基础，一切和谐与美学应用的基础就在这里。人们因此也能迅速从过去受限制的幻觉②中解放出来。

知道我的画像在您那里我很高兴。屈格尔根非常有才，他在我们那里画的肖像③让大家相当满意。我相信，为了自己的荣誉，他对复制品也是会花功夫的。

可惜，威尔曼带来的信④这几天才送到我手里。我相信这位好朋友从我们那里离开时会很不高兴。不过就算我在那里，情况也不会好很多，因为我除了看在您推荐的份儿上可以亲自好生接待他，以

① 指保利娜·克里斯蒂娜·封·利佩-代特莫尔德侯爵夫人（Pauline Christine von Lippe-Detmold，1769—1820），她对歌德的颜色学很感兴趣。此外，也是她给赖因哈德送了下面提到的肖像。

② 歌德这里指的是牛顿的颜色理论。

③ 指屈格尔根画的歌德、维兰德、赫尔德、席勒等人肖像的复制品，这些复制品都画于1808—1809年之间。

④ 可能是指赖因哈德的信，信中他把卡塞尔的剧院总监和演员威尔曼推荐给歌德，但由于政局复杂，此事陷于十分被动的境地。

缓解因拒绝而造成的不愉快外,其他什么也做不了。

请您抽空告诉我一下,维莱尔对我的颜色学研究是否感兴趣。他身处法国人和德国人之间,是一位关键人物。了解他如何看待此事,对我来说非常重要,因为他就像一位能同时看过来又看过去的**双面守护神**①。至于法国,老实说我不会去想它。从那边总会传来一 584
些令人不愉快的东西,令人愉快的东西则会让人吃惊。

不过,对于德国人与法国人思维方式的结合,我觉得未来的前景还是鼓舞人心的,因为我弄到了一份德·热兰多论文的节选②,应当是一篇出自他的哲学史的文章。我很好奇,想看到全书,因为在这几页纸中,我没有发现任何与我思维方式相矛盾的东西,表述的差异也没有人们事先想象的从一种语言转向另一种语言那么大。我回到家后就会特别关注这个人、他的著作以及它们的影响。如果您能帮我收集一些关于他的特别消息,我将感激不尽。总体说来,我现在已经完成那项令人窒息的工作,我想把一些旧的和新的知识了解得更宽泛一些。

我的袖珍版《潘多拉》已在维也纳印刷出来。它原本是一部戏剧的一部分,内容美妙,形式独特。我把它推荐给您。也许需要花些力气才能读得进去,但您不会没有收获的。衷心地祝您生活愉快!

G.

---

① 原文:Janus bifrons,古代意大利的门神,其形象是一个头上有两张朝着两个不同方向张望的面孔。

② 约瑟夫·玛丽·德·热兰多男爵(Joseph Marie baron de Gérando, 1772—1842),法国哲学家,主要著作有《哲学体系比较史》。歌德所说的论文当指此书的最后一章:经验哲学。作者表达了经验与理论在哲学和科学中的统一的思想,对此歌德深有同感。

我再附一张纸，就那个颜色学仪器再多说几句。其中必不可少的是那个由镜面玻璃组成的大棱镜，我的最后一张插图[1]给出了一个图示，注解中还有对它的进一步描述。每个木匠和玻璃装配工都能做。如果把这个任务交给机械师，那他们会做得更好，他们还可以做一些改进。例如，可以在下面尖顶的位置装一只水龙头，让水流
585 出，使清洗容器更容易。此外，使用这个非常简单的装置人们还可以随意展示各种或大或小的客观的和主观的实验，如果手边有一只很好的实心玻璃小棱镜的话，一些复杂的实验如**决定性实验**[2]和其他实验等能得到真实地展现，能以最好的方式完成。当然，做实验也像做其他事情一样，需要练习和技巧，才能用少量的材料完成很多的实验。但也恰恰是因为人们可以用它做很多事情，因此，如果把这些仪器装置胡乱堆放或者不小心弄混了，那么一个高贵的真理就很容易被隐藏起来，可以说这些都是很容易发生的事情。劳驾您告诉我最主要的需求是什么，在哪里，之后出现的需求和愿望都是什么，我很乐意帮助解决。

卡尔斯巴德，1810 年 7 月 22 日 G.

---

① 指《颜色学》的插图。

② 原文 experimentum crucis，即最终决定一个论点的正确性的实验，这是牛顿《光学》中的第 6 号实验，可参见《颜色学》“争论部分”第 114 节。“决定性实验”这个词虽然在牛顿的早期论文中使用，但在《光学》中已不再用于这个实验。

479. 歌德日记

1810年7月23日　星期一至7月28日　星期六

7月23日

伏尔泰的通信①及传记研究。枢密顾问沃尔夫。晚上在汉伯里家，告别。

〈……〉

7月28日

写《漫游年代》。地质学文章的开头②。关于声学研究与颜色学类似新方法的报告③。关于这一意义上的整个物理学的报告。主体、客体、媒介④。中午在家。饭后，莱比锡的施蒂格利茨博士。去埃本贝格夫人处，与她去迈尔处。含有贝壳化石的漂亮的匈牙利大理石。一罐布丁石，从这些石头上可以比以往更清楚地看到斑岩状的东西⑤。

---

① 根据歌德日记，他这在一段时间里反复阅读伏尔泰1755—1761年间的通信，并在他的《诗与真》的纲要中多次引用，把它们作为这个时代的典范的和哲学的反思证明。

② 参见《漫游年代》第二部分。

③ 即歌德的"声学纲要"，参见第477封信及注释。

④ 可参见"声学纲要"的概论部分，即A. 有机的(主观的)〈……〉B. 机械的(混合的)〈……〉C. 数学的(客观的)〈……〉

⑤ 可参见歌德未完成的论文"论斑岩状的特征"(Über den Ausdruck Porphyrartig)，论文中他用不同的示例描述了自己的岩石构成的理论。

586 ## 480. 歌德致科塔

卡尔斯巴德，1810 年 7 月 29 日 〈星期日〉

阁下，

感谢您 7 月 18 日的最新来信，我可不想耽搁对您的谢意。之前我在魏玛给您留了一张便笺，但您路过时却没能交给您。在便笺里我对您给《颜色学》薄记的金额[①]表示感谢，现在更要感谢您寄来的账单，祝您生意兴隆，希望您的诸多美好愿望和努力能够得到回报。

我在这儿的逗留方方面面都很愉快，也很有收获。皇后陛下的到来使我们 6 月里感到幸福无比，我非常希望能为陛下临幸此地感到满意做出一些贡献[②]。

手头的工作当然因此事而向后推迟了，其中一件我特别上心的事今年不得不完全放弃。我原本想为我们的卡洛琳公主，即现在梅克伦堡的储君，殷勤地献上您的女士日历，尤其是因为我未能出席婚礼庆典，我的美意都不能呈献。我想问问您明年是否能为这位杰出的侯爵夫人献上这份日历，我对她的殷勤可不能缺席[③]。

《漫游年代》还在写作中。至于能否完成一部分，我现在还几乎无法确认。这部作品在写作过程中让我更加喜欢，我现在才发现为它可以做多少事情，用它可以写多少东西。〈亲笔〉这里我插入一段引言或比喻式的附言，作为我写作目的的预告。只是我强烈要求您不要把它转发出去，以免它在作品发表之前就被读者看到。

587 引言[④]

每位受过教育的人，即使没有亲眼见过壮丽的罗马城，也都清楚

---

① 科塔付给歌德《颜色学》的稿酬，1 200 帝国塔勒。

② 指歌德为皇后到卡尔斯巴德而做的一组诗。

③ 根据科塔，每部《女士袖珍书》（即女士日历）都分别献给一位侯爵夫人。歌德原计划随后给公主写一些东西的想法并没有实施，因此也没有给她献书。

④ 歌德最终没有使用这份引言。

地知道那里有一座圣殿,纯粹由台阶构成,而且是三列并排的台阶,可供人们选择,其中间的台阶要虔诚地攀登,旁边的两列则可以随意行走。

我们面前的这本书也是按照上面提到的结构形式写成的,其中一侧平缓的台阶为儿童和老人铺设,另一侧较陡的台阶是给心急的年轻人攀登的,中间是它原本的,中规中距的神圣的台阶。除去一些因畏惧而离开的人,所有感到自己有闲情逸致的人,都可以安心地走这个台阶。

关于您索要的手稿[1],我会在第一时间拿到它,如果拿到的话,我会把它给您寄过去,或至少告诉您有关它的具体情况。

我就先写这么多吧,免得信被耽搁在这里。恭致问候,垂念为盼,顺颂商祺。

G.

---

① 科塔在信中请歌德打听一下J.米勒的一篇文章,该文章早已经在歌德的手中。

481. 里默尔(日记)

1810 年 7 月底

〈歌德:〉“植物思想家和动物思想家,大约类似于植物与动物,女人与男人。前者就好像需要一块土地,让自己扎根并从那里汲取养分,是一种科学;而后者则在四处转悠,享受一切并让这一切为其所用,就像诗人。

588 诗人和艺术家:前者是类,是普遍的;后者是种,是特别的。诗人是更为普遍的,同时也是哲学家。”

482. 歌德致夫人(亲笔)

1810 年 8 月 1 日　星期三

你们 7 月 24 日的来信我在第七天就收到了,也想马上回封短信表示感谢。衷心祝福你们的一百周年庆祝活动①,一切进行得如此顺利得体,剧院做了他们应该做的,也得到了应有的收获。特别令我高兴的是乐队长米勒先生已经磨合好,如果今年冬天能有这么多消遣,而不是像往常那样令人生气,我就很高兴了。

我不怀疑,那些老眯眯眼和新眯眯眼②肯定会睁大眼睛,祝她们好运。你们在那里尽可能让自己开心吧,这里总有一些稀奇古怪、乱七八糟的东西,让我恼火。那位住在同一旅店的可爱的朋友③,还是我跟你说的那样,虽然可爱而热情,但她所说的每一句话没有不让我生气,没有不让我们产生分歧的,简直就像阿克万德大街的那位一样④。

我自己的事还是按部就班地进行着,虽然不是每天都会完成一些东西,但总是在准备之中,然后可以一挥而就。我从不缺少令我感兴趣的事情。

奥古斯特那里我终于收到了一封很像样的信,他看上去也是在按自己的方式行事,至少还是在学一些东西。这前半年,舍曼先生反对蒂鲍特先生,这对奥古斯特来说确实很不幸,他非常崇拜蒂鲍特先生,因此无法忍受前者。可惜,耶拿又在为同乡会之事和类似的事情发生争执⑤。但奥古斯特还是如亨德里希先生写信告诉我的那样,

---

① 劳赫施泰特庆祝其疗养设施建成一百周年的活动。

② 歌德与夫人调笑用的词语。亦见第 466 封信。

③ 指玛丽安•封•埃本贝格夫人,与歌德住在同一家旅店。歌德曾写道:"说真心话,我们之间不可能像以前那样继续交往下去了,她简直是没完没了地谈论政治,我们无法取得一致意见。我宁愿缄口,没有其他感兴趣的东西时,对话就变得有些尴尬。"

④ 指夏洛特•封•施泰因。

⑤ 耶拿主管当局与学生同乡会反复不断地发生冲突。参见第 392 封信及注释。

589 与所有这些事情保持距离。可喜的是他在海德堡完成了学业。也许施米特和比洛①已经把详细情况告诉你了。

我给他收集了一些小东西,随后会抽空把它们寄给他。除此之处我没有再买什么东西。纸币的起伏波动和物价上涨造成的混乱让人搞不清这些东西到底是便宜还是贵。大头针和缝衣针我又买了一些。不过,我再也没有见到比我给你寄去的披肩更漂亮、更不讨人嫌的了。

策尔特的到来令我非常开心,也许我在特普利茨见还会到他。如果能在那边儿找到住的地方,我早就过去了。卡尔斯巴德已经渐渐空了,但弗兰岑斯布伦和特普利茨又满了。

枢密顾问沃尔夫还在这里,但我很少见到他。乘车郊游、宴会和漂亮女人都在吸引着他,这倒很对他的味口。

寄来的剪影②抓住了外貌特征,看上去像是一个睿智的小妇人。非常感谢这件纪念物。

衷心问候格纳斯特先生,不要忘了米勒先生。即使跟沃尔夫③合不来,也要尝试与她至少保持良好的关系,问候罗尔青一家和德尼一家。衷心祝愿他们所有人。米迦勒节要做些什么到时再看吧。你又去劳赫施泰特这对我非常重要,因为一般他们会在夏天做一种很难吃的魔粥,但到了冬天它很提我味口。

祝你生活愉快,万事如意。从现在开始我会往魏玛写信,我一到特普利茨就写。祝安好!

卡尔斯巴德,1810 年 8 月 1 日　　　　G.

---

① 两人是奥古斯特在耶拿的好朋友同学。

② 乌尔里希·卡洛琳的剪影。

③ 可能是指演员皮乌斯·亚历山大·沃尔夫的夫人阿玛利亚·沃尔夫。参见第 439 号日记中的注释。

483. 歌德日记 590

1810年8月8日　星期三

早上在家,声学研究,然后去策尔特处,他在演奏为《潘多拉》谱的曲子。之前去格罗图斯夫人处。在公爵殿下处用餐。杜克斯的瓦尔德施泰因伯爵。与策尔特散步,路上遇见费希特。晚上与策尔特在家。谈论音乐与政治。

484. I. H. 费希特(1862 年)

或 1810 年 8 月 8 日　星期三

〈关于费希特与歌德〉1810 年,两人在疗养胜地特普利茨再次见面,他们衷心地问候对方,回忆着过去的好时光①。此处,我还想起了歌德给策尔特说的话。策尔特当时也在那里,他把那句话偷偷告诉了两人共同的朋友费希特夫人。歌德指着远处与家人散步的费希特对策尔特说:“那边走的那个人,我们所有人都应该感谢他!”

① 18 世纪 90 年代中期,费希特在学术及哲学生涯上开始声名鹊起,这也给耶拿大学带来了相当大的名望,成就了耶拿的灿烂时光。

485. 歌德日记

1810年8月9日 星期四至8月10日 星期五

8月9日

退房并搬进金船旅店。独自一人散步。克拉德尼[①]。1点钟泡温泉。中午在公爵处。傍晚时分,往多恩方向的舍瑙散步。晚上萨维尼一家。

8月10日

安布罗西。协商。之后在萨维尼一家处,与他们在公园里散步。中午在公爵的大餐桌上用餐。索尔姆斯公主。勒·埃斯托克将军等。1点钟泡温泉。饭后与萨维尼一家在一起。晚上在克拉里侯爵处。

① 恩斯特·克拉德尼(Ernst Chladni,1756—1827),德国物理学家,音乐家,他主要研究振动簧片以及声音在不同的气体中的传播速度。

591　486. 歌德致夫人(亲笔)

1810年8月11日　星期六

这张信笺由封·里德泽尔小姐带到山那边,你回到魏玛时它会在那里问候你。主要是想给你讲一件奇遇。我刚刚般进新的住宿地,静静地坐在房间里。这时门开了,一位女士走进来。我以为是与我们同住一家旅馆的客人搞错了,但定睛一看是贝蒂娜,她蹦蹦跳跳地朝我走过来,完全是我们刚认识她时的样子。她与萨维尼一家去了柏林,又与他们从布拉格一路到了这里。明天他们又要离开。她没完没了地给我讲她过去的和新近的奇遇。最后又回到了与阿尼姆的婚事上。祝安好。我已经泡过几次温泉,感觉很好。公爵时而在这里,时而在别处。策尔特还是老样子。他在这里让我很开心。问候小卡洛琳和奥古斯特。

特普利茨,1810年8月11日。　　　　G.

487. 歌德日记

1810年8月11日 星期六

与贝蒂娜在公园散步。详细地讲述她与君特罗德小姐①的关系。这个奇怪的小姑娘的性格和她的死。在策尔特处杜兰特的二重奏。之后在费希特处告别。1点钟泡温泉。在公爵处用餐,但他却出去吃饭了。伯恩哈德王子。马维茨先生,封·吕勒先生。法国人的战术及操练与德国的对比及其他的军事话题。萨维尼一家。贝蒂娜。策尔特。在庄园训练小鸟的故事。告别。

---

① 参见第65封信及注释。

592 488. 贝蒂娜·封·阿尼姆,娘家姓布伦塔诺(1832至1839年间)①

1810年8月9日 星期四至8月12日 星期日之间

这是一个炎热的8月黄昏,在特普利茨,他〈歌德〉坐在打开的窗户前面,我站在他面前,搂着他的脖子,我的目光像箭一样锋利地射向他的眼睛,并钉在那里,越钻越深。也许是受不了这种目光,他问我是不是很热,是否想吹凉风,我点点头,于是他说:"把胸脯露出来吧,晚风吹着它很舒服的。"他看到我没有反对的意思,尽管我的脸已经红了,便给我解开衣服。他望着我说:"晚霞映红了你的面颊。"然后亲吻我的乳房,把额头贴在上面。"这并不奇怪,"我说,"我的太阳就从我的乳房上落下。"他长时间地看着我,两个人一动不动。他问道:"还没有谁碰过你的乳房吧?""没有,"我说,"你抚摸着我,我自己都感到奇怪。"这时他一遍一遍地狠狠地亲吻着我的脖子,我好害怕,让他放开我,但他看上去如此英俊,我在恐惧之中忍不住笑了,感到非常高兴,因为这颤动的双唇,悄悄的呼吸,都是冲着我来的,它们像闪电一般震撼着我,我天生卷曲的头发垂下来,我从他的脸上看得很真切,他想平静下来,他在努力克制着,把我散开的头发握在手里,但他又总是一动不动,好像想要说什么,却不能呼吸一样。过了一会儿,他才轻轻地说:"你就像暴风雨,你的头发在下雨,你的嘴唇在闪电,你的眼睛在打雷。"这时我又能发出声音来:"你就像是宙斯,你的

---

① 人们对贝蒂娜的这段描述持有争议,但赫维希(J. J. Herwig)却认为这一段文字是可信的,尽管贝蒂娜平日的表述风格充满着幻想的气息。其中一个重要的证据是贝蒂娜自己在1839年3月28/31日写给J. 德林(J. Döring)的信:"……一个炎热的夏日傍晚,窗户打开着,他亲吻了我的乳房,他突然说道,以后你晚上脱衣服时,如果星星也像现在一样闪烁着,在寂寞的夜晚,它们照亮你的时候,如果你允许的话,那就让它们照着你,想着这些星星今天用我的双唇亲吻了你,我又用它们的光线亲吻了你。——这些话都是歌德给我说的。"另外还有一个证据就是,关于歌德的事情,贝蒂娜虽然都是很愿意表白的,但恰恰是这一段东西她却没有公开出来。

睫毛一眨动，奥林匹亚山就会颤抖。”“以后你晚上脱衣服时，这些星 593
星会像现在一样在你乳房上闪烁，你会想起我的吻吗？”“会的！”“你
会想到我像数不清的星星那样千百遍地把我的爱的印记印到你的乳
房上吗？”“会的！”“你会想到我在你身体里那种难以忘怀、永生不死
的体验吗，你会这样认为吗？”“会的！”我说：“我会这样认为的！”
他……可怎么会呢？他深深地叹息着，把头靠在我身上说：“请原谅
我，我其实没有那么坚强。”他抬起头来看着我，把脸紧紧贴在我的乳
房上。我把手越过他头顶伸向窗边的一片葡萄树叶，摘下一枝葡萄
蔓放到他手上说：“等以后葡萄枝长叶子了，你在后半夜站在窗前，望
着满天的繁星，还会想起我吗？”我问道。他也这样说：“会的！”“你会
想到我对你的抵抗吗？勇敢的人，我无力抵御你火炬一般的目光，洪
钟一般的话语和如此这般的俊美，我不会再发现有这样的俊美，它能
令人容光焕发。你会想起我在这里惩罚你揍你，因为你不守骑士品
德对手无寸铁的侍从做这种丢脸的事吗？”他大笑起来，放开我叫道：
“好你个顺从、无邪的小女人，你那么不动声色，又那么充满激情！
亲，亲，我的小心肝！”现在我必须给你说，我告诉你他喊出这些话，让
我眩晕，它在我的胸膛呐喊，因幸福而痛苦，我的叹息变成了叫声，我
紧紧地搂着他。他被感动了，忍住眼泪说道：“过来，我把你的乳房重
新遮起来。”可是他又还在抚摸着这对儿乳房，问道：“为什么你觉得
我应该受到惩罚呢？难道我不该握着这对儿漂亮的尤物吗？这不就
是我一生要做的事情吗？我不就是为了它才成为诗人的吗？”我又平
静下来，一副若无其事而又狡猾机智的样子，我朝他笑笑，思索着如
何回答他。“你脑袋里又在耍什么鬼把戏？”“究竟是上帝拥抱着世
界，还是世界拥抱着上帝？”我问道。“噢，当然是上帝拥抱着世界啦，
我就是那个极乐的上帝，当他拥抱着这世界时，他成功地让世界感受 594
到他。”“你拥抱着的这个美丽尤物可不是这样，你在托举着、把握着

世界的罪恶,因为我可以忘记自己,可以惩罚你,否认你是降临于我的上帝。”我私底下对这些玩笑激动不已,不得不压抑着自己,免得说话时心里膨膨乱跳。你读到这里,也许会对我有误解,以为我在卖弄风情。不是的,我心里充满了神圣的羞涩,我觉得这些玩笑的话语都来自神圣的生活,在我们两人之间像火花一样迸发出来,舞向更高的地方。我把这些话也许念叨了上千次,每晚入睡前再念给自己听,把脑海里想到的东西第二天再写给他。但这还不是全部,现在他又向我伸开双臂说:“来!”,然后拉着我坐到他的膝盖上,把我的头按到他的胸口,抚弄着我的耳朵,拿额头顶着我的额头。过了好长时间,他的汗滴到我身上,我一开始只是把它们吻掉,然后我变得对它们真正地渴望,用嘴唇把汗珠嘬掉。我用嘴唇舔着他的睫毛,汗水在他漂亮的嘴角形成水珠,他痛苦地紧闭着嘴,深深地喘息着,呻吟着,我不为所动,把所有的汗珠舔掉。他把舌头放到嘴唇上,我轻轻地咬着它,也咬着嘴唇,他把我贴在他的脸颊上,我的泪水从他的面庞上流下。他又说道:“宝贝儿!宝贝儿!知道你有多么可爱么?你怎么能明白,你的清纯无邪把我紧紧地缚住了,让我根本无法挣脱。”

489. 歌德致夫人(亲笔) 595

特普利茨,1810年8月13日　星期一

我只想写几句话附到枢密顾问福格尔寄出的公函急件里。你从劳赫施泰特寄出的亲切的来信我收到了,听到你不舒服,还有周年庆典的祷告活动结果那么糟糕,这让我很难过。你在家好好照顾自己,直到我们再见面。代我向封·海根多夫夫人致意,祝福她新生的儿子。你要尽可能帮助她。我在这里一切均好,只是泡温泉让头感到有些虚。没有办法。

贝蒂娜昨天走了。她的确要比以往更漂亮更可爱了。但对其他人,她还是很淘气。她与阿尼姆的关系大约已经确定了。祝安好。黑色花边我会带给你的。

G.

490. A. 封·德·马维茨

1810年8月中旬

歌德在特普利茨。

“你们这群孩子，”歌德对我们说：“年轻人的智慧里充满了破烂儿！”（当时正在谈论奥肯和其他人）。我们放声大笑，他也一起笑，“才不管它是从哪儿来的呢。”

“自然就像一把斧头，简单而径直地走过去。只是那些个体对它所做的无休止的修正才使得它难以理解。”

“人还是应当选择自己的圣人，（然后转向公爵）由于这位约翰内斯·封·内波穆克先生（一位平时很老实很受人尊敬的人）在我们这个时代的确没有什么用处了，于是我在众多圣人中选择了自己的圣人，
596 我选择了开普勒。他在我的前厅里有一个自己的龛位，里面放着他的半身像。”于是他开始赞扬他。

赞扬拜罗伊特的总督夫人的回忆录。谈论弗里德里希·威廉一世，他的时代，谈论大选帝侯，谈论拜莱斯。普菲尔谈到埃格尔的大火。谈论关于元素的斗争，柱廊式入口，魏玛的艺术展[①]（关于这个话题他充满热情地详细讲述了许多）。许多关于戏剧的谈话，关于《塔索》在魏玛的演出[②]，我提醒他科罗娜[③]，他就讲她，她的天赋，她富有表现力的美貌，讲了很长时间，但是很平静，深深地压制着内心的激动。

赞扬13世纪。

---

① 指“魏玛艺术博览会”，即参加“魏玛有奖竞赛”的作品展览。它曾是歌德最喜爱的一项活动，希望借此将德国青年艺术家引入正确的轨道，但总体来说这个活动并不十分成功。参见导读部分，原文第738页。

② 1807年2月，《塔索》在魏玛成功上演后，又演出过多次，而歌德一开始以为他的作品是无法搬上舞台上演的。

③ 指克洛纳·施勒特（Corona Schröter，1751—1802），曾经在莱比锡和魏玛非常走红的演员和歌手，在18世纪70至80年代时与歌德交情甚密。

491. E. 封·普菲尔致卡洛琳·德·拉莫特-富凯(1810年8月22日)

1810年8月中旬

我每天在公爵处看到歌德,我无法告诉你我对这个人有多么好感〈……〉有时,当他在很亲近的圈子里变得活泼开朗,话题也逐渐丰富多彩时,他会时不时给我们指正,称我们:你们这群孩子们!然后,我会觉得这位老爸爸是对的,我会在这位年长的大师面前弯下腰,体会到他刚刚讲的一句话是多么正确:

"年轻人的知识里充满了破烂儿!"

看这位年长的大师如何处理那些有意想从他身上蹭名气,单方面极力引起他注意的人,是一件有意思事。有一次,他在卡尔斯巴德的大厅里遇见了坎佩[①],后者向歌德讲了一大堆德意志真正成熟时期的好东西,对此,歌德对这位纯粹主义者的大肆恭维只是简单地问了一句话作为回应:您对这儿的温泉还中意吗?

人们还能更不怀好意一些吗?东方的伊西多罗[②]〈奥托·海因里希·封·勒本伯爵〉曾在特普利茨逗留数日。一天他在公爵处用餐,坐在歌德旁边,我刚好吃完,亲眼目睹他不断地给可怜的伊西多罗泼冷 597
水。面对伊西多罗不可思议的、眉飞色舞、充满诗情的发作,歌德说话很轻很有节制,他带着令人无法相信的坚定,眼睛里罕见地放着光,很有分寸地截断了他的话。

---

① 关于坎佩,参见第477封信中的注释。

② 奥托·海因里希·封·勒本伯爵(Otto Heinrich Graf von Loeben,1786—1825),德国浪漫派作家,德累斯顿学派中一位多产的作家。东方的伊西多罗是他的笔名。

492. 歌德致贝蒂娜·布伦塔诺(亲笔)

1810年8月17日 星期五

最最亲爱的贝蒂娜,你的信总是让人觉得最新一封来信是最有趣的。你之前带来的这几页纸让我觉得就是这样的,你离开的那天早上,我津津有味地一遍又一遍地读着它们。现在你的最新一封信又到了,它超过了其他所有的信件。你要是能这样不断超越自己,那就这么做吧。你带走了那么多东西,因此,从远方寄来一些东西也是公平合理的。祝你万安!

下一封信请你寄到背面的地址。噢,太不祥,太令人痛苦了![①]信里会写些什么东西啊?

由封·费尔洛伦上尉代交。

于德累斯顿

---

① 歌德等着贝蒂娜订婚的消息,这样一来,他就失去了她。

493. 歌德日记

1810年8月23日　星期四至8月28日　星期二

8月23日

在策尔特处。音乐史方面的东西。马克卢斯①时代的音乐。塞巴斯蒂安·巴赫,亨德尔。在花园里。泡温泉。绘画。与吕勒、普菲尔、博泽、施塔克一起用餐。在荷兰国王处,与之散步并去剧院。晚上在策尔特处,告别。

〈……〉

8月27日 598

画比林城的入口。泡温泉。在温迪施-格雷策侯爵处用餐。《帝国报》②。对评审委员会的继续指责。阿尔西纳③。

8月28日

绘画。泡温泉。《帝国报》。继续为十年科学奖争论。与梅克伦堡的弗里德里希王子、封·贝格夫人、勒·埃斯托克小姐一起用餐。在殿下处。晚上克拉里伯爵和伯爵夫人、阿切伦扎公爵。阅读。城堡上的鸟。封·雷登。卢博米尔斯卡侯爵夫人。封·穆西乌斯。封·延茨——蒂蒂娜④非常懂礼貌。

---

① 马库斯·克劳迪乌斯·马克卢斯(Marcus Claudius Marcellus,约公元前268—208年),曾五次当选罗马共和国执政官,罗马军队的重要首领。

② 即《辩论报》,创刊于1789年的一份周报,拿破仑时期改名为《帝国报》,拿破仑下台后又恢复原来的报名。这里讲的是由拿破仑资助的十年一次的科学奖励,1809年第一次(也是最后一次)把奖励颁发给了十九名科学家。评审委员会由法兰西学院的成员组成。

③ 阿尔西纳意大利文艺复兴时期的诗人卢多维科·阿里奥斯托(Lodovico Ariost,1474—1533)的叙事诗"愤怒的奥兰多"中施魔法的女巫和魔术师。

④ 利涅王子的孙女克里斯蒂娜·德·利涅(Christine de Ligne,1788—1867),也即克里斯蒂娜·奥·唐奈·封·蒂克奈尔伯爵夫人(O'Donell von Tyrconell,Christine)。

494. 歌德致克内贝尔

1810年8月30日　星期四

亲爱的朋友，我让公爵的人给你捎几句话，并对你上一封来信表示最衷心的感谢。很高兴听到你从远方传来的亲切呼唤。

关于我自己，我可以告诉你一个好消息，特普利茨的泉水令我非常受用。我也需要这种受用，因为我从卡尔斯巴德过来时情绪非常低落。最后十四天的糟糕天气造成了不小的负面影响，令我对平时那么喜欢的地方兴致扫地。现在这里都是晴好的天气，地方也更热闹，更自在，这是厄尔士山脉中午的一面。在另一侧是神奇的、满是玄武岩、斑页岩和假火山的所谓的中央山脉。比林岩山因为其巨大的、庄严的和一些从绘画角度来看特别有表现力的形状看上去非常雄伟。我们在它的山脚下好好地享受了一天，带回了几张素描。

此外，这个地区布满了小城镇、城堡、村落、修道院和娱乐的地
599 方，因此，乘车出游是必不可少的。人们抱怨这里没有社交活动，但即使在这一点上我也要说特普利茨做得不错。当然，由于公爵在此逗留，我能见到许多人，去一些平时我也许很陌生的地方。

公爵在此地的疗养也十分惬意，但愿他那么频繁地狩猎和剧烈运动不要让疗养的功效都白废了。

在卡尔斯巴德我几乎没有画什么草稿，但在这里，新的东西又激起了我的兴趣。可惜我没有长性，即使画了几张像样的，也做出不真正的好作品。

大约一周后我会离开这里去德累斯顿，我已经很长时间没有去那里了，然后会经弗赖贝格回家，到家后我会衷心地问候你。

你往卡尔斯巴德给我写信问匈牙利羊毛被的事情，当地应该能买到的，但我在那里却没有找到。人们说布拉格有这种羊毛被，可惜我没有去那里，反倒是蒂罗尔①的皮制盖被和皮制枕头相当流行，但

① 奥地利的一个州。

它们实际上除了外出旅行外并不实用。

这里很少有我们熟悉的人。封·丹克尔曼先生和他的夫人,娘家姓雅格曼,露易丝·塞德勒小姐只待了很短的时间。索尔姆斯公主,普鲁士王后的姐妹,让我们操了不少心。她病得很重,有几天已经垂危,现在她又开始好转,我们大家都对此感到高兴。封·贝格夫人特别问到了你,她是来这里服侍索尔姆斯侯爵夫人的。她还清楚地记得你的特征,可以看出,你给她留下了印象。

最有意思的是我结识了荷兰国王[1],我与他住在一个房子里。这位国王看上去很像他的哥哥。他性情善良宽厚,令人极为尊敬,这
一点我会在一些相关的地方给你讲。我去他那里好几次。他非常友 600
好,也很亲切,具有那种国王般的坦率,正如索福克勒斯所说的:只有国王才适合说他想说的话。人们一旦更深入地了解他,也许就会明白,他退位的理由是与生俱来的。

还剩一点地方,可以再写几句关于利涅王子的话[2]。他已经有七十八岁的高龄,但还是那样高雅而善于交际,还是像以往那样开朗而无忧无虑。他在哪个社交圈子,那里就会因他的优雅而活跃。

祝你安好,好好享受这美丽的秋天吧,希望能够在这秋天里再次高高兴兴地见到你。

特普利茨,1810年8月30日　　G.

---

① 路易·波拿巴(Louis Napoléon Bonaparte, 1778—1846),拿破仑的弟弟,曾被封为荷兰国王,因为对英贸易一事意见不合,被迫宣布退位,荷兰并入法兰西第一帝国。亦参见第506封信。

② 歌德与利涅王子于1807年在卡尔斯巴德第一次正式见面(参见1807年6月29日的日记及注释)。在此之前,利涅王子就给歌德寄过一首敬诗,歌德1804年回敬了一首诗。

495. 歌德日记[①]

1810 年 9 月 2 日　星期六至 9 月 24 日　星期一

9 月 2 日

〈亲笔〉绘画。去封·格罗图斯夫人处。瓦尔德施泰因伯爵。去殿下处。油画。在图书馆大餐桌宴会。马厩。自然陈列室。军械库。园子。赛马。

〈……〉

〈抄录〉

9 月 8 日

经布吕克斯去艾森贝格。在宴会前到达。盛大的社交活动。傍晚时分与侯爵夫人散步。布里齐的演唱。晚上钢琴演奏。

〈……〉

9 月 12 日

早上从艾森贝格下来，经布吕克斯到特普利茨。布吕克斯后面漂亮的中央山脉的景色。当天上杜克斯城堡[②]，到达海利根施多克的高地，返回杜克斯。中午在家。晚上泽贝克博士。谈了许多关于柏林、德累斯顿和其他地方的事情。

〈……〉

601 **9 月 15 日**

朔姆贝格伯爵为我画像。从柏林来的作战参谋赫夫。之后在索尔姆斯侯爵夫人处，1 点钟朗读，之后吃中饭。然后回家，去荷兰国

---

① 歌德于 9 月 16 日离开特普利茨，当天到达德累斯顿，一直待到 26 日离开。这几日的日记都是他在德累斯顿的游览和社交活动。

② 封·瓦尔德施泰因伯爵(Joseph Karl Emanuel Graf von Waldstein，1755—1814)城堡所在地。

王处告辞。去格罗图斯夫人和埃本贝格处。去索尔姆斯侯爵夫人处,再次告别。之后去宫殿[①]。

〈……〉

〈亲笔〉

9月17日

去伯恩哈德王子和吕勒处。去克尔纳家。画廊[②]。魏玛和耶拿的居住区。施莱尔马赫[③],M.赫尔茨。封·博伊维茨。中午在家。去屈格尔根处,去贝克尔处。古代收藏。叔本华夫人。盛大的社交活动。

9月18日

去弗里德里希处。那里美丽的风景。云雾教堂墓地,开阔的海。回家。吃早饭。克尔纳。泽贝克。伯戈因的画廊,特别是外面的画廊。哈特曼。在伯恩哈德王子处吃饭。封·吕勒夫人。埃斯特拉齐侯爵。去克尔纳家。谈论音乐。

〈……〉

9月24日

与L.塞德勒[④]、泽贝克和里默尔看铜版画画廊。去屈格尔根处。

---

① 该宫殿为克拉里-阿德林根侯爵家族(Clary-Aldringen)所拥有。

② 德累斯顿画廊,当时尚布置在属于宫殿的房间里。

③ 克尔纳在给他儿子苔奥多的信中写道:"歌德与施莱尔马赫都离开了。他们两人并不太投缘。一次我向歌德提起施莱尔马赫,可他并不接这个话题。我也听说,他在其他地方也很少或根本不和他说话。"

④ 露易丝·卡洛琳·苏菲·塞德勒(Luise Karoline Sophie Seidler, 1786—1866),德国画家,魏玛大公艺术收藏的保管人,歌德的好朋友。她在回忆录中回忆了当时与歌德交往的情形,歌德在德累斯顿期间显然对这位年轻的女画家特别照顾。

画肖像画[①]。去伯恩哈德王子处。与吕勒一家和封·格罗图斯夫人一起吃饭。去画廊。去佩希韦尔处。漂亮的油画。登上布吕尔平台。去蒂尔曼将军处。

① 这幅肖像画是歌德打算给J.F.H.施洛瑟的礼物,但屈格尔根自己把这幅画保留下来,他后来自己承认说,他又画了一幅歌德的肖像,是这一幅与以前画的第一幅歌德肖像的混合版。歌德把这个混合版的肖像寄给了施洛瑟。可参见法兰克福版《歌德全集》该卷插图13。

496. 瓦恩哈根(1843年6月28日) 602

1810年9月?

封·吕勒将军告诉我,歌德有一次亲口对他说,他是通过谢林获得了创作《亲和力》的灵感,正如卡普在他的书中提到的那样。〈……〉歌德曾经告诉吕勒:"我是异教徒吗?瞧,我让人把格蕾琴处决了,把奥蒂莉给饿死了,难道这对那帮人来说还不够符合基督教吗?难道他们还想要什么更加符合基督教的东西吗?"

497. 特雷布拉致歌德[①](1810年10月5日)

1810年9月26日至9月28日之间

我不会与我的朋友告别,他这样说,没有食言,然后就离开了,那么迅速,那么意外,就像他的出现一样。在我离开前——我也曾经想这样不辞而别——他说:我肯定要把儿子送到弗莱贝格去一年,他一定会信守说过的话。这些矿工太冒失了,竟然在岩石上钻那么深的孔!他说。我回答道:如果我们在托伊迪茨制盐场的这个孔没有达到目的,打不出盐水来,我还是要去上吊。〈……〉

① 参见第527封信及注释。

498. 里默尔

1810年10月1日　星期一

〈歌德：〉“新旧艺术的区别并不像喜欢搞区分的先生们[①]区分古希腊与罗马艺术那样，它们的区别在于，新艺术只是一种受限制的旧艺术，是一种在形式与材料上不充分的东西。这里出现的是渴望而不是满足。在满足之后，还会出现新的渴望(这样持续往复)，但对享受的渴望与完全没有享受的渴望是不一样的。”

① 应当主要是指F.施莱格尔或J.保罗在他的《美学入门》中的观点。

魏玛/耶拿

1810 年 10 月 2 日至 1811 年 5 月 11 日

603 499. 歌德致 J. B. 恩格尔曼[1]

1810 年 10 月 5 日　星期五

阁下，

我对您在 6 月份就已寄来的东西表示最衷心的感谢，这是我一回到魏玛就要做的一件事。普福尔先生的绘画[2]贡献很大，它们同时也可以用来做很多的事情。请代我向他致意并以我的名义对他表示最衷心的感谢。

我与您一样认为，所有这些青年人对中世纪的热爱是一种向比较高级的艺术领域的过渡。我当然非常看好它们。描绘那些对象需要真诚、纯朴，需要关注细节，这种训练为学习各种艺术做好了准备。当然，也许还要花上十来年的时间才能度过这一阶段。我很赞同艺术的成长与融合的过程不能操之过急，也不应当被加快。真正努力的人都会自己解开这个谜。

请您告诉那个以博物馆的名义成立的艺术协会的成员们，对他们寄来的证书以及给我寄送证书的里特尔先生表示衷心的感谢。我随时都会热情地参与所有通过这种联系对我的故乡和祖国有益的活动。

谨此，恭致问候，并祝您生活愉快。

魏玛，1810 年 10 月 5 日　　　　歌德

---

① 尤利乌斯•伯恩哈德•恩格尔曼（Julius Bernhard Engelmann，1773—1844），德国教育家，1808 年成立的法兰克福博物馆协会的秘书，协会致力于文学艺术的保护工作。歌德被授予该协会的荣誉会员。

② 普福尔为歌德的《格茨》绘的插图，由恩格尔曼转寄过来，里面附了一封普福尔的亲笔信。

500. 歌德致赖因哈德 604

1810年10月7日 星期日至10月8日 星期一

我尊敬的朋友,

您8月3日的亲切来信我回到魏玛后才看到,所有寄给我的东西①都放在那里,因为人们不知道我的行踪到底在哪里。现在我又回到了老地方,尽管有各种变化,但还是像月亮一样又摆回我的老面孔,尽管东边、北边和南边还有一些诱惑②,尽管我还想去西边去拜访您。

现在,我希望能很快知道您已经顺利到达卡塞尔,能告诉我您夏日旅行的情况。

这次疗养在卡尔斯巴德没有什么特别效果,但在特普利茨却非常不错,也许来年夏天它会吸引我先去那里。在前一个地方,我结识了奥地利皇后,在后一个地方,我更进一步认识了荷兰国王,这些都是我最大的收获,一直令我高兴。除此之外,我还见到了一些老朋友,结识了一些可爱的新伙伴。

德累斯顿的艺术和自然宝藏,弗莱贝格的地下与地上的活动③,开姆尼茨的织机④,阿尔滕堡和勒比肖有封·库尔兰公爵夫人的优雅,所有这些令我在回来的路上都非常高兴,非常享受。那种不受磨坊主们待见,但却受旅行者欢迎的晴朗天气也增色不少。

先说说赖西希教授吧,很可惜我们失去了他。他研究颜色学所着手的地方正是可以首先推动颜色学的地方。人们只有看到这些现

① 赖因哈德的信,随信附有维莱尔8月3日给歌德的信及一份做颜色学实验所需器具的清单。

② 歌德或许是指人们邀请他去柏林、布拉格和维也纳(因为奥地利玛丽亚·卢多维卡皇后的缘故)。

③ 指弗莱贝格的矿山行业及与之相关的机构,特别是著名的矿山研究院。

④ 开姆尼茨是德国东部的城市,自中世纪以来就是纺织业的中心,18世纪末引入的纺织工业使这个城市再次繁荣起来。

象，才能很明显地发现旧学说的不足。我很乐意给您和封·代特莫尔
605 德侯爵夫人帮忙提供一些仪器的零件[1]。例如，我附上一张中国产的红色小纸片。您把它对着太阳，盯着它，上面的黑字马上就会变成漂亮的绿色。这一现象任何了解补色学说的人都不会吃惊。我也可以寄一些彩色的杯子和几副有极小角度的玻璃棱镜，它们可以非常干净地显示黑白图像边缘的产生，让人清晰地看到这种现象的最细微的地方。

请代我向侯爵夫人表示最谦卑的致意，此事她对我有任何吩咐，我都将努力以最快的速度最准确地执行她的旨意。我也愿意解决每一个疑问，把书中的每一处不明白的地方讲清楚。

相反，那位**双面守护神**[2]现在走的路非常糟糕，因为他说：着色现象在他看来是取决于：1）光的自然属性，2）被着色物体的属性，以及3）我们视觉器官自身的能力和特质。他这样已经偏离了我认为很有必要的分类[3]，他的第一点就将研究推向无底洞：因为一个会死的凡人也许永远讲不出来光的自然属性[4]。如果他能讲出来的话，也不会被任何人所理解，就像人们不理解光一样。无论如何，如果他继续钻进去的话，我很好奇他对此事会说些什么，特别是他自己是否会对这种表述感到满意。请代我向他多多致意并感谢他那篇很有见地的文章。由于您对此事很感兴趣，请原谅我再多说几句。许

① 赖因哈德写信告诉歌德说，赖西希教授带来了一套相当完整的颜色学实验仪器，封·代特莫尔德侯爵夫人得到了它。关于封·代特莫尔德侯爵夫人对颜色学的兴趣，参见第478封信及注释。

② 指维莱尔，参见第478封信及注释。

③ 歌德在《颜色学》的"教学部分"中，把颜色分为生理的、物理的和化学的三种类型。

④ 歌德在《颜色学》的前言中，一开始就拒绝为光下定义。

多人对这项研究和书的篇幅感到害怕,这是很正常的,但还是有几十
人非常礼貌地向我保证他们要尽快研究思考此事。这期间我还遇到
了几件有意思的事情。一位外交官把我公布的研究当成一篇极佳的
宣言①。一位哲学家礼貌地赞扬我将主体,即用来感受和接收的器 606
官引入了物理。我回应他说,我会竭尽全力不让它们再被清扫出来。
最有意思的是一位政治家,他把刚刚得来的清闲用来安安静静、怡然
自得地通读我的著作,仿佛这是他面前摆着的一大堆文件一样。他
现在对这项研究已经十分通晓,甚至可以在政府部门会议上做有关
它的讲座,而且我听说,他为了自己的乐趣给学者们和行业的先生们
找了不少麻烦。

迂腐的沃勒维德的宣言②我还没有看到。这是一个固执而自负的家伙。从他违心写的文章里我就看透了他。几年前他在哈勒的教育机构中,就曾当着我的面极力阻挠一个聪明的孩子,这个孩子在一个飞轮的转盘上看到了灰色,而他却希望能看到白色。他是被一遍又一遍地重复牛顿的谬论而弄成了这样。

这件事就先讲这么多吧。**双面守护神**我想亲自认识一下。他很诚实,只是我觉得他有些被冲昏了头脑。此外,我很感谢让我了解了**多面守护神**③的情况,要好好地读他的东西。他完全可以拿一些被**双面守护神**驳斥和令**双面守护神**恼火的东西来博取我的好感。

① 指发表在《晨报》号外刊上的“歌德颜色学著作的广告及概览”(Anzeige und Übersicht des Goetheschen Werks zur Farbenlehre)。

② 歌德写此信时,沃勒维德只是在《每月通信》7 月刊上发表过一篇很简短的批评,而他多次提及的针对歌德《颜色学》的文章显然从未发表出来。

③ 原文:multifrons,多面孔的意思。维莱尔在写给歌德的信中把这个词用在德·热兰多的头上,带有贬讽的含义。赖因哈德为他辩护,提到他的各种头衔,包括罗马的皇家委员会委员,法兰西学院的成员等。关于德·热兰多男爵,参见第 478 封信及注释。

那些科隆人①去维也纳时没有到我们这里来，这我已经从海德堡的旅行者那里知道了。很可惜没有看到他们随身携带的东西，没能结识其中那些很有理性的人。但他们的圈子似乎不缺少疯狂的成员，肯定与我们合不来。

我很乐意认同这种向中世纪或甚至向古代回归的整体趋势，因
607 为我们在三四十年前也曾有过这种趋势，而且我相信从中能产生一些好的东西，只是人们不要那么沾沾自喜地拿那些东西来攻击我。请允许我从刚刚寄出去的一封信②中摘录一段话："所有这些青年人对中世纪的热爱是一种向比较高级的艺术领域的过渡。我当然非常看好它们。描绘那些对像需要真诚、纯朴，需要关注细节，这种训练为学习各种艺术做好了准备。当然，也许还要花上十来年的时间才能度过这一阶段。我很赞同艺术的成长与融合的过程不能操之过急，也不应当被加快。真正努力的人都会自己解开这个谜。"当然，这种期待和希望一般说来会对当下的这些孩子们还是比较宽容和善意的，但有时他们也会让我抓狂。比如阿希姆·封·阿尼姆，多洛雷斯伯爵夫人把他送到我这里，我也相当喜欢他，但我还是比较克制自己不要对他太过粗鲁。要是我有一个不争气的儿子，那我宁愿让他沉迷于妓院或甚至呆在猪圈里也不要纠缠在最近的这群蠢伙中间，因为我很害怕没有从这个地狱中解救出来的办法。此外，我在尽力把这一时期也作为历史，即作为已经过去的事情来看待。

请代我向封·雅科夫列夫先生多多致意。我知道他的好意，让人在罗马把我的侧影浮雕在宝石上作为收藏。现在还没有合适的铜雕版，我让驿车给您寄去一份由屈格尔根先生塑的小像，这是我知道的

① 指博伊塞雷兄弟。
② 参见第499封信。

最好一尊。即使它不是您从汉堡带回来的那种,但也许还是能满足他的要求。我在盒子里放几只锐角棱镜,用来做已知的最精确的折射实验。

就此搁笔,最衷心地祝您身体健康。

魏玛,1810 年 10 月 7 日　　G.

一尊较大的由屈格尔根先生塑造的石膏侧身像。 608

一张以前从由罗马的黑克尔凹雕的宝石上拓印下来的画像给雅科夫列夫先生。

一副锐角棱镜,附几张卡片,方便做实验

魏玛,1810 年 10 月 8 日　　歌德

里面附一张小纸片,其中一面在两个纸卷之间火红的底色上印的也许是汉字(黑色印字)。

501. 歌德致卡尔·奥古斯特公爵(亲笔)

1810年10月8日 星期一

以殿下之仁慈，惠微臣之家眷；望诸侯之恩宠，令犬子被泽蒙庥。臣意拳拳，唯仰殿下恩威。今臣陈情于此，实乃势不得不尔也，虽有操之过急之嫌，还望殿下体恤。臣之所愿，唯令犬子于今冬脱离纷繁扰乱之地，入朝气蓬勃之所。殿下高瞻远瞩，恩准为盼。

魏玛，1810年10月8日　　　　歌德

〈附件：〉

尊敬的殿下，

万望殿下体恤臣最卑微的请求，若蒙恩准，臣将感激不尽；若不获准许，臣亦欣然接受。

臣之子奥古斯特将年满二十一岁，臣欲恳请殿下为他某取一份候补侍从之职。

此处先简要介绍一下他的情况。他从小就接受过一些知识教
609 育，在海德堡主修一年半的法学，因为法学被看作是职业生涯的基础。现又在耶拿继续学习该专业一年，并攻读有关财政和经济学知识。他成绩均衡，深受好评。但这些还不是令臣提出上述请求的理由。他还需要在耶拿待一段时间，然后打算在乡下税务官处从基础开始学习业务流程。

其实，臣尽早提出这个请求的原因在于孩子在耶拿所处的痛苦境况。众所周知，大学生有各种联盟结社，他们以同乡会、秘密骑士团、社团、妇女茶话会、聚餐等形式集聚一起，勾心斗角，打架斗殴，虽屡遭弹压，但从未根除①。此类活动，因臣事先告诫，他在海德堡已彻底了解。在耶拿，他考虑到自身的情况，与所有人保持距离，这便使他完全孤立，不得不对抗所有派别。尽管他行事机敏，但仍处于很

① 参见第392封信及注释。

难受很危险的状态之中。

此外,作为学生,他无法进入所谓的人脉资源的绅士社交圈,该社交圈不接受学生。

从这个角度考虑,臣恳请殿下,将原本考虑赐予他的恩惠提前给
他。一旦他摆脱了学生身份,就不再有人对他提出异议。冬夜里,他
可以在教授、诸侯侍从、商人和其他有丰富的生活阅历之人的社交圈
里度过,去了解一些东西,培养自己。同时,如果殿下已事先为他立
下应当达到的目标,这对他也是不小的激励。他生性喜欢做事,生活 610
中也有着超过他年龄的聪敏和精明,而且从一些家务事中也可以看
到,他能够静下心来踏踏实实地把委托给他的事情完成。他生来就
对至高无上的殿下无比忠诚并有幸成为殿下的子民。对外,他没有
走进陌生人里的意愿与倾向,这样他可以很快与这里内部的人员熟
悉起来,在当下和具体事务上使自己成为有用之人。如有任何形式
的考试他都愿意服从。

臣对殿下无限崇敬信赖,此致

魏玛,1810年10月8日

您最恭顺的臣仆 J.W.v.歌德谨上

502. 歌德致卡尔·奥古斯特公爵(亲笔)

1810年10月15日　星期一

殿下之恩准与赏赐①,体恤有加。臣唯愿侍立殿下身旁,俯首听命,倘得如此,则臣别无他求矣。臣万语千言道不尽感激之情,唯再请殿下给予受宠之后生些许时日。于臣而言,殿下所赐乃绝妙造物,实为父之人所欲得者。倘不能为诸侯所用,则臣之谬大矣。恭请殿下诸事遂顺,一如殿下给臣及家人所赐之快乐。

歌德

① 公爵应允了歌德的请求,立刻下令授予他儿子候补侍从之职。同时公爵又赠给歌德两匹波兰牡马,以示体恤,方便他出入。按照亨德里希的说法,公爵令歌德"每周至少两次来宫廷用餐,为此赠给他马车及马匹,并给他用于马匹车辆开销的额度"。

503. 歌德致西尔维·封·齐格萨(亲笔) 611

1810年10月19日　星期五

若不是我正准备经历一场彻底的通信破产,以极不负责的态度拖欠朋友、恩主、保护人以及诸侯和领主们的信件,我会羞于写这张给您带去我的道歉的信笺。只是这羞愧还不至于大到只字不写。因此,无论如何我想说,我很高兴最衷心地问候亲爱的爸爸和温柔的女朋友们[①]并亲口保证我没有变心。您亲爱的信笺也向我保证了同样的内容,我经常反复读它。祝玉体安康。

1810年10月19日　　G.

---

① 指西尔维和保利娜·戈特,二人于11月10日来魏玛待了一天。

504. 歌德致贝蒂娜·布伦塔诺(亲笔)

1810年10月25日　星期四

亲爱的贝蒂娜,现在我又住回了魏玛,本该早就对你亲切的来信
表示感谢的,这些信都一一寄到了我这里,特别要感谢你8月27日
的回忆。我现在先不想跟你谈我的情况,其实也没有什么好谈的,而
是想友好地给你提一个请求。在你还没有不想给我写信,我也还没
有打算不读你的信之前,也许你可以顺便帮我一个大忙。我想告诉
你我准备把我的忏悔[①]写下来,也许会写成一部小说或一首诗,具体
是什么还不知道,但无论如何我需要你的帮助。我亲爱的母亲还有
其他一些能够重述我过去事情的人都已去世,这些事情我大多已经
612 忘记。既然你与我尊贵的母亲曾经共同生活过一段美好的时光,反
复听过她的一些小梦魇和轶事,而且把所有东西都清晰地记在脑海
里,你就马上行动吧,把所有与我和家人有关的东西都写下来[②],我
会非常高兴,也会对你非常感谢的。时不时给我寄些东西过来,谈谈
你自己和周围的人和事。爱我,下次再见。

魏玛,1810年10月25日　　　　　　　　G.

---

① 歌德在这封信中第一次正式提到了他写自传的计划,贝蒂娜是他告诉的第一人(亦参见第133封信)。对《诗与真》的标题,歌德避免使用"忏悔"一词的表述,这会令人联想到卢梭和奥古斯都的《忏悔录》。他在这项工作一开始就讨论了这个问题:"每个写忏悔录的人都会有陷入令人惋惜的危险,因为,忏悔的只是他的缺点,他的罪过,人不会为自己的美德去忏悔。"尽管如此,他后来在提到自己的《诗与真》时,经常会说"我的忏悔";对《日记与年鉴》的子标题,他会说是"我的其他忏悔的补充";他的《颜色学》结束一章的标题是"作者的忏悔"。

② 贝蒂娜在随后给歌德的几封信中满足了他的请求,歌德也使用了其中的一部分内容。关于他母亲的那部分,他没有放入最终的版本里。

505. 里默尔

1810年10月31日 星期三

当我鼓励歌德继续写他的《潘多拉》时，他说："他想打捞起他的宝藏，但宝藏却不断沉下去，他完全看不到那些烧红的煤炭，它们正在因他而熄灭。"

506. 法尔克(1824年)

或于1810年11月3日　星期六

那是1810年11月10日,歌德刚从特普利茨回来不久。关于他在那里的情况,下面是我用文字记录下的他告诉我的事情。

他当时住的屋舍,荷兰国王也下榻在那里。歌德当时想马上搬出去,以便把整层腾空,但国王不让他这样做,他说,他完全没有必要那么做。

歌德现在常常会见到荷兰国王①,他与国王在特普利茨度过了一段时间,他们之间只隔着一道卧室的门。歌德对荷兰国王的评价我现在还能忠实地回忆出来,因为当天晚上我就把它记录了下来。“路易,”歌德说,“天生善良而平易近人,不像他的哥哥拿破仑,天生
613 就是为了权力与控制。兄弟俩都属于同一个家庭的支脉,他们的性格很奇特地混合在一起,又各不一样。例如,吕西安②鄙视这个王国而宁愿去罗马从事艺术。而性情温和的路易在我们所处的暴风骤雨的年代似乎就是为了第二王国的倒台而生。他的每一步脚印都印着宽厚与善良。因此,他绝不是人们认为的那样固执地违背兄长的意愿去做这件引人注目的事。相反,路易的性格是我一生中见到的最温顺、最平和的性格。当然,这也导致了各种不公正、不合法和无情的东西伤害到了他心灵的最深处,仿佛他本能地反感这些东西。他都无法忍受任何动物受到虐待,马匹不被好好照料或者看到孩子生病。在这些情形下人们可以从他的神情,他的全部举止中看到,这些都是发自内心的〈……〉宗教就像一条闪光的银线贯穿于他的谈话和评论中,它使得他那仿佛黑暗的大地一般、常常是有些心情沉重的生活观变得快乐起来。世界历史中任何会刺痛他美丽的道德品质的东

---

① 参见第494封信的注释。

② 吕西安·波拿巴(Lucien Buonaparte,1775—1840),拿破仑的另一个弟弟,没有获得封号。

西都会立刻被温柔地拒绝。他因此抵制所有他觉得不正确的和违背神圣规定的东西。因此，他对一些东西的评论也就必然产生局限，但这种局限在如此悲观忧郁的环境中可以通过美好的平和的气质给予足够的平衡。按照他的观点，这个时代纷乱不堪，凶险异常，但并不能因此得出结论说它会一直这样。人们当着他的面不能说一些有背于或甚至会冲抵他的基督教道德准则之类的东西，否则他就会静下来，变得沉默寡言，或不再参与谈话，但他绝不会有抗争或反对。当
他来到特普利茨时，他感到自己非常虚弱，需要有人搀扶，但后来就 614
好多了。一个如此孱弱，如此敏感的人是如何能够坚持在荷兰与他有钢铁般意志的哥哥之间进行艰苦斗争而又不撕裂他的神经组织，走向毁灭的，这对我来说一直是个谜。令人讶惊的是，信念的力量一直托举他去直面这令人厌恶的环境。当他意识到自己成为荷兰的一国之君时，他作为这样一个著名民族的最高首领认为应当对这个民族、对自己负起责任，他也同样以天性中的那种严肃的和道德的态度去反抗法国和他的哥哥。当拿破仑谈论斯海尔德河①、莱茵河、马斯河②就像在谈论庞大的法兰西国家躯体中的血管一样时，而菲利普二世治下勇敢的先驱们，为了荷兰人的存亡，不顾一切，英勇地挥洒着鲜血时，从这一时刻起，他唯一能做的只有离开王位，离开这个他不再相信能给他带来丝毫尊严的宝座。〈……〉”

“可以说，这是我一生中有幸遇到的真正的有道德的担当，它格外吸引着我，感化着我，正如我在这一期间常常对特普利茨的朋友们所说的那样，人们从荷兰国王那里离开时，心情总是变得好起来。我见到他本人、听到他的言谈不过几个小时，我的心灵就得到极大的升

① 斯海尔德河(Scheldt)，发源于法国北部，流经比利时，在荷兰境内注入北海。
② 马斯河(Maas)，发源于法国，经比利时和荷兰注入北海。

华，我不得不承认：如果这个优雅温柔的、近乎女性般成长起来的人能在如此巨大的、怪兽般的环境中做到这一点，那你作为一个靠财产过日子的人，在有限的小圈子里难道不能成就同样的事情或至少以他为榜样而鼓起勇气吗？可以预料，这样一种获得广泛道德认同的优美的气质，面对各北方民族的性格及其所作所为，其内心仿佛有一
615 种与生俱来的敬畏。因此，在荷兰国王的身上表现出一种冷静的对普鲁士和萨克森的好感。如果不是在时间的背后存在着某种更深的我们无法揣测的安排，恰好让他的弟弟[1]而不是他当上了威斯特伐利亚国王，也许人们还在与命运抗争呢。”

〈……〉

“在国王周围我遇见了一位博士，他的观点，如果不用‘局限于天主教的’这样的字眼来描述，那也常常是有些粗暴的。他有时甚至会说**唯一的可以得到天堂般幸福的天主教堂**这样的话，但国王在谈话中从不采纳这种说法。如前面所说的那样，他严肃而又不失于温和，他的观点通情达理，不失偏颇。我在这种情况下只能尽可能地保持克制，但有一次，博士再次抛出一些现在很流行的、方济各会式的长篇空论，说书籍及图书交易是危险的，我忍不住用这样的观点回敬他：如果一定要说书籍是危险的话，那么古往今来所有书籍中最危险的书毫无疑问就是《圣经》，因为没有哪本书像它一样给人类带来了如此多的善与恶。这句话一说出口，我甚至都感到吃惊，因为我没有想别的，只是觉得会有一颗炸雷朝两边飞向空中。幸好结果不是我所想象的那样。虽然我看到那个博士的脸由于惊愕和气愤被这句话弄得一会儿煞白，一会儿通红，但国王还是保持着他惯有的温文尔

① 指拿破仑的弟弟，威斯特伐利亚国王热罗姆·波拿巴。参见第221、335封信中的注释。

雅,只是开玩笑地说:‘偶尔可以看出,歌德先生是一个持异论者。’”

“当他居住在阿姆斯特丹这座城市时,发现大多数人常常忽略了 616
自己的母语而几乎只说法语,这至少让国王比荷兰人还感到烦恼。他对一些人半开玩笑半当真地说,如果你们都不想说荷兰语的话,还怎么能指望世界上其他地方的某个人会努力说这种语言呢?”

507. 歌德致贝蒂娜·布伦塔诺(亲笔)

1810 年 11 月 12 日　星期一

好个二重奏[①]！此刻我无法保持克制和平静，只能对你说：我要你一直这么可爱，这么风雅。马上给我洗礼吧！[②] 再见！

1810 年 11 月 12 日　　　　G.

---

① 可能是指杜兰特(Francesco Durante, 1684—1755)或马尔切洛(Benedetto Giacomo Marcello, 1686—1739)的作品，两人都是意大利作曲家。贝蒂娜曾从兰茨胡特写信报怨说，在那里很难找到一个好的抄谱人。

② 贝蒂娜在第一份报告(参见第 504 封信)的结尾写道："瞧你，你降生了，我总算可以歇一歇了〈……〉我现在就等着你再给我写信说：接下去讲吧。赶快写吧，心肝宝贝儿，这样你很快就要长大了。"

508. 歌德致 F. Ch. 佩尔特斯

魏玛,1810 年 11 月 16 日　星期五

最尊贵的佩尔特斯先生,

祖国博物馆的四件物品已经寄到我这里,我对您表示感谢。另外,尽管很不情愿,我还是不得不拒绝加入这样一个有良好意愿的机构。我有各种理由专注于自己所负责的机构,让它们在一定程度上成长起来。时间上,我更愿意把它们先搁置一段时间,然后再去谈论它们。所以请原谅我不能采纳这个建议,但可以让我偶尔了解一下你们活动进展的情况。

我们将要失去伦格[1]先生,这让我感到痛心,然而他还很年轻,
有生的希望,我心里也舍不得他。他是一个难得的人,他杰出的天
赋,真诚的品质,无论是作为艺术家还是作为一个人,都早已唤起了
我对他的好感和亲近,如果他的方向偏离了我认为的正确道路,我心 617
里也不会反感。无论他的本性将他带到哪里,我都愿意陪伴着他。
但愿他不要这么快消失在那太虚之境。请您给他带去我最真诚的关
切和衷心的祝福。

祝您万事如意。垂念为盼。

---

① 指菲利普·奥托·伦格,他于 1810 年 12 月 2 日逝世,死时只有三十三岁。亦参见第 45、66 封信及注释。

509. 歌德致科塔

1810年11月16日　星期五

我到家后不久就收到阁下〈9月27日寄出〉的信，谢谢您的挂念。现在，我回到家已经一个多月了，但心当然还没有收回。我时不时想着复活节能做些什么，这个下次再写。

因为漫游，我的《漫游年代》停滞了，不过我在想，只要有个愉快的动力就可以让我下定决心，让一切重新运作起来，如果顺利的话，它很快就能写完。

我从夏日漫游带回家的最好东西是我的传记大纲，它的基本框架至少已经相当完整。目前我正在一点点地把细节写出来，其实这些思考才是我目前最感兴趣的。我需要回到世界历史和文学历史当中，第一次审视自己所处的给我影响并被我影响的环境，这就给了我特别反省的理由。这件事我对几个朋友都没有保密。他们都兴高采烈地接受了并答应给我支持。

劳驾您把维也纳翻印的书[①]寄给我，让我进一步了解一下这些
618 被诅咒的作品集。它们把作品排得乱七八糟，有一次我在波希米亚随手翻阅时发现了这一点。我主要是想看看哪些我们还没有出版的作品已经被印刷了。我很有想做一部增补卷[②]，特别是诗歌，要让它们亮亮相。其中有一些是我早期的作品，由于各种原因至今没有出版，现在也许可以让它们重见天日了。过一段时间我可以先寄一份目录过去。

也许您还能帮我搞到一本音乐册子，是约瑟夫·海顿的六首卡农，奥格斯堡甘巴特出版的。此外，我还想请您帮我弄一套各个年度

---

① 盖斯廷格(Joseph Geistinger，1769—1829)到1817年为止出版了26卷本的歌德全集，增加了单独发行的作品及颜色学。它与科塔1806—1810年间出版的歌德著作的顺序也不一致。

② 这个增补卷最终没有实现。

的《莱茵兰家庭之友》[1],即卡尔斯鲁厄出版的日历。我看到了1811年的,非常好看。据我所知,这本大众日历册的作者是我们杰出的黑贝尔。

我刚刚收到了女士闺阁年鉴,根本不用提醒我要对多少令人高兴的内容表示感谢。我只想提一下里彭豪森的册子[2]。这项工作值得表扬,对它既不要吹毛求疵,也不要提出过高的要求。年轻的艺术家们在没有更多资助的情况下从事这份工作已经令人赞叹了。现在阁下您接手这件事,它就更有保障了。

将博伊塞雷的素描[3]带给广大读者同样是一件非常值得做的事,它也与从事这项工作的人的热情分不开。因此,我们必须承认我们需要他来完成这项艰巨的任务。

雷奇为《浮士德》画的线条画[4]相当有意思,很有见地,我在德累斯顿看到了。如果他能把这些画制成版,那它就会成为一本受人喜欢的画册。

拉策堡的瑙维克先生也提供了六张经常被人提及的《浮士德》的 619
画,考虑到这些画出自一位爱好者之手,这实在令人赞叹。

希望很快能听到您已顺利搬到了斯图加特[5]并安顿好的消息。祝您诸事遂顺。

魏玛,1810年11月16日　　　　您的歌德

---

① 指J.P. 黑贝尔的《莱茵兰家庭之友小百宝箱》,一套日历文章集。

② 指里彭豪森的《意大利绘画史》。

③ 指博伊塞雷画的科隆大教堂的作品。参见第462封信及注释。

④ 莫里茨·雷奇(Moritz Retzsch,1779—1857),德国画家,蚀刻家,他为许多名家的作品创作了大量的插图绘画,如歌德的《浮士德》,席勒的《大钟歌》以及莎士比亚等人的作品。科塔与雷奇签订了协议出版他的《浮士德》插图绘画。

⑤ 科塔于当年12月从蒂宾根搬到斯图加特。

510. 夏洛特·封·席勒致儿子卡尔
(1810 年 11 月 23 日)

1810 年 11 月 16 日　星期五

〈……〉枢密顾问歌德在一个社交圈子里给我们朗读了法伦矿工史。我们所有人都哭了。他用他那悦耳的声音动情地朗读着。他说,这是本次书展上展出的四十二本袖珍书中最好的一本历史书。

511. 里默尔

1810年11月中旬

〈歌德：〉“人们必须尊重活着的东西。所有文学，无论是意大利的，法国的，还是德国的，就像从水中出来的软体动物、珊瑚虫等类似东西的形状，最后形成了人。”

“豪格①也是一种什么东西，一个人，谁能否认他不会产生一个念头？亲爱的上帝！我们究竟都是什么啊？等等。”

① 原文Haug，所指不明，无法具体判断其含义。

620 512. 歌德致西尔维·封·齐格萨(亲笔)

1810年11月25日 星期日

很抱歉昨天没能问候你。几件不可思议的事情绊住了我。您以后会知道的。

很可惜我今天也不能拜访你,明天一早我就要出发。

布里齐唱了四到五遍,它应该会让人快乐一整天。

您可以让保利娜[1]独自一人去玩儿那个猜谜的礼物,这就够她忙活的。这是为了让她遭罪而送给她的。后面几天她肯定会诅咒我并把它扔进火堆。

但首先我还是希望亲爱的爸爸能接受在四开本册子的末尾做的广告[2]。他作为总理兼部长有许多独特的关系。在此向他表示最崇高的致意。谢谢您的挂念并顺致问候。

耶拿,1810年11月25日　　G.

---

① 保利娜·戈特,所谓的礼物是《颜色学》。

② 指"歌德颜色学著作的广告及概览",亦参见第500封信的注释。《颜色学》的插图一书为四开本图册。

513. 歌德致 J. M. 封·波塔利斯伯爵[1](亲笔草稿)

1810 年 11 月 25 日　星期日

阁下先生,

您本月 9 日寄给我的信已经收到,我惊喜万分。作为一个语言文字的学者,我带着极大的兴趣和喜悦看到了这份明确的法令。这位给法兰西带来幸运的英雄用这份法令保护本地作家和外国作家的所有权。今天,当我看到能够享受这份福祉的人数时,我由衷地感到
庆幸,借次机会,我真诚地向阁下表达敬意。法令为我注入了不同寻 621
常的、不知疲倦的活力,您用它为一份职业赢得了荣誉,而这份职业的无穷细节您都没有忽略掉。

此事令我很荣幸地给阁下写信并告诉您,斯图加特、蒂宾根和符腾堡王国的出版商科塔先生,他因为一些重要的著作与巴黎和斯特拉斯堡的出版商也有业务往来,他现在负责印刷和销售我的诗歌、文学、科学和艺术理论著作。

我要以他和我的名义万分感激,欢呼这项对作者优惠政策的实施,其中法令的第 40 条涉及外国书商及作者,恳请阁下充分利用您的地位所赋予的权力保护我们的利益,它促使您让我们去关注这些利益。

如果有朝一日我在法兰西帝国统辖的区域内签署合约,无论是与科隆的法布里丘斯先生,我迄今为止与他还没有任何联系,还是与其他的出版商,我都会注意在合同中加入一些适用的条款,使其在最高统辖之下具有法律效力。我斗胆希望阁下恩准我为此写段献词表示谢忱。之前我总是担心这种献词会打扰您,因此一直未敢贸然下笔。

---

① 约瑟夫·马里·德·波塔利斯伯爵(Joseph Marie Comte de Portalis,1778—1858),巴黎皇家印刷厂总监,在信中告知歌德皇帝已颁布法令,在整个帝国范围内,所有作者的所有权都受到保护。科隆印书商法布里丘斯希望印刷《亲和力》一书并据此希望得到歌德的同意。

我再次最卑微地请求您友好地接受我最衷心的感谢，感谢您好心让我了解这个法令，并宽容地让我附上这些无尽的美誉之词。请恩准我保留这样的机会，把我的忠诚亲自写进这几行字中，让我有幸用这些文字不遗余力地表达我对您的崇敬和景仰。

魏玛，1810 年 11 月 25 日　　　　阁下您

最恭顺最忠实的仆人

514. 歌德日记 622

1810年12月4日　星期二至12月9日　星期日

12月4日

克特的《格莱姆的一生》①。哈克特的传记。与那不勒斯人的关系。与乐队长米勒一起乘车出游。在弗里德里希王子处用餐。中午在宫廷。晚上与殿下一起喝茶,音乐会及晚宴。米勒夫人和布兰德让人传话,之后弗里德里希王子及布里齐。

〈……〉

12月9日

哈克特的传记。进入法国革命。唱歌。大型社交活动,哥达王子弗里德里希,太子。中午客人:封·克内贝尔先生,矿监福格特,内廷参事里德尔,乐队长米勒。晚上在枢密官叔本华夫人处,小型晚宴。

---

① 威廉·克特(Wilhelm Körte, 1776—1846),德国文学史家,是德国诗人约翰·威廉·路德维希·格莱姆(Johann Wilhelm Ludwig Gleim)的遗嘱执行人。克特的母亲是格莱姆的侄女。

515. 歌德致玛丽安·封·埃本贝格[1]

1810年12月10日 星期一

我们刚刚把给亲爱的姐姐[2]的信封好寄往柏林，信中我们跟平时的通信一样，谈论着最精美漂亮的糕点、黑鱼子酱、鳕鱼、梭鲈、贝壳，尤其是熏鹅脯，它像一盏明灯从遥远灰色的波希米亚友好地朝着我们照过来。此外，我们还谈论悲剧，在这封信里特别谈到了《耶弗他的女儿》[3]，谈到这个好孩子以什么样的方式牺牲。但愿我们亲爱的格罗图斯的门徒不要为此生气，这样我们才会真心地接受他的作品。

歌剧《阿喀琉斯》[4]最终还是成功上演了，演得非常好。我们已
623 经有了两个代表作品，让在场观看的所有人都感到惊讶。每个人都很陶醉，布里齐自己也说，找到这样一个演出剧组是很不容易的。歌剧还会上演两次，然后他就会启程返回慕尼黑。

您也许可以想得到，这些日子里我没有做成什么事情。不过，我还是做了一些事，我在校核哈克特的传记。如果没有记错的话，我之前给您朗读过其中的一些内容。人们的确对艺术家当时在意大利，特别是在那不勒斯过的那种安逸的生活感到惊奇，当人们回想起自己也曾坐在这张桌旁时，别是一番滋味。

像这本准备出版的小册子会受到艺术家们的欢迎一样，刚刚出版的克特的《格莱姆的一生》也受到喜爱德国文学者的欢迎。看到这个可爱的人多年来总是以同样的方式做事是非常有意思的。如果他

---

① 根据歌德日记，此信应当是歌德写给玛丽安·封·埃本贝格的最后一封信。

② 当指玛丽安的姐姐，萨拉·封·格罗图斯(Sara Meyer von Grotthuß)，信的内容参见第526封信。歌德给萨拉的信内容与此信第一段的内容一致，但标注的日期却是1811年2月15日，信中同时还提到了玛丽安生病之事，而此信中并未有提及。一种猜测可能是给萨拉的信一直未寄出，在后来补了一段对玛丽安生病的问候，方才寄出。

③ 路德维希·罗伯特(拉埃尔·莱温兄弟的笔名)的悲剧。

④ 帕埃尔的悲剧。关于《阿喀琉斯》的演出，亦参见第518封信。

再多一点天赋，像他的性格一样，那么他的作品会将他提升到一流作家的行列中来。

要是我知道这些小鸟在飞往有趣的维也纳时不会那么轻易地迷路，那我还打算再写几部其他类似的作品的；而且，当人们想要谈论这些事情时才发现，这座皇城离我们是多么遥远。这些事情在这边儿是大事，在那边儿却不值得一提。此外，纸币的前景①看上去很快也会和文学的前景一样了。

封·利涅王子给公爵写了一封非常有趣的信。这里我把与《亲和力》相关的部分抄下来，我这点儿小小的沾沾自喜您不用太当真。不过，由于有许多反对者在竭力诋毁这部小作品，因此，在朋友圈中分享一下朋友们是怎么想的也许还是可以的。

借助一个好的译本，我饶有兴趣地读完了《亲和力》，我为那些过度正经的男男女女们感到惋惜，这样的人真不少，他们不要说找不到
那种根本不存在的不道德，有时就是人心底的秘密也不能完全找到。 624
他们找不到人们还没有意识到的这种成百上千的事物的发展，因为人们根本没有去仔细考虑；他们找不到社会的、自然的画像，以及两个充满歧义的新角色，一种是露西安娜，另一种是皮条客。例如，奥蒂莉的日记是一部多么好的大师作品啊，即使法语译本也是如此！这部作品中有多少深刻的，引人入胜的和闻所未闻的东西，这对其他民族来说是远远无法想象的！——我希望，殿下您肯定也这样认为，现在少校和夏洛特可以略感安慰，即使一个人或另一个人闹点儿小情绪，他们也可以相互信任：因为这是在婚姻中保持幸福的唯一的方法。

之后是一段对作者人格的奉承，一个谙熟世道与宫廷生活的男

① 这里暗指奥地利的汇率危机。参见第 469 封信及注释。

人都会这么做。如果您在什么地方遇见王子，请以我的名义向他表达我的友好和感谢。

昨天在我家举行了盛大的演唱活动，弗里德里希王子也在场，我没法不把那个沙发椅送给他做圣诞礼物①，他非常高兴。沙发椅上宽大的面料条纹拼合在一起非常好看，我差点儿都要反悔了。也许您很快会从他那里收到一封感谢信。

在结束这封信之前，我想请您告诉我关于我朋友洪堡的一些消息，如果您见到他，请代我向他致以衷心的问候。我一旦有空就会给他写信的。如果他能给我写几句话，我会非常高兴的。

在此祝您生活愉快，衷心问候我们的英国朋友。佩品②还好吗？代我向她问好。

封·库尔兰公爵夫人还在维也纳吗？请向敬爱的侯爵夫人和您尊贵的家人致意。其他我还能想起的人下次再问候吧。邮局和警察局长不该知道的事③自然是不言而喻的。

---

① 显然这是玛丽安送给王子的礼物。

② 佩品，其人不详。参见第262封信的注释。

③ 在拿破仑时期，人们不得不防备信件被拆看泄密的情况。

516. 克内贝尔致妹妹(1810 年 12 月 26 日) 625

在 1810 年 12 月 19 日　星期三至 12 月 22 日　星期六之间

〈……〉星期六中午,在歌德家住了三天后,我又回到这里。

歌德还告诉我,他就像不死的神一样活着,既无快乐也无痛苦。人们从他身上大约也能看出这一点。但他其实还是很快活的。他时常让人给自己演奏音乐,并且,只要身体好的话,就让自己保持着高昂的兴致。

1811 年

517. D. 恩格尔哈特(1837年) 626

1811年1月4日 星期五

〈……〉歌德非常喜欢这种椭圆形的楼梯,特别是帕拉第奥的建筑①中的那种,他在魏玛的屋子上层也仿造了这样一副楼梯,而且,他曾经告诉我,他亲自给建筑工人做指导。〈……〉

我去意大利旅行时,歌德特别建议我要多关注佛罗伦萨这个地方,因为它们的确值得去看,而且也看不够〈……〉

〈在罗马〉马里奥山上的玛达玛庄园及其内部朱利奥·罗马诺的装饰绘画引起我极大的兴趣,这不仅仅是因为这些绘画本身的缘故,而且还因为我们伟大的歌德在这些建筑中发现了其内在的诗意。他在我去意大利旅行时对我说:"从这座别墅中我们可以学到意大利人是如何利用极少的材料建造出宏伟的建筑的。这里没有什么可供建造一座宏伟宽阔的大厦所需的材料,于是,建筑师们便将这座宏大的建筑一部分盖在山上,而把想象留给观赏它的人们,使人觉得,眼前的建筑仿佛还有一部分隐藏在山里。"

---

① 安德烈亚·帕拉第奥(Andrea Palladio,1508—1580),意大利文艺复兴时期著名的建筑设计师,建筑史上最有影响力的人物之一。维琴察市有二十三处他设计的建筑,威内托有二十四座他设计的庄园别墅被列入联合国教科文组织世界遗产名录。椭圆形的楼梯在维琴察的圆厅别墅(La Rotonda)里。

518. 歌德致贝蒂娜·布伦塔诺(亲笔)

1811年1月11日 星期五

627 亲爱的贝蒂娜,你看上去时不时像一个喜做善事的精灵,一会儿亲自显灵,一会儿化身成各式各样精美的礼物。这次你又带来了许多快乐,理应得到我们大家对你最真心的感谢。祝你身体健康,愿你爱的人和爱你的人[1]都能带来幸运和祝福。

很高兴你与策尔特接触更加密切。你涉猎很广,但有时有一点儿小小的固执,特别是在音乐方面[2],你的小脑袋里总是充满着许多奇怪的想法,不过我还是很喜欢它们的,因为这是属于你自己的东西,我绝不会因此而干涉你或让你烦恼。

感谢你寄来的那些好东西[3],其中一些我们已经排练熟并经常反复演唱。今年冬天,我们的小小乐队[4]比较冷清,一切都在按部就班地运作。

帕埃尔的《阿喀琉斯》非常好看,在我们这儿也经常重复演出。慕尼黑的布里齐在这里待了四周,大家都很满意。

至于我自己,我没有什么太多的东西可告诉你,只想说我身体尚好,这已经相当不错了。我是外表光鲜靓丽,内里却空空如也。我想开春并独处一段日子会是最好的。真心感谢你给我寄来的几段《年轻人的福音》[5]节选,愿你从心所引,耕而不辍。

祝你万事如意,再次感谢那件温暖的光面背心。我夫人在此致意并感激不尽。里默尔也许已单独给你写信。

于耶拿。我来这里会待十四天。

1811年1月11日　　　　G.

---

① 贝蒂娜在信中告诉歌德她与阿尼姆在柏林订婚的事情。从1810年夏天起,她就住在柏林。

② 贝蒂娜在信中讲到很多音乐方面的事情,她提到与贝多芬在维也纳的会面,被他完全吸引住了,她称贝多芬是一个"天才"。

③ 贝蒂娜寄给歌德的乐谱。亦参见第507封信及注释。

④ 指歌德的家庭合唱队。

⑤ 贝蒂娜写的关于歌德童年及少年时代的文章。参见第504封信及注释。

519. 歌德致夫人 628

1811年1月15日　星期二

我先告诉你这些天我需要什么,就是我的那种葡萄酒,因为封·亨德里希先生正好没有这种酒。这段时间我不得不自己想办法对付过去,又贵又不方便。之前我忘记写上这一点了。

你们给我寄做好的猪头时不要忘了酱汁,因为这种酱汁这边很难弄到。我们平时吃饭也不像以往那样有意思。最多是朋友们偶尔给我们一些东西。

因为你们不愿意让我们用马匹,所以神祇惩罚你们[1],不仅不给你们下新雪,而且还让旧雪在你们眼前慢慢地消融成水和一堆肮脏的东西。

好朋友拉贝[2]在这里,希望他能画好我的肖像,我愿意给他保证那几个小时的时间。我们在这里虽然没有太多特别重要的事情,但比在家里做得还是要多很多。我会把一些旧账和卡在那里没有完成的工作都处理掉,希望今年开春就可以开始新的生活。

今天是卡尔·克内贝尔的生日,他满十五岁了,已经注册为大学生。今天他还会觉得这是一种特别的乐趣,但再过几周它就会变成他和他亲爱的父母的困扰和迷茫。奥古斯特在这件事情上表现得相当不错,他给这位土狐狸[3]指出了一个对其比较有利的方向。

拉贝给我们讲了一些魏玛的事情,可以看出,人们对化装舞会和打猎都不感兴趣。至于魔鬼的磨坊磨不出什么好面粉[4]来,这一点

---

① 克里斯蒂安娜在给歌德的信中写道:“只有里默尔先生会对化雪感到高兴,但愿经常保佑我们的神祇夜里再给我们下一些雪……”

② 歌德几个月前在德累斯顿认识了拉贝,后者于1810年10月至1811年5月在魏玛,很快就成了歌德家的常客。这期间,他为歌德、克里斯蒂安娜和奥古斯特画了迷你肖像。

③ 原文 einheimischer Fuchs,学生的俚语,指本地的大学一年级的学生。

④ 文策尔·米勒(Wenzel Müller,1767—1835,奥地利作曲家和指挥家)的歌剧《维也纳山上的魔鬼磨坊》。1月12日在魏玛上演。

我早就看透。能将就着对付过去，我就很满意了，可人们总是在说："为什么不上演这出或那出戏？所有剧院都在上演它呀。"

629 请把寄去的素描册子给我送回来，它只是给你们带剪影用的。这些剪影是这里的剪影师剪出来的。你们不要碰那个白色的小拉普人①和野蛮人的制服，这些都是绝无仅有的。剪影师在这里有很多活要做，但愿他去魏玛时，叔本华夫人会给他提供保护。可以让几个人看看题词簿，同时告诉这位朋友，她之后会收到关于巴尔杜阿绘画比赛的文章。

来信给我说说你们还都碰到些什么事儿，剧院演出的情况如何？我打算下周的同一天，即 22 日星期二中午到你们那边。无论如何，这期间你们会从各种渠道听到更多的消息。

把其他葡萄酒也一起寄来：这边的已经喝完。因为我们总有客人，所以我也老是需要这些东西。

我没有听到关于舞会的事情，当然，我也不那么轻易地与热衷于舞会的人打交道。让我们还是把这些事交给命运和它的仆人——学生们去吧。祝安好。

耶拿，1811 年 1 月 15 日　　　　G.

---

① 生活在北欧拉普兰地区的少数民族，主要分布在挪威、瑞典、芬兰和俄罗斯靠近北极的地区。

520. 歌德致夫人

1811年1月18日　星期五

拉贝先生去魏玛,如果你能让返回的车夫带几瓶葡萄酒过来给我就太好了,我们已经把寄来的酒喝得精光。今后,我应该在这儿准备一个更大的酒窖。这个棒小伙子也没有少喝他那部分比较淡的葡萄酒,弄得人们都不知道这些葡萄酒都去哪儿了。祝你生活愉快,只是不要让舞会把你们给迷惑住了,我听说,星期二也许他们要举办一 630
个舞会。若在米尔塔尔河谷碰到你们我会很吃惊的①。愉快地再见。

耶拿,1811年1月18日　　G.

① 克里斯蒂安娜根本没有理会歌德的警告,在19日的回信中大谈她的各种活动的详细计划。歌德看到后,星期一提前赶回了魏玛。

521. 歌德致赖因哈德

1811年1月22日　星期二

我从温泉疗养回来后，就忙于一些事务和日常的工作。我不得不暂时去耶拿，把欠下的信件和一些文学创作处理完。此刻，我也在利用这一段独处的时间，向您，我尊贵的朋友，表示感谢，您亲切的来信我已经收到。让我在给您的这封回信中讲一些事情吧。

其中较难的一件事儿是在我们剧院上演一部意大利歌剧[①]，它花了我许多时间和精力。但最后它很成功，也令每个人感到满意，这也让我备感欣慰。然后，我又一如既往地去寻找新的困难。其余事务和宫廷活动占去了这短短的白天的大部分时间，而夜晚就像冬天一样，让人无法开心做事。我无法做许多的交流沟通。哈克特的传记马上要交付印刷，它也许能给您带去一点儿乐趣。至少它表现了一种积极的、有意义的、幸运的和在不幸中重新建立起来的生活。

至于我的《潘多拉》激起了您再次跟我交谈的愿望，这让我很高兴。在此，我想起了一个年轻朋友有一次对我恭维般的报怨，他说：**你过的日子比你描写的生活要好多了**。如果真能这样的话，我倒是很乐意。那部小作品当然写得比较简短。您只收到了4个印张，但那不是出版商的问题，而是我自己的过错，因为其他部分还没有印刷，甚至还没有写出来。

631 冬日里更适合于沉思而不是创作，因此，我读了德热兰多先生的《哲学体系比较史》[②]，可以回顾我从年轻时代起的生活和思想。所有这些可能的想法会逐步地在我们的脑海中一一浮现，有些是历史的，有些是创作方面的。读这本书时我重新体会到，作者也非常清楚地表述出来，思维方式的不同在于人的不同，也正因为如此，所谓连贯的、相同的信念是不可能的。人们只要能够知道站在哪一侧，就已

---

① 指帕埃尔的《阿喀琉斯》，用意大利语演唱。
② 参见第478封信及注释。

经做得足够多了。人们因此也会对自己平和，对他人公平。此外，人们还必须承认，一个法国人要想说点儿什么东西，就能在他的语言中找到一个非常贴切的表达。但我神奇地发现，在某些地方他与我们德国人是多么地相近，甚至他那些与我们思维方式不一样的地方也是如此；我也发现了给**双面守护神**①戴上一副凶恶面具的地方，我绝不会责怪他对此如此敏感。

您看过埃龙·德·维尔福斯②的《关于矿产资源》的著作吗？其第一部分“经济分类”已经出来。书中法国的自然概貌是在德国的土地上，而且大多是以德国的材料为样本。每一位政治家和社交名人，即使不能对它进行彻底研究，也还是值得翻阅一下。它用一种令人很舒服的方式教人知识。如果您还没有看过的话，那我要向您极力推荐，因为它是从威斯特法伦王国③开始的，您目前在某种意义上有理由对它给予关注。

好朋友博伊塞雷的信我会尽早详细地回复。如果有机会请您告诉他，我们认为这些透视图纸最好还是使用**凹印法**。从着色和印刷
的容易程度来看，这种方法有很多优点。如果这样一部作品可以卖 632
出五百份的话，那作者和出版商肯定都会很满意了。那些好的印刷品大概就可以达到这样的数量。不过这只是我们的看法，其他的意见我们也乐见其成。当然，每个人都应当知到自己最终需要什么样的建议。无论如何，在这个好季节里，这些尊贵的科隆人应当备受欢

① 参见第478、500封信及注释。

② 埃龙·德·维尔福斯(Héron de Villefosse，1774—1852年)，生于法国贵族埃龙家族，地理学家，矿山督察。他奉拿破仑之命视察了维斯瓦河(在波兰境内)与莱茵河之间被所有法国占领的国家的矿山和冶炼厂。

③ 赖因哈德于1808年12月到作为法国使臣到威斯特法伦王国的首府卡塞尔上任。参见第335封信。

迎。太子在海德堡见到他们后给予了最好最有利的评价。

我在耶拿独自一人也可以把一些稿件审阅浏览一遍，之前我只是匆匆一瞥。我也看了布兰德斯的《关于德国时代精神的观察》，其中那些过去的情形又重现在我眼前①。尽管这本书有许多很好的内容，人们拿它也可以有很多用处，不过这本书的思路和写作方式非常执拗，让人甚至无法反思那些生活中本来应该很好地化解开来的令人不快的东西。这里也跟其他的情形一样，经验与经验纠缠在一起，让人觉得很可笑。总的感觉是像在看印度人的神一般，有些有十个头，有些有百只手，有些有千条足，它们互不相让，互相指责，谁也不服谁。

今天就此搁笔。这点儿地方只够写一句衷心祝您万事如意的话了。

魏玛，1811 年 1 月 22 日　　　　G.

① 歌德 1801 年在哥廷根认识了布兰德斯。歌德当时在给席勒的一封信中，对布兰德斯的“关于哥廷根大学的现状”一文给出了比较负面的评价。这里所说的过去的情形当指此事。

522. 歌德致F.封·阿尔坦伯爵(草稿)

1811年1月30日　星期三

阁下来信①亲切备至,余感慨之情,一时竟无以言表。唯此,容
在下以区区之言复阁下来函。夫至尊至敬女君主幸临卡尔斯巴德, 633
余得以借万民之名,面睹尊颜,禀呈愚意②,诚荣幸之至哉。余真心
诚意,虽微若纤尘,倘得以达闻并宽仁以纳,实为褒奖,余没齿不忘。
在下听闻,至高无上之君主,于诸多重要场合,对此欢庆之日及在下
犹念记于心,托阁下传纶音并赐珍宝,令余喜出望外,微臣岂敢有此
等奢望。如此精美礼物在余敝帚之中璀璨夺目,睹此美物,喜悦倍
增。此等仁慈,使受馈之人时刻感念君恩,对君主完美之德无以忘
怀。谨此恳请阁下,借君之美言,舒余感激之情。阁下莅临卡尔斯巴
德之时示余以坦诚信任,在下念念不忘。阁下高贵尊严,与吾辈平日
感受不可同日而语,令在下敬畏仰视、五体投地。

阁下挂念公爵殿下,微臣恩主亦欣喜有加,并给予郑重回复。在
下不谬佯夸,禀报阁下,公爵特普利茨之所遇③,已为津津乐道之美
谈。在下唯愿有朝一日匍伏于至高无上女君主脚下,亲睹万众景仰 634
之君主圣体安康。并向阁下再致谢忱,以了余念念之心。谨致谢忱,
顿首再拜。

---

① 该信本来是玛丽亚·卢多维卡皇后亲自让人为歌德制作的一件容器的附信。由于前两件制品匀不成功,这件礼物就耽搁下来。歌德将此礼物视为非常珍贵的且具有重要意义的标志。亦参见第528封信。

② 歌德在卡尔斯巴德作为代表向皇后献诗。参见第474封信及注释。

③ 奥古斯特公爵在特普利茨见到了玛丽亚·卢多维卡皇后。

523. 歌德致萨尔托里乌斯

1811年2月4日 星期一

我尊贵而亲爱的朋友，此刻我为自己没有在六周之前借祖国博物馆[1]开馆之际给您写信而闷闷不乐。您在信中好心将作品[2]全部寄给我，您的这部分作品让我找到了极大的快乐。曾经有谁说过：世界历史必须时时改写，还有哪个时代比我们这个时代更需要这样的改写！如何做到这一点，您就是一个杰出的典范。那种罗马人对还算温和的征服者的仇恨[3]，那种建立在已经灭绝的优势之上的自负，那种因眼中没有更好选择的而对另外一种状态的希望，毫无由来的期待，碰运气般的行为，无所裨益的交往等等，无论那个时代不幸的后果叫什么名字，您都给予出色的描述并且证明，这些事情在那个时代的确这样发生过。因此，我现在更需要阅读您的全部作品，不过在我开始之前，我要先把这封信寄出去。

知道您和家人都很健康，我从心底里感到高兴。每每听到有关哥廷根、那里的学校和市民们的好消息，我都有说不出的高兴，这当然全都是因为您的缘故。希望地图上这些各式各样的新色块[4]不会对您有任何不利的影响。

去年夏天我在卡尔斯巴德，尤其是在特普利茨时健康状况相当

---

① 参见第508封信。

② 指萨尔托里乌斯在法兰西学院有奖征文中获奖的文章，参见第477封信及注释。

③ 歌德下面的几句话，描述了拿破仑统治下的德国人的处境及态度，也暗示了自己的观点。萨尔托里乌斯则持完全不同的观点，法国统治下的威斯特法伦王国风雨飘摇，萨尔托里乌斯对此也几近绝望，越来越不愿意谈论此事。对歌德的这一封信，他干脆不再回复。两人中断通信几乎达三年之久，这当然也是由于外部原因所致：萨尔托里乌斯身患重病，后来又长时间在南方疗养。直到1814年，歌德打破僵局，重新恢复通信。

④ 指拿破仑新建立的国家，特别是威斯特法伦王国，把原来的诸侯领地的边界彻底打乱。

不错。在德累斯顿逗留的十二天里,那些庄严雄伟的新旧艺术品呈 635
现在我眼前。我回来后,我们完成了一部意大利歌剧,帕埃尔的《阿喀琉斯》,演出受到极大的欢迎。慕尼黑的布里齐唱主角,我们的演员则完美地给他伴唱。

不过,这几天我们的剧院还取得了更大的成就,我们上演了施莱格尔翻译的卡尔德隆的《坚贞不渝的王子》,并获得了广泛的关注。每个人都恭维我们说这出戏超过了他们的预期,人们毫不掩饰对我们演出活动获得极大成功表现出的惊奇。

对戏剧而言,一切都取决于一种新鲜而直接的作用。人们不愿意去思考、去承认,但却愿意去接收、去享受,因此,相比于好的戏剧,那些水平较低的作品更受欢迎,这是有道理的。但这一次我们讲述的是二百年前的故事,写的是在完全不同的天空下受到完全不同教育的民族,是全新的再现,完全是新鲜出炉的。每个阶层的关注都是一样的,我对此感到特别高兴,因为我所有的为了将这部非常优秀作品复活而在几年前就开始付出的努力,最终得到了丰厚的回报。

关于我自己,我没有什么太多可说的。夏天的漫游把我的《威廉·迈斯特的漫游年代》给耽搁了。现在我在让人印哈克特的传记,也在兴致勃勃地写我自己的传记。不过我需要先完成相当一部分后,才能评判这份工作是否可行。

我的《颜色学》虽然在学者中还是一如既往地默默无闻,但令人高兴的是,我收到的一些私人信件①还是证明它在悄悄地起作用,特
别是在某些地方引起了讨论。我们会等待这一切。我的主要目的是 636
让自己尽可能保持清醒,最终放下此事。这两个目的我都达到了,其

① 主要是指赖因哈德,参见第500封信及注释。

他的也不会落空。

代我向您亲爱的家人致意。顺致,垂念为盼。

魏玛,1811 年 2 月 4 日 歌德

524. 歌德日记

1811年2月9日　星期六至2月14日　星期四

2月9日

写传记。比兴出版的《可怜的海因里希》。中午我们一家人在一起。饭后整理速写。晚上去枢密官迈尔处:谈论艺术史、传奇,它们的意义及如何对待它们。

2月10日

写传记。音乐。中午与拉贝①一起用餐。随后观赏铜雕版。晚上独自一人。之后奥古斯特。

2月11日

写传记。中午我们一家人在一起。女士们从耶拿回来。谈论那边发生的事情:副校长的选举,舞会和俱乐部。晚上在剧院,《同谋犯》②。之后与拉贝一起用餐。

2月12日

写传记。中午在宫廷。没有外人。餐后热烈讨论《哈勒和耶路撒冷》③及其他新事集萃。晚上给女士们朗读传记开始的部分。然后与大家在一起。

2月13日 637

写传记。写信。之后乘车闲游。中午我们一家人在一起。饭后

---

① 参见第519封信及注释。

② 歌德早期具有莫里哀风格的戏剧作品,主要写成于1769年,后经过多次修改。

③ A.阿尼姆的戏剧。里面把歌德称作是德国的大师,所有语言、所有文字的大师。

《布鲁斯游记》[1]。晚上独自一人,继续读这本书,回忆传记中的几个地方。

2月14日

把几封信写完寄出去。《德意志万有文库》[2]。中午我们一家人在一起。饭后"坎皮弗莱格瑞火山"[3]。晚上试演《四季》[4]。之后在舍瓦耶·奥·哈拉处[5]。

---

① 詹姆斯·布鲁斯(James Bruce,1730—1794),苏格兰探险家和旅行作家,在北非和埃塞俄比亚度过了十多年,探索了青尼罗河的源头。这部游记就是他的《探索尼罗河源头之旅》(Travels to discover the source of the Nile)。

② 德国启蒙运动晚期一份重要的批判杂志,由尼克莱(Christoph Friedrich Nicolai, 1733—1811)出版。之后改名为《新德意志万有文库》,歌德在《诗与真》中多次提及。

③ 威廉·汉密尔顿勋爵(Sir William Hamilton, 1730—1803)的文章"坎皮弗莱格瑞火山,两处西西里火山区的观察"(Campi Phlegraei, Observation on the Volcanos of the two Sicilies)。汉密尔顿勋爵是英国外交官,考古学家和火山学家。坎皮弗莱格瑞火山是一个著名的大型火山区,位于意大利那不勒斯以西。

④ 海顿的清唱剧,于2月16日在剧院上演。

⑤ 参见第465号日记及注释。

525. 歌德致F. 基尔姆斯

1811年2月15日　星期五

乐队长米勒先生汇报说,乐队助理指挥埃伦斯泰因于上周一喝得酩酊大醉,倒在广场上的烂泥堆里,弄得满身泥污,并把脸跌破。他如此不堪地来到乐队,在定音鼓上绊了一跤,弄出这样一桩丑事。乐队长已自行制止其演出,以免发生不测,同时也已上报公爵委员会,为殿下记录了这一胡作非为的行为,并威胁埃伦斯泰因立刻开除其职务。

魏玛,1811年2月15日　　G.

526. 歌德致萨拉·封·格罗图斯[①]

1811年2月15日　星期五

没有什么比用评论这些精美的食物作为这封信的开头更合适的了,您的好心逐渐变成了我们的美味。先是那些珍贵的熏鹅,然后是
638 最美味的梭鲈,现在又是每次打鱼时弄到并腌制的上好鱼子酱。您建议把干鱼子先浸水泡软,的确让我见识到了高档次的品味鉴赏水平,我甚至可以说,在您的鱼子寄到之前,至少是我一个人已经在餐桌旁静静地享用回味了一番。我对您的这些礼物表示最衷心地感谢,如果我们在您面前表现得像老饕一样,请不要对我们见怪。

对您给我的那些消息,我在这里同样表示真诚的谢意。我们满怀渴望期待着《耶弗他的女儿》,希望她一切顺利。关于我们近期的一些活动以后再谈。

克雷夫人关心的事情[②]我已经打探了一番。但现在西班牙在地图上是个非常特别的地方,我自己也不敢去那里。如果有什么办法的话,您会马上得到消息的。

我很久之前给令妹写过一封很有意思的信[③],详细描述并称赞了您的礼物。不过我已经很长时间没有她的音讯了,现在听说她生病了,我这才明白是怎么回事,并因此更为她感到担心。请代我向她表示最美好的祝愿,并向她和格罗图斯先生致意。祝您万事如意。

魏玛,1811年2月15日　　　　歌德

---

① 萨拉·封·格罗图斯是玛丽安·封·埃本贝格的姐姐,歌德早在1795年就在卡尔斯巴德认识了她,后来又见过两次面,与她的通信也远没有与玛丽安的频繁。直到玛丽安身患重病,无法写信,到1812年去世,歌德与萨拉的通信才多了起来。

② 克雷夫人通过萨拉请歌德打听她在西班牙受伤的儿子卡尔的消息,必要时帮助他一下。卡尔当时是魏玛派到西班牙兵额中的一名少尉。

③ 参见第515封信。

527. 歌德致特雷布拉[1](草稿)

1811年2月16日 星期六

尊贵的朋友们出人意料地造访[2],我这里的回复虽然不是在纯透明的玻璃上,但至少是在白色的纸上[3]。如果我要摆出一副正经八百儿的样子,那我宁愿像白纸黑字一样出现在朋友们面前,不过看上去我还是无法摆脱给我造成这么多麻烦的颜色,因为,剪影的主人不弄些彩色的小拉普人和带子是不会放过我的。于是,我就这样走来了,一半是影子,一半是真身,但肯定是怀着忠实的思念和真心的感谢。

我得承认,这只漂亮的、我曾经真心想要的杯子让我陷入深深的 639
回忆,因为无论是订做它的人,还是制作它的工匠,对颜色学,不管是不是我的颜色学,都倾注了极大的关注。无论是明与暗的部分,还是混沌[4]的部分,以及整个颜色的组合,都表现得非常艺术化,富有寓意。即使是一只蚊子也一丝不苟,全身黑色的苍蝇魔王在混沌的背景下,被彩色的象征着永恒的标记[5]所围绕,意味着凶恶的法则被关进了囚笼,而这个含意现在要用一大堆充满惩罚意义的文字才能给

① 弗里德里希·威廉·海因里希·封·特雷布拉(Friedrich Wilhelm Heinrich von Trebra, 1740—1819),18世纪70年代至80年代,矿督特雷布拉与歌德结下深厚友谊,1783年他陪着歌德去哈茨山旅行,自1784年后,两人直到1810年歌德去弗莱贝格时才再次见面(参见第497封信),这是两人最后一次见面。

② 特雷布拉给歌德寄了一套玻璃杯,上面有特雷布拉和夫人的剪影。在一块灰色的内衬区域,上面画了一只苍蝇,被一条彩虹般的彩带环绕,而彩带又被一条首尾相衔的蛇环绕。对面在一块方形的区域中间画着一只蚊子,四周装饰有扑克牌的四种花色。

③ 歌德给好朋友回复的这句话,暗指特雷布拉送来的画着剪影的透明玻璃杯,而自己是在白纸上写信。可参见法兰克福版《歌德全集》该卷插图15。

④ 歌德颜色学的核心概念,是颜色现象的基本条件。参见第146封信中的注释。

⑤ 指那条蛇。

我们讲明白。我完全相信,一个内行手中拿着这样一只杯子走上讲台时,一定会形象地为听众演绎出自然界的最大秘密。我这里就先讲这么多,以此证明,我还是很值得朋友们的挂念和宠爱。希望这封信能受待见,也希望我们今年能高兴地再次见面。

祝安好!

528. 歌德致利赫诺夫斯基侯爵[①](草稿)

1811年2月19日 星期二

珍贵的礼物[②]虽在德累斯顿略有耽搁，但已于昨日，即2月18日，安抵我处。今后数日我们必如过节般欢天喜地。殿下可以想象，它的出现令我多么欢乐。每一字符，每一标记都在告诉我们一位高贵无比的夫人对我们的惦念，这已足以让人心醉神迷。如今又寄来如此贵重而精美的、用拼写了尊贵的名字全部字母[③]装饰着的礼物，实乃字字千金，令人做梦
都不敢奢望。去年，我的好运接二连三，我重新与卡尔斯巴德的好人们联 640
系在一起，在他们对伟大的女君主表达忠诚的欢呼声中，我斗胆赋诗一首[④]。独自一人时我是万万不敢这样写诗的，它实在令我受益匪浅。

殿下肯定很清楚，我对您的好意和积极的影响心存感激，从受您恩惠的那一刻起，我就欠下您的情谊。面对这美满的结局，这份情谊总会被重新唤回到记忆中。

倘若殿下能在恰当时机，以自己的方式将我收到这份贵重礼物时的那种受宠若惊和几分羞愧的心情，真诚而生动地表达出来，我将感激不尽。我也想再次对内廷高级总管封·阿尔坦伯爵阁下表达我的谢忱。有劳殿下在诸多美言之外再附上这份好意。

公爵殿下向您致以最美好的祝愿，殿下非常真诚地关心着我的福祉。搁笔之前附上我永恒不渝的思念。

魏玛，1811年2月19日

---

① 利赫诺夫斯基侯爵是维也纳音乐生活的推动者，莫扎特的朋友，贝多芬的赞助人。歌德在1810年奥地利皇后临幸卡尔斯巴德时认识了他，当时他是玛丽亚·卢多维卡皇后的侍从官和侍读学士。这封信确认收到了皇后的礼物。此信之前还有一封简短但非常友好的信，提到请歌德为皇后列一份读书清单。

② 参见第522封信及注释。

③ 容器上写有“Louise”字样的铭文。利赫诺夫斯基在给歌德的信中说：“喜欢双关语的人……会说这个铭文是真正的‘Louise von Göthe’，而不是什么‘Louise von Voß’”。

④ 即“皇后的到来”。参见第465号日记及注释。

529. 歌德致 F. 基尔姆斯

1811 年 2 月 27 日 星期三

阁下，

虽然本人对男低音许布施[①]粗鲁而纠缠不休的作派早有所闻，但您给本人寄来的他写给殿下的信依然令人吃惊。遵照阁下吩咐，
641 鉴于公爵殿下责成本人就此事出具一份报告，本人别无选择，唯有恭请至高无上的殿下派警察将此人即刻逐出城外，以此作为对我们遭受的麻烦和不快的赔偿。在剧院里开音乐会之事免谈，音乐会应该是在市政大厅里举办的。我不得不说，我不会容忍这种侮辱，让这家伙再次登上我们的舞台。我在此就是要直截了当地把这个意思讲明白，以免别人指责我犹豫和迟疑。

魏玛，1811 年 2 月 27 日 G.

① 约翰·巴蒂斯特·许布施(Johann Baptist Hübsch，1764—1815)，男低音歌唱演员，因嗓音优美而出名，因没有与乐团固定的合同关系而只能到处客串演出。曾多次被魏玛拒绝。1811 年他拖家带口地带着老婆和五个孩子来到魏玛。他虽然被允许登台演出，但并不成功。在收到逐客令离开魏玛之前，他给奥古斯特公爵写信，状告宫廷剧院委员会即歌德。公爵于是下令“告知许布施，此地留他无用，着令即刻离开。”

530. 歌德致 S. S. 封·乌瓦罗夫[①](草稿)

1811年2月27日 星期三

我带着惊奇和喜悦阅读了这份寄给我的重要备忘录,惊奇是因
为作者的洞见和视野,喜悦是因为他的行动和勇气,作者就是用这份
行动和勇气在整体上发挥他的知识的作用。的确,我们现在生活在
一个结果和结论的年代,已然发生的事情有很多,还有许多事情摆在
我们面前,让我们去收集、补充、完善并继续使用它们。因此,我们应
当庆幸能够去赞美那些从青年时代起就具有这种天资和兴趣并发现
机会去从事这些工作的人。我别无它求,只是希望阁下不久将担任
亚洲研究院的最高职位,将新的光芒洒向属于您伟大王国的两个世
界[②]。这种真正由皇帝推动的事业将使他的宝座熠熠生辉。从所附
的插图中我当然可以看出,您的目标针对的正是那些长久以来我徒
劳地寄予希望的东西,例如,尽管我对印度文学略知一二,但感谢索 642
纳拉的文章[③],感谢一位名叫约内斯[④]的人的辛勤努力,还有《沙恭达

---

① 谢尔盖·谢苗诺维奇·乌瓦罗夫伯爵(Sergej Semjonowitsch Graf Uwarow, 1786—1855)生于彼得堡,1818年起任彼得堡科学院院长,1819年圣彼得堡大学重建时任校长。歌德写此信时,他刚刚担任彼得堡学区督学不久。两人一生从未见过面,但时不时相互通信联系,直到歌德的晚年。乌瓦罗夫1818年创建了"亚洲博物馆",这是他早期打算成立一个"亚洲研究院"想法的成果之一。歌德此信中提到的"亚洲研究院"即指此事。

② 歌德这里所指的应当是"旧的东方(old oriental,泛指近东地区)"和"新的东方(new oriental,泛指包括南亚,东南亚和东亚在内的地区,)"两个世界。关于乌瓦罗夫寄来的备忘录,他这样写道:"……它(指备忘录)包含了一个东方研究院的建议,以促进我们对整个旧东方和新东方民族的语言和文学的认识。"

③ 索纳拉的《东印度及中国游记》。歌德在其中找到其印度叙事诗"神与舞伎"和"贱民"这两首诗的材料。

④ 威廉·约内斯爵士(Sir William Jones, 1746—1794),欧洲梵语研究的奠基人。他将《沙恭达罗》和《牧童歌》翻译成英语。

罗》和《牧童歌》的翻译，使我早年对《吠陀》的热爱[1]又重新得到了滋养，一些传说激发了我对它们进行加工的想法，例如，我很早以前就想将《吠陀》改写成诗歌，尽管这些想法从文学批评的角度来看没有什么太大的价值，但至少可以唤起更多人对这些流传下来的重要而优美的作品的关注。现在，这个新的东方研究社团备受眷顾，它要溯本追源[2]，遵循着阁下指引的千百条道路，一个全新的世界必将出现，我们将在这个更加丰富的世界里漫游，强化我们精神中固有的东西，促使我们从事新的活动。如果我能看到一部完整的《牧童歌》的翻译，我将会非常高兴。

今天就此搁笔，随信附上我对您寄来的这篇优秀论文的真诚谢意，祝愿它取得成功，以它的内在价值和阁下您的外部影响，相信它一定会成功。请时不时告诉我它取得令人开心的成果的消息。顺致问候，甚幸垂念。

歌德敬署，并致崇高的敬意。

附寄的《颜色学》著作恳请阁下方便之时转交封·拉祖莫夫斯基伯爵先生。像他这样一位有影响力的人物，首先会把这种研究的真实而有用的部分推荐给大众使用。这部著作我耕耘多年，其内容和目
643 的在本书所附的四开本图册结尾有详尽的描述，此处我无需赘言，只

① 《吠陀》是用古梵文写成的赞美诗、祈祷文和咒语，是印度最古老的文献材料。根据歌德自己的说法，他早年对《吠陀》的热爱应当在约内斯的翻译出现之前，当时几乎没有《吠陀》的译本，只有他在《诗与真》中提到的出自荷兰人奥尔福特·达佩尔之手的《达佩尔游记》。书中对《吠陀》只有很简短的描述，但全书中却讲述了许多印度的神话故事。

② 原文为拉丁文：integros adire fonts，出自卢克莱修的《物性论》(De rerum natura)及贺拉斯的《讽刺诗集》(Satiren)。

是说说我考虑将此书寄给阁下的最直接的原因。

赖西希教授为列普宁伯爵阁下把一架精巧的光学仪器和一套机械装置从卡塞尔运到彼得堡,他之前就明白了我的观点和制作这些仪器装置的方法,并且根据我著作的说明,为从事自然学的朋友们制作了各种不同的镜片和仪器,用于主要的实验。如果有人有兴趣,打算在研究机构里安装一套完整的实验仪器,他可以提供最好的帮助,也许从这些研究中还能为那些热爱并促进艺术与科学的诸侯们创造一些有益的和有趣的东西。

几天前我们有幸在这里拜会阁下的亲戚,杰出的列普宁夫妇,并祝愿他们后续的旅程愉快而圆满。这封信是拜托一位俄国信使递交到阁下手中,信使为我们太子殿下带来您尊贵的家人给他的生日祝福和礼物。但愿我也能有类似的机会(因为前往巴黎的信使一般会经过我们这里)听到阁下更多的消息。

531. 歌德致策尔特

1811年2月28日　星期四

我曾经读到过,伦敦社团的著名首席秘书奥尔登堡在笔、墨、纸摆放在他前面之前,绝不会打开信封,而一旦他把信读过一遍后,就
644 会立刻回复。因此他很轻松就维持了相当一批通信的朋友。如果我也能效仿这种做法,就不会有那么多人报怨我的沉默了。不过这一次,您亲切的来信激起我给您回信的兴趣,它又让我想起整个夏天的日子,虽然我不是一读完您的信就回复,但至少也是在第二天一觉醒来之后回复您这些文字。

首先,我对您不得不书面汇报您所做的事情表示遗憾①。很久以来,各个地方的事务,特别是您那里的事务,都已经固化到纸面。处理这些事务的人也许从没有想过,文档这个词来源于拉丁语的Acta,意思是指“已经处理完毕的事务”,人们将要做什么或想要做什么根本不会装订进文档中。如果说有时我自己有兴趣去装订文卷,那也只是因为一件事已经接近尾声。

可以预见,我的好潘多拉还要延宕一些时间才能回家②。您住在特普利茨对这项工作过分有利了,您太过专注于思考,太想完成这些工作了,从整体上来看,你需要中断时就应当暂停一下。还是让它顺其自然吧,这件事您已经做了那么多,其余的部分时机成熟时就会水到渠成的。

我不能责怪您拒绝为《浮士德》谱曲③,我的要求和做这件事本

---

① 策尔特在信中报怨他作为新成立的柏林大学的音乐教授饱受官僚主义及缺乏管理之苦。

② 指策尔特同时接手了好几项谱曲的工作,这些工作无法按期完成。为《潘多拉》谱曲之事参见第475号日记中的注释。

③ 歌德给策尔特写信,请他为《浮士德》谱“几段音乐”,用于计划在魏玛的演出。这次演出的计划虽然做了一些准备工作,但最终并没有执行。《浮士德》第一部分直到1829年才在魏玛上演。

身都有些轻率。它也许还可以再放上一年，因为我为了上演《坚贞不渝的王子》花费的力气相当程度上耗尽了我完成这件事的兴趣。这个剧目的结果当然非常好，超出了预期，令我和其他人都非常高兴。将一出近二百年前的戏剧，一部为生活在完全不同的天空下、有着完全不同的风土习俗及宗教文化的民族而写的作品，如此神奇地再现
出来，对观众来说是全新的演出，这本身就意义非凡，因为在哪儿都 645
没有比在舞台上演这个过时且并非直接引人注目的剧本来得更快。

至于我的著作①，您首先会收到两套第13卷②，仿羊皮纸版的和平装版的。您这可是用香肠换到了大块肥肉，太划算了。给您的另一套书也马上会到。

承蒙您高看，没有对《颜色学》置之不理。如果您每次只读一小部分，效果会非常好。我很清楚，我处理事情的方式虽然很自然，但与一般人还是有很大的差异，我也不可能要求每个人都能马上体会到并吸收这些优点。数学家都是群稀奇古怪的家伙③，人们要想惩罚他们，却又鞭长莫及，结果是不得不迁就他们的狂妄自负。我对第一个能认识此事并表现得很正直的人感到好奇，因为他们不全都是反应迟钝，也不是所有人都带着恶意。此外，这件事也使我对我长久以来就冷眼旁观的事情看得越来越清楚，即数学给人的精神所赋予的那种文化是格外片面且有局限性的。伏尔泰曾在某个地方斗胆说

① 策尔特把歌德送给自己的两套书又转送给别人，其中那套珍贵的仿羊皮纸版的送给了普鲁士一位有影响力的歌德爱好者，为此，他给策尔特涨了薪水。所以歌德才说“用香肠换到了大块肥肉”，并又给他寄去了一套书。

② 指《亲和力》。

③ 策尔特给歌德的信中说：“我所认识的数学家都持反对意见。”歌德自己承认对数学是一窍不通，在《颜色学》中对数学持有异议，认为对经验科学来说，那种纯形式的研究是不合适的。参见《颜色学》”教学部分”的引言及《与数学的关系》一章。

过：我发现几何学不是让灵魂找它就是它在找灵魂。富兰克林也对数学家特别反感，在谈到与他们的交往中，他明确地表示对他们的小聪明和矛盾的思想无法忍受。

真正的牛顿的追随者，就像是旧普鲁士 1806 年 10 月[1]时的那种
情况。他们还以为在战术上能获得胜利，其实在战略上他们早已输
掉。他们一睁开眼睛就会吃惊地发现，我已经到瑙姆伯格和莱比锡，
而他们还在魏玛和布兰肯海因徒劳地兜圈子。那场战役早在开打之
646 前就已经输掉了，这件事也是如此。那个学说已经消亡了，而那些先
生们还以为自己可以藐视对手。请原谅我的自夸，不过，比起那帮先
生们的短视，我并不感到更害羞。

屈格尔根[2]这个人我觉得太古怪了，在好几件事上都给我这样的感觉。我很想对他客气一番，因为他的画和画框实在是非常符合预期的结果，可现在这位好人却对那种表面上的礼貌客套之词感到恼火，这种客套的确不应该省略，否则就可能会伤害到一些人。人们平时经常对我在这方面的漫不经心感到不满，我现在却因为这种礼数而让这个好人烦恼。我亲爱的朋友，请不要尝试纠正以前的错误，否则，要么您会陷入新的错误，要么您的新的美德会被认为是一种错误。如果您想这，但这样一来您既不能顾全自己，又不能平衡他人。我现在倒更希望我明白这一点，因为我很想与这位可爱的人保持良好的关系。

---

① 指耶拿战役。关于歌德对耶拿战役的描述，参见第 315 号文章及注释。

② 屈格尔根为歌德等人复制他们的肖像画，参见第 478 封信。歌德写信给他，感谢他画的肖像画，里面非常正式地称呼他“尊贵的阁下，最最尊敬的先生”。屈格尔根向策尔特报怨这种称呼。

关于那尊古代公牛①，我建议把它小心地装进一个牢固的小箱子里寄给我，让我品鉴一下。这类东西在古代经常会有复制，复制品的价值也很不相同。衷心地问候弗里德伦德尔先生，让他同时也给我展示一下他收藏的东西，拿这些东西可以给他换些什么。因为随便拿一件好青铜器来交换是很难的，这种东西几乎没有重样的制品，少量类似的或不同的复制品可能会让人更感兴趣。我目前能够提供的大约只有下面一些东西：我收藏有一批非常精美的徽章，它们大部分是青铜制的，从15世纪中叶到当代。收藏它们主要是为了将造型艺术的发展历程展示给爱好者和行家，而这些徽章可以再现造型艺术的发展历程。我这里有一些重样的、非常漂亮的、有意义的徽章，可以拼出一个系列交给他。一个艺术收藏爱好者，如果还未拥有 647
这样一套东西，会因此找到很好的理由和足够的动机继续做下去。这样一套收藏也可以像成套的希腊和罗马钱币一样，为我们提供机会去做有趣的研究，它甚至能补充这些研究给我们的理解，并将这种理解一直延续到近代。如果我目前暂时给出的交换条件还不算太差的话，那我也许可以说，那头青铜公牛应当相当完美。如有进一步的消息，请让我知道。

因为还剩下一大截纸，我这里就还想再补充几句。这几天我遇到了一件令人非常开心的事情，奥地利皇后陛下赐给我一只精美的金罐，配着一只闪闪发光的环，里面印有露易丝名字的全部字母②。我知道您也参与了这个事件，让我们难得收到这样一份意想不到的

---

① 策尔特见到一只青铜制的牛，约8英尺长，4英尺高，在一个名叫大卫·弗里德伦德尔(David Friedländer)的犹太人手中。他不想出售，只希望用其他古董来交换。

② 参见第528封信及注释。

令人兴奋的礼物。祝您生活愉快，我亲爱的太阳①，请继续发光发热吧。

魏玛，1811年2月28日 G.

① 策尔特信中说自己“像太阳一样健康”。

532. 歌德致萨克森-哥达弗里德里希王子[①](草稿)

1811年3月6日 星期三

我没有及早对殿下寄来的仁慈的信件、内容丰富的邮包和最值
得感谢的东西给予回复,可我并不准备道歉。这封信不得不以这样
一种特别的矛盾开始,以至于我很不情愿把它寄出去。我原本坚定
地打算在这几天里完成我承诺的那场戏[②]并将它们呈给殿下,以此
作为我崇敬殿下的证明。但由于事务繁杂,我无法在精神上置身于
那个孤独小岛的岸边,我把它想象得非常孤独。出于对背叛者的愤 648
怒,阿米达毁掉了宫殿和花园并迅速离开那里,把那位悔过的家伙留
在了岩石和大海之间。可无论这个地方多么荒芜,她还是把他扣留
了下来,他有时间去讲述过去的美好时光,他的同伴们徒劳地催促
他赶紧启程离开。我给他安排了几个同伴,让他们可以很好地
合唱。

这就是要演出的剧目。我觉得一场戏就应当只有一个独唱,合唱队伴唱,这样效果会很好。对于作曲家来说,这当然取决于他在多大程度上让合唱队的成员单个加入或成对加入,以形成双声部和三声部的效果。若殿下对它还不算反感,我希望以此向您问候。

请代我向正直的音乐大师[③]致意。他告诉我的那些书[④]让我非常开心。希望他能允许我把这些书再保留一段时间,因为书中有许

---

① 歌德很早就认识弗里德里希王子及他的哥哥奥古斯特,当时的萨克森-哥达公爵。这位在身体上和精神上都很孱弱的王子,一生未婚,令萨克森-哥达公爵家族绝嗣。王子喜爱艺术,也很有艺术天赋。歌德与他为数不多的通信主要是谈论戏剧和音乐。

② 指根据塔索的《被解放的耶路撒冷》中阿米达的故事改编的康塔塔(Kantate)《里纳尔多》。歌德把这部小作品寄给王子,王子令人谱曲并上演独唱的部分。

③ 指德·切萨里斯(De Cesaris),哥达的音乐总监。

④ 意大利作家多梅尼科·巴塔基(Domenico Batacchi, 1748—1802)的小说《盖兰蒂》(Galanti)。

多地方都需要抄写下来。香料一天比一天贵,因此,这一类小诗要比胡椒和姜,甚至更浓烈的调味品更合我们的口味。请殿下莫要因此怪罪于我,并允许我把您永远作为仁慈而宽厚的主人而希望再次见到您。

533. 歌德致 J. D. 布兰迪斯[①](草稿)

1811 年 3 月 7 日　星期四

尊敬的阁下，

您珍贵的来信令我无比惊喜，也许我还沉浸在创作这部关于
生命力的著作，翻译动物生理学和写一本关于植物变形学[②]的小册
子的快乐时光中。如果那个时代能从自身中脱颖而出，那么就应 649
该有许多可以期待、令人振奋的东西，因为虽然总有一些思想者以
同样的方式思考，但其实却不必这样。一种抽象的研究方法[③]出现
时，我们目前对它还缺少好的应用，这也给人以滥用它的机会。自然
科学能否以这样的方式发展成熟，必须要靠时间来证明。

很高兴您在我写的颜色学文章中找到了我早期的思维方式，尽管您的表述与我的意图并不完全吻合，不过这并不算什么：因为恰恰是出于这种考虑，我才希望尝试在那个无拘无束的、平整过的空间里，把所得到的材料，即那些并不属于我，而是属于自然和所有世纪的材料如此区分归类，使每个人都可以按照自己的目的，特别是按照实用的目的，从中找出他认为是最合适的东西来。因此，请允许我恳请朋友们时不时关注其中的这一章或那一章。

对我来说非常重要的是，在这样的思考和研究者中出现了一位蓝色盲。仅从我指出这种现象这一点就表明我站在了生理学和病理学之间。我对这种重要的现象，如同其他某些现象一样只是略有提及，只是把最重要的东西指出来，目的是以后有机会时再专

① 约阿希姆·迪特里希·布兰迪斯(Joachim Dietrich Brandis，1762—1845)，一位德国/丹麦医生。布兰迪斯在给歌德的信中，完全赞同颜色学的基本原理，同时对自己的色盲症也有详细的观察。

② 布兰迪斯写的《关于生命力的实验》，他翻译的伊拉斯莫斯·达尔文的《动物生理学》，在这两部书里作者称赞了歌德的《植物变形学》。

③ 指自然科学研究越来越多地使用数学的趋势。一方面，它是指牛顿，另一方面也可能是指歌德多次批判的斯特芬斯的浪漫主义自然哲学(参见第 65、74 封信)，如下文中提到的“超验论中的蜘蛛丝”。

门研究它。

尊敬的阁下,您的来信内容丰富,又把我引向了那个研究,我想在有空的时候,把您告诉我的和我的文件和记录中还能找到的东西汇总起来,我已经仔细检查过两个这样的人。然后,我想请您根据自己的想法和经验给我指导。

我很愿意承认这种异常更像是一种生理现象而不是一种病理现
650 象。它如此频繁地反复出现在完全健康的视觉器官上,整个家族都有这种情况,没有什么药物和方法可以治疗。虽然有些疾病本身也或多或少地表现出这种性质,但尽管如此,我还是倾向于按上面所说的方式去思考。我们没有权利将黑人的肤色看作是一种病理现象,就像我们不会把白兔、白狐和白熊的颜色看作是病态的一样,尽管我们知道,那里人的自然特质是由于炎热的天气决定的,而这里动物们的特质则是由于寒冷的天气决定的。甚至患有克汀病的兔子的眼睛常常也不会被看作是一种病理现象。

特别吸引我从这个角度来观察这种现象的原因在于我相信这里存在着一扇通往颜色学圣殿的小门,尽管它很窄,就像一个针眼,很难找到适合穿过它的线绳,无论是普通人理解的船缆,还是超验论中的蜘蛛丝,都无法在这里巧妙地穿进针眼。也许在阁下您的帮助下我会取得成功,这也是为什么我请您比以往更加关注一下此事的原因,它就在您身边。

此外,在哥本哈根看到的中国画的颜料对颜色学很有意义,我还记得其中有一种非常漂亮的红色与黄色,另外还有彩色丝线,它们由浅到深或两两相对漂亮地编在精美的纸上。几年前,一位朋友从哥本哈根带过来一个这样的东西。劳驾您方便时告诉我是否还能找到这种东西,价钱如何。

1807 年 2 月的《欧洲文学档案》第 38 期中有一篇普雷沃的

论文[①],里面没有什么令人感兴趣的内容,因为它并没有提出什么论据,只是用了更多是想象出的现象去证明那句值得怀疑的话:不是所有人看到的颜色都是一致的。这对我们没有丝毫帮助。

恭致问候,垂念为盼。

① 皮埃尔·普雷沃(Pierre Prévost,1751—1839)的文章:"关于下列问题的实验研究的简介,即人对相同的对象是否都有相同的感受"(exposé succint d'une recherche expérimentale, relative à cette question: tous les hommes ont-ils les mêmes sensations par les mêmes objets)。

651 534. 里默尔(日记)

1811年3月10日 星期日

饭后与歌德单独在一起,给我讲述他写利己主义者小说的动机。“高超的技能可以被看作是一种自私自利。”

535. 歌德致卡洛琳公主(草稿)

1811 年 3 月 15 日　星期五

我早就希望找一个理由来打破我不可饶恕的沉默,因为这种疏忽会带来恶果,它持续的时间越长,错误就越发顽固而无法纠正。现在我要感谢躺在坟墓中的那个好人卡茨,是他给了我机会,通过书信来接近公主殿下,向至高无上的殿下表达我一如既往的忠诚。在魏玛不能再见到殿下①,这令我非常难过。我在各种社交场所和戏剧活动中总能深深地感到,大家一定缺少了一些什么。我原本最热切地希望殿下能够光临《坚贞不渝的王子》的演出,殿下也一定听说这次演出非常成功,超出了预期。

现在,我很高兴能给殿下寄去一批卡茨的绘画②,以您专业的眼力、细腻的感受和通过亲身实践而培养出来的鉴赏力,能从这些画中找到乐趣,因为艺术的价值就在于,让真实的东西有意义地呈现在我们眼前,让过去与未来的优秀东西坦然地摆放在我们面前,让变化易逝的东西长久地展示在我们面前。恭请殿下接受我友善的挂念,并向亲王殿下致以良好的祝愿。当殿下与修女及贵妇们③一起消遣,或至少是用目光在苏比亚科美丽的山谷④漫步时,也热切地恳请殿下垂念于我。

1811 年 3 月 15 日

---

① 歌德非常欢喜的卡洛琳公主于 1810 年 7 月 1 日结婚,7 月 14 日离开了魏玛。由于歌德在此之前就已经去卡尔斯巴德疗养,没能参加她的婚礼。参见第 474 封信及注释。

② 歌德从卡茨的遗物中得到了一批画,把它们赠送给公主。

③ 指卡洛琳的宫廷侍女亨丽埃特·封·克内贝尔和她的朋友卡洛琳·封·博泽。

④ 苏比亚科山谷位于罗马以东,有著名的圣贝内代托本笃会修道院。歌德在这里可能是指卡茨的一幅画。

652 536. 里默尔(日记)

1811年3月15日　星期五

歌德口述他治疗头晕的练习。他说:“多愁善感,特别是那种对所有事情都有些厌恶的感觉,是一种与康复期极为相似的状态。所有东西都在柔软的心上留下新鲜的印记,因为健康恰恰就在于百病不侵,面对百害而泰然处之,能够承受打击。报怨型的多愁善感好比患有神经病的状态,任何事情都能对他造成打击,使他生气、闷闷不乐。”“人的原始性总还在一定程度上保留着,或者说每个人的身上还都保留着一些原始的东西,人就是靠此生存和养活自己。它就像胎盘或母鸡屁股里的卵黄,母鸡可以从中获得一段时间的营养。”

537. 歌德致 D. 弗里德伦德尔

1811 年 3 月 18 日　星期一

您好心寄来的铜牛[1]已经顺利地到达，我现在觉得自己责任重大。我在此表示最衷心地感谢，同时也想说说对这件艺术品的看法。

大约 16 世纪末，可能有一件古代铜牛的残片，而且是这件铜器未受损坏的前部，辗转到了一位铸铜巧匠的手中。这件铜器可能是先铸成两部分，再从中间焊在一起。这位巧匠也许看到了这件残片的价值，因此他把公牛塑造出来，并按他的技艺修复了后部。然后他用这件新做的样品倒出所需要的模型，浇铸出完整的铜牛并把它加工好。因此，这件艺术作品乍一看会产生前后不一致的感觉。前半
部具有那种古代的庄严、品味和意韵，而后半部则有某种近代的特 653
点，如某些自然的和炫耀的东西在里面。但它无论在肢体的姿势上还是动作上，都没有抓住古代的精髓，因此就产生了有歧义的作品。人们只有像我一样把这件作品分为两部分来看时，它才真正令人感兴趣。不过，我对这件物品的判断还不十分肯定，除非我有一座大小基本相同的真正的古代铜牛，这样才可以做对比。同样也正因为如此，这件新样品对我来说才如此有价值，因为对这类的物品来说，重要的是要有鉴别与判断，要有对艺术时代的认识和对不同时期的辨别。

因此，我也立刻把我最好的重样的制品包在一起，把它们小心翼翼地与这封信一起寄过去，希望这个小箱子能平安到达。我没有附上目录，因为您的儿子作为有如此可观藏品的收藏家，作为鉴赏家，外加各种可供使用的辅助手段，可以很容易判断寄过去的物品并给它们归类。同样，这些东西也不需要标注价值，我只希望寄过去的东西，即使不是全部都令人满意，至少有几件还能尚可人意。我有时会从罗马收到关于我的艺术藏品的文章，如果其中有重样的制品，那我

① 参见第 531 封信及注释。

不会吝于把它拿出来的。

去年，耶拿 A.L.Z. 的增刊是由我们伟大的鉴赏家枢密官迈尔先生撰写的，今年应该有一个续刊，但直到现在它还没有印好。这里我附上一份印样，它应该都会跟着续刊印出来。我拥有上面插图中所有的奖章，它们都是我的珍品。请允许我求您在小箱子平安寄达
654 后，写几句话告知我，同时也希望听到您喜欢它们。如果这种已经建立的联系能有机会继续保持下去，我将不胜荣幸。祝您生活愉快，恭致问候，垂念为盼。

魏玛，1811 年 3 月 18 日　　　　歌德

538. 歌德致策尔特

1811年3月18日　星期一

亲爱的朋友,万分感谢您的建议,让人把那座铜牛给我寄过来。这几天它激发了我和朋友们对艺术研究的热情,我希望能仅就此事给您再描述一番。如果弗里德伦德尔先生告诉您我给他写了些什么,您就会知道,我看到这件艺术品的第一眼,就把它称为一头半旧半新的羊鹿,这一点随后得到证实。如果要刨根问底的话,我本来应该还可以讲得更详尽一些,把利用这个机会研究出的东西全部讲出来。装着一批有趣的青铜奖章的小箱子已经寄给了弗里德伦德尔先生,他儿子是收藏家和鉴赏家,所以我希望他能喜欢这些东西。

魏斯先生对我的《颜色学》大发脾气,我为他感到难过。无能的仇恨是一种最可怕的情绪,因为人本不应该憎恨任何人,除非它能够消灭这个人。因为我对所有事情都喜欢追本溯源地做一番探究,所以我想给您解释一下,这位好人的不满究竟来自何处。看看《颜色学》的第1章,争论的部分,第422节。为了方便起见,我把这段话插在这里:"我们预先在这里加入一个注释,它本应属于《颜色学史》的部分。阿雨①在他的物理学手册里,用牛顿的肯定的话语重复了上述的论断。甚至其德语译者也要在这里附上一个注释:'**我将借此机** 655
会在下面说,根据我自己的实验,色谱的哪些光是符合这个论断的,哪些是不符合的。'也就是说,这个论断既是成立的也是不成立的,而牛顿的学说能否站得住脚则完全取决于这个绝对的论断。阿雨宣布说牛顿的学说是无条件的绝对的,于是它就这样在高级女子中学的课堂上无条件地灌输到每个法国年轻人的脑袋里。德国人本应该站出来指出它是有条件的,这个学说会因附带有条件而立刻被推翻,但它却依然大行其道,被印刷出来,翻译出来,读者要为这个不靠谱的东西千百次地掏腰包。"这个翻译者当然就是魏斯先生本人,我在那

① 勒内·贾斯特·阿雨,法国矿物学家。

段话里没有直接点他的名，因为我尊敬他是一位努力的人，一位能给人以希望的人，我知道他的工作对我是有用的。正如前面说过的那样，我为他而感到难过，因为如果一个致力于自然研究且还没有过世的人，不愿意承认我在颜色学中所做的或多或少的一点儿贡献，他会失去一切，从道德上来说他也得不到什么。他自己妨碍了自己，最后又不得不把从我这里学来的东西用于他的目的，却还要掩盖他得到这些东西的出处。不过，这种托词与侵吞的做法在科学历史上经常出现，如果在我们这个年代它不重现的话，那就是咄咄怪事了。

希望您做的工作和写的文章[①]都能取得成功！您在合唱协会的情况我从图片中就能看得出来。只要人们为自己培养了一定数量的学生，也就会给自己培养出几乎同样多的对手。每个真正的艺术家都应当被看作是一个愿意守护公认的神圣殿堂的人，是一个愿意严谨地培养下一代的人。然而，每个世纪的人都在按自己的套路拥入世俗世界，都在尝试着把神圣变成平庸，把沉重变成轻佻，把严肃变成儿戏。

656　〈仅在草稿中：〉以便使它们通身上下都适合他。正确的东西，只有当他们能够或被允许以不正确的方式来表现这些东西时，他们才会心满意足。

您信中提到的一句话我希望得到进一步的解释。您写道也许魏斯试图通过对我的《颜色学》表示愤怒来粉饰自己。不过这只是针对某一个派系而言。请您还是告诉我您知道的全部东西，因为尽管在这件事情上，我像平时作为作者时一样，很难报

① 参见第531封信及注释。策尔特在信中告诉歌德："……我上一封信中说的那个令我痛苦万分的写报告的事，这次居然取得了很好的效果。人们认为我的报告很有意义，下令要采取一些措施……"

怨我的对手,但我还是希望能认识他们。

此外,我时常会收到一些相当友好的来信,从中可以看到我的这项工作所带来的积极影响。不过这些信要么是太不确定,太过狭隘,要么就是把旧东西拿来染染色,但这已足够,所有的改革都是这样过来的。可怜的伦格在汉堡已经离我而去,他几乎是唯一一个关注这套理论与实践并让我有希望感到快乐的人。

〈清稿:〉对此根本没有什么可好说的,但愿严肃与快乐不要因此而毁灭就行。今天就写这么多。尽管我能经常听到您的消息,但还是请您时不时告诉我您的情况。在我们的星期天音乐聚会①上经常被要求演出约翰娜·泽布斯②,反响好极了,希望您对此会感到满意。我们还没有给它配上乐器演出。埃贝魏因很听话,我希望他能有幸再跟随您半年,听您的课。我们的乐队长米勒先生能把他的乐队、合唱团以及独唱演员很好整合在一起,这个冬天我们的确有不少音乐可以享受。在此衷心地祝您生活愉快。我在忙于各种事务,但也在悄悄地慢慢解脱,马上又要开始我的夏日旅行了。

魏玛,1811 年 3 月 18 日 G.

① 指歌德的家庭合唱队的演出。

② 为纪念因在洪水中救人而牺牲的少女约翰娜·泽布斯,歌德写了一首诗,策尔特为此配的曲。参见第 377、448 封信。

657 539. 歌德致萨克森—魏玛公国警察总署(草稿)

1811年3月

最忠实的备忘录

根据较早的、最近在2月26日才重新修订的警察治安条例,雇主在开除仆佣时不能只根据一般的和不重要的证明,而是有责任在证明中认真地指明仆佣的优缺点。我在夏洛特·赫耶尔离开时为她出具了一份当然并不十分受欢迎的证明,如附件所示。她在我们家做厨娘,是我见到过的最恶毒、最不可救药的人。

这份附件还充分证明了她的阴险恶毒,她将写有第一任主人证明的纸撕得粉碎并把碎纸片扔得满屋都是,关于这种行为的直接证明也附在这里。

这种既不守法又不尊重雇主的行为,使高级警察总署让人遵守现行法律和条例的目的以及每个人的良好意愿都化为乌有。在此我不希望耽误片刻,而是立即指出这种非常有过失的行为,并将对这种放肆行为的惩罚交给有关部门按章处理。此外我认为还有必要提醒,赫耶尔的目的是想进入本地宫廷演员沃尔夫家做帮佣。

〈附件〉

夏洛特·赫耶尔在本人家中服务两年。作为一个厨娘,她是合格的,大多数时间是听话的、懂礼貌的,甚至是讨好主人的。由于她品
658 行表现不一,最终变得令人无法忍受。通常她喜欢只是按照自己的意愿行事、做饭,她表现得倔强、难缠、粗鲁,想尽一切办法让给她下达命令的人失去耐心。她不安分守已,诡计多端,挑拨跟她一起的佣人,如果谁跟她合不来,她就会把她们的生活搞得一团糟。除了这些不端的品行外,她还有一个坏毛病就是在门口偷听。种种不端,根据新的警察治安条例,在此毫无保留地予以证明。

540. 克内贝尔致妹妹(1811年4月8日)

1811年4月6日 星期六

我们昨天早上才从魏玛回来,我想马上给你写信,因为我还沉浸在过去的一天和我的《扫罗》[①]精彩演出那欢快的气氛中。〈……〉现在我和全家人都去歌德家用午餐,他在自家花园里非常亲切地接待了我们,看来他要亲自把这一天变成享受的一天。除我们之外再没有其他人。我沉浸在欢乐的气氛中,而且这种气氛还一直在延续。〈……〉我发现歌德变得愈加温和,对外面的事情也更加不在意。他说,我们必须开始变老。〈……〉

---

① 克内贝尔翻译了阿尔菲里的悲剧《扫罗》。参见第436封信及注释。

541. 歌德日记

1811年4月14日　星期日

音乐。中午在宫中讨论罗马王[①]生日庆典之事。用餐后回家。赖夏特的《园林珍品》[②]。给埃尔布斯泰因先生的信，在德累斯顿的私人事务。

---

① 拿破仑与他的第二任皇后玛丽·路易莎(Marie-Louise)生的儿子，孩子一出生就被封为罗马王。

② 克里斯蒂安·赖夏特(Christian Reichardt, 1685—1775)，园艺家，著有《风景及园林珍品》。

542. H. 斯特芬斯(1842 年) 659

1811 年 4 月 17 日星期三

〈斯特芬斯与歌德的最后一次见面,他们谈到了欧伦施莱厄,Z. 维尔纳和 A. G. 维尔纳〉也谈到了其他许多人。我很高兴地回忆起他对谢林的好感。“我无法完全跟上他,”他说,“但我很清楚他肯定把大家带入了历史上一个新的精神时代。”

〈……〉

543. 歌德日记

1811年4月21日　星期日至4月30日　星期二

4月21日

法兰克福历史①。最后一次音乐演出②。中午塞德勒小姐来访。饭后看了几份画册。晚上在枢密官叔本华夫人处。维兰德也在场。

〈……〉

4月27日

把各种东西整理好。然后乘车去耶拿。为我接风。饭后去弗罗曼家。然后去封·克内贝尔先生处。公爵殿下过来。晚上是各种实验和谈论科学，矿监福格特和德贝赖纳教授在场。之前在矿石陈列室。

4月28日

公爵夫人、大诸侯夫人和宫廷里的人都过来。聊天。参观陈列室。大宴会。耶拿战役地形模型。植物园。哈拉斯。布赫瓦尔德。之后，今天过来的人又乘车离开。晚上如昨日。

660　4月29日

去多恩堡，考察出土古代文物的地方。之后返回。用矿物变

---

① 安东·基希纳(Anton Kirchner，1779—1834)写的《莱茵河畔法兰克福城市的历史》。基希纳生于德国法兰克福，是一位历史学家和教育改革家。

② 在《1811年日记与年鉴》中记有这一段话："音乐方面的事我不是很成功。那个去年我还敢称是我的家庭乐队的东西，现在已使我深深地感到危险。谁都没有发现什么变化，但里面还是出现了一些拉帮结派的情况，这立刻让我感到危险，而我却无法阻止这些影响。年初时虽然还按照原来的方式运行，但已经不是那么有规律地每周一次了。虽然我们还在表演一些真正的老的东西，但费拉里的新的卡农激起了歌手的兴趣，获得了听众的掌声。我已经无法阻止这种损失。我4月底要出去度暑假，需要暂停乐队的活动，我已经决定不再开张，我已经损失了很多，必须严肃地考虑阻止损失。"

色龙[1]做实验。博物馆及跑马场上方场地[2]之事。与内廷参事福格特及其儿子,内廷参事富克斯和德贝赖纳教授用餐。饭后继续做一些实验。晚上让人在宫殿顶上燃放印度的白色焰火。然后吃晚饭,聊各种话题,特别是关于物理和化学的讨论。

4月30日

在植物园,观察从意大利弄来的虾和软体动物等。9点钟启程,大风,局部地区有雨,我们就像爬到了蜗牛背[3]上一样。11点钟到达这里。中午我们独自在一起。瑙维克寄来一幅油画和一张素描。饭后整理各种东西。晚上给女士们朗读在斯特拉斯堡逗留的结尾部分。

① 即后面提到的石菌(pietra fungaja),参见第553封信。
② 在耶拿宫廷里,公国的自然科学机构都设置在那里。
③ 魏玛通往耶拿老路的一部分,进入到米尔塔尔河谷的一段像蜗牛形状的马路。

544. 博伊塞雷致弟弟梅尔基奥尔

1811 年 5 月 3 日　星期五

我刚从歌德那里回来,他冷淡而矜持地接待了我。我不想让自己被迷惑,重新绷紧了身子,一副不肯卑躬屈膝的样子。老先生让我等了一会儿,然后走过来,头上扑着粉,绶带挂在外套上,给我打招呼时身子尽可能笔直而有气派。我给他带去了一大堆的问候。“很好。”他说。我们马上谈到了素描画[①]、铜版雕刻、各种困难、用科塔的出版社出版[②]以及各种外面的事情。噢,噢,很好,嗯,嗯。然后我们谈到作品本身,谈到早期艺术的命运及其历史。我原本打算用同
661 样高贵的方式来对待高贵的人物,谈论崇高的精美绝伦的教堂艺术时要尽可能简短,我告诉他,素描本身就能使他相信这一点。他一直表现出一种想要吃掉我的表情,直到我们谈及古代绘画时,他才变得有些和蔼起来。在赞美新希腊风格的艺术[③]时他笑了。他问到艾克[④],说还没有看过他的任何作品,问艾克与丢勒之间的画家以及丢勒同时代的荷兰画家。我告诉他,我们这所以能有这么多漂亮的绘画作品,完全是因为荷兰的艺术作品普遍比德国的要更高贵更招人喜欢。你知道我对所有作品都是很公平的,但也尽可能地肯定与坦率,绝不让自己被他的沉默或被他的“噢,噢,漂亮,神奇”所迷惑。我大胆地把艾克对绘画发展进程影响的想法尽可能好地表达出来。我非常谨慎,同时又让人能清楚地意识到,对一个我们有幸得到的全新的发现,我并不太愿意把想法说出来。我只是泛泛而谈,他也很惬意

---

① 参见第 455、462 封信。

② 参见第 509 封信及注释。

③ 参见第 551 封信及注释。

④ 休伯特·范·爱克(Hubert van Eyck,约 1370—1426)和扬·范·爱克(Jan van Eyck,约 1390—1441)兄弟二人都是 15 世纪弗莱芒著名的画家。歌德这里提到的可能是更为著名的弟弟扬·范·爱克,他是早期尼德兰画派最伟大的画家之一,早期北方文艺复兴绘画的代表人物。

地让这些东西娓娓道来。终于我们谈到赖因哈德,谈话转向我们共同拥有的阿波利纳里斯山,谈到他与政府的关系及与他夫人的关系这些触及到相当本质的话题,这让这个老人变得更加和蔼,笑得也更多了。他请我第二天来吃饭,提醒我要去太子那里,我要给先生们展示那些素描画,他会做介绍的。

我给他提到了科尔内留斯的素描画①,他很满意,饭后我把这些画拿给他,我只想简单地告诉他,这些素描画都是早期德国风格的。但这时有人招呼他,又有客人来访,他伸给我一根或两根手指,具体多少我记不清了,但我想很快我们就会伸出整只手的。〈……〉

① 博伊塞雷给歌德带去了六张科尔内留斯的素描画。关于科尔内留斯,参见第548封信及注释。

662 545. 博伊塞雷致弟弟梅尔基奥尔 (1811年5月6日)

1811年5月4日 星期六

跟这个老人在一起我感觉非常棒,第一天我只得到了一根手指,而第二天我就得到了他整只手臂。前天我走进他家时,他面前摆着科尔内留斯的素描画。迈尔,您快来看呀,他对着正走进来的迈尔说,过去的年代又真实地出现了!这个爱挑剔的老狐狸嘟哝着(完全像蒂克模仿他的那样,一点儿也不夸张),他为这幅作品喝彩,但却忍不住对哪怕是假想出来的德国早期绘画的缺点进行指责。歌德表示赞同,却认为这无关紧要而把它放在一边,他对绘画的赞美超出我的预期。甚至那幅布洛克斯峰的画他也很喜欢,浮士德抬起手臂给格蕾琴的动作,在奥尔巴赫地下室的那一幕都是特别好的想法。迈尔对绘画的技巧非常佩服,他很高兴这个年轻人能够做到这样的地步。我解释说,科尔内留斯对他的赞许会倍感高兴,因为他很担心昏暗的光线,这种风格本身对他来说就很不利,有些德国早期绘画的摹仿者就要坐在这样的光线下作画。现在歌德又给他同样的赞扬,这将会更有价值,因为人们会相信他绝对毫无偏袒,因此他会用更好的摹仿作品和成绩去回应真正的错误。

用餐时谈到了各种的话题,谈到了莱扎伊,赖因哈德,他们把您的绘画呈示给〈巴登的〉斯特凡妮公主,赖因哈德给我透露了一些相关的消息!我向他打听凯滕堡的《迭戈》①,他回答道,这是想从席勒那里借尸还魂,是从坟墓中传来的声音,完全没有活力!我们在餐桌上吃得时间越长,喝得越多,他就变得越发和蔼。饭后,有人在三角

① 库诺·路德维希·封·德·凯滕堡(Kuno Ludwig von der Kettenburg,约1775—1813),德国作家,《迭戈》是他的一部悲剧。

钢琴上演奏,维也纳的奥利瓦男爵[1],乐队队长,如果我没有听错的
话,表演了几首曲子,他就是前一天见到的那个个头矮小、彬彬有礼 663
的男子。音乐厅里挂着伦格的阿拉贝斯克[2],或对早晨、中午、晚上和深夜的象征性的表现。歌德发现我在仔细注视着它们,便抓住我的胳膊说,怎么?您还没见过它?那您要看一看,很棒的东西,疯狂的、很漂亮同时又令人难以置信。我答道:是的,完全像那个人在这儿演奏的贝多芬的音乐,像我们的整个时代。当然,他说:它想包含一切,却总是迷失在自然力之中,但细节部分依然是无比漂亮。您瞧瞧这儿吧,魔鬼一般的作品,这儿还有一件,这家伙展现的东西多么优雅多么炫丽呀,可怜的魔鬼也忍受不了,他已经死了,没有别的办法,一切处在危险情境中的东西,必须死掉或者疯掉,那里没有仁慈。我在这里给你写下这段对话,只是想给你描述一下这位老人的热情和亲切。你可以想象我们的话题是多么丰富,许多内容都是在相互交流。这几幅画你可能无法想象出来,它们一旦确立了目的和方式,就是那样神奇地优美,这是我们平常做不到的。我想把它买下来,带到科隆去。之后我们谈到了哲学,谈到德国、我们的前途、德国的教育。他说:您不会相信,对于我们老年人来说,这一切令人抓狂,我们在这儿环顾四周,看到世界将会腐烂,化归泥土,看到从中会诞生新鲜事物,上帝才知道什么时候诞生。尽管如此,我说,唯一值得安慰的是,我们这些年轻人,作为抬尸体的人,就像是在瘟疫中幸存下来的健康人,尝试着拯救旧的教育财富,随着时间的推移,也许要到我们子孙那一辈时,才去做校长,做那些曾经统治我们的年轻人的主

① 弗兰茨·封·奥利瓦(Franz von Oliva, 1786—1848),维也纳一家银行的职员,贝多芬的兼职私人秘书。贝多芬曾写了一首土耳其进行曲献给了他。他这次来歌德这里,带来了一封贝多芬的信。亦参见第557封信。

② 阿拉贝斯克即阿拉伯风格的画。

664 人，而所有其他的希望和努力都是没用的。他说，您所说的很对，但这样看问题则与性格有关，因为听天由命就与性格有关。

当然我无法将这样的对话完整地复述出来，尤其是在我匆匆忙忙给你写信的时候，因为邮差马上就要走了，我只是给你描述了几个我正好想起来的最普通的场景。

546. 博伊塞雷致J.B. 贝特拉姆
(1811年5月10日)

1811年5月6日　星期一至5月7日　星期二

你的整篇来信是在可爱的5月初的天气感染下写成的，它让我非常高兴。我也许应该像那位老人一样说，噢，噢，漂亮，太棒了！待我看完表演之后，我也同样会像他一样忘记我过去的烦恼和痛苦，满意得要与你亲吻一般。

这里，我用简短几句话语回复你的来信，这已足够向你表明自从星期一以来我与这位老人的关系到了什么程度。然而，除却这种暂短的、年轻人般心血来潮的冲动，我们不应当忘记他是一位老人，不可能总是期待他事事都如此积极参与。

老人对自己的祖国发明了哥特式建筑艺术①的所有异议都沉寂了，关于斯特拉斯堡大教堂他想说的话也放弃了。星期二，当我独自一人拿着素描画在他那里的时候，他嘟哝着，看上去偶尔的确像一只被射中的熊，人们看到他内心在挣扎与自责，没有正确认识一个如此伟大的成就。〈……〉

---

① 参见第462封信及注释。

665 547. 歌德致赖因哈德

1811年5月8日　星期一

那位技艺娴熟的漂亮女竖琴师[①]在我们这里也引起了巨大的轰动，我尊敬的朋友，按照您信中的吩咐，她受到我热情地接待，离开时带了一封类似的介绍信去莱比锡。目前有一位很有意思的年轻人在我们这里，我同样要感谢您把他介绍给我，苏尔皮茨·博伊塞雷，我对他非常满意，与他相处得很好。

优秀的人总是知道要引起我们的好感，当我们认可他的优点时，就会对他存在的问题不予过问。甚至那些与我们在思想和观点上并不完全一致的东西，也不太会令我们反感：因为每个个体都应当从他的特殊之处来观察，除了他的天性外，人们还应当考虑他之前所处的环境，他接受教育的机会，以及他目前所处的水平。对这个年轻人我就是这样的感受，我想我们告别时会是和平的。

的确，如果不想与世隔绝的话，就应当对年轻人采取任其自然的态度，并且至少对几个人都保持这样的态度，以便了解其他人都在做什么。博伊塞雷给了我六张羽毛笔素描画，是一位叫科尔内留斯的年轻人画的，这些画真的非常漂亮。这个年轻人平时住在杜塞尔多夫，现待在法兰克福，我之前通过我们的展览会[②]认识了他。画中描绘了我的《浮士德》中的场景。现在这位年轻人完全钻研进入到了德国早期的风格和作画方式之中，完全符合《浮士德》中的情景。他的思考很有见地，经常会提出一些别人无法超越的好想法。要是他能看到在他之上还有更高的水平，他作画很有可能还会取得更多的进步。

666　我现在正在准备去卡尔斯巴德的旅行，估计大概一周后离开这

---

① 指卡洛琳·德尔菲娜·隆吉(Karoline Delphine Longhi)，生于意大利那不勒斯，意大利著名音乐家克莱门蒂的学生。

② 即“魏玛有奖竞赛”的作品展览。参见第490封信及注释。

里。我打算在那里做各种有趣的事情①,我事先还不能透露是什么,因为一般说来,我说出去的事情就不愿意去做,承诺过的东西都没法坚持。

但无论如何这次我都想早点儿回来,尽管我还打算在特普利茨待一段时间。这段时间以来,奥地利的银行代价券②和钱钞如此混乱,以致这次在波希米亚的逗留可能不太会令人愉快。自从代价券定了较低的价格后,当地人觉得它比当时低两倍价格时还要低很多。当然这并不奇怪,因为在日常生活中,钱这种事完全依赖于先入之见。只有商人特别是银行家才知道他们想要什么并因此变得富裕,尽管也有些人会因为投机错误而一败涂地。

很高兴封·雅科夫列夫先生的石头又物归原主③。这块珍宝长期以来被厄泽尔所拥有,并通过他转到了阿玛利公爵夫人的手中,公爵夫人一直犹豫着是否要用它加工出一块或是几块浮雕。这块石头从她那里传到了我手中,我也把它保存了很长时间,直到我最终决定把它出手给一位宝石爱好者,他很喜欢这块石头,愿意为它出可观的价钱。

就此搁笔,恭致问候,垂念为盼。

魏玛,1811 年 5 月 8 日　　　　G.

---

① 指写他的《诗与真》。

② 参见第 245、469 封信及注释。

③ 作为对一件精美容器的答谢,歌德将一块玉髓送给雅科夫列夫。后者在罗马让人浮雕了一幅歌德的侧身像,献给歌德。参见第 500 封信。

667 548. 歌德致 P. 科尔内留斯[①]

1811 年 5 月 8 日 星期三

博伊塞雷先生给我带来的素描画以令人惊喜的方式展示在我面前，尊贵的科尔内留斯先生，自从我上次看到您的作品以来，您取得了多么大的进步啊！场景的瞬间选择得很好，呈现这些瞬间的构思也很巧妙，画面的处理无论在整体上还是在细节上都很有见地，令人赞叹。

您进入了一个从未亲眼见过，只是通过对过去时代的模仿来认识的世界，因此我们很好奇您究竟是怎样做到了如此身临其境的地步，不仅服装的式样和其他外表的东西是这样，而且在思维方式上也是如此。毫无疑问，您在这条道路上走得时间越长，在这方面就越发自如。

只是您要考虑到一个不利的因素：16 世纪的德国艺术世界，作为您的创作的第二个自然世界的基础，其本身不能看作是完整的。它朝着自己的发展道路而行，却从来没有像阿尔卑斯山那边的那样幸运，完全达到目标。您依然可以一边让自己真实的思想自由流露，一边在新老艺术最完美的作品上展现其雄伟和美丽的含义，对此，您现在的这些绘画已经清楚地表明卓越的才能。您肯定知道在慕尼黑的修身读物[②]，我想首先向您建议，尽可能地努力研究它的著名的石版印刷品，因为我相信，没有什么比这些仿佛是即兴创作的画页让阿尔布雷希特·丢勒表现得更自由，更有思想，更宏伟壮丽。也让人给

---

① 彼得·封·科尔内留斯(Peter von Cornelius，1784—1867)，德国画家。1803 至 1805 年期间，他作为杜塞尔多夫艺术学院的一名学生，参加了歌德组织的“魏玛有奖竞赛”，但没有获奖。博伊塞雷也把科尔内留斯的第一组浮士德绘画带到了魏玛，参加比赛。1816 年，科尔内留斯献给歌德的《浮士德绘画》出版，使他名声鹊起。

② 指阿尔布雷希特·丢勒为马克西米利安一世皇帝的祈祷书手绘的旁注画。参见第 220 封信及注释。

您推荐一些同时代的意大利画家,在每本比较著名的画册中您都可
以找到他们最优秀的铜版复制品,这样鉴赏力和品味才能变得越来 668
越好,您才能够轻松地将重要的和自然的东西融化并展现在雄伟与
美丽中。

您将羽毛笔运用得干净整洁而又轻松自如,您的技法纯熟,让所有看到您画页的人都惊叹不已,这也许不需要我再提及。请您沿着这条道路继续努力,让所有的爱好者,特别是我,感到高兴,让我的创作激发您的想象力,将它用在这一领域并成为典范。

博伊塞雷先生致力于把那个庄严时代的建筑建造出来呈现在我们面前,这与您的想法完美地契合在一起。如果我家里能同时拥有这位可嘉的年轻人和您的努力的成果,我将非常高兴。您的画页如何返还给您,我将和博伊塞雷先生商量决定。

祝您生活愉快,在中断了这么长时间后,请让我尽快听到您的一些消息。

魏玛,1811年5月8日　　　　歌德

549. 博伊塞雷(日记)

1811 年 5 月 8 日　星期三

星期三上午我在花园里见到他,我们谈起科尔内留斯,谈到他给科尔内留斯写信并向他推荐丢勒的旁注画[1],等等。几天前的一个下午我就在花园里给他说,大家对他坦诚地悔过和借着旁注画这件事向丢勒赔罪感[2]到很高兴,这种新鲜而富有朝气的灵活性是多么适合他,他把这种灵活带进了他的高龄,等等。他回答道:是啊,人会变老是件好事,从旁注画这件事中他就看到了这一点,否则,他绝不会真正认识丢勒的,而且他也很高兴自己已经变老,否则他也绝对不可能真正认识早期的德国建筑。

669 下午吃完饭后,我们单独坐在一起,他真诚地满怀热情而又郑重地赞扬我的创作,我心中充满着令人振奋的胜利的感觉,这是一件宏伟壮丽的作品战胜一个睿智者偏见的胜利,是这些天来我必须赢得的与这个人的斗争的胜利。如果我不是对我的对手如此地熟悉,尤其是通过赖因哈德对他的信念深入地了解,如果我没有进行充分的准备的话,那我肯定不可能赢过他。我赢他的主要方法,当然这也是最适合我自己内在的倾向与信念的方法,就是让事物自身去发挥作用,而且我也只考虑可以让事物发挥最佳作用的时机,事物也完全按照这种时机来表达对作品的看法:"的确,人们知道应该坚持的是那种追究事物最内在本质的缜密与执着,魔鬼指出的只是为了纯粹的

---

① 旁注画(或边缘画):Randzeichning,19 世纪的旁注画是一种如其名称所示的装饰文本的画,它大部分是印刷的,而不是绘制的。它在很短时间从边缘向中心推进,取代了它在开始时应该伴随的文本。1808 年,Johann Nepomuk Strixner 用新发明的平版印刷技术出版了阿尔布雷希特·丢勒为马克西米利安一世皇帝1515 年的祈祷书绘制的旁注画,引发了艺术界对它的热烈讨论。自 1829 年起,欧根·拿破仑·诺伊鲁特(1806—1882)以他的《歌德的歌谣和浪漫曲的旁注画》确立了真正的旁注画时尚。它持续了几十年,直到旁注画变得越来越像独立的画作,并常常作为书籍的装饰插图。

② 参见第 220 封信及注释。

真实,而不是为了去做什么,去影响什么,去引人注目。”我感觉到了生活中很少被赐予的那种高贵的快乐,看到了一个伟大的灵魂从错误中的回归,这使他对自己变得不再忠诚。没有什么喝彩比这个更真实、更令我心满意足的了。我告诉他我是多么认可这一点,对他的喝彩的评价是多么地高,这种喝彩在一定程度上一劳永逸地成就了这门艺术。这种严肃而真诚的喝彩,这种对我的付出和对这桩事物的认可,抚平了我曾经受过的伤害。这伤害来自于常常是令人痛苦的、从未让人心情愉悦但又不可或缺的世人的喝彩,那种大多来自于王公贵族们的、一般来说是送给每个小丑和演员的喝彩。

我就这样任由自己的情绪诉说着,我不知道自己是怎样组织语句的,但一定把我的激动表现了出来,因为老人也被完全打动了,他握着我的手,搂着我的脖子,眼里充满了泪水。

〈……〉

670 550. 博伊塞雷致 J. B. 贝特拉姆 (1811 年 5 月 10 日)

1811 年 5 月 9 日 星期四

昨天我又在他那里吃饭，其实现在我每天都与他一起用餐，我把话题引向了施莱格尔兄弟。头几天里他很亲切地向我了解弗里德里希的情况，谈论我们与他的关系，对他的评论虽然简短但算还相当不错。现在我想进一步了解他究竟是怎样想的。这时，于是，虚弱的一面很可惜就暴露出来，里面混合着那个胆怯老人的嫉妒与骄傲。他痛斥他们不诚实。我总体上还是很认可弗里德里希的，我用比较缓和但十分肯定的语气向着弗里德里希，但我提出的所有反驳都只会引起他的解释，虽然这些解释有一部分是有道理的，并且与那些不太了解施莱格尔的人的理由一致，而人们还不得不同意这每一个人的理由，但同时还有一大部分而且是最主要的部分，都与人的品行相关。每个小小的委屈，比如诺瓦利斯[1]，比如奥古斯特·威廉对《自然的女儿》的沉默[2]，等等，都被拿来斤斤计较。每个对他的作品的公开认可都被认为是有目的的，他们本应当出于明智而不是出于尊敬——这种老人唯一的东西——让他去继续存在，一切都是目的。他说，如果他完全站在我的观点上，对弗里德里希的一切不诚实的表现泰然处之且不认同他有丝毫不诚实的话，那他能说的唯一一句话依然是：做过太多手脚的人，即使他平时表现得比他愿意的还要诚实，他最终还是会变成一个骗子，对此，我也就任他好自为之了。在整个谈话中，他把我做的跟教堂相关的工作看作是一种诚实的活动，与那个人的作为相对立。至此，我才更加明白了他前一天所说的话。

---

① 指诺瓦利斯对歌德的《学习年代》的批评。

② 在“关于戏剧艺术与文学的讲座”中（Vorlesungen über dramatische Kunst und Literatur）。

551. 博伊塞雷致弟弟梅尔基奥尔 671
(1811年5月15日)

1811年5月11日 星期六

关于魏玛和那位老人我原本还有很多东西要写,我想把所有事情都讲给你们。但最好还是口头讲述,因此我还得保留一些东西,我还想要给你们模仿那老人的样子,他简直就是一个神奇的圣人。像其他神奇的人一样,即使人们已经知道和听到许多关于他们的故事,但真的亲自跟他们在一起时,还是能看到许多新东西。因此,仅仅是与他相识对我来说就已经是难得的了,它完全有助于我去认识人的本性和生活,这是读上十来本书和听伟大人物的故事所无法比拟的,也是他对自己生活的描述[①]永远无法提供的。他现在正在做这件事,已经在宫廷里朗读了几章,我想是开头的几章,它肯定会成为一部有非常高的艺术价值和引人注目的书。书中提到了大量的他本不应该用清晰而直白的语言说出来的人物和事件,它把精明的宫廷人物和英俊的德国小伙子之间各种奇妙的互动都带出来,特别是在回忆过去的时光时,这个英俊小伙儿的形象会一次次地跃然纸上。

星期六,我们在宫廷举办了大型展示活动,在一扇窗户的立框上挂着老教堂的一幅透视图、一幅剖面图和一幅立柱分布图,在窗户下方的桌子上,放着一张平面图,旁边是米兰、斯特拉斯堡、亚眠大教堂的平面图。在第二个窗户中,撑开的巨大的白布,上面挂着两幅斯特拉斯堡大教堂的描图,在最后一个窗户里是科隆大教堂的内部、双塔及门的透视图,旁边放着巴塔利亚[②]、斯特拉斯堡、维也纳和兰斯等 672
大教堂的图用来做对比。歌德穿着他的宫廷制服,真诚地亲自动手帮我布置整个展品,看到这些东西非常合适,他很开心。我们刚刚布置完,公爵夫人就走进来,她让人准备了一桌早餐,邀请许多人来用

① 指歌德正在写的《诗与真》。

② 指葡萄牙著名的晚期哥特风格的巴塔利亚修道院。

餐。大侯爵夫人，许多宫廷贵妇和几位先生陆陆续续地到来，其中还有维兰德，人们把我介绍给他。之后是公爵与科堡的公爵，太子及科堡的王子，大概有二十五到三十人。幸运的是我预料到会有这样混乱的场面，我分发了画纸，不停地说话应答，我照顾不到的地方，歌德也过来帮忙尽可能地回答，因为在这种场合，他的声望也让他有些别扭或也许有些不自然。他也需要我，要我把新希腊风格[①]的建筑图和平时铜版印刷的东西全部都翻出来，然后简短地提示那些王公贵族们，这些东西是多么奇特和重要。公爵夫人，来自黑森-达姆施塔特的公主，是一位非常聪慧的女性，她善于思考，对人们给她讲解的东西都能找到之间的联系，并且从中大多能提出相当确切的问题。大侯爵夫人[②]，一位文雅而漂亮女性，看得出是博览群书，本本分分地接受过严苛的教育，此刻表现得优雅而有风趣。公爵的举止有些像马厩里的马夫，他看上去也的确如此，他让人把东西摆到面前，东拉西扯地问了很多问题，完全不像女士们的问题那样有意义。从他的性格上人们一看就知道他是那种典型的普鲁士军事天才，用欧洲的各种教育把自己装点得花里胡哨。他以自己一无所知的聪明发表着意见说：真可惜，大教堂把鲁本斯的彼得[③]给弄丢了，因为它绝对配得上这个伟大建筑的灵魂，它简直就是为此而定做的！我看了一
673 眼老人，他像被美杜莎石化了的雕像[④]一样站在旁边，对殿下的聪明

① 指博伊塞雷理解的一种受到拜占庭艺术影响的建筑风格。

② 指卡塔琳娜·帕夫洛夫娜·奥尔登堡，原名俄国大侯爵夫人（Katharina Pawlowna Oldenburg, geb. Großfürstin von Russland 1788—1819），太子妃的妹妹。

③ 指祭坛画《钉在十字架上的彼得》（Kreuzigung Petri）。这幅画本不是给大教堂，而是给圣彼得堂区教堂的画。拿破仑把它要到了巴黎。

④ 美杜莎是古希腊神话中的女妖，以蛇为发，凡看见她眼睛的人都会被石化。

才智置之不理。〈……〉歌德努力给我和他自己解释着说,我们的展出真令人高兴,人们应当有各种理由对王公贵族们表示满意,能认识他们应当的确令我开心。上帝保佑我还能带着良心回答说,除了符腾堡女王之外,还没有哪位大人物对这些东西发表的意见让我觉得那么有意义。

作为展示的最后,科尔内留斯的素描画让大家都很满意。我利用这个机会恳请老人做一个公开的评论,我的主要目的还是在于科尔内留斯。我要让老人感觉到他的影响力的分量,让他知道如何通过这种方式去支持那些想去意大利的年轻人。“好的,为什么不呢?”他这样答道。“您可以先在莱比锡展示一下这些画页,也许能找到一家出版商,我也愿意为此做些事情。”当我用餐后提及我自己从事的工作时,他表现得也同样热心。我让他回忆起那个语义双关的呼唤,在这声呼唤中,他沉下心来,压下了自己关于斯特拉斯堡大教堂的讲话①。以他这样的年纪,对一切有意义的东西,即使是与他现在的观点还很陌生的东西,依然能保持年轻人一样的接受能力,这是很难能可贵的,而且当这些最后在丢勒的旁注画那件事中如此完美地展现出来时,这一切无论谁都感到高兴。这让他很满足,我们就此进入了一个更长的谈话中,他答应了一切。几天前,他就已经这样给我说,丢勒旁注画的那件事让他真正地知道人能变老是一件好事,否则,他也许根本就不会认识**这个丢勒**!

他没有将变老这件事应用到建筑艺术,但是在每一件作品上他都极力向我表明,在这件事情上他也很高兴自己变老了,因为否则他也绝对不可能真正认识早期的德国建筑。

---

① 参见第462封信。

去卡尔斯巴德旅行
1811 年 5 月 12 日至 7 月 1 日

674 552. 歌德日记

1811年5月14日 星期二至5月24日 星期五

5月14日

6点从施莱茨出发,1点到达霍夫。用午餐。然后在海因里希·皮特纳处。如果有东西走货运从卡尔斯巴德寄来,约瑟夫·贝歇尔会安排把这些东西送至霍夫海因里希·皮特纳先生处。还有“巴伐利亚王国关税通行证及退税申请”。吕迪格县督兼警署长拜访我们。7点以后到阿什,约8点出发。雷雨交加。车轴断裂。半夜2点到弗兰岑斯布伦。(好事无踪影,倒霉一箩筐)。

〈……〉

5月18日

早上5点去温泉。来泡温泉的外来游客很少,大多数是卡尔斯巴德本地人,多是女人与小姑娘。行政长官夫人和其他几个人,除了新敕令[1]外没有别的话题。新敕令把大家搞得稀里糊涂,而没有人给予澄清。散步至皇后广场[2]。思考传记后续部分。普卢塔赫关于道德的文章[3]。在米勒[4]处。晚上沿霍泰克路散步至皇后广场。继续早上的读物及关于它的谈话。

〈……〉

5月23日

在温泉与邮督谈论那个“专利”,发行它时发生的事情及汇率等。

---

① 指1811年2月22日奥地利皇帝颁布的公告,宣布纸币的面值减小到原来的五分之一。23日这种纸币即被称为“专利”。参见第464、469封信

② 为纪念奥地利皇后玛丽亚·卢多维卡临幸卡尔斯巴德而命名的广场,歌德为此给皇后献诗一首。参见第474封信及注释。

③ 普卢塔赫,罗马时代的希腊作家。这里指的是卡尔特瓦塞尔翻译的《普卢塔赫的道德论文》(Plutarchs moralische Abhandlung)。

④ 指约瑟夫·米勒(Joseph Müller)。

期待赎回券，对它的期望与担忧。传记。各种插入的内容。写信。给**封·延茨**骑士的信寄往维也纳。傍晚时分往韦厄迪茨散步至一农夫 675
处，农夫已经做了葡萄酒商。晚上翻过绞架山的高地返回。有三位上年纪的老人去韦厄迪茨买葡萄酒：

老上校奥托　　　　　八十七岁
宝石雕刻匠米勒　　　八十四岁
一个爱尔福特人　　　八十二岁

———————

二百五十三岁

他们放肆狂饮，只有最后一位在回家路上有点微醺的样子。

5月24日

传记。复校第一本书。专注于被遗忘的主题及其移位。普卢塔赫关于道德的文章。傍晚时分稍做散步，因雨而归。犹太人出970换100。

553. 歌德致G.高蒂耶里[1](草稿)

1811年6月5日　星期三

阁下，

您5月9日的来信令人崇拜，这几日它已经被送到卡尔斯巴德我处，我觉得有必要马上回复此信。

劳驾您寄给我的石菌[2]，去年秋天我回家时已经看到。想必矿监伦茨[3]先生事先已告知您这个东西已经寄到并表示谢意，因此，在我把用它做实验的一些详细情况一同寄给您之前，也可省去我的致谢。虽然到目前为止我们对这个奇特的天然物体已经做过各种实验，但实验结果还无法整理出来。不过，我还是打算把我觉得比较可信的实验结果先为阁下汇报一番。

676 那个天然物体看上去不属于矿物质，而属于植物，也许首先可以与块菌、马勃菌属及其他类似的植物[4]联系起来。我觉得，它在地下——也许是在轻质土壤中的生长，只要没有碰到太过强硬的抵触，便会排斥一切异质而形成一种真正的、自我独立的躯体。但有些物体，如树根和石头，则会被包裹起来，一起长到躯体里，这从寄来的样品中就能清楚地看到。这种情况我们在一些海绵类植物[5]中也能观

---

① 朱塞佩·高蒂耶里(Giuseppe Gautieri，1769—1833)，意大利农学家。

② 原文Pietra fungaja，是一种石状菌类物质，以现代人的眼光来看，是一种能够形成多孔块茎的、由菌丝、腐殖质、土壤及石头构成的所谓菌类结核的菌类稳态物质，从中能生长出一种可食用的果实。很久以来，它就激起过人们对原生过程理论的想像。

③ 歌德在1809年通过他求得了一块石菌的样品。

④ 歌德在这里所做的观察非常仔细，判断也很准确。1816年7月10日，他把从菌石上掉下来的一个碎块寄给植物学家内斯·封·埃森贝克(内斯·封·埃森贝克，克里斯蒂安·戈特弗里德·丹尼尔(Nees von Esenbeck，Christian Gottfried Daniel，1776—1858，德国植物学家、动物学家、自然哲学家)，后者证实了歌德的观察。

⑤ 海绵和菌类过去大多被等同于植物一类。歌德在信中亦使用这种分类。现代生物学把海绵归为动物类。

察到，如果它们无法排斥诸如枝叉、麦杆、松针之类的物体，就只能把它们包裹到自己植物性的构造中。

有一个主要问题我还不知道如何回答，也就是：这种植物是一开始就处于我收到它时的那种凝聚状态并长大，还是处于另外一种状态。因为，在凝聚并硬化的状态下，正如它到我手中时的情形那样，它当然会有相当大的比重，被认为是一块石头也不无道理。但把它放进湿润的土壤中后，它就会极度膨胀，其中的一部分放入水里后，体积增大了六倍，重量却没有按这种比例增加。因此可以认为，这种植物的最初状态是膨胀开的、柔软的、重量较轻，呈现出在湿润环境中看到的那种状态，随后在非常干燥炎热的夏天收缩成类似于石头样的状态。尽管它很有可能是这样的，但人们还是可以提出一些质疑，在这里限于篇幅我就不再列出了。

用这个物品做的化学试验我还没有得到详细的报告，它绝大部分应该是由蛋白质构成，一小部分是自身带的粘土。基于所有这些
前提条件，我现在来讨论这个所谓的石头具有的植物生长力或繁 677
殖力。

在诸多收录有石菌词条的词典里，人们把这种物体解释为长有海绵类植物的凝灰岩，我在旅游手册和一些书籍里也发现有提到这种东西。我更相信所有那些都是一种孢子类植物，如前面提到的那样，是一种类似于块菌或某种我们可以观察到的马勃菌属之类的东西。它们也可以在地下生长，发展成相当大的一块，那些无法排斥开的树根等则被容纳为自己的一部分，在它们最初未成熟的状态下，内部被一种结实的肉所填满，这种肉慢慢变成一种消散的粉末。而这个石菌则相反，它内部的肉隐藏在非常柔软的浅棕色外皮下，固化成这种形状，所以把它当成石头也不算错。

这种坚固的、但却很容易刮去皮的物体有很强的亲水性，如前所

说,它在水中会极度膨胀,现在问题是这种膨胀本身是否应当被看作是一种新的生长,是否能够在必要的环境下引起真正的增长。不过这样一来,这种天然物体就名不符实。它本应当能生出真正的可食用菌,可以从基体上分离下来,就像是被采摘下来一样。但到目前为止,它在我们这里尽管按照要求保持在地下室的潮湿土壤中,却没有生出这种可食用菌来。或许,由于它完全植物的性质,人们可以期待它产生一些霉菌和菌丝之类的东西。我出发之前,在覆盖它的几英寸厚的土壤上面,能够看到那些我还无法确定的、地衣状扩散的次级生长物,这种物质穿过土壤层,直达膨胀起来的石菌本身。

678 如前所述,这种次级繁殖现象是可以预期的,但另一个问题就会出现,即可食用的真菌是否真的能从这个基体中产生并在其上生长呢。目前为止还没有这种迹象,尽管这块所谓的石头已经埋在土壤里有几个月的时间了。我回家后会再次更仔细地观察它,并把我们的植物学家和化学家做的解释进一步整理出来。

阁下对这种重要物体的了解更深入,对此也有足够的知识。在这种情况下,也许可以通过您的名望和影响启发大家,化疑问为确信的东西,以解开这些谜团。

最后,我也想指出,我手头拿到了一篇17世纪初用拉丁语写成的关于这种物体的论文。我提及这篇文章倒不是因为它给我机会把迄今为止歧义的信息更好地展示出来。这篇论文与这一时期的许多文章一样,人们虽然能从中学点儿东西,但不会像人们期待的那样得到教益。然而,作者从块菌开始——我认为也有必要那样做——最后却不知不觉地迷失在石灰质凝灰岩中。真正的海绵类植物就生长在它上面,比如我们现在这个年代用于止血的海绵,就长在戈佐岛附近海域的礁石上,只有最高长官[1]才有权收获并分配,当作贡品敬献给国王和诸侯们。然而,我确信这种天然植物与我们这里所说的**石菌**没有任何关系。但最重要的是要对我们已经了解得足够多的**石菌**的植物特性做进一步的研究,以便对它自身的生长方式以及相关物种的生长和繁殖方式有更确切的认识。

请阁下权且将此信作为我对您给我这个绝对是无价之宝的礼物 679
的答谢,同时请您原谅,这篇文章还缺少研究这类物体所要求的精确性。这篇文章是在该物体不在身边,又缺少各种必要的辅助工具,且时间对一篇严肃的论文来说相当紧张的情况下写就的。

承蒙阁下垂念,并请阁下相信,您在此度过的时光,令我们恩承愉悦,铭记不忘;您惠泽所及,我们真心感受,错爱所至,我们感激不尽。就此搁笔,结束这封也许已经过长的信,并请您有空时告诉我您得到的关于这件物体的消息,也让我感到高兴。谨此致以最崇高的敬意,歌德敬署。

---

① 戈佐岛(Gozzo),马耳他的一部分,这里的最高长官指马耳他骑士团大统领。

554. 歌德致赖因哈德

1811年6月8日　星期六

我尊敬的朋友，您的亲切来信[1]给我送到卡尔斯巴德来了。寄给博伊塞雷先生的信我也已经立刻寄回给贝尔图赫，他肯定会操办此事的。

我与苏尔皮茨先生本人相处得非常融洽。与有才干的人我们应当一起同行而不要错过，因为从远处看时，他们常常表现出与我们对立的一面，而在近前时我们很快就会发现与他们有多少志同道合之处。我发现他对所感兴趣的事都有很好的理由，我认为他在建筑史和绘画方面是走在正确的路上。正如人们不应当责备任何一个希望为家乡或祖国做些贡献的人他们特有的爱国热情一样，看到一个积
680 极向上的年轻人把从事祖国的艺术事业看得高于一切时，我同样不会有反感。我很愿意承认，在与他的交往中，那些对我来说已经褪色的过去[2]又被修整一新，我从他那里了解到一些东西，我有理由同意他的处理方式。的确，他在我们这里，在宫廷和城市里，用他的素描和他的人格留下了很好的印象。我很喜欢他这样一个天性纯然、有教养有见识的人，这无须赘言，但我依然要补充说，他作为一名天主教徒，还是令我非常满意的，我甚至希望能更仔细地观察，看一些事物在他那里是如何关联的。非常感谢您为我引荐了一位这样优秀的人。我可以想得到，他也会给您讲述在魏玛逗留的情况，您之后就能很容易地看到，我们两人讲的在多大程度上能相互印证。

---

[1] 指5月9日的来信，里面附有一封给博伊塞雷的信，赖因哈德当时在魏玛认识了他。

[2] 指歌德年轻时代对德国建筑艺术的兴趣。歌德曾写信给赖因哈德，提及早年对此事的兴趣，及他对斯特拉斯堡大教堂与科隆大教堂外墙面的对比。参见第462封信。

至于另一个朋友①，我不太相信他在那种您看来也是令人担忧的情况下能够受到我们很好地照顾。那篇报纸的文章没有到我手里，但我想我对那种情形还是相当了解的。至于我们自己，我们谦卑地认识到，有些时候人们对我们是睁一只眼闭一只眼，把这小地方当作一个小小的避难所。当然我们也是为避免成为话题的中心而保护着自己。我们新近有一位年轻人②，在这里大放厥词想引人注目，为了这篇文章他已经被从哥廷根赶了出来。人们先是温和地建议并警告他，让他去耶拿，可他坚持不走，最后极不情愿地被警察驱逐出去。

让一个情况好很多，虽然与前面那个不能相比但却依然令人担忧的家伙，哪怕只是暂短地住一段时间，出于某种考虑，也是不可取的。在这种情况下，我更愿意推荐他去皇帝的世袭领地③。那里的
外来人口规模大，数量多，很容易把一个人隐匿起来。夏天，温泉是 681
很受人欢迎的去处。没有人会从西部来这里，大多数人都来自东部和北方。据此人们就可以判断遇见的人群来自什么地方。冬天也可以建议来这里。这里价廉物美，要知道，即使在目前这个时段，在这个有名的专利④出台之后，在银价高企的情况下，它还是具有比这种金属带来的价值更多的优势，尽管银价名义上已经上涨了一倍或两倍。为此，白银也是 100 比 1 000 或更高。我相信，我在皮尔蒙特的支出要比在这里高出一倍。

就先说这么多吧。请您务必给我分享更多的消息，我对此会很

---

① 指维莱尔。由于他的亲德倾向，被人在达武元帅的授意下驱逐出法国占领区。后来这个驱逐令在拿破仑的干预下被废除。维莱尔对歌德的颜色学持有不同的意见。参见第 478、500 封信。

② 其人不详。

③ 指奥地利。

④ 参见第 552 封信及注释。

感兴趣并乐意效劳。在此祝您生活愉快！写信寄往卡尔斯巴德的三莫伦旅馆就能找到我，或不论我去哪里，它都能跟着我。

祝安好。

卡尔斯巴德，1811年6月8日 G.

555. 歌德致J. 封·维洛特(草稿)

1811年6月22日　星期六

最忠实的备忘录①

昨天,本月21日,我与家人乘车去施拉根瓦尔德。我们一行四
人看完矿场后吃午饭,进入一家名叫"红牛"的餐馆。我既不想报怨
午饭的细节,也不想过分压低饭菜的价格。我们给了店主相当大的
面子,把这顿午饭与邮政驿站的野餐放在同一个价位上,愿意按每个
人9到10古尔登来付钱,这够可以了。可店主却索要66古尔登,向
车夫索要10古尔登,总共76古尔登。我拒绝付款,说要将这一情况 682
报告给县督阁下。本人在此将此事,连同76古尔登的账单,如实汇
报。需要指出的是,这只是一顿午饭的钱,既没有早餐也没有葡萄酒
或咖啡的消费。车夫对自己很节省,他随身带着燕麦。

如果这桩看似很小的事情造成了麻烦,笔者愿请求原谅。但近来常有人谈及,说人们被路上的美景、壮丽的自然风光和晴好的天气吸引过来,却被意想不到的酒菜账单败坏了兴致,弄得人扫兴而归。

即使没有我的投诉,上级主管当局也应该知晓并纠正发生在周围的越来越多的弊端。不过,我还是要在此附上一个我认为可执行的建议,没有别的目的,只是要说明我多么希望卡尔斯巴德这个令人如此心仪的地方,能保持它价格公道的良好声誉。

〈附件〉

仅供参考的建议

当人们踏进一家旅馆,招呼服务,最后让店主结账,这种以前在德国普遍存在的信任,由于目前的危机②和本地银币与纸币兑换的

① 该备忘录最后的解决结果是:店主必须将饭钱降至41古尔登10克罗伊茨,并接受10古尔登的罚款。县督在6月25日的回信中感谢歌德对此事的举报。

② 指纸币贬值的危机。

波动，已几乎不再可能。人们既无法要求店主维持原来的价格，也不能要求顾客容忍离谱的新价格。

在意大利，人与人之间的信任度要小一些。惯例是旅客不在旅馆内消费任何东西，直到弄明白旅馆的条件。是俭是奢，取决于旅客本人。人们每天都自己整理自己的账单。

683 卡尔斯巴德的惯例也是先与旅馆签订协议，然后再入住。饭店老板要送来标明价格的菜单。野餐时，人们也同样事先确定每人要付的价钱，然后按照这个标准给客人服务。所有买卖交易都要讨价还价。同样的情况为什么不能要求乡村和小城市的店主也这样做呢。

因此，我愿在此提出下列建议仅供参考：上级主管当局可以规定，附近的店主有义务与客人——无论他们是事先预订或是直接过去——签署协议，将客人需要从他们那里消费物品的价格，无论是早餐、午餐还是葡萄酒、咖啡等诸如此类的东西，事先确定下来。或者，这里也常常有那种习惯，如果客人自己带东西到下榻的房间里，可以随时使用厨房或其他的东西。如果客人被告知这些规定，每个人应该都愿意照此执行，因为这样事情就很简单。如此一来，上级主管当局也不会再收到更多的投诉，因为这种关系建立在协议之上，每个人都会自己留意。固定价格肯定有不合理的地方，在目前这个阶段几乎是不可想象的。这种做法也不是什么新生事物或以前没有听说过，只需把卡尔斯巴德的习惯做法扩大到整个地区即可。

556. 露易丝·封·德·雷克[①]致约翰娜·叔本华(1816年7月3日)

1811年6月中或月底

逝者〈克里斯蒂安娜·封·歌德〉给我留下的印象是，我从没有听她说过别人的坏话。还有，就我对她的了解，她在聊天中也总是如
此。我可以肯定地说，她那质朴、开朗、率真的头脑，吸引着我们的歌 684
德。他曾用这样的话给我介绍他的夫人："我给您介绍我的夫人，我向您证明，自从她迈进我们家第一步，我就要感谢她给我带来的只有快乐。"

① 雷克夫人是当时社交圈里的有名贵妇，她接待了5月底来卡尔斯巴德的克里斯蒂安娜。参见第580号信件。

557. 歌德致贝多芬(草稿)

1811年6月25日　星期二

最尊贵的先生,封·奥利瓦①先生那里收到您的亲切来信,令我非常高兴。对您信中表达的思想我从心底表示感谢,我可以向您保证我将郑重地回复这些观点。我还从来没有听过技艺高超的艺术家和爱好者演奏您的一些作品,更不用说我渴望能欣赏您亲自演奏钢琴,赞美您卓越的天赋。您对贝蒂娜·布伦塔诺这个好姑娘的关注,她也许是受之无愧的。她说起您来心醉神迷、倾慕无比,她把与您一起共度的时光当成了她一生中最幸福的时光②。

您为我的《埃格蒙特》所谱的音乐③我回家后就能看到,这里先对您表示感谢。我已经从许多人那里听到了对这部音乐的赞美,我打算今年冬天让它在我们剧院作为那个上演剧本的伴奏上演,以此既为自己,也为我们地区您众多的崇拜者提供一次美妙的享受。最主要的还是希望我正确理解了封·奥利瓦先生,他让我们盼望着您在计划的旅行中或许能来造访魏玛。但愿这次造访能在宫廷和所有喜欢音乐的听众齐聚一堂的时候进行,您受到的接待肯定与您的成就和境界相媲美。没有人比我对此事更感兴趣了。

685 承蒙垂念,谨此向您恭致问候,祝您万事如意。对您的万般好意,我表示最诚挚的谢意。

---

① 参见第545封信及注释。

② 贝蒂娜1810年在维也纳认识了贝多芬,对他留下了深刻的印象。贝多芬也为她而倾倒。她设法促成了歌德与贝多芬的见面。

③ 1810年,贝多芬为歌德的戏剧《埃格蒙特》谱曲。这部音乐由于Breitkopf und Härtel出版社的拖延,直到1812年1月23日才送到歌德的手里。1814年1月29日,贝多芬谱曲的《埃格蒙特》首次在魏玛上演。贝多芬为《埃格蒙特》共配乐十段,其中以《埃格蒙特》序曲最为有名。

558. 歌德致策尔特

1811年6月26日　星期三

尊贵的朋友，在我离开卡尔斯巴德之前，我要对您5月25日的来信表示最衷心地感谢。这次我要比平常离开得更早一些，并马上踏上回家之路。我已很少听到或根本没有任何关于我们的好朋友沃尔夫一家的消息，因此，知道这对极有天赋的伉俪在柏林过得很好，我感到很高兴。这在一定程度上是可以想像得到的，然而，舞台上的成功并不总是取决于人的天赋，还有许多其他偶然的因素，一般来说，观众总是要首先习惯于一个演员，然后才会真正欣赏他的表演并给予他公正地评价。非常感谢您真心而友好地接纳了这几个我如此珍视的朋友。

您为《潘多拉》所做的一切还应当以某种方式得到回报。如果我事先看到了您为这部作品所做那一部分工作，我一定会以另一种方式处理这个对象，会把对音乐和表演都难以驾驭的部分拿掉。不过现在已经没有别的办法。请按照您认为合适的方式继续做吧，我看是否能在第二部分付诸实施。所有东西都已经构思并写好了纲要。甚至书中的人物形象也与我拉开了距离。当我像昨天那样从中朗读一些部分时，我自己也对这些巨人般的形象感到惊讶。

希望您的西里西亚之行有各种音乐的灵感陪伴着您，希望您积
极的坚守得到相应的回报，的确，一想到这个世界对您优雅高贵的作 686
为回应寥寥，我也许可以说这太不应该了。您回程打算穿过波希米亚，您肯定见不到我。一年中的最后四五个月，魏玛会相当热闹，而且看在上帝的份儿上，也会很幸福。8月我们期待着殿下的分娩，9月是伊夫兰的巡回演出①，10月是布里齐的到来。可惜面对这些活动，我感觉自己像一个双头神首柱②，一边像是普罗米修斯的面具，

---

① 伊夫兰实际上直到1812年12月才在魏玛做了一次巡回演出。布里齐在1811年11月11日至12月14日期间做访问演出。

② 神首柱是一种古代的界碑石柱，上面雕着赫尔墨斯或其他神的头像。双头神首柱是在背对着的方向上雕刻着两个神首的石柱。

另一边像是厄庇墨透斯的①，这两个头像，因为永远是一个朝前，一个向后，谁都无法露出片刻的笑容。

卡尔斯巴德现在已经很热闹。这次它为我展示了独特的面貌。因为我夫人来这里，带着自己的马车，这样我去了更远更开阔的地方，比过去几年走的都要远，我也重新领略了这块地方和它的风土。我是带着一群新人来这里逛逛的，他们对一切都感到无比的新奇和也觉得很开心。

希默尔几天前来到这里，虽然有些病痛，但他还是像以前一样风趣、健谈，他的演奏能让最粗糙的乐器变得动听。我总是很少听到他看到他，因他那有趣的生活方式也很少与他相聚，但这几天我有一个念头，想着是否能够把这些他为抒情诗作曲或从中得到灵感的座右铭、信念、欲望或不管您称它为什么的东西，都说出来。我觉得这不是没有可能，我非常相信自己正走在这条路上，但我缺少的东西太多，没办法轻易完成这件事。如果您愿意时不时为我指点迷津，那就是您对我的宠爱。好了，祝您生活愉快。如果您离开柏林之前还想给我说句话，就直接寄信到魏玛吧。

卡尔斯巴德，1811 年 6 月 26 日　　　　歌德

① 歌德《潘多拉》的主人公是普罗米修斯和厄庇墨透斯这对兄弟。希腊神话中，弟弟厄庇墨透斯给每种动物赋予了最好的本能，唯独没有给人类留下什么，而哥哥普罗米修斯把神的圣火盗过来带到人间，并给人类以聪明智慧。在希腊语中，普罗米修斯(Prometheus)的 Pro 是“先”的意思，普罗米修斯就是告知先觉的神，代表了先见之明；厄庇墨透斯(Epimetheus)的 Epi 有“后”的意思厄庇墨透斯就是后知后觉的神，代表着后见之明。歌德也曾称赞策尔特为普罗米修斯，而把自己比喻为后知后觉的厄庇墨透斯。参见第 175 封信。

559. 歌德致卡尔·奥古斯特公爵 687

卡尔斯巴德,1811年6月27日　〈星期四〉

殿下仁慈的来信①令臣再次对敬爱的公爵夫人的不幸遭遇备感同情,臣亦从魏玛来人之处对此事大致有所耳闻。但愿人们的祈福能早日全部成真!此等不幸总会让人想到,人生不期之祸多多,偶遇之福寥寥,我们因此有理由去紧紧把握那些永恒的爱情、倾慕与友谊带来的恩惠。

殿下现在肯定被许多好心而又风趣的人簇拥着。卡尔斯巴德现在已经相当拥挤,不过第一波来的人已经准备离开,但总有新的游客大张旗鼓地登记入住。大厅里有各式各样的聚餐会,昨天臣就出席了一次萨克森式的野餐会。

施拉肯瓦尔德的郊游令臣下非常满意。对这样一个重要而罕见的自然景观,哪怕只是走马观花地游览一番,也让人很感兴趣。锡的出现②对地质学家来说,即使不是一个谜,也肯定会是一个令人不合的金苹果。

如果殿下尚未拿到弗里德里希·施莱格尔关于近代史的讲义,臣愿将它推荐给殿下。此书可以认为是一份有派性的文章③,但它思路清晰,文字精彩,认识新颖,思考全面。某些特质和情况在他那里交汇在一起,使得这部著作成为可能。

臣认识了一些很有意思的人,虽然只是短暂的交往,但也令人受益匪浅。重要的是从这些人那里能够了解到一些东西,如果能是一些令人开心的消息就更好了。

臣打算明天一早离开此地,7月在耶拿度过。但愿殿下回来时 688

---

① 卡尔·奥古斯特公爵6月19日从特普利茨写信给歌德,告诉他公爵夫人因摔了一跤而导致骨折的严重后果。

② 锡在歌德关于地壳生成的假说中扮演着重要的角色,他把锡的出现与花岗岩变质联系起来,从这种花岗岩变质中可以看出地质年代。

③ 指它赞成旧的哈布斯堡王朝而反对新的拿破仑帝国的观点。

能看到所有东西都放在宽敞舒适的地方，整齐归位，目前它们还很散乱而且不得不经常挪动位置。届时，房间应该也已完工，恭候殿下光临。

祝愿殿下归来时已是身强体壮，诸病祛除。当然，每次经历了矿泉水和温泉浴的治疗后，臣还是不得不承认并未从**还童泉**[1]沐浴归来。

诚祝殿下贵体安康，对臣下恩宠仁慈一如既往，臣恭敬以上。

---

① 原文为法语 *fontaine de jouvenence*。亦参见第 16 封信。

耶拿/魏玛

1811年7月2日至12月31日

560. 歌德致 J. F. H. 施洛瑟[①]

1811 年 7 月 10 日　星期三

最尊敬的阁下先生，

您本月初寄出的字斟句酌的来信[②]我在耶拿收到了。我刚刚从卡尔斯巴德回来，所以更急于回复这封来信，另外对 4 月份收到的来信我也还欠您一个回复。

首先，我把填写完整并签署好的声明寄过去，以便可以马上开始偿还所欠的债务。

然后，非常感谢您寄来的账单，请您把支付完这份账单以及到米迦勒节时还要支付的账单付完后结余的部分换成杜卡特。我只希望这些金币分量十足就好。您也不要急着寄送这些金币，相关事宜我们还可以再谈。

为阁下手中的文件开具的证明也同样随信寄去。在这一点上，
689 我必须再次对您的谨慎、规范和细心表示感谢。您为奥克斯的资本所做的规定我完全赞同。

里彭豪森先生的订阅广告[③]我会试着寄送。多年来我真心关注着那些很有造诣的艺术家们的天赋与生活经历。令弟[④]看来是不愿意离开罗马，我不会责怪他的。这样的生活人们是不可能再回去的。

很可惜，封·莱昂哈尔迪[⑤]先生的申请没有批准下来。自从里泽先生死后，人们觉得那个职位还是空着为好，因为更早之前它就不存

---

① 关于 J. F. H. 施洛瑟参见第 287 封信及注释。

② 此信的内容主要是关于歌德父母遗产的事宜。

③ 给一份铜版画期刊做的广告，里面有关于卡尔大帝的生平。

④ 克里斯蒂安·弗里德里希·施洛瑟（Christian Friedrich Schlosser，1782—1829），J. F. H. 施洛瑟的弟弟，德国教育家。1808 年受浪漫派的吸引，前往罗马，与科尔内留斯等艺术家的圈子生活在一起。1812 年，他与他哥哥及好朋友维尔纳一样，皈依了天主教。

⑤ F. 封·莱昂哈尔迪申请魏玛在法兰克福的临时代办的职位，该职位之前由 J. Ch. F. 里泽担任。

在,在目前这种状态下,看上去也没有必要用这么一个中间人。

慕尼黑的洛迈尔先生在我休假期间是否路过魏玛,我并不知道。如果他去那里,我在的话肯定会非常友好地接待他。

我很高兴对博伊塞雷先生、他的创作及追求有了更进一步的了解,这对我也很有益。我希望与他在卡尔斯巴德再次见面,他计划从德累斯顿出发去那里,只可惜我必须离开那里,没有办法等他。如果他路过您那里,请代我向他多多致意,告诉他我的美意。

对科尔内留斯先生的来信,请代我向他表示感谢并告诉他,他对我表示的任何好感与挂念我都非常欢迎。我真希望他本人当时也能在场,看到他的素描画①是多么受欢迎。我在给他的信里表达得比较含蓄,写信的时候也应该是这样。但如前所说,我真的希望他能亲临现场,为他的作品所激起的热烈气氛而感到很高兴。

我会很想念蒂宾根特克斯托尔教授②和他的那个地方。 690

对于寄来的笔记③,我也同样最衷心地表示感谢。请代我向梅尔伯④夫人和其他相关人员致意并感谢。最主要的事,即我要这些东西的目的,我今后可以详细说明。不知您是否能将令尊的笔记簿⑤给我临时借用一下。我只是需要查找一些时间顺序的线索,而

---

① 参见第544、545及548封信及注释。

② 施洛瑟为耶拿大学一个空缺的法律教授职位推荐了特克斯托尔教授。

③ 歌德写信打听他的外祖父特克斯托尔(Johann Wolfgang Textor, 1693—1771)和约翰·迈克尔·封·勒恩(Johann Michael von Loen, 1694—1776)的情况,显然是为写自传的目的。勒恩是德国作家和政治家,娶了歌德祖母的妹妹,著有《法庭上的老实人》。

④ 歌德的姨妈,歌德母亲的妹妹,原姓特克斯托尔,嫁给梅尔伯。她在《诗与真》的前几卷中多次出现。

⑤ 施洛瑟在给歌德的信中提到:"……关于特克斯托尔先生,我在我父亲的笔记簿里……找到了许多东西,但它们大多也许对您并没有太大的用处……"

不是要看其他内容。不过,如果您有任何顾虑的话,请您权当我什么都没有说。

由于这里提到了法兰克福的一些旧习俗,对此感兴趣的人①想亲眼见识一下这些东西,所以我想问问您是否能帮我搞到一份当时法兰克福的市政日历,就是挂在墙上的、有所有市议员徽章的那种日历。我还想要一只木制的酒杯和细棍,就是在吹笛法庭会议②上城市代表呈交给市长的那个东西。也许还能找到当时仪式中的手套吧。也不知道这个仪式现在怎么样了,还有人看它吗,或者已经与其他东西都一并消失了?

就先写这么多吧。恭致问候,万分垂念。

耶拿,1811 年 7 月 10 日　　　　J. W. v. 歌德

---

① 歌德在自己的私人朋友圈子里已经多次朗读过《诗与真》前几卷的手稿。

② 秋季展览会期间在法兰克福举行的庄严的法庭会议,来自沃尔姆斯、班贝克和纽伦堡的代表,还曾包括来自斯特拉斯堡、科隆的一些下层德国城市的代表,在吹笛人和小号手的带领下列队入场,呈交他们的象征性礼物(手套、胡椒等),从市长那里接受以皇帝的名义确认的免税权及其他特权。

561. 保利娜·戈特致母亲(1811年7月31日)

在1811年7月2日　星期二和7月16日　星期二之间

那位老人已经离开耶拿,回到魏玛,因为他在耶拿的房子是向阳
面的,在大热天里感觉很不舒服。天气暖和时他也喜欢穿一件单薄 691
的棉质带天蓝色镶边的短上衣[1]去散步,这在耶拿却办不到,因为他
的房子没有花园。最后,领主们都从维尔黑尔姆斯塔尔回来了,也需
要有人去迎候他们。此外,我也没有弄清楚他为什么这么早就离开
了卡尔斯巴德。我斗胆这样问他,他说,问一个朋友为什么这样早?
这真不好,人们应该问:为什么这么晚?

① 保利娜送给歌德的礼物。

562. 歌德日记

1811年7月15日　星期一至7月28日　星期日

7月15日

普卢塔赫[1]的蒂莫莱翁，菲洛佩门和格拉古两兄弟，提比利乌斯和卡尤斯。传记第2卷的位置。中午与家人在一起。克尔纳的关于席勒的生平[2]。继续早上的读物。晚上在格里斯巴赫家中，维兰德留宿在那里，并听一个古怪的共济会成员克劳泽讲故事，他想要拯救世界。为半桶葡萄酒之事给拉曼写信。

7月16日

圣-克鲁瓦。普卢塔赫。维滕巴赫爱好学问者。中午与家人在一起。饭后继续早上的读物。晚上去弗罗曼家。聚会及来自德拉肯多夫的女士们[3]。然后去克内贝尔处，他正在生气。热烈地讨论伊壁鸠鲁主义和柏拉图主义及相关的话题。为之前及今后的采购事宜给上尉封·费尔洛伦先生写信。

〈……〉

7月27日

早上经卡佩伦多夫去魏玛。带上了奥古斯特。整理东西特别是
692 书籍。中午与家人在一起。饭后继续整理。晚上去摄政的公爵夫人处。与她乘车去罗马别馆。观察开花的植物。

7月28日

继续整理书籍。与奥古斯特一起散步。沃尔措根夫人和席

---

① 关于普卢塔赫，参见第552号日记中的注释。这里指他著写的《对传》(Bioi paralleloi)一书，以两两对比的手法写的古代著名人物的传记。

② 参见第563封信及注释。

③ 指西尔维·封·齐格萨和保利娜·戈特二人。

勒夫人。中午在宫廷。饭后乘车去美景宫,去看那里开花的植物。忙于查阅植物的系统分类。晚上,会计专员来访。之后散步去罗马别馆。

563. 歌德致 Ch. G. 克尔纳

1811 年 8 月 4 日　星期日

这次我是带着沉重的心情离开卡尔斯巴德的，因为您，我最尊贵的朋友，告知我您达到的日程时，我离开住地的日期已经定下来，无法延后，我不得不腾出地方。

不过，枢密官席勒夫人带来的传记文章①倒是令我非常高兴。我觉得这件困难的事情已经很好地解决了。已故朋友的一生在我们的心绪面前舒缓而优雅地展开。幸运的是，大多数情况下，您可以让他自己娓娓道来。看着他自如地描述他当时的境况，那种明快的意识真是令人神清气爽，激动万分。即使最亲密的朋友和最细心的观察者也不可能像他自己那样恰如其分地描述自己。我既不知道去添加些什么，也不会这样去做：因为所有东西都是一气呵成，像是一炉铁水从容地流淌出来，也带着我们的关注一起流淌。我真的非常感谢您。以后我描述与他的关系时，我都会从您的这篇文章里找到最好的契机，去对一些事情做进一步的描述，您在这里的描述虽然只是轻描淡写，但给出的轮廓还是很清晰的。

693　您选择的我们杰出的朋友作品的出版顺序我没有什么可提醒的。他的作品纵横交织，而他的创作大多是由于一些内在的因素驱使，因此我们认为这种编年的顺序是非常好的，您的努力使它们之间的关系也变得相当清晰。

我不能听您亲口讲述这些东西的细节，真太令人遗憾了。

我夫人觉得在卡尔斯巴德认识您和您亲爱的家人是她今年夏天最幸运的事。我们俩向您致以最衷心的问候。没有什么比在美丽的

---

① 指克尔纳写的“关于席勒生平的报告”，由席勒夫人带过来给歌德。这篇文章是克尔纳组织出版的席勒著作(12 卷本)的导言。一同带来的还有一份出版计划。关于出版席勒著作之事，亦参见第 476 封信及注释。

德累斯顿拜访您，或者，如果您有机会来魏玛，能在这里见到您更让人期待的了。恭祝万事遂顺，垂念为盼。

魏玛，1811 年 8 月 4 日 歌德

564. 歌德致博伊塞雷

1811年8月8日 星期四

但凡我今年下半年有一个机会离开魏玛，去那美丽的地方拜访您，我就会拖着不回信并排除一切障碍去看您。但我还不能这样幻想，况且这次是在居住地被事务缠身，因此我还是更愿意像您希望的那样马上回信，因为您需要根据我的回复来做安排。

请相信我为没能在卡尔斯巴德等待您来访而非常遗憾。年轻人对我抱有信任，但我却不能总是回复他们的好建议，因为他们走的路
694 离我的道路很远。因此，能找到您这样的人我感到特别高兴，您的大方向与我完全相同，您做的特殊研究是我特别喜欢的，并且我很喜欢让人给我讲授这些东西，因为我自己由于时间和条件的限制无法亲自研究它们。因此，让我们一直保持联系，时不时告诉我您的近况。特别是我希望您有空时把迄今为止所做的主要工作及您今后想做的事情简要复述一下①。虽然我在相当程度上了解您在您的研究领域里获得的经验和成果，不过我们在一起的时间还太短，我对这些东西还不能完全理解。因此，正如所说的那样，如果您能帮我回忆一些要点，将其中做完的和想要做的事情之间的联系呈示出来，这对我计划在有机会的时候公开谈论您所做的工作也有所帮助，我很希望详尽地、按照您自己的意图来谈您做的事情。

勿庸置疑，9月底我至少在脑海里要在您的葡萄庄园拜访您②。如果赖因哈德先生去您那里，我会更加嫉妒您，羡慕那漂亮的世界和晴朗的天空，羡慕您能和这位杰出人物进行交谈。

不多说了，我要送这封信上路。祝您生活愉快，希望很快就能听到您的消息。我夫人衷心地问候您。她随时都准备好去旅行，甚至已经拉开了序幕，可惜我并不像她那么灵便，要左思右想的，这些在

① 博伊塞雷没有这样做，因为他认为两人很快就会见面。

② 博伊塞雷与歌德5月见面后，马上邀请他在秋天去科隆。

我看来重要的事情对她来说可能并不重要。就此搁笔，再次祝您生活愉快。

魏玛，1811年8月8日　　　　歌德

695

565. 歌德日记

1811年8月15日　星期四

早上去爱尔福特[①]。在护卫队的屋子里，观看队伍朝大教堂方向移动。之后在大教堂。与我夫人去封·海根多夫夫人处。商人特里贝尔漂亮的房子。又在家一起吃午饭。4点钟去郡长处。宴会。魏玛太子来到赤脚教堂。演奏若干音乐曲目。在郡长处待了片刻。灯会。回家。

---

① 当天在爱尔福特举行了盛大的拿破仑诞辰庆祝活动。

566. 歌德致 W. 格林①

1811年8月18日 星期日

我对您寄来的丹麦歌曲的译本表示非常感谢。很久以来,我就很赏识这类北欧诗歌的遗产②,也曾专心研究其中的某些篇章。这里您给了我们更多以前不知晓的东西,通过巧妙的处理把这许多单独的篇章构成了一个整体。这些东西放在一起时效果会更好,因为从一首歌中,我们能感受到另一首歌的一部分,而这种遥远的声音,如果它们一起唱响的话,我们会听得更清楚。我们很高兴地看到,某些特定的对象是如何受到不同民族的喜爱的,它们是如何被人按照自己的方式或粗或精地加工处理的。

关于《埃达歌集》第二部分的抄本,我看到的是阿伦特的手稿,希望我能有幸得到您的翻译本③。虽然您告诉我附上了第一首歌,但可惜我没有看到任何附件。也许它是在打开信封时落在了信封里的一堆文件中,如果是这样,那真让我遗憾,因为您寄来的东西我是在
耶拿收到的,它不太容易转寄过来。但两张画④找到了,我很高兴看 496
到年轻艺术家们取得的进步。请代我向他致以良好的祝愿。请相信我会热切地关注您的工作,我是那种对您为自己和为我们在这片领

① 关于格林兄弟1809年在歌德家的会面,参见第430封信。格林6月18日给歌德寄去了他翻译的《古代丹麦英雄歌曲、民谣和童话》一书,并附了一封详细的信。他对歌德通过秘书回复的一封彬彬有礼的信很不满意。他觉得歌德是“担心像对《神奇号角》一书那样说得太多,人们会报怨他对同样的东西关注过多”。

② 1778至1789年间,赫尔德的民歌集,即《诗歌中各族人民的声音》(Stimmen der Völker in Liedern)出版,里面有几首丹麦的歌曲,其中一首民谣“魔王的女儿”,激发了歌德创作了诗歌“魔王”。

③ 参见第355封信及注释。1815年,格林兄弟共同出版了唯一的一部《老埃达的歌曲》,附有注释及翻译。

④ 卢卡斯·克拉纳赫的路德和梅兰克森的画像由威廉·格林的弟弟,画家和铜版雕刻师路德维希·埃米尔·格林摹刻出来。关于卢卡斯·克拉纳赫,参见第430封信中的注释。

域中取得的成绩总是感到真心高兴的人。

祝您生活愉快，并向令兄致以最衷心的问候。

魏玛，1811年8月18日　　　　歌德

567. 歌德致 C. L. 封·沃尔特曼[①]

魏玛,1811 年 8 月 18 日 〈星期日〉

塔西陀的翻译及其两本第一卷我都顺利收到了,我愿意借此机会重新致力于古代史的一些重要里程碑。我会让朋友和熟人关注这部著作,希望借此为它的推广做些贡献。

关于您在翻译中所遵循的语言与风格的基本原则[②],我不想妄加评论,因为我很清楚地知道,人们必须尝试一些不熟悉的东西,直到时间与习惯接受并认可了那些一开始被认为是新奇和大胆的东西。而且,您所尝试的前人也不是没有做过。但是我或许可以说,恰恰是在这种您所处的情况下,正如您信中所述,事情也许可以讲得更容易一些,读者更容易接受一些。您把您的工作献给了当下,您希望得到读者的关注,但读者难道不也会因为某种对生活在当下的人来
说很陌生的风格而被吓退吗?尽管它的功绩也许在未来会被予以 697
承认。

请原谅我的这种看法,这是因为我希望您的作品,虽然有一些外在的阻力,但不要因为内在的阻碍而无法推广。

至于您好意提到的我的《颜色学》,其实它是献给未来的。但我很高兴地听到,同时代的人对此也以不同的方式表现出了兴趣,无论是提出反对意见,还是对由我特别指出的现象进行严肃地评论,或者

① 卡尔·路德维希·封·沃尔特曼(Karl Ludwig von Woltmann,1770—1817),德国历史学家,作家和外交家。他是耶拿大学杰出的历史教授,1795 至 1797 年间,作为席勒的同事共同创办了《号角》杂志(席勒主办的文学月刊)。后来,他离开学术,投身外交事业,但由于拿破仑的统治而失去了职位。当他在新的普鲁士国家中谋取一个职位的希望破灭后,就专心于写作,翻译塔西陀的著作。

② 在当时大量的翻译文献中,维兰德和福斯的翻译代表了两种不同的翻译风格,一种是自由的倾向于母语风格的译法,另一种是尽可能忠实于原文的、在德语中再现外语特点的译法。这两种风格曾引起过热烈的讨论。歌德对翻译中的问题发表许多看法。

以其他方式。所有这些东西目前都只能引起混乱，我不会要求其他人对我多年构建起来的东西，在他们那里也能短时间内搭建起来。不过，正如您好心地提到的那样，这种处理方法得到了认同，对此我就很高兴了。

因为我是在耶拿收到您寄来的邮件，这让我想起我们一起度过的那段拥有共同努力和希望的好时光。虽然时光掠走了很多的东西，但让我们还是永远怀念过去的那段良好的关系。

向您致以最衷心的问候，并请您给勒费布尔先生[①]说些我这里令人愉快的事情。他从卡塞尔公使馆出发，前不久从这里前往柏林。能与他结识是令我非常高兴的事。

歌德

① 赖因哈德在卡塞尔的公使秘书，在赖因哈德的建议下，他于8月7日拜访了歌德并写了一篇详细的报导。

568. 里默尔(日记)

1811年8月25日　星期日

在提到施皮克斯的《动物学史》,一些东西人们虽然先于歌德提出,但却无法将这些东西完成时,歌德说:"自然大于概念,却小于观念,因此,人们总是在自然的背后还放一个上帝,以便让自己有些与上帝相似的东西。"

"与一个纯正的、使用组合理论的数学家在一起,人们就可以大 698
批量地找到各种可能的生物。经验常常只能给我们一些可能的生物变种,因为随着文化的进步,有些动物就不会再出现。"

"可能有一些本应这样命名的动物,例如可以称为骏马的动物,它们完全以自身本来的面目来到这个世界,而另一些动物,正如已经说过的那样,只以变种的形态存在。"

"每个动物的补偿原则①现在是,将来也还是主要的问题,这个补偿原则到处都一样,或者保持着同样的比例关系。如果狮子要用10 000塔勒的话,那么老鼠也要用1 000芬尼。"

"例外并不会使规则变得有错,它只需要我们去寻找更高一级的规则,使例外可以被归纳到它的下面。最终人们当然会达到这样一种境地,即排除一切经验,让所有东西都无法确定。例如:单子叶植物,不让它分枝,使它快速结实,并以此类推。"

① 即所谓的补偿原则,这是歌德在动物形态学中所谓"解剖原型"的一个基本原则,即"一种物体,其某一部分增加时,其另一部分就会减少,反之亦然"。

569. 歌德致 C. W. 封·弗里奇

1811 年 8 月 27 日　星期二

尊敬的阁下，

一年前，您好心将我从邻居的九柱戏球道的巨大烦扰中解救出来[1]，我无法更好地表达我的真诚谢意，只能让自己在今年早些回来，在您的庇荫下，在我安静而隐蔽的花园里自得其乐。但很不幸我又要给您投诉一起球道的案件，它建在同样的地方。虽然它看上去只是一条球道，也只是在台板上玩儿游戏，它产生的噪声即使不那么强烈，但也是令人讨厌的。更烦人的是，即使没有客人，它也许还会
699 吸引来邻居们的孩子，因为它一整天都不消停。

我本来就是在城外夹杂地住在一些手工匠人中间，在那些打铁制钉的和做粗细木工活计的匠人中间，隔壁还有一个令我非常不舒服的织亚麻布的邻居。不过对于这些必要的活计，我还可以理解，必须承认没有哪个作坊没有噪音。但如果在下班后或在周日或节假日时仍然搞得喧嚣如雷，比所有人工作时发出的声音还要大，那就会比把城外新建的球道全部开放给爱好者去做无用的练习还更令人不可忍受。

这些事情本不应该由我来首先提及，因为，正在考虑的东西，为那些曾经如此热爱安宁的人提供他们所希望的环境，同样是阁下您正在考虑的东西。

我渴望等着阁下您回来，因为我希望对我曾经欠您的情份，包括这一次，也一并表示感谢。不过在您回来的头几天里，我不想太叨扰您，但现在我还是满怀期待地将这件微小的、但对我来说还是非常重要的事情提交到您的朋友、高级法官的手中。

谨上。

魏玛，1811 年 8 月 27 日　您最忠实的仆人　J. W. v. 歌德

---

① 参见第 447 封信及注释。

570. 歌德日记[1]

1811年9月2日　星期一至9月10日　星期二

9月2日

施莱格尔的讲座[2]。中午与家人在一起。晚上女士们在舞会上。贝蒂娜留下来讲故事。

9月3日 700

早上在罗马别馆[3]公爵殿下处，祝贺。在枢密官迈尔处看展出的素描画。中午在宫廷。用餐后把塔尖的头和旗帜插了上去。晚上在包厢里。

9月4日

处理最后一卷书的一些事。第26修改印张。中午阿尼姆先生，博伊维茨上尉和小个子西班牙人〈戈比〉[4]来访。饭后与阿尼姆先生讨论了各种事情。阿尼姆夫人过来。晚上与迈尔审阅《艺术史》[5]。卡拉奇的追随者和荷兰人。

9月5日

处理最后一卷书的一些事。加冕史。第27修改印张。戏剧演出季。去枢密官迈尔处，看展览。与家人用餐。饭后去阿尼姆处。

---

① 这一组日记记录了歌德的《诗与真》的第一部即将结束的工作，与阿尼姆和贝蒂娜夫妇二人的几次会面。阿尼姆和贝蒂娜于8、9月间在魏玛逗留，期间贝蒂娜与克里斯蒂安娜发生争吵，贝蒂娜被要求不得再进歌德家门。参见第571封信。

② F.施莱格尔的近代史讲座。参见第559封信及注释。

③ 参见第73号歌德日记中的注释。

④ 戈比当时在萨克森-魏玛军队中服役。

⑤ 歌德与迈尔共同审阅迈尔的《艺术史》手稿。

晚上吹笛法庭会议用的手套[①]和科隆大教堂的一块石头送到了。州政府议员乌登把这些东西带了过来。与迈尔审阅《艺术史》。荷兰人。

9月6日

第5卷结束。施莱格尔的讲座及其他历史，特别是关于欧洲列强之间的各种关系对普遍的世界贸易影响的思考。中午在宫廷。晚上阿尼姆夫人。我母亲的故事。

9月7日

第28修改印张。第5卷书结尾的手稿寄出。前几个世纪若干人物的传记。看展览[②]，公主殿下进来。中午阿尼姆先生。饭后去公爵母亲的花园房，去剧院。看芭蕾舞预演。去魏瑟尔处。晚上阿尼姆夫人，她与蒂克的故事。明亮的星空与清晰可见的彗星[③]。

701 **9月8日**

第一部分前言。通篇浏览并思考第二部分的手稿，在书房整理。中午施瑙斯博士。饭后阿尼姆夫人，枢密官迈尔，枢密院行政长官米勒。第二格抽屉中的希腊钱币[④]。关于柏林人口语中的一些特别表

---

① 参见第560封信。

② 由J.H.迈尔组织的为庆祝公爵生日(9月3日)而举办的画展，自1807年起每年举办一次。届时展出绘画学院及外面艺术家的美术作品。

③ 参见第576封信及注释。

④ 指所谓的米奥内希腊钱币，是将巴黎国家博物馆收藏的钱币按苔奥多·埃德姆·米奥内发明的特殊工艺翻铸出来的钱币，被歌德戏称为“面饼”。歌德弄到了总共1 473枚所谓的“面饼”。

达和现代风格。枢密官迈尔留下来吃晚饭。

9月9日

写信。菲舍尔的《物理学史》第五部分。中午在宫廷。晚上去蒂弗特,在那里遇见迪龙小姐和俄国人。

9月10日

菲舍尔的《物理学史》①。电学。中午与家人在一起。傍晚时去希斯宫。在那里与大家吃晚饭。美好的夜晚。彗星完全可见。

① 约翰·卡尔·菲舍尔(Johann Karl Fischer,1760—1833),德国数学家、物理学家。著有8卷本的《物理学史》。

571. 阿尼姆致布伦塔诺[①] (1811年9月14日)

1811年8月底/9月初

在魏玛,我发现这里一切都在节日中。里默尔为我们在公园附近租了一间非常讨人喜爱的房子。歌德、公爵和维兰德的生日一个接着一个。那里有射鸟比赛[②],我让人把我引荐给宫廷,贝蒂娜却不想。关于歌德的生活[③]米迦勒节出了两卷。不过据我听到的消息,书里内容在许多方面都很保守谨慎,但还是很引人注目。这种对他生活的描写给他的影响似乎是让他放弃他的生活,至少他是这样说的。虽然他很友好,但他对世上的各种新鲜事物很少去关心,更多的是抵触。他夫人也许给他带来了一些苦恼,使得他与众人疏远[④]。

---

① 这是阿尼姆写给贝蒂娜的哥哥克莱门斯·布伦塔诺的信。

② 魏玛当地的一个民间节日,射手们将木鸟系在高高的杆子上,用箭射木鸟。亦参见第70封信及注释。

③ 指歌德的自传《诗与真》。

④ 这在句轻描淡写一带而过的话语背后,是9月13日贝蒂娜与歌德夫人两人在参观画展时发生的激烈争吵,此事在当地掀起轩然大波。歌德和阿尼姆当时都不在场。歌德之后断绝了与阿尼姆夫妇二人的关系,阿尼姆前去宫廷辞行也被歌德有意回避。9月19或20日,阿尼姆给歌德写了下面一封信:

> 我确定明日离开,对阁下给予我和夫人的种种好意,请接受我最真诚的感谢。不用说,枢密顾问夫人在公共场合对我夫人恶语相加令我非常痛心,它对我夫人的健康以及对城里的谈资话题所产生的后果,不得不令人在这几天里中断一切往来。阁下也许会私下里报怨我没有在展会上及时平息事态,对此我可以解释清楚。封·波格维奇夫人可以作证,在枢密顾问夫人发出高声叫喊之前,我在房间里什么都没有听到,她之前碰到好笑的事还对我们笑呵呵的。我当时在隔壁房间里,随后,我看到我夫人脸色苍白,浑身颤抖地站在一堆陌生人之间,这些人关心地围着她,问她怎么回事。此时已经无法挽救了,我只有赶紧将夫人从那群好奇的人堆里带出来,劝慰她驱散恐惧。

直到1813年,阿尼姆才偶然因一封邮件与歌德联系并收到了回复,而贝蒂娜则是在克里斯蒂安娜1816年去世后,才敢再次接近歌德,一开始还只是通信,后来才去魏玛拜访。她起草的"歌德纪念碑"令两人最终和解见面。但贝蒂娜再次惹怒了歌德,他在1830年8月7日的日记中最后一次提到她,写下了这样一句话:"拒绝了阿尼姆夫人的胡搅蛮缠。"

572. 阿尼姆致 W. 格林(1811 年 9 月 22 日) 702

1811 年 8 月底/9 月初

你委托的事我办成了,我把你的翻译[1]交给了歌德并且询问了他的看法,像往常一样,我什么也没有听到。你知道在米迦勒节时出版了两卷他的生活史。现在看来,这种对他青年时代的回忆似乎有意识地使得他在思想上突然变老了。他平时都会有意识地努力拥抱所有的东西,而现在他好像在回避所有的东西,有时甚至会变得很可笑,就像他对艺术中的新鲜事物,每当我给他讲这些东西时,他总是说:“嗯,这些都很好很有趣,但它们跟我都没有关系了。”有一次他甚至想让我相信说,他现在除了古希腊和古罗马的面饼[2]外,对其他东西一概不感兴趣。他的工作方式看上去似乎是有意把自己关在一间工作室里。对于你的译本,他只是说了句很好,我们现在有它了,就再没有其他任何看法,也不知道他是否想要一些别的东西。他曾经说北欧叙事歌谣的风格总体上是杂乱的,不过,由于我根据自己的感觉反驳他,认为它们恰恰有序的,他又觉得有道理。他多次给我说,现在他是通过外人来感触世界。〈……〉

---

① 参见第 566 封信。格林重新抄写了一份他翻译的丹麦歌曲,由阿尼姆带给歌德。

② 参见第 570 号日记中的注释。

573. 歌德致 F. H. 封·德·哈根

1811 年 9 月 11 日　星期三

最最尊敬的阁下先生,

阁下相信我不会停止关注此项工作①,乃阁下对我的公允。阁下为此倾注了许多努力,对它有那么深刻的认识。今阁下公开表达
703 这种信念,使我备感尊重,我对阁下给予的错爱深表谢忱。

我肯定属于那种认识到阁下的努力所取得的成就之人。这些宝贵的古代遗产若不是因其粗糙的外壳将我吓退的话,早就会给我施以某种积极的影响,而我自己无论是天性还是在生活中都不适合去突破这层外壳。因此我不仅非常希望从头到尾地去认识那部重要的著作,而且还要认识其内在的成就,因为之前我只是零散地,而且在某种程度上只是对其一般性的内容有所了解。因此,就我来说,我完全赞同您将这部诗歌拉近呈现给我们的处理方法。更进一步地说,那些诗歌本身所具有的粗糙笨重的东西,虽然与那个时代的特征相符,我们也有必要尊重历史,但它绝不意味着在真正评估这些诗歌时是必要的,对人们欣赏诗歌是绝对有妨碍的。

因此,我并不期望更多的东西,只希望能听到阁下和从事这项研究或类似工作的人,既为了自己的爱好,也是受到读者对此关注的鼓舞,能高高兴兴地继续从事这项事业。

恭此敬呈,

魏玛,1811 年 9 月 11 日

阁下最忠实的仆人 J. W. v. 歌德谨上

---

① 封·哈根给歌德寄去了他出版的《英雄之书》(Der Helden Buch)第 1 卷,将此书献给歌德,并附上了一封非常谦恭的信。此书以 16 世纪的《英雄之书》(即中世纪传说故事集)为底本,配上了由哈根用现代语言加工的文字。他之前对《尼伯龙根之歌》也是用这种方法处理的。歌德对这种处理方式给予了积极的评价,因为他知道 W. 格林在海德堡文学年鉴上对哈根的《尼伯龙根之歌》有过尖锐的批评。关于哈根,参见第 186 封信及注释。

574. 歌德致 F. A. 沃尔夫

1811年9月28日　星期六

既然出现了打破长时间沉默的机会,就不应让这机会从手中溜
走,因此,尊敬的朋友,我要让一位去柏林的年轻人给您带去一份推 704
荐信。他的名字叫叔本华,母亲是枢密官叔本华夫人,她在我们这里已经有很多年。他在哥廷根学习了一段时间,我更多是从别人那里而不是从我自己这里了解到①,他是一个严肃认真的人。他的学习和所从事的研究似乎有几次变化。如果您能看在我的友情的份上见他一面,那您将能很容易判断出他学的是什么专业,程度如何,并且,如果他配得上的话,请允许他再次见到您。

一开始我以为,他要从哥廷根出发,经魏玛前往柏林,关于他我就能够写得更详细一些。我答应叔本华夫人写这封信,主要是因为我想至少能给您捎带过去一部分书,这些都是您的书,在卡尔斯巴德时我把它们据为已有。普卢塔赫的小文章②正好垂手可得,让我们几乎独自消遣了好几周。我深深地爱上了它们,以至于您或许很难再看到它们的译文了。无论这译文对您来说多么重要,我看不到的原稿,反正对您是开放的。有几本您朋友著作的翻印书③,几册其他的书,它们不应该归到蜜蜂类,而应当是丸花蜂属。这些书都会以某种方式寄给您的。

至于我在做什么,这一直是个公开的秘密。很高兴我的《颜色学》作为一只不和的金苹果④起到了很好的作用。我的反对者砸巴

---

① 直到1813年,歌德才第一次认识叔本华本人。

② 指《普卢塔赫的道德论文》及《对传》。参见第552、562号日记及注释。

③ 参见第509封信及注释。

④ 金苹果的故事出自希腊神话。相传不和女神厄里斯在阿喀琉斯的父母在举行婚礼时,因没有受到邀请,便来到席间偷偷抛下"不和的金苹果",写着"赠给最美的女人"。赫拉、雅典娜和阿弗洛狄忒三位女神都认为自己是最美的女人而争夺这个苹果。

着嘴巴,就像鲤鱼对着一只给它们扔进池塘的大苹果。这些先生们随他们爱干什么就干什么,至少他们没有办法把这部书从物理学史中拿掉。我也不奢求别的,它现在或将来能起到什么作用就起什么作用吧。

米迦勒节时您会发现我在做一件很神奇的事情①。对此,我不想说什么,只是觉得现在这个时间很合适,可以把里面住着人的木桶滚上来滚下去②,让人看上去不要太悠闲。

705 可您的云③为什么没有飘到我们这边的天空来?难道它们也像物理学天空中的云那样固执吗?它已经很久没有令人欣喜地在我们这里出现了。希望有一天能会改变:不要让我们煎熬太久啊。

如果您不想让这封信引出的话题逐渐消失,那就告诉我您的近况如何,在家或在旅途中都遇到过什么稀罕事儿,还有您的大学④的前景如何,这样才会很好,才会令人非常高兴。我常常希望与您哪怕只有几天亲密交往,像往常一样,让我看到无论在生活上还是在知识上都有进步。但愿我始终能从您那里听到最好的消息。关于我自己,我大约可以说,我的身体状况没有妨碍我自己的活动,还能够基本满足我对自己和别人对我的要求。

---

① 指歌德的《诗与真》的第一部。

② 指犬儒学派的代表人物锡诺帕的第欧根尼(Diogenes von Sinope)住在木桶里修行的故事。歌德用这个故事来形容自己的生活,即不受外界干扰和置身局外的生活状态。

③ 指沃尔夫翻译的阿里斯托芬的喜剧《云》。参见第 477 封信。

④ 指新创建的柏林大学。

也许您已听说,我们的好朋友维兰德遭遇了一场严重的车祸①。由于翻车,他受了伤,而他的小女儿伤得更重。不过两个人的身体状况都还尚可,考虑到他的年纪,他的状况超出了大家的预期。这桩事故本身和它造成的状况让我们大家非常难过。

好了,不谈这些。不要让我长时间空等您的消息,祝您诸事遂顺。

魏玛,1811 年 9 月 28 日 G.

---

① 车祸发生在 9 月 11 日,当时维兰德已是七十八岁多的高龄,这次车祸发生一年多后,维兰德于 1813 年 1 月 20 日逝世。歌德在悼词"对维兰德兄弟般的纪念"(Zu brüderlichem Andenken Wielands 1813)的末尾,详细地介绍了此次车祸。歌德与维兰德同是共济会成员,会员之间以兄弟相称。参见第 441 封信中的注释。

575. 歌德日记

1811年9月30日 星期一至10月18日 星期五

9月30日

公主出生①。福格特的植物体系。德国文学纲要②。在太子处。在封·施泰因夫人处。中午占星③。饭后。尤里乌斯·费尔米库斯④。剧院《老鳏夫》⑤。

〈……〉

706 **10月6日**

劳克哈特的生平⑥。哥达的乌克尔特教授。中午在宫廷。之后拜见科堡公爵。用餐后留在上面。晚上公主的洗礼。再逗留片刻。之后回家。

〈……〉

10月15日

班德洛的小说。中午在宫廷。德·利涅王子。晚上枢密官迈尔。

---

① 萨克森-魏玛的奥古斯塔(Augusta von Sachsen-Weimar)。她是卡尔·奥古斯特的孙女,太子卡尔·弗里德里希和太子妃俄国女大侯爵玛丽亚·帕夫洛夫娜的女儿。

② 也是用于《诗与真》第七卷。

③ 具体为何事占星不清楚。歌德在《诗与真》第一部印刷完后,自己做了一次占星。同时出现的彗星也应当是吉利的天象。

④ 指叙拉古的马特尔努斯(Julius Firmicus Maternus von Syrakus,公元4世纪),他写过一部星象学的书,为星象学辩护。

⑤ 伊夫兰的戏剧。

⑥ 弗里德里希·克里斯蒂安·劳克哈特(Friedrich Christian Laukhard,1758—1822)的《生平与命运的自述》一书。劳克哈德的军事日记对研究普鲁士军队和法国革命战争的历史具有极大的意义。他对自己的冒险经历的现实主义描述,后来被歌德作为素材用到了他的《远征法兰西》中。

《人生是梦》①第2幕。

〈……〉

10月18日

班德洛的小说。乘车去蒂弗特。在那里吃午饭。晚上回来。彗星。行星系,等等。

① 卡尔德隆的戏剧。

576. 歌德致 B. A. 封·林德瑙①(草稿)

1811 年 10 月 20 日星期日

非常尊敬的阁下先生,

阁下寄来的书内容丰富多彩,我拜读再三,没有什么能比用这种令人高兴的方式让我回忆起阁下在此时我曾有幸与阁下进行的有趣的谈话。书的头几页特别引人入胜,阁下在这里将一个需要理智来思考,需要想象力去捉摸,需要理解力去渗透的最高对象,清晰而又深刻地,有条理而又有力地呈现出来,使精神得到教诲和启迪,使心灵受到感动和升华。诚然,阁下以非常可敬的方式在它的轨道上问候了这颗万众瞩目的天体。

707 关于科学的语言,我很乐意承认,如果他们像前辈和同行一样进行表述,我是不会责怪任何人的,更不会责怪数学家。那些终身都在探寻最神秘的力的人,那些对力在特定物体和个体上的作用进行最精确地观察、测量、计算并能神奇地进行预言的人,应当有权给这些力以他认为最恰当的名称,并用最符合他的思维方式去想像这些力。或者也许反过来,他们也不是毫无道理地怀疑我们喜欢某些公式只是因为它们比较顺手,而且,因为我们已经习惯于用这些公式来进行计算,它们可以给我们做一般性研究的入门之用。

不过它爱怎样就怎样去吧。每个人都必须对这种伟大而富有成效的工作心存敬畏,这种敬畏是不可动摇的,而这种工作就像是从这个小小的地球上去掌管宇宙。请阁下相信,我别无他求,只希望能在阁下身边对那颗高高在上的星球—如果它愿意眷顾我的话—做进一步的了解,并希望与阁下就一些话题进行交谈,相信这种交谈对我会有不小的促进。

恭此敬呈,再拜,谨上。

---

① 封·林德瑙(Bernhard August Freiherr von Lindenau,1779—1854)是哥达天文台的台长,该天文台当时在学术界享有极高的声望。第二年,歌德希望他关注在耶拿新建成的天文台。后林德瑙成为哥达的部长,歌德偶尔与他还有工作上的往来,但歌德与他进一步交流的愿望并没有实现。

577. 歌德致 F. 帕索[1]

1811 年 10 月 20 日　星期日

阁下，

我早就应当最衷心地感谢您给我寄来的隆格斯[2]了。从那一刻起我就对这诗集有一种特别的偏爱，我对它丰富的内容，对您宏伟的计划以及对这计划的成功都给予了关注。但这一次让我觉得更为可贵的是，一方面我可以非常惬意地欣赏这优雅的翻译，另一方面我第 708
一次看到了之前缺失的重要篇章。我在阅读时意外地遇见了这一篇章，它让我感到惊喜。我不得不满怀惊喜地承认，恰恰是因为这一之前未知的部分，这部极为珍贵的作品才得以成为一部完整的艺术作品。对于它带给我的享受，请您接受我最衷心的感谢。如果没有它，我也许很久都无法得到这种享受，或者至少不像现在这样能强烈地感受它。

关于您告诉我的新计划[3]，我希望能够与您和您尊贵的同事们当面交谈。请代我向他们致意。这些东西很难用文字简单明了地表达清楚，更何况我的思想与时下的思维方式正好相反。人们不再区分非秘传的和秘传的之间的差异，人们在教学和实践开始之前就把它们所遵循的准则和座右铭公布开来，因为人们觉得古代先贤的楷

① 弗兰茨·路德维希·帕索(Franz Ludwig Passow，1786—1833)，古希腊罗马研究学者，词典编纂者，编有《希腊语词典》(Handwörterbuch der griechischen Sprache)，两人在哈勒初次见面，后帕索在魏玛文理中学任希腊语教师，他对歌德无比崇敬。

② 指帕索翻译的《智者隆格斯的达夫尼斯和克洛埃》(Longos des Sophisten Daphnis und Chloe)。这一版书里有保罗-路易·库里耶·德·梅雷(Paul-Louis Courier de Méré，1772—1825)新发现的段落。

③ 帕索打算与同事赖因哈德·伯恩哈德·雅赫曼(Reinhard Bernhard Jachmann，1767—1843)创办一本《德意志国家教育档案》的教育杂志，希望在一个更广泛的平台上公开讨论未来学校中自由的和国家的全民教育的原则。他们出版了 1812 年的一期。

模及经验对近代人的行为活动的影响都应当引起我们的注意，人们事先说出他的目的来消灭这种目的，人们认为一件事如果取得成功，那它就是无可争议的，至少不会比一个在事前或甚至事后才说出的准则受到更多的反对。我认为所有这些都实在是一件令人痛苦的事情，甚至是一种不幸，它在上世纪下半叶出现得越来越频繁。但我还是想用帕拉斯的话（汇报，第 285 期）大声呼吁："真理应当只留在我们这些学者中间！"

此外，尤其是在德国，经验告诉我，人们很难为了一个目的把许多人招呼到一起。有多少脑袋就有多少思想，这本来就是我们民族
709 的座右铭。如果再看看时下的光景和那些偏远的、或从某些方面来看还算不错的地方，我看到的只有巴比伦塔式的混乱，德国因佩斯塔洛齐式的教育过程[1]而经历着这种混乱，尽管我是想从最好的方面来看待他所构想的塔的建设。因此，我认为我同样能预言您的活动不太会成功。然而，由于没有人会估计到这些可能性，所以我期待并希望，一切都能朝着最有利的方向发展，特别是由于您在自己的管辖范围内[2]可以不受到干扰地按照自己的想法来施加好的影响，哪怕在外部既没有人推动也没有人认可都无所谓。如果能有受过良好教育的年轻人从您这里走出来，那就是做到了最好，实现了最美好的目标，对此我仔细审视您的第一个项目[3]后深信不疑。请时不时给我

① 约翰·海因里希·佩斯塔洛齐（Johann Heinrich Pestalozzi，1746—1827），瑞士教育学家，教育改革家，被尊称为欧洲平民教育之父。不清楚歌德的判断基于哪些观察，有学者认为歌德对佩斯塔洛齐的文章可能并没有特别深刻地理解。

② 帕索在信中提到自己在学校享有特别的"自治权"。

③ 帕索在信中提到他与一个当地有丰富经验的朋友在教务机构里做了一些改革，取得了一些成果。

写信,告诉我您的工作进展如何。如果我对这件事情所持的也许有些怀疑的看法会因幸运的结果而改变的话,那我将非常高兴。

祝您生活愉快。

魏玛,1811 年 10 月 20 日　　　　歌德

578. 歌德致 G. H. L. 尼克洛维乌斯

1811 年 10 月 20 日　星期日

年事已高的人常常会有严肃而又不祥的预感，觉得那些本该有更多权利留在这世上的年轻人却过早地无可挽留地离去。您尊贵的夫人[1]的去世也令我非常感伤。很久以来，我就听到过许多关于她的可爱和善良。的确，无论谁提起她，都会充满着激情，让我在远方也能感受她独有的杰出的品格。她诸多可爱的、高贵的品质令她不与这个世界同流合污，这让我想起了她的母亲[2]那深沉而温柔的天
710 性，那超出其他女性的思想，却不能令她在当时的环境中免受烦恼的袭扰。尽管在最后的时刻我离她遥远，而且只有聊胜于无的少量信件来往与她保持着联系，但我还是强烈地感受到她那遗世独立的风范，这让我对她的离世感到些许慰藉。

我还从没有见过我亲爱的外甥女，但我总是挂念着她以及您和您亲爱的家人。希望您能将这遗留下的孩子培养好教育好，从中找到一些慰藉，从她酷似母亲的长相那里得到宽慰。

希望以后能有幸认识您，人们越来越需要与那样一些人，那些人们充分相信他们有正直的信念和不懈的努力的人，保持联系。

多多珍重，垂念为盼。

魏玛，1811 年 10 月 20 日　　　　歌德

---

① 指玛丽·安娜·露易丝·尼克洛维乌斯（Marie Anna Louise Nicolovius，原姓 Schlosser）她是歌德妹妹的大女儿，歌德的外甥女。亦参见第 357 封信及注释。

② 指歌德的妹妹科尔内利娅（Cornelia）。

579. 克内贝尔致妹妹(1811年10月31日/11月6日)

1811年10月30日　星期一至11月3日　星期日

1811年10月31日星期四

昨晚我从封·施泰因夫人那里还收到了你25日寄出的亲切来
信。歌德正好在我这里,他中午突然起念头乘车过来,晚上8点后再
趁着月色返回。我觉得这种拜访方式非常棒,如果条件允许的话,我
也很想时常这样去看望我的朋友们,而不是写封信问候一下。歌德
变得有些更加退隐,而且我发现,他对人也有更多不满。这从他的行
为方式和他现在的宫廷活动中可以很好地理解。对此,他用创作和 711
从事一些活动来保护自己,这些创作和活动当然是一种非常好的、强
有力的自卫,他在这些方面如愿以偿。他想写自传的想法对他来说
也许是有益的,因为,正如他昨天亲口给我说的那样,他现在已经很
难在思想上达到更高的、诗的境界。〈……〉

11月4日星期一〈……〉

我昨天与歌德相谈甚欢,期间他告诉我,他在生活中从来没有能够炫耀一次偶然的成功,即使在游戏中他都知道,这种幸运一定会从他那里溜掉。〈……〉

580. 歌德致埃莉萨·封·德·雷克[①]（亲笔）

1811年11月8日　星期五

我尊敬的朋友，仁慈的伯爵夫人阁下，

从少年时代起，我就蒙受您的厚爱与友谊。在此，我不揣冒昧地希望您这一次也会好心接纳这个孩子[②]。请您仔细看看这本小册子中系列插图，并真诚地告诉我，您觉得它们怎么样，您对后续的部分有什么期待和希望。

多年以来，我就是您的积极影响的见证人，祖国应当为此感谢您。为此，我也要事先征得您的同意，以便按照我的理解来去讲述他的时代。

在纷繁众多、令人不堪忍受的烦恼中，在不可避免的矛盾与冲突中，他常常表现得姿意妄为，卓尔不群，特立独行。为了直面这些烦恼，先知先觉的神祇们创造了这样一群人物，他们懂得运用巧妙的手段，把接近他们的人联合起来，消弭误解，在社会中创造出一种和平
712 的氛围。如果我现在对您说，您，我尊敬的朋友，就是这样的人物，那我的表达就太过苍白了，因为在我生命的道路上，我还从没有遇到过像您那样被赠予那份天赋的人，或者能如此长久而熟练地运用这份天赋的人。

我和家人去年夏天得到了这份最值得期待的影响。我夫人一直对您的善意满心感怀[③]，她最真切地问候您。在我们家的小圈子里，我们十分挂念着您，把您像一尊乐善好施的守护神一样敬奉着。希

---

① 埃莉萨·封·德·雷克男爵夫人（Elisa Freifrau von der Recke，1756—1833），安娜·夏洛特·多萝西娅·库尔兰公爵夫人（Anna Charlotte Dorothea, Herzogin von Kurland，1761—1821）的姐姐，是当时一群受过良好教育者的圈子里一位受人尊敬的人物。她因参与了揭露意大利冒险家、魔术师、江湖术士卡廖斯特罗（Cagliostro）而出名。歌德1784年在她访问魏玛时认识了她，并在卡尔斯巴德疗养时多次见面。

② 歌德给德·雷克男爵夫人寄去的《诗与真》的第一部。

③ 参见第556封信。

望好运降临,让我们在温泉疗养地再次见到您,我尊敬的夫人,让我们见证您玉体安康。

如果您能抽空代我们向您非凡而尊贵的妹妹和您的外甥女,敬爱的封·霍亨索伦侯爵夫人,致以最诚挚的问候,并转达我们对蒂德格先生的挂念,我们将感激不尽。请允许我就此搁笔。

恭此敬呈,歌德谨上。

魏玛,1811 年 11 月 8 日

581. 歌德致克里斯蒂娜·德·利涅①(亲笔草稿)

1811年11月10日 星期日

漂亮而仁慈的夫人,我不能否认,很久以前,一个非常讨人喜欢的急件邮差②来到我这里,他带来的快件以及他优雅的问候令我由衷地感到高兴。我把他留在身边,好生款待他。我打发他先行报信,
713 希望我到达特普利茨时,已经收拾停当,准备好好接待我。

不巧,我从卡尔斯巴德直接就回家了。直到现在我都不知道对我一再的犹豫该如何道歉。

幸运的是,前不久德·利涅王子,所有祖父们的楷模(也不是所有的祖父们都还是楷模),临幸了我们小小的魏玛,他的到来让大家非常高兴,特别是我,我丝毫不怀疑他始终保持着对我的无限宠爱,让我在受人尊敬的特普利茨宫廷社交圈③里还备受挂念。

侯爵经历丰富,睿智风趣,独具一格。他在这儿的日子过得飞快,好像时间他在这里完全无法停留。告别时我们大家都很吃惊,甚至有种错觉,仿佛这份告别把侯爵从我们手里拐走了一样,就算我们觉得这是很自然的,但谁愿意离开他呢?封·施皮格尔先生好心地替我在特普利茨向您致以最诚挚的问候。

这次,尊贵的侯爵过来,我听说大喜的日子④就要来临,每个人当然都希望能够到场。同时我听说您,我漂亮的朋友,很喜欢我笨拙的双手做的一幅自然风景版画,您甚至想把它收进回忆录里。区区小礼,实难出手,唯有再多寄去几幅,任您随意挑选处置。

---

① 歌德1810年在特普利茨认识了德·利涅王子的孙女克里斯蒂娜,也即蒂蒂娜,参见第493号日记中的注释。他献给她的一首小诗“你赢走了我的一张小纸片”(*Ein klein Papier hast du mir abgewonnen*)也是出自这一时期。

② 蒂蒂娜在寄给歌德的一封用法语写的短信中附了一张画着一个英国邮差骑马的小画片。

③ 指克拉里伯爵夫妇的社交圈子。克拉里伯爵夫人是德·利涅王子的女儿,克里斯蒂娜的姑姑。

④ 克里斯蒂娜与莫里茨·奥·唐奈伯爵在11月6日举行婚礼。

为了让我的纪念物能够比较体面地逗留在您那里，我附上几幅版画，是德累斯顿的哈默根据我的速写雕刻的，从中能看到比林的全貌以及这个优雅的小镇城门前的广场。

愿您将这些画镶进玻璃画框挂在房间里，愿您和您杰出丈夫在 714
亲爱的家人围绕下在这间房间里度过最开心的时光，愿您能垂念于那个人，那个时刻倾慕于您天生的优雅与优秀的后天教育的人。

愿我回特普利茨时，您会在克拉里家的大房子里友好地接待我，愿祖父般的侯爵还在心中惦记着我。

1811 年 11 月 10 日

582. 歌德日记

1811年11月26日 星期二至11月28日 星期四

11月26日

通读传记。11点为肖像之事在塞德勒小姐[①]处。克内贝尔过来。中午与家人在一起。矿监福格特过来,关于印制错误及其他理解错误。殿下狩猎回来晚了。大宴会。之后伽伐尼电流实验[②]。

11月27日

殿下一早出发。传记第6卷的纲要。11点去画肖像。克内贝尔在场。中午与家人在一起。饭后伽伐尼电流实验和电气实验。克内贝尔,在我这里聊天。奥古斯特过来。一轻骑兵从公爵处过来。给布里齐写信[③]。晚11点,把给布里齐的信装入信封,送给殿下。

11月28日

第7卷的纲要及其他相关的东西。11点去画肖像。克内贝尔过来,心情大好。中午与家人在一起。饭后与冯·默肖先生喝咖啡。数学与颜色学。晚上矿监福格特。谈论骨学和其他自然史的东西。

---

① 塞德勒小姐在为歌德画一幅腊笔肖像画。关于塞德勒小姐,参见第495号日记中的注释。

② 参见第33号日记中的注释。

③ 关于他演出的时间之事,参见第558封信及注释。

583. 歌德致 F. M. 封·克林格尔[1](草稿) 715

1811 年 12 月 8 日

收到您非常可爱的包裹[2]时，正好有一个急件邮差去要彼得堡，我很高兴能马上回复您。在这份邮件[3]里您能看到我们的老法兰克福，您一定能认出它来并很感兴趣。这是第一部分。第三部分中我会提到您[4]，请您允许我这么做。带铃铛的门边那间满是烟熏味的小屋是很好的家禽孵雏的小窝。很高兴我回忆起的这些非同寻常的往事能让您觉得有意思，并由此引出许多回忆。您那依然十分奇特的封印向我保证了这一点。希望您能喜欢这张附着的小纸片[5]！您亲切的来信也同样放了进来。这东西除了留存我们对优秀人物的纪念外，还能做什么呢？如果您能时不时给我寄一些皇帝和皇后的签名，一些帝国最伟大的人物在战争与和平事务中的签名以及学者和各界名流的签名，那您可是为我做了件太令我高兴的事。我一直习惯于，或者说我的坏习惯是，把过去的东西都统统扔掉[6]，而不是把它们保存下来。现在是时候保留这些东西了，尽管它来得晚了些。不多说了，不过，由于在宏伟的彼得堡和小小的魏玛之间还保持着亲

---

① 弗里德里希·马克西米利安·封·克林格尔(Friedrich Maximilian von Klinger，1752—1831)，德国戏剧作家，小说家，歌德儿时的朋友和文学创作上的同事。德国文学史上的狂飚突进运动即取名于他的剧作《狂飚突进》。1776 年之后两人就没有再见面。从 1780 年起，他住在彼得堡，在军队任职。1803 至 1817 年间，担任多尔帕特大学负责财务与法务的官员。1801 年歌德与他恢复通信，两人书信来往并不多，也保持着客客气气的友谊。

② 克林格尔全集的四卷，里面附有一封信。

③ 歌德寄给克林格尔的《诗与真》的第一部。

④ 在《诗与真》第 14 卷里，提到了克林格尔和那个封印。

⑤ 指歌德事先印刷好的名人手迹目录，请人帮忙收集新的手迹。参见第 34 封信及注释。

⑥ 歌德在 1779 年和 1797 年两次将旧书信烧掉。根据歌德《1797 年日记与年鉴》的记载，“将 1772 年以来所有寄给我的书信”都烧掉了。

切的交往①,请您不要让人两手空空地到我这儿来,我也不会让人空手过去。生活完全就像是西比勒的书②,越少就越珍贵。祝您生活愉快。

愿您对我的挂念始终如一。

1811 年 12 月 8 日

① 指萨克森-魏玛太子卡尔·弗里德里希和沙皇的妹妹玛丽亚·帕夫洛夫娜的婚姻关系。

② 古罗马的智慧之书,在公元前 83 被烧毁之前,所有重要的活动都要拿它来问卜。相传,库迈的女预言家西比勒要把这些书卖给罗马国王塔奎尼乌斯·苏培布斯(Lucius Tarquinius Superbus),因要价太高而被他拒绝。西比勒先后两次把三本书扔到火里烧掉后,仍坚持要这个价钱,最终,崩溃的罗马王出了同样的价钱把最后几本书买了下来。

584. 歌德致瓦恩哈根 716

1811年12月10日　星期二

当我正准备向自己和他人解释我的生活和我的作品时，您好心从那些重要的通信人的书信中做了一些摘录①给我，让我知到了他们如何看待我和我的作品，这正是我求之不得的。这两个好心人是相当有意思的一对儿，他们有些地方是一致的，有些地方又有区别。G.是那种引人注目、善解人意、讲究团结、乐于助人、甘于奉献的天性，而E.则属于不合群的、爱刨根问底的、特立独行的、好挑毛病的性格。前者其实并不做评判，她只是**拥有**这个对象，一旦她不再拥有这个对象，它就与她没有任何关系了。而后者则是想通过观察、区分、整理，先了解这件事情及其价值，然后再去做解释。值得注意的是，最终E.更多地是在向G.靠拢，这是后者的天性对他热爱和欣赏的人有必要去施加影响的结果。

不过，我想告诉您的是，您认识这些人，知道他们的关系以及全部的书信往来，而我自己却只能从这些片断中拼合出一幅不完整的画像。

此外，我越是被这些人的善意和对我的关心所感动，我就越想看看这些通信，哪怕只是一大部分而不是全部。一方面，我想对他们的

---

① 瓦恩哈根·封·恩泽(Karl August Ludwig Varnhagen von Ense，1785—1858)，德国著名的传记作家。曾写过《同时代见证人眼中的歌德》(Goethe in den Zeugnissen der Mitlebenden，1824)一书。瓦恩哈根11月份以匿名通信摘录的形式寄给歌德一篇关于歌德著作的文章，并询问歌德有关出版这些通信的事宜。直到1812年2月3日，他才写信告诉歌德，他自己和拉埃尔·莱温(Rahel Levin)就是这些通信的作者，署名G的信就出自拉埃尔之手。拉埃尔1814年嫁给瓦恩哈根。她是18世纪末19世纪初柏林最著名的沙龙的主持人，她的沙龙云集了如施莱格尔、谢林、施莱尔马赫、洪堡兄弟、让·保尔、蒂克和延茨等一大批学者、艺术家和诗人等。这是当时只有二十七岁的瓦恩哈根第一次与歌德交往，而拉埃尔则在1795年和1810年就在卡尔斯巴德见过歌德。歌德与瓦恩哈根的频繁通信则是后来的事情。

个性有更清晰地了解,想看到这些粗糙的片断与各种生活联系在一起;另一方面,我也想通过那些还活着的或是刚刚离去不久的人,听听他们的想法,就像我对让-保尔、海泽、约翰内斯·米勒的情况也很好奇一样。也许您今后还能再告诉我一两个人。

关于印刷的事情,请您容我再考虑一番。它印张太少,要想印成
717 册,还得用特殊的方法去印刷,也许把它放在某个合集中更合适,当然问题是在哪一部合集中?不过这还是可以考虑的。我会妥善保管这手稿,如果无法印刷,会把它退还给您。也许下次在卡尔斯巴德逗留时能有幸见到您,对您给予我的信任表示真诚的感谢。

恭致问候,多谢垂念。

魏玛,1811 年 12 月 10 日　　　　　歌德

585. 歌德致尼布尔[1]

1811 年 11 月 27 日 星期一或 12 月 17 日 星期二

我时常会因为回信太迟而对朋友们和那些好心的人感到惭愧,因此,这次我愿意先行一步,在没有收到阁下的著作[2]之前,就先对您的来信给我带来的喜悦表示感谢。我年轻时就对您家族的姓氏[3]景仰不已,关于您本人,一些朋友也给我讲述过您许多有意思的故事和您的杰出成就,这让我觉得对您已经有了进一步的了解,我可以郑重地说,我非常希望结识您本人。

您给我提到的这部著作应该是份令人愉悦而有教益的消遣,还有什么能比看到这样一个被经常探讨的问题再一次从新的视角表现出来更能激发我们思考呢?而新的研究仿佛使它获得了重生。在我的一生中,能够让我有兴趣去自己处理的东西愈少,我就愈尊敬那些有天赋和毅力去做这些事情的人。

希望您能高兴地接受这份先到的谢意。顺致,垂念为盼。 718

耶拿,1811 年 11 月 27 日 歌德

上面那封信我从耶拿带到魏玛,在那里看到了您的大作并马上开始拜读。现在我已经读到结尾。在我从头再读之前(为了理解和使用它,这完全有必要),我想我不仅要给您一个一般意义上看得见摸得着的感谢,而且还要给您一个特别的令人振奋的感

① 巴托尔德·乔治·尼布尔(Barthold Georg Niebuhr,1776—1831),德国丹麦裔历史学家,德国古罗马历史学的领袖,现代学术历史学奠基人之一。1810 年起任普鲁士宫廷史官,在新成立的柏林大学开办罗马史讲座。著有《罗马史》,一部具有划时代意义的文献批判历史著作。他虽然不认识歌德,但还是给他写了一封充满敬意的信,告诉他会寄去自己著作的第一卷。歌德对尼布尔的著作给予了高度的评价。

② 指尼布尔的《罗马史》第一卷。

③ 指巴托尔德的父亲卡斯滕·尼布尔(Carsten Niebuhr,1733—1815),因其在东方所做的冒险研究之旅而出名,在多部著作中提到了这些研究成果。

谢。但要做到这一点也许还要花较长的时间，而且，要达到这封信所说的最佳状态还要更长的时间。请允许我只想说，我觉得自己回到了罗马的时光，人们给我指出有一百种理由从事这种研究的必要性，哪怕我自己或其他人在每迈出一步后都发现下一步是行不通的也在所不辞。由于从那时起很长时间我都把精力放在那件事上，因此您的著作来得恰逢其时，它一下子解开了许多谜。

现在，意大利在罗马时期之前的状况变得非常清晰，原来那些仿佛层层重叠在一起的民族，它们的顺序变得更加明了。诗与历史被区分开来，这种区分的价值是不可估量的，同时二者也并没有因此而受到损害，相反，每一种形式的价值和地位都得到了真正的确立。因此，回头再看二者如何重新走到一起，如何相互影响就非常有意思。但愿世界上发生的所有类似的现象都能以这种方式研究处理。

毋须赘述，这些国家和财政状况的发展，与希腊的关系，罗马国
王被驱逐后的糟糕境况等等，一切的一切，都非常有教益意义。如果
719 我打算深入到一些特别的地方，如对安库斯·玛尔提乌斯的描述，对
西比勒之书的揭秘，或者特别谈论卢克雷西亚和科里奥兰的诗歌①，
那我可能会写一部关于这本书的书，这封信就再也送不到邮局了。
请相信，您送给我了一件伟大的礼物，我要为此终生感谢您，我急切
地期待着它的后续部分。为了能够配得上它的续书，我要努力钻研
这第一卷并掌握它的知识。

① 这些人物在李维(Titus Livius Livius，公元前59年—公元17年，古罗马著名的历史学家)的历史记载中，以半历史人物、半神话人物的形式流传下来。

但愿您对附寄过去的小纸片[①]能给予一些关注，特别希望令尊大人能亲手写些什么寄给我！谨上再拜，恭致问候，垂念为盼。

魏玛，1811年12月17日　　　　　　歌德

① 参见第34、583封信及注释。

586. 歌德致弗里德里希·贝特曼-温泽尔曼[1](草稿)

1811 年 12 月 17 日　星期二

最尊贵的朋友,您真是太好了,亲自传消息告诉我《塔索》的演出成功。如果像您和您的演员同伴这样的艺术家们对自己的表演都满意的话,那么其他地方的人也可以肯定地说这个作品非常好。从您详细描述的细节里我可以想象到这出戏在多大程度上以什么样的方式获得成功。我们要从各个方面感谢您,您将这部不适合于演出的戏剧作品搬上了前台,置于舞台灯光下,取得了很好的效果。您让我的作品再次进一步受益于您,而早前我的其他作品[2]也都得益于您。

请代我向贝特曼先生致意。以他的智慧和天赋,他愿意扮演这
720 样一个角色,一个在我塑造的所有人物中也许是被诠释得最多的角色,想到这一点,我就感到欣慰。对细腻、聪慧、温柔的列奥诺拉,我同样没有丝毫的怀疑。祝您生活愉快,希望您能一直惦记着我。令郎[3]在戏中的进步,只有您自己才能评价。他轻松自如的表演、良好的幽默感以及出色的舞台天资和纯熟的技巧让他与观众交结并维持了许多朋友。况且,他对谁对很和气、宽容,哪怕牺牲自己也不会伤害他人,这种性格,大家都知道,从不会轻易生别人的气。

我在柏林报上看到那条关于《塔索》演出的善意而详细的新闻

---

① 弗里德里克·贝特曼-温泽尔曼(Friederike Bethmann-Unzelmann,1760—1815),当时德国最著名的戏剧演员,柏林观众的宠儿。1786 年嫁给演员温泽尔曼,1803 年离婚,1805 年再嫁给了同是演员的贝特曼。1801 年曾去魏玛巡回演出,歌德在他的"魏玛宫廷剧院"中提到了此次巡演。信中提到的《塔索》于 1811 年 11 月 25 日在柏林上演,弗里德里克·贝特曼饰演列奥诺拉,她丈夫贝特曼则饰演主人公。这是《塔索》1807 年在魏玛首演后,第一次被搬上舞台。演出的第二天,弗里德里克便给歌德写信报告了这个消息。

② 指《伊菲革涅》和《埃格蒙特》等。

③ 指卡尔·温泽尔曼(Carl Unzelmann),应他母亲的请求,卡尔于 1802 年被录取到魏玛剧团,歌德亲自指导培训他。1811 年他来魏玛巡演。

时，上面那些内容就已经写好了，这条新闻与您亲切的来信相呼应，给我带来了很多的快乐。

我还要特别请您代我向总监伊夫兰先生多多致意，他为此也通过封·海根多夫夫人给我捎来了好消息。这部作品花费了我早年生活的全部时光，人们对作品表现出来的关注，我肯定不会无动于衷。祝您生活愉快，劳驾您帮我收集一些手迹[①]。说不定还能找到一两张埃克霍夫，格罗斯曼[②]和布兰德斯等人的信笺呢。

1811 年 12 月 17 日

① 参见第 34、583 封信及注释。

② 格罗斯曼是弗里德里克的继父，同样也是演员和歌手。弗里德里克从小跟随继父学习歌唱表演。

587. 歌德致 J. D. 伦格[①]

魏玛,1811 年 2 月 17 日 〈星期二〉

真诚地感谢封·贝泽勒先生带来的包裹[②]。按照自然规律,逝者
本应当活得比我们更长久。尽管对如此优秀人物的回忆是一件痛苦
的事情,但即使再痛苦,这也是我们无法回避的牺牲。我以为,令弟
的才华为爱所浸透,他的艺术价值得到了应有的尊重。他所选择的
721 道路[③],不是他自己的路,而是世纪之路,这世纪的风暴将同时代的
人,无论他们愿意与否,都裹挟了进去。您所尽的手足之情,并让我
们尽可能地保持对他的怀念[④],这是值得称赞的。我所能找到的他
的书信,以及一篇印在我《颜色学》中的论文都附在这里。至于您想
用我寄给他的信做些什么,完全由您和佩尔特斯先生决定。

请代我向这位尊敬的先生致意。希望您二位对我收集的东西感兴趣,我在这里附上它们的目录[⑤]。我已经有几位令人尊敬的汉堡人的手迹。如果无法搞到哈格多恩、布罗克斯、特勒曼和其他人在小纸片上的签名,那他们自己的一些亲笔笔记或许可以吧。在我收集的这些手迹中,这位哈格多恩先生是德累斯顿总监。

祝您生活愉快。顺致问候,垂念为盼。

---

① J.D. 伦格是著名的画家菲利普·奥托·伦格的哥哥。关于菲利普·奥托·伦格,参见第 45 封信的注释。

② J.D. 伦格给歌德的长信中,详细地讲述了他弟弟对歌德以及他们共同感兴趣的颜色学的看法。随信还寄去了伦格的几幅作品。

③ J.D. 伦格在信中说:“我知道并且我也承认,我弟弟在艺术上所选择和坚持的道路,您不会认为是一条正确的道路。”针对这句话,歌德给出了那段回复。

④ J.D. 伦格打算出版弟弟遗留下来的书信。这些书信最终在 1840 至 1841 年间出版。

⑤ 参见第 34、583 封信及注释。

588. 歌德致约翰娜·叔本华

1811 年 12 月 18 日　星期三

尊贵的朋友,您昨晚对《破瓮记》表现出极大的关注,很高兴我能满足您的愿望。前一段时间它在我们这里的演出支离破碎。附件是这出戏的简化版,也许可以把它搬上舞台①。您手头有完整版,或许您和候补文官先生会有兴趣将这两个版本比对一番,看看这个版本是太过繁复还是太简单了。这样,您也给我帮了一个大忙,并且,如果可行的话,要让它尽早上演。此致。

魏玛,1811 年 12 月 18 日　　　　歌德

① 《破瓮记》在魏玛曾有一次失败的演出。参见第 219 封信及注释。信笺中提到想再次将它搬上舞台肯定与克莱斯特 11 月 21 日自杀所引起的轰动有关。最终这件事情并没有付诸实施。

722

589. 歌德致卡尔·奥古斯特公爵(亲笔草稿)

1811年12月?

殿下，

仁慈有加，考虑我新近提出的卑微请求①，并允许我斗胆在此将其详细复述一遍。

今年圣诞节，我儿将年满二十二岁。三年半前，他完成了一些私人和公共课程，并因与我长期在一起耳濡目染有了充分准备，乃前往海德堡主修法律基础知识。他在那里的学习如何，品行如何，此处附上的**证词**是一份毋庸置疑的证明。

之后，他前往耶拿学习财政专业，贮备了更多的知识，甚至比小时候从我那里得到的自然知识还要多。他也多次陪伴我去耶拿、哈勒、黑尔姆施泰、哥廷根旅行，或多或少地与一流的自然学者交往并得到教诲。对他在耶拿的表现，封·亨德里希上校、施托姆教授和德贝赖纳教授都给出了不错的证明，后者甚至在他的教学大纲里特意提到这个专心的听众的一个发现，并对他褒扬有加。

我相信生活要比书本更能锻炼人。一年半后，我让他离开耶拿，搬到卡佩伦多夫会计干事乌尔劳处，跟他认真学习公国的会计业务，并对农村经济有了进一步的认识，同时通过阅读一些有用的文章得
723 到更多的培训。他还积极利用公国政府提供给他的接近司法机关的机会，在两位官员的指导下起草了关于农民为领主强迫服役的报告，并亲自完成了必要的登记。在此附上公国财政机关会计专员呈递的副本供殿下审阅批示。

此外，他还有幸被允许进入临时代理人的谈判中，在不同的地方受到公国财政机关的大多数成员的考察和善待，他很高兴枢密顾问

---

① 歌德1810年10月向公爵所提请求，希望为儿子奥古斯特谋得一候补侍从的职位。公爵满足了他的请求。参见第501、502封信。这次歌德再次提出请求，希望儿子能多待在自己身边，将临时候补侍从的职位转正。

封·福格特先生乐意接受他考验他。

人们在诸多事情上会想到我儿,他对所着手的事务也会专心而细致地完成,这一点同样可以通过所附的正着手进行的羊毛样本收集工作得到证明,这项工作是要指出这种重要产品的差异,并确保判断的正确性。

经过这些锻炼后,现在我想让儿子在身边待上几年,我希望看到他也可以好好利用我享有的这些时间,通过与人交往和有目的的学习得到进一步的锻炼。但如果他不能参与到具体事务中来,不能直接面对他要努力达到的真正目标,那么所有这些都是不够的,他在一定程度上需要更快地接近这些目标。

殿下仁慈地授予财政机关临时候补文职的头衔,唤起他很快会被正式录用的希望,也让他每走一步都充满着活力。我们父子二人再次恭顺地恳请殿下能满足这一愿望①,这将是无比珍贵的。我们将竭尽全力向殿下表示忠诚,对殿下的恩准和信赖我们将无比珍视与崇敬。

---

① 12月23日,奥古斯特被任命为正式侍从之职。

未注明日期的谈话

1805—1811 年

724 590. 里默尔

小说中使用母题

隐居者，古代的，疯狂的行为，例如夜晚在灯下耕地，而马匹却不会被蚊蝇叮咬。

带刀穿过仆佣住着的小屋，向他们说教人生的痛苦①。

政治上故弄玄虚，例如，迈宁根的封·亨德里希先生姐夫的做派。

封·卡尔布先生的性格。

古怪的科斯梅利。催促办事。给裁缝付了 17 个成色十足的格罗森银币，让他不要欺骗他，但他还是骗了，于是与裁缝打官司。

莫根施特恩的旅行，路过梅泽堡，受到邮差、邮督和警察的刁难。

叔本华在劳赫施泰特被当作间谍抓了起来，因为他听力很差，别人讲话时他都要凑得很近。讲厄泽尔的独特之处。一个故事可以讲八天，他把故事完全展开来，把种种他不喜欢的东西和社交场合中令他气恼的诸如此类的事情全加进来，指桑骂槐地痛斥它们。

轶事。如在爱森纳赫，庆祝节日时，要鸣放四十响大炮，而且是要分在一整天，一次一响地燃放。

卡尔·克内贝尔试探儿时的玩伴是否是天主教徒，于是他把玩伴带到一幅圣母玛丽亚的画像前，看他是否祈祷。由于玩伴没有这样
725 做（但他确实是天主教徒），他便向神父说这个孩子不是天主教徒。

一位盲人乘客的轶事，他乞求马车夫和其他乘客看在上帝的份儿上能把他带上。他上车后，放肆地插话，不停地唠叨，简直要把其他乘客逼下车。最后车夫不得不请求乘客们忍耐，他活该让他上了车。

王储领地上的布伦斯泰兹上校娶了一位年俸 50 000 帝国塔勒的

---

① 原文拉丁文：de miseria vitae humanae。

妇人,他大肆宴请宾客挥霍着这些钱财。当她死掉安葬完,他从葬礼回来后说:我们终于把钱花完了!

有一个人不会讲法语,却被人鼓捣着去宴请一个当时在柏林的瑞士人,席间只能讲法语。他只能在看到别人笑时,一起跟着陪笑。

有一个人在玩惠斯特纸牌游戏时,让人念拉姆勒的巴特克斯,朗读者中间停下来对他喊道:我全听见了。

骑兵上尉封·勒德尔的屋子里满是文具和纸张,他带着一个陌生人进屋里转悠,陌生人想要写点儿什么,就把他从一间屋子带到另一间屋子,最后停在楼梯上问,是否可以给他弄支铅笔。

有一个人,当一道菜端上餐桌时,他会说:这个不要吃太饱,还会有更好的东西上来。然后,他会抱怨说,这份菜或这道餐食太不成功了,或找些其它什么借口。

喝酒时他也是同样的把戏。他说出各种各样的葡萄酒和甜酒的名字,问人要喝些什么。当人给他指定一种酒时,他总要对这酒指摘一番,直到人们最终放弃,或由他拿来最差的酒。

一顿很好的正餐最后因为潘趣酒而让人倒胃口。他做潘趣酒,会从一只马拉斯金甜酒瓶中倒出普通的劣质烧酒。

把一架竖琴的音高降低八度,这样它的弦就不会崩断。 726

一个人想利用小孩儿到邻家院子里偷东西。为了不给赏钱,他帮着小孩儿翻过篱笆,回来后只要一半赃物。

沃尔夫的女儿欺骗父亲说她们不喝葡萄酒,床底下却放着玛拉加葡萄酒瓶。

有一个人不允许在他的房间里做梦,因此睡觉前必须喝下一杯水。这样他就觉得不会做梦了。

591. 法尔克(1824 年)

有一次谈起克莱斯特和他的《海尔布隆的凯蒂欣》，歌德指责他那敏感的北欧式的疑心病，一个有着成熟理智的人是无法理解他作为一个诗人所使用的这种暴力的母题的。同样在他的《科尔哈斯》中，虽然他讲述得那么优美，写得那么机智，但一切都是那么笨拙累赘。在世事常情中，用一种彻头彻尾的疑心病把这么一个孤立的事件当作理由提出来，这需要一种巨大的矛盾精神。自然界中有一些丑陋的、耸人听闻的东西，艺术创作的技法再高超，也不能处理它，更不能与之和解。于是他重新回到那种愉悦，那种优雅，那种意大利小说中热烈而有意义的人生观。他身边的时光愈昏暗，他就会愈加迫切地从事这种创作。

这里他回忆道，那些小说中最阳光的一部同样归功于那个鼠疫横行的昏暗年代。他停顿了一会儿继续说道：“我有权去指责克莱斯特，因为我曾经喜爱过他，抬举过他。但现在的情况是，他所受的教
727 育，正如现在许多其他事情一样，受到了时代或其他什么因素的干扰，他所允诺的东西，并没有足够地去信守。他的疑心病太严重，毁了身为人和诗人的他。您知道，我花了多大的力气，做了多少尝试，才将他的《破瓮记》搬上这边的剧院。可它还是没有成功，唯一的原因在于那些原本机智诙谐的材料缺少一个迅速推进的情节。但他把这种失败归咎于我，甚至像在书中所写的那样，为此向魏玛给我下决斗战书①，这只能说明，正如席勒所说那样，这是一种本性的严重混乱②，这种混乱只能从过度的神经过敏或病态中找到原因。那部《海尔布隆的凯蒂欣》，”他转向我继续说道：“因为我知道您对克莱斯特

① 关于《破瓮记》上演失败之事，参见第 219 封信。至于克莱斯特想要与歌德决斗，则没有任何的证据。

② 这句话出自席勒的《奥尔良的姑娘》第 5 幕。

有好感,您应当读一读,并给我再讲讲它的主要母题。只有在这之后,我才会考虑是否也要读读它。最近在读他的《彭提西丽亚》时,我十分厌恶地逃掉了。这部悲剧在某些地方近乎荒诞,例如,阿玛宗女战士①出现在舞台时只有一只乳房,她们告诉观众,她们所有的感情都藏在剩下的另一只乳房中。这个母题可以追溯到那不勒斯民间戏剧中的著名场景:一个村姑面对一个顽皮淘气的小丑,但它并不使观众反感,至少这种玩笑在那里不会因身边呈现一幅令人作呕的画像而面临引起大众普遍反感的危险。"

关于莱辛的贡献,他的才华和敏锐的洞察力,尤其是他为德国戏剧所做的比其他人更多的努力,歌德表示极为认同。与弗里德里希一世、伏尔泰、戈特舍德和法国戏剧界令人尊敬的人物相比,他用自己的《汉堡剧评》做出了开创性的工作,同时,通过引入莎士比亚开创了一个新的时代,这与后来我们的文学繁荣有着十分密切的联系。 728
作为展示部分,一种全新的戏剧艺术,也许没有什么能比《明娜·封·巴尔赫姆》的前两幕表现得如此无与伦比。剧中人物性格鲜明,原汁原味的德意志风俗与剧情中的快速节奏紧密联系在一起。之后,剧情当然开始下降并且几乎不再可能按既定的计划维持这样一个高度。但这既不会贬低这种赞扬,人们也不会因此收回这种赞扬。在《爱米丽雅·迦洛蒂》中,它的母题同样具有高超的技巧,同时又极具鲜明的特征。那位侍卫官原本可将爱米丽雅·迦洛蒂以他的方式稳稳地引到亲王身边,但亲王却走进教堂,插手此事,破坏了马利奈利和自己的计划。莱辛把命运引入《爱米丽雅·迦洛蒂》的方式并不总是那么〈也没有那么?〉漂亮。亲王写了一张便笺给前任情妇奥西娜

① 希腊神话中的部落,部落中的战士全部都是女性。传说中她们为了拉弓射箭的方便,全部将右侧的乳房切除掉。

伯爵夫人，让她明天不要过来拜访他，同样因为偶然没有被送出——如果这种偶然，即伯爵夫人也被立刻卷入进来的偶然，在这些事情上不会被认为是对神的亵渎的话——那么这种偶然的原因，让被吓坏了的女情敌，因为她没有被通知取消约会，恰好在阿皮亚尼伯爵被枪杀的那一刻到来，而新娘则被马利奈利带进了亲王的行宫，送到了她新郎的凶手手中。“这是大师的手法，它充分展示了莱辛对戏剧艺术本质的深刻看法。同时也向你们保证，我们很清楚地知道，应当如何感谢他和他那样的人，特别是温克尔曼。”

592. J. H. 迈尔 729

歌德曾经说：新天主教艺术家①的全部思想仅局限于一个处女、一朵花和一个长着肉翅的孩子，好像自然界的其余部分与思想世界都向他们关闭了大门一样。

① 指浪漫派画家，歌德似乎特别想到了伦格。

593. H. 劳贝(1834—1837年)

〈在一位活泼的女士讲完后〉更重要的是关于《亲和力》的谈话。

我完全不能同意这本书,封·歌德先生,它的确是不道德的,我不会把它推荐给女士们去读。

对此,歌德很严肃地沉默了一会儿,最后十分诚恳地说:很抱歉,它其实是我最好的一部书。您难道不觉得这是一位老人的奇特的念头吗?的确,一个人会对他最后一次婚姻所生的孩子最为喜爱,这是他生育能力已经进入晚期时生的孩子。您冤枉了我和我的书,书中的法则是正确的,这本书不是不道德的,您只需从更宽广的视角来看它,就会发现一般的道德标准在这种情况下会显得非常不道德。

594. H. 卢登(1847 年)

〈克内贝尔关于歌德：〉他对别人的评论毫不在意。只要他的书
卖得好出版商愿意支付丰厚的稿酬，那对他说来，一切都无所谓。我
们对他还寄予了很多期望。他绝对鄙视那些被人们称为读者的东
西。他很高兴能给那个庞然大物扔去一块肉，让那些牙齿血淋淋地 730
撕咬着这块肉。我认识他很久了，无论是从里还是从外。面对读者，
总有一种无法逾越的胆怯伴随着我，为此，我焚毁了自己创作的无数
作品。歌德经常指责我这一点。他说，人必须在年轻时就走到读者
面前，然后要经常露面。这种动物在想，给的多的人拥有的也多，经
常拿东西来的人必定富有。只有把这头动物带到这种地步，让它找
到可以崇拜的人，这样，要不了多久人们就会有许多无条件的效忠
者，对他们来说，所有额头上贴着崇拜者名字的东西都是最棒的。
〈……〉歌德拒绝吸烟和擤鼻涕。关于吸烟这一点他是对的，我每天
也只是抽几斗烟。他说，吸烟让人变得愚蠢，让人无法思考和创作。
吸烟是那些游手好闲的、无聊的人才做的事，他们一生中三分之一时
间在睡觉，三分之一时间在吃喝和忍受那些有用无用的事情，然后，
尽管他们总是说人生苦短，但却不知道如何去打发这剩下的三分之
一的时间。对那些慵懒的土耳其人来说，与烟斗亲密地交往，惬意地
看着自己吐到空中的烟雾，是一种很有趣的消遣，因为它能帮助他们
消磨掉几个小时的时间。与吸烟连在一起的是喝啤酒，以便让焦渴
的喉咙冷却下来。啤酒会让血液变稠，有麻醉作用的烟雾会强化醉
酒的程度。这样神经变得麻木，血液因变得粘稠而堵塞。如果继续
这样下去的话，看上去也的确会如此，在经历了二三代人之后人们就
会看到，这种德国的啤酒肚和吸烟的无赖都做了些什么。人们首先
会发现我们的文学将变得空洞无味、畸形而贫瘠，而那些人却依然会
对这种困境沾沾自喜。知道这种恐怖的代价有多大么？现在德国就
有 2 500 万塔勒用于吸烟。这个总数还会增长到 4 000 万，5 000 万，

731 6 000 万。而忍饥挨饿的人依然吃不饱，衣不蔽体的人依然没有衣服穿。这些钱可以做多少事啊！吸烟还是一种令人讨厌的无礼，一种不合社交礼仪的无耻。吸烟的人污染了大块的空气，让每个不愿通过吸烟来抵抗烟雾的正人君子感到窒息。谁进到一个烟鬼的房间里能不感到恶心呢？谁能够呆在那里而不被熏死呢？歌德的这些控诉都是对的。但对擤鼻涕他未必是正确的，他总是想弄些标新立异的东西。他当然没有养成擤鼻涕的习惯，但他却往鼻子里吸古龙香水或其他含酒精的东西。当然，如果好闻的话，我们这些人也许也愿意吸一下，但当我往鼻子里吸古龙香水时，我差点儿没有死过去。对擤鼻涕他也不知道该说些什么理性的话。这是很龌龊的行为，他说。但这却很愚蠢。

595. 里默尔

〈歌德:〉“做什么事只要不把它当作一种职业就行!我不喜欢这样。我喜欢像做游戏一样做我能做的事情,做我兴之所来并一直感兴趣的事情。我的年轻时代就这样无意识地玩儿了过来,我的余生我还想有意识地这样玩儿下去。‘有用的’或者说利用,这都是你们的事情。你们想来利用我,可我却不会容忍被利用或者按照你们的要求来取悦你们。我能够做的和知道做的,只要你们想要或有需要,你们尽管拿去用。但我不会让人把我当成工具,每种职业都是一种工具,或者,也许你们可以更优雅地表达说,是一种机构。”

译后记

以往研究歌德，大多从研究他的作品入手，个中的道理不言自喻，因为文学作品在很大程度上反映了作者的思想和内心情感，是作者精神世界的映照。因此，歌德最早被介绍进入到国内时，人们看到最多的是他最具代表性的《维特》和《浮士德》等作品。当拿到这一部日记与书信集的翻译任务时，译者首先不得不面对这样的疑问，即翻译这些书信、日记与谈话，对研究歌德，理解歌德究竟会有多大的帮助？

这部书信集，起始于1805年5月，结束于1811年12月，其中信件、日记、公文、谈话、回忆等共计595篇。歌德一生维持着一个庞大的通信群体，这一时期他写给别人的信件多达317篇。另外还有日记105组，每一组中包含一到十几篇日记不等。谈话部分，不算其他人的记录，仅里默尔记录的歌德谈话就达78篇。仅从这些数字就可以想象得出，即使在那个通信十分不便的年代，即使歌德经常向朋友们为自己没能及时复信而真诚地道歉，歌德依然算得上是一个非常勤奋的写信人。歌德在给好朋友赖因哈德的信中曾经说道："人们从文字中也许能比从生活中更清楚地认识作者，因为每个人在很大程度上都是按照自己的身材来裁剪这个世界的。"(参见第478封信)或许这也正是翻译这些书信、日记、谈话的真正意义所在。当我们逐一翻阅他的书信、日记，读着他的谈话以及朋友们对他的评论时，一个有血有肉、鲜活立体的歌德渐渐褪去了神秘的外衣，一个有着喜怒哀乐、七情六欲的真实的歌德款款地向我们走来。

从1805年起，歌德进入了所谓的"拿破仑时期"。当时他已经五十六岁，开始逐渐步入人生的晚年，虽然以歌德的高龄来看，这样的晚年也许显得有些太长。这一阶段，歌德经历了人生中许多重要的历史事件。席勒的逝世使他失去了"生命的另一半"，而1806年的耶拿战役，普鲁士军队惨败，家园遭到战争的毁坏，甚至自己这个当时已经誉满欧洲文坛、名震四方的大文豪,公国的重臣,居然在自己家中遭到法国士兵的羞辱,差点儿丧命(参见1806年10月14日日记及注释),令身处萨克森-魏玛公国小朝廷里的枢密顾问思想上受到极大的震撼。他看到了生命的无常,一切都有可能在瞬间灰飞烟灭。他想到的第一件事,是与自己同居近二十年并育有一子的克里斯蒂安娜·武尔皮乌斯结婚,让两人的关系合法化,让儿子奥古斯特的身份合法化。他在给奥古斯特公爵的信中这样写道:"……臣则期待殿下来自远方的允诺,在最不确定的时刻,通过法律的纽带,给他一个父亲和母亲,这是他早就应该得到的。当所有外部的纽带都松开后,人们就会回到家庭的关系。"(参见第120封信及注释)他想到的第二件事,是他毕生的创作心血,有许多手稿还没有交付印刷,一旦在战争中损毁丢失,将不可再得。1806年12月26日,刚刚从耶拿战役劫后余生的他,在给好友策尔特的信中写道:"在最糟糕的时刻,我们不得不为所有的东西担惊受怕,最令我痛苦的是害怕我的文稿都会丢失。从那时起,只要有可能,我就把它们全都送去印刷。"(参见第117封信)他找到自己的合作伙伴出版商科塔,竭尽全力地出版自己的著作,并将手头大量的手稿,包括没有完成的作品,在第一时间里让他印刷出来,以保证这些作品得以留存于世。

歌德对欧洲的征服者拿破仑的态度也在这一时期发生着微妙的变化。1806年,歌德以旧病复发为借口,拒绝代表战败的魏玛政府去面见这位征服者,向他求情(参见第83封信及注释),而一年多后的爱尔福特诸侯盟会则成就了那个时代两个最伟大的男人之间的会晤,一个是处于政治巅峰的法国皇帝,一个名扬四方的大诗人。信奉"政治就是命运"(Die Politik ist das Schicksal)的拿破仑为歌德颁发了一枚荣誉军团十字勋章,并称赞他是"一个真正的男人"(Voilaà un homme!)。歌德欣然接受了这个封赏,并在后来各种正式场合都佩带着这枚勋章及另一枚由俄国沙皇颁发的骑士勋章以显示自己的荣耀。"我很乐意承认，我一生中没有什么比站在法国皇帝面前，而且是以这样一种方式站在那里，更显赫更激动人心的事情了"，他在1808年12月2日给科塔的信中这样写道。拿破仑的收买策略起到了效果，歌德的思想天平已经倾向了拿破仑的一侧。

1808年11月开始爆发的剧院危机则令歌德陷入了一种非常无助的境地。作为剧院总监的他管理职权被架空，这使得他的自尊和荣誉感受到严重伤害。于是他提出辞去剧院总监的职务，但奥古斯特公爵拒绝了他的辞呈。这次危机的起因，虽然表面上看是因为公爵直接介入剧院的管理，要求开除歌德家庭合唱队的男高音莫尔哈德（参见第319封信及注释）而引起，其背后存在的矛盾却是深层次的和结构性的：一方面，魏玛剧院与当时大多数的剧院一样，不区分戏剧与歌剧，这使得对音乐并不太在行的歌德在管理歌剧方面相当吃力，歌德自己也考虑同意对歌剧与戏剧的管理分工做一些改革；另一方面，歌德认为一出戏的成功，来自于全体人员的精诚合作和共同努力，而不是仅仅依赖于某一位演员的高超技艺。这就使得歌德与魏玛剧院当红女歌手卡洛琳·亚格曼，奥古斯特公爵的情妇，在争夺舞台表演指挥权上产生冲突。这大概是他职业生涯中最受委屈的时刻，眼看着自己为之付出近二十年努力的剧院要落入旁人之手，他此刻只能选择与公爵对立。在歌德的好友福格特及公爵夫人露易丝的调停下，公爵最终做出让步，恢复了他的剧院总监的权力，暂时化解了这场危机。然而，根本性的矛盾并没有真正解除。几年后，歌德与亚格曼为了是否允许让一条狗登上舞台这样一件荒唐可笑的事情而吵翻，彻底结束了他对魏玛剧院的管理。

从1806到1810年的这几年里，除了1809年因奥地利与法国开战而没有去卡尔斯巴德外，歌德每年都要独自（即不带上克里斯蒂安娜)在卡尔斯巴德过上几个月逍遥自在的生活。一方面,这当然是他接受赖尔医生的建议,饮用当地的矿泉水来治疗自己的肾绞痛疾病,并取得了不错的疗效,同时,他把这段休闲独处的日子当作他完成文学创作或从事科学研究的好时光;但另一方面,这段疗养的日子同样是他沾花惹草的好机会。作为疗养地的卡尔斯巴德是欧洲达官显贵、公子王孙们借夏日疗养之名偷情幽会的场所,这几乎是众人皆知的秘密。歌德身边从不缺乏漂亮多情的女子,有些甚至是小他一辈多的姑娘。阿玛利·封·莱韦措、小敏娜·赫茨利布、玛丽安·封·埃本贝格、贝蒂娜·布伦塔诺、西尔维·封·齐格萨,这一串串女性的名字,集中出现在他的通信清单之中,对此克里斯蒂安娜醋意大发,给歌德写信道:"……你跟这些小眯眯眼们在一起到底要干什么?这太过分了!"但即使是这样,歌德似乎并不在意,也不向她回避自己与这些女人的交往。他在给克里斯蒂安娜的信中写道:"……这时门开了,一位女士走进来。我以为是与我们同住一家旅馆的客人搞错了,但定睛一看是贝蒂娜,她蹦蹦跳跳地朝我走过来,完全是我们刚认识她时的样子。"(参见第486封信)

克里斯蒂安娜为歌德生了五个孩子,但只有奥古斯特存活下来。作为一个父亲,歌德望子成龙,为唯一的儿子倾注了极大的心血,努力把他培养成可以进入上流社会的人。当奥古斯特第一次离开家门去海德堡求学时,他千叮咛万嘱咐,同时把他介绍给自己的好朋友蒂鲍特和在海德堡的福斯一家,请他们予以关照和指导;又给好朋友出版商科塔写信,请他直接给儿子那里汇去生活费用(参见第224封信及注释),好心的科塔则慷慨地资助了这笔钱而没有从歌德的账单中扣除。歌德给儿子写的信大多都很长,娓娓道来,像是在唠家常。他在信中谈艺术,谈经济,谈宗教,谈学习,谈读书,谈人情世故。他详细地给儿子描述自己在卡尔斯巴德的各种见闻,希望儿子也能按照自己的样子记录下旅行中的风土人情(参见第273封信);他跟儿子分享着两人共同游玩儿过的地方和共同认识的熟人,加深他对这些地方的回忆;他谆谆教诲儿子应该选修什么样的课程,阅读哪些重要的书籍,对儿子做出的正确选择予以肯定;他告诫儿子不要参与那些乌七八糟的哲学与宗教的活动(参见第249封信),不要卷入大学同乡会各派之间的争斗;他鼓励儿子多出去走走看看,经济上慷慨资助他的旅行,让他了解自己出生长大的老家法兰克福,鼓励他从弗兰肯地区徒步回到魏玛的家中,在旅途中既见识自然风光,又让身心得到锻炼。他对儿子在耶拿学习期间逐渐染上当时校园里流行的市俗习气而感到痛心,写信给克里斯安娜说:"我更希望让他留在海德堡而不是在耶拿,他身上已经有一点儿市侩浮夸的习气。"(参见第451封信及注释)为了儿子的前程,为了不让儿子受到校园坏风气的干扰,尽早离开那个是非之地,他多次亲自向公爵求情,为他谋取一份实习工作,讨要一份小小的官职:"我儿子奥古斯特将年满二十一岁,我想恳请殿下为他某取一份候补侍从之职。令我尽早提出这个请求的原因在于孩子在耶拿所处的痛苦境况。……尽管他行事机敏,但仍处于很难受很危险状态之中。"(参见第501封信及注释)

他非常关心年轻人的成长,每年会安排有才华的年轻人在自己家中住上一段时间,与他们一起探讨文学艺术创作的经验,分享他们的作品。他像父亲一般慈爱地关注着他们的成长,支持他们的创作,同时又对他们的艺术倾向表现出极大的包容。享受这种待遇的包括年轻的画家博伊塞雷,诗人维尔纳,以及被歌德送往好友策尔特处学习音乐的埃贝魏因等人。他为博伊塞雷的科隆教堂的绘画专门在宫廷举办了一次画展,邀请到了包括公爵夫妇、维兰德等人在内的几十位贵族和名流参观,使得博伊塞雷从此名声大振(参见第551封信)。他将维尔纳的《旺达》搬上了魏玛剧院的舞台并写信给科塔讨论出版他的作品之事(参见第224封信)。他在写给雅各比的信中说:“维尔纳待在我家已经快三个月了。我们尽了一切努力来使他的《旺达》引起人们的注意。他是一个出色的天才。至于他皈依了现代基督教,这与他的出生地、受教育的环境和生活的时代有关……”(参见第220封信)只是维尔纳那异乎寻常的宗教情结,让几乎所有的作品都披上神秘的宗教色彩,最终突破了歌德的忍耐极限。当维尔纳在一首十四行诗中,将意大利晴朗夜空中的一轮明月比作圣饼时,他彻底爆发了,他大声喊道:“我讨厌这种变味儿的宗教虔诚。您不要以为我会以某种方式支持这种宗教虔诚,我们绝不应当在舞台上听到它,不论它以何种形式出现……”(参见第348封信)对自称异教徒的歌德来说,这也最终导致了他与维尔纳关系的破裂。

歌德广博的学识、丰富的社交活动、多情迷人的魅力,令他在各种角色之间不停地变化。他集文学家、戏剧学家、政治家、文艺评论家、矿物学家、植物学家、解剖学家、古董收藏家等于一身。他是谦卑的臣子,高冷的顾问,明察秋毫的评论员,音乐绘画的爱好者;他是威严慈爱的父亲,貌合神离的丈夫,四处用情的男人;他是朋友,是同事,是绅士,是学者,是女士们的男神。他的书信也随着这种角色的变换而快速切换,语言的风格时而充满睿智哲理,时而温柔多情风流,时而不苟言笑,时而诙谐幽默。所有这些都令译者在翻译过程中为把握他的心理及文风而绞尽脑汁。歌德还掌握着那个时代传统的文书风格的写作方式,在给公爵及其他王公贵族的信里会用到这种风格,同时他也受到欧洲上流社会的那种浮夸繁复的文风的影响,在给贵妇们的书信中,把简单的意思表达得繁琐无比。在他快速书就或口述的信件中,有时会有文字脱漏或语法错误,而他的日记有时简单到只剩下单词或人名。歌德知识渊博,他的书信、日记、谈话涉及到的大量的古代历史、神话传说、圣经故事、欧洲以外尤其是中亚和印度的文学典籍、各种动植物、矿物、地质、光学的专业词汇，以及时不时冒出的法文、拉丁文、希腊文等文字。所有这些都给译者正确理解和把握文字的含义带来了极大的困难。得益于法兰克福版的《歌德全集》丰富而翔实的评注，译者得以克服其中绝大多数的困难，了解这一时期歌德书信背后发生的事件，理解和把握这些文字的内涵。当然，与做文章不一样的是，文字翻译在遇到不清楚和难懂的东西时，不能像写文章那样可以绕过困难，或者用其他的方式来表达或解释说明，翻译却无法绕过这样的坎儿。这或许就是翻译者的宿命。

“文章千古事，得失寸心知。”做文章如此，做翻译更是如此。在本书的翻译过程中，译者尽可能忠实原文的风貌，对不同的书信对象使用不同风格的译法，同时保持汉语习惯与流畅性，避免过度西式的表达。对那些传统文书风格的信稿，译者尝试使用文言或半文言的手法译出，以对应拗口的原文。译者参考原版书中的评注内容，对书中出现的大量重要人物、历史事件、神话典故以及人物关系等尽可能给出了比较详细的评注解释，对不同信件中提到的相同或相关的人物事件做出索引，以帮助读者更好地理解。人名、地名及部分歌德作品名称都参照《歌德全集》项目组提供的标准而翻译。

关于他的自传 Dichtung und Wahrheit 书名的翻译，译者认为 Dichtung 一词在德语中更多地表达创作的意思，而不能狭隘地理解为是诗或创作虚构的含义。歌德自传的书名恰恰反映了他的精神世界的观照(Dichtung)和他的真实生活(Wahrheit)的再现，那种可以任由他天马行空驰骋翱翔的精神世界与现世的物质世界这两大部分就构成了作家的全部一生。因此，对 Dichtung und Wahrheit，译者倾向于《创作与真实》这样的译名，并在本书中相关的注释中使用此译名，而没有采用《诗与真》这种流行的译法或通稿中建议的《文学虚构与生活真实》的译名。①

由于译者学识有限,加之原书篇幅繁浩,翻译纰漏与错误在所难免,在此欢迎读者批评指正。对在翻译此书过程中提供帮助与支持的专家学者,对关心与鼓励译者从事这项工作的家人与朋友表示衷心地感谢。

陈新力

2019年12月24日于纽约

① 本《全集》此著汉译者在项目过程中有变化,最终的译者还是采用《诗与真》的通行译名。为了保持《歌德全集》作品译名的统一性,主编在此卷中将《创作与真实》依旧改为《诗与真》。敬请译者和读者谅解。

编后记

第33卷含1805年5月至1811年12月歌德的日记、与友人的往复书信和谈话记录等595篇。陈新力教授用课余之时，独自完成此卷，实属不易；赴美任教后，重校文稿，寄来订正。其认真的工作态度，更加令人感佩。

此卷原书附有多页附图及其他，译者孜孜矻矻，一并译出。可惜由于技术原因，无法收入印出。主编将有关附图的译文，尽量插入本卷对应篇目，或能作为某种“补救”。

书信和日记，经常涉及颇具个人（这里主要指歌德）特色的表达方式。该卷译者对此的处理方式，与已出书信卷的译法，略有不同。这大多与“对错”无关，仅涉译者选择的表达方式。这是另话，不缀。

卫茂平

2021年8月于上海